薄伽梵歌·如是说

［印度］圣恩 A. C·巴克提维丹塔·斯瓦米·帕布帕德 释著

徐达斯 中译

西藏藏文古籍出版社

图书在版编目（CIP）数据

《薄伽梵歌》如是说 /（印）圣恩 A.C • 巴克提维丹塔 • 斯瓦米 • 帕布帕德释著；徐达斯译 . --5 版 .
—拉萨：西藏藏文古籍出版社，2020.2

ISBN 978-7-5700-0029-6

Ⅰ. ①薄… Ⅱ. ①圣… ②徐… Ⅲ. ①史诗－诗歌研究－印度－古代 Ⅳ. ① I351.072

中国版本图书馆 CIP 数据核字（2017）第 251220 号

本书由巴克提维丹塔图书公司 BBT 授权出版

薄伽梵歌 · 如是说

作　　者　圣恩 A.C • 巴克提维丹塔 • 斯瓦米 • 帕布帕德 释著
译　　者　徐达斯 中译
责任编辑　张玉平　刘　会
装帧设计　杜志国　魏　丹
出　　版　西藏藏文古籍出版社（拉萨市色拉路 4 号　邮编：850000）
　　　　　第二编辑部（北京）：北京市朝阳区东土城路 8 号林达大厦
　　　　　A 座 13 层　　邮编：100013　　电话：010-64462318
　　　　　打击盗版：0891-6649998　13908990085
印　　刷　北京盛通印刷股份有限公司
经　　销　全国新华书店
开　　本　32 开（880mm×1 230mm）
印　　张　16.5
字　　数　330 千
版　　次　2020 年 2 月第 1 版
印　　次　2020 年 6 月第 1 次印刷
标准书号　ISBN 978-7-5700-0029-6
定　　价　68.00 元

献给

室利·巴腊提婆·维狄耶布善那

他的《哥宾陀疏》是《吠檀多经》的隽永评注。

背景介绍

《薄伽梵歌》，由七百节梵文偈颂组成，是人类最重要的哲学、文学著作之一。历史上，对《薄伽梵歌》的注疏远多于其他的哲学或者宗教著作。《薄伽梵歌》是一部蕴藏了不朽智慧的经典，在世界上现存最古老的灵性文化——印度的吠陀文明中，是主要的文献支柱。

然而，《薄伽梵歌》的影响并不限于印度，它深深影响了西方历代的哲学家、神学家、作家。亨利·大卫·梭罗在日记中写道："每天清晨，我把心智沐浴在《薄伽梵歌》中。《梵歌》的哲学是关于宇宙起源的，委实叫人惊叹……。比较之下，我们现代的文明和文学，显得苍白无力，微不足道。"

很多人出版或阅读单行本的《薄伽梵歌》，然而，《薄伽梵歌》原是史诗《摩诃婆罗多》(*Mahābhārata*)中的一章。在世界古典文学里,《摩诃婆罗多》是独一无二的。它是最伟大的史诗——其长度是《伊利亚特》和《奥德赛》合起来的七倍，在人类历史中，是无与伦比的文学创作。

我们所读到的《薄伽梵歌》，是至上人格主神克利须那（*Krishna*）跟武士阿周那（*Arjuna*）在战场上的对话。五千年前，俱卢王族堂兄弟之间，为争王位，起了一次大冲突。这场对话是在这次冲突引起的第一场战事刚要开始时发生的。今天，去印度旅行的人仍会到俱卢之野的古战场遗址凭吊一番。那里位于新德里西北一百英里，一直是朝圣的地方。

还差一个时辰战事便要开始。英勇的王子阿周那，看到对方的阵列中，有自己的朋友、亲人，于是，战斗的意志弛涣下来。他感到迷惑，满怀焦灼，不禁追问生命的意义何在。在这危机关头，他请求为他驾驶战车的至尊主克利须那，当他的灵性导师。克利须那向他开示至高无上的灵性真理，终于说服他，为了在大地上建立一个正义、神圣的王国，拿起武器作战。

《摩诃婆罗多》详细地描述了导致战争的种种事件。般度的兄长狄多罗史德罗(*Dhrtarastra*)生而目盲，因此，般度便成为俱卢王朝之主。

般度大帝驾崩后，众子年少——长子为尤帝士提尔（*Yudhiṣṭhira*），交由狄多罗史德罗照顾。狄多罗史德罗想扶植自己的儿子为王。他的长子杜瑜檀那（*Duryodhana*）尤其野心勃勃。他嫉妒般度氏兄弟，并且设计杀害他们。然而，般度氏兄弟得到恩主及亲人克利须那的庇护，屡次逃过危险。般度氏兄弟都很圣洁，遵行宗教原则，所以，克利须那愿意扶助他们，让存心不良的狄多罗史德罗诸子阴谋无法得逞。

后来，狡黠而且手段圆滑的杜瑜檀那从般度氏兄弟的手上骗取了王位，并强逼他们在外流亡了十三年。回国后，般度氏兄弟要求杜瑜檀那交回本该属于他们的王国。杜瑜檀那断然拒绝。般度氏兄弟生而为统治阶级，治理人民是他们的职分，作为妥协，他们后来只要求五个村落的土地。但杜瑜檀那傲慢地回答，不会给他们哪怕立锥之地。

般度氏兄弟面对这样的侮辱和挑衅，仍不愿使用武力。尤帝士提尔为避免战争，做最后努力，派遣克利须那跟杜瑜檀那商谈，希望订立一个双方都可以接受的协约。但克利须那发觉，杜瑜檀那刚愎自用，仍坚持自己的决定。最后，再无和平解决的可能，圣洁的般度氏兄弟被迫拿起武器，准备作战。尤帝士提尔是长兄，具备了所有圣君明王的品质。其时，天下伟大的武士皆齐集俱卢之野，准备拥他为王，或者，跟他作战。

战争至此已无可避免。主克利须那——整部《薄伽梵歌》都视他为至上人格主神——立誓不使用其神力，影响这场战争，但他同意为阿周那驾御战车。

这就是《薄伽梵歌》开始的地方：战事一触即发。狄多罗史德罗的营地，距离战场甚远，加上他目盲，所以看不到两军列阵对峙。但他的近侍桑遮耶（*Sañjaya*）运用神通，看到了俱卢之野战场上的一切。

桑遮耶向狄多罗史德罗叙述克利须那跟阿周那的对话，于是便形成了《薄伽梵歌》。我们揭开第一页，会看到狄多罗史德罗在战争发生之前询问桑遮耶的情景。

目录

中译序 / 1

序言 / 3

吉祥皈敬颂 / 6

导论 / 9

师承世系 / 39

第一章　在俱卢之野观察两方军阵 / 41

当两军对峙，列阵待战时，伟大的武士阿周那看到自己挚爱的亲人、师长、朋友分裂为两方，已将生死置之度外，准备厮杀，不禁满心悲恻，意志弛涣。他情迷意乱，无心作战。

第二章　梵歌概要 / 58

阿周那皈依克利须那，成了他的弟子。主克利须那开始教导阿周那，向他解释无常躯壳跟永恒灵魂的基本区别、轮回转世过程、为至尊主做无私服务的性质、自觉者的特征。

第三章　业瑜伽 / 111

根据天性，世上每一个人都必须有所作为。活动或束缚人，或将人从物质世界解脱出来。不带私欲，为了至尊主的快乐而作为，便获解脱，不再受制于业报定律，并且觉悟到关于自我和无上者的形而上义理。

第四章　形而上义理 / 140

形而上义理即关于灵魂、至尊主以及两者之间关系的灵性知识，它能净化人、使人获得解脱。这种知识是无私奉爱（业瑜伽）的结果。本章还论述了《薄伽梵歌》的悠久历史、克利须那周期性降临物质世界的目的和意义、亲近古鲁（*Guru*），一位已获觉悟的灵性导师的必要性。

第五章　业瑜伽——在克利须那觉性中践履 / 175

有智慧的人外表从事各种活动，而内心却舍离一切业果，如此，便在形而上义理之火中获得净化，达到宁静、不执、自制，并获得法眼和妙喜。

第六章　禅瑜伽 / 195

阿斯汤伽瑜伽是循序渐进的观修过程，用以调伏心和感官，使心念凝注于超灵——至尊者在生命个体心中的妙相，最后升入三昧境界，圆满证知无上者。

第七章　关于绝对者的真理 / 228

薄伽梵克利须那是至高真理、至高始因、摄持一切物质和灵性事物的力量。超卓的灵魂以奉爱精神皈依至尊者，不虔诚的灵魂则错误地崇拜其他对象。

第八章　臻达至上 / 260

在整个生命过程中，尤其临死时，以奉爱精神忆念主克利须那，就能转升无上者在物质世界以外的至高居所。

第九章　最秘密的灵知 / 279

薄伽梵克利须那是至上人格主神，也是至高无上的崇拜对象。最秘密的知识就是，灵魂通过超越性奉爱服务，恢复跟至尊主的永恒关系。凭借精纯奉爱，就能重返灵界，回到克利须那的身旁。

第十章　绝对者的富有 / 313

一切显示出力量、美丽、崇高、庄严的神妙现象，无论是在物质世界还是在灵性世界，都只不过是克利须那的神圣能力与富有的局部表现。克利须那是一切因之至上因，是一切事物的本质和精髓，是一切生命个体至高无上的崇拜对象。

第十一章　天地身相 / 341

主克利须那赐阿周那以天眼，向他揭示涵盖万有的天地身相，以确立自身的神圣地位。克利须那解释，他至妙的人形才是至上人格主神的原初身相，只有通过纯粹奉爱服务才能见到。

第十二章　奉爱服务 / 370

巴克提瑜伽就是为克利须那做纯粹奉爱服务，达到灵性存在的最高目标——对克利须那产生纯粹的爱，这是最崇高、最方便的途径，如果沿着这条至高无上的途径前进，就能培养出神性品质。

第十三章　自性、受用者、知觉 / 384

了解身体和灵魂的区别，认识在身体和灵魂之外，还有超灵，就能解脱于尘世。

第十四章　物质自然之三极气性 / 409

物质自然之三极气性——中和、强阳、浊阴，支配了所有受拘限的灵魂。克利须那解释了这些气性是什么，如何作用于我们，该如何超越它们，以及到达超然境界后的表征。

第十五章　与无上者相应 / 423

吠陀智慧的终极目的在使人摆脱物质世界的牢笼，认识到克利须那是至上人格主神。明白克利须那至高无上的身份后,就会皈依他,并且为他做奉爱服务。

第十六章　神性与魔性 / 439

秉赋魔性，肆意妄行，不遵行经教戒律，人而如此，必出生低贱，继续受物质束缚。另一方面，秉赋神性的人，在生活中持守经教戒律，却逐渐升入圆满的灵性境界。

第十七章　信仰的分类 / 455

信仰有三种，相应于、也产生于物质自然之三极气性。崇拜或信仰活动如果出于自私的想法，在情欲和无明中进行，只会带来短暂的物质结果。另一方面，在中和气性中进行的活动，遵照经典的训谕，则净化心灵，引导人达至对克利须那的纯粹信仰与奉爱。

第十八章　结论——舍离的圆满境界 / 467

克利须那阐释舍离的意义、三极气性对人类意识和活动的影响、梵觉、《薄伽梵歌》的伟大以及《薄伽梵歌》的最终结论：宗教的最高境界是绝对地、无条件地在神爱中归命薄伽梵克利须那。如此，便可摆脱一切罪恶，达到圆满觉悟，重返克利须那所在的不朽的灵性故乡。

词汇表 / 501

作者小传 / 512

编者说明 / 514

中译序

《薄伽梵歌》是世界四大古典之一，梵文谓之“भगवद्गीता, *Bhagavad-Gītā*”，此印度梵典与中华古典《道德经》齐名，但年代更为久远。世人常说，人类文明有“上下五千年”，而这部梵典恰恰就源于五千年前。按现代人语言来说，它是在人类文明之初就已成书，就被讲述出来的。

“薄伽梵”(*Bhagavad*)，意为：宇宙真理、万物真理之人格，其有六种宇宙世间全然的富裕展示（财富、美貌、知识、力量、声誉、弃绝），故谓之“绝对者、至尊者”。这部《薄伽梵歌》即“由至尊者歌咏而出的宇宙真理之奇书”。

自古，出自世界各地的权威经典都是为了揭示宇宙世间的真理，但来自真正权威途径的启示经典有二类：一为圣传经（*smṛti*），由那些开悟的伟大先贤圣哲所著，或记录着他们的觉悟之道与智慧教导的经典，如孔子之《论语》、老子之《道德经》等；另一为神训经（*śruti*），则由绝对真理、至尊梵的人格化现降临，重启“大道正法”（*darma*达摩），亲自讲授的经典。而至尊梵·克利须那(*Śrī Kṛṣṇa*)所讲的《薄伽梵歌》就属此类。

人生，得道开悟，都需要这两类权威经典的帮助，无论这些典籍来自于哪一国度、哪一民族、哪一地域，都不会影响其对人类智慧的启明。因为，原本的「真理」一定是放之四海宇宙皆准的，而不会受上述种种条件所限。我们的视域与知觉意识更不应受到限制：“哦，我是中国人，我是印度人……；这是华夏文化，那是天竺文化……”等等。在圣典《薄伽梵歌》中如是说：你不是这个短暂的血肉之躯，而是永恒的生命自我（*atma* 灵魂）。《薄伽梵歌》是宇宙中所有众天人(*deva*)、阿修罗(*asura*)、人类(*nara*)、精灵(*yakṣa*)……甚至动物都应聆听与学习的灵性经典。

印度伟大阿阇黎、梵文大学者圣 A.C. 巴克提维丹塔 . 斯瓦米 . 帕布帕德(*AC.Bhaktivedanta Swami Prabhupada*) 所著释的《薄伽梵歌 . 如是说》（*Bhagavad-Gītā as it is*）是全球发行量最大、最为权威的《薄伽梵歌》释译本，以 84 种语言出版超过 8000 万册。他以认真的治学态度及完美追随灵性知识传承中众阿阇黎(*acarya* 灵性宗师)的严谨传承精神，如其所如地展示圣克利须那(*Śrī Kṛṣṇa*)五千年前的超然教导。我们巴克提维丹塔图书 .BBT 在中国也以现代汉语白话文进行翻译出版过梵汉对照版，受到无数中国读者、瑜伽爱好者的喜爱。

随着这一古老灵性经典梵汉对照本在中国越来越受欢迎，我们越来越觉得需要一部与中国传统文化对接、融合在一起的古体译本呈现给中国读者。因此，在与我的同门师兄、北京三智书院 . 世界文明研究院 . 执行院长、著名东方传统文化学者徐达斯先生达成共识后，由他以中国传统古体文字风格形式展现，翻译一版《博伽梵歌·如是说》（古体版）来呈现给中国学术界和传统文化爱好者。我希望通过这部《薄伽梵歌 . 如是说》（古体版）的出版，让更多中国读者、学术界人士看到这一探求真理觉悟的知识是完全能够完全融汇于中华与印度两个古老国度的文化之中，是具有巨大的普世价值的真理。就如我们对瑜伽之道的定义所说一样：योग，*Yoga*，是让人们身体健康平衡，内心快乐宁静，生命自我觉悟的生活方式与古老科学。此亦是所有民众美好的生命愿望。

巴克提维丹塔图书 中文总编

檀摩书院 院长

李建霖（檀摩子）

二零二零年六月九日

Tamal Krishna Goswami Appearance Day 于中国 . 长安

序言

我原本是以现在的形式写的《〈薄伽梵歌〉如是说》。可是，这本书出版的时候，原稿被迫删削至不足四百页，而且没有插图，书中大部分偈颂的评注也不见了。我在其他书中——《薄伽梵往世书》《至尊奥义书》等，所用的方法是，先列梵语原文，然后是英文音译和梵、英逐字对译，最后是偈颂译文和要旨。如此，这些书便十分可信，极富学术性，而且意义自明。因此，当我被迫删削《薄伽梵歌》原稿时，深感不快。但后来，《〈薄伽梵歌〉如是说》的需求量大增，很多学者和奉献者要求我以原来的形式出版它。为了使克利须那觉性运动更稳固更蓬勃，现在我将这部知识巨著以本来的面貌，呈献于世，并且完全继承师承世系的阐释。

我们克利须那觉性运动建基于《〈薄伽梵歌〉如是说》，所以真实、自然、超妙，而且在历史上，是经过授权的。如今，尤其在年轻一代中，这个运动逐渐盛行于整个世界。甚至年老一代对这个运动的兴趣也与日俱增，从下面让我受到鼓舞的事实可见一斑：我弟子的父亲和祖父加入了我们的协会——国际克利须那觉性协会，成了终身会员。在洛杉矶，很多父母来对我说，他们感谢我在整个世界推动克利须那觉性运动。有些则说，我首先在美国推行克利须那觉性运动，实是美国人莫大的福气。但事实上，这个运动的祖师是薄伽梵克利须那本人，而且很久很久以前就已经开始，通过师承世系传至人类社会。如果我在这方面有任何功劳，也不属于我个人，而应归于我永恒的灵性导师——世尊唵·毗湿奴钵陀·波罗摩宏萨·巴利钵罗遮伽阿阇黎·一〇八·室利·室利曼·巴克提悉檀多·娑罗斯伐底·哥史华米·摩诃罗遮·帕布帕德。（*Oṁ Viṣṇupāda Paramahaṁsa Parivrājakācārya 108 Śrī Śrīmad Bhaktisiddhānta Sarasvatī Gosvāmī Mahārāja Prabhupāda*）。

如果我在这件事上有任何功劳，那只是尽力把《薄伽梵歌》毫无歪曲地呈献出来。在我的《薄伽梵歌》问世之前，几乎所有《薄伽梵歌》的英译本都是为了满足个人动机而写的。我们出版《〈薄伽梵歌〉如是说》，目的在阐明至上人格主神克利须那的使命。我们要传达的是克利须那的意旨，而不是世俗的情识推度——如政治家、哲学家、科学家的意图，虽然他们在其他方面知识丰富，对克利须那却一无所知。当克利须那说诸如“念念在我，成为我的奉献者；崇拜我，顶拜我”（*man-manā bhava mad-bhakto mad-yājī māṁ namaskuru*）一类话的时候，我们，不像那些所谓的学者，不会说克利须那和他内在的灵魂有区别。克利须那是绝对的，他与他的名号、身相、德性、游戏等并没有分别。克利须那的绝对地位，对于非奉献者或师承世系之外的人来说，很难了解。一般所谓学者、政治家、哲学家、修行者，对克利须那的知识不圆满，他们为《薄伽梵歌》下注疏，不啻放逐或谋杀克利须那。这种未经授权的释论，被称为幻有宗释论（*Mayavadi-basya*）。主采坦尼亚警告我们不要亲近这些未经授权的人。主采坦尼亚（*Caitanya*）指出，谁若依照幻有宗的观点来理解《薄伽梵歌》，便犯了弥天大错。这个错误会使人在灵修路途上迷惘丛生，无法重返故乡，回归主神。

克利须那在梵天（*Brahma*）的一天里（八十六亿年），降临这个星球一次。他到来的用意跟我们出版《〈薄伽梵歌〉如是说》的目的完全相同，乃是为了指导受拘限的众生。这个目的，《薄伽梵歌》清楚说明了。我们当如实信受，否则，要了解《薄伽梵歌》及其讲说者——薄伽梵克利须那，就变得全无可能。千万年前，圣主克利须那首次向太阳神讲说《薄伽梵歌》。我们须信赖克利须那的权威，接受这为事实，而且不妄加臆测，如此才能明白《薄伽梵歌》的历史意义。阐释《薄伽梵歌》而不根据克利须那的意旨，罪过莫大于此。要避免犯这种错误，须信受克利须那为至上人格神，正如他第一位弟子阿周那所理解的。如此理解《薄伽梵歌》，才不会离经叛道，对造福人类社会，完成人生使命，才有真实的裨益。

克利须那觉性运动对人类社会很重要，这个运动能让人成就最圆满的人生。其中原因，《薄伽梵歌》做了完整的解说。很不幸，世俗好辩之徒利用《薄伽梵歌》来满足他们邪恶的习性，那些力求正确理解生命之简易原则的人被他们引入歧途。每一个人都该知道圣主克利须那的伟大；每一个人都该知道生命个体的真实地位；每一个人都该知道，生命个体永远是仆人；除非为克利须那服务，否则，必为由物质自然之三极气性而来的种种假象所奴役，轮回生死。所谓幻有宗的心智思辨者，自称已获解脱，其实根本不能超生脱死。这知识是一门伟大的科学，每一生命个体，为了自己，须仔细聆听。

一般人，尤其在卡利纪（*kali yuga*），贪恋克利须那的外在能量，误以为增进物质上的安逸，便会快乐。殊不知，物质或外在的自然十分强顽。每一个人都紧紧地被物质自然的铁律所捆绑。其实，生命个体乃至尊主的部分和微粒，他天生的职能是毫不犹豫地为至尊主服务。受假象的迷惑，世人以种种不同形式，追求个人感官的满足；可是，他永不会因此而快乐。人该放弃满足个人的物质感官，转而满足至尊主的感官，这才是生命的最高完美。克利须那这样认为，也这样要求。这是《薄伽梵歌》的中心论点，每一个人都该了解。我们的克利须那觉性运动是要向整个世界阐扬此一中心论点。因为我们不曾歪曲《薄伽梵歌》的宗旨，所以谁若认真地学习《薄伽梵歌》，确实想从这本书中获益，便得求助于克利须那觉性运动，在至尊主的直接指导下，切切实实地理解这本书。有鉴于此，我们希望，透过研读《〈薄伽梵歌〉如是说》，一如本书所呈现者，人们能够获得最大的利益，并且，即使只有一个人成为纯粹的奉献者，我们也认为我们的努力成功了。

A. C. 巴克提维丹塔·斯瓦米·帕布帕德

一九七一年五月十二日于澳洲雪梨

吉祥皈敬颂

oṁ ajñāna-timirāndhasya
jñānāñjana-śalākayā
cakṣur unmīlitaṁ yena
tasmai śrī-gurave namaḥ

śrī-caitanya-mano-'bhīṣṭaṁ
sthāpitaṁ yena bhū-tale
svayaṁ rūpaḥ kadā mahyaṁ
dadāti sva-padāntikam

我诞生，四周是黑沉沉的愚昧。灵性导师呀！我要顶拜您：您启亮我的眼睛，以智慧的火炬。

室利·茹巴·哥史华米·帕布帕德啊！您在这个物质世界建立了传道使命，以实现主采坦尼亚的愿望。何时呀，您才以莲花足庇我荫我？

vande 'haṁ śrī-guroḥ śrī-yuta-pada-kamalaṁ śrī-gurūn vaiṣṇavāṁś ca
śrī-rūpaṁ sāgrajātaṁ saha-gaṇa-raghunāthānvitaṁ taṁ sa-jīvam
sādvaitaṁ sāvadhūtaṁ parijana-sahitaṁ kṛṣṇa-caitanya-devaṁ
śrī-rādhā-kṛṣṇa-pādān saha-gaṇa-lalitā-śrī-viśākhānvitāṁś ca

在灵性导师的莲花足下，在所有外士那瓦的莲花足下，我虔敬顶礼；在室利·茹巴·哥史华米和他兄长萨拿檀那·哥史华米、在罗古拿陀·陀娑、罗古拿陀·跋多、哥巴罗·跋多、室利·基法·哥史华米的莲花足下，我虔敬顶礼；我虔敬顶礼主克利须那·采坦尼亚、主尼提安南陀、阿德威陀阇黎、戈达答腊、史利华萨及其他同伴；我虔敬顶礼罗陀罗妮、克利须那，以及他们的伙伴罗丽陀、维莎喀。

he kṛṣṇa karuṇā-sindho
dīna-bandho jagat-pate
gopeśa gopikā-kānta
rādhā-kānta namo 'stu te

克利须那呀！烦恼者之友、慈悲之洋、天地之根、牧牛女之主、罗陀的爱侣呀！我虔敬顶拜你。

tapta-kāñcana-gaurāṅgi
rādhe vṛndāvaneśvari
vṛṣabhānu-sute devi
praṇamāmi hari-priye

罗陀罗妮呀，你肤如熔金，是温达文的皇后。我要崇拜你；你是维萨般努王的女儿，克利须那极为宠爱你。

vāñchā-kalpatarubhyaś ca
kṛpā-sindhubhya eva ca
patitānāṁ pāvanebhyo
vaiṣṇavebhyo namo namaḥ

主的外士那瓦奉献者呀！你们好比如愿树，满足每一个人的愿望，对堕落的灵魂，充满怜悯之心。我要虔敬顶拜你们。

śrī-kṛṣṇa-caitanya
prabhu-nityānanda
śrī-advaita gadādhara
śrīvāsādi-gaura-bhakta-vṛnda

我顶礼主克利须那·采坦尼亚、巴布·尼提阿南陀、阿德威陀、戈达答腊、史利华萨，以及全体在巴克提瑜伽传系中的奉献者。

hare kṛṣṇa hare kṛṣṇa
kṛṣṇa kṛṣṇa hare hare
hare rāma hare rāma
rāma rāma hare hare

赫列 克利须那，赫列 克利须那，克利须那 克利须那，赫列 赫列；赫列 罗摩，赫列 罗摩，罗摩 罗摩，赫列 赫列。

导论

《薄伽梵歌》又名《梵歌奥义书》（*Gitopanisad*），是吠陀之学的精华，在吠陀典中，也是最重要的《奥义书》之一。当然，《薄伽梵歌》有很多英文注疏，有人会问：为什么还需要另一本？我想借一件事情来说明。最近，有一美国女士要求我推荐给她一部《薄伽梵歌》的英译本。在美国，《薄伽梵歌》已有很多英文版，但就我所看到的，不止在美国，甚至在印度，严格地说，没有一个版本是权威译著。这是因为所有注疏者都在书中掺杂了个人意见，没有诠发出原书的真正精神。

《薄伽梵歌》的精神透显于《薄伽梵歌》本身。这就好比我们想服用某种药，便须依照标签上的指示，千万不可根据自己的想法或朋友的建议。药必须依照标签上的或医生的指示服用，同样，接受《薄伽梵歌》也须依照讲说者本人的开示。《薄伽梵歌》的讲说者是克利须那，《薄伽梵歌》每一页都提到他，而且称他为薄伽梵（*Bhagavān*）——即至上人格主神。“薄伽梵”一词，有时用来指称任何具有大能的人或天神。不过，这里“薄伽梵”是主克利须那的名字，指出他具有伟大的性格。同时，我们当知，主克利须那即至上人格主神。所有伟大的灵性导师皆如是说——包括商羯罗阿阇黎（*Śaṅkarācārya*）、罗摩努遮阿阇黎（*Rāmānujācārya*）、摩多婆阿阇黎（*Madhvācārya*）、宁巴喀史华米（*Nimbārka Svāmī*）、室利·采坦尼亚·摩诃波菩和很多其他印度的吠陀学权威。克利须那在《薄伽梵歌》中，亲口将自己确立为至上人格神。

《梵天本集》及所有《往世书》，尤其是又名《薄伽梵往世书》的圣典《薄伽梵胜妙经》（*Śrīmad-Bhāgavatam*），均以克利须那为至上人格主神（*kṛṣṇas tu bhagavān svayam*，《薄伽梵往世书》1.3.28）。是故，我们当依照至上人格主神给我们的开示来领会《薄伽梵歌》。克利须那在《薄伽梵歌》第四章第 1~3 颂说：

imaṁ vivasvate yogaṁ
proktavān aham avyayam
vivasvān manave prāha
manur ikṣvākave 'bravīt

evaṁ paramparā-prāptam
imaṁ rājarṣayo viduḥ
sa kāleneha mahatā
yogo naṣṭaḥ parantapa

sa evāyaṁ mayā te 'dya
yogaḥ proktaḥ purātanaḥ
bhakto 'si me sakhā ceti
rahasyaṁ hy etad uttamam

“我将这门不朽的瑜伽科学传授给太阳神维筏斯万，维筏斯万传授给人类的始祖摩奴，摩奴又传授给伊刹华古。”

“这门至高无上的科学便如此通过师承世系传授下来。那些圣王也是由此接受这门科学的。然而，时光流逝，传系中断，这门科学的本来面目仿佛湮没了。”

“我今天就告诉你这门古老的科学，它诠释了生命个体跟无上者的关系。你既是我的奉献者，又是我的朋友，必能了解这门超验科学的奥秘。”

克利须那在这里告诉阿周那，这个瑜伽体系——《薄伽梵歌》，首先向太阳神讲说。太阳神向摩奴传述，摩奴向伊刹华古传述；便是这样，通过师承世系(*parampara*),一个向一个传递,这个瑜伽系统流传了下来。然而，年深日久，它逐渐变得隐晦不显。因此，至尊主不得不重新讲说。这次是在俱卢之野，向阿周那讲说。

克利须那告诉阿周那，因为他既是朋友，又是奉献者，所以才向他讲述这至高无上的奥秘。其中的含意是，《薄伽梵歌》是为至尊主的奉献者而写的。神秘主义者分三类：思辨家（*Jñānī*）、瑜伽士（*Yogī*）、奉献者（*Bhakta*）。克利须那在这里清楚地告诉阿周那，因为旧的传系中断，他要让阿周那成为新传系的第一个传承者。克利须那的愿望是建立另一支师承世系，其精神宗旨与由太阳神传给其他人的无异。克利须那希望阿周那重新传布他的教义，并希望阿周那成为《薄伽梵歌》的权威。可见，阿周那之所以获授《薄伽梵歌》，最重要的原因是，他是克利须那的奉献者、克利须那的直系弟子、克利须那的亲密朋友。德性跟阿周那相同的人，才能彻底解悟《薄伽梵歌》。也就是说，这个人须是奉献者，跟至尊主有直接的关系。谁一旦成为奉献者，便跟至尊主有了直接的关系。这是一个复杂精深的题目，若简而言之，奉献者跟至上人格神的关系可分五类：

1．被动关系
2．主动关系
3．朋友关系
4．父子或母子关系
5．爱侣关系

阿周那跟至尊主的关系是朋友。当然，他与至尊主的友谊跟世俗的友谊有天渊之别。这是超然友谊，不是谁都能享有的。但其实，每一个人跟至尊主都有某种关系，而这种关系可通过圆满的奉爱服务唤醒。可是，我们在目前的生命境况中，忘记了至尊主，也忘记了我们跟至尊主的永恒关系。亿兆生命中的任何一个，跟至尊主都有某种永恒关系。这关系称为“本来真性”（*Svarūpa*）。通过奉爱服务，可恢复个体的本来真性，这境界名为“成就本来真性”（*Svarūpa-siddhi*），亦即个体命定地位之圆成。阿周那是奉献者，跟至尊主的关系是朋友。

我们应注意阿周那是怎样接受《薄伽梵歌》的，第十章第12~14颂讲到这点：

arjuna uvāca
paraṁ brahma paraṁ dhāma
pavitraṁ paramaṁ bhavān
puruṣaṁ śāśvataṁ divyam
ādi-devam ajaṁ vibhum

āhus tvām ṛṣayaḥ sarve
devarṣir nāradas tathā
asito devalo vyāsaḥ
svayaṁ caiva bravīṣi me

sarvam etad ṛtaṁ manye
yan māṁ vadasi keśava
na hi te bhagavan vyaktiṁ
vidur devā na dānavāḥ

“阿周那说：你是至上梵、至上之地、能净者、绝对真理、永恒的补鲁莎。你是主神，超越而原始。你是无生者、遍透万有的美。”

“所有伟大的圣者，如那罗陀、阿悉多、提婆罗，及毗耶娑，皆如是说，而且，现在你亲自向我宣说。”

“克利须那，你向我开示的真理，我全然信受。主啊，诸神和魔族，都不明白你的人格性。”

从至上人格主神口中听过了《薄伽梵歌》，阿周那遂接受克利须那为至上梵（*Paraṁ brahma*）。每一生命体都是梵，但至高无上的生命体——至上人格主神，是至上梵。“至上之地”（*paraṁ dhāma*），意指至尊主是一切生命体的至高庇护所。“能净者”（*pavitram*），指至尊主是纯粹的，不受物质染垢；“补鲁莎”（*puruṣam*），指至尊主是至高享受者。“*śāśvatam*”意为原初，“*divyam*”是神圣的，“*ādi-devam*”指首出的至上人格主神，“*ajam*”非生者，“*vibhum*”意为最伟大的。至上人格主神超越、无生、周流遍摄，而且最伟大。或许有人认为，阿周那是克利须那的朋友，他这样称颂对方，不过是在阿谀奉承。为了消除《薄伽梵歌》读者心中的怀疑，阿周那在随后的偈颂中指出，除了他，还有其他权威，如那罗陀、阿悉多、提婆罗，毗耶娑等，皆奉克利须那为至上人格主神。他对主的赞颂绝非凭空杜撰。上述伟大的人物，传授吠陀之学，被所有阿阇黎所认可。因此，阿周那告诉克利须那，凡克利须那所说的一切，他皆信受，而且以之为尽善尽美：“你向我开示的真理，我全盘信受”（*Sarvam etad ṛtaṁ manye*）。阿周那还说，主的人格性，很难了解，即使伟大的天神也不能。既然比人类伟大的生命体也不了解至尊主，那么，不成为奉献者，人类又怎能了解至尊主呢？

所以，《薄伽梵歌》该以奉爱精神接受。千万不要以为自己与克利须那相等，更不可以为克利须那是凡夫，甚或伟人。克利须那是至上人格主神，《薄伽梵歌》如是说，努力理解《薄伽梵歌》的阿周那也如是说。因此，至少在理论上，我们当奉克利须那为至上人格主神。凭着顺服的心态，我们才能解悟《薄伽梵歌》；否则，《薄伽梵歌》便难以理解，因为这是至精至微的无上奥秘。

那么，《薄伽梵歌》是什么？《薄伽梵歌》的目的在把人类从物质存在的无明中拯救出来。正如阿周那在俱卢之野遇到必须作战的困难，每个人都会遇到种种困难。阿周那皈依克利须那，因此产生了《薄伽梵歌》。其实，不止阿周那，我们每一个人都因为物质存在而充满忧虑。我们的存在被非存在的阴影笼罩。事实上，我们根本不会受非存在威胁，我们永恒存在。但不知什么缘故，我们陷于“非真”（*asat*）。“非真”

指不存在的东西。

在芸芸受苦的众生中，实际只有极少数探究自己的地位，开始思索“自己是什么”，“为什么自己会陷入痛苦的境况中”等问题。一个人除非醒觉过来，探询自己为什么受苦；除非觉悟到自己并不要痛苦，而该解除痛苦，否则，他算不上完美的人。当这类探究在心中醒转，人之为人，于焉开始。《吠檀多经》（*Brahma-Sutra*）称这类探究为对梵的询问（*brahma jijñāsā*）：即“应该询问有关绝对真理的知识”（*Athāto brahma jijñāsā*）。人如不去探究绝对真理的体性，他的每一活动皆归败坏。因此，如果有人开始探询人为什么受苦、人自何处来、死后又往何处去，此人便是觉解《薄伽梵歌》的理想弟子。认真的弟子还应该对至上人格主神保持诚敬。阿周那便是这样的弟子。

当人类忘记了生命的真正目的时，薄伽梵克利须那便降临世上，重新为生民立命。即使如此，在无数的觉悟者中，可能只有一人实际证知自己的地位；《薄伽梵歌》便是为他而讲说的。事实上，我们全为无明之虎所吞噬，但是至尊主对生命个体，尤其人类，十分慈悲。为此，他讲说《薄伽梵歌》，让阿周那成为他的弟子。

阿周那是克利须那的同伴，绝不愚昧，但在俱卢之野，为了为生民立命，饶益后世，克利须那特意将他变得无知，好让他提出关于生命的问题。这样，人类知所依凭，便能完成人生的使命。

《薄伽梵歌》的主题涵盖了对五大实谛的阐释。首先，它阐明上帝或主宰者（*īśvara*）之理。接着，诠释了生命个体（*jīva*，命我）的命定地位。世上有主宰者，也有受主宰的生命个体。任何生命个体若说，他不受主宰，由，他的神经肯定出了毛病。生命个体，至少在受拘限的生命中，每一方面都受主宰。《薄伽梵歌》在诠释了至高主宰者和受主宰的生命个体后，跟着讨论物质自性（*Prakṛti*）、时间（*Kāla*，整个宇宙或物质表象的相续延展）、业（*Karma*）。天地间充满活动。一切生命个体都在进行各种活动。我们要从《薄伽梵歌》学习：主宰者是什么，生命个体是什么，物质自性是什么，宇宙表象是什么，宇宙表象怎样受时间主宰，生命个体的活动又是怎么一回事。

《薄伽梵歌》要在这五大实谛中确立至上人格主神，或曰克利须那，或曰梵，或曰至高主宰者，或曰超灵、胜我——随便你喜欢用哪一个称呼，是最伟大的。例如，虽然生命个体在本质上跟至高主宰者一体无别，但至上人格主神却能主宰天地万物，主宰物质自然，这些在《薄伽梵歌》后面的章节中会有解说。物质自性不是独立的，她依照至尊主的指示活动。正如克利须那所说："物质自性照我的指令运化（*mayādhyakṣeṇa prakṛtiḥ sūyate sa-carācaram*）。"当我们在大自然中看到神妙的事物时，便该晓得，在宇宙表象的背后，有一主宰者。凡被表显出来的事物，没有不受控制的。认为没有主宰者是幼稚的想法。这好比小孩以为汽车之行驶，不用马或其他动物牵拉，十分神奇。但头脑健全的人知道汽车发动机的运作原理。他知道，在机器的后面还有一个人——司机。同样，至尊主是司机，操纵万事万物的运作。正如我们会在后面的章节里看到的，生命个体是上帝的部分和微粒。金沙虽小仍是金，一滴海水照样咸；同样，我们生命个体是至高主宰者——薄伽梵克利须那的部分和微粒，所以拥有他的所有德性，不过在量上却极其微小。我们是渺小、从属的主宰者。我们力图主宰自然。例如，现在我们谋求主宰太空或星体。我们有这种习性，是因为克利须那也有。我们尽管有主宰物质自然的习性，但千万要知道，我们绝不是至高主宰者。这点《薄伽梵歌》也解说了。

何为物质自性？《梵歌》将它诠释为低等自性（*Prakṛti*），而将生命个体诠释为高等自性，无论高等自性或低等自性，皆永受主宰。物质自性是阴性的，受至上人格主神支配，正如妻子的行动受丈夫支配。物质自性永为从属，受至尊主控制。至尊主是控制者，生命个体及物质自性均受至尊主控制。据《梵歌》说，生命个体虽是至尊主的部分和微粒，仍为其自性。《梵歌》第七章偈颂五说："这是我低等的自性，但除此之外，还有另一自性——命我（*Jīva-bhūtām*），即生命个体（*Apareyam itas tv anyāṁ prakṛtiṁ viddhi me parām/ jīva-bhūtām*）。"

物质自性由三极气性构成：中和气性（*Sattva-guṇā*）、强阳气性（*Raja-guṇā*）、浊阴气性（*Tama-guṇā*）。在三极气性之上是永恒的时间（*Kāla*）。这三种气性交错相推，在永恒时间的操纵下，产生活动。

这些活动称为“业”（*Karma*），从无始以来，进行至今。举个例说，假设我是商人，勤恳精明，储了大笔金钱在银行。这样，我是享受者。但不久我生意失败，亏损了所有金钱，我变成了受苦者。以此类推，在生命的每一方面，我们或享用或承受自己的业果，这称为“业报”。

至尊者、生命个体、自性、永恒的时间、业，《薄伽梵歌》全都解释了。五者之中，至尊者、生命个体、物质自然、时间是永恒的。物质自然的现象虽为短暂，但并非幻像。有些哲学家说，物质自然的现象是幻，但根据《薄伽梵歌》哲学，或外士那瓦哲学，则并非如此。物质表象虽然无常，却并不虚幻，而为真实。现象仿佛是云，也仿佛是雨季来临，滋长五谷。云雨一旦过去，五谷干枯而死。物质表象也如此，在某段时间出现，停留一会，跟着消失。这便是自然的运作。这循环的过程永恒地运行。因此物质自然并非假象，而是永恒的。克利须那提及本性属阴的物质自然时，称它为“我的自性”（*my Prakṛti*），物质自然是跟至尊主隔离了的能力；生命个体是至尊主的能力，但不是隔离的。生命个体跟至尊主有永恒关系。因此。至尊主、生命个体、物质自性、时间四者互相涵摄，而且全为永恒。然而，业并非永恒，尽管业的影响也许确实非常久远。自无始以来，我们就在享用或承受业果。但是，我们能改变业果。这改变与我们的知识是否圆满有关。我们造作种种不同的活动，但毫无疑问，我们并不知道该从事何种活动，以摆脱业力。这点《薄伽梵歌》也解释了。

至高主宰者的地位是，他具足至高无上的觉性。生命个体是无上者的部分和微粒，也是能觉知的。生命个体及物质自然均被解释为自性（*prakṛti*）——无上者的能力，但只有生命个体才是能觉知的，物质自然则不是。这便是两者的分别。这也就是生命个体称为高等自性（*Jīva-prakṛti*）的原因：生命个体跟至尊主均具觉性。至尊主具足至高无上的觉性，千万不可妄称，生命个体也能最高程度地觉知。生命个体无论处在何种圆满境界，都不可能最高程度地觉知。有些理论认为能够，实在误人。生命个体能觉知，但不能圆满地或最高程度地觉知。

《薄伽梵歌》第十三章说明至高主宰者与生命个体的区别。至尊主是知田者（*kṣetra-jña*），是能觉知的，生命个体也是。然而，生命个体只觉知到自己的躯体，至尊主则觉知到所有躯体。至尊主在每一生命个体的内心，觉知到每一生命个体的心理活动。这点我们不应忘记。超灵（*Paramātmā*），或至上人格主神，被解释为以至高主宰者的身位临在于生命个体的心中，遇到生命个体想活动，便发出指令。生命个体忘记了该怎样做。首先，他决定以某种方式活动，跟着便纠缠于活动的业报中。他放弃一种躯壳，进入另一种，好像我们更换衣服一般。如此灵魂转世，便要承受自己过去活动的业报。当生命个体在中和气性中，神智清醒，而且了解该从事何种活动，就可以改变其业行。如此，他过去活动的业报便可改变。因此，业并非永恒；也因此，我们说，至尊主、生命个体、自然、时间、业五者之中，前四者是永恒的，业则不是。

具足至高觉性的主宰者跟生命个体的相同点是：无上者和生命个体的觉性都是先天超验的。觉性的产生，与物质无关。有理论说，知觉产生于物质在某种情况下的结合。这是错误的概念。《薄伽梵歌》否定了这个说法。正如透过有色玻璃反射出来的光会带上某种颜色，觉性受物质蔽覆，反射出来，或许会受到歪曲。然而，无上者的觉性不受物质影响。克利须那说："物质自然按照我的指令运化（*mayādhyakṣeṇa prakṛtiḥ*）。"当他降临尘世，他的觉性并不受物质影响。否则，他不配在《薄伽梵歌》中讲说超验科学。如果未曾脱离物质的染污，谁也不能够讲述超验世界。因此，至尊主不受物质染污。然而，现在我们的觉性，全为物质蔽覆了。《薄伽梵歌》教导我们须净化自己被物质染污了的觉性。在无染觉性中，我们的作为便符合至高主宰者的意志。如此，我们乃得享福乐。我们并非要停止活动，倒是要净化活动。经过净化的活动称为巴克提（*Bhakti*），即奉爱服务。奉爱服务的活动表面看来好像一般的活动，但却是全无染污的。愚昧的人可能以为，奉献者的活动或工作，与一般人无异。这些见识浅薄的人并不知道，至尊主或奉献者的作为不受不洁的意识或物质的染污。他们超越物质自然之三极气性。不过，我们应知道，现在我们的觉性是受到染污的。

当我们受了物质的污染，便可说是受拘限了。虚妄的意识表现在，人总以为自己是物质自然的产物。此谓假我。耽于躯体化观念的人无法了解自己的处境。克利须那讲说《薄伽梵歌》的目的是为了破除这种将生命躯体化的观念。阿周那把自己放在弟子的位置，是为了从主那里接受这个讯息。必须跳出躯体化的生命观，这是神秘主义者在起步阶段的修炼。要自由，要得到解脱，首先须体认自己并非躯壳。解脱即超越物质意识。在《薄伽梵往世书》（2.10.6）里，解脱（*Mukti*）的定义是："摆脱受到尘世污染的觉性，处于无染觉性之中（*Muktir hitvānyathā-rūpaṁ svarūpeṇa vyavasthitiḥ*）。"《薄伽梵歌》的所有开示全是为了唤醒无染觉性。因此，在《梵歌》的最后部分，我们发觉克利须那问阿周那是否处在无染觉性中。无染觉性即依照至尊主的指令行事。这就是无染觉性的全部含义和实质。我们是至尊主的部分和微粒，所以能觉知。但低等的物质气性吸引我们，影响我们。至尊主作为无上者，绝不受影响。这便是至尊主和受拘限灵魂之间的分别。

觉性是什么？觉性即"我是"。那么，我是什么？在受污染的觉性里，"我是"即"我是主人，主宰我所观察到的东西。我是享受者。"世界在转动，因为每一生命个体都以为自己是物质世界的主人和创造者。物质意识在心理上可分两类。一为我是创造者，另一为我是享受者。可是，实际上，至尊主才是创造者和享受者。生命个体，作为至尊主的部分和微粒，既非创造者，亦非享受者，而是合作者。生命个体被主创造、被主享受。例如，机器的部分跟整架机器合作，躯体的部分跟整个躯体合作。手、脚、腿、眼等全是躯体的部分，实际上，并非享乐者。胃才是享乐者。脚走动，手提供食物，牙齿咀嚼，躯体各部分所从事的活动都是为了满足胃。胃是滋养整个躯体组织的主要器官，所以一切都要输送给胃。浇灌树，要浇水于根部；滋养身体，必须送食物到胃里。躯体要维持健康，各个部分必须合作，送食物入胃。同样，至尊主是享受者和创造者。而我们，作为从属的生命个体，该配合满足他。这样合作其实是帮助我们自己，正如胃所接受的食物会滋养躯体的其他部分。如果手指自以为该享受食物，而不将食物传送到胃，结果必定失败。创造和享受的中心人物是至尊主。生命个体只是跟他合作。通过合作，生命个体也可以享受。这种关系好比主仆。主人完全满足了，仆人自然满足。因此，生命个体该满足至尊主。创造了宇宙表象的至尊主有创造和享受的习性，故而生命个体也有这两种习性。不过，它们一定要经过转化。

至此，我们会发觉，《薄伽梵歌》的内容包括至高主宰者、受主宰的生命个体、宇宙表象、永恒时间、业。这些在书中都有阐述。凡此皆从大全整体而来。整体大全和天理大全即至上人格主神——薄伽梵克利须那。一切现象都从他的能力而来。他是整体大全。

《薄伽梵歌》还解释了，非人格梵也隶属于作为整体大全的至尊主（*brahmaṇo hi pratiṣṭhāham*）。《梵经》（*Brahma-sūtra*）更是明确指出，大梵（*Brahman*）犹如太阳的光芒。非人格梵是至上人格主神放射出的辉光。非人格梵只是对绝对整体的局部领悟，超灵（*Paramātmā*）的概念亦复如是。在《薄伽梵歌》第十二章里，我们看到至上人格主神，即至高主宰者（*Puruṣottama*），在对非人格梵和对超灵的部分觉悟之上。至上人格主神被认为具有真常、灵明、极乐之身。《梵天本集》开篇便如是说：

"克利须那为一切因之因，他是最初因。他的身相真常、灵明、极乐"（*īśvaraḥ paramaḥ kṛṣṇaḥ sac-cid-ānanda-vigrahaḥ/ anādir ādir govindaḥ sarva-kāraṇa-kāraṇam*）。

对非人格梵的觉悟是证知他的真常（*Sat*）之性，对超灵的觉悟是证知他的真常、灵明（*Sat-Cit*）。对人格主神克利须那的觉悟即证知其所有超越性特征，即在圆满身相（*vigraha*）中的真常、灵明、极乐（*Sat-Cit-ānanda*）。

学识浅陋的人认为至高本体是非人格性的。但他是超凡之人，吠陀典皆如是说。《羯陀奥义书》（*Katha Upanisad*，2.2.13）云："他是永生者中为首的永生者，生命体中至上的生命体"（*Nityo nityānāṁ cetanaś cetanānām*）。我们即是生命体，有个体性，那么至高绝对的实体，终极而言，也当然是一个人。觉悟主神的人格性即是觉悟在他圆满身相中的一切超越性特征。整体大全并非没有形体。如果他没有形体，或者，如果他比起其他东西，有所欠缺，便不可能是整体大全。整体大全拥有我们经验之内以及经验之外的一切，否则便不完整。

整体大全——人格主神有无限能力（*parasya saktir vividhaiva sruyate*）。克利须那如何以其不同的能力活动，《薄伽梵歌》也解释了。依据数论（*Sankhya*，僧佉），物质宇宙是二十四种元素所构成的无常表象。这二十四种元素被调节到能产生充足的资源，化育、生养这宇宙。因此，我们所处的表象世界本身是圆满的：既不满溢，也无匮乏。宇宙现象之生灭皆有固定的时间，由至高整体的能力限定。时间到了，无常的表象便遭毁灭，这也是出于整体的整体性安排。对于整体的微细单位——生命个体，要觉悟整体，也有圆满的施设。一切的不圆满都是来自对整体的不圆满认识。因此，《薄伽梵歌》包含了吠陀智慧的圆满知识。

一切吠陀知识皆无瑕疵。印度人认为吠陀知识圆满无漏。例如，牛粪是动物粪便。根据圣传经（*Smṛti*）或吠陀训谕，触碰了动物粪便须沐浴净身。但在吠陀典中，牛粪却被认为是净化物。或许有人认为这是自相矛盾。然而因为这是吠陀训谕，所以为人信受。而且确实，信受了也没有错；现代科学后来发现牛粪具有消毒防腐的性质。因此，吠陀之学是完美的，不容怀疑，没有错误；而《薄伽梵歌》是一切吠陀之学的精髓。

吠陀之学并非靠研思可得。我们的研究工作有缺陷，因为我们用以研究的感官有缺陷。《薄伽梵歌》指出，师承世系传下了圆满的学问。我们须接受这圆满的学问。师承世系由至高无上的灵性导师——克利须那（*Krishna*）亲自开启，我们须在源自这位无上明师的师承世系中，从正确的源头，接受学问。向克利须那学习的阿周那，接受至尊主的一切教诲，无半点异议。接受《薄伽梵歌》的一部分，却拒绝另一部分，绝不容许。我们须信受《薄伽梵歌》，不加个人解释，不随意删削，不妄自测度。我们应该接受《薄伽梵歌》为吠陀之学的最完美陈述。吠陀之学具有超越性根源，最初是由主亲自宣说的。至尊主所说的话被称为*apauruṣeya*，意谓跟凡人所说的迥然不同。世间凡人有四大缺陷：肯定会犯错，此其一；肯定为假象所惑，此其二；有欺骗人的习性，此其三；受有缺陷的感官所限制，此其四。如是，世间凡人实不能完整地传递此弥纶万有的学问。

吠陀智慧并不是由有缺陷的生命体传授下来的。至尊主将它传授给第一个被创造出来的人——梵天（*Brahma*），然后梵天将它传授给自己的儿子和弟子。至尊主是绝对的圆满（*purnam*），不可能受制于物质自然的规律。吾人当有足够的智慧，了解至尊主是天地万物的唯一所有者，是首出的创造者，梵天的生养者。梵天被称为“天父”（*Pitamaha*），《薄伽梵歌》第十一章却称呼至尊主为（*Prapitamaha*），即“天父之父”，因为他是人类始祖的生养者。是故，谁也不该自称拥有什么，而应领受至尊主分配给他的一切，用以维持生命。

有很多例子指点我们，该如何去运用主给予我们的一切。这点《薄伽梵歌》也阐释了。开始时，阿周那决定不在俱卢之野作战。这是他的决定。他告诉克利须那，杀了族人，即使得到王国，他也不会快活。他的这个决定，是以躯壳为出发点。他以为自己是躯壳，躯壳的关系或延伸便是兄弟、子侄、姻兄弟、祖叔伯等。他这样想，不过是在满足自己的身体需求。克利须那讲说《薄伽梵歌》就是为了改变他的这个观念。最后，阿周那决定在克利须那的指引下作战，他说：“我按照你所说的行事”（*kariṣye vacanaṁ tava*），《薄伽梵歌》（18.73）。

人在世上活着，并非为了像猫狗一样拼斗。他须有足够的智慧，体察人类生命的重要性，拒绝禽兽般的生活。他应当实现他生命的目标。所有吠陀经典皆如是训谕，而吠陀的精髓在《薄伽梵歌》。吠陀典不是给禽兽，而是给人类阅读的。动物可杀其他动物，其中并无罪恶可言。可是，如果人为了满足一己的欲望，杀害动物，便须为破坏大自然的律法而负责。《薄伽梵歌》清楚说明了在三极气性之下有三类活动：中和性活动、强阳性活动、浊阴性活动；同样，也有三种食物：中和性食物、强阳性食物、浊阴性食物。这一切都被解说清楚了，如果我们正确地遵行《薄伽梵歌》的开示，整个生命便得净化，最后，便能到达物质天宇以外的彼岸世界。

这彼岸称为永恒的天宇——永恒的灵性天宇。我们在物质世界内所看到的一切均属无常：出现、延续一段时间、产生果实、逐渐式微、然后消失，这便是物质自然的规律；我们的躯体、一个水果，或任何其他东西，均在此列。然而，在这无常的世界之外，我们知道，还有另一世界。那个世界有自己永恒的本质。《薄伽梵歌》第十一章将生命个体及至尊主都形容为永恒（*Sanātana*）。我们跟至尊主有密切的关系。至尊主和我们在本质上相同——永恒的故乡、永恒的至上人格神、永恒的生命个体，整部《薄伽梵歌》的宗旨就在恢复我们生命个体的永恒职分（*Sanātana-dharma*）。我们都忙于种种短暂的活动。当我们放下这些短暂的活动，转而践履至尊主赋予我们的职分，便能得到净化。这称为纯粹的生活。

至尊主和他的超上居所都是永恒的，生命个体也是。生命个体与至尊主在永恒的居所相互为伴，这是人类生命最完美的境界。至尊主对生命个体非常仁慈，因为生命个体是他的孩子。克利须那在《薄伽梵歌》里说："我是众生之父"（*sarva-yoniṣu ahaṁ bīja-pradaḥ pitā*）。当然，由于不同的业报，生命个体的种类也不同；可是，克利须那声言他是一切生命个体的父亲。至尊者降临世上，拯救所有堕落、受拘限的灵魂，召唤他们重返永恒的天宇，让他们恢复永恒的地位，跟他长相厮守。无上者以不同的化身亲自降临世上，或者派遣最可靠的仆人，以他儿子或同伴或灵性上师的身份，来世上拯救受拘限的灵魂。

因此，永恒法（*Sanātana-dharma*）并不专属于任何宗教，而是永恒之生命体对于永恒之无上者的永恒职分，梵语 *Sanātana-dharma*，如前所述，指的是生命体的永恒职分。室利钵多·罗摩努遮阿阇黎（*Śrīpāda Rāmānujācārya*）解释"永恒（*Sanātana*）"为"无始无终"。因此，当我们说到永恒职分（*Sanātana-dharma*）时须接受室利钵多·罗摩努遮阿阇黎的权威，以之为无始无终者。

"宗教"一词跟永恒职分有点区别。"宗教"意为"信仰"，信仰可以改变。一个人在某个阶段里或有某一信仰，后来放弃了，改信其他的。然而，永恒法是指无法改变的活动。流动性不能与水分开，热不能与火分开。同样，永恒生命个体的永恒活动也不能与生命个体分开。永恒法与生命个体永为一体。我们说到永恒法时，须接受室利钵多·罗摩努遮阿阇黎的权威，以之为无始无终者。无始无终者，因为没有界限，一定不会具有宗派性。自认为属于某个宗派信仰的人误以为永恒法也是宗派性的。不过，如果我们深入了解，而且以现代科学的观点来考察，我们会发觉，永恒法属于全世界的人，不，全宇宙的生命个体。

非永恒的宗教信仰或始于人类历史的某个时代。但永恒法没有开始，因为它与生命个体永为一体。至于生命个体，权威的圣典（*Sastra*）说，他们无生无死。《薄伽梵歌》也如是说。生命个体是永恒的，不会坏灭，无常的物质躯壳坏灭后，他仍会继续存在。关于 *Sanātana-dharma*，即“永恒法”这个概念，我们须从梵文字根来了解。“法”（*Dharma*），意指恒常与某特定对象并存的东西。我们推断，有火便有光和热，没有光和热，“火”字便没有意义。同样，我们须发现生命个体必不可少的部分，那恒常跟生命个体并存的部分。这部分是生命个体的永恒本质；而这永恒本质即生命个体的永恒法。

当萨拿檀那·哥史华米（*Sanātana Gosvāmī*）询问主采坦尼亚·摩诃波菩：“生命个体的命定地位（*Svarūpa*）为何？”他的回答是：“生命个体的命定地位是为至上人格主神服务。”如果我们分析采坦尼亚这句话，便很容易发现，每一生命个体都恒常地为另一生命个体服务。生命个体以各种身份为其他生命个体服务。这样做，生命个体便享受生命。低等的动物，好像奴仆一般，为人类服务。甲为乙主人服务，乙为丙主人服务，丙为丁主人服务，如此以往，我们看到朋友为朋友服务，母亲为儿子服务，妻子为丈夫服务，丈夫为妻子服务……如果我们继续这样追究下去，便会发现在生命个体的社会里，每一分子均不能避免为其他分子服务。政治家向公众发表宣言，让公众相信他的服务能力。选民认为他能为社会服务，投他宝贵的一票。店主为顾客服务，技工为资本家服务，资本家为家庭服务，而家庭服务国家，凡此无不缘于永恒生命的永恒职能。由此看来，没有生命个体可以避免为其他生命个体服务。我们可以放心断定，服务永恒地跟生命个体在一起。服务是生命个体的永恒法。

但在特定的时空中，吾人会宣称自己属于某一宗教信仰，而且自称为印度教徒、回教徒、基督徒、佛教徒或其他宗派的信徒。这些名称与永恒宗教无关。印度教徒会变为回教徒，回教徒会变为印度教徒，基督徒也会变为……。可是，在任何情况下，宗教信仰的改变并不影响生命个体所禀赋的永恒职分。印度教徒、回教徒、基督徒，在任何情况下，都是其他人的仆人。所以，自称属于某个特定教派，并不等于承认永恒法。服务才是永恒法（*Sanātana-dharma*）。

事实上，我们以服务跟至尊主发生关系。至尊主是至上的享乐者。我们生命个体不过是他的仆从。我们之被创造，是为了他的享乐。如果我们参与至上人格主神的永恒享乐，便会有喜乐。否则，我们快活不起来。我们独自无法快活。正如不跟胃合作，躯体的其他部分不会快活。不为至尊主做超越性爱心服务，生命个体不会快活。

《薄伽梵歌》不同意崇拜各色天神，或为天神服务。第七章第20颂说：

kāmais tais tair hṛta-jñānāḥ
prapadyante 'nya-devatāḥ
taṁ taṁ niyamam āsthāya
prakṛtyā niyatāḥ svayā

"心意为物质欲望引入歧途的人，依照自己的天性，皈依天神，遵循特殊的仪轨。"

这里很明显，受欲望操纵的人不崇拜至尊主克利须那而崇拜天神。我们说到克利须那时，所指的并非一个具有宗派性的名字。克利须那意即最高的妙喜。所有吠陀典都说，至尊主是一切妙喜的泉源，一切妙喜的库房。正如《吠檀多经》（1.1.12）所说："恒言梵性极乐"（*Ānanda-mayo 'bhyāsāt*）。跟至尊主一样，生命个体充满觉知，而且追求快乐。至尊主是永恒喜乐的，如果生命个体跟至尊主在一起，做他的同伴，跟他合作，便会快活。

无上者降临这无常世界，在妙喜充盈的温达文显示他的神通游戏。

在温达文，克利须那跟他的牧牛童伙伴、牧牛女、当地的居民、乳牛一起游戏，喜乐无边。克利须那劝告父亲难陀（*Nanda Mahārāja*），不要崇拜天神因陀罗，因为他想让人知道，无须崇拜天神。人只要崇拜至尊主，如此，便可到达彼岸：重返至尊主的居所。

至尊主克利须那的居所，《薄伽梵歌》也描述了。第十五章第6颂云：

na tad bhāsayate sūryo
na śaśāṅko na pāvakaḥ
yad gatvā na nivartante
tad dhāma paramaṁ mama

"我的居所并非以日月照明，更非以电力。谁到达了便永不会重返这物质世界。"

这首偈颂描述了永恒的天宇。我们对天宇的概念，往往流于物质化。我们提到天宇，便会想起日月星辰。在这首偈颂里，克利须那说，永恒的天宇，并不用日、月，或任何火来照明，因为梵光（*Brahmajyoti*）已照亮了灵性的天宇。梵光即从无上者身上流射出来的光华。我们费尽心力要前往其他星球，但了解无上者的居所并不困难。这居所名为歌珞珈（*Goloka*）。《梵天本集》（5.37）中对此有美妙的描述："无上者永恒居住在他的故乡歌珞珈"（*goloka eva nivasaty akhilātma-bhūtaḥ*）。不过，即便在此世，我们也可以接触到他。为此，无上者显示了自己真实的形体：真常、灵明、极乐之圆满身相（*sac-cid-ānanda-vigraha*）。他如此示现自己的身相，便不用我们再胡思乱想。为了阻止这类猜测性的情识攀援，他降临世上，作为夏摩逊达尔（*Śyāmasundara*），照原样示现自己的形体。很不幸，见识鄙陋的人，因他以人的身份来到我们当中，而且跟我们一起嬉戏，便对他嗤之以鼻。我们不应为此就将至尊主当作我们中的一员。他通过自己的大能，以真实的身相，在我们面前示现自身，上演逍遥游戏。这些游戏全是他在自己灵性故乡所示现的逍遥游戏的复制。

在灵性天宇的夺目光灿中，漂浮着无数星体。梵光（*Brahmajyoti*），从至上之乡——克利须那珞珈（*krsna-loka*）放射而出，喜摩耶（*ānanda-maya*）和灵摩耶（*cin-maya*）之类的永恒的灵性星体，在这无量梵光中漂浮。主说：“我那至高无上的居所既不靠日、月照耀，也不靠火、电照明，到达者永不返回物质世界”（*na tad bhāsayate sūryo na śaśāṅko na pāvakaḥ/ yad gatvā na nivartante tad dhāma paramaṁ mama*，《薄伽梵歌》，15.6）。

在物质天宇下，即使我们转生最高的星体——梵天珞珈，更不消说月亮了，我们的生命境况，仍是一般的生、老、病、死。物质宇宙里的星体，离不开物质存在之四大规律。因此，克利须那在《薄伽梵歌》里说：“在物质世界，从最高的星体到最低的星体，都充满了苦难，生、老、病、死循环不已。”

生命个体从一个星球流转到另一个星球。不必单单依靠机械手段，我们就可以去自已喜欢的星体。如果我们想去其他星球，另有飞升的手段。《薄伽梵歌》说：“崇拜天神的转生天神；崇拜祖先的回归祖先”（*yānti deva-vratā devān pitṝn yānti pitṛ-vratā*，《薄伽梵歌》，9.25）。假若我们想实现星际旅行，根本用不着机械。《薄伽梵歌》教导：“崇拜天神的转生天神”（*yānti deva-vratā devān*）。日、月和其他高等的星体称为斯筏伽珞珈（*Svargaloka*）。星体分为三等：高等、中等、低等。地球属于中等。《薄伽梵歌》告诉我们升转高等星体（*Devaloka*）的简单方法：崇拜天神。只需崇拜某一星体的天神，便可转生该星体（*yānti deva-vratā devān*）；要到达日、月或其他星体，亦复如是。

不过，《薄伽梵歌》并不主张我们到任何一个物质星体去，因为即使我们用机械设施经过四万年（谁能如此长寿？），到了最高的星体梵天珞珈，仍会发现有生、老、病、死这些物质痛苦。到达至高无上的星体克利须那珞珈，或任何灵性天宇的星体，便不会遇到这些物质痛苦。在灵性天宇中，有一至高无上的星体，称为歌珞珈·温达文，是首出的至上人格主神克利须那的故乡。这一切在《薄伽梵歌》中都论及了。通过《梵歌》的开示，我们知道怎样离开物质世界，进而在灵性天宇享受真正的快乐生活。

《薄伽梵歌》第十五章第1颂描写了物质世界的真相：

ūrdhva-mūlam adhaḥ-śākham
aśvattham prāhur avyayam
chandāṁsi yasya parṇāni
yas taṁ veda sa veda-vit

“至尊主说，有一棵菩提树，根向上，枝干向下，吠陀赞歌是它的叶子。了解这棵树的人便了解《吠陀》。”在这里，物质世界被形容为一棵树，根部向上，枝干向下。我们都会有这种经验：站在河边池旁，看到树的倒影，枝干向下，根部向上。同样，物质世界是灵性世界的倒影。物质世界只是实体的影子而已。影子并无实在性，但从影子，我们知道实体存在。沙漠无水，但蜃景让我们知道有水这种东西。物质世界无水，无快乐，灵性世界才有真正的欢乐之泉。

克利须那提议我们用下面的方法到灵性世界去（《薄伽梵歌》，15.5）：

nirmāna-mohā jita-saṅga-doṣā
adhyātma-nityā vinivṛtta-kāmāḥ
dvandvair vimuktāḥ sukha-duḥkha-saṁjñair
gacchanty amūḍhāḥ padam avyayaṁ tat

“远离假象、虚荣、不真实的关系；了解永恒，洁净物欲；远离对待，无苦无乐；认识如何皈依至尊者，如此便能上达永恒的国度。”

这永恒国度（*Padam avyayam*），只有挣脱我执假象（*Nirmāna-moha*）之人才能到达，这是什么意思？我们在追求称谓。有人想成为儿子，有人想成为主人，有人想成为总统、富人、皇帝，等等。只要我们执着称谓，我们便会执着躯壳：因为称谓原属躯壳。但我们并非躯壳，证知这一点是灵性觉悟的起步阶段。我们在物质气性的牢笼中，通过对至尊主的奉爱服务才能挣脱出来。不为至尊主做奉爱服务，便无法挣脱物质气性。称谓及执着是由于我们有欲望，我们要支配物质自然。若不改变支配自然的习性,便不可能重返至尊主的王国——永生之地(*Sanātana-dhāma*)。那个永恒的王国不会毁灭。不被虚假的物质快乐所迷惑，恒为至尊主服务，才能到达永恒的王国。如此自处，便能轻易到达至高无上的居所。

《薄伽梵歌》第八章第 21 颂说：

avyakto 'kṣara ity uktas
tam āhuḥ paramāṁ gatim
yaṁ prāpya na nivartante
tad dhāma paramaṁ mama

“这至高无上的居所，虽未显示却绝对可靠，它是至高无上的彼岸。到了那里，便永不回转。这就是我至高无上的居所。”

“*Avyakta*”意谓未显示。即使物质世界，也不会在我们面前全部呈现。我们的感官如此不完美，甚至无法看到物质世界的所有星体。透过吠陀典，我们对星体可以有更多的了解，当然，我们可以相信，也可以不相信。所有重要的星体，吠陀典都记载了，尤其是在《薄伽梵往世书》。尘世之外的灵性世界被形容为未显示的（*avyakta*）。我们该向往并追求这至高无上的王国，因为到达了那个王国，便不会重返物质世界。

接下来，有人或许会提出问题：我们怎样才能到达至尊主的居所？《薄伽梵歌》第八章第 5 颂开示：

anta-kāle ca mām eva
smaran muktvā kalevaram
yaḥ prayāti sa mad-bhāvaṁ
yāti nāsty atra saṁśayaḥ

“谁临终离开躯体时，想着我，立即获得我的本性，这是无可置疑的。”

谁临死时想着克利须那，便可到他身边去。我们必须记住克利须那的形体。若人离开躯体时，想着这形体，便到达灵性的王国。“*Mad-bhāvam*”指无上者的至高本性。至高存在是真常、灵明、极乐之圆满身相（*sac-cid-ānanda-vigraha*）。我们目前的躯壳并非 *sac-cid-ānanda*。我们的躯壳非真（*asat*），并非真常（*sat*），不是真常便会坏灭。我们的躯壳并非灵明，而是无明充满。我们对灵性的王国一无所知，甚至对物质世界的知识都不完整——有很多东西我们不认识。我们的躯壳亦为“非喜”（*nirānanda*）：不是充满乐而是充满苦。我们在尘世所经验到的一切烦恼皆由躯壳而来。但若有人在离开躯壳的时候，想着至上人格主神，便能获得真常、妙明、极乐的形体。

在物质世界，离开一个躯壳，进入另一个，这过程也是被安排好的。人被决定了在下一世进入何种躯壳后便死去。是更高等的权威，而不是生命个体，做出决定。依据现世的业行，我们在下一世或上升或沦降。现世是下一世的预备。如果我们能在现世为往生上帝之国做好准备，离开这物质躯壳后，肯定获得像至尊者一样的灵性形体。

如前所述，有三类神秘主义者：梵觉士（*brahma-vādī*）、瑜伽士（*paramātma-vādī*）、奉献者。并且，在灵性的天宇（*Brahmajyoti*），有无数灵性星体，其数目远远多过物质世界的星辰。物质世界大约是创造的四分之一（*ekāṁśena sthito jagat*，《薄伽梵歌》，10.42）。在这物质部分，有亿万宇宙，数以兆计的日月星辰，但仍不过是整个创造的小部分而已。创造的大部分在灵性天宇。若有人想与至上梵合为一体，便立即融入至尊主的梵光，到达灵性天宇。而想跟至尊主在一起的奉献者，则升入无忧珞珈。无忧珞珈多得数不清，至尊主通过他的全权扩展—四臂那罗延拿（*Nārāyaṇa*），以不同的名号，如钵罗多拿（*Pradyumna*）、阿尼鲁陀（*Aniruddha*）、哥宾陀（*Govinda*）等，跟奉献者在一起。临死时，无论想着梵光、超灵或至上人格主神克利须那，神秘主义者都会往生灵性天宇，但只有奉献者——跟至尊主有个人接触的人，才能进入无忧珞珈。克利须那还补充说："这绝无疑问。"我们必须深信，而不该排斥跟我们想象不符的东西。我们的态度应该跟阿周那的一样："你所说的一切，我全相信"。因此，克利须那说人死时若想着他，无论以他为梵，为超灵，为人格主神，都必定进入灵性的天宇。这是绝无疑问，不能不相信的。

至于死时怎样想着至尊主，《梵歌》第八章第6颂云：

yaṁ yaṁ vāpi smaran bhāvaṁ
tyajaty ante kalevaram
taṁ tam evaiti kaunteya
sadā tad-bhāva-bhāvitaḥ

"人离开躯壳时，无论存思何种境界，贡蒂之子呀，他必到达那境界。"

至尊主有多种能力；物质自然为其中一种之显示。《毗湿奴往世书》（6.7.61）将至尊主所有的能力都形容为至高无上的。

viṣṇu-śaktiḥ parā proktā
kṣetra-jñākhyā tathā parā
avidyā-karma-saṁjñānyā
tṛtīyā śaktir iṣyate

至尊主有无数不同的能力，超出我们的理解。然而，渊通的圣哲或解脱的灵魂研究这些能力，并且将它们归为三类。一切能力都是 *Viṣṇu-śakti*，即至尊主毗湿奴的不同能力。第一类能力性属高等（*Parā*），是超越性的，生命个体也属于高等能力，已如前述。另一类能力，或曰物质能力，在浊阴气性中。死亡时，我们可以停留在物质世界的低等能量中，也可以升转灵性世界的高等能量。所以《梵歌》第八章第6颂云：

yaṁ yaṁ vāpi smaran bhāvaṁ
tyajaty ante kalevaram
taṁ tam evaiti kaunteya
sadā tad-bhāva-bhāvitaḥ

“人离开躯壳时，无论存思什么境界，贡蒂之子呀，他必到达那境界。”

在日常生活里，我们习惯了不是想着物质能量，便是想着灵性能量。很多读物，例如报纸、小说，将我们的思想，浸满了物质能量。我们的思想，被这些读物所吸引，须用吠陀经籍来转移。伟大的圣哲们就是为此写下了很多吠陀文典，例如《往世书》（*Purāṇas*）。《往世书》并非凭想象杜撰出来的，而是历史记录。在《采坦尼亚圣行蜜露经》（*Caitanya-caritāmṛta, Madhya,* 20.122）中有这样的偈颂：

māyā-mugdha jīvera nāhi svataḥ kṛṣṇa-jñāna
jīvere kṛpāya kailā kṛṣṇa veda-purāṇa

“受拘限的灵魂，无法凭自己的努力，恢复其原本的克利须那觉性。是以主克利须那出于无缘大慈，编撰了吠陀诸经以及诸《往世书》。”

易忘的生命个体或曰受拘限的灵魂忘记了他们跟至尊主的关系，浸淫在对物质活动的思虑中。为了将他们的思想力转移至灵性天宇，毗耶娑（*Kṛṣṇa-dvaipāyana Vyāsa*）编撰了吠陀诸经。首先，他将《吠陀》分为四部，然后在《往世书》中加以阐释。此外，他又为理解能力较逊的人写了《摩诃婆罗多》。《薄伽梵歌》便是《摩诃婆罗多》的一部分。然后在《吠檀多经》中，所有吠陀经典被加以总结。为了指导后世，他又撰写了《薄伽梵往世书》，是为《吠檀多经》的天然评注。我们该用心阅读这些吠陀典籍。就像物质主义者用心阅读报纸、杂志和众多的世俗书刊，我们必须转而阅读由毗耶娑为我们撰写的经籍。如此，我们便能在临终之际想着至尊主。这是克利须那所开示的唯一法门，并且他保证说："这毫无疑问。"

tasmāt sarveṣu kāleṣu
mām anusmara yudhya ca
mayy arpita-mano-buddhir
mām evaiṣyasy asaṁśayaḥ

"因此，阿周那呀，你该一面时时想着我，一面践履你作战的赋定职责。心念和活动专注于我，一切皆为我而做，毫无疑问，你必将靠近我。"（《薄伽梵歌》，8.7）

他并不曾劝告阿周那只是想着他，放弃职分。不，至尊主绝不做任何不切实际的提议。在物质世界，为了维持躯体生存，任何人都得工作。根据工作性质，人类社会可划分为四个阶层：婆罗门（*brāhmaṇa*）、刹帝利（*kṣatriya*）、毗舍（*vaiśya*）、首陀罗（*śūdra*）。婆罗门或曰知识阶层做某类工作，刹帝利或曰统治阶层做另一类工作，毗舍和首陀罗（工商阶层和劳动阶层）亦得各守其职分。在人类社会，无论劳动者、商人、战士、统治者、农人，甚至属于最高阶层的哲人、科学家、神学家，为了维持生存，也得工作。克利须那因而告诉阿周那，他无须放弃职分，但在履行职分时，必须想着他（*mām anusmara*，《薄伽梵歌》，8.7）。如果人在为生存而奋斗时不练习想着至尊主，便不可能当临死时记起他。主采坦尼亚也这样说。他说，*kīrtanīyaḥ sadā hariḥ*，"应该不断持诵主的圣名"。至尊主的圣名与至尊主无二无别。所以，克利须那训谕阿周那："想着我"，采坦尼亚则教导我们"时刻不忘诵主圣名"，两者并无分别，因为克利须那和克利须那的圣名无有分别。在绝对之域，涉指符与涉指项并无分别。因此，我们必须不断练习冥思主：一天二十四小时念诵主的圣名，活动时也要尽量做到念念不离主。

这怎么可能呢？阿阇黎们（*ācārya*）给我们一个例子。如果一个已婚的妇人爱上了另一个男子，或者一个已婚的男子爱上了另外一个女子，这种爱肯定十分强烈。浸淫在这种爱里面的人常想着情人。譬如，那个已婚的妇人时刻想着情人，时刻想着要跟他幽会，即使在做家务时也不免。事实上，她做家务会更细心，如此一来，她的丈夫才不会发觉她的婚外情。同样，我们该时刻想着至高无上的情人——主克利须那，另一方面，又要圆满地履行物质职分。这确实需要强烈的爱。我们对至尊主有强烈的爱，才能一面完成职责，一面想着他。我们要培养这种爱。阿周那时时想着克利须那，又常跟克利须那在一起。但同时他也是战士。克利须那并不劝他放弃作战，到森林去冥思。克利须那向阿周那解说了瑜伽体系之后，阿周那说他无法修炼这类体系：

arjuna uvāca
yo 'yaṁ yogas tvayā proktaḥ
sāmyena madhusūdana
etasyāhaṁ na paśyāmi
cañcalatvāt sthitiṁ sthirām

"摩度魔之屠者呀！你所撮述的瑜伽体系，对我来说，似乎不切实际，而且难以忍受，因为心意不安不稳。"（《薄伽梵歌》，6.33）

但克利须那道：

yoginām api sarveṣāṁ
mad-gatenāntarātmanā
śraddhāvān bhajate yo māṁ
sa me yuktatamo mataḥ

"长住于我，心诚信笃，以超越之爱事奉我，瑜伽士而如是，高贵无比。须知，通过瑜伽跟我契接，关系最亲密。"（《薄伽梵歌》，6.47）

所以，时刻想着至尊主的人，既是最伟大的瑜伽士，也是最卓越的智士、最了不起的奉献者。克利须那进一步告诉阿周那，身为刹帝利，不可放弃作战，但如果他作战时想着克利须那，就能在临死时记起克利须那。因此，吾人须彻底归命于主，献身为主做爱心服务。

我们不单用身体，而且以心、智活动。所以，如果心、智常想着至尊主，感官自然也会为至尊主服务。表面上，感官活动还是一样，但觉知改变了。《薄伽梵歌》教导我们如何将心智凝注于至尊主。如此置心一处，就能往生至尊主的王国。心为主服务，感官自动随之起用。这便是诀窍，也是《薄伽梵歌》的奥秘：念念不离薄伽梵克利须那。

现代人拼命努力，试图到达月球，但对于在灵性上提升自己，反倒毫不在意。如果一个人还有五十年寿命，便该善用这短暂的光阴，修炼时刻想着至上人格主神。这修炼就是奉献活动：

śravaṇaṁ kīrtanaṁ viṣṇoḥ
smaraṇaṁ pāda-sevanam
arcanaṁ vandanaṁ dāsyaṁ
sakhyam ātma-nivedanam

“听闻、念诵、冥思主的荣耀、侍奉主的莲花足、崇拜主、向主祷告、侍奉主、做主的朋友、向主奉献一切。”（《薄伽梵往世书》，7.5.23）

这九种活动中，最容易的是听闻（*śravaṇaṁ*）——从觉悟者那里聆听《薄伽梵歌》的教诲。如此，人的心思便会转向至尊主。这会引向对至尊主的冥思，最后，当离开躯壳的时候，便能让人获得适合与主相伴的灵体。

克利须那进一步说：

abhyāsa-yoga-yuktena
cetasā nānya-gāminā
paramaṁ puruṣaṁ divyaṁ
yāti pārthānucintayan

“观想身为至上人格神的我，心意常念着我，绝无旁骛，帕尔特啊，

如此你必能靠近我。”（《薄伽梵歌》，8.8）

这个方法并不太难。可是，必须从有实践经验的人那里学习，“必须亲近一位灵性导师”（*Tad vijñānārthaṁ sa gurum evābhigacchet*）。心意时常想东想西，必须时刻练习，将心念专注于至尊主克利须那的身相或他的名号。尽管心意天性不稳定，时时动荡摇摆，克利须那的圣名却能安定它。是故，应该冥思灵性王国、灵性天宇中的至上人格主神（*Paramaṁ puruṣam*），与他相感通。达到究竟觉悟、最高成就的方法和途径，《薄伽梵歌》都说明了。知识之门已向每一个人敞开，谁也不会被拒之门外。听闻主、想念主，谁都能做到，任何阶层的人都可通过这个方法接近主。

克利须那又进一步说：

māṁ hi pārtha vyapāśritya
ye 'pi syuḥ pāpa-yonayaḥ
striyo vaiśyās tathā śūdrās
te 'pi yānti parāṁ gatim
kiṁ punar brāhmaṇāḥ puṇyā
bhaktā rājarṣayas tathā
anityam asukhaṁ lokam
imaṁ prāpya bhajasva mām

“帕尔特呀！即使出身低贱的人，妇女也好，毗舍也好、首陀罗也好，只要托庇于我，皆能达到至高无上的彼岸。正直的婆罗门、奉献者、圣王们就更是如此。因此，既已来到这痛苦无常的世界，就为我做爱心服务吧！”（《薄伽梵歌》，11.32~33）

克利须那说，即使商贾、妇女、劳工，甚至最低贱的人，都能臻达无上。这并不需要高度发达的智力。只要接受巴克提瑜伽的原则，接受至尊主作为生命的至善、生命最高最究竟的归趣，便能臻达灵性天宇里的至尊者。若遵行《薄伽梵歌》所说的原则，就能让生命臻于圆满，生活中的一切问题也将获得彻底解决。这便是《薄伽梵歌》全书的宗旨所在。

总而言之，《薄伽梵歌》是超凡的经典，我们该仔细阅读。“若正确地奉行《薄伽梵歌》的教导，便能摆脱生活中的一切苦痛和烦恼”（*Gītā-śāstram idaṁ puṇyaṁ yaḥ paṭhet prayataḥ pumān*）。“今生不再畏惧，来世将入灵性”（*Viṣṇoḥ padam avāpnoti bhaya-śokādi-varjitaḥ*，《梵歌赞》*Gītā-māhātmya*，第 1 颂）。

还有更多的益处：

gītādhyāyana-śīlasya
prāṇāyama-parasya ca
naiva santi hi pāpāni
pūrva-janma-kṛtāni ca

“若人认真专心诵读《薄伽梵歌》，凭着至尊主的恩典，他过去犯下的恶行不复生起报应”（《梵歌赞》，第 2 颂）。在《薄伽梵歌》的最后部分，克利须那大声疾呼：

sarva-dharmān parityajya
mām ekaṁ śaraṇaṁ vraja
ahaṁ tvāṁ sarva-pāpebhyo
mokṣayiṣyāmi mā śucaḥ

“放弃各式各样的宗教，归命于我。我会把你从罪业中拯救出来，不要害怕。”（《薄伽梵歌》，18.66）

因此，谁归命于主，主便对他负起全责，消除他所有的恶报。《梵歌赞》，第 3 颂云：

mala-nirmocanaṁ puṁsāṁ
jala-snānaṁ dine dine

sakṛd gītāmṛta-snānaṁ
saṁsāra-mala-nāśanam

“世人每天都用水沐浴净身。但只要在好比恒河圣水的《薄伽梵歌》中沐浴哪怕一次，所有物质生活的污垢，便清洗净尽。”

《梵歌赞》第 4 颂云：

gītā su-gītā kartavyā
kim anyaiḥ śāstra-vistaraiḥ
yā svayaṁ padmanābhasya
mukha-padmād viniḥsṛtā

因为《薄伽梵歌》由至上人格主神亲自讲说，所以读了它之后，再无须读其他《吠陀》经典。我们只要经常仔细听闻、诵读《薄伽梵歌》就够了。现代人沉迷于世俗活动，不可能阅读所有《吠陀》经典。而且，也不必这样。这本书——《薄伽梵歌》，已足够了。它是《吠陀》诸经的精髓，且由至上人格主神亲自讲说。

《梵歌赞》第 5 颂云：

bhāratāmṛta-sarvasvaṁ
viṣṇu-vaktrād viniḥsṛtam
gītā-gaṅgodakaṁ pītvā
punar janma na vidyate

“据说，饮了恒河水便得解脱，那饮了《薄伽梵歌》之甘露的人又当如何？《薄伽梵歌》是流自《摩诃婆罗多》的甘露，由薄伽梵克利须那、首出的毗湿奴亲自讲说”。

《薄伽梵歌》出自至上人格主神的金口，而恒河源于至尊主的莲花足。当然，至尊主的口足，并无轩轾。但就我们来说，《薄伽梵歌》甚至比恒河更重要。

《梵歌赞》第 6 颂云：

sarvopaniṣado gāvo
dogdhā gopāla-nandanaḥ
pārtho vatsaḥ su-dhīr bhoktā
dugdhaṁ gītāmṛtaṁ mahat

“这《梵歌奥义书》——《薄伽梵歌》、奥义诸书的精华，恰如一头母牛，而以牧牛童的身份名闻天下的至尊主克利须那，在为这头母牛挤奶。阿周那就像小牛犊。伟大的哲人和纯粹的奉献者将要饮用这犹如甘露般的乳汁——《薄伽梵歌》。”

《梵歌赞》第 7 颂云：

ekaṁ śāstraṁ devakī-putra-gītam
eko devo devakī-putra eva
eko mantras tasya nāmāni yāni
karmāpy ekaṁ tasya devasya sevā

“当今，人类急切渴望共有一本经典、一个上帝、一种宗教、一种职分。那么，就让《薄伽梵歌》成为全世界唯一的经典（*ekaṁ śāstraṁ devakī-putra-gītam*）；让薄伽梵克利须那成为全世界唯一的上帝（*Eko devo devakī-putra eva*）；让念诵无上者的圣名：赫列 克利须那，赫列 克利须那，克利须那 克利须那，赫列 赫列；赫列 罗摩，赫列 罗摩，罗摩 罗摩，赫列 赫列（*Hare Kṛṣṇa, Hare Kṛṣṇa, Kṛṣṇa Kṛṣṇa, Hare Hare/ Hare Rāma, Hare Rāma, Rāma Rāma, Hare Hare.*），成为唯一的曼陀罗、唯一的赞歌、唯一的祷告（*Eko mantras tasya nāmāni*）；并且，让为至上人格主神服务奉献成为唯一的职分！（*Karmāpy ekaṁ tasya devasya sevā*）”

师承世系

“这至高无上的薄伽梵法便是如此通过师承世系传承下来，那些圣王们也是如此递相授受的”（*Evaṁ paramparā-prāptam imaṁ rājarṣayo viduḥ*，《薄伽梵歌》，4.2）。这部《〈薄伽梵歌〉如是说》通过下列师承世系授受：

1．克利须那（*Krsna*）
2．梵天（*Brahma*）
3．那罗陀（*Narada*）
4．毗耶娑（*Vyasa*）
5．摩多婆（*Madhva*）
6．巴德曼那跋（*Padmanabha*）
7．尼拉诃黎（*Nrhari*）
8．玛德筏（*Madhava*）
9．阿克苏比亚（*Aksobhya*）
10．杰雅铁陀（*JayaTirtha*）
11．基南那辛度（*Jnana sindhu*）
12．达延尼底（*Dayanidhi*）
13．维狄耶尼狄（*Vidyanidhi*）
14．腊金德罗（*Rajendra*）
15．杰雅达摩（*Jayadarma*）
16．布鲁娑多摩（*Purusottama*）

17. 波罗门尼耶·铁陀（*Brahmanya Tirtha*）

18. 毗耶娑·铁陀（*Vyasa Tirtha*）

19. 拉珂丝弥波提（*Laksmipati*）

20. 摩多文德罗·菩利（*Madhavendra Puri*）

21. 伊施华腊·菩利、尼提安南陀、阿德威陀（*IsvaraPuri*、*Nityananda*、*Advaita*）

22. 采坦尼亚·摩诃波菩（*Caitanya Mahaprabhu*）

23. 茹巴、史华茹巴、萨拿檀那（*Rupa*、*Svarupa*、*Sanatana*）

24. 罗古纳陀（*Raghunatha*、*Jiva*）

25. 克利须那陀娑（*Krsnadasa*）

26. 拿罗汤摩（*Narottama*）

27. 维施梵纳陀（*Visvanatha*）

28. 巴腊提婆、札格纳特（*Balaveva*、*Jagannatha*）

29. 巴克提文诺达（*Bhaktivinoda*）

30. 哥拉基索罗（*Gaurakisora*）

31. 巴克提悉檀多·娑罗斯伐底（*Bhaktisidanta Sarasvati*）

32. 师尊 A. C. 巴克提维丹塔·斯瓦米·帕布帕德（*His Divine Grace A. C. Bhaktivedanta Swami Prabhupada*）

第一章　在俱卢之野观察两方军阵

诗节1：狄多罗史德罗说：桑遮耶呀！我的儿子们及般度诸子两方陈兵圣地俱卢之野，跃跃欲战，他们怎么样了？

要旨：《薄伽梵歌》讲的是一门有关神的科学，广为世人研读。《梵歌赞》（*Gītā-māhātmya*）为其撮要。据《梵歌赞》说，《薄伽梵歌》必须在主克利须那的奉献者帮助下，一字一字细心研读，并且不加个人的臆度，方能有所领悟。透彻理解《薄伽梵歌》的典范就在《薄伽梵歌》里面。阿周那直接听闻克利须那讲说《薄伽梵歌》，他理解《薄伽梵歌》的态度，就是最好不过的榜样。若有人足够幸运，通过师承世系不掺杂带有个人动机的释读，觉解了《薄伽梵歌》，便胜过研寻吠陀智慧，以及穷究世上所有经典。其他经典所蕴含的东西，读者都能在《薄伽梵歌》里找到；其他经典没有的东西，读者也能在《薄伽梵歌》里找到。这是《梵歌》特殊的造诣。因为《梵歌》直接由至上人格主神——克利须那开示，所以是完美的神学。

狄多罗史德罗和桑遮耶所讨论的内容，如《摩诃婆罗多》所记载，形成了这套伟大哲学的基本原理。这套哲学在俱卢之野战场产生。俱卢之野在邈不可考的吠陀时代，已是朝圣之地。为了拯救人类，主亲自降临世上，这门哲学便是由他开示的。

“圣地”（*Dharma-kṣetra*，宗教仪式举行之地）一词，颇有深意，因为在俱卢之野战场，至尊人格神就站在阿周那身旁。俱卢氏兄弟的父亲狄多罗史德罗对儿子能否战胜，并无信心。疑虑之中，他问近侍桑遮耶："我的儿子们和般度诸子做什么了？"他深知，他的儿子们和般度诸子陈兵俱卢之野，必定要决一胜负。然而，他的询问仍有深意。他不希望儿子们跟堂兄弟妥协，并且，他想知道儿子们的命运。在吠陀诸经的某些地方，俱卢之野被形容为朝圣之地，甚至天上的居民也会下来朝圣。战事安排在圣地进行，狄多罗史德罗十分害怕圣地会影响战事的结果。他很清楚，阿周那兄弟品性高洁，在圣地作战对他们有利。桑遮耶是毗耶娑的弟子，蒙毗耶娑的恩慈，桑遮耶在狄多罗史德罗的内室中，也能看到俱卢之野的一切。因此，狄多罗史德罗向他询问战场上的情况。

般度氏兄弟与狄多罗史德罗诸子同属一族。在这里，狄多罗史德罗透露了他的心思。他故意只称自己的儿子为俱卢氏（*Kurus*），将般度诸子（*Pāṇḍava*，般度氏）从宗族中分出来。狄多罗史德罗跟侄儿们，即般度诸子的特殊关系，可以从这里看出来。正如在稻田里，杂草须除掉，故事开始已可预期，宗教之父——主克利须那，在俱卢之野这宗教之地现身，必将铲除就像狄多罗史德罗之子杜瑜檀那及其同伙一样的杂草；扶植以尤帝士提尔为首的极度虔诚的人。"圣地"（*Dharma-kṣetre*）和"俱卢之野"（*Kuru-kṣetre*）二词，除了在历史和吠陀文化上的重要性外，还有如许深意。

诗节 2：桑遮耶答道：回禀我王，杜瑜檀那王子视察了般度诸子摆下的阵势后，便回到老师跟前，说了下面一番话。

要旨：狄多罗史德罗生而目盲。很不幸，他也缺乏灵性的领悟力。他很清楚，他的儿子们同样对宗教全无领会，对宗教的理解，肯定比不上天性虔诚的般度氏兄弟。他对圣地的影响感到忧虑。桑遮耶摸透了他何以询问战场情况的心思。为了劝慰他，让他不致过于悲观，于是便向他保证，即便在圣地的影响下，他的儿子们也绝不会妥协。跟着，桑遮耶又告诉他，他的长子杜瑜檀那视察了般度氏军队的军情后，立即来到大元帅陀拏阿阇黎（*Droṇācārya*）处呈报。尽管杜瑜檀那被称为王，因为情况着实严重，他还是到大元帅处呈报军情。这说明他很适合当政治家。不过，杜瑜檀那的外交辞令并不能掩饰他看过般度氏兄弟的军事部署后所感到的恐慌。

诗节 3：阿阇黎！您看哪，般度诸子的阵列法度森严，这可是您那聪颖过人的高徒——图鲁波陀之子的杰作啊。

要旨：杜瑜檀那手段极其圆滑。他想指出伟大的婆罗门统帅陀拏所犯的错误。图鲁波陀（*Drupada*）是图鲁波提的父亲，而图鲁波提（*Draupadī*）就是阿周那的妻子。有一次，陀拏跟图鲁波陀在政治上发生争执，因为这次争执，图鲁波陀举行了一次盛大的祭祀，祈求天神赐他一个能杀死陀拏的儿子。天神于是赐他一个儿子。陀拏对此一清二楚。然而，他胸怀磊落，当图鲁波陀送儿子狄斯陀多那（*Dhṛṣṭadyumna*）跟他学习武艺兵法时，他毫不犹豫，将兵法诀窍，倾囊以授。如今，在俱卢之野，狄斯陀多那站在般度氏兄弟一方，并且用从陀拏处学到的兵法，为他们布阵。杜瑜檀那指出陀拏这个过失，好叫他在作战时，加倍警惕，不做妥协之想。还有，杜瑜檀那借此暗示陀拏，跟般度氏兄弟作战，不可松懈，尽管他们是他的爱徒——阿周那更是他最出色的弟子。杜瑜檀那同时也在警告，作战时对敌人手软，必会招致败亡。

诗节 4：军中英雄无数，其中有庾庾檀那、维罗阏与图鲁波陀等，无不骁勇善射，与毗摩、阿周那不相上下。

要旨：在陀拏的伟大军事才能面前，狄斯陀多那算不上是一个障碍，但还有很多其他会带来威胁的人。杜瑜檀那形容这些人为获取胜利的绊脚巨石，因为他们每一个都好像毗摩及阿周那一样骁勇难当。他知道毗摩和阿周那的力量，故此拿这两人来做比较。

诗节 5：还有英勇无敌的伟大战士如特黎史特阇图、车奎丹那、弗卢支与琨缇波遮诸将。

诗节 6：还有刚强勇毅的尤坦曼羽，孔武有力的乌阏摩遮，以及不可战胜的图鲁波提与须跋陀罗之子。

诗节 7：婆罗门中之至圣啊！现在让我向您禀报我军之精锐良将。

诗节 8：著名的有您本人，毗史摩、喀尔纳与卡利波，还有阿史华阏摩、维喀尔纳与布尔斯华勒，都能征惯战，战无不胜。

要旨：杜瑜檀那提及在战场上特别出色的英雄。维喀尔纳是杜瑜檀那的弟弟，阿史华阏摩是陀拏的儿子，殊摩达提（布尔斯华勒）是巴里卡斯的儿子。喀尔纳则是阿周那同母异父的哥哥，他是琨蒂嫁给般度大帝之前所生的。卡利波娶了陀拏的孪生妹妹。

诗节 9：还有很多其他的英雄，准备为我战死沙场。他们装备了各式各样的兵器，而且全都精于兵家之道。

要旨：至于其他人，像杰雅德罗陀、克利陀筏摩、萨利耶等，全准备为杜瑜檀那战死沙场。换句话说，因为加入了罪恶的杜瑜檀那集团，他们注定要战死于俱卢之野。当然，杜瑜檀那满以为他所提到的朋友都站在他一边，如此集合众力，胜利必属于他。

诗节 10：我军实力强大得难以估量，何况还有老祖父毗史摩全力护持。敌军虽有毗摩小心护卫，力量毕竟有限。

要旨：在这里，杜瑜檀那比较了双方的实力。他认为他这方的军力强大得无法估量，尤其在最富战争经验的将军——老祖父毗史摩的护卫之下。另一方面，般度氏兄弟在经验较少的将军——毗摩的监护下，实力有限。在毗史摩面前，毗摩不过小菜一碟。杜瑜檀那总是嫉妒毗摩，他很清楚，他只可能死于毗摩之手。但同时，有最杰出的大将军毗史摩在场，对于取胜，他满怀信心。杜瑜檀那得出的结论是，他必赢得这场战争。

诗节 11：诸位将士！现在你们要在阵中各就其位，全力支持老祖父毗史摩。

要旨：杜瑜檀那称赞过毗史摩的才能后，想到其他人或许会认为自己受到轻视，是故便以惯用的政治手腕，说了上面一番话，试图扭转局面。他强调毗史摩无疑是最伟大的英雄，然而已经年迈，所以其他人都一定要想着从各方面保护毗史摩。毗史摩若亲自出战，敌人或许会乘他朝着某一方向全力作战时，从另一方向攻来，因此，其他英雄绝不可擅离各自的战略位置，以免被敌人冲破阵势，这十分紧要。杜瑜檀那清楚地感觉到，俱卢氏兄弟要想获得胜利，全赖毗史摩的佐助。对于毗史摩和陀拏的支持，他极有信心。当初阿周那的妻子图鲁波提在赌会上，当着如今所有在场的将军的面，被逼脱去衣裳。孤苦无助的图鲁波提曾乞求毗史摩及陀拏主持公道，但他们甚至一句话也不说。但另一方面，他也知道，这两位大帅对般度氏兄弟多少有些感情。他希望他们现在完全抛开这些感情，就像在赌会时所做的一样。

诗节 12：于是，俱卢王朝英勇的元勋、武士之祖毗史摩吹起海螺，声音雄壮，犹如狮吼。杜瑜檀那听得满心欢喜。

要旨：俱卢王朝的元勋明白他的侄孙杜瑜檀那的心思，而且，由于他对杜瑜檀那有一份天然的感情，所以就大声吹起海螺，好叫杜瑜檀那欢喜，这也吻合他犹如狮子一般的名位。透过海螺这意象，间接地，他告诉了沮丧的杜瑜檀那，胜利无望，因为至尊主克利须那站在另一方。不过，他仍会领军作战，不辞劳苦。

诗节 13：顷刻间，海螺与鼓角齐鸣，声震天地。

诗节 14：在另一方，克利须那和阿周那同乘一辆白马拉的战车，也吹响起超然的海螺。

要旨：跟毗史摩所吹的海螺截然不同，克利须那及阿周那手上的海螺被形容为超然的。克利须那在般度氏兄弟一方，吹响超然的海螺，这显示了敌方胜利无望，胜利永远属于像般度诸子一样的人，因为主克利须那与他们同在（*Jayas tu pāṇḍu-putrāṇāṁ yeṣāṁ pakṣe janārdanaḥ*）。无论至尊主在何时何地出现，幸运女神也出现，因为幸运女神永不离开丈夫，独自行动。因此，胜利和幸运在等候阿周那。毗湿奴（主克利须那）的海螺所发出的超然声音已表明了这点。此外，克利须那及阿周那这对朋友所乘的战车乃火神阿耆尼（*Agni*）赠给阿周那的。奔驰在三个世界里，这辆战车所向披靡。

诗节 15：感官之主克利须那吹起了他的“巨人骨”海螺；财富的征服者阿周那吹起了“天施”海螺；饕餮力士毗摩也吹响了他那慑人心魄的巨螺“匏茶罗”。

要旨：在这节偈颂里，主克利须那被称为赫黎史基士，即感官之主（*Hrsikesa*），因为他拥有一切感官。生命个体是他的部分和微粒，因此，生命个体的感官也是他的感官的部分和微粒。非人格主义者无法应付生命体的感官，是以往往急于将生命体说成是无感官的，或者说，非人格的。至尊主在一切生命个体的心中，指引他们的感官。但他涉入的程度，完全取决于生命个体对他的皈依程度。至于纯粹的奉献者，他直接操控他们的感官。在俱卢之野，至尊主直接操控阿周那的超然感官，所以被称为感官之主。按照不同的活动，主有不同的名号。例如，他杀了魔王摩度，所以被称为摩度殊多那（*Madhusūdana*）；他赐母牛及感官以快乐，所以被称为哥宾陀（*Govinda*）；他降生为筏殊提婆（*Vasudeva*）之子，所以被称为华胥天人（*Vāsudeva*）；他以提婆吉为母亲，所以被称为提婆吉难陀（*Devakī-nandana*）；他将他在温达文的童年逍遥赐给耶输陀，所以被称为耶输陀难陀（*Yaśodā-nandana*）；他为朋友阿周那驾驭战车，所以被称为帕尔特萨罗提（*Partha-sarathi*）。同样，他名为感官之主，是因为他在俱卢之野为阿周那指出了方向。

在此颂中，阿周那被称为檀南遮耶（*Dhanañjaya*，意为“财富的征服者”），因为每当他的长兄尤帝士提尔大帝要举行祭祀时，他便为他的长兄收集财富，以供开支。同样，毗摩又名伏利寇多罗（*Vrkodara*，意为“狼腹”），是因为他饕餮贪吃，其狠劲一如他执行艰巨的任务，例如杀死魔王希丁巴（*hidimba*）。如是，般度氏兄弟一方，从至尊主开始，将领们吹响各自的战螺，激励士气。另一方则并无这些荣光，而且至高无上的统帅——主克利须那和幸运女神也不与他们站在一起。因此，他们注定失败——这是海螺所发布的宣告。

诗节 16–18：贡蒂之子尤帝士提尔吹起海螺“胜无涯”；那拘罗与萨贺提婆分别吹响宝螺“妙声”与“珍珠花”。伟大的射手伽尸之王、无敌的战士施康蒂、特里士多摩那、维罗闼、与萨底亚基、图鲁波陀、图鲁波提诸子，以及臂力强大的须跋陀罗之子，都吹响了各自的战螺。

要旨：桑遮耶很巧妙地告诉狄多罗史德罗，欺骗般度诸子，扶植自己众子为王，非但不智，更不光彩。征兆已经很明显，在这场大战中，俱卢王族的人——从祖辈毗史摩到孙辈的阿毗曼羽（*Abhimanyu*），以及所有在场的人，包括世界上的其他君王，注定全都要战死。这场浩劫的祸首是狄多罗史德罗，因为他鼓励儿子们的阴谋。

诗节 19：这些各式各样海螺的声音，震撼天地，响彻云霄，令狄多罗史德罗诸子心魂俱裂。

要旨：当杜瑜檀那一方，毗史摩等人吹起海螺的时候，般度氏兄弟心惊胆战，这样的情节，《薄伽梵歌》并未说起。此颂倒是讲到了，般度氏兄弟发出的号角声让狄多罗史德罗诸子心胆俱裂。这是由于般度氏兄弟的虔诚和他们对主克利须那的信心。一个托庇于至尊主的人，即使面对最大的灾难，也不必恐慌。

诗节 20：王啊，般度之子阿周那此时正坐在飘扬着仙猿哈努曼旗号的战车上，弯弓搭箭，引满待发。

要旨：战事正要开始。从上所述，可知般度氏兄弟做了出人意料的军力部署，而且，在战场上，他们又得到主克利须那直接的指导，这多少挫了狄多罗史德罗诸子的锐气。阿周那旗帜上的仙猿哈努曼徽章，是另一胜利的标志。哈努曼与主罗摩（*Rama*，克利须那的化身）合作，跟罗波那（*Ravana*）作战，最后赢得胜利。现今，主罗摩和哈努曼都在阿周那的战车上，帮助阿周那。主克利须那就是罗摩本人；而且，无论主罗摩在何处现身，他永恒的仆从哈努曼和永恒的爱侣、幸运女神悉多（*Sita*）亦会在场。因此，阿周那不必畏惧任何敌人。更何况，感官之主克利须那亲临身边给他指导。阿周那绝不会缺少决胜疆场的锦囊妙计。这如此吉祥的境况，是主为他永恒的奉献者所做的安排，已然显示出必胜的征兆。

诗节 21/22：遥望敌阵中挥戈欲进的狄多罗史德罗诸子，阿周那对感官之主克利须那说道：不败者呀，请驱驰我的战车至两军之间！让我看看，谁在这里？谁跃跃欲战？谁在这场大战中与我为敌？

要旨：虽然主克利须那是至上人格神，出于无缘大慈，他为朋友服务。他对奉献者恩宠有加，从不轻忽，因此，这里称他为绝对可靠的人。作为御者，他要服从阿周那的命令。他迅速执行命令，绝不犹豫，所以被称为绝对可靠的人。他虽为奉献者驾御战车，但他至高无上的地位，不容异议。无论在何种境况下，他都是至上人格神、感官之主。主跟他的仆从的关系甜蜜而超然。仆从随时准备为主服务，同样，主也总是寻找机会为奉献者服务。当他的纯粹奉献者利用优势地位，向他发号施令时，这对他来说，比成为发号施令者更快乐。他是主，每一个人都得听从他的命令，谁也不能超越他。但当他发现纯粹奉献者在命令他，他会感到超然的喜乐，尽管他在一切境况下都是绝对可靠的主。

主纯粹的奉献者阿周那，本来并不想与堂兄弟作战，但杜瑜檀那坚持不肯和谈，所以他被逼来到战场。为此，他很渴望看看谁是目前战场上的领军人物。固然，在战场上，和谈已不可能，不过他还是想再看一看他们，看看他们打这场无谓之战的决心。

诗节 23：狄多罗史德罗诸子心肠毒如蛇蝎——让我看看，哪些人想讨好他们，来这儿参战。

要旨：杜瑜檀那串通其父狄多罗史德罗，图谋以毒计篡夺般度氏兄弟的王国，这已是公开的秘密。因此，加入杜瑜檀那一方的人必定跟他臭味相投。阿周那在战斗开始前，要看看他们，不过是想知道他们是谁，并无意跟他们进行和谈。此外，实际上他也想估量一下敌方的实力，尽管他身边坐着克利须那，对胜利充满信心。

诗节 24：桑遮耶道：婆罗多之华胄呀！睡魔的征服者阿周那说完后，感官之主克利须那便将那最精丽的战车驶入两军之间。

要旨：在此颂中，阿周那被称为古陀开士（*Guḍākeśa*），意思是"睡魔的征服者"。睡眠也意味着无明。由于阿周那跟克利须那是朋友，所以他能征服睡眠和无明。身为克利须那的伟大奉献者，他甚至一刻也不会忘记克利须那：这是奉献者的天性。无论醒或睡，主的奉献者总是情不自禁地会想起主的名号、身相、德性、游戏。如此，主的奉献者只要不断想着主，便能征服睡魔和无明。这便称为克利须那觉性，或曰三昧（*samadhi*）。作为赫黎史基士（*Hṛṣīkeśa*）——感官之主，所有生命个体之感官和心意的指引者，克利须那明白阿周那要他驾车进入两军之间的目的。他依言而行，并且说了下面的话。

诗节 25：面向毗史摩、陀挐及敌方的诸邦君王，感官之主克利须那说道："看哪！帕尔特！所有俱卢族人都在此集结！"

要旨：作为所有生命个体心中的超灵，克利须那知道阿周那的心思。"感官之主"用在这里，即指他知道一切。帕尔特（*Pārtha*），意为贡蒂（*kunti*）或菩黎陀（*prtha*）之子，即指阿周那，用在这里，同样具有深意。身为朋友，主想告诉阿周那，因为阿周那是菩黎陀的儿子，而菩黎陀则是主克利须那的父亲筏殊提婆的妹妹，所以他才应允为阿周那驾车。这里，他叫阿周那"看那些俱卢族人"，有什么含意呢？难道阿周那想停下来不作战？姑母菩黎陀的儿子竟然有这样的想法，克利须那可从没料到。如此，阿周那的心思，被克利须那以朋友间开玩笑的形式，一语道破。

诗节 26：在两军之间，阿周那看见祖叔伯、叔伯、老师、舅父、兄弟、子侄、侄孙、朋友，还有他的岳父和祝愿者全都在场。

要旨：在战场上，阿周那看到了所有的亲戚。他看到了父辈如布里斯筏罗，祖父辈如毗史摩、娑摩达多，师长辈如陀拏、卡利波，母舅辈如萨利耶、萨库尼，堂兄弟辈如杜瑜檀那，子侄辈如拉克什曼，友辈如阿史华闼摩，祝愿者如克利拓筏摩。他也看到对方的军队；他有很多朋友在对方的军队中。

诗节 27：贡蒂之子阿周那看到了所有朋友和亲人之后，不禁满怀悲恻，于是这样说道：

诗节 28：亲爱的克利须那呀，看见朋友和亲人全在我面前，准备互相厮杀，我感到四肢颤抖，口涸唇焦。

要旨：一个真正爱神的人具备神性之人或天神的所有美德，至于非奉献者，无论他们透过教育和修养，获得多么高的物质资历，亦缺乏神性的品质。身为奉献者，阿周那看到自己的族人、朋友、亲戚齐集战场，决意自相残杀，当下悲不自胜。对己方的兵士，他自始便有悯恤之情；甚至对于敌方的兵士，因为预见他们死亡在即，悲恻之情，亦油然而起。想到这里，他四肢颤抖，口涸唇焦。看到他们的斗志，阿周那颇为震惊。实际上，整个跟他有血缘关系的宗族，全来到战场，与他为敌。对于像阿周那这样仁善的奉献者，这简直无法承受。虽然这里没有提起，但我们仍很容易想象得到，他不只四肢颤抖，口涸唇焦，而且因为悲悯，失声痛哭。他这样的表现并非由于脆弱，而是因为仁善，这也是主的纯粹奉献者的性格。《薄伽梵往世书》（5.18.12）因此说：

“坚定不移地向人格主神奉献自己的人，获得诸天神的一切美德。而非奉献者，只有价值微不足道的物质品格。这是因为他们盘旋于意识情想的层面，必定受令人眩目的物质能量的诱惑。”

诗节 29：我全身震颤，毛发直竖，甘狄筏弓从手里滑落，皮肤也在发烧。

要旨：身体颤抖有两种，毛发竖起也有两种。这些现象出现，一是由于极大的灵性喜乐，一是由于极大的物质恐慌。超世觉悟并无恐惧。阿周那在这里的表现，是由于物质恐慌：害怕丧失生命。其他的表现也证明了这点，阿周那变得心烦意乱，甚至名闻天下的甘狄筏弓（*Gandiva*）也滑落地上，由于心如火焚，他感到皮肤发烫。这一切，皆缘于物质化的生命观。

诗节 30：我再不能够站在这里。我恍然若失，心乱如麻。阎摄魔之屠者哟！我看到的只是种种不祥之兆！

要旨：阿周那无法忍受，再不能在战场上停留。由于心意脆弱，他茫然若失。世人过分执着物质事物，便会陷于这等困境。正如《薄伽梵往世书》（11.2.37）所说：“这样的恐慌和失落发生在过分受物质条件影响的人身上”（*Bhayaṁ dvitīyābhiniveśataḥ*）。在战场上，阿周那只看到令人痛苦的逆境——即使战胜敌人，他也不会快乐。*Nimittāni*（原因）、*Viparītāni*（恰恰相反）这两个梵文词值得玩味。当一个人展望前程，只看到挫折失意，便会想：“我为什么在这儿？”每个人都只对自己和自己的利益感兴趣，谁也不会对无上者感兴趣。由于克利须那的意愿，阿周那在此显示出对自我的真正利益茫无所知。每个人真正的自我利益源出于毗湿奴，或曰克利须那。受拘限的灵魂遗忘了这点，所以饱受物质痛苦的煎熬。阿周那认为，对他来说，胜利也只会带来悲哀。

诗节 31：在这场战争中，杀害族人，我不觉得有什么好处。亲爱的克利须那呀！我也不希求这样得来的胜利、王国和快乐。

要旨：由于不知道自我利益就在毗湿奴或克利须那里面，受拘限的灵魂被缘于身体的关系所吸引，希望从这些关系中找到快乐。在这种蒙昧的生命观念中，他们甚至忘记了物质快乐之因。阿周那似乎已经忘记了刹帝利的道德礼法。据说，有两种人能往生威力无限、光芒四射的太阳：一为直接受克利须那的指挥，战死沙场的刹帝利，一为完全献身于灵性修炼的出世者。阿周那甚至不愿杀敌人，更不用说亲人了。他认为，杀了族人，他一生都不会快乐，因此，他不愿意作战，就像一个不饿的人不愿煮食。绝望之余，他决定退隐山林。然而，身为刹帝利，他需要一个王国才能生存；他不可能干其他工作。他没有王国；他获得王国的唯一机会，就是跟堂兄弟作战，夺回他父亲传给他的江山。但他不喜欢这样做。他想，既然万念俱灰，倒不如退隐山林。

诗节 32–35：哥宾陀呀！王国、快乐，甚至生命本身对我们有什么用呢？我们希望得到这些岂不都是为了战场上这些列阵以待的人吗？而他们正站在我们眼前，准备豁出性命财产与我们战斗。他们是我们所爱的老师、祖叔伯、叔伯、舅父、岳父、姻兄弟、子侄、侄孙以及亲朋至交。即使他们会杀我，我也不想杀他们。不要说给我这个世界，即使给我三个世界做交换，我也不准备跟他们交战。众生的养育者呀，杀了狄多罗史德罗诸子，我们怎么会有快乐？

要旨：阿周那称克利须那为哥宾陀（*Govinda*），因为对于母牛和感官，主是快乐的对象。他使用这饶有深意的字眼，是为了暗示，克利须那应该懂得什么能满足他的感官。但是，哥宾陀并不是为了满足我们的感官而存在的。然而，如果我们力图满足哥宾陀的感官，我们的感官便会自动获得满足。每个人都想在物质上满足自己的感官，都指望神能有求必应，成为自己感官满足的执行官。主会按照生命个体所应得的，来满足生命个体的感官，但也绝不会让生命个体由此变得欲壑难填。如果一个人循相反的路径，也就是说，只求满足哥宾陀的感官而不理会自己的感官能否满足，那么，由于哥宾陀的恩慈，他所有的愿望都会得偿。阿周那对群体及族人的深情在此表露无余，这部分是由于他对他们自然流露的同情心。因此，他不准备作战。每个人都想向亲友显示自己的豪富，而阿周那就是恐怕他所有的亲友都会战死沙场，这样他得胜后就无法跟他们共享荣华了。这是典型的物质算计。超世生活则不同，因为一个奉献者是为了满足主的愿望，所以，如果主愿意，他可以为了服务主，接受种种富裕；如果主不愿意，他一点儿都不该接受。阿周那不想杀害亲人，如果真有必要杀死他们的话，他希望克利须那亲自动手。对此，他不知道，其实在他们来到战场之前，克利须那已经杀死了这些人，而他自己，只不过将要成为克利须那的工具而已。这点在以后的章节里会被揭示出来。由于天生是主的奉献者，阿周那不欲对邪恶的堂兄弟们施加报复，但是，出于主的计划，他们皆须被杀。主的奉献者不会找坏人报复，但主却绝不容忍邪恶的人伤害奉献者。为自己，主会宽宥一个人，但却绝不会宽宥一个伤害奉献者的人。为此，克利须那决意杀净邪魔，尽管阿周那宁愿宽恕他们。

诗节 36：如果我们杀了这些进犯者，罪孽便会降临我们身上。因此，杀死狄多罗史德罗诸子及我们的朋友并不正当。摩多婆呀，杀害同族，我们能得到什么？我们怎么会有快乐？

要旨：根据《吠陀》经教，进犯者有六类：（一）下毒者；（二）放火烧屋者；（三）以致命武器攻击他人者；（四）掠夺他人财富者；（五）侵占他人土地者；（六）掳掠他人妻室者。这些进犯者须立即处死，处死进犯者不算犯罪。杀死进犯者，对普通人来说，理所应当。但阿周那并非普通人。他品性神圣，因此，他想以神圣的方式来处理进犯者。然而，这份神圣却不适用于刹帝利。一个位在治国，有责任感的人，固然要有神圣的表现，但却不该怯懦。例如，主罗摩如此神性十足，以致人们现在都渴望能生活在罗摩王国（*Rama-rajya*），但他从未表现怯懦。罗波那是进犯者，掳走了罗摩的妻子悉多。于是，罗摩就给了罗波那足够的教训，可谓空前绝后。不过，我们也该考虑到，阿周那所面对的进犯者不比寻常。这些进犯者是他自己的祖叔伯、老师、朋友、子侄、侄孙。故此，阿周那以为，对他们，他不该采用对付普通进犯者的那些严厉而必需的措施。何况，圣徒当守恕道。这些训条，对圣徒来说，比政治危机重要。阿周那以为，与其以政治理由杀自己的族人，不如根据宗教和圣道，宽恕他们。所以，他并不是从无常的身体之乐的角度，认为这类杀戮有利可图。毕竟，从杀戮得来的江山和快乐不是永恒的，他又为什么要甘冒丧失生命和永恒救赎的危险，杀害自己的族人呢？他称克利须那为摩多婆（*Mādhava*），即幸运女神的丈夫，其中也有深意。他想暗示克利须那，作为幸运女神的丈夫，克利须那不该催促他做最后会带来不幸的事情。然而，克利须那永不会给任何人带来不幸，更别提对他的奉献者了。

诗节 37/38：众生的养育者呀！尽管这些人利欲薰心，看不到弑杀亲友的罪过，可是，我们分明知道毁灭家族的恶果，为什么还要这样做呢？

要旨：刹帝利在敌方向自己挑战或要求跟自己赌博时不该拒绝，在这种义务之下，阿周那不能拒绝作战，因为他受到了杜瑜檀那一方的挑战。有鉴于此，他认为敌方可能未曾看到这类挑战的后果。而他看到了罪恶的后果，所以拒绝作战。结果好，义务才有约束力；结果不好，谁也不愿受约束。权衡利弊，阿周那决定不作战。

诗节 39：王朝一旦崩溃，家族传统随之瓦解。剩下来的家族成员便会做出种种违背礼法的事情。

要旨：在吠陀种姓－行期法（*Varṇāśrama*）体系里，有很多传统宗教原则，帮助家族成员正确成长并获得灵性价值观。家族中的长者负责这种从生到死的净化过程。然而一旦长者离世，这些有助于身心净化的家族传统就可能终结，剩下来的年轻成员可能会养成种种背离正法的习惯，因而失去获得灵性解脱的机会。故此，无论如何，族中长者不该被杀。

诗节 40：克利须那呀，当邪法在家族里盛行的时候，妇女就会堕落。毗湿尼的子孙啊，妇女堕落，便会生出劣种。

要旨：在人类社会里，纯良的人种是和平、繁荣与人生获得精神进升的基础。吠陀种姓－行期法（*Varṇāśrama-dharma*）体系下的宗教原则之制定，在使社会充满纯良的人种，以利国家或群体的精神演进。纯良的人种有赖于妇女的贞洁和虔敬。就像孩童极易误入歧途，妇女也非常容易堕落。因此，家族的长者须保护儿童和妇女。透过践行种种宗教活动，妇女便不会被诱通奸。据智者叉拿奇耶（*Canakya Pandit*）说，妇女一般来说不聪明，所以不太可靠。须用种种家庭传统的宗教活动，让她们忙个不亦乐乎，这样她们就能保持贞洁虔诚，生育出够资格加入吠陀种姓－行期法体系的纯良人种。一旦吠陀四种姓－行期法体系崩溃，妇女自然行为不检，跟男人混在一起，沉溺于通奸淫乱，就可能带来不想要的劣种（*varna-sankara*）。此外，不负责任的男子也是社会淫乱之源，如此，劣种充斥人类，带来骚乱和战争。

诗节 41：劣种繁殖，必为家族和那些破坏家族传统的人带来地狱般的生活。这些堕落的家人不会供奉食物和水给祖先，他们的祖先将无法得到超生。

要旨：根据果报活动的规条，定时向祖先祭献食物和水是必需的。这些祭献透过崇拜毗湿奴完成，因为吃下供奉过毗湿奴的食物，世人便可从种种罪恶报应里解脱出来。有时，祖先可能因各种罪恶报应而受苦，有些甚至无法得到粗糙的物质躯体，被迫做鬼，停留在精微的躯体里。因此，当后人向祖先供奉祭余（*Prasādam*），祖先便能摆脱鬼魂般的、或其他低贱族类的悲惨生命状态。如此救度祖先是家庭传统。那些不过奉爱生活的人必须遵循这些仪法。而实践奉爱生活的人毋须遵行这些仪法，因为只要献身奉爱服务，便可救助成千上万的祖先脱离各种苦难。《薄伽梵往世书》（11.5.41）说：

devarṣi-bhūtāpta-nṛṇāṁ pitṝṇāṁ
na kiṅkaro nāyam ṛṇī ca rājan
sarvātmanā yaḥ śaraṇaṁ śaraṇyaṁ
gato mukundaṁ parihṛtya kartam

“若有人托庇于解脱的赐予者——木昆陀（*Mukunda*）的莲花足下，抛开种种世俗义务，无比认真地沿着永恒之途前进，此人并没有对天神、贤圣、众生、家人、人类或者祖先不尽义务。”透过为至上人格神做奉爱服务，这些义务已自动了结。

诗节 42：破坏家族传统的邪行带来劣种，造成社会等级紊乱，致使所有公益事业及家族利益皆化为乌有。

要旨：为了人类社会四个阶层而制定的群体规划，以及与之相配合的家族福利活动，就像永恒法（*Sanātana-dharma*）或吠陀种姓－行期法（*Varṇāśrama-dharma*）所设定的，目的在让人类获得终极的解脱。因此，社会上不负责任的领袖对永恒之法传统的破坏，便会引起社会的骚乱，如此人民便忘记了生命的归趣——毗湿奴（*Visnu*）。这些领袖盲目无知，追随他们的人必受误导，走向动乱。

诗节 43：众生的养育者呀，我听说破坏家族传统的人会永远沉沦于地狱。

要旨：阿周那不凭个人经验，而以从权威处听来的话作为论证根据。这才是接受真知识的方法。没有具足真知者的帮助，谁也不能得到真知识。在吠陀种姓－行期法中有一项仪式，死前施行濯礼，洗净业报。常做罪恶活动的人须施行濯礼（*Prāyaścitta*），不然，肯定转生地狱般的星宿，过悲惨的生活。

诗节 44：唉！为了享受王者的快乐，我们竟然不惜杀害族人，犯下弥天大罪，这是多么奇怪啊！

要旨：受自私的动机驱使，世人很容易犯下杀兄弟弑父母的罪行。世界历史有很多这样的例子。但阿周那，身为主的神圣奉献者，却时常谨记道德原则，小心避开这些罪行。

诗节 45：我宁愿放下武器，不做抵抗，任由狄多罗史德罗诸子在战场上用利剑杀死我。

要旨：这是习俗——根据刹帝利的规矩，对于手无寸铁且不愿还击的敌人，不应攻击。可阿周那决定，即使在这种困境下受到敌人攻击，也不做抵抗。他并不理会敌方的斗志有多强烈。所有这些表现，皆因他是主的伟大奉献者，品性仁善。

诗节 46：桑遮耶说：阿周那在阵前说完这番话后，抛下弓箭，颓坐战车，心中充满悲苦。

要旨：阿周那观察敌情的时候，站在战车上，但现在满心悲苦，将弓箭抛在一旁，坐了下来。这样宅心仁善的人，适合在为主做奉爱服务的过程中接受有关自我的知识。

巴克提维丹塔阐释圣典《薄伽梵歌》第一章“在俱卢之野观察两方军阵”终。

第二章　梵歌概要

诗节 1：桑遮耶说：看到阿周那满怀悲恻，哀伤不已，泪水充盈双眼，摩度魔的屠者克利须那说了下面这番话。

要旨：属世的悲恻、哀伤、泪水都是对真我无知的表现。悲悯永恒的灵魂才是自我觉悟。在此颂中，“*Madhusūdana*”一词饶有深意。主克利须那杀了魔王摩度，现在，阿周那想让他杀死“误会”这魔王——就是这魔王，当他履行职分时，附着在他身上。没有人知道，悲悯该施于何处。悲悯溺水者的衣服是愚蠢的。对于一个堕落于无明苦海的人，仅只拯救他的外套——粗糙的物质躯壳，根本不起作用。不了解这点，为外套而哀伤，这样的人称为“首陀罗”（*śūdra*），或无谓哀伤的人。阿周那是刹帝利，不该如此行为。然而，主克利须那能驱除愚昧者的哀伤，为此，主吟咏了《薄伽梵歌》。至高无上的权威——主克利须那，在这一章透过分析研究物质躯体和灵魂，教导我们觉悟自我。若活动而无所执着，立于真我之境，便有可能达到这种觉悟。

诗节 2：薄伽梵克利须那说：亲爱的阿周那，你从哪儿染上这些污秽？这些污秽与了解生命价值的人极不相称，它们不会让人升转高等星宿，却只会给人带来恶名。

要旨：克利须那与至上人格神是同一的，因此，整部《梵歌》都称克利须那为“薄伽梵”。“薄伽梵”即究竟真谛。绝对真理可透过三个体证阶段来觉悟：即梵（*Brahman*），或非人格性的弥纶天地的灵明；

超灵，亦即胜我（*Paramātmā*），或处于一切生命个体心中的内在化的至高本体；薄伽梵（*Bhagavān*），或至上人格神克利须那。《薄伽梵往世书》（1.2.11）如是阐释绝对真理的概念：

vadanti tat tattva-vidas
tattvaṁ yaj jñānam advayam
brahmeti paramātmeti
bhagavān iti śabdyate

“认识绝对真理的人分三个体证阶段觉解绝对真理，此三个体证阶段所体证的对象实为一体，分别称为梵、超灵、薄伽梵。”

绝对真理这三个神圣的面相可以用太阳的例子来说明，太阳有不同的三个方面：太阳光、太阳表面、太阳球体自身。认识阳光的只是初级学生。了解太阳表面的已较进步。能进入太阳球体才是最高境界。一般学生，满足于认识阳光——其遍透性以及非人格性的眩目光芒，可与仅觉悟到绝对真理之梵性体相的人相比。较进步的学生见到日轮，可与觉悟绝对真理之超灵体相的人相比。能进入太阳球体之核心的学生，可与觉悟至高绝对真理之人格性体相的人相比。虽然所有探索绝对真理的学生所研究的主题相同，但悟入绝对真理之“薄伽梵”体相的，才是最高明的超验主义者。虽然阳光、日轮、太阳球体表面三者不可分离，可是，分处三个认知阶段的学生却不可归于一类。

毗耶娑天人（*Vyāsadeva*）的父亲钵罗萨腊·牟尼（*Parāśara Muni*），作为伟大的权威性人物，解释了梵语“薄伽梵”（*Bhagavān*）的意义。拥有一切吉祥、一切威能、一切荣名、一切妙美、一切智慧、一切自在的至上人格神，被称为“薄伽梵”。很多人也许非常有力量，非常美丽，非常出名，非常博学，非常超脱，但谁也不能说，他拥有一切财富、一切力量……等等。只有克利须那才可以这样说，因为他是至上人格神。没有一个生命体，包括梵天（*Brahmā*）、湿婆（*Śiva*），甚至主那罗延拿（*Nārāyaṇa*），能够拥有像克利须那一样圆满的功德。在《梵天本集》

（*Brahma-saṁhitā*）中，梵天本人论断，主克利须那是至上人格神。没有人与他等平或超越他。他是首出之神，或薄伽梵，也被称为哥宾陀；他是至高无上的一切原因之原因：

īśvaraḥ paramaḥ kṛṣṇaḥ
sac-cid-ānanda-vigrahaḥ
anādir ādir govindaḥ
sarva-kāraṇa-kāraṇam

“很多人物拥有薄伽梵的德性，但克利须那是至高无上的，因为没有人能够超越他。他是无上者，具永恒之身相，无所不知，喜乐无极。他是首出的主哥宾陀，也是一切原因之原因。（《梵天本集》5.1）

《薄伽梵往世书》里面还开列出至上人格主神的众多化身，但克利须那被表述为首出的人格主神，从他那里扩展出很多很多化身以及人格主神：

ete cāṁśa-kalāḥ puṁsaḥ
kṛṣṇas tu bhagavān svayam
indrāri-vyākulaṁ lokaṁ
mṛḍayanti yuge yuge

“这里所列出的主神化身，或为至上人格主神的全权分身，或为至上人格神全权分身之部分，但克利须那才是至上人格主神本人。”（《薄伽梵往世书》1.3.28）

因此，克利须那是首出的至上人格主神、绝对真理，为超灵和非人格梵之源。

在至上人格神面前，阿周那为族人悲伤，这肯定不恰当。克利须那用“从哪儿”（*kutaḥ*）这个词表示了他的惊讶。这类不洁绝不该出在有教养的雅利安人身上。“雅利安”（*Āryan*）指了知生命之价值的人，他们拥有一套建基于灵性觉悟的文化。受生命的物质化观念所引导的人，不明白生命的目的在于觉悟绝对真理——毗湿奴，或薄伽梵。他们被物质世界的外在色相所牢笼，不知何谓解脱。对解脱一无所知的人名为“非雅利安人”。阿周那身为刹帝利，但却拒绝作战，企图逃避赋定职分。这类懦夫行径本属“非雅利安人”。逃避责任不会助人在灵性生活中进步，甚至不会给人成名世上的机会。主克利须那并不认可阿周那在族人面前所表现出的所谓悲悯。

诗节 3：帕尔特呀！不要自委于优柔，这跟你的身份不相称。抛开心里猥琐的脆弱，站起来吧，惩敌者！

要旨：阿周那被称呼为“帕尔特”（*Partha*，意为菩黎陀之子）。菩黎陀是克利须那之父筏殊提婆的妹妹。因此，阿周那跟克利须那有血缘关系。刹帝利的儿子若拒绝作战，便是徒有虚名。婆罗门的儿子若行为不虔敬，也是一样具名而已。这样的儿子都是其父的不肖之子。克利须那不希望阿周那成为不肖之子。阿周那是克利须那最亲密的朋友，克利须那在战车上直接指导他。情况尽管有利，要是他放弃作战，便犯下了不名誉的恶行。所以克利须那说，阿周那这种态度跟他的人格不相配。阿周那或许会为自己辩护，称他之所以放弃作战，是出于对亲族和最可敬的毗史摩的宽宏大量。然而，克利须那认为，这种宽宏大量不过是心灵脆弱，不会被任何权威所认可。因此，这类宽宏大量，或所谓的“非暴力”，应当被像阿周那这样受克利须那直接指导的人所抛弃。

诗节 4：阿周那说：摩度魔的屠者呀！阿利魔的屠者呀！陀拏与毗史摩等都是我所尊敬的人，我怎能在战场上以利箭反击他们？

要旨：像老祖父毗史摩、师父陀拏这样可敬的长者总是应该受到崇礼。即便他们发起攻击，也不该受到还击。根据礼节，甚至不该跟长者发生口角。即使他们有时行为刻厉，也不该对之假以辞色。那么，阿周那怎么可能还击他们呢？克利须那会攻击他的外祖父乌格罗塞那（*Ugrasena*），或者，他的上师商底钵尼·牟尼（*Sāndīpani Muni*）吗？

这就是阿周那对克利须那的反驳。

诗节5：我宁愿在世上求乞为生，也不愿杀害像我师父一样的伟大灵魂。他们即使贪得无厌，毕竟还是长辈。杀了他们，我们所享有的一切，都会沾上血腥。

要旨：根据经典的规条，身为师长，丧失辨别是非的能力，做出令人发指的事情，便该受到唾弃。毗史摩和陀拏因为杜瑜檀那曾在经济上资助他们，所以被迫站在他的一边，尽管他们不该仅仅出于金钱上的考虑，就接受这样的地位。在这种情况下，他们已然失去了师长的尊严。但是，阿周那认为，不管怎样他们还是长辈，那么，为了享受物质利益而杀死他们，便意味着享用沾染了血腥的战利品。

诗节6：我们不知如何是好——征服他们呢？还是让他们征服？杀了狄多罗史德罗诸子，我们会痛不欲生。可是现在，他们就在这战场上，正站在我们面前。

要旨：阿周那不知道该履行刹帝利的责任而参战，甘冒使用不必要的暴力之险，还是不去参战，宁以求乞为生。他若不击败敌手，求乞将是他唯一的谋生之道。此外，他也没有必胜的把握，任何一方均可能战胜。即使胜利在前（并且他们是为正义而战），若狄多罗史德罗诸子在战斗中死去，他也会负疚终生，这是另一种挫败。阿周那的所有这些顾虑无疑证明了，他不单是主伟大的奉献者，而且睿明洞达，能完全收摄自己的心意和感官。尽管出身王族，他却不惮以求乞为生，这是不执的另一种表现。凡此种种，加上他对克利须那（他的灵性导师）所开示的教导的信心，显示他的确德性崇高。我们可以下结论，阿周那非常适合求取解脱。除非降伏感官，否则没有机会进入知识的堂奥；没有知识和奉献，便没有机会获得解脱。除了物质方面的无数长处外，阿周那德性具足。

诗节 7：对责任我感到迷惑，脆弱让我失去平静。情况如此，我求你明确告诉我，怎样做最好。现在我皈依你，做你的弟子，请你给我开示。

要旨：在自然本身的安排下，整个物质运作系统，对于每一个人，都是困惑的根源。人每一步都遇到困惑，因此，有必要亲近正宗的灵性导师，接受正确无误的指导，以实践生命的目的。所有吠陀经论都劝谕我们亲近正宗的灵性导师，以摆脱不期而至的人生困惑。这些困惑，就像一场森林大火，没有人放火，不知怎么却烧起来了。同样，世界上的事情也是如此，生命的困惑，尽管我们不想碰上，却自行出现。谁也不想要火灾，但火灾发生了，于是我们就困惑。吠陀智慧指示我们，为了解决生命的困惑，掌握解决困惑的科学，必须亲近属于师承世系的灵性导师。有正宗的灵性导师的人，理应知晓一切。因此，不该停留于物质困惑，当亲近灵性导师。这便是此颂的主旨。

谁是在物质困惑中的人呢？就是不了解生命问题的人。《大林间奥义书》（*Bṛhad-āraṇyaka Upaniṣad* 3.8.10）说这类人：“作为人，却不去解决生命问题，不了解自觉的科学，最后像猫狗一般离开这世界，实在又吝啬又可怜”（*yo vā etad akṣaraṁ gārgy aviditvāsmāl̐ lokāt praiti sa kṛpaṇaḥ*）。人形生命，对于善用它来解决生命问题的生命个体，极为可贵，因此，不善用它的人就是吝啬鬼。与之相对，世上有婆罗门（*Brāhmaṇa*），他们足够睿智，知道善用身体，去解决一切生命问题（*Ya etad akṣaraṁ gārgi viditvāsmāl̐ lokāt praiti sa brāhmaṇaḥ*）。

Kṛpaṇas，也即吝啬鬼，在对家庭、社会、国家等的过分迷恋中，也即是在物质化的生命观念中，浪费时光。此等人往往在“皮肤病”的基础上贪恋家居生活，也即依附妻子、儿女和其他家人。吝啬鬼以为能够保护家人，让家人免于死亡，或者，他们认为家庭和社会能够保护他们，让他们免于死亡。这种对家庭的依恋，甚至在会照顾子嗣的低等动物身上也可以看到。阿周那聪慧过人，知道正是对族人的感情，以及保护族人不让族人死亡的愿望，造成了他的困惑。尽管他懂得，作战的责任在等候他，但由于吝啬鬼般猥琐可怜的脆弱，他无法践履职责。因此，

他请求至高无上的灵性导师，薄伽梵克利须那，给他清楚的解答。他自愿折节为克利须那的弟子。他希望停止戏论。上师和弟子的对话是严肃的，现在，阿周那想严肃地跟公认的灵性导师对话。因此，克利须那是《薄伽梵歌》这门科学的开山祖师，而阿周那则是第一个理解《薄伽梵歌》的弟子。《薄伽梵歌》记载了阿周那如何理解《薄伽梵歌》。但愚狂的世俗学者说，我们不必皈依作为人的克利须那，而该皈依"克利须那内里的无生灭者"。克利须那的内外并无分别，不懂得这点而试图理解《薄伽梵歌》的人，可谓登峰造极的傻瓜。

诗节8：我无法驱除这让我感官焦枯的悲伤。即使赢得盖世无双的王国，拥有天神般的权柄，这悲伤也不会消除。

要旨：尽管阿周那提出了许多以宗教原则和道德规条为根据的辩解，但看起来没有灵性导师——主克利须那的帮助，他不能解决真正的问题。他明白，他的所谓"知识"，对解决问题，全无用处，而这些问题正威胁他整个的存在。没有像主克利须那一样的灵性导师，他无法消除困惑。学术、学位、名位之类都解决不了生命问题。只有克利须那这样的灵性导师才能对此给予帮助。因此，结论是，百分之百在克利须那觉性里面的灵性导师，才是正宗的灵性导师，只有他才能解决生命问题。主采坦尼亚说，谁只要掌握了克利须那觉性这门科学，无论其社会地位高低，就是真正的灵性导师。

kibā vipra, kibā nyāsī, śūdra kene naya
yei kṛṣṇa-tattva-vettā, sei 'guru' haya

"不管是博识的吠陀学者，还是出身微贱的首陀罗，或者舍离期的出世僧，只要掌握了有关克利须那的真谛，便是完美的、真正的灵性导师"（《采坦尼亚圣行蜜露经》8.127）。是故，不成为精通克利须那觉性这门科学的大师，谁都算不上真正的灵性导师。吠陀圣典说：

ṣaṭ-karma-nipuṇo vipro
mantra-tantra-viśāradaḥ
avaiṣṇavo gurur na syād
vaiṣṇavaḥ śva-paco guruḥ

“博识的婆罗门，即便精熟一切吠陀知识，若不是外士那瓦，不精通克利须那觉性，便不配当灵性导师。但一个出身低贱的人，若是外士那瓦，或者，具足克利须那觉性，便可成为灵性导师。”（《莲花往世书》）

物质存在的问题——生、老、病、死，不可能透过累积财富、发展经济得到解决。世界上，有很多国家极度富有，经济极度发展，生活设施也极度充足，但仍有物质存在的问题。这些国家以种种不同的方式寻找和平，可是，要得到真正的快乐，只有求教于克利须那，或者，《薄伽梵歌》和《薄伽梵往世书》，这两部构成了克利须那觉性之科学的书——透过克利须那的正宗代言人，一个在克利须那觉性里面的人。

若经济发展或物质舒适真的能驱除由沉溺于家庭、社会、国家而来的悲哀，阿周那就不会说，盖世无双的王国或天神般的权柄，也不能消除他的悲伤。因此，他寻求克利须那觉性的庇护，这才是追求宁静、和谐的正途。经济发展或对全球的控制权，由于物质自然的剧变，任何时候都可能会归于泡影。即便升入更高的星体，正如当今人类去月球所寻求的，也可能被毁于一旦。《薄伽梵歌》证实了这一点：“当虔诚活动的果报用尽，人便从快乐的巅峰掉下，退堕至生命最低贱的状态”（*kṣīṇe puṇye martya-lokaṁ viśanti*）。世界上很多政治家都曾这样掉下来，如此只会造成更多的悲哀。

因此，我们如要转凶为吉，便须效仿阿周那，托庇于克利须那。所以，阿周那要求克利须那一定要为他解决问题，这便是克利须那觉性之路。

诗节 9：桑遮耶说：惩敌者阿周那说完这番话，长叹道：“歌宾陀，我不愿作战”，便沉默下来。

要旨：狄多罗史德罗知道阿周那不准备作战，而且要离开战场，求乞为生，必定很高兴。但桑遮耶跟着指出，阿周那有能力杀敌（*parantapa*，惩敌者），又叫他失望。虽然阿周那暂时由于家族之情而被虚幻的悲伤所压倒，但他已皈依了至高无上的灵性导师——薄伽梵克利须那，成了他的弟子。这表明，他很快就会摆脱根源于家族之情的虚幻的悲伤，并受到有关自我觉悟的圆满知识或曰克利须那觉性的启明，坚决作战。如此，狄多罗史德罗的欢喜便会落空，因为阿周那得到克利须那的启示，就会战斗到底。

诗节 10：婆罗多之华胄呀！这时，克利须那微微一笑，于两军阵前，向满怀悲苦的阿周那说了下面的话。

要旨：在这对亲密的朋友，或说赫黎史基士（感官之主）和古达开士（睡眠的征服者）之间，对话继续进行。作为朋友，他们地位平等。但其中一个已自愿成为另一个的弟子。克利须那微微一笑，是因为他的朋友选择成为他的弟子。身为万物之主，他是一切众生的主子，永远处于优势的地位，但是，为了奉献者，主也会同意成为一个朋友、儿子或者情人，若这个奉献者希望他成为这样的角色。但一旦被接受为灵性导师，他立即便以上师的身份跟弟子谈话——带着必须有的庄严。这次上师和弟子之间的对话在两军之前公开进行，目的是让所有人获益。因此，《薄伽梵歌》的对话并非是为了任何一个特殊的个人、团体、或者社会，而是为了一切人，无论敌友，均有权聆听。

诗节 11：薄伽梵克利须那说道：你的言语流露出学识，可是，你竟为不值得悲伤的事情悲伤。智者不为死而悲、不为生所苦。

要旨：主立即以上师的身份责骂弟子，间接地称他为蠢材。主说：“你说话好像很有学问，但你根本不知道，有学问的人了解什么是身体，什么是灵魂，是故身体在任何状态下，不管是活是死，都不能令他痛苦”。一如后面的章节所阐释的，学问即理解物质、灵魂，以及二者的主宰。阿周那辩称，宗教原则比政治及社会学重要。但他不知道，关涉物质、灵魂以及无上者的学问远较宗教规条重要。他对此一无所知，所以不该自以为有学问。正因他不太有学问，所以才为不值得悲伤的事情而悲伤。身体一生下来，便注定要在今天或者明天毁灭，所以，躯壳没有灵魂重要。了解这点的人才算真有学问，对于这样的人，不管物质躯体处于何种境况，都没有理由悲伤。

诗节 12：过去，从没有一个时候，我、你、所有这些国王，不存在；未来，也如是。

要旨：《吠陀》诸经——《羯陀奥义书》以及《白净识奥义书》里都说，至上人格主神是无数生命个体的护持者，主按照他们的个别情况，也即根据他们各自的业行和业报，养育他们。至上人格主神也以他的全权部分，临在于每一生命体的心中。只有那些不管从外从内，看到的都是同一至尊者的圣人，才能真正达到圆满、永恒的宁静。

nityo nityānāṁ cetanaś cetanānām
eko bahūnāṁ yo vidadhāti kāmān
tam ātma-sthaṁ ye 'nupaśyanti dhīrās
teṣāṁ śāntiḥ śāśvatī netareṣām

“无上者即人格主神，在一切生命体中，他是首要的生命体，他养育了无数其他的生命体。”（《羯陀奥义书》2.2.13）

同样的吠陀真理，主传授给阿周那，也传授给世上所有自命不凡而实际浅薄的人。主明确指出，他本人、阿周那以及所有鏖聚战场的君王，全是永恒的个体，而主是生命体的永恒护持者，不管他们是处在受拘限的还是解脱的境况下。至上人格主神是至高无上的个体之人，阿周那——主的永恒同伴，以及所有结集于战场的国君，都是永恒的个体之人。不能说，他们在过去不是作为个体而存在；也不能说，他们不会继续以个体的形式存在。他们的个体性不但过去存在，而且将持续至未来，永不中断。所以，谁也没有理由悲伤。

幻有宗（Māyāvādī）的理论说，个体灵魂挣脱假象（Māyā）的牢笼，获得解脱后，便会与非人格梵融为一体，失去其个体性存在。这里，至高无上的权威克利须那并不支持这种理论。他也否认只有在受拘限的状态下生命才具个体性的理论。克利须那在此说得很清楚，他以及所有生命的个体性，永不中断，就像《奥义书》所说的，将永远亘续于未来。因为克利须那永不为假象所惑，所以他所说的话极具权威。如果个体性不是事实，克利须那不会如此强调——甚至永远亘续于未来。幻有宗或许会辩称，克利须那所说的个体性，并非灵性的，而是物质的。即便接受个体性是物质的这种说法，那么，如何分辨克利须那的个体性呢？克利须那肯认了他过去的个体性，也肯认了他未来的个体性。他从很多方面来肯定他的个体性，而且宣称，非人格梵从属于他。他一直保持属灵的个体性；如果我们将他当作普通的在个体性意识中受拘限的灵魂，那么，他的《薄伽梵歌》就失去了作为权威经典的价值。具有人类四大缺陷的凡夫，没有能力传授值得聆听的东西。《薄伽梵歌》超越了这类作品，没有任何世俗的书籍可以跟《薄伽梵歌》相比。如果将克利须那视为凡夫俗子，《薄伽梵歌》便失去了一切重要性。假象宗辩称，这首偈颂中所用到的复数形式，不过是在一般层面，专指“躯体”而言。但在前面的偈颂里，躯体化概念已然受到谴责。既然已经谴责了躯体化概念，克利须那怎么可能再把一个一般性命题加之于躯体呢？因此，个体性被保留在灵性层面，这得到了像罗摩努遮（*Rāmānuja*）这样的伟大阿阇黎（*ācārya*，即上师）以及其他人的印证。《薄伽梵歌》很多地方提及，属灵的个体性被主的奉献者所理解。克利须那是至上人格神，嫉妒他的人无法真正接近这部伟大的作品。非奉献者之接近《薄伽梵歌》，就像蜜蜂在蜜罐外啜舔蜂蜜。要尝蜂蜜，必须打开蜜罐的盖子。同样，《薄伽梵歌》的奥秘只有奉献者才能领悟，再没有其他人能品尝得到，就像《薄伽梵歌》第四章所说的。人若嫉妒主的存在，也无法接近《薄伽梵歌》。因此，幻有宗对《薄伽梵歌》的解释，是对整体性真理的最误导人的歪曲。主采坦尼亚禁止我们阅读任何幻有宗的注疏，而且警告说，一旦接受了幻有宗哲学，便无法了解《薄伽梵歌》的真正奥秘。若个体性不过局限于经验世界，那就无须主的教诲了。灵魂及主的个体性是永恒的事实，如上所述，吠陀诸经也肯定了这点。

诗节 13：躯体化的灵魂，在身体中，经历童年、青年，终至老年，死后离开这个躯体，到另一躯体去。自觉的灵魂不会为此变化所眩。

要旨：由于生命体是个体灵魂，每个灵魂每一刻都在变化其躯体：有时表现为小孩，有时表现为青年，有时表现为老人。然而，同一的灵魂常在，并未经历变化。个体灵魂最后在死时变化躯体，从一个转生至另一个。因为，在下一世出生的时候，灵魂肯定可以得到另一个躯体——或是物质的或是灵性的，阿周那没有理由为他所如此关切的毗史摩和陀拏的死亡而悲伤。相反，他该为他们高兴，一旦换上新的躯体，他们的能量也恢复了活力。转换躯体后，生命个体或苦或乐，皆视现世的业行而定。毗史摩和陀拏都是高贵的灵魂，下一世肯定能拥有灵性的形体，或者至少转入天神的躯体，享受较高级的物质存在。所以，不管哪种情况，阿周那均无理由悲伤。

谁若具有对个体灵魂、超灵、自然——物质和灵性两方面的圆满知识，就可以称为 *Dhīra*，或最清醒的人。这样的人永不为躯体的转换所蒙蔽。

幻有宗理论认为灵魂是单一的，因为灵魂不能够被割裂为碎片，这种观点根本不值一提。认为若将无上者割裂为不同的个体灵魂，无上者就成了可割裂和可变化的，这种说法违反了至尊灵魂不可变化的原则。正如《薄伽梵歌》所证实，无上者的碎片部分永远存在，而且被称为 *Kṣara*，也就是说，它们很容易堕入物质自然。这些碎片部分永远如此，即便解脱之后，个体灵魂依然不变，还是碎片部分。一旦获得解脱，个体灵魂便处于妙明和极乐，跟至上人格神一起，过上真实永恒的生活。可用倒影的譬喻说明超灵，超灵临在于每一个别躯体中，谓之胜我（*Param-ātmā*）。他与个体性的生命体不同。天空倒影于水，倒影中就有了日月星辰。星辰便是生命个体，日月便是无上者。个体性的碎片状的灵魂可以拿阿周那作为代表，而至尊灵魂则是人格主神克利须那。二者并不属于同一层面，到第四章开始部分，这点便会清楚。如果阿周那和克利须那属于同一层面，克利须那的地位高不过阿周那，那么，他们之间教导者和被教导者的关系就变得毫无意义。

假如两人均为摩耶所惑，就没有必要一个成为教导者，另一个成为被教导者。这样的教导，并无价值，因为，在摩耶的操纵之下，没有人可能是具有权威的教导者。为此，必须承认克利须那是至尊主，其地位高于生命个体——阿周那，一个为摩耶所迷惑的健忘的灵魂。

诗节 14：贡蒂之子呀！苦乐相随，犹冬夏嬗递，变化不居，并无恒性。婆罗多之华胄呀！凡此皆从感官知觉而来，人须学会忍耐，不为其所扰。

要旨：在正当地践履职分时，人必须学会忍受苦乐的隐显无常。根据吠陀训谕，人当在一、二月份的清晨沐浴。一、二月份（*Māgha*）的天气仍很寒冷，尽管如此，遵行宗教原则的人，还是会毫不犹豫地沐浴净身。同样，在五、六月份，一年中夏季最炎热的时候，妇女仍得主持中馈。不管天气好坏，人都得践履职分。刹帝利的宗教原则是作战，即使不得不跟亲友对敌，也不能抛开赋定的职分。吾人必须践履赋定的宗教规范，以图进升知识的层面，因为只有通过知识和奉献，才能够脱离摩耶的掌控。

此处阿周那两个不同的称谓亦有深意。称他为“贡蒂之子”（*Kaunteya*），是点出他伟大的母系血统；称他为“婆罗多之华胄”（*Bhārata*）是点出他父系的伟大。从这两方面，他理应继承了伟大的传统。伟大的传统带来正当践履职分的责任，因此，他不能逃避作战。

诗节 15：人中之杰呀！稳如磐石，不为苦乐所扰，必获解脱。

要旨：谁若决心坚定，立志探入灵性自觉的高明之境，而且，能够以平等心，忍受苦乐的侵袭，便是一个有资格得到解脱的人。在吠陀种姓—行期法中，生命的第四行期，也就是出世期（*Sannyāsa*），境况非常惨苦。但一个真心要让生命完美的人，就算面对重重艰困，也一定会接受出世者的生活。一般来说，困难在于断绝家庭关系——放弃跟妻子和儿女的关系。但是，谁若能忍受这份艰困，他的灵性自觉之途必定圆满无缺。同样，阿周那践履刹帝利的职分，当持之以恒，即便跟族人以及所敬爱的人作战，让他感到为难。主采坦尼亚二十四岁时当出世者，他的家属，正当妙龄的妻子以及年迈的老母，无人照顾。可是，为了更崇高的目标，他当了出世者（*Sannyāsī*），而且坚定地践履更崇高的职责。这便是摆脱物质缠缚、获得解脱的途径。

诗节 16：掌握真理的先知有言：非存在者无恒性，永恒者无断灭。先知深究二者的本质，才下此结论。

要旨：变化不居的躯壳并无恒性。现代科学也承认，由于细胞的作用和反作用，躯体每一刻都在变化，如此乃有生长和衰老。但灵魂永存，不随躯体、心识的变化而变化。这就是物质和灵性的分别。就其本性而言，躯壳无常，灵魂永存。所有等级的见道者，无论非人格主义者还是人格神主义者，均承认这个结论。《毗湿奴往世书》（2.12.38）说，毗湿奴以及他的居所都是自发光明的灵性存在（*jyotīṁṣi viṣṇur bhuvanāni viṣṇuḥ*）。“存在”与“非存在”只能是指灵性和物质。这是一切见道者的看法。

主对受无明影响而感到困惑的生命个体的开示，从这里发端。无明之扫除，包括重建崇拜者和受崇拜者之间的永恒关系，并进而体悟至上人格神与其所属生命个体之间的区别。透过穷究自我，以及自我与无上者之间的部分与整体关系，便可以认知无上者之体性。《吠檀多经》以及《薄伽梵往世书》皆认为无上者是一切气化流行的本原。此本体之流行可透过高等的和低等的自性被经验到。生命个体属于高等自性，这会在第七章得到揭示。虽然能力和有能力者并无分别，但有能力者为本体，而能力或曰自性则为作用。因此，生命个体永为无上者的臣属，一如奴仆之于主子，或者弟子之于上师。如此清晰的学问，在无明影响下的人却不可能理解；为了驱除无明，教化一切时中之生命个体，主乃演说《薄伽梵歌》。

诗节 17：你要知道：遍漫躯体者不会毁灭——谁也无法毁灭不朽的灵魂。

要旨：此颂更加清楚地阐释了灵魂的真性，其作用遍漫整个躯体。任何人都了解何者遍漫整个躯体——那是知觉；每个人都能知觉到整个或部分躯体的苦乐。这知觉的弥漫只限于吾人自己的躯体，一个躯体的苦乐，另一个躯体并不知道。因此，每一个躯体都是个体灵魂的表现形式，而灵魂存在的征兆可从个体的知觉被感知到。灵魂的大小被形容为只有发尖的万分之一。《白净识奥义书》（*Svetasvatra Upanisad*）（5.9）说：

bālāgra-śata-bhāgasya
śatadhā kalpitasya ca
bhāgo jīvaḥ sa vijñeyaḥ
sa cānantyāya kalpate

“若将一根头发的顶尖分成一百份，每一份再分成一百份，这样一份的大小便是灵魂的大小。”

《薄伽梵往世书》也有同样的说法：

keśāgra-śata-bhāgasya
śatāṁśaḥ sādṛśātmakaḥ
jīvaḥ sūkṣma-svarūpo 'yaṁ
saṅkhyātīto hi cit-kaṇaḥ

“有无数的灵性原子微粒，大小是发尖的万分之一。”

所以，个体性的灵魂微粒是灵性原子，比物质原子还小，而且数之不尽。这些灵性火花是物质躯体的基本原则。灵性火花的影响遍透整个躯体，正如药物的作用扩散于全身。整个躯体都可以感觉到灵魂以知觉的方式流布，知觉便是灵魂存在的证明。任何普通人都能理解，没有知觉的物质躯体没有生命，而且，没有任何物质方法可以恢复躯体的知觉。

是故，知觉绝非来自任何形式的物质组合，而是来自灵魂。《蒙查羯奥义书》（*Mundaka Upanisad*，3.1.9）进一步解释了原子灵魂的大小：

eṣo 'ṇur ātmā cetasā veditavyo
yasmin prāṇaḥ pañcadhā saṁviveśa
prāṇaiś cittaṁ sarvam otaṁ prajānāṁ
yasmin viśuddhe vibhavaty eṣa ātmā

"灵魂原子般大小，只有完美的智慧才能觉知。这原子灵魂处心之中，在五气（上行气 *Prāṇa*、下行气 *Apāna*、遍行气 *Vyāna*、平行气 *Samāna*、上升气 *Udāna*）之间漂浮，其作用遍布表现于物质躯体的生命个体的全身。当灵魂得到净化，不受五种物质之气熏染，其灵性影响力便会呈现。"

阴阳瑜伽（*Haṭha-yoga*）系统即是通过种种不同的体位法（*āsana*），调伏包围着纯灵的五气——这并非为得到物质好处，而是为了让微小灵魂得以摆脱物质之气的缠缚。

所有吠陀典都支持这种有关原子灵魂构成的说法。事实上，任何神智清醒的人都可以在实际经验中感觉到这一点。只有神智不清醒的人，才会把原子灵魂当作遍入万有的毗湿奴谛（*Viṣṇu-tattva*）。

原子灵魂的影响能够遍布特定的躯体。据《蒙查羯奥义书》，这原子灵魂处于每一生命个体的心中，因为原子灵魂实在过于微小，超出了物质科学家的理解范围，他们中的一些人便愚蠢地断言，灵魂不存在。个体原子灵魂肯定跟超灵一起处于生命体的心中，一切躯体动作的力量，便由此发出。血球从肺输送氧气到身体各部分去，血球的能力也是来自灵魂。灵魂离开以后，产生溶解作用的血液活动便告停止。医学承认红血球的重要性，却无法发现力量的根源是灵魂。不过，医学仍承认心脏是身体一切能量的中心。

灵性整体的原子微粒，可比喻为阳光中的分子。阳光里有无数放射性分子。同样，至尊主的碎片部分是至尊主神光的原子火花，被称为

prabha，或曰高等能力。所以，无论是跟从《吠陀》义理还是现代科学，都无法否认躯体中有灵魂存在。有关灵魂的科学，将由至尊人格神本人，在《薄伽梵歌》中做出明确的阐述。

诗节 18：灵魂永恒、无法测度，不生不灭；坏灭的只是物质躯壳。作战吧，婆罗多之华胄！

要旨：物质躯体性易坏灭。它可能立即坏灭，也可能一百年后坏灭。这只是时间问题而已。根本没有让它保持不灭的机会。但是灵魂如此微小，根本无法被敌人看见，又怎么能被杀死呢？前一节已说过，它太过微小，甚至无法量度其大小。所以，从这两点来看，没有理由悲伤，因为生命体原本就不可能被杀，而物质躯体也不可能永久保持。灵性整体的微粒，根据业报，获得不同的物质躯壳，所以，遵守宗教原则是必要的。《吠檀多经》将生命个体形容为光，因为他是至尊之光的部分和微粒。正如阳光维系整个宇宙，灵魂之光维系了物质躯体。灵魂一旦离开物质躯壳，物质躯壳便腐烂分解，由此可见，是灵魂摄持物质躯壳。躯壳本身并不重要，阿周那该为了宗教的缘故，起来作战，即使牺牲物质躯体，也在所不惜。

诗节 19：小智之人认为生命体能杀害其他生命体，或会为其他生命体所杀害；澈悟真知者则了解，真我不能杀害其他生命体，也不会为其他生命体所杀害。

要旨：当表现于躯壳的生命体为致命的武器所伤害，须知躯体内的生命体并没有被杀。灵魂太过微小，不可能用任何物质武器杀害它，这点在随后的偈颂中说得更为明了。由于其先天命定的灵性本质，生命体也是不可被杀的。被杀的，或说能够被杀的，不过是躯壳而已。然而，这样说，绝对不是鼓励伤身害命。吠陀训谕云："永不可对人使用暴力（*mā hiṁsyāt sarvā bhūtān*）。"懂得生命体不可杀也不意味着鼓励屠戮动物。未经授权而残杀任何生命的身体，都是令人发指的罪行，必定受到国家之法以及上帝之法的惩治。然而，阿周那之出手杀敌，并非肆意妄为，而是根据宗教原则。

诗节 20：灵魂永无生死，既非过去形成，也非现在形成，更非将来形成。灵魂不朽常存，源于无始。肉体可杀，灵魂不可杀！

要旨：就性质而言，至尊灵魂的微小原子碎片与至尊灵魂一样。他跟肉身不同，不会变易迁化。有时，灵魂被称为*Kūṭa-stha*，即“不变者”。肉身从属于六种变化。它从母体的子宫诞生，停留一段时间，生长，产生影响，逐渐式微，最后消失，彻底坏灭。然而，灵魂并无这些变化。灵魂从无诞生，但他受取了物质躯体，物质躯体则有诞生。灵魂无生无死。凡物有生即有死。灵魂既无诞生，因此也无过去、现在、未来。灵魂永生永在，源于无始——灵魂之形成，并无历史可稽。在躯体印象下，我们追溯灵魂诞生的历史。灵魂不像躯壳，永不会年老。因此，所谓的“老人”会感觉自己的精神跟童年和少年时代一样，并未衰老。躯壳的变化影响不了灵魂。灵魂不像树木或任何物质东西一样会萎败。灵魂也无派生物。身体的派生物——子女，也是不同的个体灵魂；由于躯体，他们才以某人子女的身份出现。灵魂存在，所以躯体生长，但灵魂无子嗣，无变化。所以，灵魂并无肉体的六种变化。

《羯陀奥义书》第 1 篇第 2 章第 18 颂与此颂极为类似：

na jāyate mriyate vā vipaścin
nāyaṁ kutaścin na babhūva kaścit
ajo nityaḥ śāśvato 'yaṁ purāṇo
na hanyate hanyamāne śarīre

但里面用了一个特别的词“*Vipaścit*”，意谓：“有学问”或“有知识的”。

灵魂充满灵明，或说始终具足觉性。因此，知觉是灵魂的征兆。即使找不到处于心内的灵魂，还是可以透过知觉的存在认识到灵魂的存在。有时，因为云的遮蔽，或其他原因，我们看不到太阳，但阳光常在，由此我们确信这是日间。清晨，只要天空中出现一点微弱的光芒，我们就知道，太阳已经升空。同样，所有躯体，不管是人的或动物的，或多或少都有知觉，我们因此知道，灵魂存在。然而，灵魂的觉性与无上者的觉性不同。无上者的觉性是全知的——无论过去、现在、未来。而个体灵魂的觉性却易忘。当他们忘记自己的真性，便须从薄伽梵克利须那的崇高教诲中，获得教育和启明。克利须那不像易忘的灵魂。否则，他所说的《薄伽梵歌》便毫无用处。

灵魂有两种：细灵（*Aṇu-ātmā*）和超灵（*Vibhu-ātmā*）。《羯陀奥义书》（1.2.20）如是说：

aṇor aṇīyān mahato mahīyān
ātmāsya jantor nihito guhāyām
tam akratuḥ paśyati vīta-śoko
dhātuḥ prasādān mahimānam ātmanaḥ

"超灵（即胜我）和细灵（即命我）都处于同一身体之树的同一颗心里。只有已然摆脱一切物质欲望和烦恼的人，在至尊主的恩典下，才能体悟灵魂之荣光。"

克利须那也是超灵的根源，这点在以后的章节会说明。阿周那是细灵，遗忘了自己真正的本性，因此，他须受到克利须那或克利须那的正宗代表（灵性导师）的启明。

诗节 21：帕尔特呀！既然了知灵魂不会坏灭，无生长存，永无变易，又何来杀与被杀？

要旨：物各有所用，一个知识圆满的人，知道如何以及于何地正确使用一样东西。同样，武力亦有所用。如何运用武力，有赖于具备知识的人。法官将谋杀犯判处死刑，我们不能谴责法官，因为他根据法律使用武力。人类的法典——《摩奴法典》（*Manu-saṁhitā*）赞成，谋杀犯该判处死刑，如此，他下一世便无须为自己所曾犯下的弥天大罪而受苦。所以，国王吊死谋杀犯，其实大有益处。同样，当克利须那下令作战，必定是为了至高无上的正义而使用暴力。为此，阿周那该当奉令而行。要晓得，这类暴力，在为克利须那而战的行动中使用，其实并非暴力，因为，不管怎样，人或者说灵魂，无法被杀。为了执行正义，一般所谓的“暴力”是容许的。外科手术是为病人治病，并非要杀害病人。所以，阿周那在克利须那的指导下所进行的战斗，具备圆满的知识，根本不可能造下罪恶业报。

诗节 22：仿佛除去旧衣，换上新装，灵魂离开衰老无用的旧身，进入新的躯体。

要旨：个体细灵转换躯体是公认的事实。现代科学家不相信灵魂存在，但同时又不能够解释来自心脏的能量的出处，不过即使他们，也得接受肉身从幼而壮，自壮到老的相续变化。到了老年，这种变化被转移到另一身体。这点前面偈颂（2.13）已解释了。

个体细灵之能够转换躯体，实出于超灵的恩赐。正如一个朋友满足另一个朋友的欲望，超灵满足灵魂的欲望。《吠陀》经典，例如《蒙查羯奥义书》和《白净识奥义书》，将细灵和超灵比喻为立在同一棵树上的两只互相友爱的鸟儿。其中一只（个体细灵）正啄食树上的果子，另一只（克利须那）只是凝视着他的朋友。这两只鸟儿，本性相同，但一为物质树上的果子所迷，另一则在旁注视朋友的活动。克利须那是后者，阿周那是前者。尽管二人是朋友，但一为主子，一为仆人。由于遗忘了这层关系，细灵从一棵树跳到另一棵树，或者说从一个身体转生到另一个身体。命我（*jīva*）在物质躯体之树上苦苦奋斗。可是，一旦他愿意接受另一只鸟儿作为至高无上的灵性导师，就像阿周那自愿皈依克利须那并接受他的开示，作为臣属的鸟儿便可立即脱离悲伤。《羯陀奥义书》（3.1.2）及《白净识奥义书》（4.7）均证实：

samāne vṛkṣe puruṣo nimagno
'nīśayā śocati muhyamānaḥ
juṣṭaṁ yadā paśyaty anyam īśam

asya mahimānam iti vīta-śokaḥ

“虽然两鸟同栖一树，作为树上果子的享受者，那个吃果子的鸟儿却充满了焦灼和悲哀。然而，假若因为某种缘故，那受苦的鸟儿将面孔转向他的朋友——至尊主，并且认识到主的荣耀，当下即得脱离一切烦恼。”阿周那现在将脸转向他永恒的朋友克利须那，并且从他那里了解《薄伽梵歌》。这样，透过听闻，他就能认识主至高无上的荣光，从而远离悲伤。

在这里，主劝告阿周那不要为老祖父和师父的躯体性变化而悲伤。相反，他倒该为在这样正义的战斗中杀灭他们的躯体而快乐，因为这样一来，他们以前由种种躯体活动而带来的业报，便有可能立即被清除殆尽。若人在祭坛上，或在正义的战场上献出生命，其躯体性业报马上被涤净，得以进升至更高的生命地位。所以，阿周那的悲伤没有理由。

诗节 23：灵魂刀剑不能戮碎，烈火不能焚毁，水不能浸腐，风不能侵蚀。

要旨：所有种类的武器——刀剑、热武器、水武器、风武器，等等，全不能杀灭灵魂。除了现代热武器外，似乎还有用土、水、气、以太等制造的各类武器。现代核武器亦属于热武器，但以前，可以用多种不同的物质元素制造武器。水武器可以克制热武器，这是现代科学所不知的。现代科学对风武器也一无所知。然而，灵魂永不能被任何数量的武器所戮碎或毁灭，不管这些武器采用何种科学设计。

幻有宗无法解释清楚，个体灵魂如何能从无明就化现出来，接着被虚幻能力蔽覆，也不可能从本初的至尊灵魂切割下个体灵魂；相反，个体灵魂是至尊灵魂的永恒隔离部分。因为他们永恒地（*sanatana*）是原子状态的个体灵魂，所以很容易被虚幻能力蔽覆，如此便离开了至尊主，不复与至尊主同在，这就像火花之于火，虽然性质与火无别，但离开火后，就易于熄灭。在《筏罗诃往世书》（*Varaha Purana*）里，生命个体被表述为是与无上者隔离的部分与微粒。生命个体永恒如是，《薄伽梵歌》亦如是说。所以，即便从幻觉中解脱，生命个体仍保有其独立的灵性身位。在主给阿周那的开示中，这点很清楚。凭着受自克利须那的知识，阿周那获得解脱，但他绝不与克利须那合而为一。

诗节 24：个体灵魂无法分割，不能溶解，烧不掉，干不了。灵魂永在，遍入万有，不变不动，始终如一。

要旨：原子灵魂的一切性质都确实证明了，个体灵魂永是灵性整体的原子微粒，并且他永是同一的原子，从无改变。一元论在这里很难成立，因为个体灵魂被认为永不能融入同质的单体。从物质染污中解脱后，原子灵魂可能宁愿继续做至尊人格神之神光中的灵性火花，但更有智慧的灵魂则进入灵性星体，与人格主神相伴。

Sarva-gata，即“遍入万有”，一词意思深广，因为，毫无疑问，生命体遍布上帝所创造的世界。他们活在陆上、水里、空气中、地球之内，甚至火中。说他们被火夺去繁殖能力，这种看法不能接受，因为前文已经阐明，火不能烧毁灵魂。所以，太阳上无疑也有生命，这些生命的身体适宜生活在太阳上。假如太阳上无人居住，“遍入万有”一词便失去了意义。

诗节 25：据说，灵魂目不得视，心不得思，不变恒常。了解这点，你便不该为躯体悲伤。

要旨：如前所述，就我们物质的计量方式来说，灵魂太过微小，即使用最强力的显微镜，也看不见。因此，灵魂不能以目视而得见。关于灵魂存在的问题，除 *śruti* 即吠陀天启智慧的证据外，谁也不能用实验证明。我们必须接受这个道理，因为除此之外再没有其他理解灵魂存在的根据，尽管灵魂存在是个可以觉察得到的事实。有很多东西，只因为来源于更高的权威，我们就必须接受。根据母亲的权威，谁也不可否认父亲的存在。除了母亲的权威，没有其他确认父亲身份的根据。同样，除了学习吠陀诸经外，我们再没有其他方法了解灵魂。换句话说，人类的实验性知识，无法理解灵魂。灵魂即觉性及其觉知——这也是吠陀诸经的说法，我们必须接受。跟躯体性变化不同，灵魂无变化。作为永恒不变者，相对于无限的至尊灵魂，个体灵魂永远保持原子状态。至尊灵魂无限大，原子灵魂无限小。所以，无限小的灵魂，既然永恒不变，就永不会相等于无限大的灵魂，或者说至上人格神。吠陀诸经为了牢不可破地确立这个灵魂的概念，才反复用不同的方式加以论说。为了让我们对事物的理解彻底、无误，反复论述是必要的。

诗节 26：即使你认为灵魂恒生恒死，仍没理由哀怆。啊，臂力强大的人！

要旨：总是有一派哲学家，跟佛教徒很相似，不相信肉身之外有独立存在的灵魂。当主克利须那讲说《薄伽梵歌》的时候，这类哲学家似乎早已存在。他们分别称为顺世论派（*lokāyatikas*）及胜论派（*vaibhāṣikas*）。这类哲学家坚持，仅当物质组合演进到了某个成熟状态，生命现象才出现。现代物质科学家及唯物论者，也抱有类似的想法。他们说，身体是物理元素的组合，物理元素与化学元素相互作用，到了某一阶段，便演化出生命现象。人类学也是以这种哲学为基础。很多伪宗教——目前在美国很流行，也采用了这种哲学，就像倾向于虚无和非奉献性的佛教宗派。

即便阿周那不相信灵魂存在，如胜论派哲学所说，仍没有理由悲伤。谁也不会为失去几大团化学品而悲伤，以致不去履行赋定的职责。另外一方面，在现代科学和高科技战争中，为了战胜对手，无数吨的化学品被浪费掉。根据胜论派哲学，所谓灵魂或曰阿特曼（*ātmā*），会随着躯体的毁灭而消解。所以，在任何情况下，不管阿周那是接受《吠陀经》的结论，相信有原子灵魂，还是不相信灵魂的存在，均无理由悲伤。根据后一种理论，既然每一刻都有无数生命体从物质里产生出来，而且每一刻都有无数生命体归于消解，那么又何必为这类事情而悲伤呢？假如灵魂不会再次投生，阿周那就没有理由害怕，杀了老祖父及师父，会带来罪恶业报。但是，与此同时，克利须那语含讥讽，称阿周那为“摩诃婆呵”（*Mahā-bāhu*），意谓“臂力强大的人”，因为阿周那至少不会接受胜论——这套理论将吠陀智慧弃诸一旁。身为刹帝利，阿周那原属吠陀文化，所以该当遵奉吠陀原则。

诗节 27：有生必有死，有死必有生。因此，践履无可避免的职分时，你不该悲伤。

要旨：根据前世的活动，人得再次投生。一段时期的活动终结，又得死亡以再次投生。人就是这样不断轮回生死，不得解脱。生死轮回之说，并不支持不必要的谋杀、屠戮或战争。但同时，在人类社会，为了维持法纪和治安，武力、战争殆不可免。

俱卢之野这场战争，由于出乎无上者的意志，实无可避免。为正义而战是刹帝利的责任。既然是履行正当的责任，阿周那又何必为亲人之死而害怕、痛苦？破坏律法不值得，由此而承受他所如此畏惧的罪恶业报，更不值得。即便逃避履行正当的责任，他也无法让亲人不死，反而自己倒会因选择了错误的行为而堕落。

诗节 28：受造万物初为不显，中而显现，末则遭毁灭复归不显。如此，又何须哀怆？

要旨：世上有两派哲学，一派相信灵魂存在，另一派则不相信，无论信奉哪一派，均无理由悲伤。不相信灵魂存在的人，被吠陀智慧的信奉者称为无神论者。不过，即使为了辩论之故，我们接受无神论，也没有理由悲伤。除了灵魂的独立存在外，物质元素在创造之前，保持无形未显的状态。从这无形的精微状态，产生了表象，正如从空产生风，从风产生火，从火产生水，从水，土便化现了。从土，产生种种表象。例如，摩天大厦便是从土化现。它遭拆除时，表象复转为无形，最后保留在原子状态中。能量不灭，但在时间过程中，事物从被成象复转为无形——分别就在这里。那么，无论在成象阶段还是在无形阶段，又有什么理由可烦恼呢？不管怎样，即便在无形阶段，事物并未亡失。在开始和末尾，所有元素都在无形状态，只有在中间阶段，它们才呈现出来，但这并无任何实质性的区别。

倘若我们接受吠陀诸经的结论，正如《薄伽梵歌》所论述，物质躯体时候到了就会坏灭，但灵魂永恒，那么我们就一定要始终牢记，躯壳好像衣服；那么，何必为更换衣服而悲伤呢？就其与永恒灵魂的关系而言，物质躯壳并无实际存在。这就好比一场梦。在梦里，我们或翱翔太空，或像皇帝一般坐在马车上，醒来后，却发现自己既非在太空翱翔，亦非高踞马车。基于物质躯体之非存在，吠陀智慧提倡自我觉悟。所以，不管相信灵魂存在，抑或不相信灵魂存在，均无理由悲伤。

诗节 29：灵魂叫人惊叹：有人如此认为，有人如此形容，有人如此听闻。也有人尽管听说，对之仍懵无所知。

要旨：由于《梵歌奥义书》(*Gītopaniṣad*)大抵根据《奥义书》的原则，所以并不奇怪，在《羯陀奥义书》（1.2.7）里也有类似本偈颂的说法：

śravaṇayāpi bahubhir yo na labhyaḥ
śṛṇvanto 'pi bahavo yaṁ na vidyuḥ
āścaryo vaktā kuśalo 'sya labdhā
āścaryo 'sya jñātā kuśalānuśiṣṭaḥ

在动物巨硕的躯体里，在大榕树的树身中，在亿兆单位才占一英寸空间的细菌内，均有原子灵魂，这事实当然令人惊叹。知识浅陋者与不修苦行者，皆无法了解个体原子灵魂的奇妙，即便最伟大的知识权威——他甚至教导了宇宙间第一个生命个体——梵天，解释过这点。在这个年代，大多数人，由于对所有事物都抱持粗糙的物质概念，无法想象这样的微粒能够同时这么巨大又这么微小。所以，无论就其实质还是通过描绘，人们自然视灵魂奇妙无比。受物质能量的迷惑，人们如此沉溺于感官享乐的话语，以致没有时间去了解自我认识的问题，虽然事实上，没有自我认知，一切为了生存的奋斗全归于徒然。或者，他们根本没有这种想法，即人必须思考灵魂，进而为物质诸苦找出解决之道。

有些想听闻灵魂之说的人，可能参加讲座，得近良师益友，但有时，由于无明，他们受到误导，以为超灵与细灵一体无二，并无量上的等差。要找到一个人，完全了解灵魂的地位，了解超灵、细灵，及其各自的作用、相互间的关系，乃至其他所有大小细节，十分困难。而要找到这样一个人，能够真正从灵魂知识中得到完全的益处，能够从各方面论述灵魂的地位，则更是难上加难。但是，不管怎样，若有人了悟通了灵魂之说，他的生命便成功了。

认知自我最便捷的途径是接受最伟大的权威——主克利须那在《薄伽梵歌》中所开示的一切，并且不被其他理论引入歧路。但在信受克利须那为人格主神之前，需要在今生或前世，进行大量的苦行和献祭。然而，透过纯粹奉献者的无缘大慈，克利须那可以如是被知，除此别无他途。

诗节 30：婆罗多之华胄呀！居于躯体的灵魂是永恒的，杀不了的。因此，你无须为任何生命哀伤。

要旨：现在，主总结灵魂不变这一段。透过以不同方式描述不朽的灵魂，主克利须那确立了灵魂永恒、肉身无常的结论。所以，身为刹帝利的阿周那不该因为害怕他的老祖父和师父——毗史摩和陀拏战死，而放弃他的职分。基于至尊主克利须那的权威，应该相信，有跟肉身不同的灵魂存在，而不是根本没有灵魂，或认为生命现象之形成，不过是由于化学品的相互作用达到了某一物质的成熟阶段。虽说灵魂不朽，但并不鼓励暴力。然而，临战之时，若实在需要，便不该阻挠使用暴力。需要与否，必须根据至尊主的意旨，绝不能任意妄为。

诗节 31：想一想你作为刹帝利的特定职责，你该知道，对你来说，再没有什么任务比为宗教原则而战更好。所以，不要再犹豫了。

要旨：在四个社会阶层中，第二阶层负责治平天下，称为刹帝利（*Kṣatriya*），“*kṣat*”意为“伤害”。“*trayate*”意为“保护”。保护他人，不使其受伤害，这样的人称为刹帝利。刹帝利在森林中接受杀敌训练。刹帝利须到森林向老虎挑战，用剑跟老虎搏斗。老虎被杀死，便会以贵族的方式火化。此制甚至在今天的斋浦尔省(*Jaipur*)仍为刹帝利所沿用。刹帝利特别受到挑战和杀敌方面的训练，因为有时为宗教而使用武力是必需的。刹帝利绝不该直接转为出世者。在政治上，非暴力可能是外交手段，但绝非必需或原则。宗教法典里说：

āhaveṣu mitho 'nyonyaṁ
jighāṁsanto mahī-kṣitaḥ
yuddhamānāḥ paraṁ śaktyā
svargaṁ yānty aparāṅ-mukhāḥ
yajñeṣu paśavo brahman
hanyante satataṁ dvijaiḥ
saṁskṛtāḥ kila mantraiś ca
te 'pi svargam avāpnuvan

“刹帝利在战场上，跟另一嫉妒他的刹帝利比斗，死后能升入天堂星宿，就像婆罗门在祭祀的火坛上，以动物祭献神明，也能转生天堂星宿。”所以，基于宗教原则，在战场上杀敌，以及在祭祀的火坛上宰杀动物，并不算暴行，因为，从蕴含于其中的宗教原则里，每一生命均可受益。当作牺牲的动物即刻获得人身，无须经历渐进的躯体演化；在战场上被杀的刹帝利往生天堂星宿，进行献祭的婆罗门也一样。

本来职分（*sva-dharma*）有两类。未获解脱时，须依照宗教原则，践履随自己身体而来的职分，以期获得解脱。待解脱后，人的 *sva-dharma*，即本来职分，就转为灵性的，不复停留于物质的躯体化概念。在躯体性的生命概念中，婆罗门与刹帝利都有各自的本来职分，并且这些职分不可逃避。赋定职分由至尊主划定，这会在第四章阐明。在躯体层面，赋定职分也被称为吠陀种姓－行期法，可以说是人类到达灵性觉悟的基石。人类文明从吠陀种姓－行期法开始，也就是从作用于身体的不同物质气性所产生的不同职分开始。在任何活动领域，若根据更高权威的指令，履行自己的特定职分，便可将自己提升至更高的生命地位。

诗节 32：帕尔特呀！那些刹帝利是多么幸运啊，这样的战事不求自来，天堂之门正为他们开启。

要旨：阿周那说："我在这场战斗中看不到任何益处。它只会让我永沦地狱。"身为众生的无上明师，主克利须那谴责阿周那的态度。阿周那这样说，完全出于无明。他想在践履他的特定职分时，采取非暴力手段。刹帝利在战场上不使用武力，这是愚人的哲学。在伟大的圣哲、毗耶娑之父钵罗萨腊所撰的《钵罗萨腊圣传经》（*Parāśara-smṛti*）中写道：

kṣatriyo hi prajā rakṣan
śastra-pāṇiḥ pradaṇḍayan
nirjitya para-sainyādi
kṣitiṁ dharmeṇa pālayet

"刹帝利的职责是保护臣民，使臣民免于一切危难，为此，在恰当的情形下，他得使用武力以维护律法和秩序。他必须击败暴君的军队，而且，应以宗教原则，统治世界。"

无论从哪一方面看，阿周那均无理由停止作战。如果他击败敌人，可享有王国；如果战死沙场，可往生天堂星宿——天堂之门已向他开启。在两种情况下，作战对他都有好处。

诗节 33：如果你不参与这场战争，便是漠视礼法，你必罪恶盈身，而且丧失武士的美名。

要旨：阿周那是著名的武士。他之所以成名，是由于曾经跟很多伟大的天神，甚至包括大神湿婆，比过武。阿周那击败了猎人打扮的湿婆，湿婆很喜欢他，送给他一件名为波殊波陀（*Pāśupata-astra*）的神兵，作为奖励。每个人都知道阿周那是伟大的武士。甚至陀拏阿阇黎都给他祝福，赐他一件特别的兵器，他甚至能用这兵器，杀了陀拏阿阇黎。他获得过很多权威对他的武艺的赞誉，其中包括他的生父，天帝因陀罗。如果他放弃战斗，不单忽视了作为刹帝利的职分，而且必将丧失一切声誉、美名，走向地狱之路。换句话说，不是因为作战，而是因为放弃作战，他得到地狱去。

诗节 34：世人会常常提起你的臭名。受人尊敬的人，与其声名被污，不如死去。

要旨：作为阿周那的朋友兼智囊，针对阿周那拒绝战斗，克利须那现在做出最后裁决："阿周那，倘若你在战斗打响之前就离开战场，人们会说你是懦夫。要是你认为，尽管让人们去叫骂，只要逃离战场，就能保全性命，那么我的劝告是，你还不如战死沙场。对于你这样一个受人尊敬的人，恶名比死亡更糟。所以，你不该因为怕死而逃跑，最好战死沙场，这样，你便不必背负滥用我的友情的恶名，也保存了在社会上的威望。"

是故，主的最后裁决是，阿周那宁可战死沙场，绝不能退缩。

诗节 35：对你的声名异常尊崇的将领，会认为你因胆怯才临阵脱逃。他们必视你为懦夫。

要旨：主克利须那继续给阿周那下判辞："千万不要以为，伟大的将领像杜瑜檀那、喀尔纳以及其他同辈人会认为，你离开战场，是出于对堂兄弟和老祖父的怜悯。他们会想，你之所以离开，不过是因为害怕丢掉性命。这样，他们对你人格的高度评价也势必烟消云散。"

诗节 36：你的敌人将用恶毒的言语诋毁你，讥笑你无能。还有什么比这叫你更痛苦呢？

要旨：开始时，主克利须那对阿周那不合时宜的怜悯心感到惊讶。他把这种怜悯心，说成是属于非雅利安人的。现在，他说了这么多，以证成他对阿周那之所谓怜悯心的驳难。

诗节 37：贡蒂之子呀！战死，你将晋升天堂；战胜，你享有地上的王国。快快起来，下决心作战吧！

要旨：即便阿周那未必能稳操胜券，他还是得战斗，就算战死，他也可以往生天堂星宿。

诗节 38：你当不计苦乐、得失、成败，为战而战。如此，你便永无罪恶。

要旨：主克利须那现在直接说，阿周那当为战而战，因为他希望这场战争发生。在克利须那觉性下践履，苦乐、得失、成败均不必挂怀。凡事为克利须那而做，才是超然觉性；如此则无业报。若追求感官享乐，不管处在中和气性还是强阳气性，都会受制于或好或坏的报应。但是若有人完全投入克利须那觉性的践履，就不必再像在世俗活动中那样，要对谁承担义务，或亏欠谁什么。《薄伽梵往世书》（11.5.41）说：

devarṣi-bhūtāpta-nṛṇāṁ pitṝṇāṁ
na kiṅkaro nāyam ṛṇī ca rājan
sarvātmanā yaḥ śaraṇaṁ śaraṇyaṁ
gato mukundaṁ parihṛtya kartam

"若有人彻底归命克利须那——木昆陀，放弃所有其他责任，便不亏欠谁什么，也不必对谁承担义务——包括天神、贤圣、凡夫、族人、人类、祖先。"

这就是克利须那在此颂里向阿周那所间接暗示的，下面的偈颂对此还有更清晰的解说。

诗节 39：至此，我已向你讲述了数论哲学。现在，请再听菩提瑜伽。帕尔特呀！你以这智慧活动，便能脱离业力的桎梏。

要旨：根据吠陀词典《尼楼珂提》（*Nirukti*），"僧佉"（*Sāṅkhya*，即数论），意思是"详细阐述事物"。僧佉指阐述灵魂真性的哲学，而瑜伽则涉及收摄感官。阿周那不愿作战的想法，实基于感官享乐。他以为不杀亲友、族人，比击败堂兄弟狄多罗史德罗诸子而享有王国，要快乐一点，所以他遗忘了首要的职分，不愿作战。这两种考虑，皆基于个人的感官享乐，无论是征服堂兄弟的快乐，还是看到亲人活下去的快乐，都建立在感官享乐的基础之上，而且是以牺牲智慧和责任为代价。所以，克利须那想跟阿周那解释，消灭老祖父的肉体，并没有杀死灵魂本身。他解释，一切人，包括他自己，都是永恒的个体；他们过去是个体，现在是个体，未来也还是个体，因为我们全是永恒的个体。我们只是变换不同式样的皮囊而已，实际上，即使摆脱了皮囊的束缚，我们仍保留个体性。主克利须那生动地阐述了对灵魂和躯体的分析性研究。从不同角度对灵魂和躯体所做的论述，谓之僧佉——用《尼楼珂提》词典所用的字眼。此“僧佉”与无神论者伽皮罗（*Kapila*）的“僧佉”并无关系。远在骗子伽皮罗的“僧佉”之前，根据《薄伽梵往世书》的记载，主克利须那的化身——真正的主伽皮罗，就向母亲提婆瑚缇（*Devahūti*），阐释过数论哲学。他很清楚地解释了，补鲁莎（*Puruṣa*）亦即至尊主是活跃的，透过凝视自性（*Prakṛti*）也即物质自然，便创造了世界。吠陀诸经以及《薄伽梵歌》皆支持此说。吠陀经典描述，在主的瞥视之下，物质自然孕生原子态个体灵魂。所有这些个体灵魂都为了追逐感官享乐而在物质世界活动，受物质能力的迷惑，他们还自以为是享受者。这种想法一直持续到最后的解脱阶段，这时生命个体想与至尊者合而为一。这是摩耶，亦即感官享乐之假象的最后圈套。只有经历过许多世这类追逐感官享乐的生活，伟大的灵魂才会归命于华胥天人（*Vāsudeva*），即克利须那，从而完成对究竟真谛的探索。

透过皈依克利须那，阿周那已经接受克利须那为他的灵性导师（*śiṣyas te 'haṁ śādhi māṁ tvāṁ prapannam*）。接下来，克利须那将告诉他菩提瑜伽（*buddhi-yoga*）或曰业瑜伽（*karma-yoga*）的修炼之道，也就是说，仅仅为满足主的感官而践履奉爱服务。菩提瑜伽，乃是与安住于每一生命个体心中的胜我的直接感通，将会在第十章第十诗节得到阐明。没有奉爱服务，就不可能产生这类感通。处于为主做奉献性或曰超越性爱心服务的人，也就是说，在克利须那觉性里面的人，透过主的特别恩眷，能够到达菩提瑜伽的阶段。所以，主说，只有对那些以超越性爱心，不断做奉爱服务的人，他才赐予有关爱心奉献的纯粹知识。用这种方法，奉献者便能到达真常极乐的国度，轻易接近他。

如此，这里所提及的菩提瑜伽，即为主做奉献服务；这里所提及的数论，跟骗子伽皮罗所陈述的无神论数论瑜伽，绝无关系。千万不要把这里所阐述的数论瑜伽，跟无神论的瑜伽混为一谈。那个时代，无神论的数论并无影响，而且克利须那也根本不屑提及这类无神论哲学。真正的数论哲学是主伽皮罗在《薄伽梵往世书》中所推演的，然而，就是这门数论哲学也与现在的讨论无关。这里，“数论”意即“对躯体和灵魂的分析性阐述”。主克利须那对灵魂做出分析性的阐述，是为了将阿周那引导至菩提瑜伽或巴克提瑜伽（*Bhakti-yoga*）。所以，主克利须那的数论，与主伽皮罗在《薄伽梵往世书》中所演绎的数论，其实是同一的。两者都是巴克提瑜伽。为此，克利须那说，只有智慧较低的人才将数论瑜伽和奉爱瑜伽做出区分（*sāṅkhya-yogau pṛthag bālāḥ pravadanti na paṇḍitāḥ*）。

自然，无神论的数论瑜伽跟奉爱瑜伽并无关涉。但是，小智之人却宣称，《薄伽梵歌》所提及的，就是无神论的数论瑜伽。

所以，我们该懂得，菩提瑜伽（*Buddhi-yoga*）即是安住克利须那觉性，在奉爱服务的圆满智慧和喜乐中践履。只为满足主而工作，不管工作有多么困难，这样的人是在菩提瑜伽的原则下践履，他们常处妙喜之境。通过这类超然践履，便能自动获得超世觉悟，由于主的恩典，解脱也因而具足圆成，毋须再额外穷理致知。在克利须那觉性里面践履，跟为业果而工作，尤其跟从家庭和物质快乐出发而求取感官享乐，实有天壤之别。所以，菩提瑜伽是我们所做的工作的超然质地。

诗节 40：做这种努力，并无损失。沿这道路前进少许，也可免于最危险的恐惧。

要旨：在克利须那觉性里面践履，换言之，即不期望感官享乐，只为克利须那的利益而行动，是性质最超妙的活动。这种活动，即使只有一个小小的开端也无妨，因为这小小开端的稍许努力在任何阶段都不会失去。任何在物质层面的工作，一旦开始了，就须坚持到底，否则所有努力全都白费。但在克利须那觉性里面，任何工作只要一开始，就算半途而废，也有永久性的作用。从事这种工作的人，尽管他在克利须那觉性中的工作并未圆满，也没有损失。在克利须那觉性中做成的百分之一，也有永久性的作用，如此，下一次开始就是从百分之二。然而，物质业行，若非百分之百完成，便不可能有利益。阿佳弥罗（*Ajāmila*）在百分之几点的克利须那觉性中履行职责，但最后享受到的结果却是百分之百，这都是由于克利须那的恩典。对此，《薄伽梵往世书》（1.5.17）有节美妙的偈颂：

tyaktvā sva-dharmaṁ caraṇāmbujaṁ harer
bhajann apakvo 'tha patet tato yadi
yatra kva vābhadram abhūd amuṣya kiṁ
ko vārtha āpto 'bhajatāṁ sva-dharmataḥ

"若有人放弃自己的职责，在克利须那觉性里面修行，可后来由于未达圆成而掉下来，又有什么损失呢？就算一个人圆满地完成物质业行，又有什么收获？"或者，正如基督徒所说："得到整个世界，却丧失了永恒的灵魂，又有什么好处？"

物质业行及其结果及身而没，但在克利须那觉性里面的工作，甚至在人丧身之后，仍能再次引领人至克利须那觉性。至少，肯定有机会在下一世再次投生为人，或投生于伟大的有教养的婆罗门家庭，或投生于富贵之家，由此得到机会，进一步提升自己。这是在克利须那觉性里面所做的工作的独有性质。

诗节 41：在这条道路上的人意志坚定，目标专一。俱卢族的宠儿啊！犹豫不决的人，其智慧枝蔓丛生。

要旨：认为透过克利须那觉性，就可以被提升至生命的最圆满境界，这种强烈的信念，谓之"守一之智"（*Vyavasāyātmikā buddhi*）。《采坦尼亚圣行蜜露经》（8.22.63）说：

'śraddhā'-śabde—viśvāsa kahe sudṛḍha niścaya
kṛṣṇe bhakti kaile sarva-karma kṛta haya

“相信为克利须那做超越性的爱心服务，其他所有次要的活动也自动得到完成。这种信念，对奉献服务极为有利，称为贞信。”

贞信（*śraddhā*）即对崇高事物的毫不动摇的信念。当人被赋予克利须那觉性的职责时，他已不必为尘世的家庭、人类、民族履行义务。过去的行为，不管好坏，都会带来业报；从业报而生发的活动，便是果报活动。当人在克利须那觉性中醒转过来，便无需再为追求好的业果而努力。安住克利须那觉性，一切活动便全在绝对的层面，因为它们不复局限于好坏一类的二元对待。克利须那觉性的最圆满境界是放下生命的物质概念。这境界可通过逐渐修炼克利须那觉性而自动达成。

安住克利须那觉性之人的坚定决心，完全建立在义理的基础上。*vāsudevaḥ sarvam iti sa mahātmā su-durlabhaḥ*：安住克利须那觉性之人极为罕见，他知道华胥天人（*Vāsudeva*），或曰克利须那，是一切已显示出来的原因的根源。正如浇水于树根，水就会自动分布到枝枝叶叶上去，所以透过在克利须那觉性里面践履，便能为每一个人做出最高级的服务——其中包括自我、家庭、社会、国家、人类，等等。假如克利须那对一个人的行为满意，那么每一个人都会满意。

不过，在克利须那觉性中的服务，最好是在灵性导师的出色指导下践履，这样的灵性导师是克利须那的正宗代表，了解弟子的品性，能够指导弟子如何在克利须那觉性里面践履。是故，想要精通克利须那觉性，就必须行动坚定，并且服从克利须那的代表。应该把正宗灵性导师的训示，当作人生的使命。室利·维施梵纳陀·查科罗伐底·塔库尔（*Śrīla Viśvanātha Cakravartī Ṭhākura*）在一篇著名的为灵性导师而做的祷文中，指示我们：

yasya prasādād bhagavat-prasādo
yasyāprasādān na gatiḥ kuto 'pi
dhyāyan stuvaṁs tasya yaśas tri-sandhyaṁ
vande guroḥ śrī-caraṇāravindam

“透过满足灵性导师，就满足了至上人格神。若不满足灵性导师，就没有机会被提升至克利须那觉性的层面。所以，我应该为了得到他的恩慈，每天冥思和祝祷三次，并且向他——我的灵性导师的莲花足，致以虔敬的顶礼。”

然而，整个修炼过程有赖于超越躯体化概念的圆满灵知——不是理论上，而是事实上，即不再追逐表现于果报活动中的感官享乐。心念不坚定的人，很容易被各式各样的果报活动引入歧途。

诗节 42/43：见识浅薄的人过分执着吠陀诸经的夸饰文字。因为他们渴望感官快乐、荣华富贵，就说除了这些，再无其他。这部分内容教人如何通过种种献祭和业行，往生天堂星宿；或者如何得到好的出生，获取功名利禄。

要旨：一般人不太有智慧，由于无知，异常执着吠陀诸经业报之分（*Karma-kāṇḍa*）所推荐的果报活动。他们所渴望的，不过是受用天堂生活带来的感官享乐，那里有醇酒美女，物质富裕随处可见。吠陀诸经推荐了很多祭祀，尤其是宿曜祭（*Jyotiṣṭoma*），能让人往生天堂星宿。事实上，据说任何人若想往生天堂星宿，就必须举行这些祭祀。小智之人以为这便是吠陀智慧的全部旨趣。对于这类缺乏经验的人，要坚处于克利须那觉性的践履中，十分困难。就像愚人迷恋毒树上的花朵，却不晓得这迷恋会带来的后果，未受启明的人也贪执天堂的富足和享受。

据吠陀诸经业分说，那些修四月苦行的人，便能饮到娑摩汁（*soma rasa*），入于不死常乐之境（*apāma somam amṛtā abhūma and akṣayyaṁ ha vai cāturmāsya-yājinaḥ sukṛtaṁ bhavati*）。甚至在地球上，也有些人渴望得到娑摩汁，好使自己能够变得强壮，有能力享受感官快乐。这类人对挣脱物质束缚，获得解脱，毫无信念。他们过分执着浮华的吠陀祀典。他们大多耽于声色，除了天堂的快乐之外，什么也不想要。据说，天堂上有称为“难陀林”（*Nandana-kānana*）的仙苑，在那里，可以得到与天仙般美女同游相伴的良机，并且还能享受取之不尽的月露琼浆。这类躯体快乐肯定是肉欲的；如是，就有这一类人，自以为是物质世界的主人，一心贪恋这种物质的、无常的快乐。

诗节 44：心意过分执着感官享受和物质富裕，便会为其所眩惑，如此定慧和三昧也无从生起。

要旨：*Samādhi*，亦即三昧，意思是“专注的心念”。吠陀词典《尼楼珂提》解释：“心念专注于认知自我时，称为入于三昧（*samyag ādhīyate 'sminn ātma-tattva-yāthātmyam*）”。

耽溺物质感官快乐，并被这些无常事物所迷惑的人，绝不可能入于三昧之境。他们大抵已经被物质能量的运作过程排除在三昧之外了。

诗节 45：吠陀经主要讨论物质自然之三极气性。阿周那呀！你要超越三极气性，安住于自我之中，摆脱一切二元对待，不为利益和安全而焦虑。

要旨：一切物质活动都与其在物质自然之三极气性中的作用和反作用相关。它们产生于对果报的求取，而果报招致尘世束缚。吠陀诸经大多涉及果报活动，引导众生逐渐由感官享乐的领域，进升到超越的层面。作为主克利须那的弟子、朋友，阿周那受到启示，要把自己提升至吠檀多哲学所指陈的超越之境，其开端为 *Brahma-jijñā-sā*，或曰对至高超越性的追问。所有物质世界的生命个体，无不在挣扎求存。为了他们，主创造物质世界后，传下了吠陀智慧，教导他们如何生活，如何摆脱物质羁绊。当追求感官享乐的活动，即吠陀诸经业分终结后，生命个体便被赐予以《奥义书》为表现形式的灵性自觉的机会。《奥义书》是吠陀诸经的一部分，正如《薄伽梵歌》是第五吠陀，即《摩诃婆罗多》的一部分。《奥义书》标志着超越性生命的开始。

只要物质躯体存在，便有物质气性中的作用和反作用。面对诸如苦乐、冷热之类的二元对待，人须学会忍耐，透过忍受二元对待，便能摆脱患得患失的烦恼心。当人完全仰赖克利须那的美好意愿时，就能在圆满的克利须那觉性里面，证入超越之境。

诗节 46：大渊有小池之用；同样，一旦领悟了隐藏于吠陀经背后的宗旨，吠陀经的真义便已不言而喻。

要旨：吠陀诸经业分所提及的仪轨和祭祀，是为了激发自我觉悟的渐进之途。自我觉悟的目的，在《薄伽梵歌》第十五章得到清楚说明：诵习吠陀诸经的目的，在认识万物的始因——主克利须那（15.15）。是故，自我觉悟即体认克利须那以及自我跟他的永恒关系。生命个体与克利须那的关系，在《薄伽梵歌》第十五章也讲到了（15.7）：生命个体是克利须那的部分和微粒；所以，恢复生命个体的克利须那觉性，就是吠陀智慧的最高圆满境界。《薄伽梵往世书》（3.33.7）也证实了这个说法：

aho bata śva-paco 'to garīyān
yaj-jihvāgre vartate nāma tubhyam
tepus tapas te juhuvuḥ sasnur āryā
brahmānūcur nāma gṛṇanti ye te

“我的主啊！唱颂你圣名的人，即便出生于像食狗者（*Caṇḍāla*）那样低贱的家庭，也处于自觉的最高层面。这样的人，肯定已经按照吠陀仪轨，做过所有种类的祭祀和苦行，并且在所有朝圣之地澡沐后，一遍又一遍地诵习过吠陀诸经。这样的人，算得上是雅利安（*āryan*）部族中的俊杰。”（3.33.7）

所以，人须有足够的智慧，不仅仅执着于仪轨，而是去了解吠陀诸经的旨趣；并且，也不该为了更高品质的感官快乐而向往超升天堂。在这个年代，普通人不可能遵行吠陀仪轨的所有戒律，也不可能全面研习

《吠檀多经》和《奥义书》。实现吠陀诸经的旨趣，需要很多时间、精力、知识和资源。在这个年代，几乎已不可能。然而，正如一切堕落灵魂的拯救者——主采坦尼亚所倡导的，持诵主的圣名，便能实现吠陀文化的最高旨趣。伟大的吠陀学者钵罗萨南陀·娑罗斯伐底（*Prakāśānanda Sarasvatī*）曾经问主契檀尼坦耶为什么不研习吠檀多哲学，却像一个滥情的人，唱颂主的圣名。主采坦尼亚回答说：他的灵性上师发觉他是个大笨蛋，就叫他持诵主的圣名。他依照吩咐做，竟变得像疯子一样迷狂。值此卡利纪，大多数人都很愚蠢，没有受过足够的教育去理解吠檀多哲学；可是只要毫无冒犯地持诵主的圣名，便能实现吠檀多哲学的最高旨趣。吠檀多是吠陀智慧的归结，吠檀多哲学的作者和知者是主克利须那；从持诵主的圣名之中感受喜乐的伟大灵魂，就是最崇高的吠檀多主义者。这便是一切吠陀秘义的究竟。

诗节 47：你有义务履行赋定职分，但无权享有业果。千万不要以为自己是业果的原因，也不可不去履行责任。

要旨：有三个方面需要考虑：赋定职分、妄业、无所作为。赋定职分，即人根据其所处的物质气性而从事的活动；妄业是未经权威准许的行为；无所作为即不履行其赋定职分。主劝告阿周那不要停止活动，而要一方面履行职分，一方面不执着结果。人若贪执业果，便成为活动的原因。如此，他便成了业果的享用者或受苦者。

就赋定职分而言，可分为三类：常规业、应急业、本分业。作为义务，不计结果，依据经教而践行的常规业，是中和性的行为。追求业果的活动则是束缚的根源，因此，这种活动并不吉祥。人人都有权践履赋定职分，但践履时却不该贪执业果。这种不为私利而践履的职分肯定导人于解脱之途。

所以，主劝告阿周那把作战当成职责，而不要去执着结果。他不参战也是执着的另一面。这样的执着永远不能将人导向救赎之途。任何执着，积极的或消极的，都是束缚的根源。无所作为则是罪恶的。因此，对于阿周那来说，基于职分而作战，是唯一吉祥的救赎之途。

诗节 48：阿周那呀！对职分，你要担当；对成败的执着，你要摒弃。这样的平衡，谓之瑜伽。

要旨：克利须那告诉阿周那，他该在瑜伽中进行活动。瑜伽是什么？瑜伽即降伏不断困扰人的感官，专念于无上者。无上者是谁？无上者就是主。由于主亲自命令阿周那作战，阿周那便与战斗的结果无关。输赢得失是克利须那所考虑的，阿周那仅仅被告知，只要按照主克利须那的指令行事就可以了。按照克利须那的指令行事，才是真正的瑜伽，它通过被称为克利须那觉性的法门得到修炼。只有透过克利须那觉性，才能摈弃拥有感。必须成为克利须那的仆人，或者是仆人的仆人。这是在克利须那觉性中践履职分的正途，如此践履职分才能使人行于瑜伽。

阿周那是刹帝利，故此他参与了吠陀种姓－行期法制度。据《毗湿奴往世书》说，在吠陀种姓－行期法之内，所有的目标皆在满足毗湿奴。谁也不该满足自己，那是物质世界的准则，应该满足克利须那。所以，除非去满足克利须那，便不能正确地持循吠陀种姓－行期法的原则。间接地，阿周那被告知要按照克利须那的指令行事。

诗节 49：财富的征服者呀！凭借菩提瑜伽，摆脱一切业行。在这种意识中皈依至尊主吧，想享受业果的人是吝啬鬼。

要旨：人若真正明白自己作为主的永恒仆人的命定地位，便会舍弃一切业行，只在克利须那觉性里面践履。如前所论，菩提瑜伽（*buddhi-yoga*）即为主做超越性爱心服务。这样的奉爱服务才是生命个体正当的行动方式。只有吝啬鬼才渴望享受业果，让自己陷入更深的物质束缚。除了在克利须那觉性里面的作为，其他一切活动都令人厌憎，因为它们只会不断地将作为者绑定在生死之轮上。所以，人绝不该渴望成为活动的原因。他所做的一切都应该是为了满足克利须那，在克利须那觉性里面完成。吝啬鬼不懂得善用资财，无论其为侥幸得到，抑或辛勤赚来。人当运用其所有精力，在克利须那觉性中践履，这会让他的生命成功。就像吝啬鬼一样，不幸的人也不把他们的精力运用于为主服务。

诗节 50：践履奉爱服务，即使在现世，也能摆脱善恶果报。阿周那呀，瑜伽是行动的艺术，努力修炼瑜伽吧！

要旨：自无始以来，每一生命体都累积了从或好或坏的业行而来的各种业报。如此，他对自己真实的命定地位，始终一无所知。这种无知能够被《薄伽梵歌》的开示所驱除，它教导人在各方面皈依主克利须那，从而获得解脱，不再一世复一世地受轮转报应之苦。因此，阿周那被告知在克利须那觉性里面践履，这是业行的净化之道。

诗节 51：透过践履对主的奉献服务，伟大的圣哲和奉献者挣脱了尘世业果的缠缚，如此，得以远离生死轮回，达到无悲无苦之境。

要旨：解脱的生命体隶属于没有物质苦难的地方。《薄伽梵往世书》（10.14.58）说：

samāśritā ye pada-pallava-plavaṁ
mahat-padaṁ puṇya-yaśo murāreḥ
bhavāmbudhir vatsa-padaṁ paraṁ padaṁ
padaṁ padaṁ yad vipadāṁ na teṣām

"至尊主是天地万物的庇护所，而且以穆昆陀（Mukunda）即解脱的赐予者之名著称。对于接受了主莲花足之舟的人，物质苦海不过好像牛蹄印中的一洼水。至上之地（*param padam*），或者说没有物质苦难的地方，即无忧珞珈（*Vaikuṇṭha loka*），才是他的彼岸，而不是这个动辄遇险的无常世界。"

由于无明，人们不知道物质世界是个危机四伏的苦难之地。也只是出于无明，智慧浅陋的人才试图透过果报活动来调整其境况，以为因果业行能令他们快乐。他们不知道，在宇宙内任何地方，没有任何种类的物质躯壳能给予无苦的生命。生命诸苦，亦即生、老、病、死，在物质世界中随处皆是。倘若，明白了自己作为主的永恒仆人的真实命定地位，进而认清人格主神的地位的人，便会为主做超越性的爱心服务。如此他就变得有资格进入无忧珞伽，那里既没有物质的苦难生活，也不受时间和死亡的影响。知道自身的命定地位，就意味着也明白了主的崇高地位。须知，错误地认为生命个体的地位跟主的地位在同一层面的人，乃是在痴闇之中，因而无法让自己为主做奉献服务。这样的人，自己成了主子，结果落入轮回生死之途。然而，明白自己的地位是仆从，转而为主服务的人，当下就有资格进入无忧珞珈。为了主而服务奉献，谓之业瑜伽或菩提瑜伽，简单地说，就是为主做奉爱服务。

诗节 52：当你的智慧穿过假象的密林后，对耳闻之言，过去的或未来的，都会无动于衷。

要旨：有许多例子说明主伟大的奉献者如何不理会吠陀仪轨，只为主做奉爱服务。当人实际上懂得了克利须那以及自身与克利须那的关系，即便他是一个经验老到的婆罗门，也自然会对求取业果的仪轨完全失去兴趣。室利·摩多文德罗·菩黎（*Śrīla Mādhavendra Purī*），一位伟大的奉献者和师承世系中的阿阇黎，曾经说道：

sandhyā-vandana bhadram astu bhavato bhoḥ snāna tubhyaṁ namo
bho devāḥ pitaraś ca tarpaṇa-vidhau nāhaṁ kṣamaḥ kṣamyatām
yatra kvāpi niṣadya yādava-kulottaṁsasya kaṁsa-dviṣaḥ
smāraṁ smāram aghaṁ harāmi tad alaṁ manye kim anyena me

“一天三次的祈祷啊，一切荣耀归于你。澡沐啊，我顶拜你。天神啊！祖先啊！请原谅我无法向你们致敬。现在，无论我坐在哪里，都能想起雅度王朝之华胄、刚萨之敌（克利须那）。如此，我得以脱离一切罪业的缠缚。我想，对我而言，这已足够。”

吠陀仪轨对初习者来说是强制性的，例如：体会每天三次的各种祈祷、晨起澡沐、向祖先致敬，等等。然而，当人完全处于克利须那觉性里面，并为他做超越性爱心服务时，就已经获得了圆满，可以不理会这些律条。若人能透过为至尊主克利须那服务而到达觉悟的层面，便可不必践行启示经典所推荐的各种苦修和祭祀。同样，若人不明白《吠陀经》的旨趣在于接近克利须那，而仅一味践行仪轨，那么他不过是在这类业行中浪费时间。在克利须那觉性里的人，超越了音梵（*śabda-brahma*），即《吠陀经》以及《奥义书》之范限。

诗节 53：当心念不为吠陀诸经的浮华文字所扰，稳住于三昧，你已悟入神圣之觉性。

要旨：说一个人在三昧中，即是说他已经完全觉证克利须那觉性，也就是说，在圆满三昧中的人已然觉悟梵、胜我、薄伽梵。自我觉悟的最高圆满即明白自我是克利须那的永恒仆人，自我唯一的事业即是在克利须那觉性里面践履职分。一位克利须那觉知者，或者说一位坚定不移的主的奉献者，不应被《吠陀经》的浮华文字所眩惑，也不该为了往生天堂而造作业行。在克利须那觉性里面，可以直接与克利须那感通，如此，来自克利须那的所有开示皆可在这超越之境中了悟无余。透过这种践履，肯定可以获得成就和究竟之智。只须执行克利须那或他的代表——灵性导师的命令就可以了。

诗节 54：阿周那问：人在超然觉性中有何表征？他怎样说话？用什么语言？他坐时的姿态如何？行走时又怎样？

要旨：正如每个人，根据各自所处情境，有不同的外在表现。同样，克利须那觉知者，不管说话、行走、思想、感觉，都有自己的特质。就像富人有令人感到他有钱的表现，病人有令人感到他有病的表现，或者就像博学之人有博学的表现，同样，克利须那觉知者在为人处事时也有其特定的表现。从《薄伽梵歌》里，可以知道他与众不同的表现。最重要的是，要知道在克利须那觉性里面的人怎样说话，因为言语是人最重要的特质。据说，衣履光鲜的傻子，除非开口说话，否则没有人能发觉其他是傻子。可他一旦开口，便会立刻露出马脚。克利须那觉知者最显著的表现是，他只谈论克利须那，以及跟克利须那有关的事物。其他表现，如下所陈者，会自动随之而来。

诗节 55：薄伽梵克利须那说：帕尔特呀！种种感官欲望，全是情识虚构。放下这一切，心意只在自我之内寻找满足，如此可谓安住无染觉性。

要旨：《薄伽梵往世书》断言，谁全然安住克利须那觉性，或者说为主做奉爱服务，便拥有伟大圣贤的一切崇高品质；另一方面，未能如此超然自处的人，则没有良好的资质，因为他们肯定会托庇于自身情识的虚构。是故，这里很正确地说到，必须摈弃一切由情识虚构产生的各种感官欲望。依靠人为做作，感官欲望无法被抑制。然而，若于克利须那觉性之中践履，那么无需额外的努力，感官欲望便可自动平息。所以，应当毫不犹豫地立即投身于克利须那觉性，因为奉爱服务能让人当下进入超然觉性的层面。高度发达的灵魂透过觉悟自己是至尊主的永恒仆人，始终能保持自我满足。如此超然自处之人，绝无从猥琐的物质主义而来的感官欲望。相反，在其永远为至尊主服务的天然地位之上，他常处平安喜乐之境。

诗节 56：面对三重苦，仍湛然自处；快乐时，也不会洋洋得意；远离执着，不惊不怒；如此即是志坚意稳的牟尼。

要旨："牟尼"（*muni*）一词，意指能鼓动心识，做种种心智推比，却无法得出真实结论的人。据说，每一位牟尼都持有不同的观点，而且，除非一位牟尼跟另一位牟尼的观点不同，否则，严格来说，他便算不上牟尼，*Nāsāv ṛṣir yasya mataṁ na bhinnam*（《摩诃婆罗多》，*vana-parva*，313.117）。然而，主在这里所提到的"志坚意稳的牟尼"（*Sthita-dhīr muni*），却跟一般牟尼不同。"志坚意稳的牟尼"，常住克利须那觉性里面，因为他已厌倦了一切自创性的思辨事业。他被《赞歌宝石》（*Stotra-ratna*.43）称为 *praśānta-niḥśeṣa-mano-rathāntara*，即已经超越情识攀援的人，他已得出主室利·克利须那或华胥天人即为万有的结论（*vāsudevaḥ sarvam iti sa mahātmā su-durlabhaḥ*）。他被称为一心不乱的牟尼。这样一位圆满的克利须那觉知者根本不受三重苦的侵袭，因为他把一切苦难当作主的恩典，他认为，由于过去的恶行，自己本该承受更大的苦难；并且，在他看来，透过主的恩典，他的苦难已被减至最低。同样，当他快乐时，便把功劳归于主，认为自己原本不配得到这份快乐；他体悟到，只是因为主的恩典，他才处身于这样舒适的境况中，能够为主做更好的服务。为了服务主，他永远无畏、活跃，不受执着或舍离的影响。执着即为自身的感官享乐而有受取；舍离即无此类感官执着。但坚处于克利须那觉性的人既不执着，也不舍离，因为他把生命奉献给了为主服务。是故，即便他的努力不成功，他也绝不会嗔怒，一位克利须那觉知者始终决心坚定。

诗节 57：无所执着，不为吉喜，不为凶悲，如是专注于般若之智。

要旨：物质世界常有吉凶剧变。不为变化所动的人、不受吉凶影响的人，可谓安住克利须那觉性。尘世充满二元对待，一旦身处其中，难免有吉有凶。但是，安住克利须那觉性之人，却不受吉凶影响，因为他只关心绝对至善的克利须那。沉浸于克利须那觉性，能使人证入超越之境，术语谓之三昧。

诗节 58：一如龟鳖将四肢缩回壳内，能从感官对象中撤回感官，才算安住圆满觉性。

要旨：对于瑜伽士、奉献者、或自觉的灵魂，考验在于能否按照自己的计划来控制感官。大多数人都是感官的奴仆，受制于感官的指令。这便是瑜伽士如何自处这个问题的答案。感官可比于毒蛇。它们想毫无节制地自由活动。瑜伽士或奉献者，必须非常强毅，才能控制住毒蛇——就像耍蛇人一样。他绝不容许毒蛇独立行动。启示经典有很多训谕，有些属于“不可以”，有些属于“可以”。除非人能遵行这些“可以”和“不可以”，限制自身的感官享乐，否则无法安住克利须那觉性。最佳的例子，如此处所引，就是龟鳖。龟鳖能在任何时刻收缩感官，也能在任何时刻为某些理由再次展现它们。同样，克利须那觉知者只在为主的服务中，为某些特定的目的使用其感官，否则便撤回。阿周那在此受到教导，应该为了服务主而不是满足他自己去运用感官。透过龟鳖收缩四肢于体内这个譬喻，说明人应该总是把感官留作为主服务。

诗节 59：躯体化的灵魂也可能抑制住感官享乐，但对感官对象的嗜好依然还会存在。灵魂若藉着体验更高的品味，放弃追逐感官之乐，便能坚处于觉性之中。

要旨：若非超然自处，否则不可能停止感官享乐。透过戒律节制感官享乐，有点像不许病人进食某些美味。可是，病人并不喜欢这些限制，也不曾对美味失去胃口。同样，以灵性修炼调伏感官，例如阿斯汤伽瑜伽（*Aṣṭāṅga-yoga*）的方法：持戒（*yama*）、精进（*niyama*）、坐法（*āsana*）、调息（*prāṇāyāma*）、收摄（*pratyāhāra*）、执持（*dhāraṇā*）、禅定（*dhyāna*），等等，是推荐给学问未圆的根浅之人修行的。然而，在存养克利须那觉性的过程中，已经品尝过至尊主克利须那之美妙的人，便不再对无生命的物质事物有兴味。所以，戒律是为生命的精神演进过程中智慧较低的初习者而设的，不过，只有当人对克利须那觉性有真实品味时，这些戒律才有作用。若人真正是克利须那觉知的，就会自动失去对卑俗之物的嗜好。

诗节 60：感官强猛暴烈，阿周那呀，甚至睿智的人，努力控制，也抵受不住冲击，心意终为其攫去。

要旨：很多博学的圣贤、哲学家、超验主义者尝试调伏感官。可是尽管付出努力，他们当中甚至最伟大的人都有时会由于心念冲动而成为物质感官享乐的牺牲品。甚至毗湿筏弥陀（*Viśvāmitra*），一位伟大的圣贤和完美的瑜伽士，也曾被梅那伽（*Menakā*）诱入性乐，尽管这位瑜伽士努力以峻刻的苦行和瑜伽修炼调伏感官。当然，在世界历史上，相似的例子还很多。所以，若无圆满的克利须那觉性，控制心意和感官相当困难。不将心念专注于克利须那，就很难停止这类物质活动。伟大的圣人、奉献者室利·阎牟那阿阇黎（*Śrī Yāmunācārya*）是一个实例：

yad-avadhi mama cetaḥ kṛṣṇa-pādāravinde
nava-nava-rasa-dhāmany udyataṁ rantum āsīt
tad-avadhi bata nārī-saṅgame smaryamāne
bhavati mukha-vikāraḥ suṣṭhu niṣṭhīvanaṁ ca

“自从我的心念专为主克利须那的莲花足服务，我就一直享受着历久弥新的超然趣味。每当想起跟女人性交，我会立即扭过脸来，唾弃这个念头。”

克利须那觉性是如此超妙而美好，物质享乐于是自动变得淡而无味。这就好比一个挨饿的人用营养丰富、数量充足的美食去填满饥肠。安巴黎萨大帝（*Mahārāja Ambarīṣa*）征服了一位伟大的瑜伽士——杜尔华沙牟尼（*Durvāsā Muni*），原因无非就在其心能安住克利须那觉性（*sa vai manaḥ kṛṣṇa-padāravindayor vacāṁsi vaikuṇṭha-guṇānuvarṇane*）。

诗节 61：遏制感官，将其调伏，如此意念专注于我，乃定于般若。

要旨：此颂阐明，瑜伽圆满的最高境界即克利须那觉性。除非人是克利须那觉知的，否则不可能控制住感官。如上所引，伟大的瑜伽士杜尔华沙故意向安巴黎萨大帝挑衅。杜尔华沙出于傲慢而无故嗔怒，因而控制不住自己的感官。另一方面，安巴黎萨虽然并不像杜尔华沙那样是一位强大的瑜伽士，但却是主的奉献者，他默默地忍受杜尔华沙所施加的不公，最后却赢得了胜利。安巴黎萨之所以能控制住感官，是因为有下述品质，如《薄伽梵往世书》（9.4.18~20）所云：

sa vai manaḥ kṛṣṇa-padāravindayor
vacāṁsi vaikuṇṭha-guṇānuvarṇane
karau harer mandira-mārjanādiṣu

śrutiṁ cakārācyuta-sat-kathodaye
mukunda-liṅgālaya-darśane dṛśau
tad-bhṛtya-gātra-sparśe 'ṅga-saṅgamam
ghrāṇaṁ ca tat-pāda-saroja-saurabhe
śrīmat-tulasyā rasanāṁ tad-arpite
pādau hareḥ kṣetra-padānusarpaṇe
śiro hṛṣīkeśa-padābhivandane
kāmaṁ ca dāsye na tu kāma-kāmyayā
yathottama-śloka-janāśrayā ratiḥ

"国君安巴黎萨专注心念于主克利须那的莲花足，用话语描述主的居所，用双手清扫主的庙宇，用双耳聆听主的逍遥游戏，用双眼观看主的形体，用肢体接触奉献者的身体，用鼻孔嗅闻奉献在主莲花足下的花朵的芳香，用舌头品尝供奉给主的茶腊茜（*Tulasī*）叶，用双足旅行至主的庙宇所在的圣地，用额头顶拜主，用欲念满足主的欲念……这一切资质让他能够变成主的 *mat-para* 奉献者"。

"*mat-para*"（梵文，意为"与我相应"）一词在此最具深意。人如何能够变成 *mat-para*，这在安巴黎萨大帝的生平中得到了说明。室利・巴腊提婆・维狄耶布善那（*Śrīla Baladeva Vidyābhūṣaṇa*），一位伟大的学者和在 *mat-para* 世系中的灵性导师，这样论述道："只有凭借为主做奉献服务的力量，感官才能彻底得到控制。"有时也用火来做比喻："火能烧毁室内每一样东西，同样，主毗湿奴，处于瑜伽士的心中，能够焚去种种不净。"《瑜伽经》（*Yoga-sūtras*）也指定要观想毗湿奴，而不是冥思空无。那些不观想毗湿奴而冥思其他东西的所谓瑜伽士，只不过是在追影逐幻中浪费时间。我们必须是克利须那觉知的——把自己奉献给至上人格神。这才是瑜伽的真正旨趣。

诗节 62：存思感官对象，于是产生执着。有执着乃有欲望，有欲望乃有嗔怒。

要旨：非克利须那觉知的人，当存思感官对象之时，必定为物质欲望所制。感官需要真实的运用，假若它们不被用来为主做超越性爱心服务，便肯定会在物质主义的服务中寻求运用。在物质世界里的一切生命体，包括湿婆和梵天，更不消提天堂里的众神，全都受制于感官对象的影响。解开这物质存在之结的唯一方法，就是转变为克利须那觉知。一次，湿婆正入甚深禅定，可是当帕娃蒂（*Pārvatī*）以性享乐相激时，他却就范了，结果生下喀提凯耶（*Kārtikeya*）。主的奉献者赫黎陀娑·塔库尔（*Haridāsa Ṭhākura*）青春正盛时，也同样受到摩耶女神（*Māyā-devī*）化身的引诱，可他凭着对主无瑕的奉献，轻松地通过了考验。正如上引室利·阎牟那阿阇黎之诗所说，主真诚的奉献者凭着与主为伴而来的对灵性享乐的更高品味，避开了一切物质感官享乐。这就是成功的秘诀。所以，人若不在克利须那觉性里面，无论他有多么强大，力图用人为的压抑来制服感官，最后终必失败，因为对感官快乐的稍许存想，就会刺激他去满足欲望。

诗节 63：有嗔怒乃有幻念；有幻念记忆乃迷乱；记忆迷乱，智慧乃失。智慧一失，重堕物质泥潭。

要旨：室利·茹巴·哥史华米（*Śrīla Rūpa Gosvāmi*）在《巴克提情味甘露海》（*Bhakti-rasāmṛta-sindhu*,1.2.258）中给我们这样的指导：

prāpañcikatayā buddhyā
hari-sambandhi-vastunaḥ
mumukṣubhiḥ parityāgo
vairāgyaṁ phalgu kathyate

透过存养克利须那觉性，人便懂得万物皆能用来为主服务。没有克利须那觉性之般若智的人，试图人为地避开物质对象，结果，尽管意欲解脱于物质束缚，却无法达到舍离的圆满境界。他们所谓的舍离被称为*phalgu*，意为不太得要领的。另一方面，安住克利须那觉性之人懂得如何将每一样事物用来为主服务；如此，他便不会变成物质情识的牺牲品。例如，对一位非人格主义者来说，主，或曰绝对者，是非人格性的，不能进食。如此一位非人格主义者会力拒美食，而奉献者则晓得克利须那是至高无上的享受者，会吃下所有在奉爱中供献给他的美食。所以，在把美食供养过主以后，奉献者便享用被称为 *Prasādam* 的祭余。如此，一切都被灵性化了，不存在退堕的危险。奉献者在克利须那觉性中享用祭余，而非奉献者则以之为物质而拒吃。所以，非人格主义者，由于其做作的舍离，无法享受生命；就是因为这个缘故，心念的稍许冲动就会再次将他拉下物质存在之泥潭。据说，这样的灵魂，即便到达解脱之境，由于没有奉爱服务的支持，也会重新退堕下来。

诗节 64：以戒律控制感官，对感官对象不执着也不厌离，就能够获得神的恩赐。

要旨：如前所论，有人可能会用某些做作的手法在表面上控制住感官。然而，除非感官被用来为主做超然的服务，否则随时都会有退堕的可能。尽管一个在圆满克利须那觉性里面的人，表面看来似乎不离感性层面，但由于他是克利须那觉知的，他对感官活动却并无执着。克利须那觉知者只关心能否满足克利须那，除此再无它念。所以，他超越一切执着和舍离。假如克利须那乐意，奉献者会去做任何平时不乐意做的事情；假如克利须那不乐意，他会不去做平时所做的让自己开心的事情。做或不做，都在他的操控之下，因为他只依照克利须那的指令行事。这种觉性是主无缘无故的恩赐，即便奉献者犹未脱于根尘，仍然可以获得它。

诗节 65：如此自足于神圣觉性，心乐智定，物质存在之三重苦不复生起。

诗节 66：不与至尊者相应，心念纷驰，智慧不定。如此，绝无宁静可言。没有宁静，又何来喜乐？

要旨：除非安住克利须那觉性，否则绝无平静的可能。这点在第五章（5.29）里得到证实，唯当人明白了克利须那是一切祭祀和苦修之果的受用者，是天地万物的所有者，是一切生灵的真正朋友，才能拥有真实的宁静。所以，如果不在克利须那觉性里面，心意就不可能有终极的目标。躁动不安是由于缺乏究极的目标，当人确定克利须那是每一事物的受用者、所有者和每一生命体的朋友，心意自然就会稳定，达到宁静。是故，一个人的所作所为要是跟克利须那全无关系，就肯定会常在烦恼中，永无宁静，不管他如何作秀，表现出有多么淡定，多么高深。克利须那觉性是一种自性呈露的清和之境，只有跟克利须那相应，才能达到。

诗节 67：心意若集中于飘荡不定的感官上，智慧便会为其攫去，如水面的船，被强风卷走。

要旨：除非所有感官都为主服务，否则即使其中之一被用于感官享乐，也会把奉献者带离精进之途。如前面在安巴黎萨大帝之生平中所讲到的，所有感官都必须在克利须那觉性中得到运用，这才是收摄心念的正确技巧。

诗节 68：所以，臂力强大的人呀，遏制感官，不使其追逐感官对象，即是定于般若。

要旨：只有凭借克利须那觉性之道，或者说将感官用于为主做超然服务，才能克制感官享乐之冲动。就像使用更强的力量才能平服对手，同样，感官之被调伏，无法依靠人力，只有把它们运用于为主服务，才能做到。只有透过克利须那觉性，人才能真正卓立于般若（*prajna*）之上。修炼此道，还必须在正宗灵性上师的指导之下，明白这一点的人，被称为修行者（*Sādhaka*），或者说，一位解脱的合适候选人。

诗节 69：众生在暗夜中沉沉睡去之时，自我控制者正炯然醒觉。而众生苏醒之时，却是内省圣哲之暗夜。

要旨：聪明人有两种。一种是为满足感官，在物质业行中表现其聪明；另一种勤于内省，警醒于自我觉悟的修炼。内省之圣者或深思之人的作为，对沉迷于物质的人来说，正是暗夜。物质主义者，由于对自我觉悟一无所知，在这样的暗夜里沉沉昏睡。内省之圣者却在物质主义者的“暗夜”里，依然保持警醒。这些圣者在灵性存养之渐进中，感觉到超然的喜乐，而耽于物质业行的人，却在对自我觉悟的麻木不仁中睡去，梦见种种感官之乐，在睡梦中有时快乐，有时哀伤。勤于内省的人，常常蔑视物质主义者的快乐和哀伤。他只管进行自我觉悟的修炼，全不受物质业报的干扰。

诗节 70：不为欲望滔滔不尽之流所扰，一如海洋纳百川之水，依然波平浪静，人亦如是，方能达到宁静，而追求欲望满足之人则不能。

要旨：尽管大海总是充满了水，尤其在雨季，水则更多，但大海依然如此——宁定，既不受激荡，也不会满溢。安住克利须那觉性之人也是如此。只要人有物质躯体，物质躯体对感官享乐的要求便存在。然而，奉献者却不受这些欲念的干扰，这是由于他的圆满。克利须那觉知者一无所求，因为主会满足他所有的物质所需。所以，他就好像海洋一般——始终自足圆满。欲念到他那里，就像流入大海的河水，他依然在活动中保持宁定，甚至一丁点儿都不受感官欲望的干扰。这便是他成为克利须那觉知者的明证——他已打消了求取物质感官享乐的一切念头，尽管欲念还在。因为他在为主做超越性爱心服务中保持满足，所以能像大海一样保持宁定，得享圆满清静。然而，那些想要满足欲望的人，不必说欲求物质成功，即使其欲望到了追求解脱的巅峰，也永不能获得安宁。求取果报者、渴望解脱者以及追求玄通的瑜伽士，由于欲望未圆，全都不快乐。但安住克利须那觉性之人却在为主服务里面找到了安乐，他没有需要被满足的欲望。事实上，他甚至并不渴求从所谓的物质束缚中解脱出来。克利须那的奉献者没有物质欲望，故而常在圆满清静中。

诗节 71：放弃满足感官的欲望，不为欲望所扰，抛开拥有之念，摒除我慢——始能达到真实的宁静。

要旨：无欲即不渴求任何感官满足。换句话说，渴望转变为克利须那觉知，才是真正的无欲。觉悟自我作为克利须那永恒仆人的真实地位，不误称自我即物质躯体，不错以为自己拥有世上的任何东西，这便是克利须那觉性的圆满境界。处于这圆满境界的人，晓得只因主是每一样事物的所有者，所以每一样事物皆必须用来满足主。阿周那不想为自身的感官满足作战，但当他完全地解悟克利须那觉知时，却奋起战斗了，因为是克利须那想要他作战。他自己并没有战斗的欲望，但为了克利须那，同一个阿周那却拼死力战。真正的无欲即为克利须那的满足而欲求，并不是以人力消除欲念。生命体不可能没有欲望或感官，不过，他确实需要改变欲望的性质。在物质上没有欲望的人肯定懂得，每一样事物都属于克利须那（*īśāvāsyam idaṁ sarvam*），所以，他不会错误地对任何东西提出所有权。此形而上义理乃基于自我觉悟——也就是说，完全明白生命体在其灵性身份中是克利须那的所属部分和微粒，因而生命体的永恒地位绝不会与克利须那等平或超过克利须那。这种对克利须那觉性的解悟，乃是达到真实平静的基本原则。

诗节 72：这便是灵性的、神圣的生命之道。证得后，疑惑全消，即使临终时才处于这样的境界，也能进入神的国度。

要旨：人可在当下即证入克利须那觉性或神圣的生命，一秒钟之内——或者，即便经过千百万次投生，仍可能到达不了。这不过是对事实的理解和接受。喀德梵伽大帝（*Khaṭvāṅga Mahārāja*）在死前仅仅数分钟证入此神圣之境，就是凭着皈依克利须那。涅槃（*Nirvāṇa*）即终结物质生命的进程。据佛教哲学说，物质生命终结之后，唯空而已。《薄伽梵歌》之教则不然。真实的生命从物质生命之终结开始。对于粗鄙的物质主义者，知道人应该终结物质生命之旅途，已经足够了。然而，对于精神超迈的人，物质生命之后，却还有另一生命。生命结束之前，若人有幸转变为克利须那觉知，便能立刻到达梵涅槃（*Brahma-nirvāṇa*）之境。上帝之国与为上帝做奉爱服务并无区别。由于两者皆在绝对之层面，为主做超越性爱心服务，即是已经到达了灵性的国度。物质世界有追逐感官享乐的业行，而灵性世界则有克利须那觉性的活动。达到克利须那觉性，就算在今生，即是当下证入梵境。安住克利须那觉性之人，肯定已经迈入了上帝的国度。

梵与物质相对。所以，*Brāhmī sthiti* 即“不在物质业行的层面”。在《薄伽梵歌》里，为主做奉爱服务被视为解脱之境（*sa guṇān samatītyaitān brahma-bhūyāya kalpate*）。因而，*Brāhmī sthiti* 即是解脱于物质的桎梏。

室利·巴克提文诺达·塔库尔（*Śrīla Bhaktivinoda Ṭhākura*）总结，第二章是整部《薄伽梵歌》的内容概要。《薄伽梵歌》的主题是“业瑜伽（*Karma-yoga*）”“智瑜伽（*Jñāna-yoga*）”和“巴克提瑜伽（*Bhakti-yoga*）”。在作为全部文本提要的第二章里，业瑜伽和智瑜伽已得到阐明，巴克提瑜伽亦约略有所涉及。

巴克提维丹塔阐释圣典《薄伽梵歌》第二章“梵歌概要”终。

第三章　业瑜伽

诗节 1：阿周那说："瞻纳陀那啊！凯阇筏呀！你既认为智慧比功果业行好，又为什么力劝我参加这场可怕的战争呢？

要旨：至上人格主神克利须那在上一章很详尽地阐述了灵魂的本性，以期将他的亲密朋友阿周那从物质苦海里救拔出来。解脱之途已被指出：菩提瑜伽（*buddhi-yoga*），或曰克利须那觉性。有时，克利须那觉性被误解为消极无为，有这类误解的人经常退隐山林，持诵克利须那的圣名，以求达到圆满的克利须那觉性。但是，倘若未经克利须那觉性之义理方面的训练，去幽僻之处念颂主的圣名并不可取，那只能赚取无知大众的廉价崇敬。阿周那也认为克利须那觉性，或说菩提瑜伽，即培养灵性的智慧，便是从现实生活中隐退下来，在幽僻之处修炼苦行和净行。换句话说，他想以克利须那觉性为借口，巧妙地逃避作战。不过，作为一位诚恳的弟子，他在上师面前陈述想法，询问主克利须那，他该怎样做才最好。在第三章里，主克利须那详细地解释了业瑜伽，即在克利须那觉性中践履。

诗节 2：你模棱两可的开示迷惑了我的智慧。因此，请明确地告诉我，什么对我最有益？

要旨：在前面一章里，作为《薄伽梵歌》的序言，阐述了许多不同的修炼途径，例如，数论瑜伽（*Sankya Yoga*）、菩提瑜伽（*Buddhi Yoga*）、用心智调伏感官、作为而不求业果，以及初习者的地位。这些全都被不太系统地呈现出来。为了进一步的实践和理解，一个更为周密的修法大纲是必需的。所以，阿周那试图理清这些表面上令人困惑的说法，使普通人也能毫无偏差地加以领会。虽然克利须那无意用文字游戏让阿周那摸不着头脑，可阿周那却无法奉行克利须那觉性的法门——无论是走无为之路，还是透过积极的奉献。换句话说，透过他的问题，他为所有诚心想要领悟《薄伽梵歌》奥义的弟子，打通了克利须那觉性之路。

诗节 3：至上人格神说道："无罪孽的阿周那呀！我已解释了，这世上，觉悟我的人分两类。有些倾向于通过经验和哲学思辨了解我；另一些则倾向于通过奉爱服务认识我。

要旨：在第二章偈颂三十九，主阐述了两种法门：即数论瑜伽和业瑜伽，或曰菩提瑜伽。在此颂中，主对此做了更清楚的诠解。数论瑜伽（*Sāṅkhya-yoga*），是对精神及物质本性的分析性思索，是那些倾向于透过经验性知识和哲学来理解和思考事物的人所探究的主题。另一种是在克利须那觉性中践履，这在上一章的偈颂六十一里被论述到了。在同一章的偈颂三十九，主也解释了，透过在菩提瑜伽或曰克利须那觉性的原则下践履，人便能摆脱业报的枷锁，并且，整个修炼过程完美无暇。这同一的原则在偈颂六十一里被阐释得更加清楚：菩提瑜伽即彻底归命无上者（更特定地说，就是克利须那），如此，所有感官便能很轻松地被置于控制之下。所以，作为宗教和哲学，这两种瑜伽相辅相成。无哲学的宗教只是感情冲动，有时甚至是狂热；而无宗教的哲学不过是心识推比。但究竟真谛是克利须那，因为那些诚心探究绝对真理的哲学家最后也会回到克利须那觉性。这在《薄伽梵歌》里也得到了阐明。整个过程就是在与胜我的关系中觉解自我的真实地位。间接的法门是哲学思辨，透过它，可以渐进至克利须那觉性。另一种法门则是在克利须那觉性中直接将一切事物与克利须那关合起来。这两者之中，克利须那觉性之途更殊胜，因为它并不依赖透过哲学思辨来净化感官。克利须那觉性本身就是净化的过程，凭借奉爱服务的顿捷修法，它既简易，又崇高。

诗节 4：单单终止活动，并不能免除业报；只靠出离，亦无法达到圆满。

要旨：透过践履用来净化物质主义者心灵的赋定职分而得到净化后，就可以进入生命之出世期。若未经净化，便不可能透过贸然进入生命之第四行期的生活（出世期，梵语 *Sannyāsa*）而获得成就。根据经验论哲学家的说法，只要做了出世者，或放弃了功果业行，便立时变得跟主那罗延拿（*Nārāyaṇa*）一样出色。但主克利须那并不同意这种说法。没有心灵的净化，出世为僧不过是对社会秩序的扰乱。另一方面，若人为主做超越性服务，即便不履行其赋定职分，无论他能够在灵修（菩提瑜伽）上获得多少进展，却都会被主所认可。*sv-alpam apy asya dharmasya trāyate mahato bhayāt*，即便稍许实践这个原则，也能帮助人克服巨大的困难。

诗节 5：世人皆被逼以物质气性所赋予的本能造作。因此，谁也休想停止活动，哪怕一刻钟。

要旨：这与生命之躯体化无关，活泼勃动乃是灵魂的天性。若无灵魂临在，物质躯壳不能够活动。躯壳不过是一架被灵魂驾驭的没有生命的车，而灵魂永远活跃，无时或已。是故，灵魂必须在克利须那觉性的践履中生出妙用，否则便会受幻力的役使，被汩没于物质业行。一旦跟物质能量接触，灵魂便会受取物质气性。为了让灵魂从这种亲和关系中净化出来，就有必要践履圣典（*śāstra*）所赋定的职分。但是，假若灵魂被投入于其源出克利须那觉性的天生职能，那么无论他能够做什么，对他均有好处。《薄伽梵往世书》（1.5.17）如是说：

tyaktvā sva-dharmaṁ caraṇāmbujaṁ harer
bhajann apakvo 'tha patet tato yadi
yatra kva vābhadram abhūd amuṣya kiṁ

ko vārtha āpto 'bhajatāṁ sva-dharmataḥ

"信受克利须那觉性，即使不曾践履经典所赋定的职分，或未能恰当地执行奉爱服务，甚至可能产生退堕，也不会有损失和罪业。然而，假如奉行了经典里所有用来净化身心的训谕，却不是克利须那觉知的，则又有何益？"

所以，要到达克利须那觉性之境，净化过程是必需的。出世为僧，或任何净化之道，全在助人达到转变为克利须那觉知这个究竟归趣，没有这个，做任何事情都只能算是失败。

诗节 6：遏制感官和活动的器官，但心念不离感官对象，是为自欺。谁若如此，便是伪善者。

要旨：有很多伪善者，拒绝在克利须那觉性里面践履，虽然外表摆出冥想的架势，而内心却耽执感官享乐。这些伪善者，也会宣扬一些枯燥的哲学，用来唬住世故的追随者。但据此颂说来，他们乃是最大的骗子。为了获取感官享乐，人可以依凭其所处的社会阶层的任何能力进行活动，只要遵守他所处的特定社会阶层的规条和律法，便能逐步净化其存在。可是，那些伪装成瑜伽士的模样，而实际却在追逐感官享乐对象的人，绝对是最大的骗子，就算他有时讲讲哲学。他的知识毫无价值，因为这样一个罪恶之人的知识已经被主的虚幻能力夺走。这类伪装者的心始终不纯有染，所以他们所做的瑜伽冥想不过是装模作样，全无价值可言。

诗节 7：相反，谁以心念收摄感官，以诸作根践履奉爱活动，而且一无所执，便崇高得多了。

要旨：与其为了放荡的生活和感官享乐而变成一个虚假的神秘主义者，不如坚守自己的事业进而实践生命的意义更为殊胜，那样就能解脱于物质束缚，往生上帝之国。最首要的自我利益的目标（*svārtha-gati*）是接近毗湿奴（*Viṣṇu*）。整个种姓－行期法体系就是为了帮助我们达到这个生命目标而设计的。一位家居者也可以透过克利须那觉性中的规范化服务达到这目标。为了自我觉悟，人可以过自律的生活，一如经典所开示的，继续坚守其事业而无所执着，如此也能有所进益。诚心持守这条原则的人，比起那些以灵性自诩、欺骗无知大众的伪善者，所处位置远为殊胜。一位马路上诚敬的清道夫，比仅为生计而装模作样观想的人要好得多。

诗节 8：履行赋定给你的职分，因为作为比不作为好。无所作为甚至不能维系物质躯体。

要旨：世上有许多诈称出身高贵的虚假的冥想者，以及装作为了灵性进步而不惜牺牲一切的职业宗教家。主克利须那并不想让阿周那变成伪善者。相反，他希望阿周那履行作为刹帝利的职分。阿周那是一位居士、将军，所以，他最好还是保持这个身份，履行赋定给刹帝利居士的宗教责任。这样的活动逐渐净化世俗之人的心灵，使他得以脱离物质的染污。为生计而行的所谓“出世”，无论是主，还是任何宗教经典，都永远不会接受。毕竟，人须以某些工作来维系自己的灵与肉。没有经历物质习气的净化过程，不该随意抛弃工作。物质世界里的任何一个人，都肯定有主宰物质世界、或者说获取感官满足的不洁习气。这些经过污染的习气必须被清除掉。没有透过赋定职分做到这一点，便永不该试图变成一个所谓的“神秘主义者”，放弃工作，去依赖别人过活。

诗节 9：工作必须作为祭祀，献给毗湿奴，否则，工作只会将人束缚在物质世界。所以，贡蒂之子呀，为满足他，履行赋定给你的职分。如此，你便能常离束缚。

要旨：仅仅只是为了肉体的简单维持，人也必须工作。各特定社会阶层的职分和德性便是为此目的而设定的。“*Yajña*”，祭祀，意即毗湿奴。一切祭祀都是为了主毗湿奴的满足。吠陀诸经训谕：*yajño vai viṣṇuḥ*（祭祀即毗湿奴）。换句话说，不管是举行指定的祭祀，还是直接为主毗湿奴服务，皆能实现同样的目的。所以，按照本偈颂的说法，克利须那觉性即为祭祀之举行。种姓－行期法体制之目的也在于满足主毗湿奴（*varṇāśramācāravatā puruṣeṇa paraḥ pumān/ viṣṇur ārādhyate*）《毗湿奴往世书》3.8.8）。

是故，人必须为满足毗湿奴而工作。物质世界里的任何其他工作都不过是造成束缚的原因，因为善业、恶业都有报应，而报应则束缚了作为者。所以，吾人应该在克利须那觉性里工作，以满足克利须那（或毗湿奴）。当人践行这样的活动时，就是在解脱之境。这是工作的伟大艺术，在开始修炼阶段，须得到高明的指导。如此，在主克利须那奉献者的高明指导下，或在主克利须那的直接开示下（阿周那得到了这样的机会），人当努力精进。为满足感官，什么都不该做，但为满足克利须那，每一样事情都得去做。这样的修炼，不但使人摆脱工作的报应，而且还逐渐将人提升至为主做超越性爱心服务的层面，那是让人升入上帝之国的唯一途径。

诗节 10：创世之初，众生之主遣来一代一代的人类和天神，连带崇拜毗湿奴的各类祭祀，并且祝福他们说：祭祀会给你们欢乐，举祭带来幸福生活所需的一切，还让人获得解脱。

要旨：造物主毗湿奴所创造的物质世界是给受拘限的灵魂的一个机会，好让他们重返故乡——回归主神。物质创造里的所有生命个体都受到物质自然的拘制，这是因为他们遗忘了自己与至上人格神毗湿奴或克利须那的关系。吠陀义理就是为了帮助我们明白这层永恒的关系，正如《薄伽梵歌》所说：*vedaiś ca sarvair aham eva vedyaḥ*，主说吠陀经之宗旨就在于理解他。吠陀赞歌如是说：*pa-tiṁ viśvasyātmeśvaram*，生命个体的主人就是至上人格神——毗湿奴。在《薄伽梵往世书》（2.4.20）里，室利·叔伽提婆·哥史华米（*Śrīla Śukadeva Gosvāmī*）也从很多方面将主作为 *pati* 加以论说：

śriyaḥ patir yajña-patiḥ prajā-patir
dhiyāṁ patir loka-patir dharā-patiḥ

patir gatiś cāndhaka-vṛṣṇi-sātvatāṁ
prasīdatāṁ me bhagavān satāṁ patiḥ

“主室利·克利须那呀！你是所有奉献者崇拜的主子、雅度王朝的所有国君如安诃伽、毗施尼之辈的祜主和荣光、所有吉祥天女的丈夫、所有祭祀的指导者、所有生命体的领袖、所有智慧的掌管者、所有灵性、物质星体的拥有者、在地上的至高化身（至高无上者），请对我慈悲！”

Prajā-pati 即主毗湿奴，他是所有造物、所有世界、所有美善的主人，是每个人的护持者。主创造了这个物质世界，让受拘限的灵魂学会如何为了毗湿奴的满足而举行祭祀，这样，当他们还在物质世界，能够十分舒适地生活，无忧无虑；当现存的物质躯体终结时，他们可以转生上帝之国。这便是为受拘限的灵魂而编制的整套程序。通过举行祭祀，受拘限的灵魂逐渐转变为克利须那觉知，并在各方面都变得虔敬。当此卡利纪，广诵祭（*Saṅkīrtana-yajña*）受到吠陀经典的推荐，这超妙的体系是主采坦尼亚为拯救这个时代的所有人而引介的。唱颂主的圣名与克利须那觉性相辅相成。《薄伽梵往世书》（11.5.32）讲到化身为奉献者形体（主采坦尼亚）的主克利须那，其中也特别提及了唱颂主的圣名：

kṛṣṇa-varṇaṁ tviṣākṛṣṇaṁ
sāṅgopāṅgāstra-pārṣadam
yajñaiḥ saṅkīrtana-prāyair
yajanti hi su-medhasaḥ

“在卡利纪，慧根具足之人举行集体唱颂，崇拜那不断唱颂克利须那圣名的人格主神化身，虽然并非玄色皮肤，但他就是克利须那本人。他将与他的挚友、仆从、武器和秘密同伴一起降临。”

吠陀诸经所制定的其他祭祀在此卡利纪实行起来并不容易，但广诵祭却简易、崇高，《薄伽梵歌》（9.14）也是这样说的。

诗节 11：祭祀满足了天神，天神亦会满足你们。如此互惠，万物蕃庶竞滋。

要旨：天神是被授予力量的物质事务管理人。提供空气、光、水和其他恩惠，以维系每个生命体的灵与肉，这些职责全被交托给天神，他们是位于至上人格神身体的不同部位上的无数助手。他们好恶与否，取决于人类所举行的祭祀。有些祭祀只是用来满足某位天神，但即便如此，主毗湿奴作为首要受益人在所有的祭祀中受到崇拜。《薄伽梵歌》也说，克利须那本人是所有种类祭祀的受益人（*bhoktāraṁ yajña-tapasām*）。是故，*Yajña-pati*（祭祀之主）的最终满足是所有 *Yajña*（祭祀）的首要目的。当祭祀圆满举行，负责提供不同必需品的天神得到满足，自然物产的供应也就不虞匮乏了。

举行祭祀还有其他附带的好处，但最终导向自物质束缚的解脱。就像《吠陀经》所说的：

āhāra-śuddhau sattva-śuddhiḥ sattva-śuddhau

dhruvā smṛtiḥ smṛti-lambhe sarvagranthīnāṁ vipramokṣaḥ

通过举行祭祀，人所吃的受到圣化，吃了经过圣化的食物，人的生存得到洁净；通过洁净生存，大脑的微细组织也被圣化；当记忆圣化后，人便能够思考解脱之道。这一切综合起来，导向克利须那觉性——当代社会最突出的必需品。

诗节 12：诸天神司掌生命各种需要。祭祀满足了他们，他们就会赐予人类各种祝福。享用诸神的恩惠而不答以祭祀，其行径与窃贼无异。

要旨：天神是经过授权的代表至上人格神毗湿奴的供应代理人，因此，他们必须透过指定的祭祀得到取悦。吠陀诸经指定了针对不同天神的不同祭祀，但最终所有祭祀皆被奉献给至上人格神。对于不认识谁是至上人格神的人来说，祭祀天神受到推荐。按照人的不同物质品性，吠陀诸经推荐了不同种类的祭祀。对不同天神的崇拜也基于同一原则——也就是说，根据崇拜者的不同品性而举行不同的献祭。例如，肉食者被鼓励崇奉卡利女神——物质自然的可怕形体，在这位女神面前，以动物献祭受到赞许。然而，针对处于中和气极性里的人，对毗湿奴的超越性崇拜受到推崇。不过，所有祭祀最终都是为了逐步向超越之境迈进。对于普通人，至少有五种祭祀，称为“五大祭”（*Pañca-mahā-yajña*），是必需的。

须知，人类社会的一切生存必需品，全由作为主的代理人的天神提供。没有人能制造出任何东西。试以人类社会的食物为例，中和性之人的食物：五谷、水果、蔬菜、牛奶、糖，等等，以及非素食者的食物，比如肉，没有一种可由人类制造出来。又如热、光、水、空气，等等，全为生存所需，却没有一种能够被人类社会制造出来。没有至尊主，便没有充足的阳光，月光、雨水、微风，等等。没有这些，谁也不能够活下去。很明显，我们的生活仰赖从主而来的供应。甚至我们的制造业，也需要很多原材料，例如金属、硫璜、汞、锰和其他重要物品，这一切全由主的代表供给，目的在让我们善加利用，维持健康，以追求自我觉悟，走向生命的终极目标，即从苦苦求生的物质挣扎下获得解脱。这生命的目标能够通过祭祀达成。如果我们忘记了人形生命的目的，只知为了感官享乐而从主的代理人那里不断索取，在物质存在中越陷越深，从而背离了创造的目的，我们肯定就成了窃贼，要受到自然律法的惩治。一个窃贼的社会绝不会幸福，因为他们的生活没有目标。粗鄙的物质主义窃贼没有生命的终极目标。他们只是一味追逐感官享乐，对如何进行祭祀，根本一无所知。然而，主采坦尼亚发起了最简单易行的祭祀，即广诵祭，这是世上任何一个信受克利须那觉性原则的人都能奉行的。

诗节 13：奉献者吃先供奉给神的食物，便脱离一切罪业。为个人享受而吃，吃下去的，其实是罪业。

要旨：至尊主的奉献者，即安住克利须那觉性之人，被称为 *santas*，他们总是处于神爱里面，就像《梵天本集》所描述：

premāñjana-cchurita-bhakti-vilocanena santaḥ sadaiva hṛdayeṣu vilokayanti

santas，或说奉献者，由于深深地爱着至上人格神哥宾陀（所有欢乐的赐予者），或木昆陀（解脱的赐予者），或克利须那（具足魅力者），若非先供养至尊主，这些人不会享用任何东西。如是，这些奉献者常以不同形式的奉爱服务，例如听闻（*śravaṇam*）、唱颂（*kīrtanam*）、忆念（*smaraṇam*）、崇拜（*arcanam*），等等，来举行祭祀。这些祭祀的举行使他们免于物质世界一切邪恶的熏染。其他人，或为自身或为感官满足而制作食物，不单是窃贼，也是一切罪业的食用者。一个既是窃贼又是罪徒的人，怎么能够幸福呢？这绝无可能。所以，为了让人在各方面都变得安乐，一定要教导他们在圆满的克利须那觉性里面举行简单易行的广诵祭。否则，世上不会有和平，也不会有幸福。

诗节 14：众生吃五谷以活，五谷赖甘霖以长，甘霖俟祭祀以降，祭祀源于践履赋定职分。

要旨：室利·巴腊提婆·维狄耶布善那，《薄伽梵歌》的伟大注释家，曾经写道，至尊主，以 *Yajña-puruṣa* 即“所有祭祀的受益人”之名著称，乃是所有天神的主子，他们之对主的服务，好比四肢为整个身体服务。天神如因陀罗（*Indra*）、禅陀罗（*Candra*）、筏楼拿（*Varuṇa*）等，都是经过钦点的管理物质事务的长官，吠陀诸经对祭祀进行指导，以满足这些天神，好让天神们受到取悦，为人类种植五谷供应充足的空气、阳光和水份。当主克利须那受到崇拜，作为主的肢体的天神自然也受到了崇拜，是故，不必特意单独崇拜天神。为此，主的奉献者，安住克利须那觉性之人，先将食物供奉给主，然后才自己吃——这是一个让身体获得精神滋养的过程。这样一来，不单消除了躯体里的过往罪业，而且以后亦可免受物质自然的一切染污。当疫症流行时，注射预防疫苗可保护人免受疫症的侵袭。同样，先供养主毗湿奴，然后才自己吃的食物，能够让我们足以抵御物质情结。习惯这样做的人称为主的奉献者。所以，一个在克利须那觉性里面的人，一个只吃供养过克利须那的食物的人，能够抵消过往物质染污的所有报应，这些报应正是自我觉悟之路上的绊脚石。另一方面，未曾这样做的人，在继续增加罪恶活动的数量，这将为他下一世做猪做狗积下因缘，以此承受所有罪恶报应之苦。物质世界充满了染污，食用祭余（*Prasādam*，向毗湿奴供奉过的食物）的人可免受此类侵袭，而不这样做的人则必遭染污。

五谷和蔬菜才是真正的食物。人类食用不同种类的谷物、蔬菜、水果，等等，畜生则吃败坏的粮食、蔬果以及草、植物，等等。惯吃肉类的人也得依靠农作物的产出，才能获取肉食。因此，归根究底，我们必得依赖田地的出产，而不是大工厂的制造。田地的出产源于天上降下来的雨水，而雨水则归因陀罗、日、月之类的天神掌管，他们全是主的仆人。主可以通过祭祀受到取悦。不能举祭的人会遭遇贫乏——这是大自然的律法。祭祀，尤其是为这个时代而设定的广诵祭，必须举行，这样，至少可以使我们免于饥馑。

诗节 15：至上人格神启示吠陀诸经，而吠陀诸经划分赋定职分。因此，遍入万有的超越性永存于祭祀之中。

要旨：*Yajñārtha-karma*，或只为克利须那的满足而工作，其必要性在这首偈颂里说得更加清楚。如果我们要为 *Yajña-puruṣa* 即毗湿奴的满足而工作，便必须在梵或超验的吠陀诸经中找到工作指南。是故吠陀诸经就是指导工作的法典。任何不按照吠陀诸经的指示而造作的活动，谓之妄作（*vikarma*），即未经准许的或罪恶的活动。因此，人该始终从吠陀诸经获取指示，以自救拔于工作的报应。就像在日常生活中，人必须依照国家的指令工作，同样，人也必须在上帝的至高指令下工作。吠陀诸经中的这类指示，是直接从至上人格主神的呼吸中流布出来的。据说："吠陀四明，即《梨俱》（*Ṛg*）、《夜柔》（*Yajur*）、《娑摩》（*Sāma*）、《阿闼婆》（*Atharva*），皆流生自人格主神的呼吸"（*asya mahato bhūtasya niśvasitam etad yad ṛg-vedo yajur-vedaḥ sāmavedo 'tharvāṅgirasaḥ*,

《大林间奥义书》4.5.11）。全能的主能够用气息言语，这点在《梵天本集》里得到了肯认，主的任一感官都能做其他所有感官所做的工。换句话说，主能够用呼吸说话，用眼睛授孕。事实上，据说他只是瞥视物质自然，便在那里面种下了所有生命体。在物质自然的胎藏里创生下或孕育出受拘限的灵魂之后，他又在吠陀经典中留下开示，教导他们如何重返故乡，回归主神。我们该当时刻记住，受拘限的灵魂尽皆渴望物质享受。但吠陀诸经却被精心设计出来，让人满足其受到扭曲的欲望，在结束所谓的享受之后，再回归主神。对受拘限的灵魂来说，这是一个获得解脱的机缘。所以，受拘限的灵魂必须透过转入克利须那觉知来尽力遵行祭祀之道。即便那些不持守吠陀训谕的人也可以采用克利须那觉性的原则，这能替代吠陀祭祀，或业（*karma*）的施行。

诗节 16：亲爱的阿周那呀，不遵从吠陀祭祀所建立的天人循环，生命必然充满罪业。耽于感官享受者，只是虚耗生命而已。

要旨：拜金主义者“拼命工作，拼命享受”的哲学在这里受到主的谴责。所以，对于渴望享受物质世界的人而言，上述祭祀之天人循环绝对必要。不奉行这类仪轨的人，愈发受到天谴，过着极为凶险的生活。依照大自然的律法，人形生命特别是为自我觉悟而造的，应修炼下列三种法门：业瑜伽、智瑜伽以及巴克提瑜伽之中的任何一种法门。对于超越善恶的神秘主义者，无须严格奉行指定的祭祀；但耽执感官享乐的人则必须凭借上述祭祀之天人循环来净化自己。有不同种类的活动。不具克利须那觉知的人必定在肉欲情识中造作，因此，他们需要进行虔诚活动。祭祀体制被如此设计出来，好教在肉欲情识中的人可以满足欲望，但又不致陷入为感官享乐而造业所招来的报应的缠缚。世界的繁荣，并非源于我们的努力，而是依靠至上人格神的幕后安排，再通过天神直接达成。是故，祭祀被直接奉献给吠陀诸经所提及的特定的天神。而间接地，祭祀也是在修炼克利须那觉性，因为若要精通祭祀，就必得转变为克利须那觉知。但是，假若举祭而不转变为克利须那觉知，这种原则只能算是道德规条。所以，吾人不该自限于道德规条，而应超越它们，达到克利须那觉性。

诗节 17：然而，在自我中找到喜乐，在自我中找到启明，而且，仅在自我中，便找到欢喜和满足——完全的满足：这样的人，再无职责。

要旨：一个圆满地克利须那觉知的人，彻底满足于在克利须那觉性里面践履，再无任何职责需要履行。由于他是克利须那觉知的，心中所有不敬立即被清除，这是举行千万次祭祀才能得到的效果。透过如此净化觉性，此人对自己与至尊主之间的永恒地位，产生了完全的信心。如是，他的属灵责任在主的恩典下自动呈露出来，因而，他对吠陀诸经的训谕不再负有义务。这样的克利须那觉知者，对物质业行不复感兴趣，烟、酒、女人和类似的嗜好也不会再使他快乐。

诗节 18：自觉者践履赋定职分时，并无企图。他不会因任何理由而不践履职分，也无须依赖其他人。

要旨：自觉者除了在克利须那觉性中践履外，再不必履行任何赋定职分。克利须那觉性也并非无所事事，这在下面的偈颂里会得到阐释。一位克利须那觉知者，不会托庇于任何人——无论是人还是天神。他在克利须那觉性里所做的任何事情，足以抵得上他该履行的义务。

诗节 19：凡有所作为应该是履行职责，不可执着业果。作为而无所执着，便能接近无上者。

要旨：无上者对奉献者而言，是人格主神，而对非人格主义者来说，则是解脱。所以，一个人若为克利须那而工作，或者说在克利须那觉性里面，在正确的指导之下，并且不执着工作的结果，便肯定是在向人生至高无上的目标迈进。阿周那被告知，他应该为了克利须那的利益而在俱卢之野战斗，因为克利须那想要他战斗。想做好人，或反对暴力，都不过是一种个人的执着，为无上者而做才是不执着结果的活动。那才是高度完美的活动，受到至上人格神——室利·克利须那的推崇。

吠陀仪轨，跟经典规定的祭祀一样，其践行是为了净化由追逐感官享乐而造下的不敬之业。但在克利须那觉性中的活动却超越了善业或恶业的报应。一位克利须那觉知者，没有对业果的执着，而只是代表克利须那去行动。他做各种活动，但却毫不执着。

诗节 20：甚至君王，如禅那伽等，也是通过践履赋定的责任，始达圆满之境。因此，为了教化大众，你该积极有为。

要旨：如禅那伽（*Janaka*）一类的君王，全都是自觉的灵魂，因之并无义务履行吠陀典所赋定的职分。然而，为了给大众树立榜样，他们仍然践履所有的赋定职分。禅那伽是悉多（*Sītā*）的父亲，室利·罗摩（*Śrī Rāma*）的岳父。作为主的伟大奉献者，他超然独立。但由于他是米提拉（*Mithilā*，印度比哈省之一部）的国君，所以必须教导人民如何践履赋定职分。主克利须那和他的永恒密友阿周那，本来无须在俱卢之野兴师动众，但他们却奋勇而战，目的是为了教导大众一个道理：当良言劝说无效时，暴力也是必要的。在俱卢之战发生前，甚至至上人格神也亲自出面，尽力斡旋，以避免战争，但无奈对方决意一战。所以，为了这样一个正当的理由，战斗是必须的。尽管安住克利须那觉性之人对世间事务可能没有任何兴趣，可他仍然工作，以教导大众如何生活、如何行为。在克利须那觉性里面富于经验的人能够以身作则，从而为世人所效法。下一颂会说到这点。

诗节 21：伟人一举一动，四方均起而踵武。他通过模范行为所设立的准则，整个世界遵行。

要旨：大众总是需要一个能够以身作则的领袖。如果领导人自身吸烟，便无法教育大众戒烟。主采坦尼亚曾说，老师在开始教育别人之前，首先自己要行为端正。如此施教的人，被称为阿阇黎（*ācārya*），即理想的上师。是故，一位上师必须奉行经典的原则，才能教育普通人。上师不能自创一套，背离启示经典的原则。启示经典，例如《摩奴法典》（*Manu-saṁhitā*）之类，被公认为是人类社会应当遵从的经典。如是一位领导人的教导应该建基于这类标准的经典。想要提升自我的人必须恪守这些为伟大的阿阇黎所践履的准则。《薄伽梵往世书》也肯认，应当追随伟大奉献者的足迹，这就是在灵性觉悟之途上进步的要诀。国君或一国的首脑、为人父者、学校的老师都被认为是无知大众的天然领袖。这些天然领袖，对依赖他们的人，负有很大的责任。因此，他们必须熟谙有关道德、精神之理法的标准经籍。

诗节 22：帕尔特呀！三界之内，并无赋定给我的工作。我不想得到什么，也不需要得到什么，然而，我仍履行我的责任。

要旨：吠陀典《白净识奥义书》（*Śvetāśvatara Upaniṣad* 6.7–8）如是描述至上人格主神：

tam īśvarāṇāṁ paramaṁ maheśvaraṁ
taṁ devatānāṁ paramaṁ ca daivatam
patiṁ patīnāṁ paramaṁ parastād
vidāma devaṁ bhuvaneśam īḍyam

“至尊主是一切主宰的主宰，是众星体领袖中之最伟大者。每个人都在他的掌控之下。所有生命体都只是透过至尊主而被赋予了特定的力量，他们本身并非至高无上。他受到所有天神的崇拜，是所有领导人中至高无上的领导人。所以，他超越世间所有领袖和主宰，受到所有人的崇拜。再没有谁比他更伟大，他是一切因中之至上因。”

na tasya kāryaṁ karaṇaṁ ca idyate
na tat-samaś cābhyadhikaś ca dṛśyate
parāsya śaktir vividhaiva śrūyate
svābhāvikī jñāna-bala-kriyā ca

“他所拥有的形体和一般生命体的不同。他的形体与他的灵魂无有分别。他绝对不二。他的所有感官皆灵性超然。所以，没有谁比他伟大，也没有谁与他等平。他的能力是多方面的，故此他常无为而自然。”

因为在人格主神里的一切皆圆满美富、真实有常，所以，他无须履行任何职责。人若一心想享用工作的结果，就必定得有某些被委派的职责，但一个无须在三界内得到任何东西的人，当然没有任何职责。可是，主克利须那却在俱卢之野，作为刹帝利的领袖驰骋沙场，因为刹帝利之职在于扶弱济厄。虽然他超越了启示经典的律条，但他绝不会做任何触犯启示经典的事情。

诗节 23：因为，帕尔特啊，我若疏忽赋定职分，肯定所有人都会效仿。

要旨：为了维持社会安定和谐，推动精神演进，每个文明人都有传统的家庭惯例可循。尽管这些规条和律法是专为受拘限的灵魂、而非为主克利须那而设的，主还是遵奉既定的律法，因为他之所以降临世间，就是要建立宗教原则。否则，一般人便会起而效仿，因为他是最伟大的权威。从《薄伽梵往世书》可知，主无论在家或外出，都会履行一个居士该履行的所有宗教职责。

诗节 24：我若不履行赋定职分，所有世界便分崩离析。如此，我会招致劣种人口，摧毁有情众生的和平。

要旨：*Varṇa-saṅkara*，即不想要的劣种人口，会扰乱社会的安宁。为了防止社会动乱，便有了经典厘定的规条和律法，使人群自动趋于和平、有序，以图精神生命之演进。当主降临世间，自然也得持守这些规条和律法，以维持其执行的威慑力和必要性。主是所有生命体的父亲，假若生命个体误入歧途，他也负有间接的责任。所以，每当这些律则遭到普遍的漠视，主便亲临世间，救偏补弊。不过，应当注意，尽管我们该追随主的足迹，但切记千万不可模仿他。追随和模仿并不在同一层次。

我们无法模仿主举起哥瓦丹拿山（*Govardhana*），就像主在孩提时所做的。这对任何人来说都是不可能的。我们必须追随他的教诲，但任何时候都不该模仿他。《薄伽梵往世书》（10.33.30–31）如是说：

naitat samācarej jātu
manasāpi hy anīśvaraḥ
vinaśyaty ācaran mauḍhyād
yathārudro 'bdhi-jaṁ viṣam
īśvarāṇāṁ vacaḥ satyaṁ
tathaivācaritaṁ kvacit
teṣāṁ yat sva-vaco-yuktaṁ
buddhimāṁs tat samācaret

“我们只应受教于主或被主赋予力量的主的仆人。他们的教诲对我们大有好处，任何有智慧的人都会依教行事。不过，要严防试图模仿他们的行为。人不可模仿湿婆，妄想饮下一洋毒汁。”

我们该当时时思量 *Īśvara*（自在主），或者说那些实际操控日月运行的主宰者的地位。没有这等大能，就不要去模仿那些力量超卓的自在主。湿婆饮下的毒汁犹如汪洋大海，而凡夫沾一点就会死去。有许多冒牌的湿婆信徒，沉迷于吸食大麻（*Ganji*）及类似的毒品，却忘记了如此模仿湿婆，不过是在提前召唤死神。同样，也有一帮冒牌的克利须那奉献者，只管模仿主大跳情爱之舞（*Rāsa-līlā*），却忘记了他们无法举起哥瓦丹拿山。所以，最好不要试图模仿有大能者，而应只是追随他们的教诲；更不可不顾资格，力图占据他们的地位。没有至高主神的力量，却自称为神的“化身”，这种例子屡见不鲜。

诗节 25：愚人履行职分时贪执业果；有学识的人也如是践履，但不执着结果，为的是引人走上正途。

要旨：在克利须那觉性中与不在克利须那觉性中的区别在于欲望

不同。一位克利须那觉知者不会做任何对培养克利须那觉性没有帮助的事情。他行动起来，甚至可能就像那些过分执着物质活动的愚人。但后者为满足自己的感官而造作，前者则是为了满足克利须那。是故，克利须那觉知者须向世人示范如何作为、如何将行动的结果用于克利须那觉性的目的。

诗节 26：愚人贪执业果；博学之士不可劝诱他们停止工作，而应鼓励他们以奉献精神投入各种活动之中（以逐步存养克利须那觉性）。

要旨：*Vedaiś ca sarvair aham eva vedyaḥ*（透过吠陀诸经可以知我），这是一切吠陀仪轨的究竟。所有仪轨、所有献祭、所有载入吠陀诸经的东西，包括对物质业行的指示，目的全在体悟生命的究竟真谛——克利须那。可是，由于受拘限的灵魂对感官享乐以外的东西茫无所知，所以他们才得透过诵习吠陀诸经以证入此究竟。透过果报活动和受吠陀仪轨范限的感官享乐，吾人可逐渐被提升至克利须那觉性。所以，在克利须那觉性里面的已觉悟的灵魂不该搅乱他人的活动和见解，而应躬身实践，示范如何将工作的结果奉献给对克利须那的服务。博学而又具克利须那觉知的人应以此种方式行动，好让那些为感官享乐而工作的愚人，学会如何行事，如何做人。虽然不应去扰乱愚人的活动，但稍有克利须那觉知的人都可直接为主做服务，而无须等待其他吠陀仪法。如此有幸的人无须再去持循吠陀仪轨，因为践履赋定职分得到的所有结果，都可以直接透过克利须那觉性得到。

诗节 27：灵魂受了物质自然之三极气性的迷惑，误以为自己是业行的造作者。其实，业由物质自然之三极气性达成。

要旨：两个人，一个在克利须那觉性中，另一个则在物质情识中，处于同样的水平，而且看起来似乎在同一层面工作，但其实两人所处境界悬殊，不啻天壤之别。在物质情识中的人，信服于假我，以为自己是一切所作的作为者。殊不知躯体的活动机制原本为物质自然所创造，而物质自然则在主的监管之下。物质主义者不了解他最终受着克利须那的主宰。在我执里面的人以为一切均可自作主张，并为此洋洋自得，然而这正是他无知的表现。他不懂得这粗糙的和精微的躯体，是在至上人格主神的指令下，为物质自然所造，因而他的躯体和心智活动应该被用于对克利须那的服务，即融入克利须那觉性里面。无知的人遗忘了至上人格主神又被称为赫黎史基士（*Hṛṣīkeśa*），即诸根之主，只因长期将感官误用于感官满足，实际他已被我执所惑，故而遗忘了自己与克利须那的永恒关系。

诗节 28：臂力强大的人哪！认知绝对真理，深明奉爱服务与果报活动的分别，便不会让自己放纵于感官以及感官满足。

要旨：知真者确然明了自己在与物质的往来中所处的尴尬地位。他晓得自己是至上人格神克利须那的部分和微粒，位置本不应在物质造化之中。他晓得自己的真实身份是永恒喜乐、无所不知的无上者的部分和微粒，而如今却不知怎地受制于物质化的生命理念。在无染的存在状态下，他本该以自己的作为契合对至上人格神克利须那的奉爱服务。如是，他投身于克利须那觉性的践履，自然而然地不再执着偶然而短暂的物质感官活动。他晓得自己生活的物质条件是在主至高无上的掌控之下，故此他不受各种物质报应的干扰，他认为这一切其实都是主的恩慈。根据《薄伽梵往世书》，证知绝对真理的三层不同体相——梵 、超灵和至上人格主神的人被称为“知真者”（*Tattva-vit*），因为他已洞知自己在与无上者的关系中所处的真实地位。

诗节 29：无知之徒受物质自然之三极气性的迷惑，完全投入物质业行，变得愚顽贪执。但智者不该惊动搅扰他们，虽然由于作为者知识贫乏，这些职责类属低等。

要旨：学识浅薄的人误将自己认同于粗俗的物质情识，满脑子装的都是物质称谓。身体是物质自然赐予的一件礼物。过分执着躯体化意识的人被称为 *Manda*，即不懂得灵魂的懒汉。无知者认为身体就是自我，因而把与他人的身体联系看成是亲眷关系，把出生地当作崇拜的对象，把宗教仪礼本身视为目的。于是，社会工作、国家主义、利他主义就成了这些受到物化之人的一部分活动。在这些称谓的蛊惑下，这些人整日在物质领域里忙得不可开交，在他们眼里，灵性自觉不过是神话而已，所以他们对此根本不感兴趣。然而，那些在灵性生活中获得启明的人，不应去刺激这些沉溺于物质生活的人，最好默默地践行自己的灵修事业。这些受到迷惑的人或许也会奉行一些基本的人生道德准则，如不用暴力及类似的物质慈善工作。

无知者无法欣赏在克利须那觉性中的作为，因而主克利须那劝诫我们不要去惊扰他们，以免浪费自己宝贵的时间。但主的奉献者比主更慈悲，因为他们了解主的本愿。因此，他们冒着种种风险，甚而至于去接近无知之徒，力图让他们也来践履人类社会所绝对必须的克利须那觉性的活动。

诗节 30：是故，阿周那啊，你要将一切工作奉献给我，全然认识我，不求任何得益，不声称拥有什么，振作起来，作战吧！

要旨：此颂点明了《薄伽梵歌》的宗旨。主教导人要转变为彻底地克利须那觉知，去履行职责，就好像执行军令一般。这样的训谕可能让事情有点难度。但无论如何，职责必须完成，还得依靠克利须那，因为这是生命体的命定地位。自外跟至尊主的合作，生命体不会幸福，因为生命体永恒的命定地位就是要服从主的愿望。阿周那受命于室利·克利须那去战斗，仿佛主是他的长官。人应为了至尊主的意旨而牺牲一切，同时，践履赋定职分，却不索取所有权。阿周那无须思考主的命令，他只要执行就是了。至尊主是一切灵魂的灵魂。彻底、唯一地依靠至尊灵魂而不顾私意我见，换句话说，就是彻底地克利须那觉知，这样的人堪称 *Adhyātma-ceta*（彻底了悟自我者）。*Nirāśīḥ* 意思是必须按照主子的命令行事，但不应期望回报。当人在这样的克利须那觉性中行事，肯定不会要求对任何东西的所有权。这种意识被称为“*Nirma-ma*”（无我所），意即“没有一样东西属于我”。执行这样一道严肃的命令是不容犹豫的，用不着考虑躯体关系中的所谓亲眷族人，这类犹豫必须被抛开，如此人就能变得警醒（*Vigata-jvara*），也就是既不头脑发热也不无精打采。每一个人，根据其品性和地位，都有他所要做的特定种类的工作。所有这类职责，都可如上面所讲的一样，在克利须那觉性里面践履。这将把人引向解脱之途。

诗节 31：按照我的训示，履行职责；忠于我的教诲，毫不妒忌；如此，便得解脱于功果业行的缠缚。

要旨：至上人格神克利须那的教导是一切吠陀智慧的精髓，因而是真实无妄的永恒真理。正如《吠陀经》是永恒的，克利须那觉性这一真理也是永恒不朽的。人应对此教导有坚定的信念，毫不嫉妒至尊主。世上有很多注释《薄伽梵歌》的哲学家，但他们对克利须那全无信仰。他们将永不能解脱于功果业行的缠缚。然而，一个普通人，即使不能够实践这些教导，但只要对主的永恒教导抱有坚定信念，也能解脱于业报定律的桎梏。修炼克利须那觉性之初，人可能无法完全执行主的教导，但若他对这原则，毫无不满，诚心践履，置失败与无望于度外，这样的人必定会被提升至纯粹的克利须那觉性之境。

诗节 32：那些出于妒忌，对这些教导不予理会、不加遵行的人，可谓全无知识，受到愚弄，必毁灭于妄自追寻圆满境界的徒然劳苦中。

要旨：没有克利须那觉知的弊害在此得到清楚说明。就像违反最高行政长官的命令，必受制裁，同样，不顺服至上人格主神的命令，也肯定有惩罚。忤逆之人，不管他有多伟大，由于心灵空虚，无从觉知自我、大梵、胜我、至上人格主神。因此，生命的圆满对他来说是毫无希望的。

诗节 33：世人皆随顺从物质气性而来的天性作为，即使有学问的人也不例外，抑制又有何用？

要旨：除非已处于克利须那觉性的超然层面，否则无法摆脱物质自然之三极气性的影响，主在第七章里（7.14）就是这样断言的。因此，就算是世俗层面上最有教养的人，也不能光凭理论知识，对灵魂和肉体加以分辨，就能够摆脱摩耶的桎梏。有很多所谓的灵性主义者，表面上摆出一副对这门学问颇有研究的架式，而内心或私底下却完全受制于他们无法超越的某种物质气性。在学术上，他们可能很渊博。但因为长期与物质搅在一起，反受其缠缚。克利须那觉性能让人摆脱物质束缚，即使他可能为了物质生存而不得不履行其赋定职分也无妨。是故，若非彻底地处于克利须那觉性中，就不该放弃自己的职责。谁都不该突然抛下自己的赋定职分，人为地变成一位所谓的“瑜伽士”或“通玄者”。最好保持原位，接受高等的训练，努力证入克利须那觉性。如此，才有希望脱离克利须那的迷幻能力的钳制。

诗节 34：感官对感官对象或好或恶、或迎或拒，应该有掌控的原则。这种好恶之情是自觉的障碍，所以不该受其支配。

要旨：安住克利须那觉性之人自然无意追逐物质的感官享乐，但还未在此觉性中的人则该奉行启示经典的规条和律法。无限制的感官享乐是陷身物质牢笼的原因，而奉行启示经典的规条和律法，就不会使人受到感官对象的缠缚。例如，性享乐是受拘限的灵魂所必需的，而在婚姻制度之下性享乐得到了许可。依据启示经典的训条，男子不得跟妻室以外的女子发生性关系。所有其他女子都应被视为自己的母亲。尽管训条如此，男子仍会想与其他女子建立性关系，这类习性必须受到遏制，否则便会成为自觉之途上的绊脚石。只要物质躯体尚在，物质躯体的需要是容许的，但要在规条和律法的范围内。不过，我们也不该依赖这些特许的节制。应当持守这些规条和律法，但又不依赖它们，因为在律法的容许下推行感官享乐也会把人引入歧途——就像总是会有发生意外事故的可能，即便是在皇家大道上。虽然皇家大道受到小心养护，可没有人能够保证在这条最安全的路上就绝对不会有危险。由于与物质染触，感官享乐之心已作用了很久很久。所以，尽管感官享乐受到节制，仍随时会有堕落的可能。是故，对于受到节制的感官享乐的粘执，也应尽量避免。但执持克利须那觉性，或说始终为克利须那做爱心服务，却使人无所执于一切感官活动。因而，谁也不该在生命的任何阶段，试图逾越克利须那觉性。无所执于一切感官贪著的全部意义，即是在于最终能够处于克利须那觉性的层面之上。

诗节 35：履行自己的赋定职分，即使有差错，也远较圆满地完成别人的责任为佳。即使在践履自己的职分时遭到毁灭，也强过履行别人的职分，因为越俎代庖是很危险的。

要旨：吾人应在圆满的克利须那觉性里面践履自己的赋定职分，而不是赋定给别人的职分。从物质层面上来说，赋定职分是根据人在物质气性影响下的心理状态而被指派的。属灵责任则是由灵性导师指定的对克利须那的超越性服务。但是，无论物质的还是灵性的，都应该坚守指定给自己的职责，死而后已，绝不可越俎代庖。属灵层面的责任与属世层面的职分可能有所不同，但跟随权威指导这条原则，对施行者总是有利的。若人还在物质自然之三级气性的影响下，就应该恪守为他的特殊处境而设定的规条，不可去模仿别人。例如，一位婆罗门（*Brāhmaṇa*），在中和气性下，是非暴力的；而一位刹帝利，在强阳气性下，准许使用暴力。如此，一位刹帝利宁愿坚持暴力原则而被消灭，也不会去模仿持守非暴力原则的婆罗门。每个人都得以渐进的过程净化他的心灵，不可鲁莽。然而，当人超越物质自然的气性，彻底处于克利须那觉性之时，便可以在正宗灵性导师的指引下，无所不为。在这克利须那觉性的圆满之境，刹帝利可以像婆罗门一样行事，婆罗门也可以像刹帝利一样行事。在超越之境，物质世界的分别不再适用。例如，毗史华弥陀（*Viśvāmitra*）原本是一位刹帝利，但后来却行婆罗门之事；而钵罗苏罗摩（*Paraśurāma*）原是婆罗门，后来却行刹帝利之事。处于超越之境，他们可以这样做。然而，只要人犹不离物质层面，就必须根据物质气性去践履职责。与此同时，他还必须具有对克利须那觉性的全面觉受。

诗节 36：阿周那问道：毗施尼之华胄啊！人即使不愿为恶，却身不由己，是受了什么驱策呢？

要旨：生命个体，作为无上者的部分和微粒，原本是灵性的、纯粹的，全不受物质的染污。因此，本性上他不屈从于物质世界的罪恶。但当他接触物质自然时，却毫不犹豫地造作种种恶行，有时甚至违背自己的意愿。为此，阿周那之提问，就生命体被扭曲的自性而言，让我们看到了希望。尽管生命个体有时不愿为恶，但却身不由己。罪恶活动当然不是由生命体内中的超灵所驱使，而是另有原因。主在下一偈颂中将给予解答。

诗节 37：至上人格主神克利须那说：阿周那啊！那就是贪淫，就只是贪淫。贪淫是灵魂与物质自然之强阳气性染触而产生的，随后转为嗔怒。它吞噬一切，是世界的大敌。

要旨：当生命个体与物质造化接触，他对克利须那的永恒之爱，受染于强阳气性，转而为贪淫（*Kāma*）。或者，换句话说，对上帝的爱被转变成贪淫，就像牛奶碰到酸的罗望子，就变成了酸奶；接着，当贪淫不餍足，便转化为嗔怒；嗔怒又转化为幻妄，幻妄延续了物质存在。所以，贪淫是生命体的大敌，就是贪淫诱使纯粹的生命体继续纠缠于物质世界；嗔怒是浊阴气性的呈露。这些气性常常以嗔怒以及其他必然的结果呈现自身。倘若强阳气性不跌落至浊阴，而是透过规范化的生活、行为方式，被提升至中和气性，那么，便能凭着精神的坚守，不致堕入嗔怒。

独一的至上人格主神为了他那不断增上的灵性喜乐将自身扩展为多，而生命个体都是这份灵性喜乐的部分和微粒。他们也有部分的独立性，但由于独立性的误用，当服务心态转变为感官享乐的习性，他们便落入贪淫之手。物质自然为主所造，就是为了方便受拘限的灵魂，以餍足他们的贪淫习性。当生命个体在漫长的贪淫之途中受到挫折之后，便会开始探询自己真实的地位。

这探询就在《吠檀多经》的开首：“现在，询问至高的本体（*athāto*

brahma jijñāsā）。”至高的本体在《薄伽梵往世书》里被定义为：*janmādy asya yato 'nvayād itarataś ca*，也即“天地万物之始源乃是至上梵”。因而，贪淫也源出于至上梵，如此，假若贪淫被转化为对无上者的爱，或转化为克利须那觉性，换句话说，为克利须那而去欲求，那么，贪淫和嗔怒皆能被灵性化。哈努曼，主罗摩的伟大仆从，透过火烧罗波那的金城发泄其愤怒，可是此举却使他成了主最杰出的奉献者。这里，在《薄伽梵歌》中，主劝导阿周那为了主的满意而将愤怒投向敌人。故此，贪淫和嗔怒，当二者被运用于克利须那觉性之中，就成了我们的朋友，而不是敌人。

诗节 38：烟蔽火，尘封镜，子宫覆盖胚胎，不同程度的贪淫笼罩生灵。

要旨：生命个体的纯粹觉性所受到的蔽覆有三种程度，它们其实就是在不同表现之下的贪淫，恰如火里的烟，镜上的尘，以及包裹胎儿的子宫。将贪淫比作烟，这表明生命的火花只可隐约察见。换句话说，当生命个体稍微显露出一点克利须那觉性时，它便被比作有烟笼罩着的火。尽管有火才有烟，但在最初的阶段，火并未明显地呈现出来。这一阶段就好像克利须那觉性的最初阶段。尘镜之喻指的是用种种灵性的方法擦拭我们心镜的过程，而最殊胜的方法就是唱颂主的圣名。子宫中的胎儿也是一个比喻，说明了一种无助的境况。子宫中的胎儿是全然无助的，甚至都动弹不得。这种生命境况可以与树木的生活状态相比。树木也是生命体，但由于其贪淫之表现太过，以至于几乎没有了一切知觉，被迫处于这样的生活状态中。尘土覆盖着的镜子好比鸟兽，而被烟遮蔽的火则好比人类。在人类形体中，生命体可恢复一点点克利须那觉性。但是，假若做进一步的存养，灵性生命的火花便能在人体生命形式中被点燃。只要小心处置好烟，火便能熊熊燃烧。因此，人体生命形式是生命体从物质存在的桎梏中解脱出来的大好机会。在精到的指导下，透过存养克利须那觉性，人便能战胜这个大敌——贪淫。

诗节 39：如是，贡蒂之子啊，智慧具足的生命体的纯粹觉性为其永恒的敌人——贪淫所蔽覆。贪淫永无餍足，灼如烈火。

要旨：据《摩奴法典》（*Manu-smṛti*）说，贪淫不能为任何分量的感官享乐所满足，就像火不会由于不断地加入燃料而熄灭一样。在物质世界，一切活动的中心是性，是以物质世界被称为 *maithunya-āgāra*，即性生活所造的枷锁。在普通的监狱里，罪犯被囚于铁窗之内；同样，一个不服从主的律法的罪犯，就被性生活桎梏起来。基于感官满足层面上的物质文明进步意味着延长生命个体物质存在的期限。所以，贪淫是无明的表现，让生命个体滞留在物质世界。当人享受感官满足，或许有些快感，但这所谓的快感其实是感官享乐者的死敌。

诗节 40：贪淫盘踞在根、心、智，遮蔽了生命体的真正智慧，使它受到困惑。

要旨：在受拘限灵魂的身体里，敌人已经占据了不同的战略要点。因此，主克利须那提示了这些战略要点的位置，以便想要征服敌手的人可以知道敌手在哪里能够被找到。心是一切感官活动的中枢，因此，每当我们听到有关感官对象的描述时，心自然而然成了一切感官享乐念头的容器；结果，心和感官变成了贪淫的储藏所。下一步，智成了这些贪淫之念的首府。智是灵魂的近邻。贪淫邪慧影响了灵魂，使其受取我慢，并与物质认同，进而与心和感官认同。于是灵魂便沉醉于享受物质感官，误以此为真乐。《薄伽梵往世书》就灵魂之虚假认同有着非常精彩的阐释（10.84.13）：

yasyātma-buddhiḥ kuṇape tri-dhātuke
sva-dhīḥ kalatrādiṣu bhauma ijya-dhīḥ
yat-tīrtha-buddhiḥ salile na karhicij
janeṣv abhijñeṣu sa eva go-kharaḥ

“一个人若将自我认同于由三种元素和合而成的身体，若认为身体的产出物是自己的亲人，若认为身体的出生之地值得崇拜，若去朝圣之地只是为了在那里澡身洗浴而非会晤有道之士，则他被认为与驴子、母牛无异。”

诗节 41：是故，阿周那啊！婆罗多之华胄！首先节制感官，摧伏这凶恶的大敌（贪淫），然后铲除它，不让它蔽覆灵明。

要旨：主建议阿周那首先节制感官，然后才能摧伏这邪恶的死敌——贪淫，就是它销毁了对自我觉悟、明心见性的强烈追求。*Jñāna* 意指有别于外物的自性之理，也即分别灵肉之性理。*Vijñāna* 即命理，关涉灵魂之命定地位及其与超灵之关系。对此《薄伽梵往世书》（2.9.31）有说明：

jñānaṁ parama-guhyaṁ me
yad vijñāna-samanvitam
sa-rahasyaṁ tad-aṅgaṁ ca
gṛhāṇa gaditaṁ mayā

“自我与胜我之理至为玄秘，不过，如果主亲自从不同的角度加以阐释，这性命之理便可得到解悟。”

《薄伽梵歌》给我们开示了这自我的普遍性与个体性之理。生命个体是主的部分和微粒，因此，他们只该为主服务。此觉性被称为克利须那觉性。所以，从生命的起点开始，人就必须修炼克利须那觉性，这样才可能变得彻底地克利须那觉知，并以之相应行事。

贪淫只不过是神爱的扭曲反映，而神爱是每一生命个体的天性。可是，人若从一开始便受到克利须那觉性的教化，那么他对神的先天之爱就不会变质而堕为贪淫。一旦神爱堕落为贪淫后，要想再回到正常的状态就十分困难了。然而，克利须那觉性却具大力量，即使起步较晚的，也能透过持守奉爱服务的戒律而成为爱神之人。所以，从生命的任何阶段，或从体会到紧迫感时起，吾人都可以开始在克利须那觉性中修炼节制感官，为主做奉爱服务，将贪淫复转为神爱——人生最崇高的圆满境界。

诗节 42：诸根高于物质，心高于根，智高于心，灵魂高于智。

要旨：诸根（感官）是贪淫宣泄的各个出口。贪淫藏于身体之内，通过感官发露。是故，感官高于整个身体。当高等的觉性，即克利须那觉性透显时，这些出口便没有用了。在克利须那觉性里面，灵魂与至上人格主神建立了直接的关系，因此，身心功能的等序，如本颂所说的，最终止于超灵。身体上的活动意味着感官的作用，而停止感官作用便意味着中止身体的所有活动。然而，心是活跃的，因此，尽管身体可能处于休止的状态，心却仍在活动，就如其梦中之所为。但心之上，还有智的判断，而智之上则有灵魂本身。所以，如果灵魂直接服务无上者，自然所有其他的臣属，即心、智以及感官，也都会自动地得到运用。《羯陀奥义书》有一段类似的话，里面说感官满足的对象高于感官，而心则高于感官的对象。是故，如果心不断地被直接用于对主的奉爱服务，那么，感官就没有移作他用的机会。这种理念已被阐释过，*paraṁ dṛṣṭvā nivartate*，如果心被用于对主的超越性服务，那么，心便没有机会被移作他用了。在《羯陀奥义书》里，灵魂被说成是“伟大的”（*mahān*）。所以，灵魂高于一切——高于感官对象，高于感官，高于心，高于智。故此，直下体认灵魂的命定地位是解决全部问题的关键。

依靠智识，吾人当找出灵魂的命定地位，然后将心恒常投入克利须那觉性之中。这能解决全部问题。一位刚入门的灵性主义者通常被告诫应远离感官对象。但除此之外，吾人应运用智识以强化心意。如果凭借智慧，透过彻底归命至上人格神，在克利须那觉性之中妙用心意，那么，心意自然会变得更强大。这时，即使感官凶猛，一如毒蛇，也不会比断牙之蛇有更大的影响。但是，尽管灵魂是心、智以及感官的主人，除非透过在克利须那觉性中与克利须那相感通而得到强化，否则仍然随时会因为心意受刺激而堕落。

诗节 43：了悟自性超越根、心、智，臂力强大的阿周那呀，人该以灵性之智（克利须那觉性）巩固心意，如是凭着灵性力量克服这永无餍足的敌人——贪淫。

要旨：《薄伽梵歌》第三章结论性地契入克利须那觉性，让人认取作为至上人格神之永恒仆从的自我，而不是把非人格性的空当作究竟。在生命的物质化存在中，生命个体必然受到贪淫之性以及支配物质自然资源之欲念的影响。主宰欲和享受欲是受拘限灵魂的最大敌人，然而，依靠克利须那觉性的力量，就能够控制住物质感官、心和智。不必突然一下子放弃工作和赋定职分；反之，透过逐渐存养克利须那觉性，便能够处于不受物质感官和心智影响的超越之境——凭借指向纯粹自我的坚定之智。这便是本章的大旨。在物质化存在犹未臻成熟的阶段，哲学思辨以及透过所谓瑜伽体位修炼以图收摄感官的人为努力，都永远无法助人恢复灵性生命。他必须受到更高智慧的训练以自处于克利须那觉性之中。

巴克提维丹塔阐释圣典《薄伽梵歌》第三章“业瑜伽”终。

第四章　形而上义理

诗节1：至上人格主神说：我将这门不朽的瑜伽科学传授给太阳神维筏斯万，维筏斯万传于人祖摩奴，摩奴又传于伊刹华古。

要旨：这里，我们找到了《薄伽梵歌》的历史，它可以上溯至远古鸿蒙之时，其时《薄伽梵歌》被传授给起源于太阳王族的众星诸王。众星诸王理当护持天下之民，所以，王族中人应该通晓《薄伽梵歌》的科学，以便治理天下，不让臣民受到贪淫的桎梏。人生的目的在于培养灵性知识，体悟生命个体与至上人格神的永恒关系。所有国家、所有星体的执政者都有责任将这门学问透过教育、文化和仁爱之心传授给人民。换句话说，所有国家的执政者都应以传布克利须那觉性之道为己任，让其人民得以充分利用这门伟大的学问，走上成功之途，对人身善加运用。

在这一纪，太阳神名为维筏斯万（*Vivasvān*）。他是太阳王，而太阳是太阳系中所有星体的始源。《梵天本集》中梵天有云：

yac-cakṣur eṣa savitā sakala-grahāṇāṁ
rājā samasta-sura-mūrtir aśeṣa-tejāḥ
yasyājñayā bhramati sambhṛta-kāla-cakro
govindam ādi-puruṣaṁ tam ahaṁ bhajāmi

"让我崇拜至上人格主神哥宾陀（即克利须那）。他是无上原人，在他的旨令下，位列众星之王的太阳放射出无限的热力。太阳代表了主的眼睛，遵从主的命令，它在轨道上运行。”

太阳是众星之王，而太阳神（现为维筏斯万）统治着太阳，通过提供光和热，太阳支配着其他一切星体。太阳神在克利须那的旨令下环巡天下，而克利须那让这位太阳神维筏斯万成了他的第一代弟子，并授之以《薄伽梵歌》这门学问。所以，《薄伽梵歌》并不是留给微不足道的世间学者的思辨性论著，它是一部经典，其中阐述了传自邃古之初的学问。

从《摩诃婆罗多》里（*shanti-parva*，348.51—52），我们可以追溯出《薄伽梵歌》的历史：

tretā-yugādau ca tato
vivasvān manave dadau
manuś ca loka-bhṛty-arthaṁ
sutāyekṣvākave dadau
ikṣvākuṇā ca kathito
vyāpya lokān avasthitaḥ

“当特利陀纪（*Tretā-yuga*）之初，这门阐释天人关系的学问由维筏斯万传授给摩奴。人祖摩奴又传于其子伊刹华古大帝（*Ikṣvāku*），此人乃大地之王，也是罗古（*Raghu*）王朝的祖先，主罗摩禅陀罗（*Rāmacandra*）就降显于这个王朝。”

是故，自伊刹华古大帝之时起，《薄伽梵歌》就已存在于人类社会。

卡利纪（*Kali yuga*）共持续四十三万二千年，至今已过去了五千年。在此之前是多筏钵罗纪（*Dvāpara-yuga*），凡八十万年。多筏钵罗纪之前是特利陀纪，凡一百二十万年。大约二百万五千年前，摩奴传《薄伽梵歌》于其子伊刹华古大帝，此人乃大地之王。现任摩奴寿命三亿五百三十万年，至今已过去一亿二千四十万年。设定主在摩奴出生之前，向他的弟子太阳神维筏斯万讲说《薄伽梵歌》，那么，粗略估计，《薄伽梵歌》至少在一亿二千四十万年前已经现世；而在人类社会，《薄伽梵歌》已经流传了二百万年。主向阿周那重述《薄伽梵歌》，大约是在五千年前。

这是对《薄伽梵歌》之传世历史的大致估算，根据《薄伽梵歌》本身及其讲述者主克利须那的说法。它之所以被传给太阳神维筏斯万，是由于维筏斯万也是一位刹帝利，而且是太阳王族系的所有刹帝利后裔即 *Sūrya-vaṁśa kṣatriya* 的祖先。《薄伽梵歌》由至上人格主神亲自宣说，堪与《吠陀经》媲美，因而，这门学问是 *Apauruṣeya*，即天启的。因为吠陀训谕皆须如其本来授受，不得加以人为解释，所以，《薄伽梵歌》之授受也不得添加世俗解释。世间好辩者可能会用自己的观点解读《薄伽梵歌》，但这不是《薄伽梵歌》的本来面目。是故，《薄伽梵歌》必须如其本来授受，透过师承世系。这里讲了主授《薄伽梵歌》于太阳神，太阳神传其子摩奴，摩奴又传其子伊刹华古。

诗节 2：这门至高无上的科学便如此通过师承世系流传下来，那些圣王们也是以这种方式接受它的。然而，时光流逝，传系中断，这门科学的本来面目仿佛湮没了。

要旨：这里清楚地说明了，《薄伽梵歌》是特为圣王而传世的，因为他们将在治平天下时实现其宗旨。《薄伽梵歌》之作绝对不是为了邪僻之徒，他们无故淡化《梵歌》的价值，又以私智穿凿出种种解释。《薄伽梵歌》原本的宗旨一旦被肆无忌惮的诠释者的私意弄得支离破碎，就有必要重建师承世系。五千年前，主亲身察觉到师承世系之中断，因而他宣称，《薄伽梵歌》的宗旨看来沦没了。同样地，当今也出现了许多《薄伽梵歌》的版本（特别是英文版），但几乎全都未参照经过授权的师承世系。不同的世俗学者对《梵歌》做了数不清的注疏，但几乎全都不接受至上人格主神克利须那，反倒利用克利须那所说的话，大赚一把。这种心态是属魔的，因为邪魔不相信神，只晓得享用至尊主的财富。当前，迫切需要一本英文版《薄伽梵歌》，一如 *parampara* 体系（师承世系）之所授受，本书即为此而作。《薄伽梵歌》——如其本来所授受——

是给人类的巨大恩赐，可是，若仅仅将它当作一部哲学思辨之作来读，则是浪费时间。

诗节 3：我今天就告诉你这门阐释天人关系的古老学问。你既是我的奉献者，又是我的朋友，必能了解这门超越性科学的奥秘。

要旨：有两类人：奉献者和邪魔。主选中阿周那作为这门伟大科学的接受者，是由于他是主的奉献者，邪魔不可能懂得这门伟大而又玄秘的科学。这部伟大的典籍有许多版本，有些含奉献者的释论，有些则含邪魔的释论。奉献者所做的释论是真实的，而邪魔所做的释论全无价值。阿周那接受室利·克利须那为至上人格主神，任何对《薄伽梵歌》的释论，若遵循阿周那的足迹，就是为此伟大科学之故而做的真正的奉爱服务。然而，邪魔们并不如其本来地信受主克利须那，而是造出一些关于克利须那的臆说，将普通读者诱离克利须那所开示的途径。此处便是对这类歧途的一个警告。吾人当努力追随自阿周那流传下来的师承世系，如是从胜妙无比的《薄伽梵歌》的伟大科学中得到真正的裨益。

诗节 4：阿周那问：太阳神维筏斯万先你而生，这叫我如何明白，开始时是你将这门科学传授给他？

要旨：阿周那是一位受到认许的主的奉献者，又怎会不相信主的话呢？事实上，他并非为自己，而是为那些不信奉至上人格神的人，以及那些不喜欢克利须那应被奉为至上人格神这一观念的邪魔而发问的。就是为了他们，阿周那问到这一点，好像自己并不识得人格主神——克利须那。到第十章就会明显看出，阿周那完全知道克利须那就是至上人格主神——万物之始源、形而上之究竟。自然，克利须那也以提婆吉之子的身份降显世间。那么，克利须那怎么能够又是至上人格主神、不朽原人呢？这对普通人来说，很难弄明白。所以，为了澄清这一点，阿周那当面向克利须那提出此问，好让他做出权威性的解答。克利须那是至高无上的权威，此乃世所公认，不单在当今，而是从邃古以来，唯有邪魔才拒不承认。但不管怎样，克利须那是举世公认的权威，阿周那向克利须那提出此问，为的是让克利须那亲口陈述自己，使邪魔们无法歪曲，此辈总是力图以他们和他们的信徒可理解的方式歪曲克利须那。每一个人，为了自身的利益，都有必要了解有关克利须那的科学。所以，当克利须那亲口讲说自己时，举世皆蒙吉祥。对于邪魔来说，克利须那所做的解释显得很奇怪，因为邪魔们总是从自己的角度去看克利须那；而奉献者们却衷心欢喜克利须那亲自做出的陈述。奉献者们会时时崇拜这些出自克利须那之口的权威性陈述，因为他们总是渴望对他有更多的认识。以为克利须那是一个凡夫的无神论者，或许会由此认识到克利须那是超乎人类的，即他是 *sac-cid-ān-anda-vigraha*——灵明、极乐之真常妙相，即他是超越独立的，不受物质自然之三极气性的支配，不受时空的影响。一位克利须那的奉献者，就像阿周那，毫无疑问，绝不会误解克利须那的超越性地位。阿周那向主提出此问，只不过是奉献者为破斥无神论态度所做的努力，这些无神论者认为克利须那是凡夫，同样受制于物质自然之三极气性。

诗节 5：薄伽梵克利须那说：你我都经历过无数次的诞生。每一世我都记得，而你，克敌者啊，却不能。

要旨：在《梵天本集》（5.33）里，我们得知有很多很多主的化身：

advaitam acyutam anādim ananta-rūpam
ādyaṁ purāṇa-puruṣaṁ nava-yauvanaṁ ca
vedeṣu durlabham adurlabham ātma-bhaktau
govindam ādi-puruṣaṁ tam ahaṁ bhajāmi

“我崇拜至上人格主神哥宾陀（即克利须那）。他是原人——绝对、无误、无始。虽然扩展为无限的形体，他仍是那同一个首出的、最古老的人，但他看起来却永远青春年少。主那真常、灵明、极乐的妙相，甚至连最杰出的吠陀学者通常都无从知晓，却时时向纯粹无染的奉献者呈现。”

《梵天本集》又说：

rāmādi-mūrtiṣu kalā-niyamena tiṣṭhan
nānāvatāram akarod bhuvaneṣu kintu
kṛṣṇaḥ svayaṁ samabhavat paramaḥ pumān yo
govindam ādi-puruṣaṁ tam ahaṁ bhajāmi

“我崇拜至上人格主神哥宾陀。他常内在于罗摩、尼黎僧诃等各类化身、次级化身之中。但他仍是首出的名为克利须那的至上人格神，而且他还亲自化身为人。”

《吠陀经》里也说，主虽然独一无二，却以无数形体示现自身。他就好像猫眼石（*Vaidūrya*），颜色流转变化，却仍是同一块宝石。所有这些多样的形体皆可为精纯无染的奉献者所认识，而非通过对吠陀诸经的肤泛研习可以得知（*vedeṣu durlabham adurlabham ātma-bhaktau*）。像阿周那之类的奉献者是主的随身伙伴。每当主化身降显，其同伙奉献者也化身入世，以不同的身份为主服务。阿周那就是这类奉献者之一。从此颂可知，数百万年前，主向太阳神维筏斯万讲说《薄伽梵歌》时，阿周那，以另一身份，也在场。但主和阿周那的区别是，他记得这件事，而阿周那却不能。这就是至尊主与作为部分、微粒的生命个体之间的区别。尽管阿周那在此被称呼为能克敌制胜的大英雄，但他却无法记起发生在他过去生中的往事。是故，生命个体，无论从物质的角度看来有多么伟大，绝不能与至尊主相提并论。任何人若是主的随身伙伴，便肯定是已经解脱的人，但即便他也未能与主齐平。主在《梵天本集》里被称为“绝对无误者”（*acyuta*），也就是说，他永不会忘记自身，即使与物质接触。所以，生命个体在各方面都不可能与主齐平，纵然生命个体已获解脱，如同阿周那一般。虽然阿周那是主的奉献者，但他有时会忘记主的神性，不过籍着神恩，他能立即觉悟到主绝对无误的地位，而非奉献者或邪魔却无法明白这种超越之性。因而，《薄伽梵歌》里的这些论述，不可能被邪魔的大脑所理解。克利须那记得自己百万年前所做的事情，而阿周那却不能，虽然事实上两者在本性上都是永恒的。我们可能在这里注意到，生命个体之所以遗忘一切，是由于其躯壳不断变换；而主能记得一切，则是因为主永不变易他那真常、妙明、极乐（*sac-cid-ānanda*）的形体，这就是说他本人和他的身体并无分别。与他相关的一切皆为灵性，相反，受拘限的灵魂却不同于他的物质躯壳。由于主的身体与其自我不二为一，他的地位永远跟一般生命个体的不同，即便他下显于物质维度。邪魔无法与主的超越之性相应，这点主本人在下面偈颂中会做出解说。

诗节 6：虽然我无生，我超凡之身永不坏灭；我虽是众生之主，但在每一纪，仍以原初的超凡之身显现。

要旨：主说起他出生的特别之处：尽管他似乎像凡夫一般降生，却能记起过去许许多多次“出生”里的一切事情。而一个普通人连数小时之前的事情都难以追忆。假若一个人被问起前一天同一时候在做什么，要马上回答出来，也十分困难，他得绞尽脑汁才记得起来。可是，仍有人胆敢自诩为上帝或克利须那。千万不可为此类无稽之谈所误。接着，主解释了他的 *Prakṛti*，也就是他的“形体”。*Prakṛti* 意谓“自性”，也指 *svarūpa*，或“本然形体”。主说，他在本然形体中显现。他不改变身体，不像普通生命体一样要从一个躯体转生至另一个躯体。受拘限的灵魂今世可能居停在某一种躯壳里，但来世则会有另一种躯壳。在物质世界，生命个体并无固定的躯体，而是从一个躯壳转生至另一个。主则不然。无论何时显现，他都凭借自己内在的能力，以同一原初身体显现。换句话说，克利须那以他永恒的原初形体，即手持金笛的双臂形体，显现于这个物质世界。他确确实实地是以真常不坏的身体显现，不受物质世界的染污。虽然他以同一的超凡之身显现，且又是宇宙之主，但表面看来他仍像普通生命体一样受生。虽然他的身体不会像物质躯体一样坏灭，但表面看来主克利须那也从童年长到少年，又从少年长到青年。但令人惊讶的是，主克利须那青春永驻。在俱卢之战时，他家里已有了许多儿孙，换句话说，照物质角度来看，他已经相当年迈了，但他看上去仍像一个二十四、五岁大小的小伙子。我们从未见过克利须那貌如老翁的画像，因为他绝不像我们那样会变老，尽管他是包括过去、现在、未来之全部创造中最老的人。无论他的身体还是心智，皆永不坏灭、变易。所以，很明显，尽管他身处物质世界，他依然是在超凡之身心中的、同一无生不死的真常、妙明、极乐之形体。事实上，他的显隐，有如太阳，在我们眼前冉冉升起、移动，然后又从我们的视线中消失。当太阳越出视野，我们便认为太阳落山了；当太阳现于眼前，我们认为太阳又在地平线上升起。实际上，太阳自有它恒常固定的轨迹，可是因为我们那多有缺陷、能力不足的感官，我们便推测太阳在天空中有显有隐。但主克利须那的显隐与普通生命个体的截然不同，显然，依靠他的内在能力，他表现为真常、灵明、极乐，永不受物质自然之染污。吠陀诸经证实，至上人格神是无生的，然而却看似在多样形体中出生。吠陀传论也证实，尽管主看似受孕而生，却并无身体之变化。据《薄伽梵往世书》记载，他以那罗延拿之形现身于母亲面前，具四臂及六种圆满功德之庄严。他在原初永恒形体之中的显现，是对生命个体的无缘恩慈，好让他们能够专念于至尊主的妙相，而不是停留于情识攀援和想象，而这正是非人格主义者对主的形体所持有的错误认识。根据《毗湿筏拘舍》(*Viśva-kośa*)字典，*māyā*，或 *ātma-māyā*，意指主的无缘大慈。主觉知到他过去的所有显隐，而普通生命体一旦进入新的躯壳，便把前世的事情忘得一干二净。主是众生之主，因为当他降显于世时，行了种种奇妙超常之事。是故，他永远是同一的绝对真理，他的身体和自我，或说形与质之间，毫无区别。说到这里，或许会有这样一个问题：为什么主要在这个世界上时显时隐呢？答案便在下一颂里面。

诗节 7：无论何时何地，正法衰落，邪法盛行，婆罗多之华胄呀！我便降临。

要旨：*Sṛjāmi* 一词在此具有深意。*Sṛjāmi* 不可用于创造之意味中，因为，据前面偈颂可知，主的身体或形象非由创造而来，其所有身相皆永恒存在。是故，*Sṛjāmi* 意指主如其本来地示现自身。主虽然如期而至，即在梵天之一日里，第七代摩奴之第28纪年中的多筏钵罗纪之末显现，但主无须遵守这些规条，他完全自由，自在自为，随心所欲。因此，每当伪法猖獗，正法没落时，他就会按照自己的意愿现身。宗教原则皆备载于《吠陀经》，任何背离吠陀原则之正确践履的便是邪法。据《薄伽梵往世书》说，这些原则是上帝的律法。只有上帝才能创立一套宗教体系。《吠陀经》被认为最初是由主本人向梵天阐演的，在对方的心里。因而法（*dharma*）或宗教原则也是至上人格主神的直接训令（*dharmaṁ tu sākṣād bhagavat-praṇītam*）。《薄伽梵歌》从头至尾清楚地阐明了这些原则。《吠陀经》的宗旨即是在主的训令下树立这些原则。在《薄伽梵歌》的结尾，主直接指令，最高的宗教原则就是归命于他，此外更无他途。吠陀原则推动人彻底地归命于主；无论何时，当这些原则被邪魔搅乱时，主就显现。从《薄伽梵往世书》中我们得知，佛陀乃是克利须那的一个化身，出现在物质主义盛行和物质主义者滥用《吠陀经》的权威而肆意杀生的时代。尽管《吠陀经》对为特定目的而进行的动物献祭有一些严格限制，但邪魔之人拿动物进行献祭，却不参照吠陀原则。佛陀出世就是为了制止这类胡作非为，重树吠陀之非暴力原则。因此，主的每一个*Avatāra*，或主的化身，皆有其特殊的使命，这在启示经典上皆有记载。除非见于经典，否则谁都不得被奉为化身。主并不是只在印度显现。他可以现身于一切时地，只要他愿意。在每一个化身里，他都会根据特定环境里特定人群的理解力来宣讲正法。但使命只有一个——引人至于神觉以及对宗教原则的顺从。有时他亲自降显，有时则派遣他的可靠代表，以上帝之子或仆人的形式降临；或者是他自己，于某个秘密身相之中。

《薄伽梵歌》的义理是主对阿周那的教导，故而也是对其他有高度修养之人的教导，因为跟世界其他地方的一般人比较，阿周那修为极高。“二加二等于四”之类的数学原理，在初级算术里是正确的，在高等数学里也是正确的。不过，还是有初级和高等之分。因此，主所教的道理是同一个，但是，因环境的不同，却表现出高低之分。较高的宗教原则始于接受种姓－行期法，后文对此会有详论。众多化身之使命的目的，就是要在一切处唤醒众生的克利须那觉性。这种觉性在不同的环境之下，或显发，或不显发。

诗节 8：为了救度虔信，消灭邪魔，重建正法，一纪复一纪，我降临世上。

要旨：据《薄伽梵歌》所说，*Sādhu*（圣者）就是处于克利须那觉性之中的人。一个人可能表面上看起来不信宗教，但如果他圆满、彻底地具备了克利须那觉性的品格，便应被视为圣者。而 *Duṣkṛtām*（恶徒）是指那些不理会克利须那觉性的人。此类恶徒可谓愚不可及，乃人中至贱，即便他们以世俗的教养粉饰自己。然而，一个百分之一百地献身于克利须那觉性的人，即使并不博学也无教养，却算得上是圣者。至于无神论者，至尊主根本不必像铲除魔王罗波那或刚萨那样亲自现身消灭他们。主有很多代理人，让他们去消灭邪魔，已经绰绰有余。可主却特地降显，以安抚常受邪魔侵扰的纯粹奉献者。邪魔折磨奉献者，即便后者可能是他们的亲人。巴腊陀（*Prahlāda Mahārāja*）是悉罗耶喀西菩（*Hiraṇyakaśipu*）的儿子，竟然受到父亲的迫害。克利须那的母亲是刚萨的妹妹，但为了生下克利须那，她和丈夫筏殊提婆却备受刚萨的摧残。主克利须那主要是为了拯救提婆吉而显现，倒不是为了杀死刚萨，但这两件事被同时办妥。所以这里说，为了救度奉献者，消灭邪魔恶徒，主以不同的化身降显。

诗圣克利须那陀娑（*Kṛṣṇadāsa Kavirāja*）在他所撰的《采坦尼亚圣行蜜露经》，中篇，20.263–264）里，用以下偈颂概括了化之理：

sṛṣṭi-hetu yei mūrti prapañce avatare
sei īśvara-mūrti 'avatāra' nāma dhare
māyātīta paravyome sabāra avasthāna
viśve avatari' dhare 'avatāra' nāma

"*avatara*，或主神之化身，为显化世间故，从上帝之国降临尘世。

如此降显的人格主神的特别形体，称为化身，或 *avatara*。这类化身原本居处于灵性世界、上帝之国。当他们降临于物质宇宙，始得 *avatara* 之名。”

avatara 有很多种类，诸如原人化身（*puruṣāvatāra*）、气性化身（*guṇāvatārs*）、游戏化身（*līlāvatāra*）、灵能化身（*śakty-āveśa avatāra*）、宗祖化身（*manvantara-avatāra*）、应世化身（*yugāvatāra*），等等——皆按计划降显于宇宙各处。但主克利须那是首出的主，所有化身的源头。主克利须那降临世上，尤其是为了缓和纯粹奉献者的焦渴，这些人迫切渴望在他原初的温达文神圣游戏中看到他。所以，克利须那 *avatāra* 的主要目的是满足他的纯粹奉献者。

主说，他在每一纪都化身降世。这表明他在卡利纪也有化身。正如《薄伽梵往世书》所说，主在卡利纪的化身是主采坦尼亚·摩诃波菩（*Caitanya Mahāprabhu*），他透过广诵圣名（*saṅkīrtana*），在整个印度，推广对克利须那的崇拜，传扬克利须那觉性。他预言，这种广诵圣名的文化会散播到整个世界，城乡村镇，传递不绝。主采坦尼亚，作为人格主神克利须那的化身，见于启示圣典之秘密分，如《奥义书》《摩诃婆罗多》《薄伽梵往世书》等书之中，但也只是有隐秘的、而不是直接的叙述。主克利须那的奉献者深深地被主采坦尼亚所发起的广诵圣名运动所吸引。主的这个化身并不杀灭恶徒，却以无缘大慈拯救他们。

诗节 9：世人若了解我降显和活动的超越性本质，离开躯体后，便不用再投生于物质世界。阿周那呀！他将升转我永恒的居所。

要旨：主从超凡的居所降临，这在第六章已有论说。明了人格主神显现之真相的人，即得解脱于物质的束缚，当他离开目下的物质躯壳后，便立即返回上帝之国。此种从物质束缚之下的解脱，殊非易事。非人格主义者和瑜伽士只有历经磨难以及无数次转生，才能获得解脱。即使如此，他们所获得的解脱——融入主的非人格性梵光之中，是不圆满的，仍有重堕物质世界的危险。然而，对于奉献者，只要明白主的身体和活动的超越性本质，当目下的躯壳坏灭后，即可往生主的居所，并无重堕物质世界的危险。据《梵天本集》（5.33）说，主有许许多多的形体和化身：*advaitam acyutam anādim ananta-rūpam*。虽然有这许多主的超妙形体，但他仍是同一的至上人格主神。人须以信念去认识这个事实，即便世俗学者和经验主义哲学家对此无法理解。吠陀经传（*Purusa-bodhini Upanisad*）中说：

eko devo nitya-līlānurakto
bhakta-vyāpī hṛdy antar-ātmā

“同一的至上人格主神以许许多多的妙相与他的纯粹奉献者一起游戏”。

此吠陀之说在这里得到了主的亲自证实。人若基于《吠陀经》以及至上人格神的权威，接受这真理，不浪费时间去做哲学思辨，就可到达解脱的最圆满境界。仅仅透过信仰接受这个真理，毫不怀疑，便能获得解脱。吠陀真言：*tat tvam asi*，实际适用于此。任何人若明白克利须那是无上者，或者向主说：“你就是那同一个至上梵、人格主神”，当下即得解脱，而他之进入与主的超然交流也随之得到了保障。也就是说，这样一位主的诚心诚意的奉献者到达了圆满之境，这点在下面的吠陀箴言里得到了证实：

tam eva viditvāti mṛtyum eti
nānyaḥ panthā vidyate 'yanāya

“仅仅透过认识主，至上人格主神，人便能超生脱死，到达解脱的圆满之境。欲获圆成，除此别无他途。”（《白净识奥义书》，3.8）

别无他途，意味着任何人若不明白主克利须那是至上人格主神，就必定处于浊阴气性之昏昧中，因而，可以这么说，假若他只是一味去舔蜜糖罐的外层，或者仅仅凭借世俗学识来释读《薄伽梵歌》，便不会获得解脱。这类经验主义哲学家或许在物质世界里地位显赫，但却未必能获得解脱。这些自我膨胀的世俗学者还得等待主的纯粹奉献者的无缘大慈。是故，人该以信心和智慧，存养克利须那觉性，如此，便可获得圆满。

诗节 10：远离执着、畏怖，嗔怒；念念不离我，托庇于我；如此体认我，过往许多人都达到纯粹，获得了对我的超越之爱。

要旨：如上所说，过分受物质影响的人，很难明白至高绝对真理的人格本性。一般来说，执着生命之躯体化概念的人，陷溺于物质主义而不可自拔，以致不可能懂得至上本体可以是一个人。这类粗俗的物质主义者甚至无法想象会有一个超妙的身体，真常、灵明、极乐。在物质主义的概念中，躯体是会坏灭的，充满无明、彻底痛苦。所以，当被告知无上者具人形时，一般人头脑里大多仍抱持着这类躯体观。对于这些物质主义者，大而无外的物质表象才是至高无上的。因而，他们认为至高无上者是非人格性的。由于他们太过拘执于物质，脱离物质后仍保有人格的观念让他们深感恐慌。当他们被告知灵性生命也是个体化、人格化的，就害怕再度变成人，所以很自然地更愿意融入非人格的空性。通常，他们将生命个体比喻为海面浮沤，沤灭则还归于海。那是无个体人格性之状态下所能达到的精神存在的最高圆满。这是一种对生命的畏怖之境，缺乏对灵性存有的圆满知识。此外，还有很多人根本无法懂得灵性存有。由于为无数理论和种种哲学思辨的矛盾所困窘，他们感到厌恶、愤怒，因而愚蠢地做出结论，认为并无至上之因，一切究竟归于虚无。这类人处于病态的生命之中。他们之中，有些对物质太过贪执，根本不理会精神生命；有些想融入至上心源；还有些出于绝望，对各种唯心思辨心怀怨愤，干脆一概不信。最后这种人往往从毒品中寻求寄托，常常把药物导致的幻觉误认为是灵性境像。世人必须挣脱这三种对物质世界的执着：漠视精神生命，对灵性人格存有的畏惧以及由对生命的灰心失望而产生的虚无观念。要摆脱生命之物质化概念下的这三种境况，就必须完全托庇于主，接受正宗灵性导师的指导，持守奉献生活的戒律。奉献生活的最后阶段被称为 *Bhava*，或对神的超越之爱。

据《巴克提情味甘露海》（*Bhakti-rasāmṛta-sindhu*，1.4.15–16）所说的奉爱服务的科学：

ādau śraddhā tataḥ sādhu-
saṅgo 'tha bhajana-kriyā
tato 'nartha-nivṛttiḥ syāt
tato niṣṭhā rucis tataḥ
athāsaktis tato bhāvas
tataḥ premābhyudañcati
sādhakānām ayaṁ premṇaḥ
prādurbhāve bhavet kramaḥ

“首先，对于自觉起码须有渴望。这种渴望会把人带到想亲近灵性修为高深之人的阶段。再下一步，他便要受皈依于修为高深的灵性导师，如此，在灵性导师的指导下，这位刚入门的奉献者开始修炼奉爱服务。如是他摆脱了物质贪执，专注稳定于自觉，并且获得了听闻至上人格主神——室利·克利须那的品味。这种品味引人进入对克利须那觉性进一步的爱著，并在巴筏（*bhava*）阶段变得成熟，那是超越性神爱的初级阶段。真正的神爱被称为普累麻（*prema*），乃是生命之最究竟、最圆满的阶段”。

普累麻阶段，表现为不间断地为主做超越性的奉爱服务。如此，透过奉爱服务的渐进过程，在正宗灵性导师的指导下，便能够到达最高境界，摆脱一切物质贪执、对个体灵性人格的畏惧以及虚无主义哲学所带来的绝望，最终到达至尊主的居所。

诗节 11：凡皈依我的，我皆相应地给以回报。帕尔特啊！每一个人都在各方面追随我。

要旨：每个人都在寻找克利须那，从他所呈露的不同体相里。克利须那——至上人格主神，在他的非人格性梵光之中，以及作为内在于一切（包括原子）、遍入万有的超灵，被人部分地体认到。但克利须那只能被纯粹奉献者圆满地觉悟到。因之，克利须那是所有人的体认对象。所有人、每个人都按照自身对他的期待而被满足。在超验世界里，克利须那也是以超然的情态回应纯粹奉献者，就按照奉献者所希望于他的样子。某个奉献者可能希望克利须那是无上明师，有人希望他是朋友，有人希望他是儿子，另外有人希望他是情人。按照奉献者爱他的强烈程度，克利须那对等回报所有奉献者。在物质世界里，也有这种对等的情感交流，对种种不同的崇拜者，主平等地和他们进行着这种交流。在物质世界和超然之乡的纯粹奉献者亲身跟主交往，能够为主做个人服务，如此在对他的爱心服务之中，领略到超世的极乐。至于那些非人格主义者，那些企图消融生命的个体性存在而选择灵性自杀的人，克利须那亦施恩助，将他们吸入他的无量光灿之中。这些非人格主义者，不同意接受永恒极乐的人格神，由此泯灭了自我的个体性，故而不能品味到为主做超越性个人服务的福乐。他们之中还有些人，甚至不能安住于非人格性存在，还得重回物质领域，表现他们对活动的潜在欲望。他们不得进入灵性星体，但却再次获得机会，活动于物质星体。至于求取果报者，主作为献祭之主（*Yajñeśvara*），赐予他们赋定职分所带来的业果。而追求玄通的瑜伽士，也被主赐予玄通之力。也就是说，只是依靠主，每个人才得成就；各种灵修法门，都在同一道路上，只是成就的程度不同而已。所以，除非到达克利须那觉性的最高圆满，否则一切努力皆有缺憾。正如《薄伽梵往世书》（2.3.10）所说：

akāmaḥ sarva-kāmo vā
mokṣa-kāma udāra-dhīḥ
tīvreṇa bhakti-yogena
yajeta puruṣaṁ param

“无论人是无欲（奉献者的状态），还是欲求所有业果，抑或已得解脱，都须尽一切努力崇拜至上人格主神，以求造极于克利须那觉性的彻底圆满。”

诗节 12：世间之人造作业行，渴望成功，因此就去崇拜天神。自然，他们很快会获得业果。

要旨：关于物质世界的诸天神或半神，存在一个很大的概念性错误。智慧浅陋的人，尽管以学者相标榜，却把这些半神当作至尊主的不同形体。实际上，半神不是神的不同形体，而是神不同的部分和微粒。神是一，其部分和微粒是多。《吠陀经》说：*nityo nityānām*，神是一；*Īśvaraḥ paramaḥ kṛṣṇaḥ*，至上神是一，即克利须那，半神们被授予力量，经管物质世界。这些半神全是生命个体，具有不同等级的物质力量。他们不可能等同于至上神——那罗延拿、毗湿奴或克利须那。任何人若认为上帝和半神在同一层次，就是一位无神论者，或曰 *pāṣaṇḍī*。即便伟大如梵天、湿婆之类的天神，也无法与至尊主相比。实际上，主受到如梵天、湿婆之类的天神的崇拜（*śiva-viriñci-nutam*）。然而，令人咄咄称奇的是，在神人同形论和兽形拟神论的错误观点的影响下，许多俗世领袖居然受到愚人们的崇拜。*Iha devatāḥ* 指有大能的人，或世间有力量的半神。可是，那罗延拿、毗湿奴或至上人格主神克利须那却并不属于这个世界。他超上于、或说超越于物质创造。甚至室利钵多·商羯罗阿阇黎（*Śrīpāda Śaṅkarācārya*），非人格主义的领袖人物，也持此说，认为那罗延拿，或克利须那，超上于物质创造。然而，小智之人（*hṛta-jñāna*）贪图眼前的果报，却去崇奉半神。他们得到业果，却不晓得如此得到的业果是短暂的，不过是为根器愚钝之人而设。有智慧的人处于克利须那觉性中，无须为了眼前转瞬即逝的利益，去崇奉微不足道的半神。物质世界的天神和天神的崇拜者，会随着物质世界的坏灭而消逝。天神的恩赐是物质的，也是无常的。物质世界及其居民，包括天神和他们的崇拜者，都不过是宇宙气海中的浮沤。可是，就在这样一个世界里，人类社会却疯狂地追求无常的事物，诸如拥有地产、家业之类的物质富足。为了获得这些无常之物，人们便去崇拜半神或人间有力量的人。有人透过崇拜某位政治领袖而谋得权柄，就自以为得到了极大的恩典。他们因而向这些所谓的领袖或“大腕”顶礼膜拜，以求得一些短暂的恩惠，并且他们也确实得到了这些东西。这类愚人对克利须那觉性不感兴趣，也没有解决物质存在之苦的长远打算。他们尽皆贪求感官享乐；为了得到一点点感官享乐的施设，他们迷恋于崇拜那些被赋予大能的生命体，也就是半神。此颂指出，极少人对克利须那觉性有兴趣。人们大都迷恋物质享乐，因此，便去崇拜有大能的生命个体。

诗节13：根据物质自然之三极气性以及与之相对应的业，我将人类社会划分为四种姓。我虽是这个制度的创建者，但你该知道，我仍无为，缘我无变化故。

要旨：主是万物的创造者。一切从他派生，由他养育，坏灭后复归于他。如此他也是社会阶层之四种分界的创建者。第一阶层处中和气性，为知识阶级，术语谓之婆罗门（*brāhmaṇa*）；第二阶层处强阳气性，为统治阶级，术语谓之刹帝利（*kṣatriya*）；工商之人称为毗舍（*vaiśya*），强阳、浊阴气性杂糅，是为第三阶层；首陀罗（*śudra*）或曰劳动阶级，处物质自然之浊阴气性，为第四阶层。尽管创建了人类社会的四个阶层，主克利须那自身并不隶属于任何分界，因为他不是受拘限之众生的一分子，而正是这些受拘限之众生的一部分构成了人类社会。人类社会无异于任何其他动物社会，为了将人从动物的地位提升起来，主创建了上述分界，使人类能有次第地成就克利须那觉性。

个人造业的倾向，是由他所获得的物质气性所决定的。这种基于物质气性之殊异而呈现出来的生命迹象，将在本书的第十八章详论。然而，一个处于克利须那觉性的人，甚至超上于婆罗门。虽然婆罗门就其本质来讲应当觉悟梵——至高无上的绝对真理，但他们大多数只是证入主克利须那的非人格梵性。而一位超越了婆罗门的有限知识，领悟到至上人格神克利须那的人，就是在克利须那觉性里面——换句话说，他是一位外士那瓦（*Vaiṣṇava*）。克利须那觉性涵盖对克利须那所有不同的全权分身如罗摩、尼黎僧诃（*Nṛsiṁha*）、筏罗诃（*Varāha*）等的知识。正如克利须那超绝于此人类社会之种姓－行期制，一个处于克利须那觉性的人亦超绝于人类社会的所有分界，无论其为社团的、国家的、还是种族的。

诗节 14：我不受业行影响，亦不追求业果。谁了解这关于我的真理，便不受业力的缠缚。

要旨：就像人世间宪法常说的，国君不会犯错，或者，国君不受国法约束。同样，主虽然是这个物质世界的创造者，但他却不受物质活动的影响。他创造，却又独立于造物之上，而生命个体却因为习于支配自然资源，结果反被业报所束缚。企业主无须为工人的对错负责，工人自己须承担责任。生命个体投入各自的感官享乐活动之中，这些活动并非出自主的命令。为了增进感官享乐，生命个体致力于世间业行，并且渴望死后得享天堂之乐。而自身圆满的主，却对所谓的天堂之乐全无兴趣。天神不过是为主所用的仆从。企业主绝不会欲求手下工人所欲求的低级快乐。主独立于物质的业行和报应。譬如，雨水并不对地面各类植物的生长负有责任，虽然没有雨水，植物就不可能生长。吠陀圣传经（*Smrti*）有曰：

nimitta-mātram evāsau
sṛjyānāṁ sarga-karmaṇi
pradhāna-kāraṇī-bhūtā
yato vai sṛjya-śaktayaḥ

"在物质创造中，主是唯一的至上因。近因是物质自然，天地万物透过它呈露出来。"

受造之存有品类繁多，如天神、人类、低等动物等皆是，他们都受制于各自过往善行或恶行所招致的因果报应。主只提供给他们进行这些活动所需要的施设，并对物质气性加以范限，但他绝不对他们过去和现在的行为负责。《吠檀多经》（2.1.34）断言：*vaiṣamya-nairghṛṇye na sāpekṣatvāt*，主从不偏向任何生命个体。生命个体对自己的行为负责。

主只给他们提供施设，透过其外在能力，即物质自然的中介。任何人若完全知悉业报法则的堂奥，便可不受业果的影响。也就是说，谁了解主的超越性本质，便是在克利须那觉性中有体悟的人，如是此人绝不受制于业报法则。谁要是不了解主的超越性本质，以为主的行为也以功利性结果为目标，就像普通生命体的行为一样，便肯定会纠缠于因果报应之中。然而，体悟至高真理的人，便是解脱的灵魂，时刻不离克利须那觉性。

诗节 15：昔之解脱者，皆深知我的超然本性，并依此行事。因此，一如古圣，你该以这神圣的觉性，践履职分。

要旨：人分两类。一类人心里塞满了污秽的物质事物，另一类人则超尘绝俗。克利须那觉性对这两类人均有裨益。前者若持循奉爱服务的戒律，便能走上克利须那觉性之途，逐渐净化自己。后者已纯粹无染，可继续在克利须那觉性中践履，以自身的榜样教益他人。愚人或克利须那觉性的初习者，对克利须那觉性尚无认识，即欲放弃一切活动。阿周那想要退出战事的意图，没有得到主的允许。吾人只须知道如何活动。放弃克利须那觉性的实践，逍遥独坐，摆出一付克利须那觉性的架式，实不如为克利须那而采取行动。主劝阿周那效法他以前的弟子，如上面提到过的太阳神维筏斯万，在克利须那觉性里面践履。至尊主知道自己过去的一切作为，也知道往昔那些在克利须那觉性里面的人所做过的活动。太阳神于数百万年前，从主那里学得这门道术，因此，主称扬他的行为。主的所有这些弟子，受命执行主所赋予的责任，在此皆被称为“昔之解脱者”。

诗节 16：在决定何为作、何为无作时，即使有智慧的人也深感困惑。现在，我告诉你，什么是业，你知道后，便得脱离一切不幸。

要旨：在克利须那觉性中所进行的活动，必须与古昔正宗的奉献者的榜样看齐。本章第十五颂已这样提出过。那么，这些活动为什么不可独立进行呢？后文将对此做出解释。

要在克利须那觉性中践履，就必须跟从被授权者的引领，本章开篇所说的在师承世系之中的人就是这样的被授权者。克利须那觉性的体系最早是向太阳神讲说的，太阳神传授给他的儿子摩奴，摩奴再传授给自己的儿子伊刹华古，如此这体系从非常遥远的年代起就在地球上流传。所以，我们必须效法在师承世系之中的先辈权威的榜样，否则，就算是最有智能的人，也会对克利须那觉性的标准化行为，产生困惑。有鉴于此，主决定直接以克利须那觉性教导阿周那。由于主直接教导了阿周那，任何效法阿周那的人，必不受迷惑。

据说，人不可仅凭不圆满的经验知识来验证宗教之途。实际上，宗教的原则只能由主亲自创立（*Dharmaṁ tu sākṣād bhagavat-praṇītam*，《薄伽梵往世书》6.3.19）。没有人能够透过不完美的思辨，制订出宗教的原则。吾人必须效法那些伟大的权威，如梵天、湿婆、那罗陀（*Nārada*）、摩奴、鸠摩罗四子（*Kumāras*）、伽皮罗、巴腊陀、毗史摩、叔伽提婆·哥史华米、阎摩罗遮（*Yamarāja*）、禅那伽、巴利大帝（*Bali Mahārāja*）等。单凭情识推比，我们无法肯定什么是宗教、什么是自我觉悟。是故，出于对奉献者的无缘大慈，主直接向阿周那解释什么是作（*karma*）、什么是无作（*akarma*）。只有在克利须那觉性中践行的活动，才能使人摆脱物质存在的缠缚，获得解脱。

诗节17：业很复杂，极难了解。因此，应该正确地认识，何为作、何为妄作、何为无作。

要旨：如果有人严肃认真地寻求挣脱物质的束缚，对于作、无作和妄作之间的分际，应当有清醒的认识。他须致思于这种对业行、报应以及邪业的分析，因为这是一个很艰深的题目。要懂得克利须那觉性以及据于其心境而产生的活动，就必须觉解自我与至尊主的关系，待圆满觉悟后，明白每一生命个体都是主永恒的仆人，自然就会在克利须那觉性里面践履。整部《薄伽梵歌》就是为了导出这一结论。任何其他结论，若与此一觉性及其相对应的实践相左，皆为妄作（*vikarmas*），即受禁制的行为。要了解这些，就必须亲近克利须那觉性的权威，并向他们讨教这些奥秘。这跟直接从主那里学习没有什么两样。不然，即便具大智慧者也会落入困惑之中。

诗节18：能于作中见无作，无作中见作，乃为人中智者。虽然他也进行各种活动，却已臻达超越之境。

要旨：在克利须那觉性里面践履的人，自然而然挣脱了业报的桎梏。他的活动全为克利须那而做，因此，对于活动的结果，他既不享受，也不因之受苦，所以在人类社会中，他是智者，虽然他也为克利须那从事种种活动。无作（*akarma*）意为活动而无报应。非人格主义者出于畏惧而停止了果报活动，以免因果业行成为自觉路途上的障碍，然而，人格主义者却正确地认识到自我作为至上人格神之永恒仆人的真实地位。是故，他致力于克利须那觉性的活动。因为一切都是为克利须那而做，所以他只是享受践履服务所带来的妙喜。致力于此道的人，没有丝毫寻求个人感官满足的欲望。永远服务克利须那的觉识，为人扫除了会带来因果业报的种种因素。

诗节19：不为满足感官欲望而活动的人可谓智慧圆满。圣哲们说，这样的人是作为者，但其业报已被圆满智慧之火焚为灰烬。

要旨：只有具备圆满知识的人，才能了解安住克利须那觉性之人的所作所为。在克利须那觉性里面的人全无追逐感官满足的习性，他深知自己作为至上人格神之永恒仆人的命定地位，凭着这种圆满的知识，他焚尽了业行所带来的报应。智慧达到这样圆满的境界，才算是真正的通人。培养这种做主的永恒仆人的知识，可比为火焰。这火焰一旦燃起，便能烧却一切业行的报应。

诗节20：放弃对业果的贪著，知足独立，这样的人虽然无所不为，却并非进行果报活动。

要旨：从业报的桎梏中解脱出来，只有在克利须那觉性里面，当一切皆为了克利须那而做时，才有可能。具足克利须那觉性的人，做人行事，无不出于对至上人格主神纯粹的爱，所以，业果对他并无吸引力。他甚至不关心个人的生计，因为一切都已交托给了克利须那。他不会为了求取什么而心焦如焚，也不会为了保有已经得到的而忧虑不安。他竭尽全力践履职分，其余一切皆托付给克利须那。这样一个无所执着的人，总是远离或好或坏的业报反应，看来就好像什么都没有做一样。这就是无作（*akarma*），即无因果报应的活动。所以，任何其他活动，若不行于克利须那觉性之中，只会让作为者深受束缚，这便是妄作（*vikarma*）的真相，一如前面所论。

诗节 21：具有这般理解的人，活动时完全控制心智，摒弃一切对财产的拥有欲，只求生活之所需。如此作为，可无罪业。

要旨：安住克利须那觉性之人，并不期待活动结果的好坏。他已全然控制住心智。他知道，他是无上者的部分和微粒。作为整体的部分和微粒，他所扮演的角色的活动，并不是他自己的活动，而是无上者透过他而造作的。当手移动时，并不是出于手的意思，而是整个躯体的努力所致。一位克利须那觉知者总是与神心相契，因为他没有个人感官满足的欲望。他活动起来，就像机器的一个部件。正如机器零部件的保养需要上油和清洁，同样，一位克利须那觉知者通过工作以维持生存，不过是让身体保持调畅，适于为主做超越性爱心服务。如此，他避免了工作的所有报应。他就像牲口一样，甚至没有对自己身体的所有权。凶残的主人有时会杀死属于自己的牲口，但牲口并不抗议。并且，牲口也没有真正的独立性。一个克利须那觉知的人，全心致力于自我觉悟，根本没有时间去虚假地占有任何物质对象。他只求身心和顺，不需要使用不义的手段积聚钱财。如是，他便不会被这类物质罪恶所染污。他脱离了活动的一切报应。

诗节 22：满足于不求而得，远离二元对待，无嫉妒，不为成败所动，如此虽有作为，却永不受缠缚。

要旨：一位克利须那觉知者甚至不会费尽心机地去保有自己的躯壳。他满足于自然而来的得益。他既不乞讨，也不借贷，而是尽自己的力量，诚实勤勉地工作，并满足于自己的劳动所得。所以，他自食其力。他不会让其他服务妨碍自己在克利须那觉性中的服务。然而，当为主服务时，他又能参预任何活动，且不受物质世界二元对待的干扰。物质世界之二元对待可从冷热、苦乐等现象中得到感悟。一位克利须那觉知者超越此二元对待，因为他可以为了满足克利须那而不惜以任何方式去行动。如此，他不为成败所动。当人彻底地住于形而上义理之中时，这些表现就显而易见了。

诗节 23：不执着物质气性，安住形而上义理，如是哲人虽然作为，却常处超然。

要旨：彻底克利须那觉知的人，脱离一切二元对待，因此，不受物质气性的染污。他能获得解脱，因为他深知自我与克利须那相关的命定地位，这样他的心意就不会被拖离克利须那觉性。如是，无论他做什么，都是为了克利须那、首出的毗湿奴。所以，他的一切作为，确切来说，都是献祭，因为献祭的目的就在于满足至尊主毗湿奴、克利须那。这类活动的因果报应必然消溶入超越性之中，且作为者绝不会因物质因果而受苦。

诗节 24：一心凝注于克利须那觉性，肯定可通过彻底投入灵性践履，到达灵性的国度，因为其圆成是绝对的，所奉献的一切也同为灵性。

要旨：这里阐述了在克利须那觉性里面的活动如何能够最终将人引领至灵性的彼岸。克利须那觉性里面的活动有多种多样，这在下面的偈颂中将会逐一说明。这里只论述了克利须那觉性的原则。受拘限的灵魂，陷溺于物质染污，注定要在物质环境中造作，然而他却必须离开这样的环境。能够让受拘限灵魂离开物质环境的法门就是克利须那觉性。

举例来说，因食用过量的奶制品而引起腹泻的病人，可使用另一种奶制品——酸酪来治疗。沉溺于物质之中的受拘限灵魂，也可用此处《薄伽梵歌》所指出的克利须那觉性之道而得医治。这一法门统称献祭（*Yajña*），即为满足毗湿奴或克利须那而做的活动。越是能够在克利须那觉性里面实践世间的活动，就越是能够透过完全的专注使环境灵性化。梵（*Brahma*）意为“灵性”。主是灵性的，他的超凡身体所散发出的光明名为梵光（*Brahmajyoti*），那是他的灵性辉光。凡存在的一切，皆处于这梵光之中，但当这辉光被幻（*Māyā*，摩耶）或感官享乐所蔽覆时，就被称为物质了。这层物质的面纱当下即能被克利须那觉性破除。如是，为克利须那觉性所做的奉献、受用奉献的媒介、受用的过程、奉献者以及结果，统合在一起，便是梵，或曰绝对真理。被幻所覆蔽的绝对真理叫作物质。为绝对真理之故而被运用的物质，重获其灵性品质。克利须那觉性就是把虚幻的情识转化为梵的法门。当心念全然凝注于克利须那觉性，就是在三摩地（*Samādhi*）或神定之境。在这样的超然觉性中所做的一切，皆为 *Yajña*，或为了绝对者而献祭。在这种灵性觉知下，奉献者、奉献、受用、执行者或主祭者、结果或最终得益，这一切的一切——都在绝对本体、至上梵之中融而为一。这便是克利须那觉性之道。

诗节 25：瑜伽士精通祭献，仪法方术繁多；有些以祭祀供养天神，有些在供奉至上梵的火坛上奉献牺牲。

要旨：如上所述，在克利须那觉性里面践履职分的人也被称为完美的瑜伽士，或第一流的通玄者。然而也有其他人，进行同样的献祭以崇拜天神；还有人献祭给至上梵，或至尊主的非人格体相。如此，种类不同，献祭也不同。看起来不同类型的献祭者奉行不同种类的献祭，但这不过是对献祭类别的表面界定。实际上，献祭是为了满足至尊主毗湿奴，也名 *Yajña*。所有的献祭可分为两大类：即世间所有物的献祭和为追求形而上义理而献祭。在克利须那觉性里面的人，牺牲一切物质所有物以满足至尊主；而其他人，渴望转瞬即逝的尘世福乐，牺牲其物质所有物以满足如因陀罗、太阳神之类的天神。更有一类非人格主义者，牺牲自我以融入非人格之梵性存在。天神是有大能的生命体，受至尊主的委派，负责司掌所有自然界机能如热暖、滋润、照明等的运行。倾心于物质得益的人，根据吠陀仪轨，用各种献祭崇拜天神。他们被称为 *bahv-īśvara-vādī*，或多神论者。而另一些人，则崇拜绝对真理之非人格体相，以天神之形体为无常，他们在至上梵火中牺牲自我，如此了结其个体性存有，融入至高存在之中。这些非人格主义者，在哲学思辨中牺牲光阴，以求觉悟无上者的超越性。也就是说，果报活动者牺牲物质所有物以求物质享乐，而非人格主义者则牺牲其物质名相，以求融入至高存在。就非人格主义者而言，献祭的火坛为至上之梵，所奉献的则是被梵火焚化的自我。然而，像阿周那这样的克利须那觉知者，不惜牺牲一切，以满足克利须那，如此，他的一切物质所有物，还有他的自我——一切的一切——全都被奉献给克利须那。是故，他是第一流的瑜伽士，但并未丧失其个体性存有。

诗节 26：有些人在心智收摄之火中，以听闻和感官作献祭；有些人在感官之火中，以感官对象作为献祭。

要旨：人类生命之四行期中的成员，即梵行者（*brahmacārī*）、家居者（*grhasthas*）、林栖者（*vanaprastha*）、出世者（*sannyāsī*），都应成为圆满的瑜伽士，或超验主义者。人类生命不同于动物，其目的不在感官满足，生命四行期之制定，便是为了让人成就精神生活之圆满。梵行者，即在一位真正的灵性导师指导下的学生，透过戒绝感官享乐而收摄心意。梵行者只听闻有关克利须那觉性的话语，听闻是觉解的基础，所以，纯粹的梵行者用全副身心致力于 *harer nāmānukīrtanam*，即唱颂和听闻主的荣耀。他约束自己，避开物质的音声，他的听力被用于聆听 *Hare Krishna*，*Hare Krishna* 这类超然梵音。同样，家居者虽获准有限度地享受感官之乐，但也须尽力抑制。性生活、麻醉、肉食是人类社会的普遍习性，但是，一位自律的家居者绝不会沉溺于无节制的性生活和其他感官享乐。所以，建立于宗教生活之上的婚姻制度通行于一切文明的人类社会，因为那是节制性生活的途径。这种不执有节的性生活也是一种献祭，因为持戒的家居者为了更崇高的超然生活，牺牲了追逐感官享乐的习性。

诗节 27：有些人为了追求自觉，以瑜伽调伏感官和生命之气的活动，并以之为献祭。

要旨：这里提到了钵颠阇梨（*Patañjali*）所发明的瑜伽体系。在钵颠阇梨的《瑜伽经》(*Yoga-sūtra*)里，灵魂被称为“外求我”(*pratyag-ātmā*)和“内求我”（*parāg-ātmā*）。一旦灵魂执着感官享乐，就是“外求我”；可一旦灵魂出离感官享乐，就是“内求我”。灵魂受运行于躯壳内的生命之气的十种机能的影响，这可以透过呼吸系统感知到。钵颠阇梨瑜伽体系教人调息的技巧，以调御身体之气的机能，最终让内气之所有机能变得有利于净化执着于物质的灵魂。根据这种瑜伽系统，“内求我”是究竟。此“内求我”脱离了物质的活动。感官与感官对象交互作用，就像耳之于听，眼之于视，鼻之于嗅，舌之于味，手之于触，如是感官皆致力于真我之外的活动。它们都依靠体内生命之气的运行起作用，这些生命之气包括：上行气（*prāṇa-vāyu*）、下行气（*apāna-vāyu*）、遍行气（*vyāna-vāyu*），负责收缩与膨胀；平行气（*samāna-vāyu*），负责调整与平衡；上升气（*udāna-vāyu*）。当人开悟之后，便会运用这些机能以求取自觉。

诗节 28：立下重誓，有些人牺牲自己所拥有的资财；也有人凭借峻刻的苦行修炼八支瑜伽；还有其他的人，钻研吠陀诸经，长养灵性知识。

要旨：这些献祭可归入不同类别。有些人以不同的慈善形式，奉献自己的所有物。在印度，富商或王族往往开设各种慈善机构，如法舍（*dharma-śālā*）、施饭堂（*anna-kṣetra*）、济贫所（*atithi-sala*）、救济院（*atithi-śālā*）、书院（*vidyā-pīṭha*），等等。其他国家也有许多医院、老人院以及慈善基金会，免费为穷人提供食品、教育、医疗。所有这类慈善活动都称为物质所有物献祭（*dravyamaya-yajña*）。另外有些人，为了将自己的生命提升得更高，或往生宇宙中更高等的星宿，自愿接受诸如满月斋戒（*candrāyaṇa*）或四月夏禁（*cātur-māsya*）之类的种种苦行。这类实践需要立下重誓，在某些严格的戒律下生活。例如，若发誓行四月夏禁，修炼者一年中须有四个月（七月到十月）不得剃发，不得进用某些食物，不得一日两餐，不得离家。此类对生活之安适的牺牲，谓之苦行献祭（*tapomaya-yajña*）。还有些人修炼种种玄秘瑜伽，如钵颠阇梨体系（以融入绝对本体之存在）或诃陀瑜伽（*haṭha-yoga*）、阿斯汤伽瑜伽（*aṣṭāṅga-yoga*，求取特定的玄通）。有些人则朝拜圣地。所有这类修炼都称为瑜伽献祭（*yoga-yajña*），即为求取世间某种超自然成就而做的献祭。还有一些人则诵习吠陀经传，尤其是《奥义书》和《吠檀多经》，或曰僧佉之学。此谓之读诵献祭（*svādhyāya-yajña*），或以读经为献祭。所有这些瑜伽士都信心贞固，致力于不同的献祭，为的是寻求更高的生命境界。然而，克利须那觉性与这些献祭不同，它是对至尊主的直接服务。克利须那觉性不能凭借上述任何一种献祭获得，只有靠主和他的真正的奉献者的恩慈才能成就。所以，克利须那觉性是超绝的。

诗节 29：还有其他人，为了长处神定，着意调伏呼吸。他们练习反呼为吸，反吸为呼，最后无呼无吸，长处神定。此外，还有些人节食，以停止呼吸作为献祭。

要旨：这个用以控制呼吸过程的瑜伽系统称为调息（*prāṇāyāma*），它起初是在诃陀瑜伽系统中透过不同的体位来进行修炼的。所有这类修法之推荐，都是为了收摄感官、增益灵性自觉。这项修炼包括调御内气以使其反向而行，安那（*apāna*）下行，般那（*prāṇa*）上行。调息瑜伽士（*prāṇāyāma-yogī*）修炼逆式呼吸，直到气息被中和而呈入息（*pūraka*）。呼气反而为吸气时即为吐息（*recaka*）。二气完全停止，就练成了止息瑜伽（*Kumbhaka-yoga*）。修炼止息瑜伽可延年益寿，获得灵性自觉。有大智慧的瑜伽士立志今生成就，不复等待来世。透过修炼止息瑜伽，瑜伽士的寿命可延长许多年。然而，一位克利须那觉知者，由于常为主做超越性爱心服务，自动变成了感官的控制者。他的感官常为克利须那服务，根本就没有机会转做其他事情。如此，生命终结时，他自然便会往生主克利须那的超上世界；因而他不必努力去延长寿命。他当下即被提升到解脱层面，如《薄伽梵往世书》（14.26）所云：

māṁ ca yo 'vyabhicāreṇa
bhakti-yogena sevate
sa guṇān samatītyaitān
brahma-bhūyāya kalpate

“人若致力于为主做纯粹的奉爱服务，便能跨超物质气性，当下证入灵性境界。”

一位克利须那觉知者从超越层面入门，并时刻安住此觉性之中。故此，不存在堕落，最终他会毫无耽搁地进入主的居所。当人只吃 *kṛṣṇa-prasādam*，即首先供奉给主的食物时，节食自动完成。节食之法对收摄感官极有助益。若不收摄感官，就不可能解除物质的缠缚。

诗节 30：这些人通晓献祭的意义，皆得净化，再无罪业，饱尝祭祀之果的甘露后，升登至高无上的永恒梵境。

要旨：前面阐释了种种献祭，如牺牲一己之所有物、研习吠陀诸经及其义理、实践瑜伽体系等。从中可以看出，这一切皆旨在收摄感官。感官享乐是物质存在的根源。因此，除非人离开感官享乐的层面，否则绝无机会超拔至灵明、极乐、圆满之不朽层面。这层面处于永恒之境，或曰梵境之中。上述所有献祭都助人清除物质生存的罪业。透过这种生命之超拔，人不仅在此生得享福乐，而且，到最后，他将进入永恒的上帝之国，或融入非人格梵，或与至上人格主神克利须那同在。

诗节 31：俱卢王朝之俊杰呀！没有献祭，人即便在地上，在现世，也无法快乐生活。何况下一世呢？

要旨：无论在何种物质存在形式中，人对自己的真实境况都必然一无所知。换句话说，物质世界里的存在，乃是由于我们罪恶生活的种种报应所致。无明是罪恶生活的原因，而罪恶生活又是将人拖入物质存在的原因，人体生命是走出这罗网的唯一出路。是故，《吠陀经》先是指出正法、经济、欲乐之途，最后阐扬彻底摆脱苦境之道术，如此给了我们一个脱逃的机会。正法之途即上述种种献祭，它自动解决了我们的经济问题。透过举行献祭，我们就能获得充足的食物，充足的牛奶——即使有所谓人口膨胀的问题。当衣食无忧之后，下一步自然就是感官享乐了。对此，《吠陀经》为规范化的感官享乐颁定了神圣婚姻。如此，世人被逐渐提升至解除物质缠缚的层面，而自由生命的最高圆满就是与至尊主同在。透过举行如上所述的献祭就能达到圆满。既然如此，假若一个人不愿意根据《吠陀经》举行献祭，他怎么能够指望甚至今生的幸福生活呢？更不必说来世或在另一星球之上了。在不同的天堂星体上有着不同程度的物质安逸，然而，无论如何，举行不同种类献祭的人都能获得巨大的福乐。但人所能获取的最高福乐，是透过修炼克利须那觉性而被提升到灵性星体之上。所以，克利须那觉性的生活是解决物质存在之一切问题的妙道。

诗节 32：这种种不同的献祭，缘生于种种不同的业，为《吠陀经》所认可。如是理解，可获解脱。

要旨：如上所论，《吠陀经》所说的种种献祭，都是为了适应种种不同的作为者。由于人们深深地耽执于躯体化概念，所以这些献祭经过这般制作，世人便可以或用身、或用心、或用智来践履。但所有这些献祭之受推崇，最终都是为了从躯壳中获得解脱。主在这里亲口证实了这点。

诗节 33：克敌者呀！在知识中献祭较之牺牲物质所有物更殊胜。总之，帕尔特呀！一切献祭皆以证入形而上义理为归结。

要旨：种种献祭的目的皆在证入圆满智慧之境，出离物质诸苦，最终献身为至尊主做超越性爱心服务（克利须那觉性）。然而，这种种献祭活动里有一个秘密义，我们应该知道。根据举祭者的特定信仰，有时献祭采取不同的形式。当信仰到达形而上义理的阶段，此类举祭者远比那些不具备这样的智慧，仅以物质所有物做牺牲的人要高明，因为没有智慧，献祭停留在物质层面，不会带来任何灵性益处。真正的智慧造极于克利须那觉性——形而上义理之最高阶段。没有智慧的增进，献祭不过是物质活动而已。然而，当它们被超拔到形而上义理的层面，所有这些活动就进入了精神的层面。根据意识的不同，献祭活动有时被称为业行（*Karma-Kanda*，业分），有时被称为致知穷理（*Jnana-Kanda*，智分）。以义理为究竟较殊胜。

诗节 34：亲近灵性导师，学习真理；逊顺地向他询以疑难，并且为他服务。自觉的灵魂，看见过真理，能授你知识。

要旨：灵性自觉之途无疑困难重重。因此，主劝告我们，亲近一位真正的灵性导师，此人应该属于从主本人亲自传下来的师承世系。不遵从这一师承的原则，谁都不可能是正宗的灵性导师。主是首出的灵性导师，在师承世系里的人能将主的开示以其本来面目传授给弟子。没有人能够通过自辟蹊径来获得灵性觉悟，就像那些愚蠢的伪装者所崇尚的。《薄伽梵往世书》（6.3.19）云：“正法之途由主直接启示（*dharmaṁ tu sākṣād bhagavat-praṇītam*）。”所以，心智思辨和枯燥的议论，都不能助人走上正道。独立研习书本知识同样也不能使人在灵性生活中进步。要求取真知，就必须亲近正宗的灵性导师。必须以彻底的皈依心接受这样的灵性导师，并且应该像一个卑下的仆人一般侍奉灵性导师，毫无虚荣之心。让觉悟的灵性导师满意，是灵性生命进升的秘诀。除非有逊顺和服务，否则向有学识的灵性导师询问便不会有效果。一定要经得起灵性导师的考验，当灵性导师看到弟子的诚意后，自然会赐以真正的灵性理解力。在此，盲从和瞎问，皆受谴责。弟子不仅要逊顺地聆听灵性导师的教诲，而且还必须从他那里获得清晰无误的理解，透过逊顺、服务和询问。一位正宗的灵性导师对弟子必定仁慈。是故，当弟子逊顺，并随时准备做出服务时，知识和询问便会对流无碍。

诗节35：当你如此得到了真知，便会认识，一切有情不过是我的部分——他们全在我之中，而且属于我。

要旨：信受自觉的灵魂或认识事物真相的人所传授的知识，能让我们认识到一切生命个体都是至上人格主神克利须那的部分和微粒。认为独立于克利须那之外，别有存在，这种意识就是摩耶（*māyā*: *mā*“不是”，*yā*“这个”）。有些人认为，我们与克利须那毫不相干，克利须那不过是一位伟大的历史人物，而绝对本体是非人格梵。事实上，正如《薄伽梵歌》所说，非人格梵乃是克利须那之辉光。至上人格神克利须那才是万有的根源。《梵天本集》清楚地说明了，克利须那就是至上人格主神，乃一切原因之原因。即便那数百万的化身也只不过是他的不同扩展。同样，生命个体也是克利须那的扩展。幻有宗（*Māyā-vādī*）的哲学家们误认为，克利须那在其众多的扩展中，丧失了自己独立的存在。这种见解的本质是物质的。在物质世界，我们有这种经验，某样东西被分解拆散后，其原本的名相就失去了。可是，幻有宗哲学家们不能了解，绝对即意味着一加一仍等于一，一减一也还是一。这便是绝对领域的情形。

由于缺乏足够的绝对性科学的知识，我们现在被幻妄所覆蔽，故此以为我们独立于克利须那之外。虽然我们是与克利须那隔离的所属部分，我们跟他却没有任何不同。生命个体在躯壳上的差异只是摩耶，亦即“非真”。我们都应去满足克利须那。就是由于摩耶，阿周那才认为，他跟族人在身体层面的无常关系，比他跟克利须那的永恒灵性关系更为重要。《薄伽梵歌》之全部教义指向一个终点：生命个体，作为克利须那之永恒仆人，不能与克利须那隔绝，那种执着我相而自外于克利须那的意识，就是摩耶。生命个体，作为与至尊主隔离的部分和微粒，须成就一个意义，然而这个意义自无始以来就被遗忘了，如此，生命个体便被抛入不同的躯壳之中，做人、做动物、做天神。此躯体上之殊异，缘起于遗忘了对主的超越性服务。但当人透过克利须那觉性，践履超越性服务时，当下即从幻妄中获得解脱。只有从真正的灵性导师那里才能获得此种纯粹之知识，如是免受蒙蔽，不会认为生命个体的地位与主齐平。圆满的知识是，至上之灵——克利须那是所有生命个体的至高庇护所，离弃了这个庇护所，生命个体便被物质能量蔽覆，想象自己有一独立的名相。如此，在物质名相的等差之下，他们遗忘了克利须那。不过，当这些受蒙蔽的生命个体，处于克利须那觉性之中时，就可以说是已经踏上了解脱之途，如《薄伽梵往世书》（2.10.6）所云："解脱即安住于自我作为克利须那之永恒仆人的命定地位（克利须那觉性）（*muktir hitvānyathā-rūpaṁ svarūpeṇa vyavasthitiḥ*）。"

诗节 36：即使恶中之恶，一旦登上智慧之舟，也能渡越苦海。

要旨：对自我与克利须那相关的命定地位之正见，奇妙非常，它能当下把人从无明之洋的挣扎求存中拯救出来。物质世界有时被视为无明之洋，有时被看作燃烧着的森林。身陷茫茫大海，游泳技术再精，要想挣扎求生，也绝非易事。如果有人前来，将挣扎的落水者从海中提起，他就是最伟大的救主。由至上人格神传授的圆满学问，乃是解脱之途。克利须那觉性之舟，十分简便，但同时也最为崇高。

诗节 37：熊熊火焰焚木成灰，阿周那呀，智慧的火焰也能把业报烧成灰烬。

要旨：这里将有关自我与胜我，以及两者之间关系的圆满知识比作火焰。这火焰不仅焚毁一切不虔诚活动的业报，而且也将一切虔诚活动的业报，焚为灰烬。业报可分许多阶段：形成中的业报，正结果实的业报，已成形的业报，成形已久的业报。但有关生命个体之命定地位的义理之火，能将一切焚为灰烬。当人处于圆满的智慧之中，所有的业报，前前后后，尽数烧得干干净净。《大林间奥义书》（4.4.22）云：*ubhe uhaivaiṣa ete taraty amṛtaḥ sādhv-asādhūnī*，"此人跨越了善与不善之业报。"

诗节 38：人世间，形而上义理最崇高，最纯粹，它是一切玄功秘教的熟果。精熟这门学问，在适当的时候，必得受用妙喜。

要旨：当我们谈到形而上义理时，我们是针对灵性觉悟而言的。是故，没有什么像形而上义理这样崇高，这样纯粹的了。无明是我们受束缚的原因，而智慧则是我们得解脱的原因。这智慧是奉爱服务的熟果，当人安住形而上义理时，便无须向外求什么和平了，因为他已享有内心的宁静。也就是说，定与慧皆造极于克利须那觉性。这便是《薄伽梵歌》的最末一句。

诗节 39：**坚信不移，献身于超世智慧，降伏感官，便有资格掌握这门学问。一旦掌握这门学问，便能很快证入无上清净。**

要旨：克利须那觉性中的这种智慧，只有坚定地信仰克利须那的贞信之人才能获得。认为只要在克利须那觉性中践履，便可达到最高圆满的人，可谓贞信之人。这份信仰是透过实践奉爱服务得到的，也是透过唱颂荡涤心灵一切物质染污的曼陀罗：*Hare Kṛṣṇa, Hare Kṛṣṇa, Kṛṣṇa Kṛṣṇa, Hare Hare/ Hare Rāma, Hare Rāma, Rāma Rāma, Hare Hare*。此外，还须调伏感官。一个对克利须那信心贞固的人，一个能够控制住感官的人，可以轻易地快速无误地获得克利须那觉性之圆满智慧。

诗节 40：**愚昧无信仰，怀疑启示圣典，无法获得神圣觉性。心存怀疑的灵魂，无论今生抑或来世，皆无福乐。**

要旨：在众多标准、权威的启示经典中，《薄伽梵歌》是最上乘的。近乎禽兽一般的人不相信也不明白启示经典。有些人虽然知道并且能够引经据典，但实际上，他们根本不相信经论。还有些人虽然相信如《薄伽梵歌》这样的经典，但他们不相信，更不崇拜至上人格神克利须那。这些人与克利须那觉性了无交涉。他们势必堕落沉沦。上述各种人中，那些没有信心，心存怀疑的人，绝不会进步。不相信神和神的启示的人，无论在今生还是来世，皆无亨贞。他们绝不会得福乐。所以，应满怀信心地奉行启示经典的原则，如此超拔至义理的层面。只有这义理才能帮助人上达灵性觉悟的超越层面。也就是说，满腹狐疑的人在灵性解脱方面根本无足挂齿。是故，人当效法师承世系之中的伟大阿阇黎的榜样，从而有所成就。

诗节41：因此，财富的征服者呀，在奉献服务中践履，舍弃业果，以形而上义理破除怀疑，稳住自我之中，如此便不受业报缠缚。

要旨：奉行《薄伽梵歌》的教导，一如至上人格神所亲身传授者，便能凭借形而上义理之光，扫尽一切疑虑。这样的人，作为主的部分和微粒，在圆满的克利须那觉性里，已然自立于性命义理之上。如此，毫无疑问，他已经挣脱了业报的缠缚。

诗节42：因此，以智慧为武器，破除你心中从无明生起的怀疑。婆罗多之华胄呀！瑜伽是你的武器，站起来作战吧！

要旨：本章所教导的瑜伽体系被称为真常瑜伽（*sanātana-yoga*），即为生命个体所实践的永恒事业。此瑜伽涵摄两类献祭：一类为物质所有物献祭；另一类谓之义理献祭，乃是纯粹的灵性活动。牺牲一己的物质所有物，若不与灵性觉悟相印契，那么，这种献祭就物质化了。但是，若带着灵性目标，或在奉爱服务之中，举行此类献祭，则为圆满之献祭。至于灵性活动，也可归为两类，即体悟自我性命之理，以及认识关于至上人格主神的真理。若遵循《薄伽梵歌》所指出的道路，便能够很容易地觉解这两类至关紧要的灵性义理。对于这样的人，不难得到圆满的智慧，亲证自我是主的部分和微粒。这种觉悟十分有益，因为有了它，就可轻易地了解主的超然活动。在本章的开始，至尊主亲自讨论了自己的超然活动。不理解《薄伽梵歌》的开示，必流于无信仰，可谓滥用主所恩赐的个体独立性。虽然有了这些开示，却不明白主的真实本性，乃是真常、灵明、极乐之至上人格主神，这样的人肯定是天下第一等蠢材。透过逐渐采取克利须那觉性的原则，无明就能够被驱除。克利须那觉性可由种种献祭唤醒，这包括对天神的献祭，对梵的献祭，以及在独身守贞之中、在家居生活之中、在收摄感官之中、在修炼玄秘瑜伽之中、在苦行之中、在牺牲物质所有物之中、在诵习《吠陀经》之中、在遵守种姓－行期社会体制之中的种种献祭。这些都是献祭，皆建基于规范化活动。然而，这一切活动中，最重要的因素仍是自觉。追求这一目标才是《薄伽梵歌》的入门弟子。不过，谁若怀疑克利须那的权威性，就要倒退。

是故，应在正宗灵性导师的指导之下，凭借服务和皈顺，学习《薄伽梵歌》或任何其他圣典。正宗灵性导师系属于万古相传的师承世系，他绝不会背离至尊主的教义，这教义数百万年前被传给太阳神，而太阳神又将它传到了人世间。所以，当遵循《薄伽梵歌》本经所指明的道路，小心防范那些自私自利的人，他们为了一己之私，常把世人引入歧途。主的的确确是无上者，他的活动尽皆超然。领会这一点的人，从他开始研读《薄伽梵歌》伊始，就是一位解脱者。

巴克提维丹塔阐释圣典《薄伽梵歌》第四章“形而上义理”终。

第五章　业瑜伽——在克利须那觉性中践履

诗节 1：阿周那说：克利须那呀！你先是要我舍离业行，后来又劝我以奉献精神践履。现在，请你明确地告诉我，两者之中，究竟何者较胜？

要旨：克利须那于本章里说，在奉爱服务中践履较枯燥的心智思辨为佳。奉爱服务比心智思辨更为易捷，因为其本性超越，能拔除人的业力。第二章已初步阐明了灵魂之理及其在物质躯壳中的缠绕。也解说了如何以奉爱服务冲出此物质之罗网。第三章则指出，处于义理层面的人再无任何职分必须履行。在第四章，主告诉阿周那，所有献祭造极于义理。然而，第四章的末尾，主又劝勉阿周那清醒过来，在圆满智慧之中去战斗。如此，克利须那一面强调在奉爱服务中践履的重要性，一面却又强调在义理中无为的重要性，这让阿周那大惑不解，搅乱了他的决心。阿周那懂得，在义理中舍离意味着终止一切感官活动，但若在奉爱服务中践履，那活动又如何能终止呢？换言之，他认为，*sannyāsa*，即在义理中的舍离，应该彻底脱离所有业行，因为，在他看来，活动和舍离是互不相容的。他似乎不了解，在圆满智慧中的活动是无业报的，因此与不活动无异。所以，他询问主，他是该彻底终止活动，还是该以圆满的智慧去活动。

诗节 2：薄伽梵克利须那说：业行之舍离和以奉献精神践履，皆有益于解脱。然而，两者之中，以奉献精神践履较业行之舍离为胜。

要旨：追逐感官享乐的果报活动是物质束缚的根源。只要人致力于旨在改善躯体安适程度的活动，就不可避免要流转于种种躯壳之中，相续不断地受物质之缠缚。《薄伽梵往世书》（5.54–6）有云：

nūnaṁ pramattaḥ kurute vikarma
yad indriya-prītaya āpṛṇoti
na sādhu manye yata ātmano 'yam
asann api kleśa-da āsa dehaḥ
parābhavas tāvad abodha-jāto
yāvan na jijñāsata ātma-tattvam
yāvat kriyās tāvad idaṁ mano vai
karmātmakaṁ yena śarīra-bandhaḥ
evaṁ manaḥ karma-vaśaṁ prayuṅkte
avidyayātmany upadhīyamāne
prītir na yāvan mayi vāsudeve
na mucyate deha-yogena tāvat

"人类疯狂求取感官享乐，却不晓得现时这诸苦充塞的躯壳，乃是他们过去果报活动的结果。躯壳虽然无常易逝，却时时给人带来种种烦恼。是故，为感官享乐而生活实不足取。只要人不去寻求自己的本来真性，他的人生终究失败。只要还没有觉悟到自我的真实身份，人就必然会为感官享乐而求取果报；只要人的心念还贯注于感官满足，他就不得不从一个躯壳转生到另一个躯壳。尽管心念可能依然耽执于果报活动，且受无明扰乱，但人还是必须培养出服务华胥天人的奉爱精神。唯其如此，人才有机会逃脱物质存在之桎梏。"

所以，*Jnana*（即自我非物质躯壳而为灵魂之义理）还不足以让人得解脱。必须以灵魂之位份践履，否则，便无法逃脱物质的桎梏。不过，克利须那觉性里面的行动并非在果报层面上的业行。在圆满智慧中的行动，能巩固人在真实学问上面的进步。仅仅舍离果报活动，而未具克利须那觉性，并不能真正净化受拘限灵魂的心灵。只要心灵未受净化，人就必定在果报层面上活动。但克利须那觉性中的活动，能自动助人脱离果报活动之业力，使人不必下堕入物质层面。所以，克利须那觉性里面的行动，始终胜于舍离，因舍离之中往往隐藏着退堕的危险。不具足克利须那觉性的舍离是不圆满的。圣茹巴·哥史华米在《巴克提情味甘露海》（1.2.258）中有言：

prāpañcikatayā buddhyā
hari-sambandhi-vastunaḥ
mumukṣubhiḥ parityāgo
vairāgyaṁ phalgu kathyate

“渴望得解脱之人，若舍离与至上人格神相关联的事物，认为它们只是物质，此辈之舍离是不圆满的。”

圆满的舍离是在义理中，觉悟存有中的一切本属于主，没有人可以要求对任何东西的所有权。人当懂得，事实上，没有一物属于任何人。如此又哪有舍离可言呢？了知一切皆归属于克利须那的人，自然常住舍离之中。因为一切皆归属于克利须那，所以，一切皆当被用于为克利须那服务。此种在克利须那觉性里面践履之圆满形式，远较幻有宗出世者之做作舍离为殊胜。

诗节 3：臂力强大的阿周那啊！对行动的结果，不厌憎，不渴求，即是长住舍离。如此，远离一切二元对待，便能轻易克服物质的束缚，达到彻底解脱。

要旨：具足圆满克利须那觉性的人总是一位弃绝者，因为他对行动的结果，既不厌憎，也不渴求。这样的弃绝者，献身为主做超越性爱心服务，在智慧上已完全合格，因为他了知自我在与克利须那的关系中所处的命定地位。他深知克利须那是整体，而自我是克利须那的部分和微粒。这种觉识圆满无漏，在质、量两方面俱正确。与克利须那合一的观念是不正确的，因为部分不等于整体。质上一体而量上相异的认识，才是正确的形而上义理，这样的智慧让人充实自足，无所求亦无所怨。只要人所做的一切，都是为了克利须那，他的心中就不存在二元对待。如此脱离二元对待层面，便得到了解脱——甚至就在此尘世之中。

诗节 4：只有无知的人才认为，业瑜伽、奉献服务跟数论哲学不同。真正有学问的人说，致力于其中之一，便会取得两者的结果。

要旨：对物质世界之分解性研究的目的，在于找到存有之本体。物质世界之精神本体是毗湿奴，或曰超灵。对主的奉爱服务涵盖了对超灵的服务。前者是寻找树根，后者是给树根浇水。数论哲学的真弟子找寻到物质世界之根——毗湿奴；然后，在圆满的智慧中，致力于为主服务。是故，从根本上来说，二者并无分别，因为二者的究竟都是毗湿奴。不了解此究竟的人说，僧佉（*Sāṅkhya*，即数论哲学）跟业瑜伽有异；但有学问的人知道两种不同法门之共同旨趣。

诗节 5：认识到透过分解性研究之途上达的境地也可透过奉献服务获得，而且视僧佉跟瑜伽在同一层面，这样的人才算看到了实相。

要旨：哲学研究的真正目的，在于找到生命之究竟归趣。由于生命之究竟归趣乃是自我觉悟，所以，这两种法门所达致的究竟义谛并无差别。透过数论哲学研究得出的结论是：生命个体并非物质世界之部分与微粒，而是至上精神大全之部分与微粒。因而，灵魂与物质世界无涉；他的活动必定跟无上者有某种关联。当他在克利须那觉性里面践履时，实际已处于自我的命定地位之上了。修炼第一种法门，即数论之学，必须出离于物质，而修炼奉爱瑜伽之法，则必须执着克利须那觉性的践履。虽然表面上看来一者关乎出离，一者关乎执着，但实际上两种法门并无分别。出离于物质和执着克利须那为一体之两面。有见乎此者乃见实相。

诗节 6：除非为我做奉献服务，单纯舍离业行，不会使人得乐。智者致力于奉献服务，便可快速无误地证入至上本体。

要旨：出世者（*Sannyāsī*），即在生命之出世期的人，可分两类：幻有宗（*Mayavadi sannyasi*）出世者和奉爱宗出世者（*Vaisnava sannyasi*）。前者致力于探究数论哲学，后者致力于研习《薄伽梵往世书》之哲学，此哲学为《吠檀多经》做了精当的阐释。幻有宗出世者也研习《吠檀多经》，但用的是本门的释论，名《舍利疏》（*Śārīraka-bhāṣya*），为商羯罗阿阇黎所撰。薄伽梵学派的弟子，则依据《五轨持》（*pāñcarātrikī*）之仪轨，致力为主做奉献活动，故此，奉爱宗出世者在对主的超越性服务方面多有妙用。奉爱宗出世者丝毫不涉足物质业行，但却在为主的奉献服务中践行各种活动。幻有宗出世者一味钻入僧佉、吠檀多之思辨里面，却无法受用对主的超越性服务。由于他们的研究冗长乏味，他们有时厌倦了对梵性的思辨，便会不求甚解地求救于《薄伽梵往世书》。自然，他们的《薄伽梵往世书》研究招人烦厌。枯燥的玄思和矫揉造作的非人格性释论，对此类幻有宗出世者毫无益处。致力于奉献服务的奉爱宗出世者，在践履超世职分之中得享妙乐，他们已有保障，最后可进入上帝之国。有时幻有宗出世者会从自觉之途上退堕下来，跌回物质业行之中，这些业行可能具有博爱或利他的性质，但无非还是物质俗事。所以，结论就是，致力于克利须那觉性之践履的人，其所处位置比单纯思辨何者为梵、何者非梵的出世者更为殊胜，虽然后者经历许多生世以后，也可复归克利须那觉性。

诗节 7：以奉献精神践履，灵魂纯净，调伏心意和感官，这样的人为众生所爱，亦爱众生。他虽常有所为，却绝不受业力缠缚。

要旨：以克利须那觉性踏上解脱之途的人，深得众生之爱，也爱众生。这是由于他的克利须那觉性。这样的人不认为任何生命个体能与克利须那隔离，正如枝叶依树而存，无法彼此分离。他深知，给树根浇水，水便自动分布到枝枝叶叶上去；食物吞入胃里，能量自然输送全身。在克利须那觉性里面践履的人，是众生的仆人，因此他深为众生所爱。他的工作让众生满意，所以觉性就清净。觉性清净，心念就得摄持。心念得摄持，感官也就得摄持。因为心念常专注于克利须那，他就不会背离克利须那，也没有机会运用感官去服务主以外的东西。除了跟克利须那有关的论题，他不喜欢听闻任何东西；除了供奉过给克利须那的食物，他不喜欢吃任何东西；不是跟克利须那有关的地方，他也不会想去。如此，他的感官受到控制。一个能控制住感官的人不会冒犯任何人。也许有人会问："为什么阿周那要在战场上攻击他人呢？难道他不在克利须那觉性中吗？"其实，阿周那只是表面上与人为敌，因为（如第二章所论述的）灵魂不能被杀，集结在战场上的人皆会各自继续活下去。所以从灵性的角度来看，俱卢之战无人被杀。死者不过是在亲临战场的克利须那的指令下，更换了外衣。是故，阿周那虽在俱卢之野杀伐，其实根本就未作战，他只是在圆满的克利须那觉性里面执行克利须那的指令而已。这样的人绝不受业报之缠缚。

诗节 8/9：在神圣觉性里面的人，虽然视、听、触、嗅、食、走动、睡觉、呼吸，其内心却总是知道，实际上自我并没有做什么。他非常清楚，说话、排泄、摄食、开眼、闭眼的时候，只是物质感官在接触感官对象，而自我并未参与。

要旨：在克利须那觉性里面的人立身清净，因而，任何有赖于五种远近之因的活动，跟他全无关系。这五种远近之因是：作为者、作为、处境、手段和运气。这是由于他为克利须那做超越性爱心服务的缘故。他似乎也是以身体和感官活动，但他时时能够觉知到自己的真实地位。在物质知觉里，感官被用于感官享乐；但在克利须那觉性里，感官被用于满足克利须那的感官。是故，克利须那觉知者永远自在，虽然表面看来，他似乎也忙于感官事务。视、听等，是知根的活动；至于走动、说话、排泄等，则是作根的活动。克利须那觉知者绝不受感官活动的影响。除了为主服务之外，他不会做任何事情，因为他知道，他是主的永恒仆人。

诗节 10：践履职分而无所执着，业果全奉献给至尊主，如此便不受罪业的影响，一如莲叶不沾水滴。

要旨：梵语 *brahmaṇi* 意指在克利须那觉性里面。物质世界是物质自然三极气性之总体表现，术语名为（*Pradhāna*）。在吠陀唱赞例如《唵声奥义书》（*Māṇḍūkya Upaniṣad* 2）有“*sarvaṁ hy etad brahma*”；《蒙查羯奥义书》（Mundaka, 1.2.10）有“*tasmād etad brahma nāma-rūpam annaṁ ca jāyate*”；《薄伽梵歌》（14.3）中亦有“*mama yonir mahad brahma*”，这些偈颂都指出，物质世界的一切全是梵的呈露；虽然果上之表现有异，但因上却无不同。《至尊奥义书》（*Isopanisad*）云，万物都与至上梵或克利须那相关联，是以万物皆归属于他。吾人若了知，万物皆归属于克利须那，是故克利须那是万物的所有者，万物皆应为主服务，自然跟业果无关——无论善恶。即便是主恩赐给人的用于执行某种活动的物质躯壳，也可被用于克利须那觉性之践履。如是，身体便不受罪业的染污，恰似莲叶出水，不受水滴。主在《薄伽梵歌》（3.30）里也说：“把一切活动奉献给我（*mayi sarvāṇi karmāṇi sannyasya*）。”结论是：不具克利须那觉性的人，按照物质躯壳和感官的想法活动；但在克利须那觉性里面的人却根据义理践履，觉悟到躯壳本是克利须那的资产，因此，便该被用于服务克利须那。

诗节 11：瑜伽士去除执着，以身、心、智，甚至感官活动，不过是为了净化自己。

要旨：无论是透过身、心、智，还是感官，为了满足克利须那的感官而在克利须那觉性之中践履，能够清除物质染污。克利须那觉知者的活动不会招致因果业报。因此，清净行，梵语谓 *sad-acara*，透过在克利须那觉性之中践履可轻易办到。茹巴·哥史华米在《巴克提情味甘露海》中有云：

īhā yasya harer dāsye

karmaṇā manasā girā
nikhilāsv apy avasthāsu
jīvan-muktaḥ sa ucyate

“用身、心、智和言语，在克利须那觉性之中践履的人（即服务克利须那），即便未出世间，也是解脱之人，尽管他可能也做许多所谓的物质活动。”这样的人无我执，他相信他不是这具物质躯壳，也不拥有它。他深知自我归属于克利须那，躯壳亦是。当他把身体所带来的一切，心、智、言语、生命、财产，等等，无论他拥有什么，都用来服务克利须那时，他当下即与克利须那相应。他与克利须那一体，不复生起那使人相信自己就是躯壳的我执。此即克利须那觉性之圆满境界。

诗节 12：坚定奉献的灵魂，将一切业果供奉给我，因而得入清净安宁。另一方面，不与神性相应，贪求业果，必受物质缠缚。

要旨：在克利须那觉性里的人，跟在躯体化意识里的人不同：前者依附克利须那，后者依附业果。依附克利须那，只为克利须那而活动，必得解脱，这样的人不担心活动的结果。在《薄伽梵往世书》里解释，贪求业果缘于在二元对待观念之下行事，也就是说，是出于对绝对真理的无知。克利须那是至高绝对真理，人格主神。克利须那觉性里面不存在二元对待。凡存在的一切皆为克利须那之能力所造，并且克利须那尽善尽美。因而，克利须那觉性里面的活动在绝对层面，具超越性，不落物质果报。所以人在克利须那觉性里面，就心生平安。然而，要是为了感官享乐而斤斤计较，就不会有那份安宁。这就是克利须那觉性之秘密义——除了克利须那之外，别无其他存有，由此种领悟乃开出清净无畏之境界。

诗节 13：躯体化的生命，收摄气质之性，于心念舍离一切业行时，便快乐地居于九门之城（物质躯壳），不活动也不引发活动。

要旨：躯体化的灵魂居于九门之城。躯体的活动，在特定的物质气性的驱迫下，自动进行。灵魂虽然受到形体的拘限，但也能超越这拘限，如果他想要的话。只因遗忘了自己的高等本性，灵魂认同于物质躯壳，如是而受取诸苦。透过克利须那觉性，灵魂可以复归其真实地位，从而冲破肉体的樊笼。所以，人若承当了克利须那觉性，当下即能彻底超越躯体的活动。在克己自制的生活中，他的念头被改变了，开始在这九门之城中快活度日。九门之说如下有述：

nava-dvāre pure dehī
haṁso lelāyate bahiḥ
vaśī sarvasya lokasya
sthāvarasya carasya ca

“至上人格主神，居停于生命个体之躯壳内，乃是宇宙中一切有情之真宰。躯壳有九门：两眼、两鼻孔、两耳、一口、一肛门、一生殖器。在受拘限阶段的生命个体，以为躯壳就是自己；然而，一旦转身认同于心中之主，他就变得像主一样自在无碍，甚至当他还在躯壳里。”（《白净识奥义书》3.18）

所以，克利须那觉知者脱离了物质躯壳内外两面之活动。

诗节 14：躯体化的灵魂——躯体之城的主人，不产生活动，不促使别人活动，也不产生活动的结果。这一切，全由物质气性造成。

要旨：如同第七章将会说明的，生命个体乃是至尊主的一种能力或自性，但却不同于主的另一种低等自性——物质。不知怎地，自无始以来，生命个体就接触到物质自然。无常的躯壳或曰物质居所，就是种种业行及其因果业报的根源。生活在这样一个受拘限的环境里，生命个体在无明之中认为躯壳就是自我，并为身体活动带来的业果而烦恼。正是从无始以来就沾染上的无明，为属身之烦恼、苦痛的根源。一旦生命个体脱开躯体之活动，也就脱离了诸般报应。只要他还粘附在躯体之城内，就自以为是这城的主子，其实，他既不是所有者，也不是其业行和业报的主宰者。他不过在茫茫红尘苦海中间，挣扎求存。海浪抛卷着他，他根本无法控制。要脱离苦海，最殊胜之法就是超绝的克利须那觉性。唯此才能救渡一切苦厄。

诗节 15：至尊主也不为任何人的活动负责，无论罪恶的或虔诚的。然而，被躯体化的生命体对此感到迷惑，因为无明蔽覆了他们的真知。

要旨：梵语 *vibhu*，意为至尊主，具足无限之觉明、吉祥、威能、声名、妙美、自在。他恒自足，不为恶业或善业所动。他不会为任何生命体造设一特殊之处境，但生命体为无明所惑，总是渴望进入某种生存状态，于是因果业报之链就此开始。生命个体，就其高等之性而言，具足灵明。然而，他力量有限，易受无明之影响。主无所不能，生命个体则不然。主是 *vibhu*，无所不知，但生命个体是 *anu*，原子而已。因为他是有生命的灵魂，所以能按其自由意志而生起欲望。这些欲望只有无所不能的主才能予以满足。如此，当生命个体于欲望之中起惑时，主便准许他实现那些欲望，不过，主绝不对由其欲念而生起的业行及业报负责。处此惑境之中，躯体化的生命个体便将自我认同于偶在的物质躯壳，因而受制于有生之无常苦乐。作为胜我或超灵，主时刻不离生命个体，因而他能够了解个体灵魂的欲望，就像靠近鲜花，必能闻到花的芬芳一样。欲望是拘限生命个体的精微形式。主根据生命个体所应得的，来满足其欲望，正所谓：谋事在人，成事在天。是故，生命个体在实现其欲望方面，并非无所不能。然而，主却能满足一切欲望，而且平等中立，不会干涉具微小独立性之生命个体的欲望。不过，当人欲求克利须那时，主便会对他特别关照，鼓励他去如此欲求，好让此人能亲近他，得享永恒之乐。吠陀唱赞如是宣称：

“主使有情勤力善业，好让他升转天堂。主使有情肆行恶业，好让他沉沦地狱（*eṣa u hy eva sādhu karma kārayati taṁ yam ebhyo lokebhya unninīṣate. eṣa u evāsādhu karma kārayati yam adho ninīṣate*）。”

ajño jantur anīśo 'yam
ātmanaḥ sukha-duḥkhayoḥ
īśvara-prerito gacchet
svargaṁ vāśv abhram eva ca

"有情于苦乐之间，全无自主。仰赖无上者的意志，他可往生天堂，也可堕入地狱，一如浮云为风所逐。"（《考史多启奥义书》，*Kausitaki Upanisad*，3.8）

所以，躯体化的灵魂，由于意图逃避克利须那觉性之无始邪念，造成了自身的幻惑。故此，生命个体虽然于性分上为真常、极乐、灵明，但因为其存在之微细，忘记了为主服务的命定地位，遂为无明所困。而且，在无明之魅惑下，生命个体竟然要求主该当对他受拘限之存在负责。《吠檀多经》（2.1.34）有云："主无有好恶，虽然他看似有好有恶（*vaiṣamya-nairghṛṇye na sāpekṣatvāt tathā hi darśayati*）。"

诗节 16：当人在知识的启明下，驱除了无明，一切便跃然于他的眼前，恰如白昼的太阳照亮天地万物。

要旨：那些遗忘了克利须那的人，必受幻惑，而那些在克利须那觉性之中的人，却丝毫不受幻惑。《薄伽梵歌》云："一旦登上智慧之舟，就能渡越苦海（*sarvaṁ jñāna-plavena*）""知识的火焰能把业报烧成灰烬（*jñānāgniḥ sarva-karmāṇi*）"，又说："人世间，形而上义理最崇高，最纯粹（*na hi jñānena sadṛśam*）。"知识总是受到高度尊重，但那究竟是什么知识呢？圆满的知识只有当人彻底归命克利须那之后才能得到，如《薄伽梵歌》第七章第十九颂所云："历经多次转生，真正有知识的人归命于我（*bahūnāṁ janmanām ante jñānavān māṁ prapadyate*）。"经历许多许多生世之后，知识圆满之人便归命于克利须那，或者说若人成就了克利须那觉性，一切就会被启明，就像昼日照破山河大地。生命个体受种种困惑。例如，当他荒唐地认为自己就是上帝的时候，实际已落入无明之最后圈套。假若生命个体是上帝的话，那他怎么会被无明所惑呢？难道上帝也会被无明所惑吗？若果真如此，那么无明，或撒旦，岂不比上帝更伟大？真正的知识，可从住于圆满克利须那觉性里面的人身上获得。故此，吾人必须找到这样一位正宗的灵性导师，并在他的指导之下，修学克利须那觉性，因为克利须那觉性必能扫除一切无明，恰如太阳之驱散黑暗。就算一个人或许懂得自我并非躯壳，而是超越躯壳的；他仍可能无法分辨灵魂和超灵。然而，假若他诚心求教于正宗的、完美的克利须那觉知的灵性导师，他便能了知一切。只有实际遇上神的代表，才能了解神，体悟人与神的关系。一位神的代表从来就不会自诩为神，虽然，因为他认识神，他所得到的尊敬近乎世人对神的尊敬。人必须明了神与生命个体之分际。故此，主克利须那在第二章第十二颂说，有情众生是个体，主也是个体。过去，他们都是个体；现在，他们都是个体；将来，甚至解脱之后，还继续都是个体。夜里，我们所看到的无非是漆黑一片；白天，当太阳升起时，我们便看清楚了一切事物的本来面目。契入灵性生命之个体性，才是真正的知识。

诗节 17：心、智、信念、身家全交托给至尊主，如此证得圆满的知识，疑虑一空，便能在解脱之途上，勇往直前。

要旨：至高无上的形而上真理即主克利须那。整部《薄伽梵歌》的中心，就是宣布克利须那为至上人格神。这是所有吠陀经论的观点。*para-tattva* 意谓无上真谛，被至上本体之觉悟者体认为梵、超灵和薄伽梵。薄伽梵，或至上人格神，乃是绝对本体之究竟。除此之外更无别物。主说："檀南遮耶，我是至高无上的真理（*mattaḥ parataraṁ nānyat kiñcid asti dhanañjaya*）。"非人格梵亦为克利须那所摄持："我就是非人格梵的根基（*brahmaṇo hi pratiṣṭhāham*）。"故此，在各个方面，克利须那皆为无上真谛。心、智、信念、身家恒住克利须那里面的人，或者说彻底处于克利须那觉性之中的人，必然断除了一切疑惑，具足一切形而上的圆满智慧。一位克利须那觉知者能够圆满觉悟克利须那的不二性（即一即异）。具备了这种形而上义理，人便能在解脱之途上稳步迈进。

诗节 18：谦恭的学者，凭着真知，以平等的眼光看待温雅的婆罗门、母牛、象、狗和吃狗者。

要旨：一位克利须那觉知者并不去区分物种或阶级。从阶级的观点来看，婆罗门与无种姓者或许有别；从物种的观点来看，狗、母牛和象大不相同，但这些躯体的差异，在有学识的超验主义者眼中，并无意义。这是由于他们跟无上者之关系。因为至尊主以超灵这一全权部分，临在于每个生命体心中。这样去理解无上者才是真正的智慧。就处在不同阶级或不同物种之中的躯体而言，主善待每一个人，不论生命个体的处境如何，他皆待之如友，而又不失其超灵之位份。作为超灵的主，同样存在于无种姓者和婆罗门的心中，尽管这两者的躯壳有异。躯壳乃物质气性之产物，但躯壳内的灵魂和超灵皆属灵性。尽管灵魂和超灵之本性接近，但这并不使得两者在量上等平，因为个体灵魂只居停于某一特殊的躯壳之内，而超灵则临在于每一躯壳之中。克利须那觉知者对此完全清楚，所以有真见地、有平等心。灵魂与超灵本性相近之处就在于两者皆具觉知力，且真常极乐。而其分际在于，个体灵魂之觉知仅局限于其所在的躯壳，而超灵则觉知到所有躯体。超灵一体临在于所有躯壳之内。

诗节 19：住心澹定安宁者，已征服了生死。他们无瑕如梵，已然安住于大梵之中。

要旨：如上所论，心意安宁，乃自觉之象。真正能到此境界，可谓已经征服了自然局限，尤其生死。只要把自我认同于躯壳，便仍是受拘限的灵魂；然而一旦透过自我觉悟超入安和之境，就从受拘限的生命中解脱出来了。换言之，这样的人死后不必再投生于物质世界，而是进入灵性天宇。主清净无疵，因为他无有好恶。同样地，当生命个体能无好无恶时，他亦变得清净无疵，从而有资格升转灵性天宇。这样的人可谓已得解脱，他们的表现下面会有描述。

诗节 20：遇乐不欣，逢悲不忧，有定慧，无困惑，了悟灵性的学问，此人可谓安住于超然境界。

要旨：这里讲到了自觉者的表现。首先就是不错把躯壳当作真我。自觉者彻底了悟他并不是这个躯壳，而是至上人格神的所属部分。如此，对于跟躯壳有关的事物，他得之不喜、失之不忧。这种心意的坚稳称为“不动智”（*sthira-buddhi*）。自觉者绝不会受幻惑，错把粗浊的躯壳当作灵魂，也不会认为躯壳有常，而不去关心灵魂的存在。这知识把他提升到认识绝对真理之全体即梵、超灵、薄伽梵的阶段。他于是了知自己的命定地位，不会错误地力图从各方面与无上者合一。这称为觉悟梵或觉悟自我。此坚稳之觉性即克利须那觉性。

诗节 21：如斯解脱之人，不受物质感官或外在对象引诱，常住神定，内心自在无碍。自觉者注心至上，受用无量福乐。

要旨：室利·阎牟那阿阇黎（*Śrī Yāmunācārya*），一位在克利须那觉性中的伟大奉献者，说道：

yad-avadhi mama cetaḥ kṛṣṇa-pādāravinde
nava-nava-rasa-dhāmany udyataṁ rantum āsīt
tad-avadhi bata nārī-saṅgame smaryamāne
bhavati mukha-vikāraḥ suṣṭhu niṣṭhīvanaṁ ca

“因为我已经在为克利须那做超越性爱心服务，并从他那里领受到历久弥新的妙喜，所以，每当想起性享乐，我就会唾弃这些念头，厌恶之下，连连撇嘴。”

与梵相应（*brahma-yoga*）或在克利须那觉性里面的人，因为专注于为主做奉爱服务，完全失去了物质感官享乐的胃口。物质方面的最高快乐是性享乐。整个世界都在这根魔棒下转动，没有这种动机，物质主义者根本就无法工作。但在克利须那觉性之中践履的人却能避开性享乐，以更大的热情工作。这便是对灵性觉悟的测试。灵性觉悟与性享乐相互排斥。一位克利须那觉知者已是解脱的灵魂，故不受任何感官快乐的吸引。

诗节 22：感官与感官对象接触，物质之乐乃生，这实是诸苦之源。贡蒂之子呀！这些快乐有始有终，智者不以之为乐。

要旨：物质的感官快乐缘起于跟物质感官接触，因为躯壳本身无常，所以感官快乐亦无常。解脱的灵魂对任何无常之物皆无兴趣。既已洞悉超世之妙喜，解脱的灵魂岂会甘于享受虚浮的欲乐呢？《莲花往世书》（*Padma Purana*）云：

ramante yogino 'nante
satyānande cid-ātmani
iti rāma-padenāsau
paraṁ brahmābhidhīyate

“通玄者从绝对真理处，领受到无量妙喜。是故，至高绝对真理，至上人格神，亦名罗摩（*Rāma*）。”

《薄伽梵往世书》（5.5.1）云：

nāyaṁ deho deha-bhājāṁ nṛ-loke
kaṣṭān kāmān arhate viḍ-bhujāṁ ye
tapo divyaṁ putrakā yena sattvaṁ
śuddhyed yasmād brahma-saukhyaṁ tv anantam

“我亲爱的儿子们，在这人体生命中，绝无理由为感官享乐而辛苦劳作；这种快乐，吃粪便的动物（猪）也可以得到。相反，你们此生应该去苦修，净化自己的存在，如此，便能受用无量之妙喜。”

感官快乐引起相续不断的物质存在，因此，真正的瑜伽士或有学识的超验主义者，不会受其吸引。越是纵情于物质欲乐，越为尘世诸苦所困。

诗节 23：离开躯壳之前，人若能抵受住物质感官的冲动，克制贪淫和嗔怒，便可泰然安住，快活处世。

要旨：若想在自觉之途上稳步精进，就必须控制住物质感官的冲动。有说话的冲动、嗔怒的冲动、心意的冲动、胃的冲动、生殖器的冲动，以及口舌的冲动。能控制所有这些不同感官以及心意冲动的人被称为哥史华米（Gosvāmī）或史华米（*Svāmī*）。这样的哥史华米过着严格自律的生活，且完全摒弃了种种感官冲动。物质欲望若不得满足，便引发嗔怒，于是，心、眼、胸腔受到刺激。是故，在舍弃物质躯壳之前，必须修炼控制这些欲望。能够这样做的人可谓觉者，于自觉之境中，得享福乐。全力以赴降伏贪淫和嗔怒，乃是超验主义者的职分。

诗节 24：内心自在活泼，不向外寻求快乐的人，实为完美的通玄者；他在至上处获得涅槃，最后与至上同在。

要旨：除非品尝到内在的法喜，又怎会停止向外求取虚浮的欲乐呢？解脱者能靠切实的体验受用法喜。因而，他能在任何地方冥坐，尽享内在的生命活动。这样的解脱者不再思慕外在的物质欲乐。此境界名为梵觉（*brahma-bhūta*），登临此境，必能回归主神，重返故乡。

诗节 25：超越二元对待，全无怀疑，勤于内省，时时勤力造福有情众生，脱离一切罪恶，如是乃可在至上处获解脱。

要旨：只有彻底住于克利须那觉性里面的人，才算得上是在为一切有情造福。当一个人真正了知克利须那就是万有之源，并以此种精神去践履时，便是在饶益一切众生。人类承受苦厄，乃是因为忘记了克利须那是至高无上的享用者、至高无上的所有者和至高无上的朋友。是故，为了让全体人类复归此觉性而采取的行动，就是最崇高的福利工作。若没有在无上者处获得解脱，便无法胜任这种一流的福利工作。一位克利须那觉知者对克利须那的无上地位深信不疑，因为他完全脱尽了一切罪恶。这就是神爱之境。

单单推行社会物质福利，实际帮不了任何人。外在躯壳和心意的暂时调适并不会让人满足。人为生活辛苦拼斗，困难重重，究其真正的原因，乃是遗忘了自我跟至尊主的关系。当人彻底觉知到自我与克利须那的关系时，实际上已经是一个解脱的灵魂，即便他仍可能还住在物质躯壳里面。

诗节 26：远离嗔怒和贪淫，自觉自律，追求完美，必很快在至上处获得解脱。

要旨：在不断为救赎而奋斗的圣徒里面，处于克利须那觉性之中者最卓越。《薄伽梵往世书》（4.22.39）有言：

yat-pāda-paṅkaja-palāśa-vilāsa-bhaktyā
karmāśayaṁ grathitam udgrathayanti santaḥ
tadvan na rikta-matayo yatayo 'pi ruddha-
sroto-gaṇās tam araṇaṁ bhaja vāsudevam

“在奉爱服务之中，去崇拜华胥天人——至上人格主神吧！即使伟大的圣徒，也不能够像那些透过服务主的莲花足而得享妙乐的人一样，有效地控制住感官的冲动，将根深蒂固的求取果报的欲望连根拔除。”

对于受拘限的灵魂，享受业果的欲望是如此根深蒂固，甚至伟大的圣者，费尽心机，也难以降伏这些欲望。一位主的奉献者，在克利须那觉性中不断致力于奉爱服务，证入圆觉，很快就在至上之处，获得解脱。由于在自我觉悟方面智慧圆满，他始终处于神定之境。举一个类似的例子：

darśana-dhyāna-saṁsparśair
matsya-kūrma-vihaṅgamāḥ
svāny apatyāni puṣṇanti
tathāham api padma-ja

“仅凭视、思、触，鱼、龟、鸟就能养育后代。钵多摩遮呀！我亦如此。”

鱼只靠看就能将后代养大；龟但凭冥思就能孵育后代。龟蛋生在陆地上，而龟则在水中想着龟蛋。同样，处于克利须那觉性里面的奉献者，尽管远离主的居所，但只要不断地想着主——透过在克利须那觉性之中践履，便可提升自己到主那里。他不会感到物质烦恼；这种生命境界名为梵涅槃（*Brahma-nirvāṇa*），或冥迹至上，诸苦断除。

诗节 27/28：寻求超生脱死的智者，摒除一切外在的感官对象，眼神集中在两眉之间，调气息于鼻端，调伏心、智、感官，远离畏怖、嗔怒。常住此境，必获解脱。

要旨：致力于克利须那觉性，可直下顿悟自己的灵性身份；然后，透过奉献服务之道，就能够认识至尊主。当吾人已安住奉献服务之中时，便到达了超越之境，有资格在自己的活动领域内觉受到主的临在。此特殊之境界名为“在至上处解脱”。

解说过在至上处解脱的原则后，主接着开示阿周那，如何透过修炼玄通或曰八支瑜伽来达到此境界。八支瑜伽（*Aṣṭāṅga-yoga*，即阿斯汤伽瑜伽）分持戒、精进、打坐、调息、撤回、把持、禅定、三昧八种行法。有关瑜伽的论题在第六章会有详尽的阐述，本章结尾部分对此只是做了初步的解说。首先得透过修炼撤回法以驱除色、声、香、味、触等感官对象，然后，半闭双眼，将眼神集中于两眉间的鼻尖上。两眼紧闭是无益的，因为随时会打瞌睡。两眼完全睁开也不好，因为这会有被感官对象吸引的危险。透过中和体内的上行气和下行气，呼吸运动被收敛于鼻孔内。如此修炼瑜伽，便能控制住感官，戒绝外部的感官对象，从而为自己在至上处解脱做好准备。

瑜伽行法能助人脱离一切畏怖和嗔怒，并在超越之境中觉受到超灵的临在。换言之，克利须那觉性是实践瑜伽原则最简易的法门。下一章将对此做全面的论述。一位克利须那觉知者因为总是践行奉爱服务，就不会放松感官，让它们去从事其他的活动。这比透过修炼阿斯汤伽瑜伽来收摄感官要好得多。

诗节 29：一个完全觉知到我的人，知道我是一切献祭和苦行的最终受用者，一切星宿和天神的至尊主，一切有情的赐福者和祝愿者。这样的人，远离尘世诸苦，超入安和之境。

要旨：在幻力掌控下的受拘限的灵魂，无不渴望在这个物质世界里保有安宁。但他们却不晓得此处所说的和平公式。这最伟大的和平公式就是：克利须那乃一切人类实践的受益者。人类该奉献一切，为主做超越性服务，因为他是一切星宿以及天神的主人。没有谁比主更伟大。他比最伟大的天神如湿婆、梵天还要伟大。在《白净识奥义书》（*Śvetāśvatara Upaniṣad* 6.7）里，至尊主被描述为 *tam īśvarāṇāṁ paramaṁ maheśvaraṁ*，即主宰者之主宰。在幻觉的魅惑下，生命个体力图控制他们所看见的一切，但实际上，他们被主的物质能力所控制。主是物质自然的主人，而受拘限的灵魂则受制于严酷的物质自然法则。除非明白了这些无可遮掩的事实，人就不可能在这个世界上获得安宁，无论就个体还是团体而言。克利须那觉性之观念如是：克利须那乃至高无上的主宰，一切生命个体，包括伟大的天神，都是他的臣属。只有在圆满的克利须那觉性里面，才有可能获得圆满的安宁。

本章阐释克利须那觉性之妙用，通常被称为业瑜伽。此处对业瑜伽如何能给人带来解脱这种思辨性问题给予了解答。在克利须那觉性中践履即在主是主宰者这种圆满知识下活动。此活动与形而上义理融摄不二。直下承当克利须那觉性即巴克提瑜伽（*Bhakti-yoga*），而智瑜伽（*Jñāna-yoga*）则是将人引向巴克提瑜伽的法门。克利须那觉性意味着在对自我与至上绝对者之关系的圆满觉悟中践履，而此觉性之圆成即圆满觉知克利须那、至上人格主神。纯粹的灵魂，作为上帝的所属部分和微粒，本是上帝永恒的仆人。由于想操纵幻力（*māyā*）的欲望，他下来接触到假象，而这正是他饱受苦厄的根源。只要他跟物质接触，就得为物质所需而奔波。然而，尽管人在物质的境遇里，克利须那觉性却能将人带入灵性生命。因为，透过在尘世间的修炼，克利须那觉性唤醒了我们的灵性存在。越是精进，就越能摆脱物质的桎梏。主并不会偏向任何人。一切皆取决于个人在克利须那觉性中的实际践履，它有助于从各个方面控制住感官，克服贪淫和嗔怒的影响。安住于克利须那觉性，并降伏了上述情欲的人，实际已证入超越之境，亦即梵涅槃（*Brahma-nirvāṇa*）。玄秘的瑜伽八支在克利须那觉性中自动得到修炼，因为其最终的目的已经达成。八支瑜伽是渐修的过程，要经过持戒（*yama*）、精进（*niyama*）、打坐（*asana*）、调息（*pranayama*）、撤回（*pratyahara*）、把持（*dharana*）、禅定（*dhyana*）和三昧（*samadhi*）。但这些不过是给奉爱服务之圆成做了铺垫，只有圆满的奉爱服务才能赐人类以和平。那是生命最崇高的圆满境界。

巴克提维丹塔阐释圣典《薄伽梵歌》第五章“业瑜伽——在克利须那觉性中践履”终。

第六章　禅瑜伽

诗节1：至上人格主神克利须那说：不贪执业果，为之而若不得已，斯人为真出世者，为真通玄者，那些不生烟火，不尽职分的人则不是。

要旨：主在这一章里解释说，瑜伽八支是调伏心意和感官的法门。然而，一般人很难践行，尤其在卡利纪。虽然本章讲到八支瑜伽体系，但主却强调业瑜伽之法或在克利须那觉性中践履更为殊胜。世间之人，劳作养家，无不是为了私利或个人满足，无论其表现为专一的或延展的。圆满的准则应该是：在克利须那觉性中践履，不期望享受业果。在克利须那觉性中践履是每一生命个体的职分，因为他们在命分上都是至上本体的部分和微粒。身体的各个部分都为满足全身而做工。四肢活动不是为了自娱而是为了满足全身。同样，不求个人满足，只为满足至上大全而行动的生命个体，才是圆满的出世者、圆满的瑜伽士。

出世者有时做作地自认为已从所有世间职分中解放了，因而停止举行火供（*agnihotra yajña*）。但这实际上只是自私自利，因为他们的目标是要与非人格梵融而为一。诚然，这种欲念比任何物质欲念都伟大，但却不是无私的。同样，双眼半开半阖，终止一切物质业行以修炼瑜伽的玄秘瑜伽士，欲求的也是私己的满足。然而，在克利须那觉性里践履的人，为大全整体的满足而行动，没有丝毫自私心。克利须那觉知者不求满足自我。他成功的准则是克利须那的满足。这样的人才是圆满的出世者、圆满的瑜伽士。主采坦尼亚——最崇高的圆满舍离之象征，如此祈祷：

na dhanaṁ na janaṁ na sundarīṁ
kavitāṁ vā jagad-īśa kāmaye
mama janmani janmanīśvare
bhavatād bhaktir ahaitukī tvayi

“全能的主啊！我无意累积财富，也不想追求漂亮的女人，更不稀罕任何追随者。我只希望一世复一世，为您做没有缘故的奉献服务。”

诗节 2：般度之子啊，你当知道，所谓舍离，即是瑜伽。除非舍离感官之乐，否则不能够成为瑜伽士。

要旨：真正的舍离瑜伽（*Sannyasa yoga*）或巴克提（*Bhakti*）意即，人当了知他作为生命个体的命定地位，并采取相应的行动。生命个体是无上者的边际能力，并无可自存的独立性。陷落于物质能量，他就受拘限；当他是克利须那觉知的，或者体知到灵性能量时，就在真实、自然的生命状态。所以，当人具足了圆满的智慧，就会终止一切物质感官之乐，即舍离各种感官享乐活动。不让感官粘执物质的瑜伽士正是这样修炼的。然而在克利须那觉性里面的人，感官被用于为克利须那服务，根本没有机会做其他事情。所以，克利须那觉知者即是出世者也是瑜伽士。穷理致知、收摄诸根的目的，如智瑜伽和禅瑜伽之法所设定的，在克利须那觉性里自动达成。如果不能放弃出于自私本性的活动，那么所谓穷理，所谓瑜伽，皆无补益。真正的目的是让生命个体放弃一切自私的满足，以便做好满足至尊主的准备。克利须那觉知者并不欲求任何自我享乐。他始终为了至尊主的满足而行动。是故，那些对至尊主一无所知的人，必倾力满足自我，因为没有人能够保持不活动。透过修炼克利须那觉性，一切目的皆圆满达成。

诗节 3：对初修八支瑜伽的人，业行是手段；对已深入瑜伽的人，终止一切业行成了手段。

要旨：将自我与至上者相结合的法门称为瑜伽。它可比喻为一架通向最高灵性觉悟的梯子。这梯子以生命个体最低级的自然状态为起点，逐渐上升到纯粹精神生命的圆满自觉。根据不同的进阶，梯子上的不同部分，有不同的称谓。但总的来说，整架梯子称为瑜伽，可划为三部分，即智瑜伽、禅瑜伽和巴克提瑜伽。梯子之底端名为瑜伽初地（*Yogāruruksu*），梯子之顶端名为瑜伽圆成（*Yogārūḍha*）。

至于八支瑜伽体系，开始时是借助持守戒律和修炼体位（与锻炼身体相仿），来进入禅定状态，此类修炼可说是物质的果报活动，旨在引导人成就圆满的清净心，以求收摄感官。待禅定修炼有成之后，各种困扰人的情识活动便停止下来。

然而，克利须那觉知者入手就处于禅定之境，因为他时时想着克利须那。而且，由于持续不断地为克利须那服务，他算得上已经终止了一切物质业行。

诗节 4：舍离一切物质欲望，既不贪求感官之乐，也不涉足果报活动，这样的人可谓深入瑜伽。

要旨：当人彻底投入为主做超越性奉献服务时，便自得其乐，不复追逐感官之乐或果报活动。不然的话，他一定会追逐感官之乐，因为人活着不能无所事事。若不操存克利须那觉性，人必定会追逐自我中心的或延展的自利性活动。但一位克利须那觉知者不惜为满足克利须那做任何事情，故而完全不执着感官之乐。没有这种觉悟的人，须以机械的方式摆脱物欲，以图攀上瑜伽之梯的顶端。

诗节 5：人须以心超拔自身，不让自己退堕。对受拘限的灵魂，心即是朋友，也是敌人。

要旨：梵语“*ātmā*”（阿特曼），可指身、心或灵魂，视语境而定。在瑜伽系统中，心及受拘限的灵魂特别重要。心是瑜伽修炼的中心点。

所以，阿特曼在此指的就是心。瑜伽系统的目的就是要收摄心念，把它从对感官对象的粘执中拖开。此处强调，心必须被调伏，好让它能够将受拘限的灵魂度脱出无明的泥潭。处于物质存在中，人易受心和感官的影响，事实上，纯粹的灵魂之所以被缠缚于物质世界，就是因为心与企图操纵物质自然的我慢打成一片。是故，心应该被调伏，使其不为物质自然的光影所诱，如此，受拘限的灵魂就可能得救。不该为感官对象所诱而自甘沉沦。越受感官对象吸引，越为物质世界缠缚。解除桎梏的最佳办法就是在克利须那觉性里面运用心意。“*Hi*”一字用在这里就是为了强调这一点，即必须这样做。《甘露点奥义书》有言：

mana eva manuṣyāṇāṁ
kāraṇaṁ bandha-mokṣayoḥ
bandhāya viṣayāsaṅgo
muktyai nirviṣayaṁ manaḥ

“对人来说，心既是束缚之因，也是解脱之因。惑溺于感官对象的心是束缚之因；不粘执感官对象的心则是解脱之因”。

如是,时时在克利须那觉性里面得到运用的心意,是最高解脱之因。

诗节 6：降伏了心，心便是最好的朋友；降伏不了心，心便是最大的敌人。

要旨：修炼八支瑜伽的目的在于调伏心意，变心意为助成人生使命的朋友。除非心意受调伏，否则，装模作样地修炼瑜伽只是浪费时间而已。不能调伏自己心意的人，常与最大的敌人为伍，是以其人生和人生的使命终必摧坏。生命个体之命定地位乃是执行尊长的命令。只要心依旧是未被征服的敌人，人就得听命于爱欲、嗔恨、贪执、幻妄等等。一旦征服了心，人就会自觉自愿地奉行以超灵之位居停于众生心中的人格主神的旨令。真正的瑜伽修炼让人在内心亲证超灵（*Paramātmā*），之后听天命而行。直下承当克利须那觉性的人，自然会生起对主命的彻底皈依心。

诗节 7：降伏了心的人，宁静安和，得证超灵。对这种人来说，悲喜、冷热、荣辱一体无别。

要旨：实际上，每一生命个体都应该奉行以超灵之位居停于众生心中的人格主神的旨令。但当心意被外部幻力误导时，生命个体就受物质活动的缠绕。因而，一旦透过任何一种瑜伽体系调伏了心意，目的就算达到了。人必须服从尊长之命。当心意固定于高等本性，生命个体就别无选择，只能服从无上者之命。心意必须承认某种尊长之命并加以奉行。调伏心意的结果是，人自动服从超灵之命。因为处于克利须那觉性中的人可当下证入此超越之境，所以，主的奉献者不受悲喜、冷热等物质自然之二元对待的影响。这境界就是三摩地（*Samādhi*）——专念于无上者。

诗节 8：因得到了智慧和觉悟而彻底满足的人，被认为已建立于自觉之上，堪称瑜伽士（或通玄者）。这样的人自作主宰，安处超然，等视万物——无论是石块，还是金子。

要旨：对绝对真理毫无证悟的书本知识，一无用处。语云：

ataḥ śrī-kṛṣṇa-nāmādi
na bhaved grāhyam indriyaiḥ
sevonmukhe hi jihvādau
svayam eva sphuraty adaḥ

"谁也无法透过被物质染污了的感官，了解室利·克利须那之名号、身相、德性、游戏的超妙本质。只有当人为主做超越性服务而变得充满灵性时，主超然的名号、身相、德性、游戏才向他呈现。"《巴克提情味甘露海》1.2.234）。

《薄伽梵歌》是克利须那觉性的学问。光靠世俗的学术成就，谁都不可能变成克利须那觉知。人得相当幸运，才能接触到一个安住无染觉性的人。凭着克利须那的恩典，克利须那觉知者获得了亲证之知，这都是因为他满足于做纯粹的奉献服务。透过亲证之知，吾人乃得圆满。凭借形而上义理，吾人能坚守自己的信仰；单纯的学术知识则容易使人被表面矛盾所惑而莫衷一是。觉悟的灵魂才是真正的自作主宰者，因为他皈顺了克利须那。他与世俗学识无关，所以他是超绝的。世俗学识和心智思辨，他人视若黄金，而在觉悟的灵魂看来，它们并不比土苴石块更值钱。

诗节 9：平等看待一切有情——诚恳的祝愿者、朋友、敌人、中立者、调解者、嫉妒者、虔诚者、罪人，这样的人修为更进一层。

诗节 10：超验主义者当时时运用其身、心、灵去感应无上者。他该独自隐居，随时小心收摄意念，远离欲望，摒除拥有之念。

要旨：克利须那可在三个不同的层级上被体认到，此即梵、超灵、至上人格神。简而言之，克利须那觉性就是时时为主做超越性奉爱服务。但那些执着非人格梵或内在化超灵的人，也部分地具克利须那觉知，因为非人格梵是克利须那的灵性辉光，而超灵则是克利须那弥纶万有的局部扩展。故此，非人格主义者和观修者也间接地具克利须那觉知。直下觉知克利须那的人，是最上乘的超验主义者，因为这样的奉献者也了知何谓梵、超灵。他对绝对真理的知识是圆满的，而非人格主义者和观修型的瑜伽士则仅具不圆满的克利须那觉知。

不过，此处开示上述那些人，只要各自不断地努力精进，迟早都会成就最高圆满。超验主义者的当务之急是时刻将心念凝定于克利须那。要时时想到克利须那，不可片刻遗忘。心念凝注于无上者被称为三摩地。为了凝聚心志，应该长居幽僻之地，避开外境纷扰。他应该非常谨慎地选择有利自觉的境况，避免不利自觉的境况。而且要下定决心，不去追逐不必要的物质事物，免受拥有之念的束缚。

当人直下克利须那觉知时，所有这些成就和举措全能达成，因为直超的克利须那觉性意味着自我否定，它不会给物质拥有之念半点可乘之机。圣茹巴·哥史华米如此界说克利须那觉性：

anāsaktasya viṣayān
yathārham upayuñjataḥ
nirbandhaḥ kṛṣṇa-sambandhe
yuktaṁ vairāgyam ucyate
prāpañcikatayā buddhyā
hari-sambandhi-vastunaḥ
mumukṣubhiḥ parityāgo
vairāgyaṁ phalgu kathyate

“当人不执着任何事物，但同时又接受与克利须那有关的一切时，便是超越了拥有之念。另一方面，不晓得万物与克利须那的关系，一切拒斥，这种舍离并不圆满。”（《巴克提情味甘露海》2.255–256）

克利须那觉知者深知，万物归属克利须那，因而他始终没有个人的拥有欲，不会为自己追求任何东西。他懂得如何接受有利于克利须那觉性的事物，懂得如何摒弃不利于克利须那觉性的事物。他常处超然，远离俗务；他独立不依，跟不在克利须那觉性之中的人没有任何关系。所以，一个在克利须那觉性里面的人是圆满的瑜伽士。

诗节 11/12：修习瑜伽，须到深隐之处；在地上垫吉祥草，再铺上鹿皮软布。于圣地敷设坐位，不可太高，也不可太低，瑜伽士坐于其上，稳若磐石。如此修炼瑜伽，收摄心和感官，置心一处，净化内心。

要旨：“圣地”是指朝圣的地方。在印度，瑜伽士、通玄者或奉献者，皆抛家离乡，去菩罗耶伽（*Prayaga*）、摩图罗（*Mathura*）、温达文（*Virndavan*）、瑞诗凯施（*Hrsikesa*）、诃黎多华（*Haridwar*）等圣地隐居修炼，这些地方也是阎牟那河、恒河等圣河流经之处。但这常常是可望而不可及的，尤其是对于印度以外的人，更是如此。大城市里的所谓瑜伽会所，在赚取物质利益方面或许很成功，但并不适合瑜伽实修。不能自作主宰，心思纷乱的人，无法修炼观想。是故，《大那罗底耶往世书》（*Brhah-naradiya Purana*）说，在卡利纪，也即目下之时代，人一般短寿，根器迟钝，且常为种种烦恼所扰，要获得灵性觉悟，最殊胜的法门便是持诵主的圣名：

harer nāma harer nāma
harer nāmaiva kevalam
kalau nāsty eva nāsty eva
nāsty eva gatir anyathā

"于此争斗邪伪充斥之年代，唯一度脱法门即诵主圣名，诵主圣名，诵主圣名。除此别无他途，别无他途，别无他途。"

诗节 13/14：身体、颈、头竖立，成一直线，两眼凝视鼻尖。然后，收摄心念，无忧虑，无恐慌，彻底摆脱性生活。内心观想，念念在我，以我为生命之究竟依止。

要旨：人生的目的就是要证知克利须那，他以超灵即四臂毗湿奴之身相居停于众生心中。修炼瑜伽的目的就是为发见此毗湿奴之内在化身相，而不是为了任何其他的目的。居停于生命个体心中的内在化的毗湿奴相（*Viṣṇu-mūrti*）是克利须那的全权分身。无事于觉证此毗湿奴的人，修炼瑜伽不过是装模作样，徒劳功夫，无非浪费时间而已。克利须那是人生的究竟依止，居停于人心中的毗湿奴身相则是瑜伽修炼之所依止。欲觉悟心内的毗湿奴身相，必须彻底戒绝性生活。如此，就得离家，独自隐居于幽僻之地，按上述之法打坐。一面天天在家或其他地方享受性生活，一面去参加所谓的瑜伽班，是无法成为瑜伽士的。要成为瑜伽士，就必须收摄心念，戒除各种感官之乐，其中尤以性生活为首。伟大的圣者雅若洼基夜（*Yājñavalkya*）所撰的守贞戒律里说：

karmaṇā manasā vācā
sarvāvasthāsu sarvadā

sarvatra maithuna-tyāgo
brahmacaryaṁ pracakṣate

“梵行者的誓言，是为了在一切时地、一切境况下戒绝淫行。”

放纵性欲，谁都不能正确地修炼瑜伽。梵行者从童年开始，当他还不知男女之事时，就受到此类教育。童子五岁被送入师塾（Gurukula），由古鲁把他训练成严守戒律的梵行者。不如此习练，谁都不能够在瑜伽方面有所增益，无论其为禅瑜伽、智瑜伽还是巴克提瑜伽。不过，有人若持守婚姻生活的戒律，只与妻子发生性关系（在戒律限制下），也可称之为梵行者。如此自律的居家梵行者，能被巴克提派所接受，但智瑜伽派和禅瑜伽派甚至不认可这类居家梵行者。他们要求彻底戒绝性生活，丝毫不肯折中。巴克提派准许家居梵行者保留有节制的性生活，这是因为巴克提瑜伽之道具大力量，修行者一旦投入为主做超越性服务，就会自动失去对性的兴趣。《薄伽梵歌》（2.29）云：

viṣayā vinivartante
nirāhārasya dehinaḥ
rasa-varjaṁ raso 'py asya
paraṁ dṛṣṭvā nivartate

“躯体化的灵魂也可能抑制住感官享乐，但对感官对象的嗜好还会依然存在。灵魂若藉着体验更高的品味，放弃追逐感官之乐，便能坚处于觉性之中。”

尽管其他人是被迫戒绝感官享乐，但主的奉献者却由于更高的品味而自动戒除。除了奉献者，没有人知道这种更高的品味。

无畏（*Vigata-bhīḥ*）。除非彻底安住克利须那觉性，否则不可能无畏。受拘限的灵魂之所以有恐惧，是因为忆念迷乱，忘记了他与克利须那之间的永恒关系。《薄伽梵往世书》（11.2.37）云：“克利须那觉性乃无畏之唯一根基（*bhayaṁ dvitīyābhiniveśataḥ syād īśād apetasya viparyayo* 'smṛtiḥ）。”所以，只有一位克利须那觉知者才可能进行完美的修炼。并且，由于瑜伽修炼的终极目的是要亲证内在之主，是以克利须那觉知者已然是最殊胜的瑜伽士了。此处所论及的瑜伽原则，与时下流行的所谓“瑜伽会所”的原则大不一样。

诗节 15：不断修炼，调伏身、心，如此瑜伽士便能很快终结物质存在，上达神的国度。

要旨：修炼瑜伽的终极目的现在已解说明白了。修炼瑜伽并非为了得到何种物质便利，而是要终结一切物质存在。追求强身健体者、渴慕物质成就者，都不是《薄伽梵歌》所说的瑜伽士。终结物质存在也不意味着寂灭入“空”。“空”不过是神话，在主的创造之内，无“空”可觅。相反，物质存在的终结使人升转灵性天宇，超入上主之乡。关于上主之乡，《薄伽梵歌》也有明示，那是一个无需日、月、电力的地方。灵性之国的所有星体皆自发光明，一如下界空中之日轮。上帝之国无乎不在，但灵性天宇以及其中的星体，被称为 *Paraṁ dhāma*，或曰上土。

主克利须那在此亲自指出，*mat-cittaḥ, mat-paraḥ, mat-sthānam*，圆满证知主克利须那的顶级瑜伽士，可入真实清静，而且最终能够到达至高无上的故乡——克利须那珞珈，其名为歌珞珈·温达文（Goloka Vṛndāvana）。《梵天本集》（5.37）有云：*goloka eva nivasaty akhilātma-bhūtaḥ*，主虽恒住于其故乡歌珞珈，但也透过他的高等灵性能力，示现为弥纶天地之大梵和内在化超灵。若未能正确地解悟克利须那和他的全权分身毗湿奴，谁都无法往生无忧珞珈（*Vaikuṇṭha loka*），或超入主的不朽之乡——歌珞珈·温达文。在克利须那觉性之中践履的人才是完美的瑜伽士，因为他的心念时时凝注在事奉克利须那上面（*sa vai manaḥ kṛṣṇa-pādāravindayoḥ*，《薄伽梵往世书》，9.4.18）。《白净识奥义书》（3.8）亦云：“唯有解悟至上人格神克利须那者，能断除生死流转之途（*tam eva viditvāti mṛtyum eti*）。”换言之，瑜伽体系的圆满境界，是获得超脱物质存在之自由，而非炫耀一些魔术戏法或体操绝技，来愚弄良善天真的大众。

诗节 16：阿周那呀！吃得太多或太少，睡得太多或太少，都不可能成为瑜伽士。

要旨：这里向瑜伽士推荐了饮食和睡眠的规则。吃得太多，是指进食超过了维持身心健康所需。人类实在没有必要吃动物，因为有大量的谷物、蔬菜、水果和牛奶可供食用。据《薄伽梵歌》所说，这些简单的食物性属中和。动物类食品是给那些在浊阴气性里的人吃的。所以，那些恣纵于吃肉、饮酒、吸烟和吃未先供奉给克利须那的食物的人，会承受恶报，因为他们所吃的皆是受过染污的东西。谁为感官之乐而吃，或为自己烹煮，不把食物供奉给克利须那，吃下的尽是罪孽（*Bhuñjate te tv aghaṁ pāpā ye pacanty ātma-kāraṇāt*）。进食罪孽及饮食无度，皆不能践行完美的瑜伽。最好只吃供奉过克利须那的食物。在克利须那觉性之中的人，不吃任何未先供奉给克利须那的食物。故而，只有克利须那觉知者方能在瑜伽修炼中功成圆满。刻意禁食，自创一套断食之法，这样也是修不成瑜伽的。克利须那觉知者按照经典所言遵行断食。他不会毫无必要地断食或进食，因而适于实践瑜伽修炼。吃得过多的人睡觉时常做梦，于是必然造成睡眠过多。人每天睡眠不得多于 6 小时，一天 24 小时中，睡眠若超过 6 小时，肯定是受了浊阴之气的影响。在浊阴气性里的人懒惰贪睡。如此之辈无法实践瑜伽。

诗节 17：节制饮食、睡眠、工作、娱乐，如此修练瑜伽，一切尘世烦恼均获减轻。

要旨：饮食、睡眠、防卫、交配，这些都是身体的需要，但若为之过度，就会妨碍瑜伽修炼的进步。就饮食而论，只有习惯食用祭余（*Prasādam*），才能逐渐做到饮食节制有度。据《薄伽梵歌》（9.26）所说，供奉给主克利须那的是蔬菜、花、水果、谷物、牛奶等食物。如此，在克利须那觉性里面的人，便自动受到训练，不会吃不属于人类食用的食品，即不在中和性之列的食物。在睡眠方面，把时间浪费在过多的睡眠里面，这在克利须那觉知者看来，实在是巨大的损失。*Avyartha-*

kālatvam：在克利须那觉知者的一生当中，就算有一分钟的时间没有为克利须那服务，他也会感到难以忍受。是故，他的睡眠保持在最低限度。在这方面的理想人物是茹巴·哥史华米，这位圣者总是不停地为主服务，每天睡眠不超过两个小时，有时甚至不睡。诃黎陀娑·塔库尔（*Ṭhākura Haridāsa*）每日用念珠持诵主的圣名30万遍，未念完之前，他甚至不领受祭余，也不会睡上片刻。至于工作，一位克利须那觉知者不会做任何与克利须那的利益无关的事情，如此，他的工作总合律法，不为感官享乐所污。对于一个在克利须那觉性里面的人，因为根本不存在感官享乐的问题，所以也就没有世俗的闲暇。由于工作、言语、睡眠和其他身体活动均节制有度，是以他全无物质烦恼。

诗节18：调伏身心，安处自性，再无任何物质欲望，可谓建立于瑜伽之境。

要旨：终结种种物质欲望——特别是性欲，是瑜伽士之所为迥异于常人之处。完美的瑜伽士极擅主宰心的活动，以致不会再受任何物质欲望的搅扰。如此圆满境界，在克利须那觉性之中的人自然而然就能达到，正如《薄伽梵往世书》（9.4.18–20）所说：

sa vai manaḥ kṛṣṇa-padāravindayor
vacāṁsi vaikuṇṭha-guṇānuvarṇane
karau harer mandira-mārjanādiṣu
śrutiṁ cakārācyuta-sat-kathodaye
mukunda-liṅgālaya-darśane dṛśau
tad-bhṛtya-gātra-sparśe 'ṅga-saṅgamam
ghrāṇaṁ ca tat-pāda-saroja-saurabhe
śrīmat-tulasyā rasanāṁ tad-arpite
pādau hareḥ kṣetra-padānusarpaṇe
śiro hṛṣīkeśa-padābhivandane
kāmaṁ ca dāsye na tu kāma-kāmyayā

“安巴黎萨·摩诃罗遮先是运使心意，将其凝注于主克利须那的莲花足；然后，一个接一个，他用言语去描述主的超上德性，用双手去洗擦主的庙宇，用双耳去听闻主的所为，用双眼去看主的超然身相，用身体去接触奉献者的身体，用嗅觉去闻供奉给主的莲花的清香，用舌头去尝供奉在主莲花足下的荼腊茜（*tulasi*）叶，用双足去朝拜圣地和主的庙宇，用头面去顶礼主，而他的欲望则在于执行主命。所有这些超然的活动都相当适合一位纯粹的奉献者。”

自非人格主义之徒看来，此超越境界或许为心行路绝、不可言说者，但对在克利须那觉性里面的人来说，却非常容易而且切实可行，这从上面所讲的安巴黎萨·摩诃罗遮的活动中，就可以明显看出来。若非心意透过不断忆念而凝注于主的莲花足，这些超然的妙用便不会生起。故此，在为主所做的超越性服务中，这些仪轨化的活动被称为“*arcana*”，即运用所有的感官为主服务。感官和心皆须有所运用，单纯否弃是不切实际的。是故，对于一般人，特别是那些不在生命之出世期的人，像上面所讲的那样超妙地运用心和感官，就是获得超上成就的圆满法门，这在《薄伽梵歌》里唤作“妙用”（*yukta*）。

诗节 19：瑜伽士收摄心意，安住对超上自我的观想，如此一心不乱，恰似无风处不摇之灯。

要旨：真正地克利须那觉知者，常凝定于超越之境，一心不断观想令人崇拜的上主，就好像无风之处的灯火，安然稳定。

诗节 20—23：修练瑜伽，心念完全摒除物质活动，此圆满之境，即为神定，或曰三摩地。它表现为，行者能以清净心观照自性，得享自性之乐。此时，透过灵性感官之妙悟，行者处于无量无尽之妙喜。如是成就以后，行者便永不会背离真理，到此地步，他也更无所求。若证入这般境界，即使遇上最大的困难，也绝不会

动摇。这才是脱离一切物质烦恼而来的真自在。

要旨：透过修炼瑜伽，就会逐渐不执着物质观念。这是瑜伽原则的基本表征。这之后，便证入神定，或曰三摩地（三昧），也就是说，瑜伽士透过超绝的心智觉悟到了超灵，不杂有任何将自我认同于胜我的误解。瑜伽修炼或多或少皆根于钵颠阇梨体系所阐发之原则。有些未经授权的释论者力图混同个体之灵与超灵，一元论者且认为这就是解脱，但他们都不了解钵颠阇梨瑜伽体系的真正目的。钵颠阇梨体系认许妙喜之说，但一元论者害怕因此危及不二之理，乃拒不承认妙喜的存在。所知与知者的二元性，不被非二元论者接受。然而，透过灵性感官亲证到的妙喜，却在此颂中得到印可。声名卓著的瑜伽体系的阐扬者——钵颠阇利·牟尼也肯认了这一点。这位伟大的圣者在他所著的《瑜伽经》（3.34）中说道：

puruṣārtha-śūnyānāṁ guṇānāṁ pratiprasavaḥ kaivalyaṁ svarūpa-pratiṣṭhā vā citi-śaktir iti

此"*citi-śakti*"，或内在能力，具超越性。"*Puruṣārtha*"意指物质化的宗教虔信、经济发展、感官满足，以及最终融入至上的努力。一元论者将这种"与至上为一"唤作"独存"，梵语 *kaivalyam*。然而钵颠阇利一系却认为，"独存"为一种内在而超越的能力，生命个体就是借此证知自己的命定地位。用主采坦尼亚的话来说，此状态名为 *ceto-darpaṇa-mārjanam*，即洁净心镜之尘垢。其实，所谓"洁净"就是解脱，或 *bhava-mahā-dāvāgni-nirvāpaṇam*。涅槃（*Nirvāṇa*）之论——尤在初地——与此理相合。《薄伽梵往世书》（2.10.6）称之为 *svarūpeṇa vyavasthitiḥ*（安立于自性）。《薄伽梵歌》此颂亦印证了这种境界。

涅槃（*nirvana*）或物质终结之后，跟着透显的是灵性活动，或为主做奉献服务——即所谓克利须那觉性。用《薄伽梵往世书》的话说，就是 *svarūpeṇa vyavasthitiḥ*（生命个体的真实生命）。摩耶"*Māyā*"即幻，是受到物质尘垢染污后灵性生命所呈现的状态。从这种物质尘垢里面得解脱，并不意味着摧坏生命个体本来的永恒地位。钵颠阇利也认可这一点，他说："*kaivalyaṁ svarūpa-pratiṣṭhā vā citi-śaktir iti*"，此 *citi-*

śakti，或超越之乐，即真生命。《吠檀多经》（1.1.12）亦云：“恒言梵性极乐（*ānanda-mayo 'bhyāsāt*）。”这本具的超越之乐是瑜伽的究竟归趣，透过巴克提瑜伽即实践奉献服务就能轻易得到。关于巴克提瑜伽（*bhakti-yoga*），《薄伽梵歌》第七章将有生动的论述。

如本章所论，瑜伽体系中的三摩地可分两类，即有种三昧（*Samprajñāta-samādhi*）和无种三昧（*Asamprajñāta-samādhi*）。当人透过穷理致知而处于超越之境，即证入有种三昧。而在无种三昧里面，行者不复牵挂任何世俗之乐，因为彼时他已超越一切受取自感官的快乐。一旦瑜伽士建立于此超越之境，便永无动摇。瑜伽士若未臻此境，还算不上成就。当今所谓瑜伽修炼，常容纳种种感官之乐，不啻为自相矛盾。纵溺于性和麻醉品的所谓瑜伽士，不过是笑料而已。甚至那些被瑜伽神通（*siddhi*）所倾倒的瑜伽士，境界也并不圆满。假若瑜伽士迷恋瑜伽的派生物，就无法修成本节所说的圆满之境。是故，那些耽执于炫耀体操绝技或神通的人要晓得，瑜伽的目的在这里已经荡然无存。

这个年代最殊胜的瑜伽修炼是克利须那觉性，它自在无碍。一位克利须那觉知者在其职分中自得其乐，他不会去追逐任何其他的快乐。在这个邪伪充塞的年代，修炼诃陀瑜伽（*Hatha-yoga*）、禅瑜伽（*Dhyāna-yoga*）或智瑜伽（*Jñāna-yoga*）皆多有障碍。但修炼业瑜伽（*karma-yoga*）或巴克提瑜伽（*bhakti-yoga*）却没有问题。

只要物质躯壳尚存，就得满足身体所需，也即饮食、睡眠、交配和防卫。但是，在纯粹的克利须那觉性或巴克提瑜伽之中的人，于满足身体需求之际，却不会激起感官冲动。反之，他接受生存的基本需要，同时以劣博优，受用克利须那觉性里的超世之乐。对于世间变故，如祸福、贫病，甚至最挚爱的亲人去世，他都无动于衷，但对践履克利须那觉性中的职分或巴克提瑜伽，他却时时警醒提撕，不敢怠慢。吉凶意外永远不能让他疏忽职分。正如《薄伽梵歌》（2.14）所说：“婆罗多之华胄呀！这是从感官知觉来的，人须学会忍耐，不为其所扰（*āgamāpāyino 'nityās tāṁs titikṣasva bhārata*）。”他隐忍安受这些所有人生变故，因为他知道，世道往复，祸福相生，皆与他的职分无干。如此，他达成了瑜伽修炼之最高圆满境界。

诗节 24：以绝不动摇的决心和信念，修炼瑜伽；凡由情识产生的物质欲望，一概摒弃，而且，以心意从各方面收摄所有感官。

要旨：瑜伽行者当决心坚定，不屈不挠，毫无偏差地修炼瑜伽。他要对最终的成功充满信心，持之以恒地走瑜伽之路，即便成功迟迟未到，他也不灰心、不气馁。成功必定属于精勤不懈者。关于巴克提瑜伽，茹巴·哥史华米于《教诲的甘露》（*Upadesamrita*，3）中说道：

utsāhān niścayād dhairyāt
tat-tat-karma-pravartanāt
saṅga-tyāgāt sato vṛtteḥ
ṣaḍbhir bhaktiḥ prasidhyati

“凭着满腔的热忱，持久的毅力和坚定的决心，透过亲近奉献者、践履职分、完全投入中和性活动，行者就能成功实践巴克提瑜伽之道。”

讲到决心，应该以下面这只麻雀为榜样。一只麻雀把蛋产在海滩上，但滔滔的海浪卷走了雀蛋。麻雀非常伤心，她要大海归还雀蛋。但大海根本就不理会她的请求。于是，麻雀下决心要喝干大海。她开始用小嘴啄取海水。大家都讥笑她异想天开。她的举动传开了，最后传到了主毗湿奴的座驾——大鹏鸟伽鲁达那里。这位小妹妹的遭遇赢得了他的同情，于是他便去看个究竟。伽鲁达很欣赏小麻雀的决心，便答应帮助她。于是，伽鲁达立即要求大海把雀蛋还给麻雀，不然，他就要亲自接替麻雀的工作。这一下，大海吓坏了，归还了雀蛋。在伽鲁达的恩典下，小麻雀又快活起来。

同样，瑜伽之修炼，特别是在克利须那觉性里面的巴克提瑜伽，看起来似乎十分困难，但若有人下定决心，坚持原则，主肯定会帮助他，因为天助自助者。

诗节 25：信诚念笃，凭借智慧，逐渐一步一步证入三昧，于是，心意凝定于自性，再无旁骛。

要旨：透过正确的信念和智慧，行者应逐渐终止感官活动。此即所谓撤回（*Pratyāhāra*）。借助信念、观修和终止感官活动，心念受到调伏，当深入三昧之境。此时，不会再有卷入物质化生命观的危险。换言之，尽管物质躯壳犹存，还得与物质打交道，但行者不应再顾及感官之乐。除了至上胜我的快乐，不可再起享乐之念。直下修炼克利须那觉性，此境界举步可到。

诗节 26：心意飘忽不定，变动不居，无论游荡到哪里，都必须将它收回，置于自我的控制之下。

要旨：飘忽不定，变化无常是心意的本性。但自觉的瑜伽士必须控制住心意，而不能反受其控制。能控制心意（因此也能控制感官）的人称为哥史华米（*Gosvāmī*），或史华米（*Svāmī*）；而被心意所控制的人唤作哥达萨（*Go-dāsa*，感官之奴）。哥史华米知道感官之乐的标准。在超然的感官快乐中，感官全部投入了对至高无上的感官之主（*Hṛṣīkeśa*）即克利须那的服务之中。以受过净化的感官服务克利须那即是克利须那觉性。这是彻底调伏感官的方法，更是瑜伽修炼的最圆满境界。

诗节 27：心念凝注于我的瑜伽士，真正获得了至高妙喜。如此觉证梵我不二，乃超越强阳之性，度脱过去生中一切报应。

要旨："梵觉"（*Brahma-bhūta*）即断除尘垢，安住为主做超越性服务的境界。*Mad-bhaktiṁ labhate parām*，"在这境界中，他为我做纯粹的奉献服务。"（《薄伽梵歌》，18.54）。心念若未能凝注于主的莲花足，就无法安住梵性，*Sa vai manaḥ kṛṣṇa-pādāravindayoḥ*，时时为主做超越性奉爱服务，或心存克利须那觉性，实际已超绝强阳气性与一切物质染垢。

诗节 28：如此不断修炼，瑜伽士尽除一切尘垢，在与无上者的超然感应中，领略到最圆满最崇高的妙喜。

要旨：自我觉悟，即认识自我与无上者相关的命定地位。个体灵魂是无上者的部分和微粒，他的地位是为主奉献超越性服务。这种缘于跟无上者接触而产生的超妙感应被称为“梵交”（*brahma-saṁsparśa*）。

诗节 29：真正的瑜伽士在我之中看到一切有情，在一切有情之中又看到我。自觉者的的确确到处看到我，所以他以平等心对待一切。

要旨：一位克利须那觉知的瑜伽士是完美的见道者，因为他看见克利须那即无上者以超灵之位居停于每一生命个体的心中。“阿周那呀！无上者在每一生命个体的内心深处”（*Īśvaraḥ sarva-bhūtānāṁ hṛd-deśe 'rjuna tiṣṭhati*，《薄伽梵歌》，18.62）。主以超灵之相，既在狗的心里，也在婆罗门的心里。完美的瑜伽士晓得主永远超然，无论临在于狗的心里还是婆罗门的心里，都不受物质影响。这就是主至高的平等性。灵魂也在生命个体的心里，但不在所有生命个体的心里。这是个体灵魂与超灵之间的分际。未经瑜伽实修的人，无法亲证到这一点。克利须那觉知者能于信者和不信者心中，皆看到克利须那。圣传经（*smṛti*）于此有言：“作为万物之源，主就像母亲和养育者”（*ātatatvāc ca mātṛtvāc ca ātmā hi paramo hariḥ*）。正如母亲对所有子女皆一视同仁，至上之父（母）亦是如此。故此，超灵恒在一切有情之中。

从外在来说，正如第七章将要解说的，每一生命个体亦无不住在主的能力里面。无上者主要有两种能力——灵性的（高等的）和物质的（低等的）。生命个体虽是高等能力的一部分，但受到低等能力的拘限；不过，生命个体终究是在主的能力当中。每一生命个体皆以这种或那种方式住于主之中。

瑜伽士平等观物，他看到一切有情众生虽因业报不同而处境殊异，但在任何境况下，都一样是上帝的仆人。落入物质能量，生命个体为物质感官效劳；而在灵性能量中，生命个体直接服务至尊主。无论如何，生命个体都是上帝的仆人。如此平等观圆成于一位克利须那觉知者的心中。

诗节 30：看到我无所不在，而且在我身上看到一切。这样的人永不会失去我，我也永不会失去他。

要旨：在克利须那觉性里面的人，必然看见主克利须那无处不在，而且在克利须那里面看到一切。此人所看到的似乎都是物质自然之孤立表象，但在所有个别事物里面，他皆觉知到克利须那，晓得一切无不是克利须那能力的呈现。无物能在克利须那之外存在，克利须那是万物之主——这是克利须那觉性之根本义谛。克利须那觉性即养成对克利须那的爱——甚至比解脱更为超卓的境界。自我觉悟之后，在此克利须那觉性之境界，克利须那成了奉献者的一切，奉献者也在对克利须那的爱里面变得圆满，从这种意义上来说，奉献者与克利须那合一了。此时，主和奉献者的亲密关系就产生了。在这样的境界里，生命个体永生不坏，主神也永不会从奉献者的眼里消退。融入克利须那乃灵性自毁，而奉献者不必冒此风险。《梵天本集》（5.38）有云：

premāñjana-cchurita-bhakti-vilocanena
santaḥ sadaiva hṛdayeṣu vilokayanti
yaṁ śyāmasundaram acintya-guṇa-svarūpaṁ
govindam ādi-puruṣaṁ tam ahaṁ bhajāmi

"我崇拜首出的主哥宾陀，他只能被眼睛涂了神爱之膏的奉献者所发见。他现身为永恒的夏摩逊达尔（*Śyāmasundara*），住于奉献者的心中。"

到此境界，主克利须那永不会从奉献者的眼里隐没，奉献者也永不会看不见主。对于在内心看到超灵（*Paramātmā*）的瑜伽士，情形也是一样。这样的瑜伽士已成为纯粹的奉献者，不堪忍受在自己心里片刻见不到主。

诗节 31：瑜伽士知道，在一切有情心中的超灵，与我无别，所以崇拜我，无论在任何情况下，都不离开我。

要旨：修炼观想超灵的瑜伽士，能在内心之中看见克利须那的全权分身毗湿奴——身具四臂，各持战螺、法轮、莲花、神杵。瑜伽士当知，毗湿奴与克利须那无有差异，克利须那以超灵之身，住一切有情心中。并且，在无量数有情心中的无量数超灵皆无有差别。时时为克利须那做奉献服务的克利须那觉知者，与观想超灵的完美瑜伽士，亦皆无有差别。在克利须那觉性里面的瑜伽士，尽管他或许还在世间行种种活动，却一直住于克利须那之内。茹巴·哥史华米于《巴克提情味甘露海》(1.2.187)中有云："主的奉献者，时时在克利须那觉性里面践履，已经自动获得解脱(*nikhilāsv apy avasthāsu jīvan-muktaḥ sa ucyate*)。"《那罗陀五轨持》(*Nārada-pañcarātra*)亦云：

dik-kālādy-anavacchinne
kṛṣṇe ceto vidhāya ca
tan-mayo bhavati kṣipraṁ
jīvo brahmaṇi yojayet

"克利须那弥纶天地、超越时空，人若凝注于他的超然身相，念念相续不离，便可跟他逍遥同住，得享妙乐。"

在瑜伽修炼中，克利须那觉性乃三昧之最高境。证知克利须那以超灵之位住于一切有情心中，让瑜伽士变得完美无暇。《牧者奥义书》(*Gopāla-tāpanī Upaniṣad* 3.2)讲到主这种不可思议的能力："主虽是一，但却化而为多，住于无量数一切众生心中(*eko 'pi san bahudhā yo 'vabhāti*)。"圣传经(*smṛti-śāstra*)有云：

eka eva paro viṣṇuḥ
sarva-vyāpī na saṁśayaḥ
aiśvaryād rūpam ekaṁ ca
sūrya-vat bahudheyate

“毗湿奴是一，却弥纶天地间。透过他不可思议的能力，他虽仅一身，却无处不在，犹如日轮，遍现万方”。

诗节 32：推己及人，了知一切有情，无论受苦享乐，无不平等，这样的人便是完美的瑜伽士，阿周那呀！

要旨：克利须那觉知者是圆满的瑜伽士；他透过自己的个体经历，觉察到每个人的苦乐悲欢。生命个体之所以受苦的原因在于他忘记了自己跟神的关系；而之所以快活的原因在于了知克利须那是人类实践的至上享用者、是一切无边刹土的拥有者、是生命个体最诚挚的朋友。完美的瑜伽师晓得，就是因为忘记了自我与克利须那的关系，生命个体受到物质自然气性的拘限，结果饱尝三重苦难。在克利须那觉性里面的人常生欢喜心，因此，他到处去分享关于克利须那的知识。完美的瑜伽士会倾力宣扬克利须那觉性的重要性，所以是世上最好的慈善家，是主最心爱的仆人。《薄伽梵歌》18.69 说：“如是仆人，于我最亲（*Na ca tasmān manuṣyeṣu kaścin me priya-kṛttamaḥ*）。”换言之，主的奉献者总是关心一切有情的福祉，如此，他实际上是每一生命个体的朋友。他是最卓越的瑜伽士，因为他并不仅为私利而追逐瑜伽成就，他也为别人造福。他绝不嫉妒同类。在这一点上，主的纯粹奉献者跟只对自我增益感兴趣的瑜伽士形成了鲜明的对比。奉献者总是尽最大努力让每个人都转向克利须那觉性，而瑜伽士遁世幽居，只为观修上的方便，相形之下，实在逊色不少。

诗节 33：阿周那说：摩度魔之屠者呀！你所撮述的瑜伽系统，对我来说，似乎不切实际，而且难以忍受，因为心意不安不稳。

要旨：从第十一颂至上一颂，主克利须那向阿周那陈述了玄秘瑜伽体系，但在此却遭到阿周那拒绝，因为他感到力不胜任。在卡利纪，离家到幽僻的山林间去修炼瑜伽，对一个普通人来说是不可能的。这个年代的特点，就是为短命的一生而辛苦拼斗。人们对简便易行的自觉法门都不甚认真，更何况这类繁难的瑜伽体系呢？它既要求约束生活方式，又讲究坐姿和地点的选择，还必须不让心意粘着物质活动。作为一个讲求实际的人，阿周那认为自己无法持循这种瑜伽体系，尽管他在很多方面天资极高。他位属王族，品格高贵；他是伟大的战士，而且寿命很长。最重要的，他还是至上人格神克利须那的密友。五千年前的阿周那比今天的我们有更殊胜的条件，然而，他却拒绝接受这一瑜伽体系。事实上，我们也未发现历史上有任何记载，表明他在某个时候曾修炼过这种瑜伽。故此，这类瑜伽体系在卡利纪一般是不可行的。当然，对于为数极少的某些异人，它或许是可行的，但对一般大众，却是一项不现实的提议。五千年前尚且如此，又何况当今呢？那些在各种所谓学校或会所里演练这一瑜伽体系的人，虽然自鸣得意，其实是在浪费时间。对瑜伽应有的目标，他们根本一无所知。

诗节 34：因为心意不安、冲动、顽固，而且十分狂暴，克利须那呀！对我来说，降伏此心似乎比捕捉狂风还要难。

要旨：心刚强顽梗，有时能击败智，虽然心应听命于智。现实世界里的人，得应对那么多负面的因素，要想调伏心意必定很困难。人或许可以做作地树立起一种同等对待敌友的平等心，但究极而言，世俗之人是办不到的，因为这比捕捉狂风还要困难。《羯陀奥义书》1.3.3-4）云：

ātmānaṁ rathinaṁ viddhi
śarīraṁ ratham eva ca
buddhiṁ tu sārathiṁ viddhi
manaḥ pragraham eva ca
indriyāṇi hayān āhur

viṣayāṁs teṣu gocarān

ātmendriya-mano-yuktaṁ

bhoktety āhur manīṣiṇaḥ

“在物质躯体之车上，个体灵魂是乘客，智是御者，心是辕具，感官是马。如此，自我跟心、智、感官绑在一起，或享乐或受苦。伟大的智者皆如是理解。”

智理应指引心，但心刚强顽梗，甚至常常征服智，如同急性传染病有可能压倒药物的效力。如此刚强的心，理当透过瑜伽修炼加以调伏，然而，这类修炼，对于像阿周那一样的世间凡夫，是绝对不切实际的。又何况现代人呢？这里用的比喻恰到好处：人无法捉住狂风。要捕捉狂躁的心意更是难上加难。调伏心意最简便的法门，如主采坦尼亚所倡导的，便是以极大的谦卑心，持诵“*Hare Krishna*”这首伟大的曼陀罗。设定好的方法是：*sa vai manaḥ kṛṣṇa-pādāravindayoḥ*，人必须运使心意，完全专注于克利须那。只有这样，才不会再有其他活动扰乱心意。

诗节 35：至上人格主神克利须那说：臂力强大的贡蒂之子呀！毫无疑问，调伏不安的心意，异常困难，但透过适度的修炼和舍离，仍有可能。

要旨：调伏刚强心意之难处，如阿周那所陈者，亦为至上人格神所认许。但同时，他又指出，透过修炼和舍离，这还是可能的。是什么样的修炼呢？在眼下这个时代，没有人能够持循严格的戒律——定居圣地，凝心超灵，约束感官和心意，奉行守贞、独处，等等。然而，透过修炼克利须那觉性，就能让人投身于对主的九种奉献服务。这些奉献活动里，头等重要的是听闻克利须那，这是除尽心中一切疑惑的极其有力的超妙法门。听闻克利须那越多，就越受启明，越不执着任何使心意偏离克利须那的事物。透过调伏心意，放下不是为克利须那而做的活动，便能很容易地学会舍离（*vairāgy*）。舍离即脱开物质，在灵性里面运使心意。但非人格性舍离，比注心于克利须那的活动，更加困难。后者之所以切实可行，是因为透过听闻克利须那，人便会自动爱著至尊灵魂。这种爱著唤作“*pareśānubhava*”，即灵性满足。这就像饥饿之人吃下每一口食物所感受到的满足一样。饥饿之时越吃就越觉得满足、有力。同样，透过践履奉献服务，当心变得不执着物质业行，就会领略到超然的满足。这也有点像治病，得靠对症治疗和适当饮食。听闻主克利须那的逍遥游戏，是对狂躁之心的对症疗治；而吃供奉过克利须那的食物，即是给患者的适当饮食。这种疗法就是克利须那觉性之道。

诗节 36：不约束心意，难获自觉。调伏心意，以正当的方法努力，肯定成功。这是我的意见。

要旨：至上人格神开示，若不接受让心意放下物质业行的对症疗治，无法成就自我觉悟。一面修炼瑜伽，一面却任心意姿纵于物质享乐，就好比一面点火，一面在火上浇水。修炼瑜伽而不调伏心意，只是浪费时间。这样的瑜伽表演在物质上或许会获利丰厚，但对于灵性自觉，实在一无用处。是故，必须调伏心意，运用心意不断地为主做超越性奉爱服务。若非在克利须那觉性中生起妙用，就不能牢固地控制住心意。克利须那觉知者无须额外努力，便能轻易地取得瑜伽的功果，而瑜伽修炼者若未养成克利须那觉知，就无法获得圆成。

诗节 37：阿周那问：那些不成功的瑜伽士，起初凭信心走上自觉之途，但后来，由于凡心复萌，半途而废，无法到达瑜伽的圆满境地，他们的归宿又将如何？

要旨：自我觉悟或通玄之途，在《薄伽梵歌》中得到论述。自我觉悟的根本要义是：证知生命个体并非此物质躯壳，而是与之有别的；他的福乐乃是在永恒的生命、极乐和灵明之中。此皆具超越性，在身体与心意之外。追求自我觉悟，可透过穷理致知、修炼瑜伽八支，或透过奉爱瑜伽。在任一种法门里，人都必须亲证生命个体之命定地位、生命个体与神的关系，以及为重建失去的联系、成就克利须那觉性之最高圆满境界所实践的功夫。践行上述三种法门中之任一种，或迟或早，皆能到达至高无上的彼岸。主在第二章里肯定了这一点：即使只在超世之途上稍加努力，也有极大的希望得到救度。在这三种法门里面，巴克提瑜伽（*bhakti-yoga*）之途尤其适合这个时代，因为这是觉悟神的直超法门。为了重获保证，阿周那请主克利须那确立他以前所做的声明。或许有人会诚心受持自觉之途，但穷理致知之法、八支瑜伽之修炼，就这个时代而言，一般非常困难。故此，尽管不断努力，但由于种种原因，却终归失败。首先，行者可能对修持不够严肃认真。走上出世之途，等于是对摩耶宣战。因而，每当有人试图逃出幻力的魔掌时，他必以种种诱惑，竭力击败修行者。受拘限的灵魂生来已受物质气性迷惑，即便修持，仍时时有可能再受引诱。此即所谓"*yogāc calita-mānasaḥ*"：背离超世之途。阿周那寻根究底，要知道背离自觉之途的后果。

诗节 38：臂力强大的克利须那呀！这样的人，背离了超世之途，会不会如撕裂的浮云一般消逝殆尽，在任何领域均无地位呢？

要旨：进步之途有二。那些物质主义者对形而上者毫无兴趣，因此更热衷于经济发展带来的物质进步，或透过善业转生更高的星体。但当人走上超世之途，就必须终止所有物质活动，牺牲一切形式的所谓物质快乐。如果一个有追求的超验主义者失败了，那么从表面上来看，他两方面都失败了；换言之，他既不能享受物质快乐，也无从受用灵性成就。他没有地位，就像一片被撕裂的浮云。天上的云，有时会飘离小云团，融进大片的云层中。要是它未融入大片云层，那就会被风吹散，在广袤的天空里，消失得无影无踪。*brahmaṇaḥ pathi* 即超世觉悟之途，由此证知自性属灵，是至尊主的部分和微粒，而至尊主则透显为梵、超灵、薄伽梵。主室利·克利须那乃至上绝对真理之圆满示现。所以，归命无上者的人便是成功的超验主义者。透过觉证梵、超灵，来达成生命个体的终极目标，须经历许多许多生世（*bahūnāṁ janmanām ante*）。是故，最殊胜的超世觉悟之途是巴克提瑜伽，或克利须那觉性，这直超的法门。

诗节 39：这便是我的疑惑呀，克利须那！我请求你将它彻底驱除。除了你，再找不到解开这疑惑的人了。

要旨：克利须那彻知过去、现在和未来。在《薄伽梵歌》开首，主曾说一切有情皆个体化地存在于过去、现在和未来，即使从物质桎梏中解脱，也继续保有其个体之位。如此，他已说清楚了个体生命之未来。现在，阿周那想知道不成功的超验主义者的未来。无人等同克利须那或超越克利须那，活在物质自然手心里的所谓伟大圣者和哲学家，无法与他相提并论。克利须那的断语是彻底扫除一切疑惑的究竟、圆满答案，因为他晓得过去、现在和未来——但没有人知晓他。唯有克利须那和克利须那觉知者才洞晓真相。

诗节 40：至上人格神克利须那说：帕尔特呀！置身吉祥活动中的超验主义者，无论在这个世界，还是在灵性世界，都不会遭受毁灭。我的朋友啊，行善之人永不被邪恶击败。

要旨：在《薄伽梵往世书》（1.5.17）里，室利·那罗陀牟尼如是开示毗耶娑：

tyaktvā sva-dharmaṁ caraṇāmbujaṁ harer
bhajann apakvo 'tha patet tato yadi
yatra kva vābhadram abhūd amuṣya kiṁ
ko vārtha āpto 'bhajatāṁ sva-dharmataḥ

"若有人放下一切物质念头，彻底托庇于至上人格神，他在任何方面都不会有亏失或退堕。另一方面，一个不践行奉献服务的人，就算完全投入赋定职责，到头依旧一无所得。"

就物质念头来说，有许多活动，包括经教性的和习俗性的。超验主义者当放下一切物质活动，求取精神的进升，即克利须那觉性。或许有人会争辩，假若修成，是能臻至最高圆满境界；但如果达不到这样一个圆满的境界，那么，他在物质上和灵性上都将亏失。据经教所示，不践履赋定职分，必遭报应。故而，未能正确实践超然活动的人，必为此而受报应。《薄伽梵往世书》向未成功的超验主义者保证，他们不必担心。即便由于未能圆满践履赋定职分而可能遭报应，他依然不是失败者。因为吉祥的克利须那觉性永不会被遗忘。曾经致力于此的人，即使下一世出生低贱，仍将继续前行。另一方面，仅仅严守赋定职分的人，若不存养克利须那觉性，未必就能得到善果。

此旨趣可做如下理解：世人分两类，即受约束的和不受约束的。那些一味耽执动物性的感官享乐，对来生或精神救赎一无所知的人，属于不受约束的一类。而那些持守经教礼制的人，则被划入受约束一类。不受约束的人，无论是文明的或未开化的，受过教育的或未受教育的，强壮的或弱小的，皆充满了动物习性。他们的活动绝无吉祥，享受着吃、睡、防卫、交配之类的动物习性，他们将一直留在烦恼不绝的物质存在之中。反之，那些接受经教约束，从而逐步证入克利须那觉性的人，其生命必定进升。

依循吉祥之途的人可分三类：（一）持守经教戒律，享受物质荣华的；（二）力图从物质存在中寻找终极解脱的；（三）在克利须那觉性里面的奉献者。其中为物质享乐而持守经教戒律者可再分成两类：果报活动者和不求果报者。为感官之乐而追逐果报者，或许能提高其生活水准——甚至转生高等星宿——但是，因为他们不曾超脱物质存在，所以并未走上真正的吉祥之路。能引领人走向解脱的才是唯一的吉祥活动。任何活动，若不以究竟觉悟或挣脱躯体化生命观为目的，根本无吉祥可言。只有在克利须那觉性中践履才是唯一的吉祥活动。任何自愿承受一切身体不适，但求在克利须那觉性之途上进步的人，可算是精进苦修的完美通玄者。因为八支瑜伽体系直接指向对克利须那觉性的终极觉悟，所以这类修炼也是吉祥的。谁若尽心致力于此，实不必担心退堕一说。

诗节 41：未成功的瑜伽士，在天神所居的星宿上，享乐许多许多年之后，便投生义人之家，或显贵富有人家。

要旨：未成功的瑜伽士分为两类：稍有进益就掉下来的和久炼瑜伽

之后才掉下来的。小修既退转的瑜伽士，超转高等星宿，那里是虔诚生命才准许进入的地方。经过长寿的一生后，他又被遣回，投生于有德的婆罗门、奉献者之家，或显贵豪门。

瑜伽修炼的真正目的，是臻达克利须那觉性之最高圆满境界，如本章最末一颂所云者。但那些毅力不足的，以及因物质诱惑而失败的，蒙神的恩典，获准充分发挥他们的物质习性。此后，他们有机会在有德之家或豪门享受荣华。那些在这类家庭出生的人，当善用方便，争取将自己超拔至圆满的克利须那觉性。

诗节 42：或者，投生于具有崇高智慧的超验主义者家庭。如此诞生，世间稀有。

要旨：出生在拥有崇高智慧的瑜伽士或超验主义者之家，备受推崇，因为生于这类家庭的孩子，从生命伊始就获得一种灵性的推动力。尤其阿阇黎或哥史华米之门，更是如此。这等家族的人，在家传和陶冶之下，极富学问，极为虔诚，因此，能成为灵性导师。在印度，有许多这样的阿阇黎家族，但由于教育和训练不够，他们现在都退化了。蒙主的恩典，仍有些家族，一代接一代，培育出超验主义者。投生于这样的家族，无疑是非常幸运的。值得庆幸的是，我们的灵性导师，唵・毗湿奴钵多・室利・室利曼・巴克提悉檀多・娑罗斯伐底・哥史华米・摩诃罗遮（*Oṁ Viṣṇupāda Śrī Śrīmad Bhaktisiddhānta Sarasvatī Gosvāmī Mahārāja*），以及卑微的我，就出生在这样的家族。蒙主的恩典，从生命伊始，我们就受到为主做奉献服务的训练。后来，在天命安排之下，我们相遇在一起。

诗节 43：如此投生后，他再次恢复前世的神圣觉性，为获得彻底成功，再举奋进。

要旨：明王婆罗多就是一个例子。他在第三世投生于一个上好的婆罗门家族，恢复了从前的超然觉性。婆罗多曾是全天下的天子，打从他那个时候起，这个星球被天神们唤作“婆罗多之地”（*Bharata-varsa*）。

此前，则被称为“伊腊毗黎多之地”（*Ilāvṛta-varṣa*）。正当壮年之时，这位帝王遁迹空山，去求取灵性圆满，但未能成功。在接下来的一世，他投生于一位有德婆罗门的家庭。他总是默然独处，不跟任何人说话，人称大痴婆罗多（*Jada Bharata*）。后来王者罗睺伽那（*Rahūgaṇa*）发现他竟是最了不起的超验主义者。从他的身世可知，超世努力或瑜伽修炼是绝不会白费的。蒙主的恩典，超验主义者得到一次次机会，彻底圆成其克利须那觉性。

诗节 44：由于前世的神圣觉性，对于瑜伽原则，虽不刻意追求，却自然神往。这样一位热爱真理的超验主义者，凌驾于经教仪轨之上。

要旨：修为精深的瑜伽士并不怎么把经教仪轨放在心上，倒是自然而然地被瑜伽原则吸引，这些原则能让他们上升到彻底的克利须那觉性，最高的瑜伽圆满。《薄伽梵往世书》（3.33.7）对此解说道：

aho bata śva-paco 'to garīyān
yaj-jihvāgre vartate nāma tubhyam
tepus tapas te juhuvuḥ sasnur āryā
brahmānūcur nāma gṛṇanti ye te

“我主！持诵你圣名的人，精神生命非常、非常高远，即使他出生于食狗者的家庭。如此持名者无疑践行过种种苦修和献祭，也在所有圣地澡沐过，而且穷究过所有经典。”

这方面的经典案例是主采坦尼亚开创的。他收下了诃黎陀娑·塔库尔，作为他量重要的弟子之一。虽然诃黎陀娑·塔库尔生于穆斯林家庭，但却被主采坦尼亚推举到“持名阿阇黎”（*Nāmācārya*）的位置，因为他严守原则，每天诵持 30 万遍主的圣名：赫列 克利须那，赫列 克利须那，克利须那 克利须那，赫列 赫列；赫列 罗摩，赫列 罗摩，罗摩 罗摩，赫列 赫列（*Hare Kṛṣṇa, Hare Kṛṣṇa, Kṛṣṇa Kṛṣṇa, Hare Hare/*

Hare Rāma, Hare Rāma, Rāma Rāma, Hare Hare）。从他一刻不停地持诵主的圣名可知，他前世必定经历过号称“声梵”（*śabda-brahma*）的《吠陀经》中的一切仪法。是故，人若非受过净化，断不会接受克利须那觉性的原则，或持诵主的圣名——*Hare Krishna*。

诗节 45：瑜伽士竭诚修行，勇猛精进，除尽污垢，如此经过许多许多生世，最后臻至无上圆满之境。

要旨：生于格外有德、高贵、神圣的家庭的人，会意识到自己有修炼瑜伽的得天独厚的条件。如此，他便会下定决心，去完成自己未竟的大业，从而彻底除尽一切物质染污。当他最终清除了一切染污，就达到了至高的圆满——克利须那觉性。克利须那觉性是洗尽一切尘垢的圆满境界。《薄伽梵歌》（7.28）如是说：

yeṣāṁ tv anta-gataṁ pāpaṁ
janānāṁ puṇya-karmaṇām
te dvandva-moha-nirmuktā
bhajante māṁ dṛḍha-vratāḥ

“经过许多许多生世的虔诚活动之后，彻底清除了一切尘垢、一切虚妄之二元对待的人，便会开始为主做超越性奉爱服务。”

诗节 46：瑜伽士比苦行者伟大，比经验主义者伟大，比追求功利者伟大。因此，阿周那呀，无论如何，你要立志成为瑜伽士。

要旨：谈到“瑜伽”，我们是指把吾人的觉性与至高绝对真理契接起来。对应依特定法门修炼的各类修炼者，此修法亦有不同的称谓。若契接过程主要体现于果报活动之中，即名业瑜伽（*Karma-yoga*）；主要是经验性的，即名智瑜伽（*Jñāna-yoga*）；若主要体现在跟至尊主的奉爱关系上，即名巴克提瑜伽（*bhakti-yoga*）。巴克提瑜伽或克利须那觉性，如下一颂所诠释的，乃是一切瑜伽之最高圆满境界。主在此处确立了瑜伽的超上地位，但他并没有说它比巴克提瑜伽更加殊胜。巴克提瑜伽充满灵性觉明，因此，没有什么能超过它。缺失自我认知，苦修是不圆满的。未向至尊主归命，经验性知识也不圆满。不存养克利须那觉性，果报活动不过是浪费时间。故此，按照这里说，最受称道的瑜伽实践之形式乃是巴克提瑜伽。下一颂将对此做出更加清楚的解说。

诗节 47：长住于我，虔极信笃，以超越之爱事奉我——瑜伽士而如此高超无比。须知，通过瑜伽跟我契接，关系最亲密。

要旨：梵语"*bhajate*"一词饶有深意。"*Bhajate*"的词根是动词"*bhaj*"，意指有服务之必要。中文"崇拜"一词与"*bhaj* "意义不尽相同。"崇拜"表示崇敬，或向尊者表达礼敬、崇仰。但怀着爱和信念而去服务，则是专对至上人格神而言的。人可以拒不崇拜某个值得尊敬的人或天神，或许因此而被斥为不恭，但若不去为至尊主服务，则必遭罪谴。每一生命个体皆为至上人格神之部分与微粒，因此，每一生命个体命定就是要服务至尊主。若有违失，便致沦堕。《薄伽梵往世书》（11.5.3）如是说：

ya eṣāṁ puruṣaṁ sākṣād
ātma-prabhavam īśvaram
na bhajanty avajānanti
sthānād bhraṣṭāḥ patanty adhaḥ

"首出之主乃一切生命之根基，谁不事奉他，轻忽对他所负有的责任，就必将从自己的命定地位上堕下来。"

此颂也用了"*bhajanti*"这个词。可见，"*bhajanti*"只适用于至尊主，而"崇拜"则可针对天神或任何其他普通的生命体。《薄伽梵往世书》在此颂中所用的"*Avajānanti*" 一词，也能在《薄伽梵歌》中找到。*Avajānanti māṁ mūḍhāḥ*："只有愚人和恶徒才会去嘲笑至上人格神——主克利须那。"这些蠢货不想为主服务，却自作主张，为《薄伽梵歌》

做注释。故此，他们不能正确分辨“*bhajanti*”和“崇拜”。

各类瑜伽修炼皆归结于巴克提瑜伽。所有其他瑜伽无非是达到巴克提瑜伽之“巴克提”的不同手段。瑜伽实即“巴克提瑜伽”。其他各种瑜伽无不通向巴克提瑜伽之究竟。始于智瑜伽、终于巴克提瑜伽，这是自我觉悟的漫漫长路。不追逐果报的业瑜伽，是这条路的起点。当业瑜伽导致智慧和舍离增上时，就进入了智瑜伽（*Jñāna-yoga*）阶段。当智瑜伽透过体位修炼增强了对超灵的观想，心念凝注于超灵时，就被称为阿斯汤伽瑜伽（*Aṣṭāṅga-yoga*）。超越阿斯汤伽瑜伽，证入至上人格神克利须那，就是巴克提瑜伽，此为究极。实际上，巴克提瑜伽是究竟归趣，但要深细解会巴克提瑜伽，就须了解其他瑜伽修法。是故，不断上进的瑜伽士走在永恒吉祥的正道上。停留在某一点，不再前行的人，根据其修炼的特殊法门的名称，乃得名为业瑜伽士（*Karma-yogī*）、智瑜伽士（*Jñāna-yogī*）、或禅瑜伽士（*Rāja-yogī*）、诃陀瑜伽士（*Haṭha-yogī*），等等。假若一个人足够运气，达到了巴克提瑜伽的阶段，就可以说他已超越了其他所有的瑜伽。所以，成就克利须那觉性是瑜伽的最高阶段。这就好比我们说到喜玛拉雅，知道它是世界最高的山脉，而珠穆朗玛峰则是其最高峰。

吾人若循巴克提瑜伽之途证入克利须那觉性，并根据吠陀经的指导稳住其中，是何等地幸运啊！理想的瑜伽士将精神凝注于克利须那，他又名夏摩逊达尔（*Śyāmasundara*），他的容色妙美如云，他莲花般的面庞灿若日轮，他身上衣着华美，珠宝闪烁，又有花鬘围绕。遍照十方的是他的光华，即所谓“梵光”（*brahmajyoti*）。他变现为不同的化身，如罗摩、尼黎僧诃、筏罗诃和克利须那——至上人格主神。他以人形降世，做了耶输陀（*Yaśodā*）的儿子，人称克利须那、哥宾陀、华胥天人（*Vāsudeva*）。他是十全十美的儿子、丈夫、朋友和主人，具足一切功德。若有人能圆满觉知他的妙相，就是最高超的瑜伽士。

此瑜伽无上圆满之境，唯有透过巴克提瑜伽才能达成，所有吠陀经论皆支持这个说法：

yasya deve parā bhaktir
yathā deve tathā gurau
tasyaite kathitā hy arthāḥ
prakāśante mahātmanaḥ

“向那些对主和上师皆有绝对信心的伟大灵魂，吠陀之学的全部奥义自动开启。”（《白净识奥义书》6.23）

Bhaktir asya bhajanaṁ tad ihāmutropādhi-nairāsyenāmuṣmin manaḥ-kalpanam, etad eva naiṣkarmyam，“巴克提是指对主的奉爱服务，它不夹杂为今生或来世求取物质利益的欲望。打消这些念头，完全住心于无上者。这就是无为（*Naiṣkarmya*）的目的。”（《牧者奥义书》1.15）

这些都是实践巴克提，或克利须那觉性的方法，它是瑜伽体系之最圆满境界。

巴克提维丹塔阐释圣典《薄伽梵歌》第六章“禅瑜伽”终。

第七章　关于绝对者的真理

诗节 1：至上人格主神克利须那说：帕尔特呀！你且谛听，我现在就告诉你，如何修炼瑜伽：全然觉知我，心住于我，这样你就能圆满证知我，再无疑惑。

要旨：《薄伽梵歌》第七章，对克利须那觉性的性质做了全面表述。克利须那具足一切富有，他如何展示这些富有，也在本章有论述。本章还讲到四类归附克利须那的幸运者，以及四类永不接纳克利须那的不幸者。

在《薄伽梵歌》前六章里面，生命个体被表述为非物质的灵，能够透过各种瑜伽，超拔自我于自觉之境。第六章的结尾明确指出，瑜伽的最高形式是将心念凝注于克利须那，亦即克利须那觉性。透过将心念凝注于克利须那，就能彻底证知绝对真理，舍此别无他途。非人格性梵光或内在化超灵之觉证犹有偏失，并非绝对真理之圆满知识。圆满而科学的知识是克利须那，一切知识均向安住克利须那觉性之人开启。在圆满的克利须那觉性里面，就晓得克利须那是究极之理，超越一切怀疑。各种类型的瑜伽都只是通向克利须那觉性之途的基石。直下受持克利须那觉性的人，自动圆满觉证梵光和超灵。透过修炼克利须那觉性，能够圆满通晓一切——即绝对真理、生命个体、物质自然及其表象。

是故，应当从第六章最末一颂的开示入手修炼瑜伽。要做到将心念凝注于无上者克利须那，就必须实践奉献服务的九种形式，其中尤以听闻（*śravaṇam*）为头等重要。故此，主对阿周那说："你且谛听（*tac chṛṇu*）。”没有人比克利须那更具权威。聆听于他，就获得了成为完美的克利须那觉知者的绝好机会。是故，应该直接向克利须那或他的纯粹奉献者学习，而不可师从那些有点学问就自命不凡、不可一世的非奉献者。《薄伽梵往世书》（1.2.17–21）讲述了理解至上人格主神、绝对真理克利须那的过程：

śṛṇvatāṁ sva-kathāḥ kṛṣṇaḥ
puṇya-śravaṇa-kīrtanaḥ
hṛdy antaḥ-stho hy abhadrāṇi
vidhunoti suhṛt satām
naṣṭa-prāyeṣv abhadreṣu
nityaṁ bhāgavata-sevayā
bhagavaty uttama-śloke
bhaktir bhavati naiṣṭhikī
tadā rajas-tamo-bhāvāḥ
kāma-lobhādayaś ca ye
ceta etair anāviddhaṁ
sthitaṁ sattve prasīdati
evaṁ prasanna-manaso
bhagavad-bhakti-yogataḥ
bhagavat-tattva-vijñānaṁ
mukta-saṅgasya jāyate
bhidyate hṛdaya-granthiś
chidyante sarva-saṁśayāḥ
kṣīyante cāsya karmāṇi
dṛṣṭa evātmanīśvare

“自吠陀圣典处听闻克利须那，或透过《薄伽梵歌》直接聆听于克利须那，其本身就是义行。对于那些经常聆听他的人，克利须那，寓居于一切有情心中，就像朋友一样给他最美好的祝福，并且还净化他。如此，奉献者内心潜在的形而上义理自然生发出来。随着从《薄伽梵往世书》和奉献者处越多地聆听克利须那，他变得坚定于为主做奉献服务。透过奉献服务的培养，就越得以远离强阳、浊阴之性，如此物质色欲和贪婪亦渐消退。当这些染污被清除，他便稳处于纯粹中和之位。奉献服务又使他生气勃勃，进而圆满证知有关神的科学。如是巴克提瑜伽切断了物质情缘的死结，让人当下达到觉解至高绝对真理、至上人格主神的境界（*asaṁśayaṁ-samagram*）。"

因此，唯有听闻自克利须那或在克利须那觉性里面的奉献者，才能领悟有关克利须那的学问。

诗节 2：我今向你圆满开示这门学问，综括现象与本体。知此则再无所可知。

要旨：圆满之知包括表象世界、内在精神以及二者之本根的知识。此乃形而上义理。克利须那意欲诠述这门学问，因为阿周那是他最亲密的奉献者和朋友。主在第四章开头已有解释，这里又再次确立——只有上承直接源于主的师承世系的主的奉献者，才能获得圆满之知。是故，要有足够的智慧，去证知何为一切知识之源、何为一切原因之原因、何为各种瑜伽修炼所观想的唯一对象。当一切原因之原因成为已知，一切可知者遂亦成为已知，以致无有不可知者。《蒙查羯奥义书》（1.3）云："知此则一切知（*kasminn u bhagavo vijñāte sarvam idaṁ vijñātaṁ bhavati*）"。

诗节 3：千万人中唯一人致力圆满，已成就圆满者中，几乎无人知我于真际。

要旨：人有等差，千万人中，或许仅只一人有意于形而上觉悟，欲追问何为我，何为身，何为绝对真理。人类大抵恣肆于动物习性，即吃、睡、自卫和交配，难得有人会对形而上义理感兴趣。《薄伽梵歌》之前六章针对那些有兴趣于形而上义理的人，他们想要了知自我、胜我，以及透过智瑜伽、禅瑜伽和分辨物我之法达到开悟的过程。然而，只有在克利须那觉性里面的人才能证知克利须那。其他超验主义者或许能证得非人格梵，因为这比觉解克利须那要容易。克利须那是无上者，超越梵、超灵之理。瑜伽士和玄思者在试图理解克利须那时皆感茫然无措。尽管最有名的非人格主义者室利钵多·商羯罗阿阇黎（*Śrīpāda Śaṅkarācārya*），在其《薄伽梵歌》疏论中承认克利须那是至上人格主神，但他的门人却不这样看，原因就在于即便有了对非人格梵的形而上觉悟，要证知克利须那仍然极为困难。

克利须那为至上人格主神，一切原因之原因，首出之主哥宾陀，*Isvarah paramah krsnah sac-cid-ananda-vigrahah/anadir adir govindah sarva-karana-karanam*。非奉献者要想证知他实在是难上加难。他们把巴克提（*bhakti*）道或奉献服务说成是轻而易举的事。可他们说得容易，就是做不到。假若巴克提道果真如非奉献者所说的那么容易，他们为什么要舍易取难呢？其实，巴克提道并不容易。未经授权、不知巴克提为何物者所谓的“巴克提道”也许很容易；但若真按戒律修持，这些好思辨的学者和哲人无不退堕下来。茹巴·哥史华米在《巴克提情味甘露海》（1.2.101）中写道：

śruti-smṛti-purāṇādi-
pañcarātra-vidhiṁ vinā
aikāntikī harer bhaktir
utpātāyaiva kalpate

“做奉献服务若无视《奥义书》《往世书》和《那罗陀五轨持》等权威吠陀经论，不过是在人世间闹事生非”。

对于觉悟大梵的非人格主义者或证知超灵的瑜伽士，要把克利须那、至上人格神理解为母亲耶输陀之子或阿周那的御者，是不太可能的。甚至伟大的天神们有时也错认克利须那（*muhyanti yat sūrayaḥ*），主说：“无人知我于真际（*māṁ tu veda na kaścana*）。”若果真有人证得他，那么

“如此大灵甚为稀有（*sa mahātmā su-durlabhaḥ*）。”因此，无论是学者还是哲人，若不为主做奉献服务，就无法于理谛上（*tattvatah*）认知克利须那。唯独纯粹奉献者略有所知于克利须那之玄德——他之为一切原因之原因，他之功德，他之吉祥、声名、威能、妙美、智慧和超脱——因为克利须那对他的奉献者慈悲有加。他是证梵之究竟，唯有奉献者才能如实觉悟他。语云：

ataḥ śrī-kṛṣṇa-nāmādi
na bhaved grāhyam indriyaiḥ
sevonmukhe hi jihvādau
svayam eva sphuraty adaḥ

“凭借粗钝的物质感官，无人能如实理解克利须那。但克利须那会将自己启示于奉献者，因为他们所做的超越性奉爱服务令他欢喜。”（《巴克提情味甘露海》1.2.234）

诗节 4：土、水、火、风、空、心、智、我慢——八者合起来构成了我的物质能量。

要旨：神的科学解析神及其各种能力。物质自然名为“自性”（*prakrti*），或主在各个补鲁莎（*Purusa*）化身中的能力，如《萨德筏多覃陀罗》（*Satvata-tantra*）所举者：

viṣṇos tu trīṇi rūpāṇi
puruṣākhyāny atho viduḥ
ekaṁ tu mahataḥ sraṣṭṛ
dvitīyaṁ tv aṇḍa-saṁsthitam
tṛtīyaṁ sarva-bhūta-sthaṁ
tāni jñātvā vimucyate

“为了物质创造，主克利须那之全权分身变现为三毗湿奴。第一摩诃毗湿奴（*Maha-Visnu*），创造全体物质能量，其名为“大谛”（*mahat-tattva*）；第二胎藏海毗湿奴（*Garbodakasayi Visnu*），进入各宇宙并在其间创生万类；第三乳海毗湿奴（*Ksirodakasayi Visnu*），作为弥纶万有之超灵，流布于一切宇宙，亦名胜我（*Paramātmā*）。他甚至临在于原子之中。谁若知此三毗湿奴，即可得解脱于物质缠绕。”

此物质世界不过是主里面一种能力的无常示现。物质世界内一切活动皆为主克利须那之三毗湿奴分身所掌控。这类补鲁莎被称为化身（*avatara*）。无所知于神的科学的人，一般总预设物质世界之创生是为了满足生命个体的享乐，生命个体自身就是补鲁莎——物质能量之因、主宰者和受用者。根据《薄伽梵歌》，这种无神论的论调是错误的。按本颂所论，克利须那为物质表象之最初因，《薄伽梵往世书》亦如是说。物质表象之构成分子是主的分离态能力。甚至梵光，非人格主义者的究竟归趣，也不过是一种展现在灵性天宇中的灵性能力。梵光中并无灵性之万殊，如无忧珞珈内所呈示者，而非人格主义者却奉之为永恒的究竟彼岸。胜我亦无非乳海毗湿奴之一面相，非常而又无所不在。胜我之相不存于灵性世界，并非永恒。故此，真正的绝对真理是至上人格神克利须那。他乃全体能力之所有者，是他拥有各种分离的和内在的能力。

物质能量显示为八种元素，即如上所述者。前五种元素，土、火、水、风、空被称为五大，其中也涵摄了五唯，表现为色、声、香、味、触五种感官对象。物质科学涵盖这十种元素，除此更无所有。另外三种元素，即心、智和我慢却被物质主义者忽视了。哲学家研究意识活动，他们的知识也不圆满，因为他们不晓得究竟谛——克利须那。构成物质存在的基本原则为我慢，即“我执”和“我所执”，其中包括了五作根和五知根这十种用于物质活动的感官。智代表全体物质创造，其名为“大谛”（*mahat-tattva*）。因此，从这八种主的分离态能力，展现出物质世界之二十四谛，为无神论之僧佉（*Sankhya*）所研究之主题。它们原本是克利须那能力之产物，却又与他分离，但无神论之僧佉学者学识浅陋，不晓得克利须那是一切原因之原因。按《薄伽梵歌》之说，僧佉哲学所讨论的主题不过是克利须那之外在能力所示现者。

诗节 5：臂力强大的阿周那呀！除了这些低等能力，我还有一种高等能力，表现为开发利用物质低等能量的有情众生。

要旨：此处阐明，生命个体属于至尊主的高等能力（或自性）。低等能力为物质，化显为各种元素，即土、水、火、风、空、心、智和我慢。物质自然之两种表现形式，粗的（如土等）和细的（心等），皆为低等能力之产物。生命个体，开发利用低等能量以实现各种目的，乃至尊主之高等能力。正是依靠这种能力，天地万物才得运转。天地万物无力自行运转，非得有高等能力即生命体去推动。能力受有能力者之支配，是故，生命个体时刻受主支配——他们不具有独立于主的存在。此二者向来就非势力均等，一如愚人所认为者。生命个体与至尊主之分际，在《薄伽梵往世书》（10.87.30）中有以下论述：

aparimitā dhruvās tanu-bhṛto yadi sarva-gatās
tarhi na śāsyateti niyamo dhruva netarathā
ajani ca yan-mayaṁ tad avimucya niyantṛ bhavet
samam anujānatāṁ yad amataṁ mata-duṣṭatayā

“至上之永恒啊！如果躯体化的生命个体像你一样既永恒又无处不在，那么他们本不应在你的掌控之下。但若承认生命个体是我主你的极微能力，他们便会立刻屈从于你至高无上的主宰。故而，真正的解脱意味着生命个体皈依于你的控制之下，如此皈依必让他们喜乐。仅在其命定地位中，生命个体才可能自做主宰。是故，见识浅薄之人推崇一元论，认为神与生命个体一体齐平，其实是受了有漏、不净之念的误导。”

至尊主克利须那是唯一的主宰者，所有生命个体无不受他控制。这些生命个体是他的高等能力，因为其存在之性质与无上者一体无别，虽然他们在能力之量级上永远不能与主相比。当开发利用精粗两种低等能量（物质）时，高等能力（生命个体）遗忘了他真正的灵性慧命。这遗忘是由于物质对生命个体的作用。但当生命个体摆脱此虚幻性物质能量之影响，便臻至“*mukti*”即解脱的境界。假我，在物质幻觉的影响下，想着：“我是物质，物质所得都是我的。”只有从一切物质观念，包括天人合一的观念中解脱出来，才能觉悟到自我的真实地位。总结起来看，《薄伽梵歌》确立生命个体为克利须那之多样能力之一；当此种能力脱尽物质染污时，就变成彻底地克利须那觉知，也即获得了解脱。

诗节 6：一切受造之物都源于这两种能力。你要知道，灵与物皆自我流生，也消融于我。

要旨：存在着的一切皆从灵与物而化生。灵为化生之根基，物为灵所化生。灵并非被创造于物质演进之某一阶段，恰恰相反，此物质世界是在灵性能力之根基上化显出来的。物质身体之所以发育成长，是因为灵在里面；幼童逐渐成长为少年、成人，是因为高等能量——灵魂存在。同样，天地万物之所以发生演化，也是因为超灵毗湿奴之临在。是故，灵与物，二者和合乃化生天地，原本是主的两种能力，主才是万有之最初因。至尊主的部分和微粒，也即生命个体，或许是一幢摩天大楼、一家大工厂，乃至一座大城市的原因，但却不可能成为天地万物的原因。天地万物的原因是胜我，或曰超灵。而克利须那、无上者，既是超灵也是细灵的根源。故此，他是一切因之最初因。《羯陀奥义书》（2.2.13）中有言：*nityo nityanam cetanas cetananam*。

诗节 7：财富的征服者呀！没有凌驾于我之上的真理，万物依系于我，如线串珠。

要旨：究竟至高绝对真理是人格的，还是非人格的，这类争论很普遍。就《薄伽梵歌》而言，绝对真理是至上人格主神克利须那，这点随处都受到肯定。人格主神即至高绝对真理，也为《梵天本集》所确立：*isvarah paramah krsnah sac-cid-ananda-vigrahah*，“至高绝对真理、人格主神就是室利·克利须那，他是首出的主，一切妙喜之源泉，哥宾陀，其身圆满极乐、灵明、真常”。这些权威论述不容置疑地确立绝对真理即至上者，一切原因之原因。然而，非人格主义者却依据吠陀经论《白净识奥义书》（3.10）所说对此加以争辩，其原文如下：

tato yad uttarataraṁ tad arūpam anāmayam
ya etad vidur amṛtās te bhavanti athetare duḥkham evāpiyanti.

“天地间首出的生命个体——梵天，在天神、人类、低等动物中，被认为是至高无上的。但在梵天之上，别有超越者，无相、清净。知此者亦成超世绝待，不知此者乃受取世间诸苦。”

非人格主义者格外强调“无相”（*arupam*）一词。但此“*arupam*”却不指向非人格，而是指向真常、极乐、灵明之妙相，如上所引《梵天本集》所言者。《白净识奥义书》在其他地方（3.8–9）亦支持此说：

vedāham etaṁ puruṣaṁ mahāntam
āditya-varṇaṁ tamasaḥ parastāt
tam eva viditvāti mṛtyum eti
nānyaḥ panthā vidyate 'yanāya

“我知道那至上人格主神，他超绝一切物质观念之无明。唯有知道他的人才能超越生死之桎梏。除了对至上者的认知，别无解脱之途。”

yasmāt paraṁ nāparam asti kiñcid
yasmān nāṇīyo no jyāyo 'sti kiñcit
vṛkṣa iva stabdho divi tiṣṭhaty ekas
tenedaṁ pūrṇaṁ puruṣeṇa sarvam

“没有高于至上者的真理，因为他就是至高者。他至小而无内、至大而无外。他默处如树，却照破灵性的天宇，如同大树漫衍其根，他的大能四处延展。”

从此二颂中，可以得出结论：至高绝对真理就是至上人格主神，透过他多样的能力（灵、物兼备），周流于天地之间。

诗节 8：帕尔特呀！我是水之甘味、日月之光、吠陀曼陀罗中最神圣的音节——唵（om）。我是以太中的声音和人的能力。

要旨：此颂解说至尊主如何透过其多种物质和灵性能力遍入万有。透过各种能量，可以初步感知到至尊主，如此，他以非人格的形态被觉证。正如太阳神是一个人，透过他无所不在的能量——阳光，就能被感知到。如是，至尊主虽不离其永恒之乡，却可透过他弥漫周流的能量被感知到。水的活性要素在于水的滋味。海水没有人喜爱饮用，因为水的纯味与盐味混杂了。水的魅力全赖其味之纯净，这纯净之味就是主的一种能量。非人格主义者从水的滋味中亲证至道的临在，人格主义者也礼赞神，赐人净水以解渴。此即洞见无上者之道。从实践上讲，非人格主义和人格主义之间没有冲突。亲证神的人晓道非人格性和人格性并存于万物之中，并不矛盾。据此，主采坦尼亚建立起他的崇高学说：不可思议即一即异论（*acintya bheda-abheda-tattva*）。

日月之光也源出自主的非人格性梵光。每首吠陀赞歌起首的超然梵音“唵”（*pranava* 或 *oṁkāra*），皆指称至尊主。因为非人格主义者畏惧以克利须那的无数名号来称呼至尊主，就转而持诵超然之音“唵”，却不知“唵”代表克利须那。克利须那觉性当下现成，俯拾即是，知之者有福了，而不认识克利须那的人落入幻妄。是故，知之者得解脱，不识者遭捆绑。

诗节 9：我是土地的原始芬芳；我是火中之热；我是一切有情的生命；我是一切苦修者的赎罪苦行。

要旨：“*Punya*”是指未变质的、原本的。万物无不具有一定的气味或芳香，如花的芳香，土、水、火、风等的气味。那深透入万物之中、未受污染的原始气味就是克利须那。同样，万物各具本味，与化学品混合，本味就会变化。万物原初都有一定的气味，一定的芳香，一定的滋味。“*Vibhavasu*”意思是火。没有火开动不了工厂，做不成饭；那火就是克利须那。火中之热即克利须那。按照吠陀医学的说法，消化不良是由于胃寒。连消化都不能没有火。在克利须那觉性里面，我们变得醒觉，意识到土、水、火、风以及每种活性要素、一切化学和物理成分皆来自克利须那。人的寿命长短也取决于克利须那。长生或短寿，无非克利须那的恩慈。可见，克利须那觉性活泼自在，触处见道。

诗节 10：帕尔特呀！你要知道，我是一切存在的原始种子，是智者的智慧，强者的勇武。

要旨：“*Bijam*”意谓种子。克利须那是万物的种子。有情气类纷杂，有动者，有不动者。飞禽走兽、人类和许多其他生灵为动者；花草树木则属不动者，能立而不能动。每样物种都包括在840万种生命族类里面，或为动者，或为不动者。无论其表现形态如何，生命的种子都是克利须那。据吠陀经论说，大梵或至高绝对真理，乃万物所从出者。克利须那是至上梵（*Parabrahman*），至尊灵魂。大梵是非人格性的，而至上梵却是人格性的。非人格梵涵摄于人格性之内——《薄伽梵歌》如是说。所以，克利须那是万物之源、之根。犹如树根滋养树，克利须那，作为万有之本根，衣养护持一切生命：

nityo nityānāṁ cetanaś cetanānām
eko bahūnāṁ yo vidadhāti kāmān

“他是一切永生者中头一号永生者，一切生命体中头一号生命体，他独自养育了一切生命。”

没有智慧，万事难成。克利须那也说他是一切智慧之源。智慧凡近之人，无法理解至上人格主神——克利须那。

诗节 11：我是强者的力量，却无情无欲。婆罗多之华胄！我也是性生活，但不与宗教原则相违。

要旨：强者之力当用于保护弱小，不该借此欺凌别人。同样，性生活，按照礼法（*Dharma*），是为了繁育子嗣，不可恣意而为。如此，父母的责任在于让子女养成克利须那觉知。

诗节 12：须知，一切存有之状态，无论为中和、强阳还是浊阴，皆透过我的能力而呈现。我既是万有，又超世独立。我不在物质气性之下，相反，物质气性在我之中。

要旨：世间一切物质活动皆在物质气性之驱迫下进行。虽然物质气性流生自至尊主克利须那，但他却不受其宰治。举例来说，根据法律，犯罪者该受制裁。但作为立法者的国君却不受法律约束。同样，物质气性（*guna*）——中和、强阳和浊阴——皆流生自克利须那，但克利须那不受物质自然辖制。所以，克利须那是“无气性”（*nirguna*），意指尽管气性流生自他，却不能影响他。这是至上人格主神或薄伽梵的特征之一。

诗节 13：整个世界为三极气性所蔽，对我一无所知。我超越三极气性，而且无穷无尽。

要旨：物质自然之三极气性颠倒了整个世界。为此三极气性所惑之人，无法理解物质自然之上还有至尊主克利须那。

物质自然陶铸下的生命个体，皆具特殊之身体，亦各有其相应的特殊心理、生理活动。在物质自然之三极气性里流转的人可分四类。纯处中和之性者名为婆罗门；纯处强阳之性者名为刹帝利；兼具强阳与浊阴之性者名为毗舍，全在浊阴之性者名为首陀罗。下于此者为禽兽。不过，这些称谓并不是一成不变的。此生或为婆罗门，或为刹帝利，或为毗舍，或为其他——无论其为何者，生命皆无常易逝。虽然生命如许无常，又不知来生将为何等面目，在幻力之魅惑下，吾人依旧从躯体化的生命观来看待自我，如此把自己看成是中国人、美国人、印度人、俄国人、或婆罗门、印度教徒、穆斯林……。倘若我们缠绕于物质气性，那么就会遗忘气性背后的至上人格神。因此，主克利须那说，迷眩于物质气性的生命个体不能理解，在物质表象背后者乃至上人格主神。

有情品类繁多，有人、天神、禽兽，等等，却无一不在物质自然的蔽覆之下，遗忘了超越尘世的人格主神。那些身属强阳或浊阴之性，甚至在中和之性里的人，皆不能超越绝对真理之非人格梵概念。面对人格特征的至尊主，具足一切吉祥、妙美、智慧、威能、声名和自在，他们茫然不解，如坠云雾。中和之质尚且不解，更何况强阳、浊阴之人？克利须那觉性超越物质自然之三极气性，真实安住于克利须那觉性之中的人，实际已得解脱。

诗节 14：我的神圣能力，由物质自然之三极气性组成，难以克服。但归命于我的人，却能轻易跨越。

要旨：至上人格主神具无量数能力，这些能力全是神圣的。尽管生命个体是他能力的一部分，因而本性神圣，但由于跟物质能量接触，其原有的高等能力乃受蔽覆。如此受蔽覆后，便不复能克服物质能量的影响。如前所论，灵与物二者，流生自至上人格神，皆为永恒。生命个体本属主永恒的高等能力，但由于受到低等能力——物质的染污，其幻觉亦为永恒。故而，受拘限之灵魂又名“*nitya-baddha*”，即永恒受拘限者。谁能查出自己是在尘世哪一天开始受物质拘限的呢？！故而，要想冲破物质自然的罗网极为困难，因为物质自然虽是一种低等能量，但最终却受至高意志掌控，这是生命个体所无法征服的。低等的物质自然在此被说成是神圣的，其原因出自它与神性的关系和在神圣意志下的运化。物质自然虽属低等能力，但在神圣意志的掌控下，也能在天地万物的生成和毁灭中，出神入化地运行。《吠陀经》有云：

māyāṁ tu prakṛtiṁ vidyān māyinaṁ tu maheśvaram.

“尽管摩耶无常虚幻，但摩耶背后却是超级魔法师——人格主神，名为大自在主（*Mahesvara*），即至高无上的主宰者。”（《白净识奥义书》4.10）

梵语Guna（气性）的另一层意思是绳索。受拘限的灵魂已被假象之索捆得严严实实。手脚受桎梏的人怎能自得解脱呢？他必须得到不受桎梏者的帮助。被缚者帮不了被缚者，解救必待脱缚者。所以，只有主克利须那，或他的正宗代表——灵性导师，才能解救受拘限的灵魂。没有这些从上面来的帮助，无法挣脱物质自然的羁缚。奉献服务，或克利须那觉性，能让人得到解救。克利须那，作为幻力之主，能够命令这无法逾越的能量，释放受拘限的灵魂。这道赦免令的发出，是由于克利须那的无缘大慈，加持于皈依的灵魂；也是由于克利须那对生命个体的慈父之情，他们原本是上帝的爱子。是故，归命主的莲花足，才是挣脱物质自然之铁掌的唯一法门。

“*mām eva*”具深意。“*mām* ”意谓仅指向克利须那（毗湿奴），而非梵天或湿婆。虽然梵天和湿婆地位显赫，几乎与毗湿奴齐平，但这些强阳气性和浊阴气性的化身，无法从摩耶之掌里解救受拘限的灵魂。换言之，梵天、湿婆亦皆在摩耶幻力之下。唯独毗湿奴才是摩耶的主人，因此，只有他才能释放受拘限的灵魂。吠陀经论《白净识奥义书》（3.8）有句云：“*tam eva viditvā*”，意谓“理解了克利须那，自由才有可能”。甚至大神湿婆也承认，解脱只有凭借毗湿奴的慈悲，他说：“毫无疑问，毗湿奴乃一切有情之解脱的赐予者（*mukti-pradātā sarveṣāṁ viṣṇur eva na saṁśayaḥ*）。”

诗节15：那些愚不可及的人，那些人类中最低贱的人，那些被假象窃取了知识的人，那些心存魔性的无神论者，不会皈服我。

要旨：《薄伽梵歌》指出，但凭皈服至上人格主神克利须那的莲花足，便能凌绝于物质自然的铁律之上。这里就会有个问题：那些受过教育的哲学家、科学家、企业家、行政官以及一切民众的领导者，为何不皈服全能的至上人格主神——室利·克利须那的莲花足呢？解脱（Mukti），即从自然之法则下解放出来，正是人类的领袖们以不同的方式、种种宏大的计划，世世代代锲而不舍地追求的目标。如果只须皈服至上人格主神的莲花足就能获得解脱，为什么这些勤劳智慧的领袖们不采纳这简单的方法呢？

《薄伽梵歌》直截了当地回答了这个问题。真正有学问的社会领袖，如梵天、湿婆、伽皮罗、鸠摩罗四子、摩奴、毗耶娑、提婆罗、阿悉多、禅那伽、巴腊陀、巴利，以及后来的摩多婆阿阇黎、罗摩努阇阿阇黎、室利·采坦尼亚等许多其他人，才是忠实的哲学家、政治家、教育家和科学家，他们无不皈依至上者的莲花足，他是全能的权威。那些为求取私利而自抬身价的所谓哲学家、科学家、教育家、行政官，不接受至尊主的计划和道路。这些人对神一无所知，只是一味苦心经营世俗计划，结果，弄巧成拙，不但没有解决物质生存的问题，反倒把问题弄复杂化了。因为物质能量顽强无比，能抵制无神论者自作聪明的决策，让“计划委员会”的远见卓识变得不堪一击。

此处无神论决策者被冠以“恶徒”（*Duṣkṛtī*）之名。“*Kṛti*”意指行善者。无神论决策者们有时很聪明，也有德行。因为任何大型计划，无论好坏，必要靠智慧才能施行。但是，因为无神论者的头脑被不恰当地用于对抗至尊主的计划上面，所以这里把无神论决策者唤作恶徒，是指他们的智慧和努力用错了地方。

《薄伽梵歌》指明，物质能量完全在至尊主的指导下运化。它没有自主权，就像影子一样，随形而动。但是仍然，物质能量无比强大，无神论者，由于居心邪僻，不知道它如何运化，也不知道至尊主的计划。在假象和强阳、浊阴气性之下，他们的计划一一受挫，就像悉罗耶喀西普和罗波那的情形一样。在物质层面上，这两人都是博识的科学家、哲学家、行政官和教育家，但他们的计划却被粉碎。这些恶徒，分为四种，概述如下：

第一种为“愚不可及的人”（*Mūḍha*），乃粗俗愚钝之辈，好比负重的牲口。他们想独享自己劳动的果实，不愿意拿出来献给至尊主。典型的能负重的牲口是驴子。卑贱的驴子在主人的驱策下没日没夜拼命地干活。有一把干草填肚；能在主人鞭子下面提心吊胆地打个盹；满足色心，即使受到异性的再三蹴踢，这些都会让驴子心满意足。他有时也吟诗作赋、搬弄哲学，但驴子的叫声只会骚扰他人。这就是果报活动者的处境，他们愚昧无知，不知道该为谁工作。他们不懂得业应为献祭而作。

经常听到那些日夜劳碌以减轻生活重负的人说，没有时间来听生命永恒之类的课题。对于这类“愚不可及的人”，物质利益，虽然必定坏灭，却是他们生命中一切的一切。尽管事实上这等“愚不可及的人”所能享用的也只不过是很小的一部分劳动成果。利益驱使他们通宵达旦、日夜不休地工作，有的即使得了胃溃疡或消化不良，肚子空空，也无怨言。为了虚假的主子，他们拼命干活，顾不得白天黑夜。这些愚蠢的劳作者，不知道谁是真正的主人，把宝贵的时间都浪费到侍奉财神上去了。不幸的是，他们根本不肯皈服至尊主，也不愿花时间从正当的来源听闻至尊主。吃屎的猪猡从不理会酥油、饴糖做成的甜品。同样，愚顽的劳作者不断四处打听浮世中能刺激感官的消息，却不肯去听闻那推动物质世界的永恒生命力。

第二种恶徒为“人类中最低贱者”（*Narādhama*）。“*Nara*”意指人类，“*adhama*”意谓最低贱的。840 万种生命族类里，有 40 万种属于人。而在这里面又有许多低等人类生命形式，大抵属未开化者。政治、社会和宗教生活皆有法度的才是文明人。政治上、社会上皆充分发展，却没有宗教原则的人无疑也是“人类中最低贱者”。无神的宗教不是宗教，因为持守宗教原则的目的在于认知至高真理以及人与他的关系。在《薄伽梵歌》中，主神明说，在他之上再无权威，他就是至高无上的真理。文明之人生是为了恢复失去的觉性，重建与至高真理、全能的至上人格主神——室利·克利须那的永恒关系。谁丧失了这个机会，谁就属于“人类中最低贱者”。我们从启示经典得知，当婴儿还在母亲子宫里时（一个极不舒服的环境），就向神祈求降生，保证出生后只崇拜他。有难时向神呼告，这是每种生命都有的自然本能，因为生命个体与神永远相连。但孩子出世后，受到幻力的影响，忘记了下世前的困窘，也忘记了解救他的人。

恢复孩子潜在的神圣觉性，是家长的责任。十种再造仪式，据宗教原则之指归——《摩奴法典》（*Manu-smrti*）教示，是为在四种姓体制中恢复神性而设。然而，当今之世，没有一种能被严格遵行。所以，百分之九十九点九的人口都是“人类中最低贱者”。

“人类中最低贱者”充斥整个人口，无怪乎他们所谓的教育在强大的自然力面前变得毫无效用。根据《薄伽梵歌》的标准，所谓有学问的人，指的是能将博学的婆罗门、乳牛、象、狗和食狗者皆作平等观的人。这是真正奉献者的眼光。室利·尼提阿难陀·波菩（*Śrī Nityānanda Prabhu*），示现为神圣上师的主神化身，救度了两个典型的“人类中最低贱者”：杰该（*Jagāi*）和摩戴（*Mādhāi*）兄弟，显示出一个真正奉献者的慈悲如何降临于“人类中最低贱者”。因此，受到人格主神谴责的“人类中最低贱者”，只要得到奉献者的恩慈，也能重新恢复其灵明觉性。

室利·采坦尼亚·摩诃波菩（*Śrī Caitanya Mahāprabhu*），于传扬薄伽梵法（*Bhāgavata-dharma*）时，倡导人们恭敬听闻人格主神的讯息。这讯息的精髓就在《薄伽梵歌》。“人类中最低贱者”只要恭敬听闻，就能获得拯救。遗憾的是，他们甚至拒绝听取这些讯息，更何谈臣服至尊主的意志呢？“人类中最低贱者”，存心轻忽人生的首要责任。

第三种恶徒名为“被假象窃取了知识的人”（*Mayayapahrta-jnanah*）。此辈博学多才，但在虚幻的物质能量影响下，他们的才识价值尽失。他们大多是些学养深厚的人物——伟大的哲学家、诗人、文人、科学家，等等。但幻力误导了他们，如此他们就违逆至尊主。

这类“被假象窃取了知识的人”在当今为数众多，甚至研究《薄伽梵歌》的学者里也不乏此辈。《薄伽梵歌》以简明质白的语言指出，室利·克利须那是至上人格主神。无人与他等平或比他伟大。他是人祖梵天之父。事实上，克利须那不仅是梵天之父，也是一切生命族类之父。他是非人格梵和超灵的根基，每一个体心中的超灵都是他的全权分身。他是万物的源头，每个人都应当皈依到他的莲花足下。尽管有这些明明白白的开示，“被假象窃取了知识的人”仍对至上人格神冷嘲热讽，只把他看做一介凡夫。他们不晓道，蒙受天佑的人类形体，正是按照至尊主的永恒妙相被设计出来的。

一切“被假象窃取了知识的人”所造的未经授权的《梵歌》注疏，

五千年前，在库茹之野战场上，至尊者克利须那（Krishna, 奎师那）为挚友、学生阿周那（Arjuna, 阿诸纳）驾驶战车驰骋杀敌，也教导他《薄伽梵歌》旷世经典。

至上人格主神克利须那（Krishna, 奎师那）与他的永恒伴侣罗陀罗妮（Rahdarani, 茹阿达 · 兰妮）

亲近灵性导师，学习真理；逊顺地向他询以疑难，并且为他服务。
自觉的灵魂，看见过真理，能授你知识。——《薄伽梵歌》3.34

世界著名梵文学者、灵性导师
A.C. 巴克提维丹塔 · 斯瓦米 · 帕布帕德
(A.C.Bhaktivedanta · Swami · Prabhupada)

不在师承世系之宗趣内，都是灵性觉悟之途上的绊脚石。这些受幻惑的诠释者不会皈服室利·克利须那的莲花足，也不会教导其他人奉行此原则。

第四种恶徒名为“心存魔性的无神论者”（*Asuram bhavam asritah*），或具阿修罗性的人。此辈乃公然的无神论者。其中有些振振有词地争辩说，至尊主绝不可能降临物质世界，但却又提不出任何确凿的理由对此加以驳难。还有些置《薄伽梵歌》之开示于不顾，硬要让至尊主归属于非人格性特征。由于嫉妒至上人格主神，无神论者在大脑工厂里炮制出许多不靠谱的化身。这类人，以贬毁人格主神为其生命原则，不可能皈服在室利·克利须那的莲花足下。

南印度的室利·阎牟那阿阇黎曾说：“我主！尽管你有非凡的德性、身相和作为；尽管所有真善的启示圣典都证实了你的人格性；尽管品格神圣、精通玄学的著名权威都承认你的存在，我的主啊！你却是无神论者所不可知的”。

是故，愚不可及的人、人类中最低贱者、被假象窃取了知识的人、心存魔性的无神论者，如上所论，虽有经典和权威的规劝，绝不会皈服在人格主神的莲花足下。

诗节 16：婆罗多之华胄！有四种虔诚的人，为我做奉献服务。他们是有烦恼者、欲发财致富者、好问者、追求真理者。

要旨：跟恶徒不同，这些都是经教礼制的拥护者，被称为“虔诚者”（*sukrtinah*），即持守经书戒律、遵行道德礼法，在一定程度上敬奉至尊主的人。他们分为四种——有烦恼者、欲发财致富者、好问者、追求真理者。他们在不同的状况下为主做奉献服务。他们不是纯粹奉献者，因为他们意欲通过奉爱服务换取个人愿望的实现。纯粹的奉爱服务不怀私心，不求名利。

《巴克提情味甘露海》（1.1.11）如是定义纯粹奉爱：

anyābhilāṣitā-śūnyaṁ

jñāna-karmādy-anāvṛtam
ānukūlyena kṛṣṇānu-
śīlanaṁ bhaktir uttamā

"心怀善念，为至尊主克利须那做超越性爱心服务，无意透过业行或玄辩求取物质利益，这就是纯粹奉爱服务。"

这四种人若为奉爱服务亲近主，并透过亲近纯粹奉献者而得到彻底净化，也会成为纯粹奉献者。至于那些恶徒们，他们自私自利，无法无天，没有灵性追求，奉爱服务对他们来说难比登天。不过，有些恶徒碰巧接触到纯粹奉献者，竟也成了纯粹奉献者。

常在果报活动中忙碌的人，遇到物质烦恼时，便会来到主跟前，那时他若亲近纯粹奉献者，也会在烦恼推动下成为主的奉献者。那些伤心落魄的人，有时也去找纯粹奉献者倾诉，好奇地向奉献者询问上帝。同样，当冷漠乏味的哲学家们才竭智疲，在知识的每一个领域碰得焦头烂额时，有时会想起去了解神。如此他们来到至尊主面前，献上奉爱服务。在至尊主或他的纯粹奉献者的恩慈下，他们超越非人格梵和内在化超灵之理境，直下证入主神的人格性义谛。总之，当有烦恼者、欲发财致富者、好问者、追求真理者打消了一切物质欲望，完全明白物质回报与灵性进益毫无关系时，他们就成了纯粹奉献者。只要还未臻此清净之境，为主做超越性服务的奉献者就会受到果报活动、追求世间知识等的染污。因此，必须放下这一切，才能达到纯粹奉献服务的阶段。

诗节 17：这些人当中，智慧圆满，又常做纯粹奉爱服务的最为殊胜。他们对我笃爱至深，我对他们情有独钟。

要旨：除尽了一切物质欲望的染污，有烦恼者、欲发财致富者、好问者、追求真理者都能成为纯粹奉献者。但在这四种人之外，那证知绝对真理、销尽物质欲望的，变成了主的真正纯粹奉献者。这四种人里面，智慧圆满，同时又致力于奉爱服务的奉献者，据主说，是最为殊胜的。透过穷理致知，就会渐悟到真我不同于物质躯壳，再进一步，就会证知非人格梵和超灵。待到彻底净化之后，才能觉悟到自我的命定地位乃是上帝的永恒仆人。如此，透过亲近纯粹奉献者，有烦恼者、欲发财致富者、好问者、追求真理者皆得净化其身心。但在此前，智慧圆满，同时实践奉爱服务的，尤其为主所宠爱。对至上人格神之超越性独具精纯之领悟者，在奉爱服务中受到保护，物质污垢无法沾染到他。

诗节 18：所有这些奉献者，毫无疑问，全都是高尚的灵魂。但卓立于形而上义理之上的人，才算真正住于我之内，我把他看作就像我自己。他为我做超越性的奉爱服务，必能到达我——最崇高最圆满的目标。

要旨：这并不是说，智慧不太圆满的奉献者，就不为主所爱了。主说这些奉献者都是高尚的灵魂，不管怀有何种目的，能来到主面前的都被称为“莫罕德默”（*mahatma*），即伟大的灵魂。有的奉献者想从奉爱服务中得到一些好处，主也接受他们，因为这里有情感的交流。出于爱，他们求主赐一些物质利益，得到了，欣喜满足，也会在奉爱服务中向前迈进。但是主最钟爱的，还是智慧圆满的奉献者，因为他们只求以爱和奉献为至尊主服务。对于这样的奉献者，哪怕片刻离开或不服务至尊主，都会让他痛不欲生。同样，至尊主也非常喜爱他的奉献者，无法与他们分离。

主在《薄伽梵往世书》（9.4.68）中说：

sādhavo hṛdayaṁ mahyaṁ
sādhūnāṁ hṛdayaṁ tv aham
mad-anyat te na jānanti
nāhaṁ tebhyo manāg api

“奉献者时刻在我心中，我也时刻在奉献者心中。奉献者不知道任何在我之外的东西，我也不可能忘记奉献者。我和纯粹奉献者之间心心相印，关系密切。住于圆满智慧之中的纯粹奉献者，绝不会失去灵性感应，故此，我格外钟爱他们。”

诗节 19：经历无数回生死，真正在智慧之中皈服我，觉悟到我即一切，这样的伟大灵魂，绝无仅有。

要旨： 经历多世的奉爱服务或超世修持，生命个体或许最终能卓立于纯粹的形而上义理之上，认识到至上人格主神才是灵性觉悟的究竟归趣。当灵性觉悟之初，行者试图放下对物质主义的执着，此时总会有一些非人格主义的倾向，但若继续精进，就会明白原来灵性生命里也有活动，正是这些活动构成了奉爱服务。觉悟到此，他就会归附至上人格主神，全心臣服。此时，他体悟到主克利须那的慈悲就是一切，知道他是一切原因的原因，物质表象不可能离开他而独存。他还体悟到，物质世界其实是灵性世界之万殊的颠倒影像，一切存有皆与至尊主克利须那相关。如此，他视万物皆不离华胥天人（*Vāsudeva*）或室利·克利须那。此种对华胥天人的涵盖乾坤式亲证，激励他当下彻底归命至尊主克利须那，以之为最高究竟。如此皈依的伟大灵魂甚为稀有。

《唱赞奥义书》（*Chandogya Upanisa*，*5.1.14~15*）云：

sahasra-śīrṣā puruṣaḥ
sahasrākṣaḥ sahasra-pāt
sa bhūmiṁ viśvato vṛtvā-
tyātiṣṭhad daśāṅgulam
puruṣa evedaṁ sarvaṁ
yad bhūtaṁ yac ca bhavyam
utāmṛtatvasyeśāno
yad annenātirohati

“有情之躯壳中，视、听、言、思的能力都不是主要因素，一切活动的核心是生命（*na vai vāco na cakṣūṁṣi na śrotrāṇi na manāṁsīty ācakṣate prāṇa iti evācakṣate prāṇo hy evaitāni sarvāṇi bhavanti*）。”同样，华胥天人或人格主神室利·克利须那乃万有之中的本体。身体具足视、听、言、思等能力，但若不与至尊主关合，便都没有价值。华胥天人弥纶天地，一切无非华胥天人，是以奉献者在圆满智慧之中向他臣服。（参较《薄伽梵歌》7.11 和 11.14）

诗节 20：那些被物质欲望偷去了头脑的人，投靠天界诸神，随顺自己的习性，奉行特殊的崇拜仪轨。

要旨：除尽一切物质染污的人，皈依至尊主，为他做奉献服务。只要物质污染尚未彻底洗尽，人在本质上就还是非奉献者。但即便那些心怀物欲，退而转向至尊主的，也不怎么会被外境吸引了，因为目标正确，故而物质贪欲很快就烟消云散。《薄伽梵往世书》倡言，无论是纯粹奉献者，消尽了一切物质欲望的；还是满脑子物质欲望的；抑或是想从物质染污里解脱出来的，在任何境况下，都应该皈依并崇拜华胥天人。《薄伽梵往世书》（2.3.10）云：

akāmaḥ sarva-kāmo vā
mokṣa-kāma udāra-dhīḥ
tīvreṇa bhakti-yogena
yajeta puruṣaṁ param

根器浅小之人，丧失了灵性觉知力，遂寄托于天神，求取物质欲望的即时满足。一般说来，此辈不去找至上人格神，因为他们身处较低级的气性里（强阳和浊阴），故而就崇拜各色各样的天神。持循崇拜的仪轨，他们就满足了。天神的崇拜者为小欲所驱，根本不知道如何达至彼岸。但至尊主的奉献者不会被引入歧途。由于吠陀经书里确有讲到过崇拜不同的天神以达到不同的目的（例如推荐病人去崇拜太阳），于是非奉献者便以为，就实现某些目的而言，天神胜过至尊主。但主的纯粹奉献者知道，至尊主克利须那是一切有情的主人。《采坦尼亚圣行蜜露经》（初分，5.142）里说：“只有至上人格主神克利须那才是主，其他所有的人都是仆（*ekale īśvara kṛṣṇa, āra saba bhṛtya*）。”故此，纯粹奉献者绝不会为了满足物质需求而去找天神帮忙。他仅仅依靠至尊主。无论他给什么，纯粹奉献者都心满意足。

诗节 21：我是超灵，居于众生心中。世人一旦想去崇拜天神，我就会坚定他的信念，好让他全心全意把自己奉献给这一特殊的神祇。

要旨：上帝已把独立性赐给了每一个人。如果有人欲求物质享乐，非常诚心地想从世间诸神那里得到些方便，那么，至尊主，以超灵之位居于众生心中，就会知道，并施方便给这类人。作为生命个体至高无上的父亲，他不会干涉生命个体的独立性，反而会大施方便，满足他们的欲念。或许有人会问，全能的上帝为什么要施方便给生命个体，让他们享受物质世界，最后跌入幻力的陷阱呢？答案是，化为超灵的至尊主若不施予方便，那么，独立性之意义又何在呢？故此，他把完全的独立性给每一个体——无论想要什么——但主最究竟的开示是在《薄伽梵歌》：舍弃其他一切事业，彻底归命于他。这将使人有福。

生命个体和天神皆臣服于至上人格主神的意志，故而，生命个体不可能随心所欲地崇拜天神，天神也不可能逾越至尊主的意志，随心所欲地给予祝福。据说，若非至上人格主神的意志，就连一茎小草也休想动弹分毫。一般来说，有世间烦恼的人，会依照吠陀所定，去找天神福佑。所求之物有异，所拜的天神也不一样。比方说，病人应崇拜太阳神；想受教育的当崇拜学问女神娑罗斯伐底（*Sarasvatī*）；想娶美貌妻子的可以崇拜湿婆之妻乌玛（*Uma*）女神。如是，吠陀经典（*śāstras*）推荐了针对不同天神所采取的不同崇拜心态。因为特殊的生命个体想要享受特殊的物质设施，所以，主就激发起他的强烈愿望，使他力图从那个特殊的天神处获取祝福，这样，他就能如愿以偿了。生命个体对特殊的天神所采取的特殊的奉爱心态，也是由至尊主设定好的。天神不可能把这种情感注入生命个体。激发人去崇拜某一特殊天神的是克利须那，因为他是至尊主，又以超灵之位居于众生心中。实际上，诸神是至尊主之天地身相（*visva-rupa*）的不同部分，其自身并不独立。吠陀经论曰：“至上人格神也以超灵之位居于天神心中，他安排透过天神来满足生命个体的欲念。生命个体和天神皆仰赖至高意志，并非独立。”

诗节 22：他被赋予了这样的信念以后，就去勤力崇拜那个特殊的神祇，以求满足自己的欲念。但实际上，这些恩惠，最终全由我赐予。

要旨：若没有至尊主的恩准，天神不可能给他的崇拜者任何赐福。一切都是至尊主的所有物，这些生命个体或许会忘记，但天神是不会的。所以，对天神之崇拜及其结果之达成，并非由于天神，而是由于至上人格神，在他的安排之下。识见陋劣的生命个体不晓得这一点，所以愚蠢地去找天神求取恩典。然而，纯粹的奉献者，当他有所需求时，只向至尊主祷告。但祈求物质好处，不是纯粹奉献者的表现。生命个体之所以去找天神，通常都是因为狂热追求贪淫的满足。当生命个体有非分之想，而至尊主不予满足时，就会发生这种事情。《采坦尼亚圣行蜜露经》里说，崇拜至尊主的人，同时却又向往物质享乐，这是自相矛盾的。为主做奉爱服务与崇拜天神，不可能在同一层面，前者完全是灵性的，而后者却是物质的。

对于渴望回归主神的生命个体，物质欲望是障碍。是故，一位主的纯粹奉献者不会被赐予物质好处，它们是小智的生命个体所追逐的，这类人宁愿崇拜俗世的天神，也不去为至尊主做奉爱服务。

诗节 23：小智崇拜诸神，所得有限，而且无常。崇拜诸神，便到诸神的星宿去；但我的奉献者，最终会到达我至高无上的星宿。

要旨：有些《薄伽梵歌》的注释者说，崇拜天神的人，也能臻达至尊主。然而，这里明确指出，众神的崇拜者只会去众神所在的诸多星系，好比崇拜日神的到太阳，崇拜月神的去月亮。同样，若有人崇拜因陀罗，那就能到因陀罗所在的星宿。并非每个人，无论崇拜什么样的天神，都能臻达至上人格神。这里否定了这种说法，而是明确指出，诸神的崇拜者，将去物质世界里的不同星宿，而至尊主的奉献者却能直超入人格主神所在的至高星体。

或许会有人在这里提出质疑：既然诸神是至尊主身体的不同部分，那么，崇拜他们也应该能得到同一结局。然而，诸神的崇拜者不太聪明，他们不晓得该向身体的哪个部位供应食物。其中有的蠢到了家，竟然说进食有多种方法，可以从多个部位。这未免太天真了。谁能把食物从耳朵或从眼睛吃进去呢？他们根本就不晓得诸神只是至尊主之天地身相的不同部分而已，在无明之中，他们相信每个天神都是独立的神，是至尊主的一个对手。

事实上，不但诸神是至尊主的所属部分，普通生命个体也是如此。《薄伽梵往世书》里说，婆罗门是至尊主的头，刹帝利是臂，毗舍是腰，首陀罗是腿足，皆各有其不同功用。无论处境如何，若了知天神、自我皆为至尊主的部分和微粒，知识就圆满了。若未理解这一点，就只能到达诸神所在的星宿。这与奉献者所到达的目的地不同。

从天神之祝福而得到的结果是会坏灭的，因为在物质世界里，星宿、天神及其崇拜者无不终归坏灭。是故此颂清楚开示，从崇拜天神而得到的结果无常有限，只有小智者才会奉行这类崇拜。在克利须那觉性里面践履奉献服务的纯粹奉献者，所获得的是真常、极乐、灵明之存在，他的成就跟一般崇拜天神者之所得不可同日而语。至尊主是无限的；他的加持力是无限的；他的恩慈也是无限的！是故，至尊主加持于纯粹奉献者的恩慈无有极限。

诗节 24：劣智之人不能圆满认识我，他们以为我从前是非人格性的，现在才呈现出人格性。由于知识浅薄，他们不知道我的高等本性，它永不坏灭、至高无上。

要旨：众神的崇拜者已被说成是小智之人，这里对非人格主义者也有同样的说法。主克利须那目下正以人身跟阿周那对话，但出于无明，非人格主义者仍辩称，至尊主归根结底并无身相。阎牟那阿阇黎，一位在罗摩努阇阿阇黎传系里的伟大奉献者，就这点写下一首偈颂：

tvāṁ śīla-rūpa-caritaiḥ parama-prakṛṣṭaiḥ
sattvena sāttvikatayā prabalaiś ca śāstraiḥ
prakhyāta-daiva-paramārtha-vidāṁ mataiś ca
naivāsura-prakṛtayaḥ prabhavanti boddhum

“我主，奉献者，比如毗耶娑和那罗陀，知道你是人格主神。透过解悟各种吠陀经籍，就能认识你的性格、身相、活动，从而能够明白你就是至上人格神。但是，那些在强阳气性、浊阴气性里的人、魔及非奉献者，无法理解你。他们没有能力理解你。无论此辈非奉献者能把《吠檀多经》《奥义书》和其他吠陀典讲得如何头头是道，要他们理解人格主神是不可能的。”（《赞歌宝石》，*Stotra-ratna* 12）

《梵天本集》说，仅仅研思吠檀多经典，并不能理解人格主神。唯有凭借至尊主的恩慈，至上人格主神方始能被认知。故而，此颂指明，不但天神的崇拜者不太聪明，就是那些终日浸淫在吠檀多里面，抱着吠陀经籍冥思苦想，却毫无半点克利须那觉性的非奉献者，也不太聪明，这些人绝不可能理解上帝的人性。那些想象绝对真理是非人格性的人，唤作“未觉者”（*abuddhayah*），意指未证入绝对真理之究竟体相的人。《薄伽梵往世书》里说，超世觉悟始于非人格梵，然后进至内在化超灵，但绝对真理之究竟是人格主神。现代非人格主义者依然没有长进，他们甚至不跟从本门的开山祖师商羯罗阿阇黎，他曾特地点明，克利须那是至上人格神。如此，非人格主义者，由于未证入至高真理，遂以为克利须那不过是提婆吉和筏殊提婆之子，一个王子，或者一个有能力的生命个体而已。这种观点受到《薄伽梵歌》（9.11）的谴责：“只有愚人才把我当凡夫看待（*Avajānanti māṁ mūḍhā mānuṣīṁ tanum āśritam*）。”

事实是，若不做奉爱服务、不养成克利须那觉性，没有人能理解克利须那。《薄伽梵往世书》（10.24.29）如是说：

athāpi te deva padāmbuja-dvaya-
prasāda-leśānugṛhīta eva hi
jānāti tattvaṁ bhagavan-mahimno
na cānya eko 'pi ciraṁ vicinvan

“我主，若有人受到你莲花足下哪怕点滴恩泽的加持，就能领会你人格的伟大。一味玄辨，想理解至上人格主神的人，即便穷年累月钻研《吠陀经》，也无法认识你。”至上人格主神克利须那，以及他的身相、德性、名号，不是单靠情识攀援，或讨论吠陀经籍可以理解的。必须透过奉爱服务来理解他。从持诵摩诃神咒（*Mahā-mantra*）开始：赫列 克利须那，赫列 克利须那，克利须那 克利须那，赫列 赫列；赫列 罗摩，赫列 罗摩，罗摩 罗摩，赫列 赫列（*Hare Kṛṣṇa, Hare Kṛṣṇa, Kṛṣṇa Kṛṣṇa, Hare Hare/ Hare Rāma, Hare Rāma, Rāma Rāma, Hare Hare*）——彻底投入克利须那觉性，始能理解至上人格主神。非人格主义一派的非奉献者认为，克利须那的身相是物质自然所幻化的，所有他的作为、身相，他的一切，全都是摩耶。这类非人格主义学派即所谓“幻有宗”（*Māyāvādī*）。他们不晓得终极真理。

第二十颂明确指出，*kāmais tais tair hṛta-jñānāḥ prapadyante 'nya-devatāḥ*，“那些被贪淫之念蒙蔽的，皈依不同的天神。”众所周知，除了至尊主有自己的珞珈外，众神也各自有其不同的星宿。如第二十三颂所说：众神的崇拜者去不同天神的星宿，而主克利须那的奉献者则去克利须那珞珈（*Krsnaloka*）。尽管已经分说得明明白白，愚顽的非人格主义者却仍坚持说，主是无形无相的，形相都是摩耶强加的。稍微翻一翻《薄伽梵歌》，难道众神及其居所看起来是非人格性的吗？很清楚，无论众神，还是至上人格主神克利须那，都不是非人格性的。他们全都是人。主克利须那是至上人格主神，他有自己的珞珈，而天神也有天神的星宿。

因此，一元论关于终极真理无形相，其形相是被强加上去的论调，显然站不住脚。这里明确指出，不是被强加的。从《薄伽梵歌》，我们可以清楚地认识到，天神与至尊主的形体同时存在。主克利须那是“*sac-cid-ananda*”，真常、极乐、灵明。《吠陀经》也证实，至高绝对真理是“*ananda-mayo'bhyasat*”，其本性极乐，是无量数善德的源泉。主在《薄伽梵歌》里说，他是“*aja*”（无生者），但他仍现身于世。这些是我们应当从《薄伽梵歌》里认取的事实。我们无法理解，至上人格主神怎么会是非人格性的；从《薄伽梵歌》的论断来看，非人格主义一元论的所谓强加理论是错误的。此颂说得很明了，至高绝对真理——主克利须那，既具形相，又有人格。

诗节 25：**我从不向愚昧无知的人揭示自己。对于他们，我隐藏于我的内在能力之中。因此，世人被蒙蔽，不认识我，尽管我无生不变。**

要旨： 有人会争辩，既然克利须那曾经临在于地球，而且能为人所见，那为什么现在不出来向每个人现身呢？实际上，他并不曾向每个人都示现过。即使在那时，也只有很少一些人才明白他就是至上人格主神。在俱卢族的盟会上，克利须那被选为盟主，悉殊波罗（*Sisupala*）不服，出言相难，毗史摩（*Bhīṣma*）出面支持克利须那，并且宣称，他就是至上神。其时还有般度氏和另外极少几个人，知道他是无上者，不是所有人都知道。他不会向非奉献者和凡夫俗子示现自己。所以，在《薄伽梵歌》里，克利须那说，除了他的纯粹奉献者，所有人都以为他和他们自己并无不同。他只向奉献者示现自身为一切福乐之源。对其他人，对无知的非奉献者，他消隐于自身的内在能力之中。

《薄伽梵往世书》中有贡蒂之祈祷，说主被“瑜伽摩耶”（*yogamaya*）之幕遮住了，故此，凡俗之人无法理解他。此“瑜伽摩耶”之幕亦见于《伊沙奥义书》（*Isho Upanisad, mantra* 15），其中有奉献者求祷：

hiraṇmayena pātreṇa

satyasyāpihitaṁ mukham
tat tvaṁ pūṣann apāvṛṇu
satya-dharmāya dṛṣṭaye

“我主，你是天地之护持者，为你做奉爱服务是最高的宗教原则。祈求你也看顾我。你超然之身为瑜伽摩耶所遮蔽，梵光就是这内在能力之幕。求你慈悲，撤去这层挡住我视线的辉光，好让我得见你极乐、灵明的真常之身。”至上人格神之妙相，被化显为梵光的内在能力所掩盖，故此小智的非人格主义者无法证入至上者。

还是在《薄伽梵往世书》（10.14.7）里，有一段梵天的颂祷：“至上人格主神啊！超灵啊！玄通之主啊！有谁能测度你的能力和你在世间的逍遥游戏呢？你不断扩展你的内在能力，因此无人能理解你。博识的科学家和渊通的学者，即便能解析出世界乃至众星的原子构造，却无法测度你的能力，尽管你就在他们面前。”至上人格主神克利须那，不仅无生，而且无穷（*avyaya*）。极乐和灵明是他的真常之身，他的能力无穷无尽。

诗节 26：阿周那呀！我是至上人格神，知道过去、现在、未来。我认识一切有情，但谁也不认识我。

要旨：人格性还是非人格性的问题，这里讲得很清楚了。倘若克利须那，至上人格神之身，是幻，是非人格主义者所想象的物质之躯，那么他就会像生命个体一样，变换躯壳，忘记前世的一切。任何有物质躯壳的人，皆无法记起前生，无法预见来世，也无法得知今生的结局；故此，他不晓得过去、现在和未来发生的事情，若尚未解脱于物质染污，就不可能知道过去、现在、未来。跟凡人不同，主克利须那明言，他了知过去曾经发生的，现在正在发生的，以及未来将要发生的一切。在第四章里，我们已经读到，主克利须那仍然能记得数百万年以前，曾经教诲过太阳神维筏斯万。克利须那了解每一生命个体，因为他以超灵之位，居于一切有情心中。但即便他化为超灵居于一切有情心中，并且还以至上人格神之身临在，小智之人，纵能亲证非人格梵，却无法觉悟他——至上者室利·克利须那。他的超然之身当然不会坏灭。他像日，摩耶像云。在物质世界，有日，有云，还有星辰。云有时暂时遮住了天空中的一切，但这只是我们有限的视力所看到的。实际上，日、月、星辰并不曾被掩盖。同样，摩耶遮不住至尊主。透过他的内在能力，主不向小智之人示现。正如本章第三颂所说，千百万人之中，有些人力求达到人形生命之圆满，但在成千上万的成就者当中，难有一人懂得克利须那为何物。即便有人透过亲证非人格梵或内在化超灵而达到圆满，若不在克利须那觉性里面，仍无法觉解至上人格主神——室利·克利须那。

诗节 27：婆罗多之华胄呀！克敌者呀！一切有情生而受蒙蔽，被从好恶、爱憎而来的二元对待所幻惑。

要旨：生命个体真实的命定地位，是臣属于其本身就是纯粹明觉的克利须那。当人受蒙蔽，离弃这纯粹的明觉，就受到幻力的宰制，无法理解至上人格主神。幻力透显于从贪嗔而来之二元对待中。由于贪嗔，愚妄者想与至尊合一，嫉妒作为至上人格主神的克利须那。纯粹奉献者，未受蒙蔽，即未受贪嗔之染污，能领悟克利须那透过内在能力示现于世；而那些受二元对待和无知蒙蔽的愚妄者，竟认为至上人格主神是物质能量幻化成的。这是此辈之不幸。此类受蒙蔽者，其表现为，陷溺于荣辱、苦乐、悲欢、男女、好坏等二元对待之中，自思：“这是我的女人；这是我的房子；我是这房子的主人；我是这女人的丈夫。”这就是从幻妄而来的二元对待。那些受二元对待蒙蔽的人愚不可及，根本不可能解悟至上人格主神。

诗节 28：前世今生，笃行善业，彻底根绝罪业，不为二元对待所蒙蔽的人，坚定不移地为我服务。

要旨：此处讲到了那些能够提升到超越之境的人。有罪者、无神论者以及愚蠢、欺诈之徒，极难超脱出从贪嗔而来的二元对待。只有那些一生持守正法的人，那些行为虔诚的人，那些征服了罪恶报应的人，才能承当奉爱服务，渐次证入关于至上人格主神的纯粹义理。那时，就能渐入三昧，观想至上人格主神了。这就是超入灵性层面的过程。住于克利须那觉性里面，亲近纯粹奉献者，就可能实现这种提升，因为亲近伟大的奉献者能度脱人于幻妄之中。

《薄伽梵往世书》(5.5.2)里说："*mahat-sevāṁ dvāram āhur vimukteḥ*，若人真实欲望解脱，就必须服务奉献者；*tamo-dvāraṁ yoṣitāṁ saṅgi-saṅgam*，而与物质主义者厮混的人，将走向最黑暗的存在。"所有主的奉献者，穿行于大地，只是为了从梦幻中唤醒受拘限的灵魂。非人格主义者不知道，忘记自我臣属于至尊主的命定地位，已经大大触犯了上帝的律法。除非回归到自我的命定地位，否则不可能解悟至上人格主神，也不可能满怀信心、彻底投入为他做奉爱服务。

诗节 29：智者托庇于我，力求超生脱死。他们彻底觉悟了一切形而上义理，所以是真正的梵。

要旨：生、老、病、死所影响的是物质躯壳，而非灵体。灵体无生、无死、无老、无病。证得灵体并成为至上人格主神的伙伴之一，投入奉爱服务的人，才算真正解脱了。"*Ahaṁ brahmāsmi*"，我是灵。据说人该领悟，自我是梵、是灵魂。此梵性之生命观，亦蕴含在奉爱服务中。纯粹奉献者超然地处于梵的层面，了知超越性活动的一切。

四种不纯粹的奉献者，为主做超越性服务，会达到各自的目的。待到彻底地克利须那觉知，透过至尊主的恩慈，他们也能真实受用与至尊主的灵性交流。但是，众神的崇拜者永远到不了至尊主所在的至高星体。甚至小智的证梵者也无法到达克利须那的至高珞珈——歌珞珈·温达文（*Goloka Vrndavana*）。只有在克利须那觉性里面践履的人（*mām āśritya*），才是名副其实的"梵"，因为他们真切精进，要往生克利须那珞珈。他们对克利须那不存疑惑，因而是真正的"梵"。

致力于崇拜主的神像（*arcā*）的人，或仅为解脱物质束缚而观想主的人，蒙主的恩典，也能证入天地秘义。这些，主在下一章会有解说。

诗节 30：圆满觉知我，证知我是至尊主，是天地、神明、祭祀的统摄之理，这样的人，即便临终之际，也能与我感通。

要旨：行于克利须那觉性里面的人，绝不会偏离圆满体认至上人格主神的道路。在克利须那觉性之超然感应下，就能领悟至尊主为何不仅是天地，甚至还是神明的统摄之理。透过这种超然的感应，逐步逐步地，就会信服至上人格主神，当临终易箦之际，这样一位克利须那觉知者，无论如何都不会忘记克利须那。如此他自然被提升到至尊主的珞珈——歌珞珈·温达文。

第七章专门解说如何成为完美的克利须那觉知者。亲近克利须那觉知者，是克利须那觉性的开始。这样的交往是灵性的，让人直接触摸到至尊主，在主的恩典下，就会领悟克利须那是至上人格神。与此同时，也会真实体会到生命个体的命定地位，以及生命个体如何遗忘克利须那并为物质业行所缠绕。透过在良师益友的熏染下逐步恢复克利须那觉性，生命个体就能明白，由于忘记克利须那，他才受到自然律法的拘限。他还会懂得，人形生命是重获克利须那觉性的良机，应加以充分利用，以争取至尊主的无缘大慈。

本章所讨论的题目甚多：有烦恼者，好奇者，求财者，梵理，超灵之理，超脱于生、老、病、死，以及崇拜至尊主。不过，真实超入克利须那觉性的人，不会在意各种法门。他唯是直下投入克利须那觉性的践履，如此，他已经实际复归于其命定地位，成了主克利须那的永恒仆人。身处此境，他陶然于在纯粹的奉爱服务中听闻、赞美至尊主。他深信，只要这样做下去，一切目标尽会达成。此坚定不移之信念名为 *drdha-vrata*，它开启了巴克提瑜伽或超越性奉爱服务。此为一切经论之定论。《薄伽梵歌》第七章，乃是此一信念之根据。

巴克提维丹塔阐释圣典《薄伽梵歌》第七章“关于绝对者的真理”终。

第八章　臻达至上

诗节 1：阿周那问：我主！无上原人呀！何为梵？何为自我？何为业？何为天地？何为神明？请向我开示。

要旨：在本章中，以“什么是梵？”起首，阿周那提出一连串不同的问题，主克利须那逐一解答。主也解说了何为“业”（*Karma*，果报活动），何为奉爱服务、何为瑜伽原则，以及何为纯粹的奉爱服务。《薄伽梵往世书》阐明至高绝对真理即所谓梵、超灵和薄伽梵。此外，个体之灵也被称为梵。阿周那还问及“阿特曼”（*atma*，自我），它涵摄了身、心、灵。据吠陀辞典，梵语“*atma*”既指身体、心智、灵魂，也包括感官。

阿周那称呼至尊主为“无上原人”（*Purusottama*），这意味着他不只是拿这些问题向朋友发问，而是在向无上者请求开示，知道他是能给出确切答案的无上权威。

诗节 2：摩度魔之屠者呀！谁是祭主？他怎样住在躯壳之中？那些致力奉爱服务的人，又怎样能在临终之际证知你呢？

要旨：“祭主”（*Adhiyajña*）或指因陀罗，或指毗湿奴。毗湿奴是包括梵天和湿婆在内的诸创世大神之主，而因陀罗则是诸职司天神之领袖。因陀罗和毗湿奴皆由献祭而受崇拜。但此处阿周那问，谁才是真正的祭主，他又如何居停于生命个体之躯壳内。

阿周那称呼主为摩度殊檀那（*Madhusūdana*，摩度魔之屠者），因为克利须那曾杀死了名为摩度的魔王。实际上，这类怀疑性质的问题本不应生自阿周那心中，因为他是一位克利须那觉知的奉献者。这些疑惑就像妖魔。克利须那擅长降妖伏魔，故此，阿周那称呼他为摩度殊檀那，好让克利须那除灭他心中生起的犹如妖魔般的疑惑。

此颂中“*prayāṇa-kāle*”（临终之际）一词具有深意，我们一生所做的，死时定会受到测试。阿周那很想知道，那些时刻住于克利须那觉性中的人，在这最后关头究竟处在什么境况？临终之际，身体的所有功能崩溃，心智状态极不正常。如是受到身体状况的干扰，人或许无法记起至尊主。一位伟大的奉献者，俱腊室伽罗大帝（*Mahārāja Kulaśekhara*）向主祷告："我亲爱的主啊，趁如今还算健康，让我立即死去吧，这样，我心意的天鹅就能觅入您莲花足之梗的入口。"此处以天鹅为喻，因为天鹅这种水鸟特别喜欢钻入莲花丛中嬉戏。俱腊室伽罗大帝对主说："现在我还健康，心意也不紊乱。倘若我立即死去，想着您的莲花足，我相信我所做的奉爱服务定会获得圆满。但若是等待自然死亡，情况如何我就无从知晓了，因为那时身体各种功能趋于崩溃，我的喉咙也许会梗塞，不知道还能不能持诵您的圣名。最好让我立即死去。"阿周那问，人如何能当此际将心念凝注于克利须那的莲花足。

诗节 3：至上人格主神说：不坏超绝的生命个体名为梵，其永恒自性名为真我（*Adhyātmam*）。关乎物质躯壳之演化的活动名为业。

要旨：梵不坏永存，其性永无变化。然而，在梵之外，还有至上梵（*parabrahma*）。梵指生命个体；至上梵指至上人格主神。生命个体之命定地位与其在物质世界所受取的不同。在物质情识里，生命个体之天性乃是要成为物质的主人；但在灵明觉性即克利须那觉性里，他的地位是服务至上者。生命个体溺于物质情识，不得不受取物质世界里的种种躯壳。这被称为业（*karma*）——物质意识力之各种创造。

在吠陀经论里，生命个体被称为“命我”（*Jīvātmā*），或”梵”，但绝不会被称为“至上梵”。生命个体受取种种不同的地位：有时融入黑暗的物质自性，跟物质认同；有时，则跟高等的灵明自性认同。故此，他被划入至尊主的边际能力。生命个体是得到物质之身还是灵性之身，取决于他认同物质自性还是灵明自性。认同物质自性，便要在八百四十万种生命族类中受取一具躯体；认同于灵明自性，则唯有灵性之身。在物质自性中，生命个体或变现为人，或为天神、禽兽等等，皆视其业而定。为了转生物质天堂星宿，享受天堂之乐，他有时会举行献祭，然而一旦功德耗尽，他又得坠落尘世再度为人。这个过程名为业。

《唱赞奥义书》陈述了吠陀献祭之法。在祭坛上，五种供品被燃成五种火。这五种火分别代表星、云、地、男、女，五种供品依次是信心、月神、雨、谷物和精液。

在献祭过程中，生命个体举行特殊的祭祀，以求转生特殊的天堂星宿，随后便能如愿以偿。当献祭的功德耗尽，生命个体便以雨的形式降于地上，然后以谷物之形出现，谷物被男人吃下去后转变成精液，使妇人受孕，如此生命个体又获人形，再举献祭，重复同样的循环。就这样，生命个体成了物质之途上永远来往不停的过客。然而，克利须那觉知者却避开这类献祭，直下承当克利须那觉性，以此为回归主神做下准备。

《薄伽梵歌》的非人格主义诠释者毫无道理地认为大梵在世间受形而为命我（*Jiva*），并引用《薄伽梵歌》第十五章第七颂支持此论点。但就在此颂中，主说到生命个体是“我的永恒碎片”。上帝的碎片——生命个体，或许会沉沦于物质世界，但永不犯错的至尊主（*Acyuta*）绝无颓堕。因此，至上梵受形为命我的假设是站不住脚的。在吠陀经论里，梵（生命个体）与至上梵（至尊主）有分际，记住这一点甚为要紧。

诗节4：人中之杰啊，变化不休的物质自然谓之“地”（*Adhibhūta*）；涵摄一切神明如日、月之神在内的主的宇宙大身，谓之“天”（*Adhidaivata*）；而以超灵之位居于一切有情心中的至尊主——我，则谓之祭主（*Adhiyajña*）。

要旨：物质自然变化不休。物质躯壳通常要经历六个阶段：生、成、住、异、坏、灭。此物质自然名为“地”（*Adhibhūta*）。它被创造于某一时空点，也在某一时空点归于坏灭。至尊主之宇宙身，涵摄一切天神及其天界，名为“天”（*Adhidaivata*）。同个体之灵一起临在于躯壳内的是超灵——主克利须那的全权代表。超灵名为胜我（*paramatma*），也即祭主（*Adhiyajña*），住于心中。梵语“*eva*”（必定）一词在此颂之语境中尤为紧要，因为主用这个词强调胜我与他是一非二。超灵，亦即至上人格主神，于个体灵魂之侧，见证着个体灵魂的活动，他也是各种情识的根源。超灵给个体灵魂自由行动的机会，又见证着他的一切活动。对于至尊主所有这些分殊之相的功能，为主做超越性服务的纯粹奉献者自动就会明了。初入门者无法感通以超灵之相示现的至尊主，就冥思被称为“天”（*Adhidaivata*）的大而无外的宇宙身。初入门者被建议冥思宇宙身，或宇宙原人（*Virāṭ-puruṣa*），视其腿为下界，眼睛为日、月，头为上界。

诗节5：无论是谁，离开躯壳时一心忆念我，当下获得我的神性，这是无可置疑的。

要旨：此颂突出强调克利须那觉性的重要性。无论谁在克利须那觉性中离开躯壳，当下转入至尊主的超上自性。至尊主是清净者中之至清净者。因而，念念克利须那觉知的人也是清净者中之至清净者。梵语 *smarana*（忆念）一词甚为要紧。对于未在奉爱服务中修炼克利须那觉性的不净灵魂，忆念克利须那是不可能的。故此，必须从生命伊始就修炼克利须那觉性。若有人欲于临终之际获得成功，忆念克利须那之法尤为必要。是故，要经常不断地持诵摩诃神咒（*Mahā-mantra*）：赫列 克利须那，赫列 克利须那，克利须那 克利须那，赫列 赫列；赫列 罗摩，赫列 罗摩，罗摩 罗摩，赫列 赫列（*Hare Kṛṣṇa, Hare Kṛṣṇa, Kṛṣṇa Kṛṣṇa, Hare Hare/ Hare Rāma, Hare Rāma, Rāma Rāma, Hare Hare*）。主采坦尼亚告诫人们应当像大树一样安忍。持诵 *Hare Krishna* 的人也许会碰到重重阻碍，但无论如何，应当学会容忍，继续持诵：赫列 克利须那，赫列 克利须那，克利须那 克利须那，赫列 赫列；赫列 罗摩，赫列 罗摩，罗摩 罗摩，赫列 赫列（*Hare Kṛṣṇa, Hare Kṛṣṇa, Kṛṣṇa*

Kṛṣṇa, Hare Hare/ Hare Rāma, Hare Rāma, Rāma Rāma, Hare Hare），如此到临终之际必能得享克利须那觉性的全部利益。

诗节 6：人离开躯壳时，无论存思何种境界，贡蒂之子呀，他必到达那境界。

要旨：此处解说了人在临死的关键时刻变化其自性的方法。离开躯壳时忆念克利须那的人转入至尊主的超上自性，但所忆念的不是克利须那而是别的什么的人，无法到达同样的超然境界。这一点我们应该谨记。怎样才能在恰当的心境下死去呢？婆罗多大帝（*Bharata Maharaja*），尽管是绝代伟人，临终时心里却牵挂着一头鹿，结果下一世转投鹿身。虽说在鹿身里他仍能记起前世的活动，但也不得不受取禽兽之躯。人一生中的念头累积起来，自然会影响到死亡时的念头，所以来世其实是今生所造。若人于今生，活在中和气性里，念念不离克利须那，就有可能在临终时忆念克利须那。若有人超然地注心于服务克利须那，那么他的下一个身体将不再是物质的，而是超然的（灵性的）。故此，持诵：赫列 克利须那，赫列 克利须那，克利须那 克利须那，赫列 赫列；赫列 罗摩，赫列 罗摩，罗摩 罗摩，赫列 赫列（*Hare Kṛṣṇa, Hare Kṛṣṇa, Kṛṣṇa Kṛṣṇa, Hare Hare/ Hare Rāma, Hare Rāma, Rāma Rāma, Hare Hare*），是临终之际成功变化存在状态的最殊胜法门。

诗节 7：因此，阿周那呀，你该一面时时想着我，一面践履你作战的赋定职责。心智和活动专注于我，一切皆为我而作，毫无疑问，你会接近我。

要旨：这条给阿周那的开示，对于所有从事物质活动的人都十分重要。主并不是说，人该抛下自己的赋定职分或事业。他可以一面继续尽职，一面透过持诵 *Hare Krishna* 想着克利须那。这能使人除净物质的染污，将心智用到克利须那上面。透过持诵克利须那的圣名，决定往生至高星宿——克利须那珞珈，这绝无疑问。

诗节 8：观想身为至上人格神的我，念念在我，绝无旁骛，帕尔特呀，如此必能接近我。

要旨：主克利须那在此颂中强调了忆念他的重要性。透过持诵摩诃神咒，我们对克利须那的记忆得以恢复。借着修炼诵闻圣名之音，耳、舌、心皆得其所用。此玄秘之观想极易修持，能助人上达至尊。补鲁莎（*Puruṣam*）意谓享受者。虽然生命个体本属至尊主的边际能力，但却陷溺于物质尘染。生命个体自认为是享受者，但他们绝非至高享受者。此处明确指出，至高享受者是至上人格神及其殊相和全权分身，如那罗延拿、华胥天人等。

奉献者可以透过持诵 *Hare Krishna*，不断地想着崇拜的对象——化显为各种妙相的至尊主——那罗延拿、罗摩、克利须那等等。如此修炼净化了他，当他临终之际，由于不断持诵圣名，就会往生上帝之国。瑜伽修炼是观想内在的超灵，同样，透过持诵 *Hare Krishna*，就能念念住于至尊主。心意变幻无常，因此有必要强迫它去想着克利须那。常用的例子是毛虫。毛虫想着要变成蝴蝶，于是即生化为蝴蝶。同样，如果我们念念不离克利须那，就可以肯定，当我们生命终了时，将拥有与克利须那同质的身体。

诗节 9：人当如此观想无上者：他全知，最古老；他是真宰，至小而无内；他是万物之衣养者，不可思议，超越一切物质概念；他永远是一个人。他光辉如太阳，他超绝，在物质自然之外。

要旨：此颂讲到观想无上者之法。首要的一点是：他不是非人格的，也不是虚无的。人无法观想非人格的或虚无的东西。那太困难了。但是，观想克利须那之法极其简易，事实上这里已做说明。首先，主是补鲁莎（*Puruṣa*），是一个人——我们所观想的是罗摩这个人或克利须那这个人。无论观想罗摩还是克利须那，其为人皆已在《薄伽梵歌》此颂中做了交代。主是全知者（*Kavi*），他了知过去、现在和未来，所以无所不知。他最古老，因为他是天地之根，天地万物皆从他而生。他也是天地之无上真宰，他是人类的养育者和教化者。他比最小的还要小。灵魂的大小为发尖的万分之一，但主是那么不可思议的小，竟然还能进入这微粒里面。因此，主被称为至小无内，身为无上者，他能进入原子，也能进入最小者的心中，作为超灵来主宰他。虽然至小而无内，他却弥纶天地，衣养万物，为至大而无外。一切星系皆由他维系。那么多庞大的星球飘浮在空中，我们常常为此惊奇不已。这里说道，是至尊主，透过他不可思议的能力，摄持所有这些巨大的星球和星系。此颂中“*acintya*”（不可思议）一词尤具深意。上帝的能力超越我们的言语诠表，超越我们的思力所及，故而谓之“不可思议”。谁能对此提出异议呢？他周流天地却又超世独立。我们甚至不能理解这个物质世界，它与灵性世界相比微不足道——那么我们又如何能够理解这物质世界之外的呢？“*acintya*”意指超越世间者，玄辩、逻辑、哲思所不能及者，不可思议者。是故，智者当远离无用之议论、思辨，信受《吠陀经》《薄伽梵歌》和《薄伽梵往世书》等经论之圣言，并奉行其中定下的原则。这才能带来真正的觉解。

诗节 10：临终之际，借瑜伽力将生命之气灌注于两眉之间，置心一处，以全然的奉爱之情忆念至尊主，决定到达至上人格神。

要旨：此颂明示，临终之际心念必须在奉爱之情中凝注于至上人格神。针对那些瑜伽行者，这里建议他们将生命之气提至两眉之间（眉轮）。此即六轮瑜伽（*sat-cakra-yoga*）之修炼，它涉及内观六层脉轮（*cakra*）。一位纯粹奉献者并不修炼这类瑜伽，但因为他念念不离克利须那觉性，命终时便能依靠主的恩慈忆念至上人格主神。这在第十四颂里会有解说。

此颂特别用了“*yoga-balena*”（透过瑜伽玄通）一词，饶有深意，因为若未修炼瑜伽，无论六轮瑜伽抑或巴克提瑜伽，人当命终之际，根本无法到此超越之境。人不可能在临死之际陡然忆起至尊主；一定得修炼过某种瑜伽体系，尤其是巴克提瑜伽的体系。临死前的心念极其紊乱，故此，当在有生之年，借助瑜伽修炼超然物外。

诗节 11：通吠陀诸经者，持诵唵（om）者，以及进入舍离位的伟大圣者，能证入大梵。追求这种圆满，须奉行独身。我现在就向你开示这通向救度的法门。

要旨：主克利须那建议阿周那修炼六轮瑜伽，即将生命之气灌注于两眉之间。预计阿周那可能不晓道如何修炼六轮瑜伽，主便在接下来的偈颂里解说了这一法门。主说，大梵虽独一无二，但却有诸多表现和性相。尤其对于非人格主义者，"*Akṣara*"或 *Oṁkāra*"——梵音"唵"（*om*），是与大梵同一的。克利须那在此诠表了舍离位之圣者所证入的非人格梵。

在吠陀知识体系里，一开始就教弟子们持诵"唵"，并透过服侍灵性上师，彻底独身守贞，以求证终极的非人格梵。如此他们体会到大梵的两种性相。这类修炼对弟子们精神生命的演进极为重要，但如今梵行者（*Brahmacārī*）的生活已根本不可能。世间的社会结构发生剧变，从读书起始就实践守贞已经没有可能性。全世界有形形色色的学院，研究种种不同的学问，但没有一所受到公认的学院，里面能向学生们教授梵行的原则。除非实践守贞，否则要想在精神生命上有所增益，异常困难。所以，主采坦尼亚宣布，根据针对卡利纪的经教训谕，要在这个时代亲证无上者，除了持诵主克利须那的圣名外，别无它途：赫列 克利须那，赫列 克利须那，克利须那 克利须那，赫列 赫列；赫列 罗摩，赫列 罗摩，罗摩 罗摩，赫列 赫列（*Hare Kṛṣṇa, Hare Kṛṣṇa, Kṛṣṇa Kṛṣṇa, Hare Hare/ Hare Rāma, Hare Rāma, Rāma Rāma, Hare Hare*）。

诗节 12：瑜伽之境即不执着任何感官活动。关闭所有感官之门，意念集中于心，将生命之气贯注于头顶，如此卓立于瑜伽之境。

要旨：按照此颂所说去修炼瑜伽，第一步就要关闭所有感官享乐之门。这种修炼名为"撤回"（*Pratyāhāra*），或从感官对象收回感官。摄取知识的感官——眼、耳、鼻、舌、触，应完全受到控制，不容许用来自我享受。如此，意念凝注于心中的超灵，而生命之气则提至顶门。这套修法第六章已有详述。但如前所论，这类修炼在当今时代不太现实。

最殊胜的法门是克利须那觉性。若人能在奉爱服务中一心凝注于克利须那，证入三昧之境轻而易举。

诗节 13：身处瑜伽之境，持诵神圣的梵音——无上之唵，如此离开躯壳时，想着至上人格神，决定往生灵性的星宿。

要旨：此颂明确开示，唵、大梵和主克利须那无有分别。克利须那的非人格梵音为“唵”，但 *Hare Krishna* 里面涵摄了“唵”。持诵 *Hare Krishna* 神咒分明是为这个时代推荐的。是故，若有人当离开躯壳时念诵：赫列 克利须那，赫列 克利须那，克利须那 克利须那，赫列 赫列；赫列 罗摩，赫列 罗摩，罗摩 罗摩，赫列 赫列（*Hare Kṛṣṇa, Hare Kṛṣṇa, Kṛṣṇa Kṛṣṇa, Hare Hare/ Hare Rāma, Hare Rāma, Rāma Rāma, Hare Hare*），决定能往生某一灵性星宿，这根据他修炼的心态而定。克利须那的奉献者往生克利须那之星体——歌珞珈·温达文。对于其他人格主义者而言，灵性天宇里另外还有无数星体，即所谓无忧珞珈，而非人格主义者则滞留在梵光之中。

诗节 14：谁心无旁骛，忆念我，便可轻而易举地得到我，帕尔特呀，因为他不断为我做奉爱服务。

要旨：此颂讲到在巴克提瑜伽中服务至上人格神的纯粹奉献者所到达的最终目的地。前面偈颂里提到过四种奉献者——烦恼者、好奇者、谋求物质得益者和思辨性哲学家，也论述了各种解脱法门：业瑜伽、智瑜伽、诃陀瑜伽。这些瑜伽体系的原则里都掺入了一些“巴克提”的成分，但此颂特别拈出纯粹的巴克提瑜伽，不夹杂任何智、业或诃陀。正如梵语“*ananya-cetāḥ*”（心无杂念）一词所表明的，在纯粹的巴克提瑜伽里，奉献者除了克利须那之外，再无他求。纯粹奉献者并不渴望升转天堂星宿，也不追求梵我合一，甚或解脱于物质缠绕。纯粹奉献者一无所求。在《采坦尼亚圣行蜜露经》里，纯粹奉献者被说成是“无欲者”（*niṣkāma*），意思说他没有任何自私自利的欲望。圆满的安宁只属于这样的人，不属于那些为了私利而拼斗的人。智瑜伽士、业瑜伽士、诃陀瑜伽士皆不免有私心，但一位完美的奉献者除了取悦至上人格主神，别无所求。故此主说，谁若坚定不移地为他奉献，要得到他轻而易举。

纯粹奉献者总是在为克利须那的某一人格性身相做奉爱服务。克利须那有各种全权分身和化身，比如罗摩、尼黎僧诃等等，奉献者可以选择在奉爱服务中将心念凝注于至尊主的任一超然身相。这样的奉献者不会遇到烦扰其他瑜伽修炼者的那些难题。巴克提瑜伽简便，纯粹，易行。只须念诵 Hare Krishna 就算已经开始了。主对众生普降慈悲，但就像我们已经解释过的，他特别钟爱那些心无杂念、不断为他做奉爱服务的人。主会以各种方式帮助这样的奉献者。《羯陀奥义书》（1.2.23）有云：彻底皈命、全然投入奉爱服务的人，能如实领悟至尊主（*yam evaiṣa vṛṇute tena labhyas / tasyaiṣa ātmā vivṛṇute tanuṁ svām*）。《薄伽梵歌》（10.10）曰：*dadāmi buddhi-yogaṁ tam*，主赐予这样的奉献者足够的智慧，让奉献者最终能在他的灵性王国得到他。

纯粹奉献者的特质是，不论何时何地，他总想着克利须那，从不偏离。在此不应有任何障碍。纯粹奉献者能不拘时地，践履他应做的服务。有人说，奉献者应该留在像温达文这样的圣地，或者主曾经住过的某些圣城，但纯粹奉献者可以在任何地方居住，凭借自己的奉献服务创造出温达文的氛围。室利·阿德威陀阿阇黎曾对主采坦尼亚说：“主啊！你在哪里，哪里就是温达文。”

正如梵语“*satatam*”（时时）和“*nityaśaḥ*”（恒常）二词所指出的，纯粹奉献者不断忆念克利须那，观想着他。这些都是纯粹奉献者的资质；对于他们，主举手可得。在所有瑜伽体系中，《薄伽梵歌》对巴克提瑜伽最为推崇。一般来说，巴克提瑜伽士（梵语 *bhakta*，巴克陀）以五种方式服务主：

（1）中立型巴克陀（*śānta-bhakta*），在中立状态做奉爱服务；

（2）臣仆型巴克陀（*dāsya-bhakta*），以仆从的心态做奉爱服务；

（3）友伴型巴克陀（*sakhya-bhakta*），以朋友的心态服务；

（4）父母型巴克陀（*vātsalya-bhakta*），以父母的心态服务；

（5）情侣型巴克陀（*mādhurya-bhakta*），以情侣的心态投入奉爱服务。

以上述任何一种方式，纯粹奉献者常时不断为至尊主做超越性奉爱服务，无法忘记至尊主，所以他很容易就能得到主。纯粹奉献者一刻都不能忘记主，同样，至尊主也一刻都忘不了他的纯粹奉献者。这就是持诵摩诃神咒这一克利须那觉性法门所带来的伟大祝福——赫列 克利须那，赫列 克利须那，克利须那 克利须那，赫列 赫列；赫列 罗摩，赫列 罗摩，罗摩 罗摩，赫列 赫列（*Hare Kṛṣṇa, Hare Kṛṣṇa, Kṛṣṇa Kṛṣṇa, Hare Hare/ Hare Rāma, Hare Rāma, Rāma Rāma, Hare Hare*）。

诗节 15：臻达我后，伟大的灵魂便永不会重返这充满烦恼的无常世界，因为他们已经获得了最高的圆满。

要旨：因为无常之世充满生、老、病、死之苦，很自然地，一个成就最高圆满境界的人，一个到达了至高无上的星体——克利须那珞珈、歌珞珈·温达文的人，是不愿再回来的。在吠陀经籍中，至高无上的星体被称为“无相”（*avyakta*）、“不可思议”（*akṣara*）和“至高无上的彼岸”（*paramā gati*）”；也就是说，这个星体超越我们的物质观想力，不可思议，但却是至高无上的彼岸，是伟大灵魂（*mahātmā*）的目的地。伟大的灵魂从觉悟了的奉献者那里接受到超然的讯息后，便在克利须那觉性中逐步增进奉爱服务，最后变得如此专注于超越性服务，以致再不渴望升转任何物质的星宿，甚至都不想往生任何灵性星体。他们只想要克利须那，跟克利须那在一起，别的什么也不要。这是生命最崇高的圆满境界。此颂特别提及至尊主克利须那的人格主义奉献者。这些在克利须那觉性中的奉献者成就了生命的最高圆满。换言之，他们是最崇高的灵魂。

诗节 16：在物质世界，从最高的星宿到最低的星宿，全是生死轮转不休的苦地。但谁若到达了我的居所，贡蒂之子呀！就永不再投生。

要旨：所有门类的瑜伽士——业、智、诃陀等——最终都必得在巴克提瑜伽中达到神爱之圆满，即克利须那觉性，然后才能往生克利须那所在的超然故乡，永不复回。那些到达了最高物质星宿的人，仍旧得重复生死。地球上的人往生高等星体，高等星体如梵天珞珈（*Brahmaloka*）、禅陀罗珞珈（*Candraloka*）和因陀罗珞珈（*IndraLoka*）上的人又退转地球。奉行《赞歌奥义书》所推荐的“五火明祀”（*pañcāgni-vidyā*），能让人往生梵天珞珈，但如果到了梵天珞珈后，不存养克利须那觉性，那他就还得回到地球上来。那些居于高等星宿上，在克利须那觉性里面不断精进的人，会逐步超转越来越高的星体，最后当世界坏灭时，便被提升到永恒的灵性之国。巴腊提婆·维狄耶布善那（*Baladeva Vidyabhusana*）在他的《薄伽梵歌》注里，引用了以下偈颂：

brahmaṇā saha te sarve
samprāpte pratisañcare
parasyānte kṛtātmānaḥ
praviśanti paraṁ padam

“当世界坏灭之际，梵天和他的信徒，由于在克利须那觉性里面不断精进，将全部超升灵性天宇，随各自的愿力往生特殊的灵性星体。”

诗节 17：人类一千纪之和等于梵天的一日，也等于他一夜的长短。

要旨：物质宇宙的存在时间是有限的。它表现为“劫”（*Kalpa*）的循环。一劫就是梵天的一日。梵天的一日由四纪（*yuga*）的一千次循环构成，此四纪分别为：萨底耶（*Satya*）、特黎多（*Treta*）、德筏钵罗（*Dvapara*）、卡利（*Kali*）。萨底耶纪的特色是德行、智慧、宗教，基本没有无明和罪恶。萨底耶纪为期一百七十二万八千年。特黎多纪邪恶开始为患，为期一百二十九万六千年。到德筏钵罗纪，德行和宗教更加败坏，邪恶为患更甚，此纪持续八十六万四千年。最后是卡利纪（迄今为止已过去五千多年），争斗、无明、邪法、罪恶盛行，真正的德行实际已荡然无存，此纪为期四十三万二千年。卡利纪邪恶日甚一日，到劫终之际，至尊主本人会以喀尔基（*Kalki*）化身降世，除灭恶魔，救度他的奉献者，由是重新开启新一轮萨底耶纪。然后，整个时序再次轮转。四纪轮转一千次，合梵天的一日或一夜。梵天活上一百按此法计算的“年”才死去，若按地球年计算，这“一百年”等于三百一十一兆四百亿地球年。照这个算法，梵天的寿命似乎神妙奇特、设有尽头，但从永恒的角度去看，亦不过如电如露。在原因之洋里，无量数梵天倏生倏灭，犹如大西洋中的浮沤。梵天及其创造皆为物质宇宙之一部分，故而无不流转生灭。

物质宇宙之内，即使梵天也难逃生老病死。不过，梵天直接为至尊主服务，负责经纶天地，所以他能于物质宇宙坏灭后立即得到解脱。上乘的出世者被提升到梵天所在的星体——梵天珞珈，那是物质宇宙里的最高星体，其地位高于所有天堂星宿，处于高等星系，但时间一到，梵天与梵天珞珈之民，按照物质自然的律法，仍难逃一死。

诗节 18：梵天白昼之始，有情众生现世；到了梵天的黑夜，众生又复归冥冥。

要旨：小智之人想继续留在物质世界，他们或许能往生高等的星宿，但到头来又不得不再回地球。当梵天之白昼，他们能在物质世界之内的高等或低等星宿上往来造作，但一到梵天的夜晚，皆遭毁灭。白昼时，他们受取各样躯壳进行物质活动，但在黑夜里便不再有躯壳，而只是蜷缩在毗湿奴的身体内。接着，当梵天白昼再次到来之际，又皆现身于世。*Bhūtvā bhūtvā pralīyate*，白昼现世，夜晚复灭。最后，当梵天生命终结时，他们皆遭毁灭，数千百万年不再现世。直到梵天于下一轮循环再次降生时，他们才复出世间。就这样，他们被物质世界的魔力迷住了。但领承克利须那觉性的智者把人类生命完全用于为主做奉爱服务，持诵赫列 克利须那，赫列 克利须那，克利须那 克利须那，赫列 赫列；赫列 罗摩，赫列 罗摩，罗摩 罗摩，赫列 赫列（*Hare Kṛṣṇa, Hare Kṛṣṇa, Kṛṣṇa Kṛṣṇa, Hare Hare/ Hare Rāma, Hare Rāma, Rāma Rāma, Hare Hare*）。

如此他们得往生于克利须那所在的灵性星宿，在那里变得不死极乐，远离生死流转。

诗节 19：白昼再来时，众生又活跃起来，帕尔特呀！当黑夜再次降临时，众生全无助地解体。这样反反复复，周而复始。

诗节 20：但还有另一未展示的自然，它永恒存在，超越已展示和未展示的物质自然。它至高无上，永不毁灭。尘世尽皆坏灭，这部分仍存在。

要旨：克利须那的高等灵性能力超越而永恒。这能力超越物质自然的一切变化，物质自然在梵天的昼夜之间展示和毁灭。克利须那的高等能力在性质上与物质自然完全相反。关于高等和低等自性，第七章已有解说。

诗节 21：那个被吠檀多学者称之为未展示、无瑕疵的，那个名为无上究竟彼岸的，那个到达后便永不退转的地方——就是我的无上之乡。

要旨：至上人格神克利须那的无上神土在《梵天赞》里被称为“如意宝石之乡”（*Cintāmaṇi-dhāma*），是一个所有愿望皆得实现的地方。主克利须那的无上之乡，名为歌珞珈·温达文，遍地是由如意宝石砌成的宫殿。那里也有树，谓之“如愿树”，要吃什么随时都可以供应；也有乳牛，名为吉祥奶牛（*Surabhi*），能源源不断地供应牛奶。在这片神土上，有千千万万的吉祥女神（*Lakshmi*）侍奉着主。主被唤作哥宾陀（*Govinda*），他是首出之主，是一切原因的原因。主常吹响横笛（*Veṇuṁ kvaṇantam*）。他的超然身相是所有世界里最迷人的——眼似莲花，肤色如云。他颠倒众生，妙美胜过千万个爱神。主身穿橘黄色衣衫，颈披花蔓，发际插着一枝孔雀翎毛。在《薄伽梵歌》里，主克利须那不过略微暗示了一下他的故乡——歌珞珈·温达文，它是灵性之国中至高无上的星宿。《梵天本集》对此有更生动的描绘。吠陀经典《羯陀奥义书》（1.3.11）

上说，无有一地，凌越至上神之所居，是土为无上究竟彼岸。一旦到达，便永不会退转物质世界（*puruṣān na paraṁ kiñcit sā kāṣṭhā paramā gati*）。克利须那的无上之乡和克利须那本人无有分别，缘其质性相同故。在地球上，位于德里东南九十英里处的温达文，就是灵性天宇中至高无上的歌珞珈·温达文的摹本。当克利须那降临地球时，就是在这块位于印度摩图罗（*Mathura*）区方圆八十四平方英里的温达文之地嬉戏逍遥。

诗节 22：至上人格主神比一切伟大，可透过精纯的奉爱臻达。他虽住在自己的居所，却周流于天地间，万物无不在他之内。

要旨：此处指明，去则无返的无上究竟彼岸就是至上之人克利须那的故乡。《梵天本集》说，此无上之乡为 *ānanda-cinmaya-rasa*，灵明极乐充满之地。那里所流行的万殊之相无不具灵明极乐之性——那里没有物质。此万殊之相皆为至上主神自身的灵性流布，正如第七章所阐释的，那里的万有皆出自灵性能力。至于物质世界，虽然主永住无上之乡，但却凭借他的物质能力周流于天地间。如此，他透过灵性能力和物质能力无所不在——既在物质世界又在灵性世界。*Yasyāntaḥ-sthāni* 意指万物在他之内而得摄持，或在他的灵性能力之内，或在他的物质能力之内。主凭借这两种能力无所不在。

此颂所用“*bhaktyā*”一词表明，欲超转克利须那的无上之乡或无量数无忧珞珈，唯有透过奉爱服务才有可能。其他任何法门皆不能助人到达这无上之乡。《牧者奥义书》（3.2）也论述了无上之乡和至上人格神。*Eko vaśī sarva-gaḥ kṛṣṇaḥ*，那无上之乡只有一位至上人格主神，名为克利须那。他是无上慈悲之神，他虽独立不移，却又扩展为数百千万的全权分身。吠陀经典把主比作一棵树，静立不动，却满挂各样果实、鲜花和不断更新的枝叶。司掌无忧珞珈的全权分身皆为四臂，名号繁多，有补鲁娑多摩（*Puruṣottama*）、特黎威克罗摩（*Trivikrama*）、凯耶舍筏（*Keśava*）、摩多婆（*Mādhava*）、阿尼鲁多（*Aniruddha*）、瑞希凯诗（*Hṛṣīkeśa*）、商羯萨那（*Saṅkarṣaṇa*）、补罗鸠摩那（*Pradyumna*）、室利多罗（*Śrīdhara*）、华胥天人（*Vāsudeva*）、达磨达腊（*Dāmodara*）、瞻纳陀那（*Janārdana*）、那罗延拿（*Nārāyaṇa*）、筏摩那（*Vāmana*）、波德摩那巴（*Padmanābha*）等等。

《梵天本集》也断言，主虽永住至上之乡，却变动不居，周流六虚，故此天地才得运化（*goloka eva nivasaty akhilātma-bhūtaḥ*）。《白净识奥义书》（6.8）云：尽管至尊主遥不可及，但他的能力却极为广大，能出神入化地经纶天地万物（*parāsya śaktir vividhaiva śrūyate/ svābhāvikī jñāna-bala-kriyā ca*）。

诗节 23：婆罗多之华胄呀！我现在告诉你，瑜伽士何时离开这个世界，还要返回；何时离开这个世界，不复回返。

要旨：至尊主的纯粹奉献者是彻底皈依的灵魂，并不在乎什么时候离开躯壳，也不在乎以什么方式。他们把一切托付给克利须那，故而轻松快活地回到主神身边。但那些不纯粹的奉献者，反倒依仗灵性觉悟的各种法门，比如业瑜伽、智瑜伽、诃陀瑜伽，他们必须候到某个适当的时间离开躯壳，以验证是否还得重返生死之地。

如果瑜伽士修行圆满，便能自由选择离开尘世的时间和情境。但若不够精熟，那么他的成功就得靠偶然性了。关于在哪个恰当的时间里离开后不复回返，主会在下一颂里有解说。按照巴腊提婆·维狄耶布善那阿阇黎（*Ācārya Baladeva Vidyābhūṣaṇa*）的说法，梵语“*Kala*”在此指的是司掌时间的神祇。

诗节 24：在月盈的十四天，在太阳运行于北方的六个月内的白昼吉时，在光明中，在火神的影响之下，证知至上梵的人离开这个世界，便能臻达至上梵。

要旨：当提到火、光、白昼和从新月到满月的十四天时，须知此等皆有各类神祇司掌，是他们在安排灵魂的升天之旅。临死时，心意把人带往通向新生命的路途。无论凑巧抑或透过安排，若在上面指定的时间里离开躯壳，就有可能上达非人格梵光。瑜伽修炼精熟的通玄者能自己安排下离开躯壳的时间和地点。其他人则无力掌控，如果凑巧在吉时离开，就不会再退返生死之轮，不然的话，极有可能重回物质世界。不过，对于在克利须那觉性里面的纯粹奉献者，当他离开躯壳之际，无论是在吉时还是不在吉时，出于偶然还是经过安排，皆无复返之忧。

诗节 25：通玄者在下弦月的十四天，在太阳运行于南方的六个月内，在黑夜有烟的时候，离开这个世界，便升转月球，但还要再回来。

要旨：在《薄伽梵往世书》第三篇，伽皮罗牟尼提到，那些精通果报活动和祭祀之道的地球人，死后能往生月球。这些高贵的灵魂在月球上大约生活一万年（按天神的算法），饮娑摩汁（*soma-rasa*），尽情享受生命。他们最终还得重返地球。这表明月球上有高等生命，虽然他们无法被粗钝的感官察觉到。

诗节 26：根据吠陀经的看法，离开尘世的途径有二：一在白昼，一在黑夜。在白昼离开，不用回来；在黑夜离开，还须复返。

要旨：阿阇黎巴腊提婆·维狄耶布善那也从《赞歌奥义书》(10.3–5)引证，其中关于离世和复返的表述与此颂一致。那些果报活动者和哲学思辨者自无始以来就不停地来来去去。事实上，他们得不到究竟解脱，因为他们不肯皈服克利须那。

诗节 27：帕尔特呀！认识这两种途径的瑜伽士永不起惑。因此，你须稳住于瑜伽。

要旨：克利须那在此告诉阿周那不必为灵魂当离世时所选取的不同途径而心烦意乱。至尊主的奉献者不该担忧，他离开物质世界究竟是出于安排还是出于偶然。奉献者应稳住于克利须那觉性之中，持诵 *Hare Krishna*。须知，为此担忧实在是庸人自扰。住心克利须那觉性的最佳方法是：念念在对克利须那的服务中求契合，这样，通向灵性之国的道路必定安全、可靠、直截。梵语“*Yoga-yukta*”在此颂中具深意。稳住瑜伽者的一切活动皆行于克利须那觉性之中。室利·茹巴·哥史华米开示：

（*anāsaktasya viṣayān yathārham upayuñjataḥ*），放下物质俗务，一切活动皆行于克利须那觉性之中。透过这名为“舍离心妙用”（*yukta-vairāgya*）的法门，就能成就圆满。是故，奉献者不受这类说法干扰，因为他晓得自己的通天之路是有奉爱服务做保障的。

诗节 28：走上奉爱服务之途的瑜伽士，并不缺失从读经、苦修、祭祀、布施或致力哲学思辨和果报活动而产生的业果。只要践履奉爱服务，他就能得到这一切，而且最后升登至上不死之乡。

要旨：此颂为七、八两章之总结，尤其涉及克利须那觉性和奉爱服务。诵读《吠陀经》，须在灵性导师的指导下，并且要修许多苦行和忏悔。梵行者得像仆人一样住在灵性导师家里，他必须挨门逐户去乞讨，并将乞讨所得交给灵性导师。仅当灵性导师下令，他才进食。如果某日上师忘了叫他用餐，弟子就得戒食。这是持守梵行者生活当奉行的一些吠陀原则。

弟子在上师的指导下诵读《吠陀经》五到二十年后，就成了一个人格完满的人。诵读《吠陀经》的目的并不是为了空想家的消遣，而是为了性格的塑造。这般教化之后，梵行者被批准进入家居生活，结婚生育。做了家居者，他得举行许多祭祀，以求获得进一步的启明。他还必须根据时、地和对象进行布施，并按照《薄伽梵歌》所说，分辨何为中和、强阳和浊阴气性下的布施。待到退出家居生活，进入林栖期，他要实践种种峻刻的苦修——隐居山林，以树皮为衣，不剃须发，等等。透过经历梵行、家居、林栖，最后出世，就能超入生命的圆满之境。其中有些人往生天堂，更进步的便得解脱，进入灵性天宇，或融入非人格梵光，或往生无忧珞珈、克利须那珞珈。这是吠陀经典勾划出的道路。

然而，克利须那觉性的美妙之处在于，透过践履奉爱服务，便可一举超越生命之不同行期所要求的所有仪轨。

梵语“*idaṁ viditvā*”（知此）表示，人当领会室利·克利须那在《薄伽梵歌》第七章和本章里的开示。不是靠学力或心智思辨去领会这些章节，而是透过听闻，在奉献者的陪伴之下。从第六章到第十二章是《薄伽梵歌》的精华部分。前六章和后六章好比中间六章的封套，这中间六章特别受到主的保护。若人有幸读通《薄伽梵歌》，尤其中间六章——在奉献者的陪伴之下，他的生命立即蒙受荣光，超越一切苦行、献祭、布施、思辨等等，因为仅凭克利须那觉性，他就能收获所有这类活动的结果。

对《薄伽梵哥》略有信心的人，应当从奉献者那里学习《薄伽梵歌》，因为第四章起首就指明，《薄伽梵歌》只能被奉献者领悟，此外无人能圆满证知《薄伽梵歌》的旨趣。是故，应该从克利须那的奉献者那里学习《薄伽梵歌》，而不是从心智思辨者那里。这是信心的表现。当人寻找奉献者并最终得与奉献者亲近时，才真正开始学习、体悟《薄伽梵歌》。凭借在奉献者的夹持下而获得的进步，修行者被置于奉爱服务之中，这种服务可以扫除一切针对克利须那、克利须那的名相、游戏和其他特征的疑惑。这些疑惑被彻底清除后，修行者专定修学，那时就能有味于研读《薄伽梵歌》，达到念念克利须那觉知的境界。到精熟的阶段，就会全心全意爱上克利须那。此生命的最高圆满境界，使奉献者得以往生灵性天宇里的克利须那之乡——歌珞珈·温达文，在那里变得不死极乐。

巴克提维丹塔阐述圣典《薄伽梵歌》第八章“臻达至上”终。

第九章　最秘密的灵知

诗节 1：至上人格主神说：亲爱的阿周那，因为你从不嫉妒我，我要传授你这门最秘密的知识，你知道后，将脱离物质存在诸苦。

要旨：随着奉献者越来越多地听闻克利须那，就会逐渐开悟。此熏闻法门是《薄伽梵往世书》所推荐的："至上人格主神的讯息充满力量，如果在奉献者之间讨论至上主神的话题，就能亲证这种力量。跟思辨者或学究们在一起，则无法证入，因为这是体悟出来的知识。"

奉献者不断为主服务，主也明白奉献者的想法和诚意，会赐予他智慧，让他在其他奉献者的陪伴下，解悟有关克利须那的学问。讨论克利须那极具灵效，若人有幸参与这样的聚会，努力吸取知识，决定会在灵性自觉上增益。主克利须那为了激励阿周那在奉爱服务中向更高远之境攀升，便在本章讲述了比他已经开示过的一切更为秘密的玄理。

《薄伽梵歌》起首，亦即第一章，基本上是全书其他部分的序。第二章和第三章所表述的灵性知识被称为"秘密"。第七章和第八章所议论之题尤其关涉奉爱服务；因为它们催生出对克利须那觉性之证悟，所以被称为"更秘密"。而第九章所阐述者涉及无漏、清净之奉爱，故此被称为"最秘密"。住于最秘密知识之中的人禀性超迈，他虽身处世间，却不受物质诸苦，《巴克提情味甘露海》里说，诚心为至尊主做奉爱服务的人，尽管活在物质存在的拘限状态中，却被认为是解脱者。同样，我们也会在《薄伽梵歌》第十章发现，任何人若如此践履，就是解脱者。

这第一颂具有特别的意义。梵语"*idaṁ jñānam*"（这门学问）意指纯粹的奉爱服务，它由九种活动组成：听闻、念诵、忆念、服务、崇拜、祷告、顺从、友爱、归命。透过实践这九种奉爱服务，修行者便能被提升至灵明觉性——克利须那觉性。当内心如是除净一切物质污垢，就能证悟这门有关克利须那的学问。仅仅解悟生命个体并非物质还不够。这或许是精神自觉的起步，但还得别具法眼，认清躯壳之活动，不同于自我觉悟者的灵性践履。

在第七章我们已经讨论过至上人格神之伟力、主不同的能量，其低等和高等自性，以及整体物质表象。现在，在第九章里，主的荣光将得到论述。

本颂里梵语 *anasūyave*（向无嫉妒者）亦具深意。通常，注释家们，就算很有学问，都嫉妒至上人格主神克利须那。甚至硕学大家所下的注释都极不惬切。由于他们嫉妒克利须那，他们的注释毫无用处；主的奉献者所下的注释才是可靠的。若心怀妒忌，任谁都无法解说《薄伽梵歌》，也无法传授有关克利须那的圆满义理。对克利须那一无所知，却反过来对他大肆抨击的人无异白痴。所以这类注释应予慎重剔除。懂得克利须那是至上人格主神，具纯粹而超越之人格，对于这样的人，阅读《薄伽梵歌》各章，必获益匪浅。

诗节 2：这门知识乃学问之王、玄理之王。这是至清净的知识，因为它让人透过觉悟直下见性，所以是宗教的圆满之境。它永存永在，实践时喜乐盈人。

要旨：《薄伽梵歌》此章被称为学问之王，因为它是前面解说过的所有义理和哲学的精蕴。印度主要的哲学家有：乔答摩（*Gautama*）、伽那答（*Kaṇāda*）、伽皮罗（*Kapila*）、雅若洼基夜（*Yājñavalkya*）、商底黎耶（*Śāṇḍilya*）和外士瓦那罗（*Vaiśvānara*）。最后是毗耶娑天人（*Vyāsadeva*）——《吠檀多经》的撰作者。可见，在哲学或玄理的领域里，绝不缺少知识。而主在这里说，第九章为所有此类学问之王，是从研读《吠陀经》及各派哲学所摄取之一切义理的精要。它是最秘密者，因为秘密的或形而上的义理关涉对灵魂和躯壳之分际的体证，而一切玄理之王则归极于奉爱服务。

通常，人们不会受到形而上义理的教育，他们所受的都是外部经验知识的教育。就普通教育而言，人们得涉足各种各样的学科：政治学、社会学、物理学、化学、数学、天文学、工程学，等等。世上大学林立，学科繁多，但不幸的是，没有一所大学或教育机构教授灵魂的科学。然而，灵魂却是身体最重要的部分，灵魂不存，身体毫无价值。但世人仍极度看重身体方面的生存需求，而对赋予生命的灵魂却置之不理。

尤其从第二章开始，《薄伽梵歌》强调了灵魂的重要性。主在起首就说，躯壳必坏，灵魂不灭（*antavanta ime dehā nityasyoktāḥ śarīriṇaḥ*）。这是知识的秘密部分：仅仅知道灵魂不同于躯壳，其性无变易，无坏灭，真常永恒。但这尚未给出灵魂的正面表诠。有时人们持一种观念，认为灵魂不同于肉身，当肉身完结，或当人从躯壳里解脱出来时，灵魂化为虚无，成非人格性之存在。但这绝非真相。在躯壳中如此活跃的灵魂，从躯壳里解脱出来后，怎么会变得不活跃了呢？灵魂永远是活跃的。若灵魂永恒，那么他也永远活跃，他在灵性世界的活动是灵性知识中最秘密的部分。故此这里指出，灵魂的活动构成了一切玄理之王，即一切玄理中最秘密的部分。

一如吠陀典所论，这门学问呈示出所有活动最纯粹的形式。在《莲花往世书》里，人类的恶业受到解析，结果表明，这是一次又一次恶行所造成的业果。那些致力果报活动的人被缠缚于罪恶报应的不同阶段和不同形式上。就好比埋下一粒树种，并不会立即长出树来，而是需要一段时间。起初是茁壮的小芽，然后初具树形，开花结果。树长成后，播种者便可享受树的花果。同样，人所造下的恶行，就像种子，需要一段时间才结出果实，而且还有不同的阶段。个体可能已经停止了恶业，但还得承受恶业的结果或果实。有些恶报还在种子的状态，而有些已经结出果实，让我们体味到烦恼和苦痛。

如第七章第二十八颂所说，一个彻底了结一切恶报的人，一个完全献身虔诚活动的人，脱离了物质世界的二元对待，开始致力为至上人格主神克利须那做奉爱服务。换言之，凡真实献身为至尊主做奉献服务的人，已然解除了一切报应。此说为《莲花往世书》所证实：

aprārabdha-phalaṁ pāpaṁ
kūṭaṁ bījaṁ phalonmukham
krameṇaiva pralīyeta
viṣṇu-bhakti-ratātmanām

“为至上人格主神做奉爱服务的人，其一切罪恶报应，无论是已结果的，是现存的，还是在种子状态的，都将逐步消解”。

所以说奉爱服务的净化能力非常强大，它被称为 *pavitram uttaman*，即至清净者。“*Uttama*”即超越性。“*Tamas*”意谓物质世界或黑暗，故“*uttama*”意指超越物质业行者。绝不可视奉爱服务为物质性的业行，尽管有时奉献者的举动似乎无异常人。然而洞察并精熟奉爱服务的人晓道，它们绝非物质业行。奉爱服务全幅为灵性，全幅为奉爱，绝不受自然气性之染污。

奉爱服务之践行如此圆满，甚至当下即可见效。这种当下的效果能实际地被感受到，我们有这样的现实经历，任何人若无冒犯地念诵克利须那的圣名：赫列 克利须那，赫列 克利须那，克利须那 克利须那，赫列 赫列；赫列 罗摩，赫列 罗摩，罗摩 罗摩，赫列 赫列（*Hare Kṛṣṇa, Hare Kṛṣṇa, Kṛṣṇa Kṛṣṇa, Hare Hare/ Hare Rāma, Hare Rāma, Rāma Rāma, Hare Hare*），便感受到超然的喜乐，并且很快地就除净了一切物质污垢。这是真实所见。若更进一步，不只有事于听闻，而且还努力去传扬奉爱服务的讯息，或参与克利须那觉性的传法使命，就会渐入灵修佳境。此种精神生命之演进无须依靠任何前期的教育和资历。这法门本身已是如此纯粹，只要持行它，就能变得纯粹。

《吠檀多经》（3.2.26）也说过这样的话：“奉爱服务如此有力，只须致力于奉爱服务的践履，决定可得证悟（*prakāśaś ca karmaṇy abhyāsāt*）。”那罗陀之前世是这方面的一个实例，那一世他是一个女仆之子。他没受过教育，也不曾生于豪门。但当他的母亲在服务一些伟大的奉献者时，那罗陀也去做了，有时母亲不在，他就自己侍奉那些伟大的奉献者。在《薄伽梵往世书》第一章第五节第二十五颂里，那罗陀向弟子毗耶娑讲述了自己的前世。他说当他为那些纯粹奉献者做童仆时，在他们停留的四个月里，他得以亲近他们。有时，那些圣人的盘子里还剩着一点食物，而这洗盘子的孩子想尝一尝。所以他就求得圣人们的允许，吃下了这些吃剩的食物，因而一切恶报皆得消除。随着他这样不断地吃，他逐渐变得跟那些圣人一样心地清净。透过听闻和念诵，这些伟大的奉献者体味着永无止息的奉爱服务的甘美，那罗陀也逐渐养成了相同的品味。那罗陀接着说：

tatrānvahaṁ kṛṣṇa-kathāḥ pragāyatām
anugraheṇāśṛṇavaṁ manoharāḥ
tāḥ śraddhayā me 'nupadaṁ viśṛṇvataḥ
priyaśravasy aṅga mamābhavad ruciḥ

由于亲近圣者，他获得了听闻、唱赞主的荣光的品味，并培养出对奉爱服务的强烈渴望。是故，正如《吠檀多经》所说：*prakāśaś ca karmaṇy abhyāsāt*，只要去做奉爱服务，一切皆会自动揭示，而且都能被理解。这就叫“现量境”（*Pratyakṣa*），即目击道存。

梵语“*dharmyam*”意指“宗教之途”。那罗陀其实只是女仆之子。他没有机会上学，单只随母帮佣。幸好他母亲为奉献者们做了些服务，小那罗陀因此也得着机会，仅靠亲近圣者就达到了所有宗教的至高归趣。就像《薄伽梵往世书》所说：所有宗教的至高归趣是奉爱服务(*sa vai puṁsāṁ paro dharmo yato bhaktir adhokṣaje*)。可是，有宗教信仰的人却大多不知道宗教的最高圆满就是奉爱服务。正如我们在第八章最后一颂所讨论过的：对于自我觉悟，吠陀义理通常是必不可少的（*vedeṣu yajñeṣu tapaḥsu caiva*）。但在这里，我们看到，那罗陀既没上过师塾，也未曾受过吠陀义理的教化，却获得了读经的最高成就。这法门是如此有力，甚至不必日常修持宗教仪轨，就能被提升至最高圆满。这如何可能呢？吠陀经典有言为证：“*ācāryavān puruṣo veda*”。人若亲近伟大的阿阇黎，即便没有受过教育，也从未研读过《吠陀经》，也能熟知一切自我觉悟所需的知识。

奉爱服务之法喜乐盈人（*susukham*）。为什么呢？奉爱服务涵摄听闻、唱赞毗湿奴（*śravaṇaṁ kīrtanaṁ viṣṇoḥ*），只要听闻荣耀主的唱赞，或者参加由经授权的阿阇黎主持的有关形而上义理的哲学讲座，就足够了。只要坐下来，就可以学了；然后吃供奉过神的食物，那都是美味可口的佳肴。每个阶段的奉爱服务都令人欢喜。甚至在最贫困潦倒的境况下，也能践行奉爱服务。主说：*patraṁ puṣpaṁ phalaṁ toyam*，他准备收下奉献者奉上的任何供品，而不在乎所奉上者为何物。甚至一片叶、一朵花、一个水果、一点水，这些世界上任何地方都有的东西，也可以拿来供养，不管是什么人，无论其社会地位如何，只要出于爱心，都会被主接受。历史上有很多例证。仅仅透过品尝供奉于主莲花足下的荼腊茜（*Tulasī*）叶子，伟大的圣者萨拿特·鸠摩罗（*Sanat-kumāra*）就成了杰出的奉献者。所以，奉爱之法极为殊胜，能在欢喜心下修持。上帝只接受那让供品被供奉给他的爱。

这里说奉爱服务永恒存在，而非如幻有宗哲学家所主张者。他们虽然有时也修持所谓的“奉爱服务”，但他们的想法是，只要还未解脱，就继续做奉爱服务，而等到最终解脱后，他们将“与神合一”。这类短暂、有时限的所谓奉爱服务，不能被接受为纯粹奉献服务。真实的奉爱服务甚至在解脱之后也会继续下去。当奉献者往生上帝之国的灵性星体，依然在那里服务至尊主。他们根本无意与至尊主合一。

我们将在《薄伽梵歌》里看到，真实的奉爱服务始于解脱之后。解脱之后，当人证入梵觉（*Brahma-bhūta*），奉爱服务才发轫（*samaḥ sarveṣu bhūteṣu mad-bhaktiṁ labhate parām*）。单凭修炼业瑜伽、智瑜伽、阿斯汤伽瑜伽或任何其他瑜伽，皆无法觉解至上人格主神。透过这些瑜伽修法，或许能向巴克提瑜伽稍许靠近一点，但若未证至奉爱服务的阶段，就不可能了解何为人格主神。《薄伽梵往世书》也断言，当人透过实践奉爱服务之法，尤其透过从觉悟的灵魂处听闻《薄伽梵往世书》《薄伽梵歌》而获得净化时，才能领会有关克利须那的学问，或上帝的科学（*Evaṁ prasanna-manaso bhagavad-bhakti yogataḥ*）。当心中乱七八糟的东西被一扫而空时，始能懂得何为上帝。如是，奉爱服务之法，或者说克利须那觉性之法，为一切学问之王、一切玄理之王。它是宗教最纯粹的表现形式，实践起来喜乐盈人，毫无困难。因此，我们当采纳它。

诗节 3：在奉献服务之途上，若没有信心，不但不能够接近我，而且要重返物质世界，流转生死，克敌者啊！

要旨：无信之人无法圆成奉爱服务之修炼，这是本偈颂的要义。信心是透过亲近奉献者而生发的。无福之人，即便从伟大人物那里听闻到吠陀经典的所有论证，对上帝仍无信心。他们动摇犹豫，不能贞定于对主的奉爱服务。如是，信心是在克利须那觉性中精进的最重要的因素。据《采坦尼亚圣行蜜露经》说，信心就是彻底信服，凭着服务至尊主——室利·克利须那，便可成就一切圆满。这才是真信。

《薄伽梵往世书》（4.31.14）上说：

yathā taror mūla-niṣecanena
tṛpyanti tat-skandha-bhujopaśākhāḥ
prāṇopahārāc ca yathendriyāṇām
tathaiva sarvārhaṇam acyutejyā

“给树根浇水，枝芽叶片全得润泽；给肠胃送食，身体各样感官皆受滋养。同样，透过为至尊主做超越性的服务，一切天神、众生自动得到满足。”因此，读罢《薄伽梵歌》，应当下契入《薄伽梵歌》之结论：放下其他一切事业，领受对至上人格主神——克利须那的服务。若人信服这门生命的学问，就是有信。

此信心之培养即克利须那觉性之修炼。克利须那奉献者可分三类。第三类是那些无信之人。他们纵然表面上投身奉爱服务，却无法成就最高的圆满境界。一段时间后，他们极有可能溜走了。他们可能投身其中，但由于没有彻底信服，很难在克利须那觉性里面坚持下去。我们在传法过程中对此有实际的体验，有些人带着某些不可告人的动机修持克利须那觉性，一待经济稍稍好转，他们就退堕下来，重操旧业。唯有凭借信心，才能在克利须那觉性中精进。就信心之培养来说，一个精通奉爱服务的典籍，又已达到贞信阶段的人，可谓克利须那觉性中的第一等人。第二类人对奉爱典籍不甚精通，却自动生起贞信，认定对克利须那的服务(*krsna-bhakti*)是最殊胜的法门，如此在良好的信心下接受了它。故此，他们比第三类要好。第三类人既无圆满的经典知识，也缺乏良好的信心，只是靠着师友夹持、性情质朴才勉力追随。克利须那觉性里面的第三类人可能会退堕，但第二类人却不会，而第一类人则连退转的机会都不会有。第一类人必定精进，最终得成正果。至于克利须那觉性里面的第三类人，尽管他们信服奉爱服务之殊胜，但他们未从《薄伽梵往世书》《薄伽梵歌》这类经典中获取足够的有关克利须那的知识。有时他们会有点倾心业瑜伽和智瑜伽，有时又心烦意乱，然而，一旦对业瑜伽或智瑜伽的执着被打消净尽，他们就会变成二流的或一流的克利须那觉知者。对克利须那的信心也分为三个阶段，这在《薄伽梵往世书》中有表述。《薄伽梵往世书》第十一篇还解说了一流的爱著、二流的爱著和三流的爱著。那些全无信心，甚至听闻过克利须那以及奉爱服务之殊胜，却认为这些不过是浮词滥调的人，会发现此路难行，即便他们表面上在做奉爱服务。对于他们，成就圆满的希望微乎其微。所以，信心在奉爱服务中至关重要。

诗节 4：我以无形之身，充塞于天地之间。众生皆在我里面，我却不在他们里面。

要旨：主室利·克利须那的名号、声誉、逍遥游戏，等等，无法为物质感官所体悟。仅仅对在正确指引下践履纯粹奉爱服务的人，主才揭示自己。《巴克提情味甘露海》（17.136）云：

ataḥ śrī-kṛṣṇa-nāmādi
na bhaved grāhyam indriyaiḥ

sevonmukhe hi jihvādau
svayam eva sphuraty adaḥ

《梵天本集》（5.38）云：

premāñjana-cchurita-bhakti-vilocanena
santaḥ sadaiva hṛdayeṣu vilokayanti.

若人培养出了对主的超越之爱，就能时时从自身之内和自身之外，见到至上人格主神——哥宾陀。故而对一般人，主是不可见的。此处说到，主虽然周流弥漫，无处不在，却不得由物质感官而察知。梵语 *avyakta-mūrtinā*（无形之身）即指此。但实际上，尽管我们看不见他，万有皆住于他里面。一如我们在第七章所讨论过的，整体物质表象不过是他的两种能力，即高等的灵性能力和低等的物质能力的组合。就像太阳光遍照宇宙，主的能力也周流充塞于天地之间，万物皆资生于这种能力。

不过，千万不可擅下论断，以为主周流弥漫，就丧失了人格性存在。为了驳斥这等议论，主说："我无所不在，万有在我里面，但我独立而不改。"举例来说，国君掌控朝廷，朝廷不过是国君能力之外显。朝廷各部无外乎国君之能量，皆派生于国君之权能。不过，也别指望国君会亲临各部。这只是一个粗略的例子。同样，我们所看到的一切现象，存在的万有，包括灵性世界和物质世界，无不资生于至上人格主神的能力。创造之发生出于他各样能力的延展，正如《薄伽梵歌》所说：凭借他自身的表现，即各样能力之延展，他无处不在（*viṣṭabhyāham idaṁ kṛtsnam*）。

诗节 5：然而一切受造之物又不住我之中。看哪，这就是我的玄通大用！虽然我是一切有情的养育者，虽然我无所不在，我却在天地之外，因为我是天地之根。

要旨：主说万物资生于我（*mat-sthāni sarva-bhūtāni*）。这不应该

被误解。主并不直接护持、衣养天地万物。有时我们会看到一张阿特拉斯（*Atlas*）肩负地球的图片。他扛着巨大的地球，显得疲惫不堪。不能把这类意象跟克利须那之摄持天地联系起来。克利须那说，虽然万物资生于他，他却超然独立。星系飘浮在太空中，而太空也是至尊主的能量。但主有别于太空，主的立身之处不同。因此，主说："虽然天地资生于我不可思议的能力，作为至上人格主神的我却独立自在。"这是主不可思议的玄德。

《尼楼珂提》吠陀字典有云："至尊主张扬他的能力，示现不可思议之神通游戏（*yujyate 'nena durghaṭeṣu kāryeṣu*）。"主本人具足各样大能，他的意志就是既成的事实。照此理路，至上人格主神乃可得解悟。我们可能想要做什么事，但会遇到很多阻碍，有时甚至根本不可能按我们的想法去做。但当克利须那想做事时，只是凭借他的意志，一切便得圆成，简直匪夷所思。主诠释了这个事实：他是天地万物的护持者和养育者，但他并不执着于物质表象。仅仅透过他至高无上的意志，万物就被创生、被养成、被哺育，最后被毁灭，主的心意和主本人无有分别（但我们的自性和我们现有的物质心意则有分别），因为主是绝对之灵。主周遍居于万有，但凡俗无法理解他又如何能具人格性而独存。他有异于物质表象，但万物都资生于他。这在此颂中被解释为"至上人格主神的玄通大用"（*yogam aiśvaram*）。

诗节 6：要知道，就像强风处处吹遍，却仍在天穹之内，一切受造之物皆住我之中。

要旨：如此庞大的物质宇宙竟然住于主之中，这对任何常人都是不可思议的。但主在此所举的例子也许能有助于我们的理解。天空或许是我们所能想象的最弘大表象了。而在天空中，风或者气是天地间的最弘大表象。风的运动影响到万物的运动。但风虽弘大，仍在天空之内，不在天空之外。同样，所有天地间的神奇变现无不凭借上帝的至高意志而生成，无不臣服这至高无上的意志。就像我们常说的，没有至上人格神的意志，连一茎草叶都不会动。所以，万物皆在他的意志下运化：凭借他的意志，万物被创生、被养成、被哺育，最后被毁灭。可他依然超世独立，正如天空无涉于风的运行。

《泰迪黎耶奥义书》（*Taittiriya Upanisad*，2.8.1）云：“风因畏惧至尊主而吹动（*yad-bhīṣā vātaḥ pavate*）。”在《大林间奥义书》（3.8.9）上也说：“奉上天之命，在至上人格主神的至高监临下，日月星辰运转不息（*etasya vā akṣarasya praśāsane gārgi sūrya-candramasau vidhṛtau tiṣṭhata etasya vā akṣarasya praśāsane gārgi dyāv-āpṛthivyau vidhṛtau tiṣṭhataḥ*）”。《梵天本集》（5.52）亦有言：

yac-cakṣur eṣa savitā sakala-grahāṇāṁ
rājā samasta-sura-mūrtir aśeṣa-tejāḥ
yasyājñayā bhramati sambhṛta-kāla-cakro
govindam ādi-puruṣaṁ tam ahaṁ bhajāmi

这是关于太阳运行的描述。据说太阳是至尊主的一只眼睛，具无限量发光发热之大能。但它仍然遵照哥宾陀的至高意志和命令，运行在预定的轨道上。是故，从吠陀经典中，我们能找到证据，证明这个在我们面前显得无比神奇伟大的物质表象，乃是在至上人格主神的全盘宰治之下。本章后面的偈颂将对此有更进一步的解说。

诗节 7：贡蒂之子呀！当劫终之际，天地万物皆销融入我的自性；当下一劫波开始，我又以自己的力量再造天地。

要旨：天地万物之创生、摄持和坏灭皆彻底服从人格主神之至高意志。“劫终之际”，意指当梵天死时。梵天寿百岁，他的一日相当我们地球的四十三亿年。他的一夜也是这么长。他的一个月合三十个这样的昼夜，一年合十二个这样的月。如此一百年之后，当梵天死时，劫难或坏灭就到了。这意味着从至尊主流布出来的能量又将再度被收拢回他自身。然后，当天地还须复生时，照样得透过他的意志。*Bahu syām*：“我虽是一，却化而为多。”这是一句吠陀真言，出自《唱赞奥义书》（6.2.3）。

他在物质能量中延展自身，于是天地再次化生。

诗节 8：天地大道从我流行。在我的意志之下，天地不断自行复生；也是在我的意志之下，天地最后又归于崩坏。

要旨：物质世界为至上人格神之低等能力的表现。这一点已解说过多次了。当创世之时，物质能量以“大谛”（*mahat-tattva*）之体释放出来，而主则作为第一重补鲁莎（*puruṣa*）化身——摩诃毗湿奴（*Mahā-Viṣṇu*）入其中。他卧于原因之洋内，呼出无量数宇宙，接着，主再度分身为胎藏海毗湿奴（*Garbhodakaśāyī-Viṣṇu*），进入每一个宇宙。每个宇宙都是用这种方式被创化的。至尊主复化显为乳海毗湿奴（*Kṣīrodakaśāyī-Viṣṇu*），进入万物之中，甚至进入极微的原子。

至于生命个体，他们被孕育于物质自然之中，根据过去的业行受取各自不同的分位。于是，物质自然的运化就开始了。族类万殊之生命，其生息始于创世之初，绝非皆自进化而来。不同族类的生命跟宇宙一起同时被创生。人类、走兽、飞禽——万有皆同步受造，因为无论有情当上次劫终时留下什么愿望，皆会再度显露出来。此颂用梵语“*avaśam*”（自动地）表明，生命个体与创世之过程无关。他们在过去世界中的过去生命无非又再次呈现出来，而所生成者亦无非出于主的意志。这就是至上人格神不可思议的大能。主创生下族类万殊之生灵后，便任他们自相消长。创造之发生，只是因应各种生命之所适，至尊主无心宰执。

诗节 9：檀南遮耶呀！所有这一切活动不能束缚我。我冲虚自处，绝不会执着这些物质活动。

要旨：我们不该就此认为至上人格主神无所事事。在他的灵性世界里，他片刻不停。《梵天本集》（5.6）里说：“他时时自足于真常、极乐、妙明之灵性活动，他与物质活动无关（*ātmārāmasya tasyāsti prakṛtyā na samāgamaḥ*）。”物质活动是由他不同的能量去执行的。面对受造世界之物质活动，主始终冲虚无为。本颂里梵语 *udāsīna-vat*（冲虚自处）即是此意。尽管他无孔不入，却冲虚自处。可以举个例子，就像踞于法官席上的高级法院法官，法官的裁决会使很多事情发生——某人被绞死、某人被投入监狱、某人被奖赏大笔财富——但法官是无心而中立的。他与这些得失无关。同样，主始终冲虚自处，却又无为而无不为。《吠檀多经》（2.1.34）云：他不在物质世界之对待中（*vaiṣamya-nairghṛṇyena*）。他自足无待，无所执于物质世界之创生与坏灭。生命个体随顺其过去的业行而在万殊之生命族类中受取不同的躯壳，主并不干预他们。

诗节 10：贡蒂之子啊！物质自然在我的意志之下运化，创生动不动一切存有。天地顺乎自然之道，往复生灭以致无穷。

要旨：此颂明确指出，尽管至尊主独立于物质世界里的一切活动，却依然是万物之宗主。至尊主乃至高意志、天地万物之宗主，而万物之经纶则由物质自然施行。克利须那在《薄伽梵歌》里还说，在所有不同形体、不同族类之生命中，"我是父"。父亲播种于母腹以产子，同样，至尊主仅凭顾盼之光便将一切有情注入物质自然之胎藏中，他们于是随顺从前的欲念和业行，以各样形体和族类出现。虽然一切有情皆生于至尊主的瞥视之下，但却随顺过去的欲念和业行，受取各自的躯壳。是以主并未直接触及物质造化，他不过瞥视了物质自然，物质自然因此而启动，于是万物当下即被创造出来。因为瞥视了物质自然，自至尊主方面来看，毫无疑问是产生活动了，但他与物质世界之化生又没有直接的关系。吠陀天启经（*smrti*）举了这样一个例子：在某人面前有一朵鲜花，花香为嗅觉所摄，但嗅觉与鲜花之间却并不相互系属。物质世界与至上人格神的关系与此类似，他与物质世界毫不相干，但他却又透过目光和律令创造。总之，若没有至上人格主神的至高监临，物质自然势必一无所成。然而，无上者又超越一切物质活动。

诗节 11：我以人形降临世上时，愚人对我冷嘲热讽。他们不晓得我作为万物之宗主的超上自性。

要旨：从本章前面偈颂之诠述中，可以明显看出，尽管至上人格主神貌似常人，但却绝非凡夫。行生养、毁灭天地万物之功的人格主神不可能是凡人。但是，很多愚人认为克利须那不过只是一个很有力量的人，仅此而已。但实际上，他是首出的至上原人，一如《梵天本集》所说：*īśvaraḥ paramaḥ kṛṣṇaḥ*，他是至尊主。

世上有许多"*īśvaras*"，主宰者，一个比一个大。在世间日常俗务的管理中，需要有公务员，公务员之上有处长，处长之上有部长，部长之上是总统。这些人个个都是主宰者，但又受另一个人主宰。毫无疑问，在灵性世界和物质世界都有许多主宰者，但克利须那是至高无上的主宰者（*īśvaraḥ paramaḥ kṛṣṇaḥ*），其身真常、灵明、极乐（*sac-cid-ānanda*），是非物质的。

前面偈颂里所讲到的玄通大用，凭血肉之躯是无法办到的。克利须那之身则为真常、极乐、灵明。他显然不是凡人，但愚人却嘲笑他，认为他不过是凡夫。他的身体在这里被称为"*mānuṣīm*"（人形），因为他所扮演的是人的角色，是阿周那的朋友，卷入俱卢之战的政治家。在许多方面，他的确行同凡夫，但他却是真常、极乐、灵明之身（*sac-cid-ānanda-vigraha*）。这可以印证于吠陀经论，如 *Sac-cid-ānanda-rūpāya kṛṣṇāya*："我顶礼至上人格神克利须那，其身相真常、极乐、灵明"，（《牧者奥义书》1.1）。此外还有："你是哥宾陀，诸根和乳牛获取快乐之源泉（*Tam ekaṁ govindam*）。""你所有者为真常、极乐、灵明之身（*Sac-cid-ānanda-vigraham*）。"（《牧者奥义书》1.35）。

虽说主克利须那之身本质超妙、极乐、灵明充满，但仍有许多所谓的学者和《薄伽梵歌》注释家贬低克利须那，笑他是凡夫。学者们或许由于前世善行，生而为非常之人，但给克利须那下这样的定义，却是见识浅陋的表现。所以，他们被称为愚人（*Mūḍha*），因为只有愚人才会认为克利须那是一介凡夫。愚人们这样看克利须那，是因为不晓得至尊主的玄通及其各样能力之大用。他们也不晓道克利须那之身乃圆满智慧和妙喜的象征，不晓得他是天地万物之宗主，能赐解脱予任何人。由于他们不知道克利须那有这许许多多超上的功德，所以才嘲讽他。

他们也不晓道，至上人格主神于此物质世界之现身，乃是他内在能力的表显。他是物质能量之主。正如我们在好几个地方都解说过的，他开示，物质能量虽然强大无比，仍在他的主宰之下，谁若向他皈服，就能摆脱物质能量的钳制。倘若一个皈依克利须那的灵魂都能摆脱物质能量的影响，那么，行生养、毁灭天地万物之功的至尊主，又如何会有一具像我们一样的物质躯壳呢？所以，给克利须那下这样的定义是彻头彻尾的无明。然而，愚人无法想象，貌似凡夫的至上人格主神克利须那，怎么可能是所有原子乃至天地万物之主宰者。至大和极微皆超出了他们的意想，所以，他们无法想象一个貌似人类之人，居然能够同时控制无限大者和无限小者。事实上，至上人格主神虽控制着至大者和极微者，却又独立于一切表象。关于他的"玄通大用"（*yogam aiśvaram*），即他不可思议的超世能力，已有明确表述，即他能够同时控制无限大者和无限小者，而又保持超然独立。尽管这对愚人来说是不可想象的，但纯粹奉献者却能接受，因为他们晓得克利须那是至上人格神。是故，他们彻底归命于他，行于克利须那觉性之中。

在主以人形现世的问题上，非人格主义者与人格主义者各持异议。但假若我们求证于《薄伽梵歌》和《薄伽梵往世书》这类有关克利须那之科学的权威经典，就能领悟，克利须那是至上人格主神。他绝非凡夫，尽管他就像凡人一般现身于世。在《薄伽梵往世书》第一篇第一章，当以邵那伽（*Śaunaka*）为首的圣者问及克利须那的作为时，他们说：

kṛtavān kila karmāṇi
saha rāmeṇa keśavaḥ
ati-martyāni bhagavān
gūḍhaḥ kapaṭa-māṇuṣaḥ

"主室利·克利须那，至上人格主神，同巴腊罗摩（*Balarāma*）一起，像人类一般游嬉，如此掩饰之下，他行了许多超人之举"（1.1.20）。主之现身为人，让愚人大惑不解。当克利须那降临地球时，没有人能行克利须那之所行。克利须那现身于父母筏殊提婆和提婆吉面前，先以四臂相出现，但父母祷告之后，他又变形为一个普通婴孩。一如《薄伽梵往世书》（10.3.4）所说：*babhūva prākṛtaḥ śiśuḥ*，他变得就像一个普通婴孩，一个凡人。这里再次指出，主之现身为凡人正是他超凡之身的妙相之一。《薄伽梵歌》第十一章也说到，阿周那求祷，想看克利须那的四臂相（*tenaiva rūpeṇa catur-bhujena*），克利须那揭示了那个身相后，在阿周那的祈求下，又恢复原来的人形 *mānuṣaṁ rūpam*。至尊主这些分殊之相，显非凡人之所有。

有些讥笑克利须那的人，以及有染于幻有宗哲学的人，引证以下《薄伽梵往世书》（3.29.21）里的话，来证明克利须那只是一个凡人："无上者住于每一生命个体之内（*Ahaṁ sarveṣu bhūteṣu bhūtātmāvasthitaḥ sadā*）。"我们不可听从那些嘲讽克利须那的外道之人，而应采纳外士那瓦阿阇黎如基筏·哥史华米（*Jīva Gosvāmī*）和维施梵纳陀·察科罗伐底·塔库尔（*Viśvanātha Cakravartī Ṭhākura*）对此颂所做的阐释。基筏·哥史华米注释这段偈颂时说，克利须那于其全权分身中，以超灵之位住于一切动不动之内，所以，任何初入门者，若只对神庙里至尊主的神像（*arca-murti*）加以礼敬，却不尊重其他有情，那么他是在徒劳无功地崇拜神庙里的神像。主的奉献者有三类，那样的初入门者是在最低的阶段。初阶奉献者通常更关注庙里的神像，而不在意其他奉献者，所以维施梵纳陀·察科罗伐底·塔库尔警告说，这种心态必须予以纠正。因为克利须那以超灵之位住于众生心中，所以奉献者应视每个身体为至尊主的体现或至尊主的神庙；如此，人若礼敬主的神庙，那么也应该对超灵所居住的每一个躯体给予恰当的尊重。因此，每个人都应受到恰如其分的尊重，而不应被忽视。

还有许多非人格主义者，对神庙崇拜嗤之以鼻。他们说既然神无所不在，那何必拘泥于神庙崇拜呢？但既然神无所不在，难道他就不能在庙里或在神像里吗？非人格主义者和人格主义者会无休无止地争辩下去，但在克利须那觉性里面的完美奉献者晓得，虽然克利须那是至上之人，却充塞于天地间，一如《梵天本集》之所断言。虽然主的故乡是歌珞珈·温达文，并且他永远住在那里，但透过他能力的流布和全权分身，他无所不在，遍存于物质和灵性造化的任何地方。

诗节 12：如此受到迷惑的人便为邪恶的和无神论的观点所吸引。他们受了蒙蔽，所有追求解脱、觉明以及果报的活动，尽皆落空。

要旨：有很多奉献者，自认为是在克利须那觉性里面做奉爱服务，但心底里却并未接受至上人格主神克利须那为绝对真理。他们永远尝不到奉爱服务的果实——回归主神。同样，那些致力于虔诚果报活动的人，那些渴望最终挣脱物质桎梏的人，也永远不会成功，因为他们嘲笑至上人格主神——克利须那。也就是说，嘲弄克利须那者应被认为是邪恶的或不信神的。诚如《薄伽梵歌》第七章所论，这些邪魔般的恶徒绝不会皈服克利须那。所以，他们竭尽心智去寻找绝对真理，却只得出错误的结论，认为普通生命个体与克利须那同为一体，并无分别。在这样的错误信念下，他们认为有情只是为物质自然所蔽覆。一旦解脱于物质躯壳，就跟神无有分别了。这种跟克利须那合一的企图必将挫败，因为这只是幻妄而已。以这种不信神的、邪恶的方式培养灵性知识，注定徒劳无功。这就是本颂所要说明的。对于这样的人，要培养吠陀典籍如《吠檀多经》《奥义书》方面的知识，永远不会成功。

因此，认为克利须那，至上人格主神，是一个凡夫，乃极大之冒犯。那些持这种想法的人必定受了蒙蔽，因为他们无法契入克利须那的真常之身。

《大毗湿奴天启经》（*Bṛhad-viṣṇu-smṛti*）明示：

yo vetti bhautikaṁ dehaṁ
kṛṣṇasya paramātmanaḥ
sa sarvasmād bahiṣ-kāryaḥ
śrauta-smārta-vidhānataḥ
mukhaṁ tasyāvalokyāpi
sa-celaṁ snānam ācaret

"认定克利须那之身为物质的人，应被赶出天启经和圣传经所制定的一切仪式和活动。谁若偶然看到了此人的面孔，就应立即澡沐于恒河，以除去染污。”人们讥嘲克利须那，是因为嫉妒至上人格神。他们的命运注定是在不信神的、邪恶的生命族类中轮回生死。他们真正的智慧永远被假象所蒙蔽，他们将逐渐沦落入造化里最黑暗的地方。

诗节 13：伟大灵魂不受蒙蔽，在神圣自性的福佑之下。他们晓道，我是首出的、无有穷尽的至上人格神，所以彻底投入奉爱服务。

要旨：此颂对“莫罕德默”（*Mahātmā*，伟大灵魂）有明晰的诠述。莫罕德默的第一个表征是，他已住于神圣自性里面。他不在物质自然的钳制之下。这如何可能呢？第七章里解说：归命至上人格主神，室利·克利须那，当下解脱于物质自然之桎梏。这就是资格。只要归命至上人格主神，当下就能从物质自然的桎梏中解脱出来。此为根本之教法。作为边际能力，生命个体一旦解脱于物质自然之钳制，当下即被置于灵明自性的指引之下。此灵明自性之指引被称为神圣自性（*Daivī prakṛti*）。如此，当人以这种方式得到提升——透过归命至上人格主神，就可臻至莫罕德默的境界。

莫罕德默不会把注意力转向克利须那之外的任何东西，因为他已证知，克利须那为首出之无上者、一切原因之原因。他对此绝无半点疑惑。如是，莫罕德默，在其他莫罕德默、纯粹奉献者的陪伴下，获得成长。纯粹奉献者甚至不会受克利须那其他身相如四臂摩诃毗湿奴的吸引。他们唯独颠倒于克利须那的两臂妙相，更不必说任何其他天神或人类的形体了。他们只在克利须那觉性里面观想克利须那。他们永远在克利须那觉性中精勤不懈地为主服务。

诗节 14：这些伟大灵魂时时赞颂我，向我顶礼，而且精勤贞固，永远以奉爱精神崇拜我。

要旨：给凡夫俗子盖上橡皮图章是无法造出莫罕德默来的。莫罕德默的表征这里有描述：他时时唱赞至尊主克利须那、人格主神的荣光。

他别无其他事业。他时时唱赞主的荣光。换言之，他不是非人格主义者。当有赞美的必要时，必须赞美至尊主，称扬他的名号、他的真常之身、他的超凡德性以及逍遥游戏。人必须去赞美这一切；是以，莫罕德默爱恋至上人格神。

执着至尊主的非人格体相亦即“梵光”（*brahmajyoti*）的人，在《薄伽梵歌》里并没有被称为莫罕德默。这类人在下一颂里受到不同方式的表述。莫罕德默时时践履各种奉爱服务，如《薄伽梵往世书》所说，他们时时听闻、念诵毗湿奴，以及 *smaranam*，忆念他，而非天神或人类，此即是奉爱（*śravaṇaṁ kīrtanaṁ viṣṇoḥ smaraṇam*）。如此一位“莫罕德默”决心贞固，必欲在五种超然情味（*rasa*）之一种情味中，最终获得至尊主的陪伴。为了成功，他将一切活动——心智的、身体的和言语的，无不用于对至尊主、室利·克利须那的服务。这被称为圆满的克利须那觉性。

在奉爱服务中，有些活动是必须要做的，比如在某些日子断食，像艾喀达西日（*Ekādaśī*，月圆或月缺后的第十一日）或主的降诞日。所有这些戒律，皆为伟大的阿阇黎们所制定，为了那些真正有意愿进入灵性世界，得以亲近至上人格主神的人。莫罕德默，伟大灵魂，能严守所有这些戒律，因此，必能得到所欲之果。

如本章第二颂所阐述的，奉爱服务不但简单易行，而且做起来别有一番喜乐，不必行任何峻刻的苦行和忏悔。在高明的灵性上师引领下，人能终生处于奉爱服务中，无论其地位如何，是家居者、出世者还是梵行者；于一切时地，他皆能为至上人格神做奉爱服务，由此成为真正的“莫罕德默”——伟大灵魂。

诗节 15：其他人则以致知穷理为献祭，视我为无贰之一、分殊之多，如是崇拜我的天地身相。

要旨：此颂为前面诸颂之概要。主告诉阿周那，那些纯全在克利须那觉性之中，除克利须那外概无所知的人被称为“莫罕德默”；另有其他人，虽未居“莫罕德默”之位，但也以不同的方式崇拜克利须那。有些前面已经讲到过，即有烦恼者，穷困者，好奇者和求知者。除此之外，还有地位更低的三种人：（一）宣扬梵我合一的自我崇拜者；（二）虚构某种无上者的形体，加以崇拜者；（三）证得至上人格神的天地身相（*Viśvarūpa*），加以崇拜者。上述三种人之中，地位最低的是那些自我崇拜者，他们自认为是一元论者，这类人占绝大多数。这种人认为他们自己就是至尊主，并且以这种心态崇拜自我。这也算是一种上帝崇拜，因为他们能解悟自我并非躯壳，而是灵魂。至少，这种感觉很突出。通常，非人格主义者就是以这种方式崇拜至尊主。

第二种人包括天神的崇拜者，他们凭想象推断，任何形体都可以是至尊主之身。第三种人无法领悟任何超越天地万物的存有。他们认为天地就是至高之道体或仁体，因而加以崇拜。天地其实也是主的一种身相。

诗节 16：我就是仪式，我就是献祭，我是祭祖的供品、治病的药草，我是超然的唱赞，我就是酥油、火，我也是供奉。

要旨：称为“宿曜祭”（*Jyotiṣṭoma*）的吠陀祭祀也是克利须那，他还是圣传经里提到的“天地大祭”（*Mahā-yajña*）。献给祖灵珞珈（*pitrloka*）的祭品里，有一种用酥油象征的灵药，这也是克利须那。在祭祀中唱赞的曼陀罗（*mantra*）也是克利须那。用于献祭的各种乳品也是克利须那。祭祀之火也是克利须那，因为火为五大之一，是克利须那的外在能力。换言之，吠陀经业分（*Karma-kāṇḍa*）所荐举的吠陀献祭也全体都是克利须那。或者可以这样说，凡为克利须那做奉爱服务的人，皆已践行过吠陀诸经所荐举的所有献祭。

诗节 17：我是天地之父、之母、乾元、始祖。我是知识的对象、净化物和神圣的梵音“唵”。我也是《梨俱》《娑摩》《夜柔》。

要旨：天地万物，动不动者，皆流生自克利须那之能力的运化。在物质存在中，我们跟不同的生命个体建立了不同的关系，而他们无非只是克利须那的边际能力；在物质自然（*Prakṛti*）之运化下，他们有些以父亲的面目出现，有些以母亲、祖父、始祖等等面目出现，但实际上，他们都是克利须那的部分和微粒。故此，这些以我们的父母之类面目出现的生命个体，也是克利须那。此颂中梵语“*dhātā*”，意指“乾元”（创造者）。不仅我们的父母是克利须那的部分和微粒，而且乾元、祖母、祖父等也都是克利须那。实际上，一切有情，作为克利须那的部分和微粒，皆为克利须那。是故，全部吠陀经皆以克利须那为究竟。无论我们想透过吠陀诸经知道什么，都不过是在步向对克利须那的理解。有助于洁净我们先天性命的义理，尤其是克利须那。同样，意欲穷尽一切吠陀义理的生命个体，皆克利须那的部分和微粒，故此也是克利须那。在一切吠陀真言中，被称为原始音（*Praṇava*）的“唵”（*oṁ*），是超然的音流，也是克利须那。由于四吠陀即娑摩、夜柔、梨俱、阿闼婆的所有赞歌中，原始音或“唵”，至关重要，所以被认为是克利须那。

诗节 18：我为究竟、养育者、主人、见证者、居所、庇所、最亲密的朋友。我是创造，也是毁灭，我是天地万物的根基，我是息止之地，是永恒的种籽。

要旨：梵语“揭谛”（*gati*）意指我们想要抵达的彼岸。但最究竟者乃是克利须那，尽管人们并不知道。对克利须那一无所知的人已误入歧途，他们所谓的“发展进步”，不是片面的就是幻想的。有很多人，视各色天神为究竟，凭着紧守刻板的仪轨，他们能转生各等星宿，如禅陀罗珞珈（*Candraloka*，月）、苏利亚珞珈（*Sūryaloka*，日）、因陀罗珞珈（*Indraloka*）、玛哈尔珞珈（*Maharloka*）。但所有这些珞珈，或星宿，作为克利须那所造之物，即是克利须那又不是克利须那。这类星宿，为克利须那之能力所生成，也是克利须那，但实际上，此皆为觉悟克利须那之前行。感应克利须那之各样能力只是间接靠近克利须那。人当直接亲近克利须那，那样才节省时间和精力。比方说，倘若乘上电梯可直达屋顶，那又何苦拾级而上呢？万物皆资生于克利须那之能力，因而，若没有克利须那的庇护，任何东西都无法存在。克利须那为无上宗主，因为天地万物皆臣属于他，皆依靠他的能力而凝聚。克利须那居停于众生心中，所以又是至高的见证者。我们所栖居的家园、故土、星球也都是克利须那。克利须那是至高的庇所，因此，应该托庇于克利须那，无论是为了求取保护，还是为了断除烦恼。当我们要得到保护时，我们应明白，保护我们的必是一股生命力。克利须那是至高无上的生命体。他是我们世世代代的根，是至高的父，再没有比克利须那更好的朋友了，也没有比他更好的祝愿者了。克利须那是造化的始源，是浩劫之后的最终息止之地。是故，克利须那是一切原因之原因。

诗节 19：阿周那呀！我散发热量、遣送雨水。我即是不朽，也化身为死亡。灵与物，两者皆在我之中。

要旨：克利须那，凭借他的各样能力，透过电力、阳光，散发出光和热。夏季，是克利须那不让雨水从空中落下，然后到了雨季，他降下无休无止的倾盆大雨。长养我们，让我们延年益寿的能量是克利须那，最终以死亡的形式会见我们的也是克利须那。透过解析所有这些克利须那的不同能力，可以肯定，对克利须那来说，物与灵并无分别，或者，换句话说，他既是灵又是物。因此，若有人修到了克利须那觉性的上乘境界，便无所谓这类区分。在万物之中，他所见者无非克利须那。

因为克利须那既为灵又为物，所以涵盖万有、大而无外的天地身相，是克利须那；而那个横吹短笛的两臂夏摩逊达尔在温达文所示现的逍遥游戏，也属于至上人格神。

诗节 20：那些研习吠陀诸经，喝饮娑摩汁，求生天堂的人，是在间接地崇拜我。涤除罪恶报应之后，他们便会转生于因陀罗所在的天界，享受神仙般的快乐。

要旨：梵语“*trai-vidyāḥ*”意指吠陀三明，即娑摩、梨俱、夜柔。研习过这三部吠陀典的婆罗门唤作“通三明者”（*tri-vedī*）。谁若非常喜爱这些源出吠陀三明的知识，就会受到社会的敬重。可悲的是，有很多了不起的吠陀学者，却不晓得读经的究竟旨趣何在。因此，克利须那在这里宣布，对于“通三明者”，他就是吠陀三明的究竟。真正的“通三明者”，托庇于克利须那的莲花足，致力纯粹的奉爱服务以满足主。奉爱服务起始于持诵 *Hare Krishna* 曼陀罗，与此同时力求如理地去体认克利须那。但不幸的是，那些形式上的吠陀弟子，反倒变得对献祭更感兴趣，一味去奉祀像因陀罗、禅陀罗这类天神。经过这等努力，众神的崇拜者肯定能净化从低等气性而来的染污，得以往生高等星系或天堂星宿，如摩诃尔珞珈（*Maharloka*）、犍拿珞珈（*Janaloka*）、塔铂珞珈（*Tapoloka*）等等。一旦登临这些高等星系，就能尽情享受感官之乐，其强度胜过地球的千百万倍。

诗节 21：他们享受过天堂之乐后，耗尽了前世积累的福报，就会重返人间。所以，透过持守吠陀三明的原则，寻求感官享乐的人，所得到的无非是生死流转。

要旨：往生天堂者得享长生，感官享乐也更方便，但却无法永远留在那里。当虔诚活动的果报用光之后，他便得重返地球。对于《吠檀多经》所说的义理（*janmādy asya yataḥ*，一切从此流生），未臻圆觉的人，也即不能理解克利须那（一切原因的原因）的人，在探求生命之究竟方面必遭挫败，他始终走不出先升上天堂然后又掉下来的老路；仿佛坐在摩天轮椅上忽上忽下。此中道理在于，这些人并不曾超转往而无返的灵性世界，而是仍旧在高等和低等星系之间轮转生死。最好是往生灵性世界，享受极乐、灵明充满的不朽生命，永不回返这苦难深重的物质存在。

诗节 22：常以专一的奉献精神崇拜我，观想我的超然形体，对于这样的人，无者我赐予，有者我保全。

要旨：不能一刻离开克利须那觉性的人，二六时中都会想着克利须那，并且透过听闻、唱颂、冥思、祷告、崇拜、服务主的莲花足，执行主的命令，培养友情以及彻底向主归命，践履奉爱服务。这类活动全面吉祥，充满灵性的力量，能让奉献者成就自我觉悟，以致他唯一的愿望就是想得到至上人格主神的陪伴。这样一位奉献者定能毫无困难地接近主。此谓之瑜伽。凭着主的恩慈，这样一位奉献者永远不会重返物质的生命境况。“*Kṣema*”意指主仁慈的护荫。主以瑜伽帮助奉献者获得克利须那觉性，当他变得完全地克利须那觉知时，主便庇护他，不让他堕入悲惨的受拘限的生命境况。

诗节 23：贡蒂之子呀！以虔信祭祀其他神祇，其实是侍奉我。然而，这是以错误的方式在崇拜。

要旨：克利须那说道："崇拜天神者不太聪明，虽然这类崇拜间接地指向我。"这就像有人给树浇水，若只往树枝树叶上浇，而不浇到树根上，那么他这样做就是缺乏头脑，或说不讲道理。同样，滋养身体各部分的方式就是将食物送到胃里。可以这样说，众天神是在至尊主的政府里供职的官员、领导。人们要遵守的是由政府颁布的法律，而不是由官员、领导私定的法律。同样道理，人人都只应崇拜至尊主。这样就自动满足了主的各级官员。官员们是政府的代表，向他们行贿是违法的。这在此颂中被说成是"*avidhi-pūrvakam*"（以错误的方式）。换句话说，克利须那并不赞成对天神进行不必要的崇拜。

诗节 24：我是一切献祭的唯一歆享者、主人。若未能如理证知我，必退堕无疑。

要旨：这里明确指出，吠陀典荐举了许多种类的献祭 *Yajña*，但实际所有献祭都是为了满足至尊主。献祭意即毗湿奴。《薄伽梵歌》第三章开示，人只应为满足 *Yajña*，亦即毗湿奴而工作。人类文明的完满形式，即所谓种姓－行期法（*Varṇāśrama-dharma*），是特别为满足毗湿奴而设立的。因此，克利须那在此颂里说，"我是一切献祭的歆享者，因为我是至高无上的主人。"然而，小智之人不知道这个事实，为了一些短暂的利益，争相崇拜天神。所以，他们必堕入物质存在，无法达成生命应有的目标。不过，谁若有任何物质欲望需要实现，也最好向至尊主祈求，虽然这不是纯粹奉爱，他也会因此而获得想要的结果。

诗节 25：崇拜天神，便投生为天神；崇拜鬼魂和精灵，便投生为鬼魂或精灵；崇拜祖先，便到祖先处去；崇拜我，便跟我生活在一起。

要旨：若有人想去月亮、太阳或其他星宿，透过持循为此目的而推荐的特定的吠陀仪轨，比如术语称为“朔望祭”（*Darśa-paurṇamās*）的仪式，便能到达他所想去的目的地。这在吠陀经业分里有详尽的记载，其中所荐举的方法是崇拜住在不同天堂星宿上的特定的天神。同理，透过特定的献祭，便能往生祖灵珞珈。人也同样能转生鬼界，成为夜叉（*Yakṣa*）、罗刹（*Rakṣa*）或毕刹遮（*Piśāca*）。毕刹遮崇拜被称为“黑术”或“黑魔法”。有很多人修炼这种“黑术”，他们把它视为通灵术，但这类活动完全是物质性的。如是，只崇拜至上人格神的纯粹奉献者，毫无疑问也能往生无忧珞珈或克利须那珞珈。透过这一重要的偈颂，不难明白，既然崇拜天神便能往生天堂，崇拜祖先便能往生祖灵珞伽，修炼“黑术”便能转投鬼界，那为什么纯粹奉献者就不能往生克利须那或毗湿奴所在的星宿呢？不幸的是，许多人没有关于克利须那或毗湿奴所居住的崇高星宿的讯息，就因为他们不晓得，所以必定会沉沦。甚至非人格主义者，也得从梵光退堕下来。因而，克利须那觉性运动要把这崇高的讯息传递给全体人类，为的就是让人们仅仅透过持诵 *Hare Krishna* 曼陀罗就在此生成就圆满，重返故乡，回归主神。

诗节 26：以爱和奉献，不管向我供奉一片叶、一朵花、一个果，还是一杯水，我都接受。

要旨：对于智者，绝对有必要在克利须那觉性里面，践履对至尊主的超越性奉爱服务，由此上达不死极乐之乡，尽享永恒福乐。获得此妙果之法，非常容易，即便没有任何资格的、最穷的穷人也可以尝试。这里所需的唯一资格是成为主的纯粹奉献者。是什么样的人或处在什么地位，无关紧要。此法如此容易，即便是一片叶、一朵花、一个水果或一杯水都可以拿来奉献给至尊主，只要发乎真情，主都会欣然收下。是故，克利须那觉性简易而普世，谁都不会被拒之门外。谁会愚蠢到这等地步，不想借此顿捷之法变成克利须那觉知，成就真常、极乐、灵明之最高圆满生命呢？克利须那只要爱心服务，不要别的。克利须那甚至收下他的纯粹奉献者所献上的一朵小花。他不会要非奉献者供奉的任何东西。他不需要从任何人那里索取任何东西，因为他当体具足。不过他接受他的奉献者的奉献，跟他们交换情与爱。

养成克利须那觉性乃生命之最高成就。“巴克提”（*bhakti*）一词在此颂中被提到两次，为的是更突出地强调，唯有奉爱服务才是靠近克利须那的不二之途。其他任何条件，比如成为婆罗门、学者、富豪或大哲，皆不能打动克利须那，让他接受奉献。若缺失巴克提的基本原则，什么都不能打动主，让他同意从任何人那里收下任何东西。巴克提从来就不是从因缘而生的。此乃真常之法。它是事奉绝对大全的当下行为。

主克利须那在此确立，他是唯一的享受者、首出之主、一切祭献的真正对象，他还透露了哪些献祭是他所想要的。若有人想为无上者做奉爱服务，以求得到净化，达成生命的目标——对上帝的超越性爱心服务，那他就应该弄清楚，主想从他那里得到什么。爱克利须那的人，会献上他所想要的，不会供奉任何他不需要的或没有要求过的。故此，肉、鱼、蛋不应献给克利须那。如果他想要这类东西当供品，他早就会这样说了。但他明确要求，献给他花、果、叶、水，他说这样的供品“我会接受”。因此，我们应该明白，他不接受肉、鱼、蛋。蔬菜、五谷、水果、牛奶、水都是适合人类的食物，由主克利须那亲自划定。我们所吃的其他任何食物，都不能用来供奉主，因为他不会接受。若供奉这类食物，就绝不可能是在爱心奉献的层面上践履。

在第三章第十三颂，主室利·克利须那开示，只有祭余才是受到净化的，适合那些寻求生命进益、摆脱物质缠缚的人食用。他还在同一偈颂里说，那些不先供奉其食物的人，所吃下的不过是罪业。也就是说，他们所吃下的每一口，只会让他们更深地涉入物质自然之复杂性。预备下简单美味的素食，供奉在主克利须那的画像或神像前面，深心顶礼，祈求主接受这卑微的奉献，这能使我们在生活中稳步前进，并且还能洁净身体，滋养微细的大脑组织，从而思路也会更加清晰。至关重要的是，供奉应出自爱心。克利须那无须饮食，因为他已拥有存在的一切，但他会收下那想要以这种方式取悦他的人所献上的供品。要紧的是，在烹制、备办、供奉时，怀着对克利须那的爱去做。

非人格主义哲学家坚持绝对真理是没有感官的，他们无法理解《薄伽梵歌》的这首偈颂。对他们来说，这若非比喻，便是《薄伽梵歌》之演述者——克利须那之世俗性的一个证明。但事实上，克利须那、人格主神具备感官，据说他的感官可以互通互摄，也就是说一种感官能执行其他任何一种感官的功能。说克利须那是绝对的，就是这个意思。若缺失感官，就不能说他一切功德圆满了。在第七章，克利须那解说，是他在物质自然中孕生有情，他只是看了物质自然一眼，这事就成了。所以，在此例中，克利须那之聆听奉献者在供奉食物时所说的爱语，完全等同他之享用。不掺杂个人的见解，按克利须那对自身的表述去接纳克利须那，只有这样的奉献者，才能领会至高绝对真理能够享用食物。

诗节 27：贡蒂之子呀！你所做的一切，你所吃的一切，你所供养的一切，你所布施的一切，以及你所行的一切苦行，该全奉献给我。

要旨：故此，每个人皆有义务如是模铸其生活，好让自己在任何境况下都不会忘记克利须那。每个人都得工作以维生，这里克利须那建议世人为他而工作。每个人都得进食以活命；因此，应该吃供奉过克利须那的祭余。任何文明人都必须举行宗教仪式，于是克利须那建议："为我去做"，这称为崇拜（*arcana*）。每个人皆有慷慨布施的习性，克利须那说："布施给我，" 这就是说，所有积存起来的余财都应用于推进克利须那觉性运动。当今之人皆喜禅修，而这在当今年代是不切实际的，但若有人透过持诵 *Hare Krishna* 曼陀罗，修炼一天二十四小时观想克利须那，此人必是最伟大的禅者、最伟大的瑜伽士，这点在《薄伽梵歌》第六章得到了论证。

诗节 28：如是，你便能摆脱业力之缠缚及其吉凶业果。于此舍离之道中，将心念凝注于我，你必得解脱，必到达我。

要旨：在明师的指导下，行于克利须那觉性中，梵语谓之"妙用"（*yukta*）。术语名为"舍离心妙用"（*yukta-vairāgya*）。茹巴·哥史华米在《巴克提情味甘露海》里面对此有进一步的解说：

anāsaktasya viṣayān
yathārham upayuñjataḥ
nirbandhaḥ kṛṣṇa-sambandhe
yuktaṁ vairāgyam ucyate

茹巴·哥史华米说，只要我们还在物质世界，便得活动。我们无法停止活动。故此，若采取行动而将果实奉献给克利须那，那么就是所谓的“舍离心妙用”（*yukta-vairāgya*）了。这样的行动实际建立在舍离之上，可拭净心镜。随着作为者逐渐在自觉之途上精进有成，便会彻底归命至上人格主神。如此他最终获得解脱，这解脱也是特殊化的。透过这种解脱，他不会与梵光融为一体，而是往生至尊主之珞伽。这里明示：“他到达我（*mām upaiṣyasi*）”，重返故乡，回归主神。解脱有五等，这里特别说明，一生不离至尊主指引的奉献者，如上所说，精进到某个阶段，便可在离弃躯壳后，回归主神，在至尊主的陪伴下，直接为他服务。

任何人，若除了奉献一生为主服务之外别无他求，实际就是出世者（*Sannyāsī*）。这样的人总是视自己为永恒的仆人，仰赖主至高的意志。如此，无论他做什么，都是为了主的利益。无论他采取什么行动，都是为了侍奉主。他们并不重视《吠陀经》所提到的果报活动或赋定职责。普通人有义务践履《吠陀经》所提到的赋定职分。虽然纯粹奉献者全心全意为主服务，有时看来似乎违背了分定的吠陀义务，但实际上并非如此。

是故，据外士那瓦宗（*Vaiṣṇava*）的权威说，即使绝顶聪明的人都无法懂得纯粹奉献者的计划和行动（*tāṅra vākya, kriyā, mudrā vijñeha nā bujhaya*）。若有人念念不离为主服务，时时思考、计划如何为主服务，当下已得彻底解脱。他将来之重返故乡、回归主神已有保障。他凌绝一切物质主义的职责，就像克利须那凌绝一切职责一样。

诗节 29：谁我也不妒忌；谁我也不偏袒。对一切，我都平等看待。但谁若为我做奉爱服务，便是我的朋友，我也是他的朋友。

要旨：对此或许有人会问，既然克利须那对众生一视同仁，谁也不是他的特殊朋友，那么他为什么对时刻为他做超越性服务的奉献者格外关心呢？其实这并非分别心，是自然而然的。世上有人可能极慷慨大度，但他对自己的孩子会格外关照。主宣称，一切有情——无论其形体——都是他的子，因此，他慷慨地为每一个体供应充足的生活必需品。他就像遍洒雨水的云，根本不管雨水是洒在石上、地面，还是水里。但对他的奉献者，他格外关怀。这样的奉献者在此被说成：他们念念不离克利须那觉性，因而总是超然地住在克利须那里面。“克利须那觉性”一词表明，那些在这种觉性之中的人，是鲜活的超验主义者，住在克利须那里面。主在此断言：*mayi te*，“他们在我里面。”自然，结果是，主也在他们里面。这是相互感应的。这也诠释了这一句：“无论是谁皈依我，我会按照他的皈依程度照顾他（*ye yathā māṁ prapadyante tāṁs tathaiva bhajāmy aham*）。”这种超妙的感应之所以存在，是因为奉献者和主都是能觉知的。一粒钻石镶到金戒指上，看上去就很佳妙。金子增色，钻石也一起增色。主和生命个体皆永恒闪光，当生命个体变得乐于为至尊主服务时，他看上去就像黄金。主就是钻石，这样的组合当然美不胜收。在纯粹状态的生命个体被称为奉献者。至尊主成了他的奉献者的奉献者。若奉献者和主之间不存在相互感应的关系，那就根本不会有人格主义哲学。在非人格主义哲学里，无上者与生命个体之间没有相互感应的关系，而在人格主义哲学里，这种关系是存在的。

经常被引用的一个例子是，主就像如愿树，无论想从这棵树上得到什么，主都会供应。但此处的解说更为圆满。主在此被说成偏向奉献者。这是主对奉献者所显示的特殊恩慈。不该认为主的回应是受业力控制的。它属于超越之境，主和奉献者在其中各显神通。对主的奉爱服务不是物质世界的活动，它是真常、极乐、妙明流布的灵性世界的一部分。

诗节 30：即使有人造下了最大的恶业，只要从事奉爱活动，也可算圣洁，因为他做了正确的选择。

要旨：此颂所用 *su-durācā-raḥ* 一词极具深意，我们应该正确地理解。当生命个体受拘限时，其活动有两类：一者为局限的，一者为命定的。就保全身体、随顺世法而言，此中自然包括各种业行，即便奉献者亦在所难免，这类活动即受局限者。在此之外，那些圆满觉知其灵明自性、践履克利须那觉性或奉爱服务的人，所行者为超然之活动。这类活动乃是在其命定之地位上践履的，用术语说就是奉爱服务。在受拘限之境遇下，有时，奉爱服务与关乎躯壳的局限性服务并行不悖，但有时，二者又相互冲突、背道而驰。奉献者应尽可能小心谨慎地避免做任何会妨害自身良好状态的事情，他知道活动之完满，取决于对克利须那觉性的领悟程度。但有时，一位克利须那觉知者可能做了一些从社会或政治的角度来看极可厌憎的事。但是，一时的退堕无损于他的资格。《薄伽梵往世书》上说，若有人退堕，但仍全心全意地践履对至尊主的超越性服务，居于他心中的主会净化、宽恕他的恶。物质染污如此强顽，甚至完全献身为主服务的瑜伽士，有时也难免受其魅惑。但克利须那觉性更为强大，这类偶然的跌倒能立即得到扶正。是故，奉爱服务之法永远成功。任何人都不应该取笑一位从理想之途上偶然跌倒的奉献者，因为这样的退堕，正如下一颂将解释的，到适当的时候，当奉献者彻底住于克利须那觉性时，自然告停。

因此，一位住于克利须那觉性之中的人，信心贞固，修持此念诵法门，持诵赫列 克利须那，赫列 克利须那，克利须那 克利须那，赫列 赫列；赫列 罗摩，赫列 罗摩，罗摩 罗摩，赫列 赫列（*Hare Kṛṣṇa, Hare Kṛṣṇa, Kṛṣṇa Kṛṣṇa, Hare Hare/ Hare Rāma, Hare Rāma, Rāma Rāma, Hare Hare*），应被认为是处在超然的地位，即便他偶尔或意外地跌倒了 *sādhur eva*，“他是圣洁的”，语气十分肯定。这是对非奉献者的警告，奉献者不当因一时的跌倒而受到讥嘲，即使他意外堕落，仍应被认为是圣洁的。*mantavyaḥ*（被认为）语气更强。若有人不遵照这条规则，取笑奉献者的意外跌倒，那就是违逆至尊主的旨令。奉献者唯一的资格就是坚定不移、忠贞不二地献身奉爱服务。《尼黎僧诃往世书》如是说：

bhagavati ca harāv ananya-cetā
bhṛśa-malino 'pi virājate manuṣyaḥ
na hi śaśa-kaluṣa-cchabiḥ kadācit
timira-parābhavatām upaiti candraḥ

意思是，一个完全献身为主做奉爱服务的人，即便有时做下一些令人厌憎的事，其所为应作月中兔影看。此类斑痕不会妨碍月光的流溢。同样，一位奉献者从圣洁之途上意外退堕，并不会让他令人厌憎。

另一方面，也不该有这样的误解，以为身处超越性服务中的奉献者就能恣意行恶。此颂仅指由于物质因缘之强力而引起的意外。奉爱服务意味着对幻力宣战。跟幻力相抗时，若非足够刚强，难免意外跌倒。但若足够刚强，像前面所解说的一样，便不会落此窠臼。任何人都不能利用此颂，胡作非为，却还以奉献者自居。这样的人，若不透过奉爱服务陶冶自己的人格，算不上一位上乘的奉献者。

诗节 31：他很快变得正直，获得持久的安宁。贡蒂之子呀！你要勇敢地宣布，我的奉献者永不颓败。

要旨：对此不可生误解。主在第七章说，行恶之徒不会成为主的奉献者。人若非主的奉献者，绝不可能有什么善德。但问题还是，行恶之人，意外也好，有意也罢，怎么会是一个纯粹奉献者呢？这个问题提得有道理。正如第七章所论，从不为主做奉爱服务的恶徒，绝无善德，《薄伽梵往世书》亦如是说。一般来说，践履九种奉爱服务的奉献者，正处于清洗心中一切物质染污之过程中。他把至尊主放在心里，一切罪恶染污自然得以洗尽。不断想念至尊主，使他自性清净。根据《吠陀经》，若有人从崇高的地位上跌落，就须经历一定的仪法，净化自身。但此处并没有这样的要求，由于奉献者不断想念至上人格主神，净化之过程已经在他心中展开。是故，应不断持诵赫列 克利须那，赫列 克利须那，

克利须那 克利须那，赫列 赫列；赫列 罗摩，赫列 罗摩，罗摩 罗摩，赫列 赫列（*Hare Kṛṣṇa, Hare Kṛṣṇa, Kṛṣṇa Kṛṣṇa, Hare Hare/ Hare Rāma, Hare Rāma, Rāma Rāma, Hare Hare*）。这会保护奉献者，避免一切意外跌倒。如此，奉献者将永不受一切物质染污。

诗节 32：帕尔特呀！即使出身低贱的人，妇女也好，毗舍也好、首陀罗也好，只要托庇于我，皆能抵达至高无上的彼岸。

要旨：至尊主在此声明，在奉爱服务方面，没有高低贵贱之分。在物化的生命观念下，分别心是存在的。但献身超越性服务的人，无有分别心。人人皆有资格上达至高彼岸。《薄伽梵往世书》（2.4.18）上说，即便是被称为旃陀罗（*Caṇḍālas*，食狗者）的人，也能透过亲近纯粹奉献者而得净化。所以，奉爱服务和纯粹奉献者之指引具大力量，并不分别人的什么高低贵贱；这是谁都可以求取的。最单纯的人，若托庇于纯粹奉献者，透过他的正确指引，也能得到净化。根据物质自然之不同气性，人可分为四等：在中和气性者（婆罗门），在强阳气性者（刹帝利），强阳、浊阴夹杂者（毗舍），在浊阴气性者（首陀罗）。再下为旃陀罗，生于有罪之家。通常，高等之人不屑与这些生于有罪之家的贱民为伍。但奉爱服务之法具大力量，纯粹奉献者能让一切低贱之人获得生命之最高圆满。只有当人托庇于克利须那时才会有这种可能。诚如此颂“*vyapāśritya* ”（托庇于）所指明的，吾人必须彻底托庇于克利须那。如是，便能够成为比玄思大哲、瑜伽大士更卓越的人。

诗节 33：正直的婆罗门、奉献者、圣王们就更是如此。因此，既已来到这痛苦无常的世界，就为我做奉爱服务吧！

要旨：世上有各色各样的人，但是，这个世界毕竟对谁都不是一块乐土。此颂明示：尘世无常，诸苦充满，实非仁人君子所居之地（*anityam asukhaṁ lokam*）。至上人格主神开示，此世无常，诸苦充满。有些哲学家，尤其幻有宗一派，扬言世界为假。但是，我们从《薄伽梵歌》得知，世界非假，乃是无常。无常和假之间是有分际的。这个世界无常，但另有世界，真常不坏。这个世界烦恼痛苦，但另有世界，永恒极乐。

阿周那出生神圣皇族。对他，主也这样说："领受奉爱服务，快快回归主神，重返故乡。"谁都不应滞留于此无常浊世，其中确实有诸苦充满。人人皆应投入至上人格主神的怀抱，享受永恒福乐。为至尊主做奉爱服务，乃是解决一切阶级之一切问题的唯一法门。是故，人人皆应承当克利须那觉性，让生命臻于圆满。

诗节 34：以心意时刻想着我，成为我的奉献者，事奉我、顶拜我，全然凝注于我，那么，你必到达我。

要旨：此颂明示，克利须那觉性乃脱离浊世之缠缚的唯一法门。此颂意思极为显豁，即一切奉爱服务皆应献给至上人格主神克利须那，但它有时却被肆无忌惮的注释者所歪曲。很不幸，这些人把读者的心智拨转到根本不近情理的思路上面。这些注释者不明白，克利须那之心性跟克利须那本人无有分别。克利须那绝非凡夫，他是绝对真理。他的身体、心性和他本人一致而绝对。巴克提悉檀多·娑罗斯筏底·哥史华米（*Bhaktisiddhānta Sarasvatī Gosvāmī*）在其《极微论》（*Anubhāṣya*）中，对《采坦尼亚圣行蜜露经》第五章第四十一至四十八颂下评注时，引用《神龟往世书》（*Kūrma Purāṇa*）所载：*deha-dehi-vibhedo 'yaṁ neśvare vidyate kvacit*。其意为，至尊主克利须那本人与其身相无有分殊。但是，由于注释者不了解克利须那的科学，他们掩盖了克利须那，且将他的人格跟他的心性、身相分裂开来。尽管这是对克利须那之科学的十足无知，但某些人却以此误导大众，从中牟利。

有一类邪魔性人，他们也念想克利须那，不过充满了妒意，就好像刚萨——克利须那的舅父一样。刚萨也老惦记着克利须那，但他把克利须那想成他的对头。他时刻焦虑不安，思忖克利须那何时会来取他性命。这种念想对我们没有助益。人当以奉爱之心观想克利须那。那才是巴克提（*bhakti*）。人当精勤不懈，培养有关克利须那的知识。怎样才是有效的培养呢？那就是跟正宗的灵性导师学习。克利须那是至上人格主神，我们已经多次解说过，其身相并非物质，而乃真常、极乐之灵明。如是谈论克利须那，能助人成为奉献者。否则，从错误的源头去了解克利须那，是不会有成果的。

是故，当运用心意，忆念克利须那永恒的本来身相。内心怀着克利须那就是无上者的信念，献身于对克利须那的崇拜。在印度，崇拜克利须那的神庙成千上万，那里的人也实践奉爱服务。当人实践这样的活动时，必须向克利须那顶礼。应该在神像前深深俯首，投入身、心、行动——一切的一切。这将使人全然凝注于克利须那，永不偏离。如此，方能助人转生克利须那珞珈。绝不可被肆无忌惮的注释者引入歧途。必须践履九种奉爱服务，从听闻、念诵起步。纯粹奉爱服务乃是人类社会最高的成就。

《薄伽梵歌》第七、八两章解说，为主而做的奉爱服务，无所系属于思辨性知识、玄秘瑜伽以及果报活动。那些尚未彻底净化的人可能会被主的不同体相所吸引，其中包括非人格梵和内在化超灵，但一位纯粹奉献者直下承担为至尊主所做的服务。

有一首关于克利须那的妙诗，里面明白表露，崇拜天神者根器最钝，任何时候都得不到克利须那的至高赏赐。奉献者在起步时可能会退转，够不上标准，但他仍应被认为胜于所有其他哲人和瑜伽士。坚持不懈践履克利须那觉性的人，当视为完美的圣者。他偶尔造下的非奉献性业行，将会消退，他必定很快就能证入彻底圆满。纯粹奉献者实际没有机会堕落，因为至上主神会亲自看顾他的纯粹奉献者。是故，智者应直下领受克利须那觉性之法，并在世上快活受用。最终，他将得到克利须那的至高赏赐。

巴克提维丹塔阐释圣典《薄伽梵歌》第九章”最秘密的灵知”终。

第十章　绝对者的富有

诗节 1：至上人格主神说：臂力强大的阿周那呀，继续谛听。你是我亲密的朋友，为了你的益处，我现在进一步向你开示更殊胜的知识。

要旨：钵罗刹腊·牟尼（*Parāśara Muni*）如此解释梵语“薄伽梵”（*Bhagavān*）：薄伽梵为具足六种圆满功德者，若有人具足圆满威能、圆满声名、圆满吉祥、圆满智慧、圆满妙美、圆满舍离，是人即薄伽梵，即至上人格主神。当克利须那降临地球时，他表现出全部六种功德。是故，像钵罗刹腊·牟尼这样的大圣贤，尽皆认取克利须那为至上人格主神。现在，克利须那要向阿周那传授更为秘密的知识，这知识涉及他的功德和作为。此前，从第七章开始，主已解说过他的各样能力以及这些能力的运化方式。如今在这一章里，他要向阿周那诠述他特殊的美富。为了建立对奉爱的贞信，主于前面数章中明白解说了他的各样能力。而这一章，他将再次开示他的散殊之相和种种美富。

对至尊主听闻越多，就越坚定于奉爱服务。人当在奉献者的集会里听闻，这能强化我们的奉爱服务。唯有在那些真正渴望证入克利须那觉性的人中间，才会产生奉献者团体所特有的对话。其他人则无法融入这样的对话。主明确告诉阿周那，因为阿周那是他所钟爱者，为了阿周那的利益，这样的对话发生了。

诗节 2：诸神和仙圣，都不知道我的始源，因为，在每一方面，我都是他们的始源。

要旨：据《梵天本集》说，主克利须那为至尊主。无人比他更伟大，他乃一切原因之原因。主在此又亲口说，他是诸神和圣者之始源。甚至诸神、仙圣，都无法理解克利须那，他们既不懂得他的名号，也不懂得他的人格，如是，此微渺之星球上的所谓学者又有何地位可言呢？无人能知，为何此至高之上帝竟以凡人之身来到地球，行种种奇妙、非凡之神迹。故而，我们应当晓得，学术能力绝非理解克利须那所必须之资格。诸神和仙圣，皆力图凭心智玄思去解悟克利须那，到头来却无不以失败而告终。《薄伽梵往世书》明确指出，甚至连伟大的天神也无法了解至上人格神。他们的玄思可以穷尽有限感官所能达到的极限，得出非人格主义的悖论，以非经物质气性而呈露的无形之物为究竟，但是，靠这种愚钝的思辨，绝不可能解悟克利须那。

主在此间接表述，若有人想认知绝对真理，“我在此，作为至上人格神，我即无上者。”应当明白这一点。尽管我们无法了解亲身临在的不可思议的主，但他依然存在。仅仅透过研究主在《薄伽梵歌》《薄伽梵往世书》里所说的话，我们就能够如实地证知极乐、灵明充满的永恒的克利须那。作为某种主宰之力的上帝或非人格梵的观念，可以被那些住于主的低等能力里面的人所认取，但要领悟人格主神，非处于超越之境不可。

因为大多数人都无法如实了解克利须那，出于无缘大慈，克利须那降临世间，赐惠于这些玄思者。然而，由于习气的熏污，这些玄思者无视至尊主的非凡作为，仍旧认为非人格梵才是无上者。唯有彻底皈依至尊主的奉献者，凭借至上之人的恩典，才能明白无上者即克利须那。主的奉献者并不关心上帝的非人格梵范畴。他们的信心和奉爱让他们当下皈依至尊主，依靠克利须那的无缘大慈，他们可以证知克利须那。此外无人能认识他。故此，甚至伟大的圣者也赞成：何为自我（*atma*）？何为无上者？克利须那就是自我必须崇拜的无上者。

诗节 3：证知我无生、无始，乃天地之宗主——众人之中，唯有这等不受迷惑之人，才能脱离一切罪恶。

要旨：如第七章（7.3）所说：那些想要超拔自身至灵性觉悟层面的人决非等闲之辈（*manuṣyāṇāṁ sahasreṣu kaścid yatati siddhaye*）；他们胜过千千万万对灵性觉悟一无所知的凡夫俗子。但在真正力图觉悟自我之灵性位置的人里面，若有人能证知克利须那为至上人格神，为万物之所有者，为无生者，是乃最成功之觉者。也只有在这样的阶段，当人彻底明白克利须那的至高地位，才能完全脱离一切罪恶报应。

此颂用 *aja* 一字表述主，其意为“无生”，但主有别于第二章里也被表述为 *aja* 的生命个体。两者不同之处在于，生命个体由于物质染执而流转生死，不断转换其躯壳，而主的身体却是无变化的。甚至当主来到世间时，他也是同样的无生者。因此，第四章里说，凭着他的内在能力，主不在低等的物质能力之下，而是恒住于高等能力之中。

此颂之 *vetti loka-maheśvaram* 指出，吾人当晓得主克利须那是宇宙星系的至高所有者。他存在于创造之前，他与他的创造不同。世间一切天神皆为受造者，但克利须那绝非受造者，是故，克利须那甚至有别于最伟大的天神，诸如梵天、湿婆。他是梵天、湿婆以及一切诸神的创造者，因而，他是天地间之至上者。

室利·克利须那不同于受造之物，如此证知他的人，当下解脱于一切罪恶报应。若欲证入至尊主之理，必须断除一切恶业。正如《薄伽梵歌》所说，证得他的方法只有一个，那就是奉爱服务。

绝不应把克利须那当作凡夫来理解。如前所论，只有愚人才作如是观，这层意思在此颂里又一次被表达出来。一个不落愚顽的人，一个有足够智慧去理解主神之命定地位的人，永离一切恶报。

若克利须那以提婆吉之子见称，那么他怎么会是无生者呢？这点在《薄伽梵往世书》有解说：当他现身于提婆吉（*Devakī*）和筏殊提婆（*Vasudeva*）面前时，并不曾像普通的孩子那样诞生；他以他的本来身相示现，然后变形为普通的婴儿。

任何在克利须那的指示下所做的事情，都是超越性的。绝不会被或吉或凶的物质报应所染污。认为世事有凶有吉，这种观念其实是一种情识虚构，缘尘世本无吉祥故。一切都是不吉祥的，因为物质自然本身就是不吉祥的。只是我们将它想象为吉祥而已。真正的吉祥端赖在克利须那觉性中践履，出以奉爱、服务之心。是故，若我们真的想使我们的活动变得吉祥，就应当在至尊主的指示下活动。这类指示来自权威经典诸如《薄伽梵往世书》和《薄伽梵歌》，也可来自一位正宗的灵性导师；因为灵性导师是至尊主的代表，所以，他的指示直接就是至尊主的指示。灵性导师、圣者和经典的指示同出一辙，这三种来源之间并无矛盾。在这类指示之下所行的一切活动，皆脱离了尘世一切虔诚、不虔诚业行所带来的报应。奉献者在实践这类活动时所抱持的超世情怀，实际即是出离心，是名"出世"（*Sannyāsa*）。如《薄伽梵歌》第六章第一颂所说，受命于至尊主，行事皆若尽分而不得已；不从业果中找寄托（*anāśritaḥ karma-phalam*），这样的人才真正不执自在。任何在至尊主指示下践履的人，是真正的出世者、瑜伽士，而那些徒以僧袍自饰者或冒牌的瑜伽士则不在此列。

诗节 4/5：菩提、知识、无惑、无蔽、安忍、真实、制根、摄心、苦乐、生死、畏、无畏、不害、平等、知足、苦行、布施、荣辱——凡诸德性，皆由我造。

要旨：有情之各种品性，无论好坏，皆为克利须那所造，这里对此做了论述。

"菩提"（*Bhuddhi*）是指以正确的观点分析事物的能力；"知识"（*Jñāna*）意指明了何者为灵、何者为物。从大学教育所得的只是关于物质的经验知识，这里并不把它视为知识。知识意即明了物与灵之分际。在现代教育中，没有关于灵的知识，只是一味关注物质元素和身体需求。因此，学术性知识是不圆满的。

"无惑"（*asammoha*），即摆脱了怀疑、迷惑。当人不复犹疑，亲证玄理时，就能做到。缓慢而定然，此人终将走出迷幻。不可盲目信受，凡所信受，皆当小心谨慎。"安忍"（*Kṣamā*），即容忍、宽恕，应始终奉行。要学会容忍和原谅别人的小小冒犯。

“真实”（*satyam*），意指为饶益他人而如实陈述事实。事实不应受到歪曲。按照人情世故，据说只有当真话投人所好时，才能讲真话。但这不是真实。说话应直截了当，好让他人明白事实的真相。若某人是贼，人人受警告而皆知此人是贼，如此即为真实。尽管有时真话不惬人意，但是实话就应该实说。真实就是为了饶益他人，实话实说。此为真实之定义。

“制根”（*damah*）意指感官不应用于无谓的个人享乐。这并不是说禁绝感官的正当需求，但无谓的感官享乐不利精神之演进。是故，感官应止于无谓之滥用。同样，心意也应止于无谓之念想，此即“摄心”（*sama*）。不应虚度光阴，一心惦记如何发财。这是对思想力的误用。大脑应用来理解人类的首要需求，而这有待于权威性的阐述。应当透过亲近那些精通经典的权威、圣者、灵性上师以及思想高度发达的人，来培养思想力。

应该总在有利于存养克利须那觉性的事物中找到“乐”（*Sukham*），亦即快乐、幸福。同理，应该把不利于存养克利须那觉性的事物，视为可痛者或引起烦恼者。有利于存养克利须那觉性者，当一概奉行；不利于存养克利须那觉性者，当一概摒弃。

“生”（*Bhava*），出生，是指躯壳而言的。对灵魂来说，既无生也无死。这点我们在《薄伽梵歌》开篇就讨论过。生死仅体现于物质世界里的躯体化生命。“畏”（*bhayam*），源于对未来的担忧。在克利须那觉性里面的人无所畏惧，因为凭着他的所作所为，他肯定能回归灵界、回归故乡、回归主神。是故，他的未来一片光明。而其他人，却对自己的未来一无所知。他们没有关于来世的知识，因而时时处于永无休止的忧虑之中。要想摆脱这份忧虑，最佳的途径就是去觉解克利须那，始终住在克利须那觉性里面。如此自能消除一切畏怖。《薄伽梵往世书》（11.2.37）有云：畏怖缘于注心幻力（*bhayaṁ dvitīyābhiniveśataḥ syāt*）。而那些挣脱了幻力的人，那些确信自我并非躯壳而是上帝之灵性微粒的人，那些由此而献身于为至上主神做超越性服务的人，无所畏惧。他们的未来一片光明。“畏”是不在克利须那觉性里面的人所处的境况。“无畏”(*abhayam*)则唯独在克利须那觉性里面的人才可能做到。

“不害”(*Ahiṁsā*)，意思是不应该做任何让别人痛苦、烦恼的事情。政治家、社会学家、慈善家之流所承诺的物质活动，并不会带来好结果，因为政治家和慈善家们缺乏超越的眼光，他们不晓得何者能真正饶益人类社会。“不害”意指人类应该受到训练，好让人身得到充分的利用。人身难得，当用于灵性觉悟，所以，任何不能助人趋近此究极目标的运动或组织，都是在对人身施暴。能增进大众未来之灵性福乐者，名为“不害”。

“平等”(*Samatā*)，意指不粘滞于执着和厌憎。极度执着或极度超脱都不是最好的。应该本着一种既不执着、也不厌憎的态度去接受物质世界。凡有利于践行克利须那觉性的就当奉行，凡不利于此的就当摒弃，这就是“平等”。住在克利须那觉性里面的人无所舍，亦无所取，取舍一皆视其是否有利于践行克利须那觉性。

“知足”(*Tuṣṭi*)，意指不应渴求透过无谓的业行积聚越来越多的物质财富。应该满足于靠至尊主的恩典而获得的任何东西，这就叫作“知足”。“苦行”(*Tapas*)，意为苦修或忏悔。《吠陀经》里有许多戒律，可施行于此，比如早起、沐浴。有时早起十分烦难，但人若情愿承当烦难，不顾由此而来的苦痛，即为“苦行”。同样，经典里也有在每个月的某些日子断食的禁制。人或许并不情愿断食，但若决心坚定，欲在克利须那觉性之科学里求取进步，就当奉行这些受到推崇的身心磨练。但是，不可进行无谓的或有悖吠陀经教的断食，不可为政治目的而断食。这在《薄伽梵歌》里被称为浊阴性断食，任何在浊阴之气或强阳之气里面所做的事情，都不会促进灵性成长。在中和气性里面所做的一切，才让人进步。按照吠陀经教所行的断食，能滋养人的灵明。

至于“布施”(*Dāna*)，应当献出收入的一半用于善举。何为善举呢？即依克利须那觉性所行者。这不仅是善举，而且是最崇高的善举。因为克利须那是善的，所以他的事业也是善的。故此，布施的对象应当是那些献身于克利须那觉性的人。根据吠陀经典的训谕，布施应给予婆罗门。此类实践仍被奉行，尽管从吠陀经教的角度衡量，做得并不算太好。不过，训谕照样还是，应当向婆罗门布施。为什么呢？因为他们献身于更崇高的灵性知识之培养。婆罗门应奉献一生，亲证大梵。知梵者名为婆罗门（*Brahma jānātīti brāhmaṇaḥ*）。向婆罗门布施，是因为他们献身于更崇高的灵性服务，没有时间自谋生计。据吠陀经典，布施还应该给予出世者，即在生命之舍离位的人。出世者沿门托钵，并非为了聚敛，而是为了施法。此制意在让出世者走遍万家，唤醒在无明中昏睡的家居者。因为家居者忙于操持家务，忘记了生命的真正目的——复苏克利须那觉性——这就是出世者的事业，以乞士身份走近家居者，劝导他们受持克利须那觉性。据《吠陀经》说，人当醒觉，达成人形生命所应成就者。此理此法应由出世者传布，故此，布施应该捐给那些在生命之出世期的人、婆罗门以及类似的善举，而非任何异想天开之举。

"荣名"（*Yaśas*），应该是，按照主采坦尼亚的说法，当人以伟大奉献者的身份成名时，他就有名了。这才是真正的荣名。若有人成了心住克利须那觉性的伟人，并以此成名，那才是真正有名。无此荣名者并无荣光。

凡此诸德，流行于天地间，表现在人世和天神界。其他星宿上也有很多人形族类，那里也有这些德性。为了那些想在克利须那觉性里面精进的人，克利须那创造了这些德性，但人须从自己内心深处培养这些德性。献身于为至尊主做奉爱服务的人，在至尊主的安排下，能养成一切善德。

无论我们发现什么，或好或坏，其根源都是克利须那。不在克利须那里面的，不可能发露于世间。这便是知识。虽然万物各是其所是，但我们应该领悟到，一切无不流衍于克利须那。

诗节 6：七圣，以及七圣之前的四灵、诸摩奴（人类始祖），皆从我的心意流生，而遍布天地间的一切有情，都是他们的后裔。

要旨：主在此概述了天地间有情众生的谱系。梵天，是从至尊主的能力而孕生的首出造物，又名金胎（*Hiranyagarbha*）。七圣、七圣之前名为萨那伽（*Sanaka*）、萨南陀（*Sananda*）、萨拿檀那（*Sanātana*）和萨拿德·鸠摩罗（*Sanat-kumāra*）的四灵，以及十四摩奴，皆源自梵天。这二十五位大圣者是天地间一切有情之祖先。有无量数宇宙，每个宇宙里有无量数星球，每个星球充塞各种生命。他们无不源出这二十五位祖先。梵天经历天神界之一千年苦修，才凭着克利须那的恩典，领悟该如何创造。如是从梵天流生四灵，而后有楼多罗（*Rudra*），再下去为七圣，便是这样，一切婆罗门、刹帝利皆孕生自至上人格神的能力。梵天又名“天父”（*Pitāmaha*），而克利须那被称为“天父之父”（*Prapitāmaha*）。《薄伽梵歌》第十一章第三十九颂讲到这一点。

诗节 7：谁信服了我不可思议的功德和玄通，便会献身纯一的奉爱服务，这是无可置疑的。

要旨：灵性成就之巅峰是证知至上人格主神。吾人若非确信至尊主的种种功德，无法献身奉爱服务。人们一般都晓得上帝伟大，但究竟如何伟大，他们不知底细。这里所讲的就是底细。若有人如实知晓上帝如何伟大，那他自然就会成为皈依的灵魂，献身于为主做奉爱服务。当人如实知晓无上者的功德，就会皈依他，再无二心。此真实之理可求之于《薄伽梵往世书》《薄伽梵歌》以及类似的经典。

在天地之运化中，有众多天神遍布整个星系，为首者是梵天、湿婆、鸠摩罗四子和其他祖先。众生有很多祖先，皆从至尊主克利须那而生。至上人格主神克利须那乃一切祖先之初祖。

这些还只是至尊主的部分功德，若人对此生起贞信，便会以极大的信心、毫不犹疑地崇奉克利须那，献身于奉爱服务。凡此特殊之知识，皆为必须，以增进为主做爱心服务的兴趣。切不可粗疏肤泛，不去彻底了解克利须那究竟如何伟大，因为透过知晓克利须那之伟大，就能贞固于纯一的奉爱服务。

诗节 8：我是灵性世界和物质世界的根源，一切皆从我流生。彻底体认这一点的智者，为我做奉献服务，全心全意崇拜我。

要旨：精通《吠陀经》的学者，从类似主采坦尼亚那样的权威之处获得开示，又知道该如何加以运用，能明白克利须那是物质世界和灵性世界里一切存有的根源。因为他对此有圆满的认知，所以变得坚定，一心为至尊主做奉爱服务。他绝不会被愚人或无数荒唐的注疏引入歧途。所有吠陀经典一致认可，克利须那为梵天、湿婆以及其他一切天神之根源。《阿闼婆吠陀》之《牧者奥义书》（1.24）有云："是克利须那，当太初之时亲授吠陀于梵天；还是克利须那，在往古传布吠陀。"《那罗延拿奥义书》（1）亦云："然后，至上之人那罗延拿意欲创造有情。"这部《奥义书》接着说："从那罗延拿，生出梵天；从那罗延拿，生出祖先；从那罗延拿，生出因陀罗；从那罗延拿，生出八婆薮（*Vasus*）；从那罗延拿，生出十一楼多罗；从那罗延拿，生出十二阿底提耶（*Ādityas*）。此那罗延拿为克利须那之分身。（*nārāyaṇād brahmā jāyate, nārāyaṇād prajāpatiḥ prajāyate, nārāyaṇād indro jāyate, nārāyaṇād aṣṭau vasavo jāyante, nārāyaṇād ekādaśa rudrā jāyante, nārāyaṇād dvādaśādityāḥ*）

《那罗延拿奥义书》又云："提婆吉之子，克利须那，乃至上之人（*brahmaṇyo devakī-putraḥ*）。"另有《摩诃奥义书》（*Maha Upanisad*, 1.1.2）云："开辟之初，独有至上之人那罗延拿。无梵天、无湿婆、无火、无月、无星、无日（*eko vai nārāyaṇa āsīn na brahmā na īśāno nāpo nāgni-samau neme dyāv-āpṛthivī na nakṣatrāṇi na sūryaḥ*）"。《摩诃奥义书》还说，湿婆产于至尊主之面额。是故，《吠陀经》言，至尊主——梵天、湿婆之创造者，为应受崇拜者。

在《解脱法》（Moksa-dharma）里，克利须那也说：

prajāpatiṁ ca rudraṁ cāpy
aham eva sṛjāmi vai
tau hi māṁ na vijānīto
mama māyā-vimohitau

"祖先、湿婆以及其他众生皆为我所创造，由于被我的幻力所惑，他们不知道是我创造了他们。"

《筏罗诃往世书》（*Varāha Purāṇa*）亦有言：

nārāyaṇaḥ paro devas
tasmāj jātaś caturmukhaḥ
tasmād rudro 'bhavad devaḥ
sa ca sarva-jñatāṁ gataḥ

“那罗延拿为至上人格神，梵天从他而生，湿婆亦从他而生。”

主克利须那是祖祖辈辈的根，他被称为万物之最胜因。他说：“一切皆从我流生，我为万物之根源。天地万物皆在我之下，无人凌我之上。”除了克利须那，谁都不是至高主宰。若有人追随正宗的灵性导师，从吠陀经典求取印证，由此路径觉解克利须那，就会将全部精力投入克利须那觉性，成为一个真正有学问的人。跟这样的人相比，其他不能正确认知克利须那的人，不过是蠢材。只有蠢材才会认为克利须那是凡夫。克利须那觉知者不应为蠢材所惑；他应该抛开一切对《薄伽梵歌》所做的非权威性注疏和解说，信心贞固、坚定不移地在克利须那觉性中迈进。

诗节 9：我的奉献者，思我想我，倾其毕生为我服务；他们谈论我，从互相启明中得到极大的满足和欢喜。

要旨：纯粹奉献者，其德性在此有述，彻底献身于对主的超越性爱心服务。他们的心念绝不会转离克利须那的莲花足。他们只谈超然的话题。纯粹奉献者之表征在此颂中有特别的表述。至尊主的奉献者于二六时中，竭尽全付身心，赞美至尊主的德性和玄通。他们的心性、灵魂日夜贯注于克利须那，他们跟其他奉献者一起讨论克利须那，从中获得无量妙喜。

在奉献服务的初级阶段，他们从服务本身品味到法喜；到成熟阶段，他们实际已住于神爱之中。一旦证入此超越之境，就能品味到主在他的故土才显扬的最高圆满。主采坦尼亚把超越性奉爱服务比喻为下种于有情心中。有无量数众生流转于天地间无量数星宿之上，其中只有极少数足够幸运，能遇上纯粹奉献者，由此获得了解奉爱服务的良机。奉爱服务好比种子，如果它被播于某个生命个体心中，而他又持续听闻、念诵：赫列 克利须那，赫列 克利须那，克利须那 克利须那，赫列 赫列；赫列 罗摩，赫列 罗摩，罗摩 罗摩，赫列 赫列（*Hare Kṛṣṇa, Hare Kṛṣṇa, Kṛṣṇa Kṛṣṇa, Hare Hare/ Hare Rāma, Hare Rāma, Rāma Rāma, Hare Hare*），种子就会开花结果，就像只要经常给树种浇水，就会结出果实一样。奉爱服务之灵苗，渐渐长大，终将穿破物质宇宙的外壳，伸入灵性天宇的梵光里面。在灵性天宇下，这灵苗继续茁壮成长，一直爬上最高星体——歌珞珈·温达文，克利须那所在的至高星体。最终，它将托庇于克利须那的莲花足，息止于其下。渐渐地，就像树木会开花结果，奉爱服务之灵苗也会结出果实，持续不断的听闻、念诵，就是浇灌。《采坦尼亚圣行蜜露经》（中分，3.19）对这株奉爱服务之灵苗有详述。书中解说，当整株灵苗托庇于至尊主莲花足下时，人就会彻底沉浸于神爱，此时若有一刻不与至尊主相感通，便痛不欲生，就像鱼没有水就无法活下去一样。身处此境，透过与至尊主的感应，奉献者实际已经获得超然之质性。

《薄伽梵往世书》里处处都有这类叙述，表现至尊主及其奉献者之间的关系。故此，《薄伽梵往世书》为奉献者所钟爱，正如《薄伽梵往世书》（12.13.18）自身所说。这类叙述跟果报活动、发财致富、爱欲享乐、解脱逍遥全不相干。《薄伽梵往世书》是世上唯一的一部书，在这部书的叙述里，至尊主及其奉献者之超然本性得到了圆满的表达。就像少男少女喜欢厮守相伴，在克利须那觉性里面的觉悟灵魂，喜欢听闻这类超然的经典，永无厌倦。

诗节 10：谁恒常以爱心事我、崇拜我，我便赐给他最高超的智慧，让他能来到我身边。

要旨：此颂中“*buddhi-yogam*”（菩提瑜伽）一词具有深意。我们或许还记得，在第二章，主向阿周那开示，他说他已经讲了很多，下面还要讲菩提瑜伽之法。现在，菩提瑜伽被讲到了。菩提瑜伽即在克利须那觉性里面践履，这是最高超的智慧。“菩提”（*Buddhi*）意为智慧，“瑜伽”（*yoga*）意为妙行或超升。当人力图重返故乡，回归主神，在奉爱服务中彻底投入克利须那觉性时，他的所作所为就被唤作菩提瑜伽。换言之，菩提瑜伽是让人走出尘世羁绊的一种法门。修法之究竟归趣是克利须那。但众人智不及此，因此，亲近奉献者、明师，极为要紧。吾人当明白，生命的目标是克利须那。一旦目标设定，道途虽远，只要步步前行，决对会到终点。

知道了生命的目标，但仍耽溺业果，这样的人是在业瑜伽里面践履。知道克利须那是究竟，但喜欢用心智思辨去了解克利须那，这样的人是在识瑜伽里面践履。知道了究竟，全心全意在克利须那觉性中寻觅克利须那，这样的人是在巴克提瑜伽或菩提瑜伽里面践履。这才是圆满的瑜伽，才是人生最高的圆满境界。

一个人或许已有正宗的上师，或许已归附某个灵性组织，但仍可能由于根器不利，难以进步。此时，克利须那会从他内心深处引领他，让他最终能轻松地来到自己身边。这里所要求的资格是，恒常献身于克利须那觉性，以真情和奉爱做各种服务。他应该为克利须那去做事，而且要怀着爱心去做。如果奉献者的智慧有所不足，难以在自觉之途上进步，但却诚恳真挚，献身于奉爱服务，主就会给他取得进步的机会，能最终到达他。

诗节 11：为向他们显示特殊的恩慈，我居于他们心中，以智慧之灯，驱散来自无明的黑暗。

要旨：当主采坦尼亚于贝拿勒斯（Benares），传布唱颂：*Hare Krishna*，*Hare Krishna*，*Krishna Krishna*，*Hare Hare*；*Hare Rama*，*Hare Rama*，*Rama Rama*，*Hare Hare*，有成千上万的人追随他。其时，贝拿勒斯有一位极具影响力的学者，名波罗伽阇难陀·娑罗斯筏底（*Prakāśānanda Sarasvatī*），取笑主采坦尼亚，说他太过动情。幻有宗哲学家有时批评奉献者，他们认为，大多数奉献者犹在无明之阴霾中，哲学上是幼稚的感伤主义者。但那不是事实。有许许多多渊通的学者，举扬过奉爱的哲学。但即便某个奉献者未能得益于经典和上师，如果他诚心奉献，克利须那会从他内心帮助他。如是，献身于克利须那觉性的真诚奉献者，绝不可能没有智慧。其中唯一的资格是，在圆满的克利须那觉性里面，实践奉爱服务。

幻有宗哲学家认为，没有辨析力，就无法证得形而上义理。至尊主回答他们：那些献身纯粹奉爱服务的人，即便没有受过足够的教育，甚至对吠陀义理也所知不多，仍会得到至尊主的帮助，恰如此颂所说。

主告诉阿周那，仅仅依靠思辨，绝无可能了解至高绝对真理、至上人格主神。因为至高真理太伟大，单凭心识的努力，不可能理解他、达到他。世人可以一直思辨下去，哪怕几百万年，如果不奉献，不成为热爱至高真理的人，也永远不可能理解克利须那——那至高的真理。唯有透过奉爱服务，至高真理、克利须那才能被取悦，凭着他不可思议的能力，他会向纯粹奉献者的心灵示现自身。纯粹奉献者心里总是装着克利须那，克利须那就像太阳，有他的临在，无明之黑暗立即会被驱散。这是克利须那给予纯粹奉献者的特殊恩慈。

经历千百万次投生，由于受到世俗熏染，人心常为物质主义之尘垢所蔽覆，但若有人践履奉爱服务，不断持诵 *Hare Krishna*，尘垢很快脱落，他就会被提升至纯粹知识的层面。终极归趣——毗湿奴，只有凭借这样的念诵，凭借奉爱服务，才能达成，情识推度或辩难皆无济于事。

纯粹奉献者不必为生计担心。他无须忧虑，因为当他驱散尽内心的阴霾，为奉献者的爱心服务所取悦的至尊主，自会供应他一切所需。此乃《薄伽梵歌》教义之精蕴。研思《薄伽梵歌》，能让人成为彻底归命至尊主的灵魂，献身于纯粹的奉爱服务。在主的照顾下，他将彻底脱离一切尘情俗务。

诗节 12/13：阿周那说：你是至上梵、至高之居所、能净者、绝对真理。你是永恒、超上的原人；你无生、至高无上。所有伟大的圣者，如那罗陀、阿悉多、提婆罗及毗耶娑，皆如是说，现在，你又亲自向我开示。

要旨：在这两首偈颂里，至尊主给了幻有宗哲学家一个机会，因为从此颂可以明显看出，无上者有别于个体灵魂。阿周那，听过本章中《薄伽梵歌》之四偈教（*catur-sloka*）后，疑虑一扫而空，遂奉克利须那为至上人格主神。他当下大胆宣布：“你是至上梵，至上人格主神。”克利须那在前面说过，他是一切无情、有情之源头。一切神、人，皆仰赖他。人类、天神，由于无明，皆以为自己是绝对无待的，独立于至上人格主神。无明可以透过践履奉爱服务彻底断除。这点，主在前一颂里已有论说。现在，凭着他的恩典，阿周那奉他为至上人格主神，以此契合吠陀经教。并非由于克利须那是他的密友，阿周那便奉承他，唤他作至上人格主神、绝对真理。阿周那在这两首偈颂中所说的，无不为吠陀真理所印证。吠陀经教断言，只有领受奉爱服务的人才能觉解至尊主，而其他人则不能。阿周那所说的这首偈颂，每一个字都受到吠陀经教的肯定。

据《由谁奥义书》（*Kena Upanisad*），至上梵为万物资生之地。克利须那已经解说过，万物靠他养育。《蒙查羯奥义书》（*Mundaka Upanisad*）断言，至尊主，万物依之而得生养者，只能被那些不断思慕他的人所觉悟。念念不离克利须那即“冥思”（*smaranam*），乃奉爱服务之一种。唯有透过为克利须那做奉爱服务，才能证悟自我的地位，挣脱物质躯壳。

在《吠陀经》里，至尊主被奉为至清净者。若有人觉悟克利须那为至清净者，便获得净化，脱离一切罪业。若非皈依至尊主，不可能不受罪业染垢。阿周那奉克利须那为无上清净者，契合吠陀经典之教义。此说亦为以那罗陀为首的大贤所认可。

克利须那乃至上人格主神。吾人当冥思他，受用自我跟他的超然关系。他是至高存在。他无涉躯壳之需求，也无涉生死。不单阿周那如是说，一切吠陀典、《往世书》和其他史书，皆如是说。所有吠陀经典皆如是表述克利须那。至尊主在第四章也说过：“我虽然无生，却现身于地球，重建宗教原则。”他是至上始源。他不落因果，因为他是一切原因之原因，万物皆从他流生。仰仗至尊主的恩典，便可获得这圆满的知识。

透过克利须那的恩典，阿周那在此表露了他的心声。如果我们想解悟《薄伽梵歌》，应当信受这两首偈颂所作的陈述。这被称为师承世系（*parampara*），即接受师承。除非授受于师承世系里面，否则无法解悟《薄伽梵歌》。所谓的学术教育，根本无济于事。不幸的是，尽管吠陀经典里有如此众多的证据，那些以学术教育自诩的人，仍固执己见，相信克利须那为一介凡夫。

诗节 14：克利须那呀！你对我开示的一切，我皆奉为真理。主啊！无论是神还是魔，全不理解你的人格性。

要旨：阿周那在此确立，无信仰者和禀赋魔性者不能理解克利须那。他甚且不为天神所知，更何况当今世上的所谓学者呢？凭着至尊主的恩典，阿周那懂得了至高真理即克利须那，他是圆满之一。是故，吾人当追随阿周那所走的道路。他承认《薄伽梵歌》的权威性。如第四章所论，由于授受《薄伽梵歌》的师承世系已然沦没，克利须那便带同阿周那，重续师承世系，因为他认为阿周那是他的密友、一位伟大的奉献者。故此，正如《梵歌奥义书》的序言部分所说，《薄伽梵歌》应在师承世系里面被授受。当师承世系断灭时，阿周那被挑选出来，再造新统。我们应该效仿阿周那，信受克利须那所说的一切，如此，我们便能领悟《薄伽梵歌》之精蕴，唯其如此，我们才能证知，克利须那即至上人格主神。

诗节 15：实际上，只有你本人，凭着你自己的内在能力，才知晓你自己。无上原人啊！你是天地宗主、众生之根、诸神之神、万物真宰！

要旨：只有像阿周那及其后继者一样，透过奉爱服务而与至尊主克利须那相应的人，才能证知他。禀赋魔性者或无神论者无法知晓克利须那。诱人背离至尊主的情识推度是一大罪恶。对克利须那一无所知的人，不该妄自注疏《薄伽梵歌》。《薄伽梵歌》是克利须那的开示；由于它是关于克利须那的科学，所以应该受之于克利须那，就像阿周那所做的一样。绝不可从无神论者那里接受《薄伽梵歌》。

正如《薄伽梵往世书》（1.2.11）所论：

vadanti tat tattva-vidas

tattvaṁ yaj jñānam advayam
brahmeti paramātmeti
bhagavān iti śabdyate

至高真理于三层体相而得证悟：为非人格梵，为内在化超灵，其究竟则为至上人格主神。是故，到了解悟绝对真理之最后阶段，就会证入至上人格主神。一般人，甚至已觉证非人格梵或内在化超灵的解脱者，无法领悟上帝之人性。这等人当努力从《薄伽梵歌》之偈颂中去理解至上之人，正是他阐演了《薄伽梵歌》。有时非人格主义者认可克利须那为薄伽梵，也承认他的权威性。但即便很多解脱者都不明白，克利须那乃至上之人；故此，阿周那称他为无上原人（*purusottama*）。不过，世人仍可能不明白，克利须那乃一切有情之父；故此，阿周那又称他为众生之根（*Bhūta-bhāvana*）。或许有人知晓他是众生之根，却仍可能不明白，他乃是至高主宰，故此，他在此被唤作万物真宰（*Bhūteśa*）——至高无上的主宰者。即便有人知晓克利须那为一切有情之至高主宰，但仍可能不明白，他乃一切天神之始源，故此，他又被唤作诸神之神（*Devadeva*），即一切天神所崇拜的上帝。可是，即便有人知晓，他是一切天神所崇拜之上帝，却未必明白他是万物之至高所有者，故此，他又被称为天地宗主（*Jagatpati*）。如是，关于克利须那的真理，就在这首偈颂里，透过阿周那的领悟，被建构起来。我们应该效仿阿周那，如实解悟克利须那。

诗节 16：请具体阐述你的玄通，凭着它，你弥漫于天地之间。

要旨：从此颂看出，阿周那已然满足于自己对至上人格主神克利须那的理解。在克利须那的恩典下，阿周那具备了亲身体验、智慧、知识，以及人所能拥有的一切；透过这一切，他已经明白，克利须那即至上人格主神。他已毫无疑惑，不过，他仍请求克利须那解说其遍在性。一般人尤其非人格主义者所关心的，主要还是无上者的遍在性。故此，阿周那问克利须那，他如何透过各种能力而临在于其遍在性一面。须知，这个问题是阿周那为一般人而问的。

诗节 17：如何认识你？如何思念你？至高无上的通玄者呀！该以何种身相冥思你？

要旨：如前章所论，至上人格主神为其瑜伽幻力（*yogamāyā*）所障蔽。唯独皈依的灵魂、奉献者才能看见他。如今，阿周那确信，他的朋友，克利须那，就是至上主神，但他想晓得让世人觉解遍在之主的方便法门。世间凡夫，包括邪魔和无神论者，无法认知克利须那，因为他在自身的瑜伽幻力守护之下。为了世人的利益，阿周那再次提出这个问题。上乘的奉献者所关心的不单是自身的觉悟，而且关心全人类的觉悟。如是阿周那，因为是外士那瓦、奉献者，所以出于慈悲，为世人理解至尊主之遍在性，打开了方便之门。他特地称呼克利须那为“*yogin*”，因为室利·克利须那是瑜伽幻力之主，借此幻力，隐、显于世人眼前。对克利须那没有感情的凡夫，无法念念不离克利须那，因而，不得不追逐物质念头。阿周那考虑到了世间物质主义者的思维模式。*keṣu keṣu ca bhāveṣ*，意指物质自然（*bhāva* 意为“有形之物”）。由于物质主义者无法从灵性角度认知克利须那，所以建议他们将心念聚拢到有形之物上，争取亲见克利须那如何透过有形之物呈现自身。

诗节 18：瞻纳陀那呀！请再细说你的玄通大用。听你说话，我永不厌足，我听得越多，就越想品味你言语的甘露。

要旨：在奈弥莎罗耶（*Naimiṣāraṇya*），以邵那伽（*Śaunaka*）为首的仙圣（*rsis*），对苏陀·哥史华米（*Sūta Gosvāmī*）也说过类似的话：

vayaṁ tu na vitṛpyāma
uttama-śloka-vikrame
yac chṛṇvatāṁ rasa-jñānāṁ
svādu svādu pade pade

“即使一直不断地听闻那为美妙祷告所颂扬的克利须那的超然游戏，也永不会厌足。那些证入超然之爱的人，随时都津津有味地讲述着主的逍遥游戏”（《薄伽梵往世书》1.1.19）。因而，阿周那有兴趣听闻克利须那，尤其关涉他如何保有其遍在性。

梵语 *amṛtam*，意为甘露，任何关乎克利须那的陈述或讲说，都恰似甘露。这甘露可以透过亲身体验品尝到。通俗的故事、小说、史话，皆有别于主的逍遥游戏，前者让人腻烦，而后者令人永不觉厌足。仅为此故，全部宇宙古史里大量记载了主神化身之逍遥游戏。《往世书》即往古之史乘，其中涉及主各色化身之逍遥游戏。如是，虽反复读之，其为可读者，依然历久弥新。

诗节 19：至上人格主神说：好的，我将告诉你，我辉煌的神迹，但只提显著的，因为，阿周那呀，我的美富无有穷竭。

要旨：要想尽知克利须那的伟大和富有是不可能的。生命个体的感官能力有限，不允许他去了解克利须那的全体大用。奉献者试图理解克利须那，倒并非从理则上认为到了某个特殊时期或特殊阶段，便能彻底解悟克利须那。而是因为克利须那的话题是如此令人受用，对奉献者来说，简直味美如甘露。故而，奉献者乐在其中。从讨论克利须那的富有和各样能力中，纯粹奉献者得到了超然的喜乐。故此，他们渴望听闻、讨论这类话题。克利须那晓得生命个体不了解他的神妙程度，因而同意提示他各样能力之突出表现。梵语 *prādhānyataḥ*（显著的）一词很要紧，因为我们对至尊主显著的具体表现只能有极少的体认，至尊主之面相是无穷无尽的，根本不可能全部了解。此颂所用梵语“*vibhūti*”，意指至尊主用以运化全部现象世界的神妙大用，据《阿摩罗词典》（*Amara-kośa*）解释，“*vibhūti*”意谓非凡之权能。

非人格主义者或泛神论者，既不能了解至尊主之非凡权能，也不能了解他神圣能力之表现。无论在物质世界，还是在灵性世界，主的能力流布于每一类现象中。现在，克利须那要开示能为一般人所直接感知者；如是，他多样化能力之一部分得到了诠述。

诗节 20：古达开士啊！我是胜我，居于一切有情心中。我是

众生之始、之中、之末。

要旨：在此颂中，阿周那被唤作“古达开士”（*Guḍākeśa*），意为“征服睡魔者”。昏睡于无知之暗夜中的人，无法明白至上人格主神如何以各种方式，在物质世界、灵性世界里，表现其自身。因而，克利须那如此称呼阿周那，其中意味深长。由于阿周那超越了无明，至上人格主神才同意诠述他的种种神妙。

克利须那首先向阿周那开示，凭借其主要分身之力，他是全部现象世界之灵魂。创世之前，至尊主，透过其全权分身，化显为“补鲁莎”（*purusa*），从他资生万物。故此，他是灵魂，也是“大谛”（*Mahat-tattava*）或全体物质能量之灵魂。全体物质能量并非创造之因；实际是摩诃毗湿奴（Maha-Visnu）进入“大谛”或全体物质能量。当摩诃毗湿奴进入已成像的宇宙，他再次化显为超灵，透入每一生命个体。我们体察到，躯壳之所以存活，是由于灵性火花之临在。没有灵性火花的临在，躯壳不会长成。同样，除非至上之灵克利须那进入，现象世界无法生起。《吉祥力奥义书》（*Subāla Upaniṣad*）云：“至上人格主神以超灵之位临在于一切已成像的宇宙之内（*prakṛty-ādi-sarva-bhūtāntar-yāmī sarva-śeṣī ca nārāyaṇaḥ*）。”

《薄伽梵往世书》描述了“补鲁莎三化身”（*purusa-avatara*）。《萨德华多昙陀罗》（*Sātvata-tantra*）于此有论：*Viṣṇos tu trīṇi rūpāṇi puruṣākhyāny atho viduḥ*，至上人格主神化而为三——为原因海毗湿奴、为胎藏海毗湿奴、为乳海毗湿奴。《梵天本集》（5.47）如是描述摩诃毗湿奴亦即原因海毗湿奴：至尊主克利须那，一切原因之原因，以摩诃毗湿奴之身，卧于宇宙混沌大水之上（*yaḥ kāraṇārṇa-va-jale bhajati sma yoga-nidrām*）是故，至上人格主神为天地之根、万物之母、一切能量之终端。

诗节 21：在阿底提诸子中，我是毗施努；在雷电神诸摩鲁陀中，我是摩利支；在众曜中，我是光芒四射的太阳；在诸宿中，我是月亮。

要旨：阿底提有子十二（统称 *Āditya*），克利须那为其显者。在闪烁于天空的星曜当中，太阳为其魁首。《梵天本集》里，太阳被奉为上帝之眼。飘转于空中的风有五十种，司风的神祇名为摩利支（*Marīci*），代表克利须那。

群星之中，夜空里的月亮最皎洁，如是月亮代表克利须那。从此颂可知，月亮也是星辰之一；因此，星辰皆由反射太阳之光而生辉。认为宇宙之中有许多像太阳一样自身发光的恒星，这种理论不为吠陀经典所认可。太阳只有一个，是因为反射太阳光，月亮才放光明，群星也是如此。《薄伽梵歌》在此指出，月亮为星辰之一，是故，闪闪的群星并不是太阳，而是月亮的同类。

诗节 22：在吠陀诸经中，我是《娑摩吠陀》；在诸神中，我是因陀罗；在感官中，我是心；在生命中，我是知觉。

要旨：物与灵的差别在于，物质无知觉，如生命体所具者。因而，此知觉性超上、不灭。知觉无法从物质之组合而生。

诗节 23：在诸楼多罗中，我是湿婆；在诸夜叉、罗刹中，我是财神（俱维罗）；在众婆薮中，我是火神（阿耆尼）；在群山中，我是迷卢。

要旨：有十一位楼多罗（*Rudra*），商羯罗（*Śaṅkara*），亦即大神湿婆，为其首领。他是至尊主的化身，专司天地间之浊阴气性。夜叉、罗刹之主为俱维罗——诸神的司库，他是至尊主的代表；迷卢（*Meru*，又名须弥）为大山，以其丰饶的自然资源而名闻天下。

诗节 24：阿周那呀！在祭司之中，我是天师蒲厉贺斯钵底；在将领之中，我是战神塞健陀；在水体之中，我是海洋。

要旨：因陀罗为天界众神之领袖，号称天帝。他所统辖的星宿名为因陀罗珞伽。蒲厉贺斯钵底（*Bṛhaspati*）是因陀罗的祭司，由于因陀罗是王中之王，蒲厉贺斯钵底就成了祭司之首。正如因陀罗是王中之王，塞健陀（*Skanda*）或喀提凯亚（*Kārtikeya*）——帕娃蒂和大神湿婆之子，乃帅中之帅。水体当中，海洋最大。这些克利须那的代表物，不过是他之伟大的点滴光影而已。

诗节 25：在圣贤中，我是布黎古；在音流中，我是超然之“唵”；在献祭中，我是持名（*Japa*，迦帕）；在不动者中，我是喜马拉雅山。

要旨：梵天，天地间第一造物，产下数子，以繁衍各种生命族类。其中，布黎古是最有力量的圣者。一切超然之音流里面，“唵”（*oṁkāra*）代表克利须那。一切献祭当中，持诵 *Hare Krishna*，*Hare Krishna*，*Krishna Krishna*，*Hare Hare*；*Hare Rama*，*Hare Rama*，*Rama Rama*，*Hare Hare*，为克利须那之最纯粹表现。以动物为献祭，有时也受到推荐。但在持诵 *Hare Krishna* 之献祭中，根本不存在暴力的问题。它最简易、最清净。

世上任何崇高的事物，都代表了克利须那。因而，世间最伟大的山——喜玛拉雅，也代表了克利须那。前一颂提到迷卢山，迷卢山有时能移，但喜玛拉雅山永不可移。如是喜玛拉雅山比迷卢山更了不起。

诗节 26：在树木中，我是神圣的菩提树；在诸天贤圣中，我是那罗陀。在乾达婆中，我是吉多罗阿陀；在众悉檀中，我是伽皮罗牟尼。

要旨：菩提树（*aśvattha*）是最高最美的树之一。在印度，人们经常崇拜它，当作每天晨起仪规之一。诸神也崇拜那罗陀，他被公认为是天地间最伟大的奉献者。如是，作为奉献者的他，代表了克利须那。乾达婆皆能歌善舞，其中最出色的名为吉多罗阿陀（*Citraratha*）。修行圆满的生命个体（*siddha*，悉檀）当中，提婆胡缇之子伽皮罗为克利须那之代表。他被视为克利须那之化身，他的哲学在《薄伽梵往世书》里有提到。其后，另一个伽皮罗也出了名，但此人的哲学为无神论。这两人大有径庭。

诗节 27：马族之中，我是乌蝉舒华，出现于为求甘露而搅拌乳海的过程中；在尊贵的大象中，我是蔼罗筏陀；人类之中，我为君王。

要旨：众神和阿修罗（*asuras*）们曾经一同搅海，结果搅出甘露和毒汁，大神湿婆喝下了毒汁。从乳海之中，还搅出许多生灵，其中有一匹名为乌蝉舒华（*Uccaiḥśravā*）的神马。另一头生于乳海的灵兽是神象蔼罗筏陀（*Airāvata*）。这两头灵兽皆产自乳海，非同寻常，代表了克利须那。

人类之中，君主是克利须那的代表，克利须那是天地的摄持者；由于其圣德而得登大宝的天子，则是江山社稷的守卫者。像尤帝士提尔大帝、巴力克斯大帝以及主罗摩这类君主，皆为仁义之君，时刻记挂着百姓的疾苦。在吠陀经典里，君主被认为是上帝的代表。但在这个时代，随着宗教原则的瓦解，君主腐化变质，君主制最终遭到废除。然而，我们要明白，过去，在仁义之君的统治下，人民更为幸福。

诗节 28：武器中我是霹雳；乳牛中我是妙如意；生殖者中我是爱神堪陀般；蛇王之中我是洼苏吉。

要旨：金刚霹雳，委实是威力无比的武器，代表了克利须那的力量。在灵性天宇的克利须那珞珈里面，有很多乳牛，可以随时挤奶。他们产出的奶量，可随人所欲。当然，物质世界没有这种乳牛，但克利须那珞伽有。主养了很多这样的母牛，称为“妙如意”（*Surabhi*）。据说，主亲自放牧这些如意奶牛。堪陀般（*Kandarpa*，爱欲之神）是带来好儿女的性欲，因此，也是克利须那的显示。有时，性仅仅被用作感官享乐。这样的性，并不代表克利须那。但为产下优秀子女的性，被称为堪陀般，是克利须那的显示。

诗节 29：天龙中我为阿难陀；水神中我为婆楼拏；已逝先人中我为阿利摩；执法者中我为死神阎罗王。

要旨：在多头那伽（*Nāga*，天龙）里面，阿南陀最伟大，就像水底生灵中以水神婆楼拏最伟大，他们都代表了克利须那。宇宙中还有一个祖灵（*pitas*）珞珈，由阿利摩（*Aryamā*）司掌，他代表了克利须那。负责惩治凶顽的生灵甚多，而阎罗（*Yama*）为其首领。阎罗居住在离地球不远的星宿上。那些罪大恶极者，死后被带到那里，由阎罗王裁定，对他们施行各种刑罚。

诗节 30：在底提耶魔族中，我是虔诚的巴腊陀；在征服者中，我是时间；在百兽中，我是狮子；在飞禽中，我是大鹏伽鲁达。

要旨：底提和阿底提为两姊妹。阿底提诸子名为阿底提耶（*Aditya*），底提诸子名为底提耶（*Daitya*）。阿底提耶皆为主的奉献者，而底提耶皆为无神论者。虽然巴腊陀生于底提耶之族，但他从小就是一位伟大的奉献者。由于他的奉爱服务和圣德，他被认为是克利须那的代表。

征服的力量有很多，但时间能磨灭世间一切存有，所以代表了克利须那。走兽当中，狮子最凶猛有力；千百万种飞禽当中，主毗湿奴的背负者伽鲁达（*Garuda*）最俊伟。

诗节 31：能净者当中，我是风；身负武器者当中，我是罗摩。鱼中我为鲨；河流中我为恒河。

要旨：水族中，鲨鱼为最大者之一，对人类也最危险。如是鲨鱼代表了克利须那。

诗节 32：阿周那呀！在一切造化之中，我是开始、结尾，也是中间；在一切知识中，我是关于自我的学问；在逻辑辩难中，我是最后的结论。

要旨：在受造之表象中，首出者为全体物质元素。如前所论，天地万物之创生、运化皆出自摩诃毗湿奴、胎藏海毗湿奴和乳海毗湿奴，大神湿婆则主毁灭。梵天为次级创造者。凡此创生、化育、毁灭之司理人，皆为至尊主之气性化身（*guna-avatara*）。是故，他是创造之开始、中间、末尾。

针对精神教化，有各种典籍，诸如四吠陀及其六支、《吠檀多经》、因明类文典、法论以及《往世书》。如是统共有十四种门类。其中，开示“自我明”（*adhyātma-vidyā*）的典籍，尤其是《吠檀多经》，代表了克利须那。

因明家之间有多种不同的辩难。用同时支持对方论点的论据，树立己方的论点，为“立”（*jalpa*）。仅只击破对方的论点，为“破”（*vitaṇḍā*）。而真实无妄之结论被称为“究竟义”（*vāda*）。此究竟义是克利须那的呈露。

诗节 33：在字母中，我是字母之首“呃”；我是离合释中的相违释；我是无穷无尽的时间、是创造者中的四面梵天。

要旨：梵语第一个字母“呃”（*A-kāra*），是吠陀典之起始，没有“呃”，便发不出任何音，因此，它是起首音。梵语里有很多复合词（离合释）。在复合词中，有并列者，如 *rāma-kṛṣṇa*，被称为“相违释”（*dvandva*）。在这个复合词里，*rāma* 跟 *kṛṣṇa* 形式相同，所以说是并列。

在各色杀手中，时间为最终极者，因为时间杀灭一切。大限一至，劫火洞烧，万物尽归乌有，所以，时间是克利须那的表显。

在作为创造者的生命个体当中，四面梵天最杰出。是故，梵天是至尊主克利须那的代表。

诗节 34：我是吞没一切的死亡；我是创造一切将生之乾道。坤德当中，我表现为名声、吉祥、辩才、记忆、智慧、贞定、安忍。

要旨：人一落地，每时每刻都在死亡。如是，死亡无时不在吞噬每一生命，但最后的一击才是死亡本身。那个死亡就是克利须那。就未来的发展看，所有生命个体都要经历六种基本变化——生、成、住、异、坏、灭。凡此诸变化中，头一步就是从子宫诞生，而此即为克利须那。诞生是所有未来活动的起点。

以上所列举的七种功德——名声、吉祥、辩才、广记、智慧、贞定、安忍——皆属阴性。若有人具足或部分具备此诸功德，即可显身扬名。

若人以仁义君子而成名，则尤足光宗耀祖。梵语是一种完美的语言，因而极为显赫。如果诵习之后能记住一个主题，便是天资善记之人。不仅会诵读很多各种主题的典籍，而且能融会贯通、运用自如，这是另一种功德——智慧（*medhā*）。克服动摇的能力唤作贞定（*dhṛti*）。若有人德能兼备，却谦卑温柔；于苦乐之际能平等持心，此人乃有安忍（*kṣamā*）之功德。

诗节 35：在颂歌中，我是为天帝而唱的蒲历赫娑摩；在诗律中，我是婆罗门每天吟诵的伽耶特黎；在月份中，我是一年中的正月；在季节中，我是百花盛开的春天。

要旨：主已经解说过，《吠陀经》中，他是《娑摩吠陀》（*Sāma Veda*）。《娑摩吠陀》备载各色天神所唱的颂歌。其中之一种名为“蒲历赫娑摩”（*Bṛhat-sāma*），曲调别致，唱于午夜之时。

在梵语中，诗歌是有一定格律的，节奏和韵律不像大多数现代诗一样可以随心所欲。诗律当中，有德之婆罗门所持诵的伽耶特黎咒（*Gāyatrī mantra*）最著名。《薄伽梵往世书》提到过它。由于此咒是特别用来觉悟上帝的，所以它代表了至尊主。伽耶特黎咒乃为灵性高超者所持，若念诵此咒有成，便能证入至尊主的超上地位。要持诵伽耶特黎，首先必须获得圆满自处者的德性，即中和之德。伽耶特黎咒在吠陀文明中极为重要，被认为是大梵的声音化身。梵天为其始倡者，通过梵天，此咒在师承世系里被传承下来。

十一到十二月份是一年当中最好的季节。因为在印度，这正是从田地里收割五谷的时节，人们都兴高采烈。当然，春天无人不爱，天气不太冷又不太热，树木抽芽，百花盛开，姹紫嫣红。春天里，也有很多纪念克利须那的庆典，是故，春季是四季中最欢乐的季节，是至尊主克利须那的显象。

诗节 36：我是骗术中的赌博；我是辉煌者中的辉煌；我是胜利；我是冒险；我是强者的力量。

要旨：世间有形形色色的骗子。骗术之中，赌博居首，因而代表克利须那。作为无上者，克利须那可以比任何凡夫更善骗。若克利须那决定骗某个人，无人能逃过他的圈套。他的伟大不是单方面的，而是全方位的。

在得胜者中，他是胜利。他是辉煌者中的辉煌。在进取者和实干者当中，他最富进取心和实干精神。冒险家当中，他最喜冒险；强者当中，他最强大。当克利须那现身地球时，无人能在力量上胜过他。他甚至在童年时就举起了哥瓦尔丹山（*Govardhana*）。无人能在欺骗上胜过他，无人能超过他的胜利；无人比他更辉煌，无人比他更进取，无人比他更有力。

诗节 37：在毗湿尼的后裔当中，我是华胥天人；在般度诸子当中，我是阿周那；在圣者中，我是毗耶娑；在伟大的思想家中，我是乌商那。

要旨：克利须那是首出的至上人格主神，巴腊提婆（*Baladeva*）为克利须那的直接分身。主克利须那和巴腊提婆皆现身为筏殊提婆（*Vasudeva*）之子，故此，他二人皆可称为华胥天人（*Vāsudeva*）。换个角度来看，由于克利须那从未离开过温达拿文，所以在其他地方化显的克利须那身相，皆为他的分身。华胥天人乃克利须那的直接分身，因而，华胥天人与克利须那无有分别。须知，《薄伽梵歌》此颂所说的华胥天人，指的是巴腊提婆，或巴腊罗摩（*Balarāma*），因为他是所有化身的源头，所以，他为华胥天人的唯一出处。主的直接分身亦名“自体分身”（*svāṁśa*），另外的名为“隔离分身”（*vibhinnāṁśa*）。

般图筏（*Pandavas*，般度诸子）当中，阿周那以檀南遮耶（*Dhanañjaya*）之号闻名于世。他是人中俊杰，故此，他代表克利须那。在精通吠陀知识的博学之士也即牟尼（*muni*）当中，毗耶娑最伟大，为了帮助卡利纪的普通大众理解吠陀知识，他从许多方面对吠陀知识进行了阐释。毗耶娑被认为是克利须那的化身，是故，毗耶娑也代表克利须那。“全知者”（*Kavi*）指那些对任何主题都能有透彻思考的人。全知者当中，乌商那

（*Uśanā*），即苏科罗阿阇黎（*Śukrācārya*），为魔族之上师。他为人聪明绝顶，乃目光远大的政治家，所以，苏科罗阿阇黎为克利须那之富有的另一表现。

诗节 38：**在刑具中，我是法杖；在追求成功者中，我是道德；在秘密中，我是玄默；在智者中，我是智慧。**

要旨：有很多压服的手段，其中最厉害的是杀头。当凶徒受到惩治时，惩治的手段代表了克利须那。要想在某个事业领域里求取成功，道德是无往而不利的因素。在听闻、冥思、观想之类的灵修活动当中，玄默最为重要，凭借玄默，可速得成就。智者能区别灵与物、上帝的高等自性与其低等自性之分际。这类智慧即克利须那本人。

诗节 39：**还有啊，阿周那，我是孕育万物的种子。任何造物，无论动、不动，没有我，皆不能存在。**

要旨：凡事皆有因，那个因或缘起的种子就是克利须那。没有克利须那的能量，无一物能得其存有；因而，他被称为“无所不能”。没有他的能量，无论动、不动者，皆不能存在。任何存在物，若非建立于克利须那的能量之上，即为摩耶（*Maya*），意为“那不是的”。

诗节 40：**克敌者呀！我神圣的表象无穷无尽。我所说的，不过是我无量权能的一点提示。**

要旨：一如吠陀典所论，虽然觉解无上者富有的方式有许多，但他的富有无有极限，所以并非所有富有皆可得到解说。为阿周那而描述的，不过是极少几个例子，以满足他的好奇心。

诗节 41：**你要知道，一切尊贵、华妙、伟大的创造，全来自我辉煌的一闪。**

要旨：须知，任何伟大、华妙的存有，无论是在灵性世界，还是在物质世界，皆不过是克利须那之富有的散殊之象。一切文采物华都应该被认为是克利须那富有的表现。

诗节 42：阿周那呀！你又何须逐一认识这一切呢？我的一小部分即足以弥漫、摄持整个宇宙。

要旨：周流于天地之间，代表至尊主的是透入万物的超灵。主在此提醒阿周那，穷究万物如何自存于其独立的美富之中，如此用功全无是处。须知，万物之所以存在，是由于作为超灵的克利须那透入其中。从梵天，最巨之生命个体，到极微的蝼蚁，万物之所以存在，皆因主的透入和摄持。

有一个教派宣称，对任何天神的崇拜都将把人带向至上人格主神，或者说究竟归趣。但天神崇拜在此完全不受鼓励，因为，即使最伟大的天神诸如梵天、湿婆，也不过代表了至尊主的部分权能。他是众生之根，无人比他更伟大。他是“无匹者”（*asamaurdhva*），无人凌驾于他之上，亦无人与他等平。《莲花往世书》有云，若有人认为至尊主克利须那与天神同属一类——即使是梵天或湿婆这样的大神，立刻成为无神论者。但是，若有人穷究经论，理解了克利须那之权能及其流布，必可明白至尊主室利·克利须那的地位，由此一心凝注于对克利须那的崇拜，无有偏离。凭借透入万有的超灵——他的局部代表的分身，主弥漫于天地间。是故，纯粹奉献者在圆满的奉爱服务中，将心念贯注于克利须那觉性；他们永住超越之地。关于奉爱服务和对克利须那的崇拜，本章偈颂八到十一，有清楚的开示。那是纯粹奉爱之道。本章透彻解说，如何能达到最高奉爱之圆成，进而与至上人格主神相感通。室利·巴腊提婆·维狄耶布善那，一位在师承世系中的阿阇黎，以如下话语总结了他对本章的注疏：

“从至尊主的大能里面，甚至威力无穷的太阳，获取了它的能量；透过克利须那的局部分身，天地乃得化育。是故，主室利·克利须那值得崇拜”。

巴克提维丹塔阐释圣典《薄伽梵歌》第十章“绝对者的富有”终。

第十一章　天地身相

诗节 1：阿周那说：你如此仁慈，传授给我这门秘密的灵性知识。聆听了你的开示，我的迷惑已一扫而空。

要旨：本章揭示，克利须那即一切原因之原因。他甚至是创生天地之摩诃毗湿奴（*Mahā-Viṣṇu*）的根源。克利须那并非化身，而乃一切化身之源头。此于前章已有全面的解说。

现在，对阿周那来说，幻妄已去。这意味着，阿周那不再认为，克利须那仅仅只是凡夫，或是他的朋友，而是天地万物的根源。阿周那对此领悟甚深，并为有克利须那这么伟大的朋友而感到欢欣。但现在他想，虽然自己信服克利须那为天地之根，其他人却未必尽然。所以，为了向所有人确立克利须那的神性，在这一章，他请求克利须那示现其天地身相。实际上，看到克利须那之天地身相的人，会像阿周那一样，变得畏惧震怖，但克利须那如此慈悲，显示过它之后，又复转为本来的形体。克利须那多次讲到：他之所以演法，全是为了阿周那的利益；对此，阿周那由衷赞同。是故，阿周那承认，在他身上所发生的这一切，尽皆出于克利须那之恩典。他现在已确信，克利须那为一切原因之原因，并且以超灵之位，居于众生心中。

诗节 2：眼若莲花的人啊！我已详尽地听闻了，你关于有情生灭的开示，并且体悟到你无穷无尽的荣光。

要旨：阿周那按捺不住欣喜，唤主克利须那为“眼若莲花的人”

（克利须那的眼睛就像莲花瓣一样），因为克利须那已在前一章让他确信："我是天地生灭的根源（*ahaṁ kṛtsnasya jagataḥ prabhavaḥ pralayas tathā*）"。这点，阿周那已从主那里详尽地听闻过了。阿周那还进一步知道，虽然克利须那是万物生灭的根源，却独立而不改。诚如主在第九章所说，他虽周流弥漫，却并未亲身临在。这就是克利须那不可思议的玄通大用，阿周那自认为对此已彻底解悟。

诗节 3：无上原人啊！无上之身！虽然我在此看到了处于真实地位中的你，就如同你自己所启示的一样，我仍想看到你怎样透入天地万物。我想一睹你的天地身相。

要旨：主说，由于他分身进入物质宇宙，天地万物才成为可能，而且化生流转不断。如今，阿周那本人已被克利须那的开示所感悟，但是，未来或许有人会认为克利须那不过是一介凡夫，为了说服他们，阿周那想实际看到在天地身相中的克利须那，想看到他如何运化于天地万物之内，尽管他又在此之外。阿周那唤主为"无上原人"（*Purusottma*），蕴意甚深。由于主是至上人格神，他也临在于阿周那之内；是故，他知道阿周那的愿望，他明白，阿周那目睹他作为克利须那的人形，已然彻底满足，并没有要看天地身相的特殊愿望。但主也懂得，阿周那之所以想一睹天地身相，为的是建立一个标准，因为未来必会有很多江湖骗子，自诩为上帝的化身。故此，人们要小心；一个自称为克利须那的人，应该随时准备亮出天地身相，向人们证实他所说的话。

诗节 4：我主，一切玄通之主啊！如果你认为我可以一睹你的天地身相，那么，请你慈悲，向我显示你那无穷无尽的宇宙大身吧。

要旨：据说，凭借物质感官，人既不能看见、听到，也不能理解、想象至尊主克利须那。但若自始至终，践履对主的超越性爱心服务，就会依靠启示而看到主。每一生命个体都只是灵性火花而已，因此不可能看见、也不可能理解至尊主。阿周那，作为奉献者，并不依赖他的思辨力，相反，他承认自己作为生命个体的局限性，承认克利须那无可估量的地位。阿周那明白，生命个体无法理解无穷无尽之无限者。除非无限者示现自身，那么，透过无限者之恩典，才有可能理解无限者之自性。“玄通之主”（*Yogeśvara*）一词也颇堪玩味，主有不可思议之大力。虽然他无穷无尽，如果他喜欢，透过他的恩典，他能够示现自身。是故，阿周那祈求得到克利须那不可思议的恩典。他并不是在对克利须那发号施令。除非吾人在克利须那觉性里面彻底归命，践履奉爱服务，否则，克利须那没必要示现自身。因此，以心智思辨之力自恃的人，不可能得见克利须那。

诗节 5：至上人格神说：帕尔特呀！现在，看我的威德吧——成千上万的形体，种类殊异，缤纷神圣。

要旨：阿周那想见到在天地身相中的克利须那，此身相虽属超然，却不过是为天地之化生而示现，因而亦受制于物质自性之无常。如同物质自性既有形又无形，此克利须那之天地身相也是既有形又无形。不像克利须那的其他身相，它并非永恒住于灵性天宇。就奉献者而言，不会急切地想看到天地身相，但由于阿周那想以这种方式来看克利须那，克利须那便示现为此身相。天地身相不可能为凡夫所见。必须要克利须那赐予他看的能力才行。

诗节 6：婆罗多之华胄呀！看这里的总总示现：阿底提诸子，诸婆薮、诸楼多罗、诸摩鲁陀、双阿室毗尼以及无数其他的天神。看哪！这许许多多的奇观，谁都未曾看过、也未曾听过。

要旨：阿周那虽为克利须那之密友，而且是有学问的人里面最高明的一个，但即便他也无法了解克利须那的一切。这里说，所有这些形体和示现，皆为闻所未闻者。现在，克利须那示现了这些奇妙的形体。

诗节 7．古达开士啊，在此身之中，你想要看到什么，当下即可得见。天地身相能向你示现，你于现在、将来所想看的一切。动、不动者皆在此圆融为一。

要旨：无人能坐守一隅，得见天地万物。甚至最杰出的科学家，也无法看到宇宙的其余部分。但像阿周那这样的奉献者，却能看见存在于宇宙之任何部分的万事万物。克利须那赐他能力，让他可以看他想看的一切，无论过去、现在、未来。如是，凭借克利须那的恩慈，阿周那得见天地万物。

诗节 8：但你无法用你现在的眼睛看到我。我给你一对灵目，让你能看到我的玄通大用。

要旨：除了克利须那的双臂身相，纯粹奉献者并不想看其他身相中的克利须那。奉献者必须在他的恩典之下，才能看到他的天地身相，不是凭心意，而是用灵性的眼睛。阿周那要看到克利须那的天地身相，需要改变的不是念头，而是眼光。其实，克利须那的天地身相并不很要紧，这点在接下来的偈颂中会看得很清楚。然而，由于阿周那想要看，主便赐予他得见天地身相的独特灵目。

恰当地处在与克利须那的超然关系中的奉献者，被爱的形象吸引，并不关心不显人格本体的大用流行。克利须那的伙伴、朋友、父母亲，从来不想要克利须那呈现他的玄通大用。他们如此沉醉于纯粹神爱里面，甚至根本不晓道，克利须那就是至上人格神。在爱的交感之中，他们忘记了克利须那就是至尊主。《薄伽梵往世书》里说，跟克利须那一起玩耍嬉戏的孩童，全都是高度虔诚的灵魂，在经历许许多多次转世之后，才获得机会与克利须那一起玩耍。这些孩童并不知道，克利须那即至上人格神。他们把他当成自己的朋友。叔伽提婆·哥史华米（*Śukadeva Gosvāmī*）乃吟成此颂：

itthaṁ satāṁ brahma-sukhānubhūtyā
dāsyaṁ gatānāṁ para-daivatena
māyāśritānāṁ nara-dārakeṇa
sākaṁ vijahruḥ kṛta-puṇya-puñjāḥ

“此即无上原人，在伟大的圣者眼里，他是非人格梵；在奉献者眼里，他是至上人格神；而在凡夫看来，他不过是物质自然的产物。如今，这些前世修过许许多多善行的孩童，正同至上人格神一起嬉戏玩耍。”（《薄伽梵往世书》，10.12.11）

事实上，奉献者并不在意“天地身相”（*Viśva-rūpa*），阿周那之所以想看，是要证实克利须那的话，以便将来人们能够知道，克利须那不但在义理上，或说在哲学上，表露自身为无上者，而且还实际如是呈现自身，于阿周那面前。阿周那必须证实这点，因为师承世系从他开始。那些真正有兴趣理解至上人格神克利须那的人，那些想要效法阿周那的人，应当明白，克利须那不仅在义理上表露自身为无上者，并且还实际显示自身为无上者。

主之所以赐阿周那必要的玄力，得见天地身相，是因为他晓道，阿周那并不是特别想看到它。这点我们已有解说。

诗节 9：桑遮耶说：王啊！说完这番话，一切玄通之主、至上人格神赫黎，向阿周那示现其天地身相。

诗节 10/11：在那天地身相里面，阿周那得见无数张嘴，无数双眼，无数奇景。这形体佩带着许多天神的饰物，高举着许多神圣的武器。他披挂天鬘，身着天裳，复有天香，遍涂其身。凡此诸象，无不奇妙辉煌、无量遍周。

要旨：这两首偈颂中，“无量”一词被反复使用，这表明阿周那所得见的手、口、足以及其他物象皆为无有极限者。这些物象遍布天地，但透过克利须那的恩典，阿周那坐处一隅，便能一览无余。这是由于克利须那不可思议的大能。

诗节 12：若有千万个太阳同时在天空升起，其辉光或可比拟无上原人在那天地身相中散发的光芒。

要旨：阿周那所见者，非言语所能表述，不过，桑遮耶仍试图将那宏大的启示，描述成一幅心像，告诉狄多罗史德罗。桑遮耶和狄多罗史德罗均不在场，但桑遮耶凭借毗耶娑的恩典，能够看见战场上所发生的一切。如是，为了便于理解，他将这情景与一个可以想象的境象（千万个太阳）相比拟。

诗节 13：其时，阿周那能在主的天地身相中看到，宇宙的无限扩展，虽散殊而成千千万万，却汇聚为一。

要旨：“*Tatra*”（那里）一词极为要紧。它表明，当阿周那目睹天地身相时，他和克利须那都坐在马车上。战场上的其他人看不见这形体，因为克利须那只将灵目给了阿周那。阿周那能在克利须那的身体里面看到成千上万的星辰。如我们从吠陀典所知，存在着许许多多的宇宙和星辰。有的为土所造，有的为金所造，有的为珠玉琉璃所造，有的极大，有的不太大。坐在战车上，阿周那看到了所有这一切。但是，无人能知，发生在阿周那和克利须那之间的事情。

诗节 14：阿周那迷惑不解，大为惊奇，乃至身毛为竖。他叩首顶拜，双手合十，开始向至尊主祷告。

要旨：一当此神圣景象被示现出来，克利须那和阿周那的关系便立即发生了变化。此前，克利须那和阿周那之间分有一种基于友情的关系，但在这里，当天启发生之后，阿周那怀着无比的敬意，合十顶礼，开始向克利须那祷告。他在赞颂天地身相。如是，阿周那与克利须那的关系转为一种惊奇，而不再是友情了。伟大的奉献者视克利须那为一切关系的源泉。经典中提到的十二种基本关系，无不存在于克利须那里面。据说，他是一切关系之渊薮，涵摄了众生之间、天神之间，以及至尊主与他的奉献者之间所交流的一切关系。

此处，阿周那为惊奇之关系所感动，虽然他天性冷静沉着，但在此惊奇之中，他变得迷狂，不由身毛为竖、双手合十，开始顶礼至尊主。当然，他并不恐惧。他为至尊主的神妙所感动。接踵而来的就是惊奇，他原有的天然友情被惊奇所压倒，所以才有这样的反应。

诗节 15：我亲爱的主克利须那啊！我看到，在你的身体里，聚集着一切天神，以及其他各种族类的生命。我看到，梵天、湿婆和全体圣人、神蛇，皆坐于莲花之上。

要旨：阿周那得见天地万物；故此他看到了天地间第一造物——梵天，也看到了胎藏水毗湿奴，在宇宙的底部，横卧于神蛇之上。这张蛇床名为洼苏吉（*Vāsuki*）。其他蛇也有叫洼苏吉的。从胎藏水毗湿奴，一直到宇宙之巅的莲花状星体——梵天所居之地，阿周那一览无余。这意味着，从头到尾，天地万物尽为阿周那所目睹，而他只是在战车上，坐处一隅。这之所以可能，是由于至尊主克利须那的恩典。

诗节 16：宇宙之主啊，天地身相！在你的身体里面，我看到无量数臂、腹、口、目，到处延展，无边无际。在你之中，我看不到终结、中间和起始。

要旨：克利须那即至上人格神，无有极限。因此，透过他，可以看到天地万物。

诗节 17：你的身体，光辉四射，像熊熊大火，又像无边无际的日光，让人不易看清。不过，我还是在一切处，得见此光明身，顶冠戴冕，持杵转轮。

诗节 18：你是至高无上的本体，是宇宙的最后息止之地。你无穷无尽，你最古老。你是永恒宗教的护持者——至上人格神。

诗节 19：你无始，无中，无末。你的荣光无边无际。你有无数的手臂，日月是你的双眼。我看见熊熊大火从你口中喷出，你以自身的光焰，烧灼整个宇宙。

要旨：至上人格神之六大功德的范围无有极限。这里所讲的，跟很多其他地方所讲的，会有重复。不过，根据经典，重复克利须那的荣光，并非文字上的缺陷。据说，当眩惑、惊奇、迷狂时，说话便会一再重复。

这不是一个缺点。

诗节 20：虽然你是一，却周流遍布于天空、星辰，以及天地间所有空间。伟大啊！看到这神妙可怖的大威德相，所有星系无不惊慌失措。

要旨：在此颂中，“天地之间”（*Dyāvā-pṛthivyoḥ*），以及“三界”（*loka-trayam*）都是极要紧的词，因为，这表明，得见天地身相的，似乎不仅仅是阿周那一个人，还有其他星系上的人。阿周那之得见天地身相，不是一场梦。所有被主赐予了灵目的人，都在战场上看到了这个天地身相。

诗节 21：成群的天神皈依你，进入你之中。有的显得很恐惧，在合掌祈祷。成群的仙圣和悉檀，唱着吠陀赞歌向你祷告，高呼：“和平万岁！”。

要旨：所有星系上的天神，皆畏惧天地身相之大威德、大光明，因此祷告，祈求主的庇护。

诗节 22：诸阿底提、诸婆薮、诸楼多罗、双阿室毗尼、诸摩鲁陀、萨帝耶、韦施威、祖先、乾达婆、夜叉、阿修罗及众悉檀等，都惊奇地看着你。

诗节 23：臂力强大的人啊！所有星宿上的天神，看到你巨大的身体，生着很多面、目、臂、股、腿和腹部，又长着很多可怕的牙齿，都惊慌失措，我也是如此。

诗节 24：遍入万有的毗湿奴啊！看着你直刺天穹的熠熠光采，看着你张开的大口和闪光的巨眼，我心惊胆战，再不能沉着冷静。

诗节 25：众神之神啊！世界的庇护所啊！请对我仁慈。看到

你闪闪的死亡一般的面孔和可怕的牙齿，我无法保持平静。我在各方面都迷惘了。

诗节 26/27：狄多罗史德罗诸子，连同跟他们联盟的国君、毗史摩、陀拏、喀尔纳，还有我方将帅，尽遭毁灭。我看到他们纷纷涌进你可怕的巨口，头颅在你的齿牙间化为齑粉。

要旨：在前面一首偈颂里，主答允过，要让阿周那看到他所极想看者。现在，阿周那得见敌方的将领（毗史摩、陀拏、喀尔纳、狄多罗史德罗诸子）及其兵士，尽遭毁灭。这表明，结集于俱卢之野的人差不多都战死后，阿周那将赢得胜利。这里还提到，被认为是不可征服的毗史摩，将被粉碎。喀尔纳也一样。而且，被粉碎的不光是敌方的将帅，比如毗史摩，阿周那一方的部分将帅也将战死沙场。

诗节 28：如江河之浪涌入大海，所有这些伟大武士都燃烧着涌进你的口中。

诗节 29：我看见所有的人正在全速冲进你的口中，好似飞蛾扑向炽烈的火焰，尽遭毁灭。

诗节 30：毗湿奴啊！我看到，你的巨口喷焰吐火，吞没了所有的人。你以炽热、可怕的光芒，覆盖整个宇宙，显示自身的力量。

诗节 31：众神之神啊！多么威猛的形体，请告诉我你是谁。我向你顶拜，请对我慈悲。你是首出之主。我想了解你，因为我不知道你的使命是什么。

诗节 32：至上人格神说：我就是时间——世界最大的毁灭者，我到这里是要毁灭所有的人。除了你们（般度诸子）外，这里双方的士兵都将丧生。

要旨：尽管阿周那晓得，克利须那是他的朋友、至上人格神，但克利须那所示现的种种身相还是让他感到迷惘。因此，他进而探问这毁灭之力的真正使命。据吠陀典所载，至高真理摧坏一切，甚至婆罗门也不例外。《羯陀奥义书》（1.2.25）云：

yasya brahma ca kṣatraṁ ca
ubhe bhavata odanaḥ
mṛtyur yasyopasecanaṁ
ka itthā veda yatra saḥ

所有婆罗门、刹帝利以及其他一切人，终将为无上者所吞噬。至尊主的这个身相是吞噬万物的巨灵，在这里，克利须那以吞噬一切的时间巨灵示现自身。除了般度氏一方少数几个人之外，战场上的每一个人都将被他吞灭。阿周那并不情愿作战，他认为不战更好，因为这样不会招致失望。主在回答他时说，即使你阿周那不作战，那些人仍将被消灭，因为这是他的计划。若阿周那不作战，他们也会以另一种方式受死。死亡无法避免，就算他不去作战。事实上，他们都已死亡。时光就是毁灭，天地万物都将在至尊主的意愿下被毁灭。这是大自然的律法。

诗节 33：因此，起来，准备作战，去赢得光荣！征服你的敌人，去享受繁荣的王国吧。他们在我的安排下已被置于死地，而你，神射手呀！在战斗中是我的工具。

要旨：梵语 *Savya-sācin* 意指神射手；如是，阿周那被称为能征惯战的武士，擅长射箭杀敌。“仅仅成为工具”（*nimitta-mātram*），这个词也意味深长。整个世界都在至上人格神的计划下运转。愚人见识浅陋，以为大自然的运转并无计划，一切现象不过是偶然成相。有很多所谓的科学家抛出各种见解，说可能是这样，或许是那样，但是根本就不存在什么“可能”、“或许”。尘世间，有一特定的计划在被执行。是什么计划呢？对于受拘限的灵魂，现象世界是一次机会，能让他们回归主神、重返故乡。只要他们还心存骄横，力图宰制物质自然，他们就受到拘限。然而，若有人能明白至尊主的计划，存养克利须那觉性，他就是最聪明的人。现象世界之生灭，皆在上帝的超上指令之下。如是，俱卢之战乃是按照上帝的计划而打的战争。阿周那拒绝作战，但他被告知，他应当按照至尊主的意愿去作战。那样他才会快活。若有人在圆满的克利须那觉性里面，践履对主的超越性服务，他就是完美的。

诗节 34：陀拏、毗史摩、遮耶图罗陀、喀尔纳以及其他伟大的战士，早已被我消灭。因此，去杀死他们，不要慌乱。只管去战斗吧，你必在战斗中征服你的敌人。

要旨：所有计划都是至上人格神制定的，但他对他的奉献者如此友善、仁慈，他想要把功劳让给他的奉献者，这些人按照他的意愿，执行着他的计划。因此，生命该如此度过：每个人都在克利须那觉性里面践履，并且，透过灵性上师的中介，解悟至上人格神。凭借至上人格神的恩慈，就能明白他的计划。实际上，奉献者的计划跟克利须那的计划一样地好。吾人当遵从这样的计划，如是在人生的奋斗中赢得胜利。

诗节 35：桑遮耶对狄多罗史德罗说：听罢至上人格神这番开示，战栗中的阿周那双手合十，再三顶拜。他以颤抖的声音，诚惶诚恐地对薄伽梵克利须那说了下面的话。

要旨：正如我们已经解说过的，看到至上人格神的天地身相所创造的奇景，阿周那大为惶惑。因此，他一而再、再而三地向克利须那虔敬顶礼。他声音颤抖，开始祷告，不是作为朋友，而是作为在惊奇中的奉献者。

诗节 36：阿周那说：感官之主啊！听到你的名号，世界一片欢腾，人人都倾慕你。众悉檀向你祷告，而罗刹却害怕你，四处逃窜。这一切无不恰到好处。

要旨：待到克利须那道破俱卢之战的结局，阿周那顿时恍然大悟，作为至上人格神的朋友和伟大奉献者，他说克利须那所做的一切无不恰到好处。阿周那断定，克利须那是奉献者的崇拜对象和保护人，是不良分子的毁灭者。他的所作所为，平等饶益一切有情。阿周那此时明白了，俱卢大战注定要发生，由于克利须那的临在，外太空有很多天神、悉檀，以及天界的善知识，都在注视着这场战争。当阿周那得见主的天地身相，众神皆生大欢喜，而邪魔和无神论者却忍受不了主受到礼赞。由于天生畏惧至上人格神的大威德相，他们尽皆四处逃窜。克利须那对待奉献者和无神论者的不同态度，得到了阿周那的颂扬。在任何情况下，奉献者都会赞美主，因为他们知道，凡主所为，一切有情皆得受益。

诗节 37：巨灵啊，你比梵天还要伟大！你是首出的创造者。他们怎能不敬拜你呢？啊，无限者，众神之神，天地之根！你是不可毁坏的始源，一切因缘之因，超越世间万象。

要旨：透过顶礼，阿周那表示，克利须那应该受到每一个人的崇拜。他周流遍入，是每一个灵魂的灵魂。阿周那呼克利须那为巨灵（*Mahātmā*），意指克利须那至为崇高、无有穷尽。*ananta*（无限者），意指无有一物，不受至尊主之能力、影响力的覆载，*deveśa*（众神之神），意指他是所有天神的主宰，凌驾于他们之上。他是天地之根。阿周那认为，一切悉檀、天神都应该向他顶礼敬拜，因为没有谁比他更伟大。阿周那特别提到，克利须那比梵天更伟大，是克利须那创造了梵天。从胎藏海毗湿奴脐上长出的莲花茎里，梵天受生，而胎藏海毗湿奴不过是克利须那的全权分身。是故，无论梵天，还是从梵天而生的大神湿婆，以及其他所有天神，都必须向克利须那顶礼敬拜。《薄伽梵往世书》说，主受到湿婆、梵天以及其他天神的崇敬。*aksaram*（不可毁坏），这个字也蕴含深意，物质世界注定要毁灭，但主凌驾于物质世界创造之上。他是一切原因之原因，缘此之故，他超上于尘世一切受拘限的灵魂，以及现象世界本身。因此，他是全面伟大的无上者。

诗节 38：你是首出的人格主神，你最古老，你是天地之根。你是能知，又是所知。你是至高无上的庇护所，凌驾于物质气性之上。无极之身啊！你弥满乾坤！

要旨：万物皆资始于至上人格神，因此，他是天地之根。梵语 *Nidhānam*，意指万事万物，甚至梵光，无不资生于至上人格神——克利须那。他知晓世间发生的一切，如果知识有究竟的话，那他就是一切知识的究竟；因此，他既是所知，也是能知。他是知识的对象，因为他周流遍入。他是灵性世界的因，故此，他绝待无贰。他还是超验世界里的首要人物。

诗节 39：你是气，是至高无上的主宰！你是火，是水，是月亮！你是第一造物——梵天，你是始祖。因此，我要向你虔敬顶礼，千百次以至无数。

要旨：这里称主为气，因为气无所不在，是全体天神最重要的代表。阿周那还称呼克利须那为始祖，因为他是梵天之父，而梵天乃天地间第一造物。

诗节 40：从前，从后，从各方各面顶拜你！啊，无限的力量啊，你是无限力量的主人！你遍透一切，因此，你就是一切！

要旨：出于对克利须那的迷狂之爱，他的朋友——阿周那，从各方各面向他顶礼。阿周那承认，克利须那乃是一切威能和勇力的主人，远远高于集结在战场上的所有伟大武士。《毗湿奴往世书》（1.9.69）云：

yo 'yaṁ tavāgato deva
samīpaṁ devatā-gaṇaḥ
sa tvam eva jagat-sraṣṭā
yataḥ sarva-gato bhavān

“至上人格神啊！凡到你面前来的，皆为你所创造，甚至天神也不例外。”

诗节 41/42：从前，我不知道你的荣耀，只当你是我的朋友，冒昧地叫你：“克利须那呀”“雅达筏呀”“我的朋友呀”。无论我在愚狂和友爱之中做了什么，都请你宽恕。我曾多次失敬于你，在我们休息时的玩笑中，在同床而卧，同坐同吃时，有时是单独相处，有时是在众多朋友面前。永无谬误的人啊！请宽恕我所有那些冒犯。

要旨：虽然克利须那以其天地身相出现在阿周那面前，但阿周那仍记得他跟克利须那的友情，所以，他请求宽恕，恳请克利须那原谅他由于友情而表现出来的很多失礼之处。他承认，以前并不晓道克利须那能变化为天地身相，尽管克利须那作为他亲密的朋友，曾向他解释过。阿周那记不清自己有多少次，因为昧于克利须那的威德，称呼他“我的朋友呀”“克利须那呀”“雅达筏呀”，如此冒渎了克利须那。但克利须那是如此仁善、慈悲，尽管有这等威能，却像朋友一样与阿周那嬉戏。这就是奉献者与主之间所感应的超然之爱。生命个体和克利须那的关系是永恒命定的，不可能被遗忘，这从阿周那的举动中可以得见。虽然阿周那看到了天地身相的威德，但他不能忘记与克利须那的友情。

诗节 43：你是天地万物、动与不动者之父。你是最值得崇拜的主，至高无上的明师。无人等同于你，也无人能与你合一。无量威力之主啊，三界之内怎会有人比你更伟大！

要旨：就像父亲值得儿子崇拜，至上人格神，克利须那，值得世人崇拜。他是灵性上师，是他最早把吠陀教义传授给梵天，现在又向阿周那开示《薄伽梵歌》。是故，他是首出的明师，当今任何正宗的上师，都必须是源于克利须那的师承世系的传人。若非克利须那的代表，任何人都不能成为超世之学的上师或古鲁（*guru*）。

主在各个方面都受到礼敬，他的伟大不可量度。无人能比至上人格神克利须那更伟大，因为在灵性、物质世界之内，无人能与克利须那抗衡，或凌驾于他之上。人人都在他之下，无人能超越他。《白净识奥义书》（6.8）有云：

na tasya kāryaṁ karaṇaṁ ca vidyate
na tat-samaś cābhyadhikaś ca dṛśyate

至尊主克利须那，像凡人一样，有感官和身体，但对他来说，他的感官、身体、心意和他本人无有分别。不完全了解他的愚人说，克利须那有别于他的身、心、灵以及其他一切。但克利须那是绝对的，因此，他的作为和能力都是至高无上的。据说，虽然他没有像我们一样的感官，但他能进行一切感官活动；可见，他的感官既非不完美，也非受限制。无人能比他更伟大，无人能跟他等平，人人都在他之下。

无上原人的知见、力量和作为都是超妙的。诚如《薄伽梵歌》（4.9）所说：

janma karma ca me divyam
evaṁ yo vetti tattvataḥ
tyaktvā dehaṁ punar janma
naiti mām eti so 'rjuna

“世人若了解我显现和作为的超妙本质，离开躯壳后，再不用投生物质世界。阿周那呀！他将往生我永恒的居所。”

无论是谁，若觉解了克利须那的妙相、作为和完满，离开躯壳后，就回到他那里，不再重返这烦恼浊世。所以，我们应当明白，克利须那的作为与其他人不一样。最好是奉行克利须那定下的原则，那将使人变得完美。谁也不是克利须那的主人，人人都是他的仆从。《采坦尼亚圣行蜜露经》（初分，5.142）断言：唯独克利须那是上帝，其他人都是他的仆从（*ekale īśvara kṛṣṇa, āra saba bhṛtya*）。人人都服从他的旨令。

没有人能违抗他的旨令。人人都在他的至高监临之下，按照他的旨令行事。犹如《梵天本集》所说，他是一切原因之原因。

诗节 44：你是至尊主，为一切有情所崇拜。因此我俯身敬拜你，乞求你的恩慈。就像父亲容忍儿子的无礼，朋友容忍朋友的鲁莽，妻子容忍夫君的随便一样，请宽容我对你的冒犯。

要旨：克利须那的奉献者与克利须那的关系各不相同。他们有的待克利须那如亲子，有的待他如丈夫、朋友或主人。克利须那与阿周那以朋友相待。就像父亲、丈夫或主人能够容忍一样，克利须那也大度能容。

诗节 45：看到这从未见过的天地身相，我分外欢欣，但同时我的心意又因恐惧而凄惶纷乱，因此，请垂恩于我，再次示现你作为人格主神的妙相。众主之主！天地之根！

要旨：阿周那是克利须那的挚友，永远对克利须那怀有信心。正如朋友为朋友的德能而欢喜，阿周那看到他的朋友克利须那是至上人格神，能示现如此神妙的天地身相，也分外欢喜。然而，见过这天地身相后，他同时又担心，由于纯洁的友情，他有很多次，曾经冒犯过克利须那。尽管并没有理由，他的心意却因恐惧而凄惶纷乱。于是，他请求克利须那向他示现那罗延拿之身，因为克利须那能化显任何形体。天地身相是物质的、无常的，一如物质世界之无常。然而，在无忧珞珈上，克利须那以四臂那罗延拿之妙相示现。灵性天宇下有无量数星辰。克利须那透过其不同名号的全权分身，示现于每一星体。如是，阿周那想看到克利须那在无忧珞珈上所示现的一个形体。自然，在每一无忧珞珈上，那罗延拿的形体皆为四臂，但手中所持的标志物——海螺、神杵、莲花、法轮的排列却有所不同。根据不同的手所持标志物的变化，那罗延拿被冠以各种名号。凡此诸相，皆与克利须那共为一整体；故此，阿周那要求一睹他的四臂相。

诗节 46：天地身相、千手之主啊！我想看到你的四臂相，头戴冠冕，手持神杵、法轮、海螺和莲花。我渴望一睹你的那个形体。

要旨：《梵天本集》（5.39）云："主永恒示现于千万个形体之中"（*rāmādi-mūrtiṣu kalā-niyamena tiṣṭhan*），他主要的形体有罗摩、尼黎僧诃、那罗延拿，等等。他有无量数形体。但阿周那晓得，克利须那是首出的人格主神，如今正以天地身相示现自身。他现在想见到那罗延拿之身，一个灵性的形体。此颂不容置疑地确立了《薄伽梵往世书》的论述：克利须那乃首出的人格主神，所有其他身相皆从他流生。他跟他的全权分身无有分别，他无量数身相中的任何一个都是上帝。在所有这些身相中，他都像年轻人一样朝气蓬勃，青春焕发。这是至上人格神的真常之相。知晓克利须那的人，当下净除一切物质染污。

诗节 47：至上人格神说：我亲爱的阿周那，你很幸运，我以内在能力，在物质世界之内，向你示现了这至高无上的天地身相。在你之前，还从未有谁见过这无比辉煌的形体。

要旨：阿周那想看到至尊主的天地身相，于是，出于对他的奉献者的仁慈，主克利须那便示现了他充满光明与威德的天地身相。这形体像太阳一样辉煌灿烂，其中有众多的面孔，飞快地变换着。克利须那示现此身相，只是为了满足他的朋友阿周那的愿望。这形体是克利须那以其内在能力化显出来的，对人类的头脑来说，完全不可思议。在阿周那之前，没有人见到过主的天地身相，但因为给阿周那看了，所以天堂星宿和外太空里其他星球上的奉献者也得以目睹。他们从前都没见到过，但因为阿周那，他们也看到了它。换言之，所有源出师承的主的奉献者，都能得见阿周那凭着克利须那的恩慈所见到的天地身相。有的注疏提到，当克利须那为议和而去见杜瑜檀那时，也曾向杜瑜檀那示现过这个形体。不幸的是，尽管克利须那示现了天地身相的一部分，杜瑜檀那却不肯接受停战协议。不过，那个形体与给阿周那看的并不一样。这里很清楚地说，从前无人得见此身相。

诗节48：俱卢武士之骁雄哟！在你之前，没有谁见过我的天地身相，因为无论是靠诵习《吠陀经》、举行献祭，还是靠布施、善行，或是峻刻的苦修，都无法在这个形体中见到我。

要旨：应该明白此处所说的灵目。谁能具有灵目呢？“灵”即“神性的”。除非修到了天神般的神圣地位，否则不可能有灵目。那么何为天神呢？吠陀典指出，主毗湿奴的奉献者皆为天神（*viṣṇu-bhaktāḥ smṛtā devāḥ*）。但凡无神论者，即不信仰毗湿奴者，或只契认克利须那之非人格部分为无上者的人，都不可能有灵目。诋毁克利须那的同时，又具有灵目，这是不可能的。若自身未透显出神性，便不可能拥有灵目。换言之，凡具有灵目的人，也能像阿周那那样去看。

《薄伽梵歌》对天地身相做了描述。虽然在阿周那之前，没有一个人知道它，但这件事发生后，“天地身相”（*Viśva-rūpa*）的一些概念就为人所知了。那些真实具足神性的人，能看见主的天地身相。但不成为克利须那的纯粹奉献者，便不可能具足神性。然而，真实禀赋神性、具有灵目的奉献者，却对目睹主的天地身相并不太感兴趣。如前面偈颂说到，阿周那想要见到主克利须那作为毗湿奴的四臂妙相，他委实畏惧天地身相。

在此颂中，有些很要紧的字眼，例如：*veda-yajnadhyayanaih*，即吠陀典之诵习和献祭之法，吠陀典意指各种吠陀经典。诸如四吠陀（梨俱、夜柔、娑摩、阿闼婆）、十八部《往世书》、《奥义书》和《吠檀多经》。可以在家里，或其他任何地方，诵习这类经典。同样，还有输多罗（*sūtras*），例如《如意宝输多罗》（*Kalpa-sūtras*）、《弥曼差输多罗》（*Mīmāṁsā-sūtras*），皆与献祭之法有关。*Dānaiḥ*，即布施，是给某一合适群体的捐赠，例如那些献身为主做超越性爱心服务的婆罗门和外士那瓦。“虔诚活动”是指火供（*Agni-hotra*），以及各种姓的赋定职分。自愿承受某些身体的苦痛，名为“苦行”（*tapasya*）。如是，一个人可以实践苦行、布施、诵习吠陀等所有这类活动，但除非他是像阿周那一样的奉献者，否则不可能得见天地身相。那些非人格主义者也想入非非，自认为在观想主的天地身相，但从《薄伽梵歌》我们得知，非人格主义者并非奉献者，因此，他们不可能得见主的天地身相。

有很多人在炮制化身。他们伪称某个凡夫为化身，但这无非愚狂而已。我们应该持循《薄伽梵歌》的理则，否则，无法获得圆满的灵性知识。《薄伽梵歌》虽被视为是神学的基础课，但它如此完美，已经足以助人分清是非。伪化身的信徒可能会说，他们也看到了上帝的超凡化身——天地身相，但这是不能接受的，因为此颂明示，除非成为克利须那的奉献者，否则无法得见上帝的天地身相。所以，人必须首先成为克利须那的纯粹奉献者，然后他才可以宣称，他能够表述他所见到过的天地身相。克利须那的奉献者不承认伪化身或伪化身的信徒。

诗节 49：看了我这可怕的形体，你已凄惶不宁，迷惑不安。现在让它结束吧。我的奉献者呀，再次放下所有烦扰吧。你现在可以安心看你想看的形体。

要旨：《薄伽梵歌》开篇，阿周那为了要杀死毗史摩和陀拏——他所礼敬的祖父和上师而发愁。但克利须那告诉他，不必害怕杀死祖父。当狄多罗史德罗诸子欲图在俱卢族的集会上剥光图鲁波提的衣服时，毗史摩和陀拏都沉默不语，由于这种对礼义的漠视，他们理当受到诛杀。克利须那之所以向阿周那示现天地身相，就是想让他看到，这些人因其不义的行为早已被杀。示现天地身相的目的已昭然若揭。现在，阿周那想见到四臂之相，克利须那也给他看了。奉献者对天地身相并不太感兴趣，因为它不能使人与之有情爱的感通。奉献者要么想奉上自己的崇敬之情，要么想见到两臂的克利须那之身，以便能在爱心服务中与至上人格神相互交流。

诗节 50：桑遮耶对狄多罗史德罗说：至上人格神克利须那这样对阿周那说罢，便示现出四臂身相，之后又示现其本来的两臂身相，以抚慰惊恐失色的阿周那。

要旨：当克利须那现身为筏殊提婆和提婆吉之子时，他最先示现为四臂那罗延拿，但在父母的要求下，他又变身为一个看似平常的普通婴儿。同样，克利须那晓得，阿周那也不会对看见四臂身相有太多的兴趣，但既然阿周那要求了，他就再次向他示现四臂身相，然后又示现为两臂身相。“*saumya-vapuḥ*”一词含义甚深。“*saumya-vapuḥ*”意指妙美之相；此身相被认为是最妙之相。当克利须那降住世间时，人人都为他的妙相所倾倒。克利须那是世界的指引者，为打消他的奉献者阿周那的惊恐，他再次示现其本来妙相。《梵天本集》（5.38）有言：只有那些两眼涂上了爱之油膏的人，才能得见室利·克利须那之绝世妙相（*premāñjana-cchurita-bhakti-vilocanena*）。

诗节 51：看到克利须那的本来身相，阿周那说道：瞻纳陀那呀！看到你如此妙美的人形，现在我的心意已舒缓，情绪也恢复过来。

要旨：*mānuṣaṁ rūpam*（人形）一词指出，至上人格神本为两臂。这表明，那些讥笑克利须那，把他当作凡夫的人，对克利须那的神性一无所知。如若克利须那真的是个凡夫，那他如何能示现天地身相，之后又再示现四臂那罗延拿之身呢？故此，《薄伽梵歌》明示，若有人认为克利须那是凡夫，或诡称说法者是克利须那身内的非人格梵，就造下了最大的不义。克利须那已经真实示现了他的天地身相和四臂毗湿奴之身。那他怎么可能是凡夫呢？纯粹奉献者不会被这类误入歧途的注释所迷惑，因为他明白是非对错。《薄伽梵歌》的原文像太阳一样明朗，不必依靠愚狂的注释者的萤火之光来照亮。

诗节 52：至上人格神说：我亲爱的阿周那，你现在所见之身相，稀有难见，甚至天神也一直在寻找机会，想要一睹这无比甜美的妙相。

要旨：在本章第四十八颂里，主克利须那收回他的天地身相，并且告诉阿周那，此身相非由种种善行、献祭可得见。这里用了“稀有难见（*su-durdarśam*）”一词，表明克利须那的两臂妙相更为秘密。给苦行、诵习吠陀以及哲学思辨等各种活动染上一点奉爱服务的色彩，就有可能得见克利须那的天地身相。这或许可能，但没有巴克提的濡染，无法得见天地身相，对此前文已有解说。不过，凌驾于天地身相之上的，克利须那的两臂之身，更难得见，就连梵天、湿婆这样的大神都不例外。他们渴望看见他，《薄伽梵往世书》里有这方面的证据，当克利须那还在母亲提婆吉胎里时，所有天神都从天而降，想一睹他的奇妙，他们向主献上优美的祷告，虽然那时还看不到他。他们就这样等着，想看到他。愚人或者讥笑克利须那，认为他不过是凡夫，或者不肯向他顶礼，反倒向他之内的非人格之“物”致敬，但这些都是无稽之谈，两臂之身的克利须那，恰恰是梵天、湿婆这样的大神所朝思暮想的形体。

《薄伽梵歌》(9.10)也肯定：讥笑他的愚人无法看到他(*avajānanti māṁ mūḍhā mānuṣīṁ tanum āśritaḥ*)。正如《梵天本集》及克利须那本人在《薄伽梵歌》中所确立的那样，克利须那的身体彻底灵明，真常、极乐充满。他的身体绝对不会像物质躯壳一样。对那些透过诵习《薄伽梵歌》或类似吠陀经典去探究克利须那的人来说，克利须那是一道难解之题。从随顺世法的人来看，克利须那是杰出的历史人物、极为博学的哲人，但他照样是凡人，尽管他那么有力量，他还得受取物质躯壳。最终，他们相信绝对真理是非人格性的；因而，他们认为，从克利须那的非人格体相那里，克利须那获取了附着于物质自性的人格特征。这是对至尊主的物质主义推度。另一种推度是思辨性的。那些穷究义理的人也对克利须那加以思辨，认为他较次于无上者的天地身相。因此，有人认为，克利须那示现给阿周那的天地身相比他的人形更为重要。根据他们的说法，无上者的人形是虚拟出来的。他们相信，究极来说，绝对真理不会是一个人。然而，《薄伽梵歌》第四章论述了超然的程序，即从权威那里听闻克利须那。这是真正的吠陀之法，那些真正持守吠陀之道的人，从权威那里听闻克利须那，透过反复听闻，克利须那变得亲切可爱起来。我们已经讲过多次，克利须那为他的瑜伽幻力(*yoga-māyā*)所蔽覆。他不会被任何人看见，也不会向每一个人示现。他只能为他所选中的人得见。吠陀经典肯定了这一点，即一个皈依的灵魂，才能真正觉解绝对真理。超验主义者，凭借毫无间断的克利须那觉性和对克利须那的奉爱服务，能够打开灵性的眼睛，透过启示看到克利须那。这样的启示，甚至天神都不可能得到。因此，就连天神都难以理解克利须那，那些高明的天神总想看到克利须那的两臂之身。结论便是，虽然对于每一个人来说，要看到克利须那的天地身相都非常、非常困难，但要理解他作为夏摩逊达尔的人形，更是难上加难。

诗节 53：你以超凡之眼看到的形体，仅仅靠诵习《吠陀经》、践行峻刻的苦修、布施、崇拜，皆不能理解。靠这些方式并不能如实看到我。

要旨：克利须那先以四臂相现身于父母面前，然后又化为两臂之身。这其中的奥秘，无神论者和不践行奉爱服务的人根本无法理解。那些仅仅凭仗语法知识或学术方法去研究吠陀典籍的学者，不可能了解克利须那。例行公事似地到神庙做礼拜的人也不能理解他。这些人也来参拜，但并不能如实了解克利须那。唯有透过奉爱服务之途，克利须那才能被理解。对此，克利须那在下一颂里将亲自做出解说。

诗节 54：我亲爱的阿周那，只有透过纯一的奉爱服务，才能如实了解我，才能面对面地看到我。只有用这个方法，你才能悟入我的奥秘。

要旨：只有凭借纯一的奉爱服务之法，克利须那才能被理解。克利须那在此颂中对这点做出了明确的解说，好教那些试图以思辨之法去理解《薄伽梵歌》的未经授权的注释者知道，他们只不过是在浪费时间。没有人能懂得克利须那，也没有人能懂得他如何以四臂相出生，却又立即化为两臂相。这些神迹靠诵习《吠陀经》或哲学思辩是很难弄明白的。所以，这里明确指出，没有人能看见他，也没有人能领悟这些神迹。然而，那些非常老到的吠陀典弟子，能用很多方法，从吠陀经籍里去了解他。还有很多的戒律，若有人真的想了解克利须那，就必须持守权威经典所定的戒律。可以依照这些原则进行苦修。例如，若要认真苦行，可以在克利须那的降诞日（*Janmāṣṭamī*），以及每个月两天的艾喀达西（*Ekadasi*，月晦后的第十一天和月朔后的第十一天），施行断食。至于布施，显而易见，应该向克利须那的奉献者布施，他们献身对主的奉爱服务，在全世界传扬克利须那的哲学，也就是克利须那觉性。克利须那觉性是对人类的赐福。主采坦尼亚为茹巴·哥史华米所深心礼敬，被他视为最慷慨的施主，因为对克利须那的爱，如此稀有难得之物，却被主采坦尼亚毫无保留地分发出去。所以，若有人布施一些钱给那些参与传递克利须那觉性的人，那么这份用来弘扬克利须那觉性的布施，实为世上最伟大的布施。若有人按礼规到神庙里崇拜神像（印度的神庙里常有神像，一般不是毗湿奴就是克利须那），透过向至上人格神献上崇拜和诚敬，就得到了进升的机会。对奉爱服务的新入门者来说，神像崇拜至关重要，《白净识奥义书》（6.23）肯定了这一点：

yasya deve parā bhaktir
yathā deve tathā gurau
tasyaite kathitā hy arthāḥ
prakāśante mahātmanaḥ

“一个对至尊主有不可动摇的奉爱之心的人，一个对灵性上师有不可动摇的信念的人，在灵性上师的指导下，能透过启示看到至上人格神。”

吾人无法依靠情识推度了解克利须那。对于一个未曾接受正宗灵性上师亲身训练的人，想要了解克利须那，根本就无从入手。这里特地用了“*tu*”（只有）这个字，表明要理解克利须那，再没有其他的方法可以选用、可以推荐、可以成功。

克利须那的人形，包括两臂相和四臂相，它们跟示现给阿周那看的无常的天地身相全然不同。四臂那罗延拿之身和两臂克利须那之身皆为永恒而超越者，而阿周那所看到的天地身相却是无常变化的。*sudurdarśam*，即稀有难见，意思是说，在阿周那之前，没有人曾经见到过天地身相。它还表示，在奉献者当中没有必要示现天地身相。那个形体是克利须那在阿周那的请求下示现的，这样，将来倘若有人自称是上帝的化身，人们就可以要求他示现天地身相。

“*Na*”（不）在前一偈颂里被频繁使用，它表示，不应该由于拥有吠陀典籍方面的学术教养而产生骄慢心。要领受对克利须那的奉爱服务，只有这样，才可以试着去注疏《薄伽梵歌》。

克利须那从天地身相变为四臂那罗延拿，接着又化作本来的两臂之身。这表明，四臂相以及其他吠陀典提到的身相，皆流生于首出的两臂克利须那。他是一切显化之源。克利须那甚至不同于这些形体，更不消说非人格梵之相了。至于克利须那的四臂相，据经典明示，就连与克利须那本人最相近的四臂相（名为摩诃毗湿奴，卧于混沌大水上，呼吸之间，无量数宇宙随之生灭出入），也是至尊主的一个分身。犹如《梵天本集》（5.48）所云：

yasyaika-niśvasita-kālam athāvalambya
jīvanti loma-vila-jā jagad-aṇḍa-nāthāḥ
viṣṇur mahān sa iha yasya kalā-viśeṣo
govindam ādi-puruṣaṁ tam ahaṁ bhajāmi

“仅仅在呼吸之间，就使无量数宇宙随之生灭出入的摩诃毗湿奴，不过是克利须那的全权分身。因此，我崇拜哥宾陀，克利须那，一切原因之原因。”

是故，究极而言，应当把克利须那的人形作为灵明、真常、妙喜具足的至上人格神来崇拜。他是一切毗湿奴身相之始源，也是一切化身之始源，正如《薄伽梵歌》所肯断的，他是首出的至上人格神。

《牧者奥义书》（1.1）有云：

sac-cid-ānanda-rūpāya
kṛṣṇāyākliṣṭa-kāriṇe
namo vedānta-vedyāya
gurave buddhi-sākṣiṇe

“我向克利须那顶礼致敬，他具真常、灵明、极乐之妙相。我向他致敬，因为懂得他就意味着懂得了《吠陀经》，是故，他是至高无上的明师。”

《牧者奥义书》（1.3）又云：“克利须那乃至上人格主神（*kṛṣṇo vai paramaṁ daivatam.*）。”“那个克利须那是至上人格神，值得受人崇拜（*Eko vaśī sarva-gaḥ kṛṣṇa īḍyaḥ*）。”“克利须那是一，但他示现为无量数分身和化身（*Eko ‘pi san bahudhā yo ‘vabhāti*）。”（《牧者奥义书》，1.21）。

《梵天本集》（5.1）云：

īśvaraḥ paramaḥ kṛṣṇaḥ
sac-cid-ānanda-vigrahaḥ
anādir ādir govindaḥ
sarva-kāraṇa-kāraṇam

“至上人格主神即克利须那，其身真常、灵明、极乐。他无始，因为他是万有之始。他乃一切原因之原因。”

或有句云：“至高绝对真理是一个人，其名为克利须那，他有时降临于地球（*yatrāvatīrṇaṁ kṛṣṇākhyaṁ paraṁ brahma narākṛti*）。”同样，在《薄伽梵往世书》里，我们能找到对至上人格神各种化身的描述，其中有一份名单，里面也出现了克利须那的名字。但那首偈颂接着说，此克利须那并非上帝之化身，而是首出的至上人格主神本人（*ete cāṁśa-kalāḥ puṁsaḥ kṛṣṇas tu bhagavān svayam*）。

同样，主在《薄伽梵歌》里说：“无物凌驾于我——人格主神克利须那的形体之上（*mattaḥ parataraṁ nānyat*）”。他也在《薄伽梵歌》的其他地方说道：“我是所有天神的始源（*aham ādir hi devānām*）”。当阿周那从克利须那口中理解了《薄伽梵歌》之后，他也用下面这句话肯定了这一点：“如今，我完全明白了，你是至上人格神，绝对真理，天地之根（*paraṁ brahma paraṁ dhāma pavitram-paramaṁ bhavān*）。”是故，克利须那向阿周那示现的天地身相并非上帝的真身。真身是克利须那之身。示现千手千眼的天地身相，不过是为了吸引那些不爱神的人。那不是上帝的真身。

以不同的超然关系爱着主的纯粹奉献者，对天地身相并不太感兴趣。主神在作为克利须那的真身中，感应超越之爱。因此，对于跟克利须那情深义厚的阿周那来说，天地身相并不令人愉悦，反而让人畏怖。阿周那，身为克利须那的密友，必定有超凡之眼；他绝非凡夫俗子。因此，他不曾被天地身相迷住。对于那些企图透过果报活动提升自己的人来说，此身相或许看起来神妙无比，但对于践履奉爱服务的人来说，克利须那的两臂相最是亲切甜美。

诗节 55：我亲爱的阿周那，谁献身为我做纯粹的奉爱服务，清除了果报活动和心智思辨的染污；谁为我作工，视我为生命的至高归趣；谁与一切众生为友——他必能来到我跟前。

要旨：要想靠拢灵性天宇之下、克利须那珞珈（*Krsnaloka*）之上的至上人格主神，要想亲近至上人格神克利须那，就必须依循这个公式，一如无上者本人所说。因此，此颂被认为是《薄伽梵歌》的精义所在。《薄伽梵歌》这部书乃为受拘限之灵魂而作，他们在尘世间奔忙劳碌，意图宰治自然，根本不了解真实的、灵性的生活。《薄伽梵歌》旨在教人如何能够领悟其灵性存在、领悟自我与至高灵性人格的永恒关系，以及如何重返故乡，回归主神。就是这首偈颂，清楚解说了在灵性活动中获得成功的法门——奉爱服务。

谈到工作，应该将精力彻底转移到克利须那觉知的活动里面，诚如《巴克提情味甘露海》（2.255）所说：

anāsaktasya viṣayān
yathārham upayuñjataḥ
nirbandhaḥ kṛṣṇa-sambandhe

除了跟克利须那相关的工作，任何人都不应该做任何其他工作。此即所谓“为克利须那作工”（*kṛṣṇa-karma*）。吾人可以从事各种活动，但不可贪执业果，工作的果实只应献给克利须那。例如，一个人可以经商，但要想把这种业行转化为克利须那觉性，就必须为克利须那而经商。如若克利须那是生意的所有者，那他就应该享受生意的利润。一个商人腰缠万贯，如果他把这些金钱奉献给克利须那，他就是在为克利须那工作。他无须为个人的感官享乐而大兴土木，却可以为克利须那建造一座上好的神庙，按照权威的奉爱经典的指示，在庙里供养克利须那的神像，安排神像服务。这些都是为克利须那作工。不可贪著工作的结果，应当把果实供奉给克利须那，然后接受供奉过的祭余（*prasādam*）。若有人为克利须那盖了一座大庙，用以安设克利须那的神像，那么他无妨住在里面，只要他明白，大庙的所有者是克利须那。如此即是克利须那觉性。不过，假使有人无力为克利须那造庙，那么他可以打扫克利须那的庙宇，这也是为克利须那作工。可以开辟一个花园。如若有土地（至少在印度，任何穷人都有一点土地），就可以用来种植花卉，供奉给克利须那。还可以种上荼腊茜树，因为荼腊茜树（*tulasī*）的叶子非常重要，克利须那在《薄伽梵歌》里推荐了它：*Patraṁ puṣpaṁ phalaṁ toyam*，克利须那要求人向他供上一片叶、一朵花、一个果或一点点水，这样的供奉就会让他满意。这一片叶，特指荼腊茜树的叶子。如是，人人皆可种下荼腊茜，浇水养植。这样一来，即使最穷的穷人也能为克利须那服务了。这是一些如何为克利须那作工的例子。

Mat-paramah（以我为究竟），意指那些把往生克利须那的至高居所、亲近克利须那视为生命之究竟圆满的人。这样的人，无意升转月亮、太阳之类的高等星宿，甚至无意升转宇宙里的最高星体——梵天珞珈。他对此没有兴趣。他只对往生灵性天宇感兴趣。甚至到了灵性天宇，他也不满足于融入灿烂的梵光，他一心只想进入最高的灵性星体，即克利须那珞珈，歌珞珈·温达文。他具备关于这个星体的一切知识，因而对其

他星体根本提不起兴趣。犹如 *mad-bhaktah*（为我做奉爱服务）一词所指出的，他彻底献身奉爱服务，尤其是奉爱九法：听闻、念诵、冥思、崇拜、侍奉主的莲花足、祷告、执行主命、与主为友、奉献一切。人可以践履所有的奉爱九法，也可以践履八法、七法，或至少一法，这决定能让人变得完美。

sanga-varijitah（清除了果报活动和情识攀援的染污），此语极要紧。千万不要亲近反对克利须那的人。不但无神论者反对克利须那，那些执迷于果报活动和情识攀援的人也是如此。奉爱服务的纯粹形态在《巴克提情味甘露海》（中分，1.1.11）里有表述：

anyābhilāṣitā-śūnyaṁ
jñāna-karmādy-anāvṛtam
ānukūlyena kṛṣṇānu-
śīlanaṁ bhaktir uttamā

室利·茹巴·哥史华米明示，若有人想践履纯一的奉爱服务，就得清除各种物质污垢。他必须杜绝与那些迷恋果报活动和情识攀援的人交往。待到摆脱了这些要不得的交往和物质污垢，才能以饶益心存养克利须那觉性，这被称为纯粹奉爱服务（*Ānukūlyasya saṅkalpaḥ prātikūlyasya varjanam*，《诃黎巴克提庄严论》，*Hari-bhakti-vilāsa*，11.676）。应该以饶益心想着克利须那、为克利须那作工，不可心怀恶意。刚萨是克利须那的敌人。从克利须那降生开始，刚萨就策划了许多杀死他的行动，由于一直没有得逞，所以他老是惦记着克利须那。如是，无论做事、吃饭还是睡觉，他总能在各方面做到克利须那觉知，但是，那样觉知克利须那是居心不良的。因此。尽管他一天到晚想着克利须那，却仍然被视为魔王，克利须那最后杀死了他。当然，任何人若被克利须那杀死，当下即得解脱，不过这不是纯粹奉献者的目标。纯粹奉献者甚至无意解脱。他甚至都不想往生最高的星体——歌珞珈·温达文。他的唯一目标是，服务克利须那，无论身在何处。

克利须那的奉献者视一切众生为友。所以这里说，他没有敌人（*nirvairaḥ*）。这是怎么回事呢？心存克利须那觉性的奉献者晓道，只有为克利须那做奉爱服务才能解决人生的所有问题。他对此有切身的体验，故而，他想把这个体系，即克利须那觉性，介绍给整个人类社会。主的奉献者冒着生命危险去传扬上帝的福音，这在历史上屡见不鲜。最为人称道的是耶稣基督。他被非奉献者钉死在十字架上，为传布上帝的福音而牺牲了自己的生命。当然，认为他被杀害了，这种理解太过肤浅。在印度，也同样有很多例子，比如诃黎陀娑·塔库尔和巴腊陀大帝。为什么要承担这么大的风险呢？因为他们想传布克利须那觉性，而这是很困难的。克利须那觉知者晓道，若有人受苦，那是因为他忘记了自我跟克利须那的永恒关系。因此，一个人对人类社会所能做出的最大贡献就是，将邻人从所有的物质缠绕中解救出来。纯粹奉献者就是这样在为主做奉爱服务。现在，我们可以想象，克利须那对那些为他服务，甘愿为他冒一切风险的人，该是多么的仁慈。不容置疑，这样的人离开躯壳后，决定能往生至高无上的星体。

总之，作为无常之示现的天地身相、吞噬万物的时间形体，乃至四臂的毗湿奴身相，全被克利须那化现过了。可见克利须那乃上述诸相之始源。不能说克利须那不过是天地身相或毗湿奴的显化。克利须那乃一切身相之渊薮。有成千上万个毗湿奴，但对于奉献者来说，除了两臂的夏摩逊达尔（*Śyāmasundara*）真身，克利须那的其他身相都不重要。《梵天本集》说，那些以真情和奉爱，眷恋着克利须那的夏摩逊达尔之身的人，不断在内心看到他，他们再也无法看到任何别的东西。故而，我们要明白，克利须那的身体至关重大、至高无上，这就是第十一章的宗旨。

巴克提维丹塔阐释圣典《薄伽梵歌》第十一章“天地身相”终。

第十二章　奉爱服务

诗节 1：阿周那问：哪种人更圆满，是那些恰当地为你做奉献服务的人，还是那些崇拜无形的非人格梵的人？

要旨：到此为止，克利须那已经解说了绝对真理的人格性、非人格性和遍在性，另外，对各种奉献者和瑜伽士，也做了描述。一般来说，超验主义者可分为两类，即非人格主义者和人格主义者。人格主义的奉献者全力以赴，服务至尊主。非人格主义者也身体力行，不过不是直接服务克利须那，而是静观非人格梵——无形者。

我们将于本章看到，在觉悟绝对真理的不同法门当中，巴克提瑜伽，也即奉爱服务，是最究竟的。若有人真的想亲近至上人格主神，那他必须领受奉爱服务。

透过奉爱服务，直接崇拜至尊主的人，名为人格主义者。而那些修心养性，静观非人格梵的人，则名为非人格主义者。阿周那在此询问，何者地位较胜。觉悟绝对真理有不同的途径，但克利须那在本章明确指出，巴克提瑜伽，或说奉爱服务，是最高超的。这是最直截、最简易的通神之道。

至尊主在《薄伽梵歌》第二章诠述了，生命个体不是物质躯壳，而是灵性的火花。绝对真理则是灵性整体。在第七章，主指出，生命个体是至高整体的部分和微粒，生命个体应该把注意力转向整体。接着，第八章又说，谁在舍弃躯壳时想着克利须那，当下即可超转灵性天宇，往生克利须那的居所。在第六章的结尾，主明确说，所有瑜伽士当中，内心时时想着克利须那的，乃最完美者。因此，实际上每一章的结论都是，吾人当住心于克利须那的人形身相，这是最究竟的灵性觉悟。

尽管如此，仍有人并不关心克利须那的人形身相。他们的舍离之心如此牢固，甚至于在为《薄伽梵歌》做注释时，都想把其他人的注意力从克利须那身上拉开，转而全心奉献非人格性梵光。他们更愿意观想绝对真理的非人格之相，它超越感官，不显无形。

如此，实际说来，超验主义者分两类。阿周那想弄明白，究竟何种法门更简易，何类行者更完美。换言之，他想澄清自己的地位，因为他依恋克利须那的人形身相。他并不在意非人格梵。他想知道自己的地位是否牢固。无论是在物质世界还是在至尊主的灵性世界，观想非人格之相都是一个问题，实际上，吾人无法圆满冥思绝对真理的非人格体相。因此，阿周那其实是想说："这样浪费时间有什么用？"在第十一章，阿周那已经体证到，心住克利须那的人形身相是最殊胜的，因为如此既能理解所有其他的身相，又不致扰乱他对克利须那的爱。阿周那向克利须那提出的这个重要问题，将澄清绝对真理之人格性和非人格性之间的分际。

诗节 2：至上人格主神说：我认为，一心凝注于我的人形身相，怀着贞固、超绝的信念，不断崇拜我，这样的人最完美。

要旨：在回答阿周那的问题时，克利须那明确地说，全神贯注于他的人形身相，怀着贞固、超绝的信念和奉爱崇拜他的人，于瑜伽最称完美。对于住在这样的克利须那觉性里面的人，不存在任何物质活动，因为一切都是为克利须那而做的。纯粹奉献者不断践履。他有时念诵，有时聆听或阅读有关克利须那的书籍；有时烹煮供品或到市场上为克利须那采购；有时则打扫神庙或洗刷碗碟——无论他做什么，都在侍奉克利须那，不让一分一秒虚度。如此践行即在圆满三昧中。

诗节 3/4：全心崇拜无形者——超越感官、周流遍入、不可思议、真常不变，如如不动的绝对本体的非人格之理，调伏诸根，以平等心对待一切有情，这样的人，造福众生，最终也能到达我。

要旨：那些不直下崇拜无上主神克利须那，而试图透过间接之法证入究竟的人，最终也能达到同一归趣——室利·克利须那。“经历过很多生世，智者证知华胥天人即是一切，于是到我这里寻求庇护。”当人经历许多生世，智慧达到圆满时，就会皈服主克利须那。若有人欲以此颂所说之法去契接主神，那他就必须收摄感官，服务众生，造福一切有情。由此可知，必须契接主克利须那，否则绝无圆满证悟。一个人在彻底皈服至尊主之前，通常要经历很多苦修。

欲觉知个体灵魂之内的超灵，必须停止视、听、尝、作等感官活动。之后，才能明白无上之灵无处不在。人觉悟到这一点，就不会再去嫉妒任何有情。他不会再以分别心看待动物和人，因为他只看灵魂，不看躯壳。然而，对于普通人，非人格觉悟之法极为艰难。

诗节 5：心念执着无上者之非人格体相的人，很难进升。对于躯体化的灵魂来说，修炼此法，困难重重。

要旨：抱持虚玄、无形的非人格之道的超验主义者，名为智瑜伽士，而心存圆满的克利须那觉性，献身为主做奉爱服务的人，名为巴克提瑜伽士。此处对智瑜伽和巴克提瑜伽做了明确的界分。智瑜伽之道虽说最终也能引领人至同一目标，但却极为烦难，而巴克提瑜伽之道，直下服务至上人格主神，对躯体化的灵魂而言，更为简易、自然。个体灵魂自无始以来即已为躯体所同化。对他来说，很难从理上证悟自我并非躯壳。因此，巴克提瑜伽士崇拜克利须那的神像，让心智里固有的一些躯体化观念，可以得到利用。当然，在神庙里崇拜至上人格主神的形体绝非偶像崇拜。据吠陀典，崇拜分 *saguna* 和 *nirguna*，即有气性和无气性。神庙里的神像崇拜是有气性梵崇拜，因为在这里，主透过物质之性来表现自身。但主的形体，虽由木石、油彩等物质材料来表现，实际并非物质。

此即至尊主之绝对性。

这里举一个粗浅的例子。我们上街找到一些邮筒，如果把信投进去，自会顺利投递到目的地。但若是报废的邮筒，或仿制的未经邮局认许的邮筒，便不起作用。同样，上帝有一个得到认许的、能代表他的神像身，名为 *arcā-vigraha*。这种神像身乃至尊主的化身。上帝会透过那样的形体接受服务。至尊主无所不能，因此，透过化身为神像身，他可以接受奉献者的服务，由此为受拘限的众生开了方便之门。

如是，对于奉献者，当下直截契接无上者，毫无困难。但对于那些修持非人格之法的人，修证之路极为艰难。他们必须依靠《奥义书》之类的吠陀典，去解悟无上者的无形之相，还得学习梵语，了解内观体验，修证各种法门。对于一个普通人来说，这绝非易事。在克利须那觉性里面的人，践履奉爱服务，只要得到正宗灵性导师的指引，只要按仪轨向神像顶礼，只要听闻主的荣光，只要吃供过主的祭余，便能轻易觉悟无上者。无疑，非人格主义者不必要地走上了一条艰难之路，而且还冒着到头来可能觉悟不到绝对真理的风险。然而，人格主义者，不必承受任何风险、烦难或艰困，直下即可契接无上者。《薄伽梵往世书》里有段类似的话。其中说道，倘使人到头来必须皈依至上人格主神（这皈依的过程名为巴克提），那么浪费一生，去解悟何者为梵、何者非梵，不过是自寻烦恼而已。故此，这里劝世人不要走上这条布满荆棘的自觉之途，因为此道的最终结果并不确定。

有情恒为个体之灵，假若他意欲融入灵性整体，或许能证成其自性之真常、灵明一面，但极乐部分却未得觉证。这样的超验主义者，已然精通智瑜伽之道，依靠奉献者的慈悲，有可能转向巴克提瑜伽或奉爱服务。但即使到了那个时候，长期的非人格主义熏修也会成为烦恼魔障，因为他无法舍弃这种理念。是故，躯体化的灵魂，总是难以应付无形者，无论在修炼之时，抑或觉证之时。每个生灵皆具部分的独立性，应该清楚，这种对无形者的觉悟，与其极乐之灵明自性相悖。切不可以走上这条道路。对每一具有个体性的生命来说，克利须那觉性让人全心践履奉爱服务，乃是最殊胜之法。若忽视这种奉爱服务，就必有转向无神论的危险。

如是，住心无形不显、希夷虚玄的修法，正如本颂所表明的，任何时候都不应受到提倡，特别是在这个时代。这不是主克利须那所举扬的。

诗节 6/7：崇拜我，将一切活动奉献给我，忠贞不二；践履奉爱服务，冥思我，一心凝注于我，帕尔特呀，对于这样的人，我是迅速拯救他们脱离生死苦海的救主。

要旨：此颂揭示，奉献者极为幸运，将很快被主从物质存在里面解救出来。在精纯的奉爱服务中，人觉悟到上帝是伟大的，个体之灵臣属于他。个体之灵的职分是为主服务——若不为主服务，就会为摩耶（Māyā，幻）服务。

如前所论，至尊主只有透过奉爱服务才能被体认到。是故，吾人当彻底奉献。要证到克利须那，就必须一心凝注于他。只应该为克利须那而作工。做的是哪一种工并没有什么关系，关键是工只应为克利须那而作。这是奉爱服务的标准。除了取悦至上人格主神之外，奉献者不会企求任何成就。他的人生使命就是取悦克利须那，为了克利须那的满足，他可以牺牲一切，正如阿周那在俱卢之战中所做的一样。修法很简易，可以一面投入事业，一面持诵：赫列 克利须那，赫列 克利须那，克利须那 克利须那，赫列 赫列；赫列 罗摩，赫列 罗摩，罗摩 罗摩，赫列 赫列（*Hare Kṛṣṇa, Hare Kṛṣṇa, Kṛṣṇa Kṛṣṇa, Hare Hare/ Hare Rāma, Hare Rāma, Rāma Rāma, Hare Hare*）。这样的超然念诵会把奉献者带向人格主神。

至尊主在此许诺，他会毫不耽搁地把如是践履的纯粹奉献者从物质存在中解救出来。那些瑜伽修为高深的人，能凭瑜伽之法随心所欲地将灵魂转移到他们所喜爱的星辰上去，其他人则以不同的方法争取这个机会，但是，就奉献者而言，这里明确指出，主本人亲自带他们走。奉献者无须等到修炼纯熟之后，再往生灵性天宇。

《筏罗诃往世书》有偈颂说：

nayāmi paramaṁ sthānam

arcir-ādi-gatiṁ vinā
garuḍa-skandham āropya
yatheccham anivāritaḥ

奉献者无须为往生灵界而修炼阿斯汤伽瑜伽。这个责任由至尊主亲自担负。他在此明示，他自己来做拯救者。孩子完全由父母照看，如是他的生存才得保障。同样，奉献者不必费力修炼瑜伽，把自己超转到其他星宿。相反，至尊主，以大恩慈，乘着大鹏鸟伽鲁达（Garuda），飞下来立即将奉献者救出物质存在。落入大海的人，尽管奋力挣扎，或精于泳技，但他救不了自己。然而，如果有人过来，把他从水中提起，那他就轻易得救了。同样，主将奉献者从物质存在里面救拔出来。吾人只须修持克利须那觉性之方便法，全心践履奉爱服务即可。较之其他法门，明智之人应该更愿意选择奉爱服务之法。《拿罗衍尼耶》（*Narayaniya*）有偈颂肯定了这一点：

yā vai sādhana-sampattiḥ
puruṣārtha-catuṣṭaye
tayā vinā tad āpnoti
naro nārāyaṇāśrayaḥ

其意谓世人不应致力各类果报活动，或以心智推比之法积累知识。侍奉至上之人的奉献者，能获取从瑜伽修持、玄思、践行、仪轨、献祭、布施等活动而来的全部好处。这就是奉爱服务的独到之处。

仅仅凭着持诵：赫列 克利须那，赫列 克利须那，克利须那 克利须那，赫列 赫列；赫列 罗摩，赫列 罗摩，罗摩 罗摩，赫列 赫列（*Hare Kṛṣṇa, Hare Kṛṣṇa, Kṛṣṇa Kṛṣṇa, Hare Hare; Hare Rāma, Hare Rāma, Rāma Rāma, Hare Hare*），主的奉献者便能轻松、快活地向至高彼岸迈进，而此彼岸非任何其他宗教之法门所能契证。

《薄伽梵歌》的结论在第十八章（18.66）：

sarva-dharmān parityajya
mām ekaṁ śaraṇaṁ vraja
ahaṁ tvāṁ sarva-pāpebhyo
mokṣayiṣyāmi mā śucaḥ

“舍弃其他各种宗教，只是皈依我。我会把你从所有罪恶报应里拯救出来，不要害怕。”

应当舍弃所有其他的法门，一心在克利须那觉性里面践履奉爱服务。这能让人成就生命的最高圆满。这样的人，不必顾虑前世的恶行，因为至尊主已经完全接管了他。因而，在灵性觉悟方面，不必枉费心力，试图凭自力拯救自己。让我们每个人都托庇于无所不能的无上主神——克利须那吧！这才是生命的究竟圆满。

诗节 8：只要一心凝注于我——至上人格主神，将你的全部智慧奉献给我，如此，你必常住于我。

要旨：献身于为主克利须那做奉爱服务的人，活在跟至尊主的直接的关系里面，因而，毫无疑问，他的地位自始就是超绝的。奉献者并不是活在物质层面之上，而是活在克利须那里面。主的圣名跟主无有分别；当奉献者唱颂 *Hare Krishna* 之时，克利须那和他的内在能力就在奉献者的舌头上跳舞。奉献者向克利须那供奉饮食，克利须那也直接受纳。奉献者吃下祭余，就变得克利须那化了。尽管此法为《薄伽梵歌》和其他吠陀经典所推崇，未曾践履过这类服务的人却无法明白其中的奥妙。

诗节 9：檀南遮耶呀！若你不能一心凝注于我，无有偏违，就持守巴克提瑜伽的戒律吧。如此，你会培养出想达到我的愿望。

要旨：此颂点出巴克提瑜伽的两种不同修法。第一种适用于那些凭借超越之爱，已经实际培养出对至上人格主神克利须那的爱著心的人；第二种适用于那些尚未能以超越之爱，培养出对无上者的爱著心的人。

针对第二类人，有各种规定的戒律，若能奉行，最终也会被提升至爱著克利须那的境界。

巴克提瑜伽即感官的净化。在现世的物质存在中，感官追逐感官之乐，总是不清净的。然而，透过修炼巴克提瑜伽，感官就可以受到净化，在清净的状态下，感官得以直接跟至尊主接触。在物质存在里面，我为雇主做一些服务，但实际上，我并不真的是出于爱而为雇主服务。我服务，只是为了赚钱。雇主也无爱心可言，他接受我的服务，然后给我酬劳。因此，其中并无爱的交流。但对于灵性生活来说，必须超拔到纯爱的境界。这种爱的境界可透过运用当前的感官修炼奉爱服务达到。

这种神爱当体潜伏于每一个人的心中。在那里，神爱以不同的方式被呈现出来，但却被物质熏习污染了。现在，心灵必须受到净化，必须清除物质熏习，潜伏的、对克利须那的天性之爱必须被唤醒。这就是全部的过程。

欲践行巴克提瑜伽的戒律，须在高明的灵性导师的指导下，持守某些清规，例如早起，洗沐，进庙，祷告，唱颂 *Hare Krishna*，然后采花、烹调，供养神像，进用祭余，等等。有各种必须持守的戒律。此外，还应该不断从纯粹奉献者那里听闻《薄伽梵歌》和《薄伽梵往世书》。如此修持，能让任何人臻达神爱之境，然后向上帝之国迈进。在灵性导师的指导下，持守戒律，决定能把人带到神爱之境。

诗节 10：如果你不能修持巴克提瑜伽的戒律，那么，就努力为我作工，如此，你也能够达到圆满之境。

要旨：即便不能够在灵性导师的指导下，修持巴克提瑜伽的戒律，仍可透过为至尊主作工而被带到圆满之境。如何去作这种工，这在第十一章第五十五颂已有解说。吾人应当对弘扬克利须那觉性抱持同情心。有很多奉献者，献身于传布克利须那觉性，他们需要帮助。因此，即便人不能够直接修持巴克提瑜伽的戒律，他可以设法帮助那样的工作。每一项努力都需要土地、资金、组织、人手。这就像做生意，需要有营业的地方，需要资金周转，需要劳力、管理，才能做大，为克利须那服务也需要这些。唯一的不同之处在于，物质主义者为感官之乐而作。然而，同样的工，若为满足克利须那而作，就变为灵性活动了。如果一个人有足够的金钱，他可以帮助建造办事处或庙宇用以传布克利须那觉性。或者，他可以帮助出版书籍。活动领域有很多种，应该对这些活动有兴趣。若人不能牺牲业果，仍可牺牲业果的一部分，用来传布克利须那觉性。如此为克利须那觉性之故所做的自愿性服务，能帮助人升进至神爱的较高阶段，并随之变得圆满。

诗节 11：然而，若你不能在此觉性里面为我而作，那么，就舍弃一切业果，争取安处自我。

要旨：也许，由于社会、家庭或宗教的缘故，或者因为其他的障碍，一个人甚至无法支持克利须那觉性的活动。假若他直接参与克利须那觉性的活动，可能引起家人的反对，或面临很多其他的困难。对于这些有困难的人，建议他最好把累积下来的工作成果捐献出去做善事。这类做法在吠陀礼法里多有论述。其中包括很多献祭和善业（*punya*）。善业是指将一个人过去的业果加以利用的特殊活动。如是，人便能逐渐被提升至义理的层面。

也有这种情况，有些人对克利须那觉性的活动不感兴趣，却捐助医院或其他社会机构，如此，他舍弃了辛苦得来的业果。这里也提倡这种做法，因为透过舍弃业果的实践，肯定能逐渐洁净心意；而心意在净化的状态下，就能领悟克利须那觉性。当然，克利须那觉性并不依靠任何其他体验而生起，因为克利须那觉性本身足以洁净人心，不过，如果在信受克利须那觉性方面有阻碍，那或许可以尝试舍弃业果。就此而言，服务社会、服务群体、服务国家、为国牺牲，等等，都可以为人所接受，这样终有一天，可以达到为至尊主做纯粹奉爱服务的阶段。《薄伽梵歌》（18.46）有句云："一切有情自我流生"（*yataḥ pravṛttir bhūtānām*）。决意为无上始源牺牲的人，即使并不知道无上始源就是克利须那，也可以透过牺牲的途径，逐渐明白克利须那才是无上始源。

诗节 12：如果你无法如此实践，那么，培养知识吧。然而，比知识更好的是观修；比观修更好的是舍离业果，透过舍离，便能获得心灵的宁静。

要旨：正如前面偈颂所论，奉爱服务有两种：一是修持戒律，一是全心爱著至上人格主神。对于那些不能实际奉行克利须那觉性之原则的人，最好去培养知识，因为凭借知识，就能解悟自我的真实地位。致知会逐渐发展到观修。透过观修，就能以渐进之法觉解至上人格主神。有很多法门，能让人觉悟自我就是无上者，若人未能践履奉爱服务，这类观修也是胜选。若人不能如此观修，那么，还有赋定职分，吠陀典为婆罗门、刹帝利、毗舍、首陀罗制定了各自的法（*dharma*），我们在本书最后一章将会看到。不过，在一切情况下，都应该舍弃辛苦工作的成果，意即拿业果用来行善。

概而言之，达到终极的目标——至上人格主神，有两种修法：一者渐修，一者顿捷。在克利须那觉性里面做奉爱服务是顿捷法。另一种修法则包括舍离业果，然后是致知阶段、观修阶段、解悟胜我的阶段，最后到服务至上人格主神的阶段。可以持渐修之法，也可以走顿捷之路。顿捷法不是人人都可以修炼的。因此，渐修法也是好的。不过，要懂得，克利须那没有向阿周那推荐渐修法，因为他已经处在为至尊主做奉爱服务的阶段。那是为其他不在这个阶段的人而施设的。对于这些人，应该修持渐修法：舍离、致知、观修、体证梵和超灵。《薄伽梵歌》所强调的是顿捷法。建议每一个人都采用顿捷法，皈依至上人格主神——克利须那。

诗节 13/14：不怀嫉妒，做众生的良友，不以所有者自居，远离我慢，苦乐如一，宽容安忍，克己知足，坚定地践履奉爱服务，心智凝注于我——这样的奉献者我很珍爱。

要旨：再次回到纯粹奉爱服务这一点上，主在这两首偈颂里描述了纯粹奉献者的超妙德性。纯粹奉献者在任何境况下都不会受困扰。他也不会嫉妒谁，不会成为反对他的人的敌人。他想：“由于我过去生中的恶业，此人把我当敌人对待。因此，承受比反抗好”。《薄伽梵往世书》云：*tat te 'nukampāṁ su-samīkṣamāṇo bhuñjāna evātma-kṛtaṁ vipākam*，每当奉献者身陷苦难，或落入困境，他都认为那是主对他的恩慈，他思忖：“由于我过去生中的恶业，我本应承受比现在多得多的苦难。如今，我之所以没有得到所有应得的惩罚，是凭了至尊主的慈恩。我只受到一丁点惩罚，那是至上人格主神的慈悲。”故此，他永远澹定、静默、安忍，尽管他也遇到很多令人苦恼的境况。

奉献者总是善待众生，即使对敌人也是如此。“无我所”（*Nirmama*），意指奉献者不太在意属身的苦痛和烦恼，因为他们已彻底证知，自我不是物质躯壳。他不会把自我当成躯壳。因此，他摆脱了我执之念，平静对待一切苦乐。他宽容安忍，满足于因至尊主的恩慈而来的一切。他不会为获得难得之物而费尽心机，故而自在快活。他是完美的通玄者，因为他严守灵性导师给他的训示。他决心贞固，因为他的感官已经得到调伏。谬论妄见不能动摇他，因为没有人能动摇他做奉爱服务的坚定决心。他彻底觉知到，克利须那是永恒的主，故此，谁也无法扰乱他。凡此德性，使他能将心智完全凝注于至尊主。奉爱服务到此地步，无疑非常稀有。但透过修持奉爱服务的戒律，奉献者乃得立身此境。此外，主说，这样的奉献者，为他所爱，因为他在圆满的克利须那觉性里所做的一切，总是让主欢喜。

诗节 15：不置人于困境，亦不为人所困扰，于苦乐、忧惧中均持心虚静，这样的人我很钟爱。

要旨：此颂进一步描述了奉献者的德性。奉献者绝不会置任何人于困苦、忧惧、烦恼之中。奉献者善待一切众生，他不会做让别人忧恼的事情。另一方面，若有人想要让他忧恼，他也不会被扰乱。由于主的恩慈，他修为如此纯熟，乃至能不为任何世间烦恼所乱。实际上，奉献者时时心存克利须那觉性，践履奉爱服务，一切世间尘境根本无法撼动他。一般来说，物质主义者有了一些让感官和身体得到满足的东西，会变得十分快乐。然而，当他们看到其他人有了这些东西而自己没有时，就会感到难受和嫉妒；当他预知对头要来报复时，就会感到恐惧；当他做事不利时，就会变得颓丧。始终超绝于这一切烦恼的奉献者，为克利须那所钟爱。

诗节 16：不落俗套，精纯，练达，无忧无虑，远离一切烦恼，不追逐业果，这样的奉献者，为我所爱。

要旨：奉献者也会得到钱，但他不应为钱拼命。如果由于无上者的恩慈，金钱自动来到他手里，他也不会不安。奉献者一天至少澡沐两次，而且清晨即起，践行奉爱服务。如是，无论外在内在，他自然都清净无染。奉献者明敏练达，因为他彻知一切生命活动之精蕴，信奉权威性的经典。奉献者绝不会加入任何党派，所以自由自在。他远离一切称谓名号，所以不染悲喜；他晓得，躯壳不过是名号而已，所以如果有身体上的痛苦，他并不在乎。纯粹奉献者不会去追逐任何违反奉爱服务原则的东西。例如，建造一座大的建筑物，需要很大的精力，如果不利于他在奉爱服务上的进步，他就不会去做。他会为主建造神庙，而且，他愿意为此操心焦虑。但是，他不会为自己的家人大兴土木。

诗节 17：无悲无喜，无悔无求，吉凶祸福，一概舍离，这样的奉献者，我分外钟爱。

要旨：纯粹奉献者对于世间的得失，不喜不忧。他不会热衷于收徒求子，也不会因求之不得而难过。如果失去了他所珍爱的东西，他也不会懊丧。同样，如果得不到他所想要的，他也不会烦恼。面对一切吉凶祸福，他都超然自若。他愿意为满足至尊主而冒尽风险。没有什么能阻碍他践履奉爱服务。这样的奉献者，克利须那分外钟爱。

诗节 18/19：平等对待敌友，对荣辱、冷热、苦乐、毁誉，皆无动于衷。不受世俗熏染，宁静玄默，知足少欲，随遇而安，心智贞定，践履奉爱服务，这样的人，为我所爱。

要旨：奉献者总是避免所有不良的交往。人有时受到称赞，有时又遭诽谤，这是人群的天性。但奉献者常自超绝一切造作的毁誉、苦乐。他很耐心。他不会谈论任何跟克利须那无关的话题。因此，他被形容为宁静玄默。玄默不是不说话，而是不说戏言废话。应该只说重要的话，对于奉献者来说，最重要的话是为至尊主而说的。奉献者在任何境况下都自在快活。有时他得到美味的食物，有时得不到，但他都一样满足。他也不计较住的条件。他有时睡在树下，有时晏息于豪宅华屋，但两者都吸引不了他。他被称为“贞定”，因为他坚处于知识和决心。我们可能发现，在描述奉献者的德性时，往往有重复的地方。不过，这只是为了强调，奉献者必须获得所有这些德性。没有好的德性，不能够成为纯粹奉献者。一个人若不是奉献者，必无美德（*Harāv abhaktasya kuto mahad-guṇāḥ*）。想成为受人称许的奉献者，应培养美德。当然，也不必去刻意追求，献身克利须那觉性、践履奉爱服务，会让人自动培养出这些德性。

诗节 20：遵行这不朽的奉爱之路，彻底投入，满怀信心，以我为最终极的目标，对这样的人，我非常、非常地钟爱。

要旨：在这一章，从第二颂到结尾，即从“一心凝注于我的人形身相”（*mayy āveśya mano ye mām*）到“遵行这不朽的奉爱之路”（*ye tu dharmāmṛtam idam*），至尊主诠述了接近他的超越性服务之道。此道为主所珍爱，凡践履者皆为主所眷顾。践履非人格梵之途的人，以及为至上人格主神做人格性服务的人，两者孰优？这个问题由阿周那提了出来。主的答复很明确，毫无疑问，为人格主神做奉爱服务，在一切灵修法门中，是最殊胜的。换言之，本章阐述了，透过好的熏染，人就会培养出对纯粹奉爱服务的乐著心，因之接受一位正宗的灵性导师，开始以信心、乐著心和奉爱之心，跟随灵性导师听闻、念诵并修持奉爱服务的戒律，如是乃得践履奉爱服务。这条灵性觉悟之途在本章得到了阐扬。是故，奉爱服务无疑乃觉悟自我、证得至上人格主神之唯一、绝对之门径。

如本章所论，至高绝对本体之非人格理念，只在一个人彻底献身灵性觉悟之前适用，换句话说，只要人还没有机会亲近纯粹奉献者，非人格理念或许是有助益的。在绝对本体之非人格理念里面，人不为业果而作，观修、致知以解悟灵、物之分际。这对尚未亲近纯粹奉献者的人是有必要的。若有人幸运地培养出一种愿望，想直下在克利须那觉性里面践履纯粹奉爱服务，那他就无须经历那种循序渐进的灵性觉悟之途了。诚如《薄伽梵歌》中间六章所论，奉爱服务更圆融。他无须操心生计俗务，因为由于主的恩慈，一切自会安排妥当。

巴克提维丹塔阐释圣典《薄伽梵歌》第十二章“奉爱服务”终。

第十三章　自性、受用者、知觉

诗节 1/2：阿周那问：我亲爱的克利须那呀！我想了解自性、补鲁莎、田、知田者、知与所知。至上人格主神答道：贡蒂之子呀！此身名为田，观身者名为知田者。

要旨：对自性（*prakṛti*）、补鲁莎（*puruṣa*）、田（*kṣetra*）、知田者（*kṣetra-jña*）、知识以及知识的对象，阿周那感到好奇并向克利须那提问，克利须那便答道：此身谓之田，观身者谓之知田者。对于受拘限的灵魂，身体就是造业之田，或曰业田。受拘限的灵魂为物质存在所诱，试图支配自然。如此，根据他支配物质自然的能力，他得到了一片业田。此业田即躯壳。而躯壳又是什么？躯壳由感官构成。受拘限的灵魂欲图享受感官之乐，如是，根据他享受感官之乐的能力，他被赋予一具躯壳，也就是业田。如是，躯壳谓之田（*kṣetra*），即受拘限灵魂的业田，而人谓之知田者（*kṣetra-jña*），他本不应将他自己认同于躯壳。

理解田与知田者，也即身与观身者之分际，并不很难。任何人都可以如此细想：从小到老，他的身体已经历了无数的变化，但他仍是同一个人，始终存在。故此，业田的知者和实际的业田有别。受拘限的灵魂由此可以明白，他跟躯壳不同。《梵歌》开篇讲 *dehino 'smin*——生命个体居于躯壳之内，而躯壳从幼至少，从少至壮，从壮到老，不停变化。那个拥有躯壳的人知道躯壳在变化。很明显，躯壳的所有人就是知田者。有时，我们想：“我是男人”“我快乐”“我是女人”“我是狗”“我是猫”。这些都是观身者的躯体性称谓。但观身者不同于身。尽管我们使用很多东西，例如衣饰之类，但我们知道，我们跟被使用的东西有别。同样，只要细想一下，我们就会明白，我们跟躯壳不同。你、我、或任何拥有躯壳的人，都谓之知田者，即业田的知者，而躯壳本身则谓之田，即业田。

《薄伽梵歌》前六章论述了观身者（生命个体），以及他在什么状态下觉解至尊主。中间六章则论述了至上人格主神，以及个体之灵与超灵之间基于奉爱服务的关系。至上人格主神的超上地位和个体之灵的臣属地位，也在这几章里做了明确的界分。生命个体在任何境况下都是臣属；但他们却由于遗忘了这一点而受苦。当他们靠虔诚活动而得到启明后，便以不同的领悟力向至尊主靠拢——他们可能有烦恼，可能需要金钱，可能好奇，也可能想追求知识。这些都讲过了。现在，从第十三章开始，将要解说，生命个体如何受取物质自性，以及他是如何凭借果报活动、致知穷理、践履奉爱服务等不同的法门，被至尊主所救度的。尽管生命个体与物质躯壳截然不同，但不知怎地，他却被拘限了。这点也将会得到阐释。

诗节 3：婆罗多之华胄呀！你当明白，我也是一切身田的知者。对身和观身者的觉解，名为知。我之见解如是。

要旨：讨论身与观身者，灵与超灵，涉及三个不同的论题：上帝、生命个体、物质。在每一业田或每一身体之内，都有两个灵魂：个体之灵（*Atmā*）和超灵（*Paramātmā*）。因为超灵是至上人格主神克利须那的全权分身，所以克利须那说：“我也是身田的知者，但不是个体性知者。我是至高无上的知者。我以超灵之位临在于每一身田之中。”

若有人透过这部《薄伽梵歌》，细究业田、知田者之理，便能获得知识。

主说：“在每一个体之身中，我为业田之知者”。个体可以是己身的知者，但他不能知其他身体。至上人格主神以超灵之位临在于一切身中，于一切身无不洞然了知。他尽知有情一切族类之不同身体。臣民只知道自己那一小块土地，但国君不单对宫室了如指掌，还了解每个臣民所拥有的产业。同样，一个人或许是他个体之身的所有者，然而，至尊主是一切身体的至高所有者。国君是江山的正主，臣民则是二主。同样，至尊主为一切身体之至高所有者。

身体由感官构成。至尊主是赫黎史基士（*Hṛṣīkeśa*），即“感官的主宰者”。他是感官的正主，正如国君是国事的正主，而臣民则是二主。主说：“我也是知者”。这就是说，他是至高的知者；个体之灵只能观照自己特殊的身体。吠陀经典有言：

kṣetrāṇi hi śarīrāṇi
bījaṁ cāpi śubhāśubhe
tāni vetti sa yogātmā
tataḥ kṣetra-jña ucyate

此身谓之田，身体之主人公和至尊主皆居停于其中，身体与身体之主人公，皆为至尊主所知。因此，至尊主被称为一切田之知者。业田、知田者和至高知田者，三者之分际，将论述于下。对身体之性分、灵魂之性分以及超灵之性分的圆满知识，吠陀典谓之“梵理”（*Jñāna*）。此乃克利须那之见解。认识到灵魂和超灵既一又异，就是知识。若不懂业田和知田者，知识就不圆满。必须懂得物质自然（*prakṛti*，即自性）、物质自然的受用者（*puruṣa*）和至高主宰者（*īśvara*，那主宰物质自然、个体之灵的知者），及其三者之不同地位。不可混淆此三者之体性。犹如不应该混淆画师、画和画布。世界为业田，也即物质自然；物质自然的受用者乃生命个体；凌驾于两者之上的则是至高主宰者——人格主神。《白净识奥义书》（1．12）有言：*bhoktā bhogyaṁ preritāraṁ ca matvā/ sarvaṁ proktaṁ tri vidham-brahmam etat*，梵分为三：自性（*prakrti*）为业田之梵；命我（*jīva*，个体之灵）也是梵，但他总想支配物质自然；此二者之主宰也是梵，但他是真正的主宰者。

这一章将解说，在此二知田者中，一者不会犯错，一者会犯错。一者为主上，一者为臣属。认为此二知田者是一非二，即与至上人格神之言相悖，他在此明示："我也是业田之知者"。错把绳子看成蛇，就是无知。有不同的身体，身体也有不同的主人公。由于每一个体之灵皆禀赋特殊之才质，以支配物质自然，所以产生了不同的身体。然而，无上者也作为主人公，临在于一切身内。"*Ca*"字极要紧，因为它表示身体之总摄。这是室利·巴腊提婆·维迪耶布善那的注解：克利须那是除了个体之灵外，临在每一身体之内的超灵。克利须那在此明确开示：真谛即是，超灵是业田的主人公，也是极微之受用者的主人公。

诗节4：现在，请听我概说此业田：它如何构成，有何变化，因何而来，知业田者为谁，以及此知者的作用。

要旨：至尊主要诠述业田，以及在其命定地位之中的知业田者。吾人当知，身体如何构成、构成它的物质为何、它在谁的操纵下活动、它的变化如何产生、从何而来、其因何在、其理为何，以及个体之灵的终极归趣是什么、他的本来面目又是什么。吾人还当知，个体之灵与超灵之分际，二者之不同作用、能力等等。只要从至上人格神所做的诠述里去理解《薄伽梵歌》，所有这一切自会显豁明朗。不过，必须当心，切不可把居于每一身体中的至上人格主神与个体之灵也即命我混为一谈。这就像把能者和无能者等量齐观一样。

诗节5：在各种吠陀典藉中，不同的圣者对业田、知业田者，皆有所论述。尤其《吠檀多经》，对其中的因果关系做了全面的推理。

要旨：尽管至上人格主神克利须那是阐释这门学问的最高权威，但考虑到硕学方家惯于引经据典，所以克利须那透过引证世所公认的权威经典——《吠檀多经》，诠释了灵、超灵之二元性和非二元性这一最具争议的论题。首先，他说："根据不同圣者所说"。说到圣者，除了主自己，《吠檀多经》的撰作者——毗耶娑也是一位伟大的圣者。在《吠檀多经》里，灵与超灵之二元性得到了圆满的解说。毗耶娑之父钵罗萨腊·牟尼也是一位伟大的圣者，他在他的宗教作品中写道：*aham tvaṁ* *ca tathānye*，“我们——你、我和其他各类有情，虽在躯壳之中，却尽属超然。现在，我们按照各自不同的业报，落入三极气性之化机，如是，我们有的秉性高明，有的秉性凡近。高明、凡近之禀赋，皆源于无明，且透显于无量数之生命个体。但是，超灵永无瑕疵，他不受物质气性之染污，超世独立”。同样，原始的《吠陀经》，尤其是《羯陀奥义书》里，也对灵、超灵和身体做出了界分。有很多伟大的圣者都诠解了这一点，钵罗萨腊乃其中之翘楚。

chandobhiḥ，意谓各种吠陀典籍。例如，分隶于《夜柔吠陀》的《泰提黎耶奥义书》，就论述了自性、生命个体以及至上人格主神。

如前所论，*Ksetra* 意谓业田，而知田者有二：个体生命和至上生命。《泰提黎耶奥义书》（2.9）云：*brahma puccham̐ pratiṣṭhā*，证梵有五阶。至尊主的能量有一种呈现，名为“食味所成我”（*anna-maya*），民以食为天，这是对无上者的物质主义觉悟。接着，从饮食中体悟到至高绝对本体之后，人就能在生命活力或生存形态中体悟到绝对本体，此为“生气所成我”（*prana-maya*）。体验超出生命活力的范围，延伸到思想、感觉、意志，乃有“心识所成我”（*jnana-maya*）。随后，产生对梵的觉悟，此为“觉性所成我”（*vijnana-maya*），由此乃将心意、生命活力跟生命自体分判开来。下一步是至高的阶段，即对极乐自性的体证，此为“妙乐所成我”（*ananda-maya*）。如是而有证梵之五阶，名为 *brahma puccham*。此五阶之前三阶——“食味所成我”“生气所成我”“心识所成我”，关涉生命个体之业田。超绝此诸业田之上者，为至尊主，名为“妙乐所成我”。《吠檀多经》论至尊主曰：“恒言梵性极乐”（*ānanda-mayo 'bhyāsāt*），至上人格主神本性充满喜乐；为了享受自身的妙乐，他扩展为“觉性所成我”“心识所成我”“生气所成我”“食味所成我”。在业田里面，生命个体被认为是受用者，与其有别者为“妙乐所成我”。这意味着，若生命个体决定与“妙乐所成我”契接而得受用，那他就变得圆满了。作为至高知田者的至尊主、作为臣属性知田者的生命个体，以及业田之性质，于此乃得真实之写照。吾人当从《吠檀多经》或《梵天本集》里探寻这一真理。

此颂提到，《吠檀多经》里的输多罗（*sutra*）是按照逻辑因果关系精心编排的，比如有些输多罗：*na viyad aśruteḥ*（2.3.2），*nātmā śruteḥ*（2.3.18）以及 *parāt tu tac-chruteḥ*（2.3.40）。第一句指业田，第二句指生命个体，第三句则指至尊主，一切有情之至美善者。

诗节 6/7：五大、我慢、智、冥谛、十根、一心、五根尘、欲望、憎恨、快乐、苦恼、聚合、生命力、信——这一切，概言之，即业田及其交互作用。

要旨：按伟大圣者的权威性论述，即吠陀赞歌以及《吠檀多经》之输多罗，世界之构成可以被理解如下：先有土、水、火、风、空，是为五大（*Mahā-bhūta*）。其次是我慢、智以及三极气性之混沌状态。然后有五知根：眼、耳、鼻、舌、皮肤。随后是五作根：口、手、足、肛门、生殖器官。接着，在诸根之上，乃有心。心是内在的感官，可以称为心根。如是，把心根算在一起，总共有十一根。再加上五根尘（译者按：即感官对象）：色、声、香、味、触，共计二十四谛，其聚合体便称为业田。若对此二十四谛进行分析研究，即可了知业田。接下来，是粗身内五大之表现及其相互作用，即欲望、憎恨、快乐、痛苦。生命力，表现为觉知和信，是细身——心、识、我慢的显发。这些精微的元素也为业田所涵摄。

五大为我慢之粗糙表现，生于我慢之初始阶段（术语谓之 *Tāmasa-buddhi*，即无明业识、染污法）。此阶段又代表了三极之气的混沌阶段。物质自然之混沌状态被称为“冥谛”（*Pradhāna*）。

若想细究二十四谛及其相互间之作用，就得更详尽地学习这门哲学。《薄伽梵歌》只给了我们一个梗概。

身体乃此诸谛之体现。它有六种变化：生、成、住、异、坏、灭。因此，田为无常之物。然而，身田之知者、所有者，却与之有别。

诗节 8/12：谦下、无骄、不害、安忍、真纯，亲近正宗的灵性导师、洁净、坚稳、自律、舍离感官享受的对象、无我执、洞

明生老病死之苦、超脱自在、不为妻儿室家所累、祸福等受、对我精诚奉献、好隐独处、以自我觉悟为究竟、致知穷理——我宣布，凡此皆为知，余者皆为无知。

要旨：此致知的过程有时被无知者误解为业田之交互作用，但实际上，这才是真正的致知之道。若有人契认此道，就有接通绝对真理的可能。它并不是前面所讲的二十四谛之交互作用，而是挣脱此尘世诸谛之缠缚的妙道。躯体化的灵魂被困在此二十四谛和合而成的躯壳里面，而这里所讲的致知之道就是挣脱躯壳的法门。

在所有对致知之道所做的诠述中，第十一颂的第一行讲到了最重要的一条：致知之道归结于对主的精纯奉爱（*Mayi cānanya-yogena bhaktir avyabhicāriṇī*）。因此，若不靠拢或不能够靠拢此超越性服务，那么其他十九种知概无特殊之价值。然而，若在圆满的克利须那觉性里面践履奉爱服务,其他十九种知自然会从内心生起。《薄伽梵往世书》(5.18.12）云：已达到奉爱服务阶段的人，能培养出一切觉明之德（*yasyāsti bhaktir bhagavaty akiñcanā sarvair guṇais tatra samāsate surāḥ*）。第八颂讲到认灵性导师，此原则极为要紧。即便对践履奉爱服务的人来说，这也是最要紧的原则。超越性生命始于接受一位正宗的灵性导师。至上人格主神——室利·克利须那在此明示，此致知之道为真实法门，余者皆情识攀援，谬悠无稽。

此颂所列之知，兹逐条解析如下。“谦卑”（*Amānitva*），意谓不求通过获取他人的钦敬而得满足。生命的物质化观念让我们很渴望得到他人的尊敬。然而，在具足圆满智慧，也即了知真我并非躯壳的人看来，一切与躯壳有关者，无论荣辱，皆无价值。吾人不该追逐这种浮名。世人企盼因自己的宗教而出名，结果我们有时会看到，某人在不了解宗教原则的情况下，加入某个并不持守宗教原则的团体，接着他就力图标榜自己，以教主、大师自称。对于灵性学问上的真实境界，应该做个测试，看看他到底精进到何等地步。参照上述各条就可以做出评判。

一般来说，“不害”（*Ahimsa*）意指不杀生或不残灭身体，但真正的不害是指不置人于苦恼。世人皆为无明所惑，陷溺于物质化的生命观，不断蒙受物质苦痛。因此，救度世人，使其臻于灵性觉明之境的人，才算得上实践“不害”。吾人当尽最大的努力，把真知传布给世人，让他们受到启明，远离物质的缠绕。此即“不害”。

“安忍”（*Ksanti*），意为人当修心，容忍他人对自己的羞侮和诟辱。若有人致力求取灵性觉明，会遭受极大的羞侮和诟辱。这是意料之中的，因为物质自然之理就是如此。甚至像巴腊陀，一个才五岁的男孩，由于追求灵性觉明，遭到父亲的敌视，几乎性命不保。他的父亲千方百计要杀害他，但巴腊陀容恕了父亲。如是，求取灵性觉明，或许会遇到很多障碍。不过，我们应该忍受，满怀信心，继续前行。

“真纯”（*Arjava*），意为率真而不圆滑，甚至可以向敌人吐露真相。至于认灵性导师，这相当要紧，因为没有正宗灵性导师的教诲，就无法在灵性学问上得到进益。人当以谦下心亲近灵性导师，为灵性导师服务，如此，灵性导师就会受到取悦，把祝福赐给弟子。正宗的灵性导师是克利须那的代表，如果他祝福弟子，弟子当下就得进升，甚至不必持守戒律。或者，对于一个毫无保留地为灵性导师服务的人，持守戒律会比较容易。

“洁净”（*Sauca*），对于在灵修上精进很重要。洁净有两种：外在的和内在的。外在的洁净意指澡沐；至于内在的洁净，应该念念不离克利须那，持诵：赫列 克利须那，赫列 克利须那，克利须那 克利须那，赫列 赫列；赫列 罗摩，赫列 罗摩，罗摩 罗摩，赫列 赫列（*Hare Kṛṣṇa, Hare Kṛṣṇa, Kṛṣṇa Kṛṣṇa, Hare Hare/ Hare Rāma, Hare Rāma, Rāma Rāma, Hare Hare*）。此法能从心中拭净业力之积尘。

“坚稳”（*Sthairya*），意为人当非常坚定，在灵修上有精进的决心。没有这样的决心，就无法取得实实在在的进益。

“自律”，意指不该接受任何有碍灵修精进的事物。应该习惯于拒绝任何跟灵性进升相背反的事物。这就是真正的舍离。感官极其强顽，总是渴求感官之乐。不应该去填塞这些不必要的人欲。应该只为身体之康健而满足感官，好让自己能践履职分，求取灵性生命之进益。最重要而又最难以调伏的感官就是舌头。若能控制舌头，就很容易调伏其他感官了。舌的功能为尝味和发声，故此，依照系统性的戒律，舌头该总是用来品尝给主克利须那供奉过的祭余，念诵 *Hare Krishna*。至于眼睛，应该只用来看克利须那的妙相，除此以外，什么都不能让它看。如此即可管住眼睛。同样，耳朵该用来听闻克利须那，鼻子该用来嗅供过克利须那的花。这就是奉爱服务的修持之法。由此可知，《薄伽梵歌》仅仅阐扬奉爱服务的学问。奉爱服务是首要、唯一的目的。有的《薄伽梵歌》注释者，心智鄙陋，力图把读者的意识引入歧路，然而，除了奉爱服务之外，《薄伽梵歌》再无其他主题。

“我执”（*Ahankara*），意即以身体为自我。当人明白，他不是身体，而是灵魂时，他就找到了真我。我是存在的。我执为恶趣，而真我则否。《大林间奥义书》（1.4.10）云：“我即梵，我即灵”（*ahaṁ brahmāsmi*）。这个“我是”，即自我觉知，在自觉的解脱阶段也存在。此“我是”之觉，即为自我，然而，当“我是”之觉被转用于幻有之身时，就成了“我执”。当自我觉知被施于真际时，即为真我。有些哲学家说，我们该舍弃自我，但我们无法舍弃自我，因为自我意味着自性本体。当然，我们该舍弃跟躯壳的虚妄认同。

吾人当尽力去了解，因受取生、老、病、死而招致的苦恼。各种吠陀典籍都有对出生的描述。未生者的世界、胎儿之住于母体及其经历的惨苦，在《薄伽梵往世书》里都有生动的叙述。应该彻底明白，生是痛苦的。正是因为忘了在母胎里曾经受过多大的苦，我们才不去想办法了结生死轮回。同样，死时也有各种苦恼，权威性经典对此也有涉及。凡此皆应讨究。至于老、病，每个人都有实际体验。谁也不想得病，谁也不想变老，但两者都无法避免。除非我们对物质生活持悲观的看法，虑及生、老、病死之苦，否则就没有动力，推动我们在灵性生活上精进不懈。

“不为妻儿室家所累”（*Anabhis-Vanga*），并不等于说要对这些都无动于衷。他们都是天然的倾注感情的对象。但当他们不利于灵修之精进时，就不应该执着留恋。让家庭和睦幸福的最好方法就是克利须那觉性。若人安住圆满的克利须那觉性里面，就能使家庭和乐，因为克利须那觉性之法极为简易。只须持诵：赫列 克利须那，赫列 克利须那，

克利须那 克利须那，赫列 赫列；赫列 罗摩，赫列 罗摩，罗摩 罗摩，赫列 赫列（*Hare Kṛṣṇa, Hare Kṛṣṇa, Kṛṣṇa Kṛṣṇa, Hare Hare/ Hare Rāma, Hare Rāma, Rāma Rāma, Hare Hare*）、吃供过克利须那的祭余、讨论诸如《薄伽梵歌》、《薄伽梵往世书》一类的典籍、致力于崇拜神像。这四件事就能让人得到受用。应按此法调教家人。全家人可以早晚坐在一起唱颂：赫列 克利须那，赫列 克利须那，克利须那 克利须那，赫列 赫列；赫列 罗摩，赫列 罗摩，罗摩 罗摩，赫列 赫列（*Hare Kṛṣṇa, Hare Kṛṣṇa, Kṛṣṇa Kṛṣṇa, Hare Hare*；*Hare Rāma, Hare Rāma, Rāma Rāma, Hare Hare*）。若能遵行这四件事，并按此调整家居生活，存养克利须那觉性，那就无须从家居生活转向出世生活。但如果家庭生活并不融洽，不利于灵修之精进，那么就该舍弃。为了觉悟或者服务克利须那，应当牺牲一切，就像阿周那所做的一样。阿周那并不想残杀血亲，但当他明白，这些亲人是他觉悟克利须那的障碍时，他接受了克利须那的训示，奋起作战，并杀了他们。无论在什么情况下，都应该不执着家居生活的苦乐，因为世上不会全是快乐，也不会全是痛苦。

苦乐与尘世生活形影不离。应该学会忍受，一如《薄伽梵歌》之所开示。吾人绝不可能限制苦乐的来去，所以应该不贪恋物质主义的生活方式，这样自然就能于苦乐之间平等顺受。一般来说，世间之人，得其所欲则快乐，遭其所不欲则苦恼。但是，如果我们真实处在灵性境界里面，这些都不会让我们动心。要达到这样的阶段，我们必须修持无有间断的奉爱服务。毫无偏离地为克利须那做奉爱服务，即践履九种奉爱服务：听闻、念诵、崇拜、顶礼，等等，一如第九章末颂所述者。只有修持此法才行。

当人习惯了灵性的生活方式，自然就不想跟物质主义者混在一起。这与他的气质相背。我们可以检省一下自己，看自己到底有多大程度，愿意幽居独处，远离无益的交游。很自然地，奉献者对不必要的运动、上电影院、享受社交，等等，皆无兴味，因为他懂得，这些都是虚耗光阴。有很多学者、哲学家，研究性生活或其他课题，但根据《薄伽梵歌》，此类研究工作或哲学思辨并无价值，大多不过是无稽之谈。依照《薄伽梵歌》，人当以哲学性的审慎态度，去研究灵魂的本质。这里提倡人当慎思明辨，理解自我。

至于觉悟自我，此颂明确指出，巴克提瑜伽最为切实。一谈到奉爱，就必须考量超灵与个体之灵的关系。个体之灵和超灵不可能融而为一，至少在巴克提或奉爱的理念里面，不可能如此。个体之灵为无上之灵所做的服务是永恒的，正如 *nityam* 一词所表明。如是，巴克提或奉爱服务是永恒的。应该牢固树立此哲学性信念。《薄伽梵往世书》（1.2.11）对此有解说："那些真正了知绝对真理的人晓得，对自性之觉悟分三个阶段：梵、超灵、薄伽梵"（*Vadanti tat tattva-vidas tattvaṁ yaj jñānam advayam*）。薄伽梵为绝对真理之究竟。是故，吾人应该达到解悟至上人格主神的层面，进而为主做奉爱服务。此为知之圆成。

从践行谦卑开始，到觉悟绝对真理——至上人格主神为止，整个过程就像一架从地面到顶楼的楼梯。在这架楼梯上，很多人已经爬上了二楼，三楼或四楼，但除非到达顶楼，也就是觉解了克利须那，否则就还是在较低的觉明阶段。任何人如果想跟上帝争竟，同时又想在灵性觉明上取得进升，那他必定受挫。这里明确指出，没有谦卑，觉悟力就不可能真实产生。认为自己是上帝，这是最大的狂傲。尽管生命个体不断受到物质自然之严酷定律的踢打，由于无知，他仍想着："我是上帝"。因此，致知的开端，便是谦卑（*amanitva*）。人当谦卑，认识到自己原本臣属于至尊主，因为反叛至尊主，才为物质自然所役使。必须认识、坚信这一真理。

诗节 13：现在，我要解说所知，你知道后，就会尝到不死之甘露。此即梵、灵，它无始，从属于我，超越世间因果。

要旨：主已解说了业田和知田者。他也阐释了觉解知业田者的方法。现在，他要解说所知，首先是灵，然后是超灵。透过体悟能知者，即灵与超灵，可以让人尝到生命的甘露。正如第二章所论，生命个体是永恒的。本颂确认了这一点。个体之灵出世之日，无从推知。也没有人能查考命我（*jīvātmā*）究竟何时从至尊主那里化生出来。因此，它是无始的。

此说亦为吠陀典所印证，《羯陀奥义书》（1.2.18）云：“观身者无生无死，灵明充满”（*na jāyate mriyate vā vipaścit*）。

《白净识奥义书》（6.16）也把作为超灵的至尊主表述为：观身者之首、三极气性之主（*pradhāna-kṣetrajña-patir guṇeśaḥ*）。吠陀圣传经（*smrti*）云：生命个体永远在为至尊主服务（*dāsa-bhūto harer eva nānyasvaiva kadācana*）。主采坦尼亚在其教义中亦肯认此说。因而，本颂对梵的描述关涉个体之灵。当“梵”一词被用于指涉生命个体时，应该明白，他是“灵明之梵”（*vijñāna-brahma*），而非“妙乐之梵”（*ānanda-brahma*）。妙乐之梵为至上梵、人格主神。

诗节 14：他的手、足、眼、脸、耳无处不在，就是这样，超灵存在着，弥纶天地万物。

要旨：犹如太阳当空，放射无量光芒，超灵，或说至上人格主神，亦复如是。他以周流遍摄的形式存在。一切有情，从天地间第一大宗师——梵天，以至于蝼蚁微命，皆存在于他之内。有无量数之手、足、眼、脸，无量数之有情。天地万物无不得其存有于超灵之表、之里。是故，超灵周流遍摄。可是，个体之灵不能说，到处都有自己的手、足、眼、脸。这是不可能的。如果他认为，由于无明，他不能觉知到自己的手、足、眼、脸充塞弥漫；不过，当他得到觉明，就可以证入此等境界，那么这种想法本身就自相矛盾。这就是说，个体之灵为物质自然所拘限，并非至高无上。无上者有别于个体之灵。至尊主可以无限地延展他的手臂，而个体之灵却不能。在《薄伽梵歌》里，主说，若有人向他献上一片叶、一朵花、一个水果、一点水，他皆受纳。假若主在遥不可及的地方，他又怎可能收受供养呢？这就是主无所不能的明证：尽管他住在自己的居所之内，距离地球很远很远，他仍可以伸出手，收下任何人的供养。这就是他的大能。《梵天本集》（5.37）云：“他虽然永在自己超然的星体之上演绎逍遥游戏，却又周流遍摄”（*goloka eva nivasaty akhilātma-bhūtaḥ*）。个体之灵不能自称周流遍摄。因此，此颂所描述的是无上之灵、至上人格主神，而非个体之灵。

诗节 15：超灵是一切感官之始源，但他却没有物质感官。他虽为众生之衣养者，却无为不执。他超越三极气性，却又是三极气性之主。

要旨：至尊主，虽为一切感官之始源，但却不像生命个体一样具有物质的感官。实际上，个体之灵也有灵性的感官，但在受拘限之生命中，皆为物质元素所覆蔽，故此，感官活动就得透过物质表现出来。至尊主的感官不会像这样被覆蔽。他的感官是超然的，因而被称为“无气性”（*nirguna*）。*Guna* 意指气性，但他的感官不为物质气性所覆蔽。应该明白，他的感官跟我们的感官，绝非一样无别。尽管他是我们一切感官活动之因；他却自有超然之感官，无染清净。《白净识奥义书》有颂阐明此说：“至上人格主神无手，但他又有手，而且用手来收下供养”（*apāṇi-pādo javano grahītā*）。这就是受拘限灵魂跟超灵的分别。他无眼；但他又有眼——否则他如何看呢？他洞见一切，无论现在、过去、未来。他居于有情心中，了知我们过去之已作者、当下之在作者以及未来之将作者。此说亦为《薄伽梵歌》所印证：他无所不知，但无人知他。据说，至尊主没有我们这样的腿，但他却能周行天地，因为他的腿是灵性的。也就是说，主不是非人格性的。他有眼、有足、有手，无所不备。我们是至尊主的部分和微粒，所以也有这些东西。然而，主的眼、足、手诸根并未为物质自然所染污。

《薄伽梵歌》还断言，当主现身时，他凭借内在能力当体呈现。他不会被物质能量污染，因为他是物质能量之主。在吠陀典籍中，我们可以看到，他全体无非灵性。他有永恒之身，名为 *sac-cid-ānanda-vigraha*，即真常、灵明、极乐之身。主具足一切功德。他乃一切财富之所有者、一切能量之主人公。他最睿智，充满灵明。凡此皆为至上人格主神的一些表征。他乃一切有情之衣养者、一切作为之见证者。就我们对吠陀典的理解来看，至尊主永属超越。虽然我们看不见他的头、面、手、脚，但他有。当我们超拔至超越之境时，就能洞见主身。由于感官为物质染污，我们现在无法看见他的妙相。因此，仍受物质熏染的非人格主义者，无法理解人格主神。

诗节 16：绝对真理存在于动、不动一切有情之内、之外。他至精至微，超越诸根知见之力。他遥不可及，却又近在咫尺。

要旨：从吠陀经典，我们得知无上者那罗延拿临在于一切有情之内、之外。他既在灵性世界，又在物质世界。他遥不可及，却又近在咫尺。这些都是吠陀经典的说法，《羯陀奥义书》（1.2.21）云：*Āsīno dūraṁ vrajati śayāno yāti sarvataḥ*。他永在妙喜之中显发机用，但我们无法了解他如何受用自身的圆满功德。我们无法用物质的感官去看、去知。因此，按吠陀典的说法，要懂得他，我们的心识和感官皆无济于事。然而，透过修炼克利须那觉性，践履奉爱服务，心识、感官得到洁净后，就能一直不断地见到他。《梵天本集》断言，培养出神爱的奉献者，能时时见到他，无有间断。《薄伽梵歌》（11.54）也肯定，唯有透过奉爱服务，他才能被见到、被理解（*Bhaktyā tv ananyayā śakyaḥ*）。

诗节 17：超灵看似散入万有，其实从未割裂。他一本而圆融。他衣养万物，生之、长之、坏之、灭之。

要旨：作为超灵，主安住每一个人的心中。这是否意味着他被割裂了呢？不，他实际还是一。以太阳为例：日在正午，正当其位。但如果某个人朝各个不同的方向走上五千里，然后问人："太阳在哪里？"那么别人都会告诉他，太阳就在他头顶上照着呢。吠陀经典举这个例子，说明超灵并无散殊，他似发散而实凝聚。吠陀典还说，毗湿奴是一，但他凭着大能，无处不在，犹如太阳，随人遍照。至尊主虽是一切有情的生养者，但到毁灭时却又吞噬一切。第十一章也讲到，主说，他到来，是要吞噬所有集结于俱卢之野的战士。他还说，以时间的形式，他吞噬一切。他是毁灭者，杀灭一切。《泰提黎耶奥义书》（3.1）也支持此说，其言若曰：创造时，他从鸿蒙开始，养育一切；毁灭时，他又吞噬一切。他是一切有情之母、之根。创造后，万物皆长养于他的大能里面；毁灭后，万物又归于他，安息在他里面（*Yato vā imāni bhūtāni jāyante yena jātāni jīvanti yat prayanty abhisaṁ-viśanti tad brahma tad vijijñāsasva.*）。

诗节 18：他是一切发光体之光源。他超越物质的黑暗，希夷未显。他是知，也是所知，他是知之究竟。他安住每个人的心中。

要旨：超灵、至上人格主神，乃一切发光体如太阳、月亮、星辰的光源。在吠陀典中我们发现，灵性之乡无须太阳或月亮，因为那里有至尊主所放射出的辉光。在物质世界，至尊主的灵性辉光——梵光，为“大谛”（*maha-tattva*）或物质元素所覆盖，所以我们需要借助太阳、月亮、电力之类，来获得光明。然而，灵性世界无须这些东西。吠陀经典明示，由于他的灿烂辉光，一切都被照亮了。很清楚，他所在之处绝非物质世界。他安住灵性世界，在遥不可及的灵性天宇。此说亦为吠陀典所印证。《白净识奥义书》（3.8）云：“他犹如太阳，永放光芒，然而，他却远远超越尘世之黑暗”。

他的道超世绝尘。吠陀经典确立，大梵为至道之精。至尊主安住每一个人的心中，对于那些渴望往生灵性世界的人，他会赐以觉明。《白净识奥义书》（6.18）云：“若诚心欲得解脱，必须皈依至上人格神”（*taṁ ha devam ātma-buddhi-prakāśaṁ mumukṣur vai śaraṇam ahaṁ prapadye*）。至于道之究竟，《白净识奥义书》（6.18）有言：“唯有透过觉悟他，方才有可能超生脱死（*tam eva viditvāti mṛtyum eti*）。”

作为至高主宰者，他安住每一个人的心中。无上者的手足无乎不在，但不能说个体之灵也是如此。是故，必须承认，业田之知者有二：个体之灵和超灵。人的手足只能在固定的范围内活动，但克利须那的手足却伸到四面八方，天上地下，无所不在。此说亦见于《白净识奥义书》：至上人格主神、超灵，乃是主人（*prabhu*），即一切有情之主人（*sarvasya prabhum īśānaṁ sarvasya śaraṇaṁ bṛhat*）。因此，他是一切有情的终极庇护。不可否认的事实是，超灵与个体之灵永远有别。

诗节 19：至此，我已经概述了业田、知与所知。只有我的奉献者，才能彻底觉解这一切，因而获得我的体性。

要旨：主已经概述了身田、知与所知。知关乎三：能知、所知、致知。三者合而言之，谓之“道”（*Vijñāna*），即知的科学。圆满之知能被主的无瑕奉献者当下觉解。其他人则不能明白。一元论者说，到究竟圆满之境，此三者泯而为一，但奉献者并不契认此说。知、致知意味着透过克利须那觉性解悟自我。我们皆受物质意识之牵引，但当我们把全部意识都转向服务克利须那，体悟到克利须那就是一切，那时我们就获得了真知。换言之，知非它，即圆满觉证奉爱服务之初地。这将在第十五章得到阐明。

现在来做一个总结。本章之第六、第七颂，从 *mahā-bhūtāni* 一直到 *cetanā dhṛtiḥ*，解析了物质元素和生命力之某些表现。这些和合起来，就形成了身体，或说业田。从第八颂的 *amānitvam* 开始，到第十二颂的 *tattva-jñānārtha-darśanam* 为止，阐述致知的过程，以觉解业田之两类知者——个体之灵和超灵。然后，从第十三颂的 *anādi mat-param*，一直到第十八颂的 *hṛdi sarvasya viṣṭhitam*，描述了个体之灵和超灵。

如是，所论者有三：业田（身）、致知之过程、灵与超灵。这里特别讲到，只有主的精纯奉献者才能对此三者有通透的理解。对于这些奉献者，《薄伽梵歌》全体皆为其所用。正是他们，能够获得究竟圆满，即分有至尊主克利须那之体性。也就是说，只有奉献者，而非其他人，能够理解《薄伽梵歌》，受用圆成之果。

诗节 20：应该明白，物质自然、生命个体，二皆无始。其变化以及气性皆生于自性。

要旨：借助本章所陈之知，便能解悟身（业田）、观身者（个体之灵、超灵二者）。身即业田，为物质自然所赋。被躯体化的、享受躯体活动的个体之灵，谓之补鲁莎（*purusa*），也即生命个体。他是知者之一，另一个知者是超灵。当然，我们要明白，超灵和个体之灵，二者皆为至上人格主神之不同呈现。生命个体属于他的能力，超灵则属于主的人格性分身。

物质自性和生命个体，二者皆为永恒。也就是说，他们先天地而生。物质表象生于至尊主的能力，生命个体也是如此，但生命个体属于高等能力。物质自性和生命个体，二者皆先天地而生。自性（*prakrti*）凝结于至上人格主神摩诃毗湿奴之体内，需要时，便透过“大谛”（*mahat-tattva*）化显出来。同样，生命个体也在他之内。因为受到拘限，无意为至尊主服务。因此，不得进入灵性天宇。随着物质自性之显化，这些生命个体再次获得活动于世间的机会，为往生灵性天宇做出准备。这就是物质创造的玄妙之处。实际上，生命个体本为至尊主的部分和微粒，然而，由于天性叛逆，便为物质自然所拘限。这些生命个体，或主的高等能力，如何跟物质自性产生接触，这无关紧要。不过，至上人格主神洞晓，这一切如何发生、为何发生。主在经典里说，那些受物质自然吸引的人，注定要为生存而苦苦挣扎。但是，我们应该从这几首偈颂的表述中确知，由三极气性引起的一切物质自然之运化、作用，无不产生于自性。生命个体的所有变化和多样性，皆缘于身体。就灵魂而论，所有的生命个体全都一样。

诗节 21：据说，物质自性是一切物质因果的原因，而生命个体则是此世种种苦乐的原因。

要旨：生命个体所展现的肢体和感官，皆为物质自然所赋。有八百四十万种不同族类的生命体，这些多样性都是物质自然的创造。它们缘于生命个体所贪恋的各色各样的感官之乐，如是，生命个体便欲图在这个或那个躯壳中生活下去。当生命个体被送入不同的躯壳之内，便经历各种各样的苦乐。这些尘世的苦乐皆从躯壳而来，并非由于他本来的自我。在他的本来状态，他无疑快活自在，因此，那才是他的真实状态。由于想要支配物质自然的欲望，他落入了物质世界。灵性世界里没有这种事。灵性世界清净无染，但物质世界里的每一个人都在苦苦挣扎，求取种种身体之乐。身体为感官所成，这样说或许更清楚。感官是满足欲望的工具。身体和工具性的感官，总皆为物质自然所赋。正如下一颂将要阐明的，生命个体所遇命运的好坏，皆由过去的业力和欲念决定。根据其业力和欲念，物质自然把生命个体送进不同的寄居所。不管生命个体在他所得到的寄居所里是享乐还是受苦，皆为他自身一手造成。一但被送入某种特殊的身体，他便为物质自然所支配，因为身体是物质的，得根据自然的律令活动。此时，生命个体根本无力改变自然的律令。假设有生命体被送入狗的身体，一旦受身，他就必须像狗一样行为，无法再有别的选择。若有生命个体被送入猪的身体，那他就得吃屎，像猪那样行为。同样，若有生命个体被送入天神的身体，那他也得根据身体而有相应的作为。这就是自然的律令。然而，在所有境况下，超灵都伴随着个体之灵。《蒙查羯奥义书》（3.1.1）（*Muṇḍaka Upaniṣad* 3.1.1）有言："超灵与个体之灵居停身内，犹如两只互为友伴的鸟儿同栖一树"（*dvā suparṇā sayujā sakhāyaḥ*）。至尊主对生命个体如此慈悲，他永远守望着个体之灵，无论其境况如何，他皆以超灵、胜我之位临在。

诗节 22：活在物质自然里的生命个体就这样循着生命的道路，消受物质自然之三极气性。这是由于受到物质自然的熏染。如是，他便在各种生命种类中经历祸福吉凶。

要旨：要了解生命个体如何从一个躯壳转生到另外一个躯壳，此颂极为要紧。第二章阐明，生命个体从一个躯壳转生到另外一个躯壳，其实如同更衣换装。这般变换衣装，是由于他贪恋物质存在。只要他为此幻象所迷惑，就必须一直不断地从一个躯壳转生到另外一个躯壳。因为想要支配物质自然的欲念，他落入这等不如意的处境。在物质欲念的作用下，生命个体有时生而为天神，有时为人，有时为兽，有时为蛆，有时为鱼鳖，有时为圣者，有时又为虫豸，如此循环不息。无论遭遇如何，生命个体都认为自己是环境的主宰者，尽管他其实是在物质自然的作用之下。

此颂解说了他如何被送入这些不同的躯壳。这是缘于物质气性的熏染。是故，必须超拔于物质自然之三极气性，安住超越之境。这被称为克利须那觉性。除非安住克利须那觉性，否则物质意识会逼迫人从一个躯壳转生到另外一个躯壳，因为从无始以来，他就有了物质欲念。但他必须改变这种念头。只有透过从权威的源头那里听闻，才会产生改变。这里有最好的例子：阿周那转向克利须那，听闻上帝之道。生命个体如果愿意奉行此听闻之法，就会打消他一直以来抱持的、要支配物质自然的欲望，随着支配欲的减退，他开始享受灵性之乐。吠陀曼陀罗有言，当他因亲近至上人格主神而变得有学问时，就会相应地体味到生命的真常极乐。

诗节 23：此身之中，还有另一超上的受用者，他就是主、至高无上的所有者，作为监察者和许可者临在，被称为超灵。

要旨：此颂开示，永远与个体之灵相伴的超灵乃至尊主之代表。他并非一般的生命个体。一元论哲学家相信观身者是唯一的，因此他们认为超灵和个体之灵没有分别。为了澄清这一点，主说，作为胜我（*paramatma*），他临在于每一身体。他有别于个体之灵；他是 *para*，超上的。个体之灵受用某片特殊身田之活动，但超灵既非作为有限的受用者而临在，也不参与躯体性活动，而是见证者、监察者、许可者和至高受用者。他名为 *paramatam*（胜我），而非 *atma*（个体之我），他超上绝待。很明显，个体之我有别于胜我。超灵、胜我之手足无处不在，个体之灵却并非如此。而且，胜我是至尊主，他临在于身体之内，准许个体之灵欲求物质快乐。没有超灵的许可，个体之灵一事无成。个体是 *bhukta*，即受摄持者，而主是 *bhokta*，摄持者。天地间有无量数生命个体，超灵作为朋友，居于他们之内。

事实上，每一生命个体都永远是至尊主的部分和微粒，二者关系密切，犹如朋友。然而，生命个体惯于抗拒至尊主的法令，欲图独立行事，支配自然。由于有这种习性，他被称为至尊主的边际能力。生命个体既可以寄迹于物质能量，也可以安住灵性能量。一但他受到物质能量的拘限，至尊主，作为他的朋友，便陪伴着他，帮助他返回灵性能量。主一直迫切地想要把生命个体带回灵性能量，但由于其微渺的独立性，生命个体不断拒斥灵性之光。这种对独立性的滥用，就是他在尘世劳攘争斗的原因。主时时从内外两方面给他指示。从外，他给予像《薄伽梵歌》一类的开示；从内，他试图让生命个体相信，物质之田里的业行并不会带来真正的福乐。他说："舍弃它，把信心转向我。彼时你将快活自在。"如是，智者把信心投注于胜我、至上人格主神，开始迈向真常、极乐之觉明生命。

诗节 24：此义理涉及物质自然、生命个体，以及物质气性的相互作用。谁懂得了它，肯定能获解脱，无论当前处境如何，他将永不投生世间。

要旨：对自性、超灵、个体之灵及其相互关系的透彻解悟，能让人获得解脱，复归灵性之境，不必被迫回返物质自然。这就是知识带来的结果。知识的目的在于使人明白，生命个体已经不小心堕入物质存在。凭借个人努力，亲近权威、圣贤、灵性导师，生命个体必须明白自己的处境，然后透过解悟人格主神所诠述的《薄伽梵歌》，复苏灵明觉性或克利须那觉性。到那时，他肯定将永远不再回返物质存在。他将往生灵性世界，享受极乐、灵明的永恒生命。

诗节 25：有些人通过观想，有些人通过致知，另一些人则通过不计功利的工作，洞见心中的超灵。

要旨：主告诉阿周那，从寻求自我觉悟的角度来看，受拘限的灵魂可划为两类。一类是无神论者、不可知论者、怀疑论者，此辈对灵性觉明麻木不仁。另外一类，对觉悟灵性生命满怀信心，其中包括内省的奉献者、哲学家，以及舍离业果的作业者。那些试图建立一元论学说的人，也被划为无神论者、不可知论者。换言之，只有至上人格神的奉献者才有最殊胜的灵性觉悟。因为他们懂得，在物质自然之外，还有灵性世界和至上人格主神，后者分身为超灵、住于每一个人心中的胜我、弥纶天地的主神。自然，还有那些力图透过致知穷理来解悟至高绝对真理的人，他们也可划入第二类。数论哲学家用二十四谛解析物质世界，把个体灵魂归为第二十五谛。当他们懂得个体灵魂之自性超越物质元素时，就能明白个体灵魂之上还有至上人格主神。他是第二十六谛。如是，他们也逐渐证入克利须那觉性，向奉爱服务的标准靠拢。作为而不计业果，这一类人也有完美的心态。他们获得机会，得以进升到奉爱服务的层面。按此颂所说，有些觉性精纯的人，力图透过观想找到超灵，当他们发现内心的超灵时，即得安住于超越之境；其他人则欲透过致知穷理来觉解超灵；另外还有人，修炼诃陀瑜伽体系，尝试用这种幼稚的行为满足至上人格主神。

诗节 26：还有些人，虽然并不精通灵性义理，却从其他人那里听闻并开始崇拜至尊者，由于他们有听从权威的倾向，所以也超越了生死之途。

要旨：此颂特别适用于现代社会，因为实际上，现代社会并无灵性方面的教化。有些人表面上似乎是无神论者、不可知论者或者哲学家，但其实根本没有哲学头脑。至于一般的人，若秉性仁善，透过听闻，便有进升的机会。听闻之法极为重要。主采坦尼亚在这个时代传扬克利须那觉性，特别强调听闻，因为普通人只要从权威的来源听闻，就能进升，尤其是按照主采坦尼亚的说法，听闻超然的音流：赫列 克利须那，赫列 克利须那，克利须那 克利须那，赫列 赫列；赫列 罗摩，赫列 罗摩，罗摩 罗摩，赫列 赫列（*Hare Kṛṣṇa, Hare Kṛṣṇa, Kṛṣṇa Kṛṣṇa, Hare Hare/ Hare Rāma, Hare Rāma, Rāma Rāma, Hare Hare*）。

所有的人都应该透过从自觉的灵魂那里听闻来获得进益，由此便能达到渐悟。彼时，对至尊主的崇拜自然会表现出来。主采坦尼亚说，当此卡利纪，吾人无须舍弃自己的地位，不过，应该放弃透过心智思辨去理解绝对真理的图谋。应该学习成为仆人，服务那些知晓至尊主的人。若人有幸托庇于一位纯粹奉献者，从他那里听闻自觉之道，并跟随他的脚步，就会逐渐被提升至纯粹奉献者的地位。此颂尤其推重听闻之法，这是非常恰当的。尽管普通人在能力方面一般都比不上那些所谓的哲学家，但满怀信心地听闻权威者所说的话，将会帮助他们超越物质存在，最后重返故乡，回归主神。

诗节 27：要知道，你所看到的动、不动一切存有，都只是田与知田者的和合。

要旨：此颂诠解物质自性和生命个体，二者皆先天地而存有。受造万物不过是生命个体与物质自性的和合。有不动者，诸如草木、山陵等等，也有动者，凡此皆不过是物质自性与高等自性也即生命个体的和合。若无高等自性也即生命个体的摩荡，什么都无法生长起来。物与灵的关系，将一直持续下去，二者之和合是由至尊主促成的。是故，至尊主是高等自性和低等自性的主宰者。物质自然从他化生，生命个体被投入其中，一切活动和表象于焉呈现。

诗节 28：能在一切身中，洞见陪伴个体之灵的超灵，了知此能坏之身中，灵与超灵皆永不坏灭，是人确乎有见。

要旨：若有人以善知识力，洞见身、有身者（个体灵魂）、灵魂之友，三者和合互摄，这样的人，确有真知。若非亲近善知识，不可能洞见此三者。无此善知识力的人必定无知；他们只看到躯壳，躯壳坏灭，他们就以为一切都完结了。但事实并非如此。躯壳坏灭后，灵与超灵依然存在，二者永远流转于各种动、不动形体之中。梵语 *Parameśvara*（无上自在主），有时被译为个体灵魂，因为灵魂是身体的主人公，身体坏灭后，他就转入另一个身体。他是这种意义上的自在主。不过，也有人将它译为超灵。但无论如何，超灵和个体之灵，二者都将存在下去。他们绝不会坏灭。能如此着眼的人，确有真知灼见。

诗节 29：能见到超灵平等遍满，临在于一切有情心中，这样的人，不会因心念而退堕。如是，他向彼岸进发。

要旨：生命个体，一旦受取物质存在，处境就跟他的灵性存在不一样了。但是，若人明白，无上者以其超灵之体相无处不在，也就是说，若人于一切有情之中，洞见至上人格主神之临在，就不会心存险邪，自甘堕落，相反，他逐渐向灵性世界进升。一般而言，心意都热衷于感官享乐之道，然而，当心转向超灵，人就能深化灵性之觉解。

诗节 30：能看到自性化生身体，身体造作一切业行，而真我寂然无作，是人确乎有见。

要旨：物质自然在超灵的指示下，创造出身体，任何关涉身体的活动皆非人之所为。无论人做什么，目的是吃苦还是求乐，皆出于身体禀赋之逼迫。然而，真我在这一切躯体性活动之外。根据过去生中的欲念，人被赋予现在的身体。人之被赋予身体，是为了满足其欲念，利用身体，他就可以相应地活动了。实际说来，身体是一架机器，由至尊主设计，用以满足欲念。正是由于欲念，世人陷入困境，为苦乐所左右。这种对生命个体的超越性洞见，一旦养成，就能让人将真我与躯体性活动脱开。有这种洞见的人，是真正的见道者。

诗节 31：不同的身份由不同的身体产生，明达之人却只看到同一的灵魂，如此，他已证入梵境，洞见生命充塞天地。

要旨：若有人洞见各种身体之产生，是由于个体灵魂的不同欲念，身体其实并非属于灵魂自体，这样的人，确乎有见。在生命的物质化观念中，我们看某某是天神，某某是人类，某某是狗，某某是猫，等等。这是物质的眼光，而非对真实的洞见。这种物质化的界分来自生命的物质化观念。物质身体坏灭后，灵魂平等为一。灵魂，由于跟物质自然相摩荡，获得不同的身体。人能有见于此，就得到了法眼，从此摆脱对人、兽、贵、贱之类的分别心。他的觉性变得清净，能够以灵性之自我存养克利须那觉性。至于他怎样看待事物，下一颂将有解说。

诗节 32：洞察永恒的人能见到，不朽的灵魂超越、永恒，在物质气性之外。阿周那呀！尽管跟物质身体接触，灵魂并无造作，也没有被束缚。

要旨：因了物质身体的出生，生命个体也仿佛经历了出生，但实际上，生命个体是永恒的；他不是生出来的，尽管居停于物质躯壳之内，他却超越而永恒。如是，他永不会被毁灭。他天性充满喜乐，不造作任何物质业行；因此，由于跟物质身体接触而产生的业行并不会束缚他。

诗节 33：空性精微，故虽遍入万物，却并不与万物相混。同样，

灵魂虽然居于身体之中，却不与身体为一。

要旨：空气透如水、泥、屎，以及任何存在之物，但它却不会跟任何东西混杂。同样，生命个体虽然居停于各种不同的身体之内，由于其性精微，仍跟身体泾渭分明。因此，用肉眼无法看见生命个体如何跟身体相摩相荡、如何在身体坏灭后，离开身体。在科学上，没有人能弄清这一点。

诗节 34：婆罗多之华胄呀，正如太阳独力照亮整个宇宙，躯壳内的灵魂也以知觉照见全身。

要旨：关于知觉有各种不同的理论。《薄伽梵歌》在此举太阳和阳光为例。正如太阳驻空不动，却照亮了整个宇宙，极微之灵魂虽居停于此身心中，但凭借知觉，能够照见全身。因此，知觉是灵魂存在的证明，犹如阳光或光明是太阳存在的证明。当灵魂存在于身体之内，就有知觉遍布全身，而一旦灵魂离开，身体便不再有知觉。任何有头脑的人都很容易了解这一点。是故，知觉并非物质化合的产物，而是生命个体的表征。生命个体的觉性在性质上虽与至高觉性无有分别，但绝非至高无上，因为某个特殊身体内的觉性不能作用于另一身体。然而，超灵，作为个体灵魂之友，居停于一切身体之内，能觉知到所有身体。此即至高觉性与个体觉性之分际。

诗节 35：能以知识之眼洞见田与知田者的区别，又懂得解脱之法，这样的人，必达彼岸。

要旨：第十三章的要义是，吾人当解悟身、有身者、超灵三者之分际。此外，还应该辨明从第八颂到第十二颂所阐述的解脱之法。然后，便能进达彼岸。

一个有信心的人首先应该亲近善知识，听闻上帝的福音，如此便能逐渐受到启明。如果认了一位灵性导师，就能学会分辨灵、物。而这种解悟又是深化灵性自觉的基石。一位灵性导师会透过各种开示，教化弟子，让他摆脱生命的物质化观念。例如，在《薄伽梵歌》中，克利须那教导阿周那，断除他的尘情俗念。

须知，身体作为物质，可以用二十四谛来解析。身体是粗相。精微之相是心和心理作用。生命的表征就是这些性相的交合互动。然而，在此之上，还有灵魂，以及超灵。灵魂和超灵，别而为二。灵魂与二十四谛和合摩荡，使物质世界得以运化。若有人洞见全部物质表象之构成，不过是灵魂与物质元素之和合，又且照知有无上之灵安住，便能获得资格，往生灵性世界。凡此皆当深思、体会。应该在灵性导师的帮助下，对这一章有彻底的解悟。

巴克提维丹塔阐释圣典《薄伽梵歌》第十三章“自性、受用者、知觉”终。

第十四章　物质自然之三极气性

诗节 1：至上人格主神说：我要再次向你开示这无上的智慧、最殊胜的妙理。证得它，圣者们达到了究竟圆满。

要旨：从第七章之始，到第十二章之末，室利・克利须那对绝对真理、至上人格主神做了深细的开示。现在，主本人正在进一步启发阿周那。若有人以哲学思辨之法去理解本章，便会对奉爱服务有所认识。第十三章阐明，透过谦卑地培养知识，就可能摆脱物质的缠绕。其中还解说了，生命个体之所以被缠绕，是由于受到气性的染触。现在，在本章里面，至尊主要诠解究竟何为气性，它们如何运化，如何捆绑生命个体，又如何给予解脱。至尊主宣称，这一章所要解说的知识，比先前各章所开示者更为殊胜。透过对这门知识的领悟，诸圣贤皆获圆成，往生灵性世界。现在，主将以更殊胜之法解说同样的知识。这门知识远胜前面解说过的所有妙道，懂得它，许许多多人达到了圆满。如是，解悟第十四章的人，必将达到圆满。

诗节 2：心住此理，就能获得跟我一样的超然体性。如此确立之后，天地开辟时不投生，天地坏灭时无惊怖。

要旨：吾人证得圆满的形而上义理，就在质性上跟至上人格主神平齐了，由是不复受制于生死流转。然而，吾人并不会因此而丧失了作为个别灵魂的位份。根据吠陀典籍可知，获得解脱的灵魂到达灵性天宇的超然星宿，为至尊主做奉爱服务，时时观想着至尊主的莲花足。因此，即使在获得解脱之后，奉献者也不会丧失他们的个体位份。

一般而言，在物质世界，世人所得到的任何知识都被物质自然之三极气性污染了。未受物质自然之三极气性污染的知识称为形而上义理。吾人一旦安住形而上义理之中，就跟至尊主同在一个层面之上了。对灵性天宇一无所知的人认为：摆脱物质躯壳的物质活动之后，灵体就会失去形相，失去多样性。然而，正像在这个世界中有物质之殊相一样，灵性世界也有分殊之相。对此一无所知的人认为，灵性存在跟物质的多样性截然不同。然而，实际上，在灵性天宇，也有灵性形体，而且也有灵性活动。灵性的状态称为奉献性生活。那里的气氛不受污染，而且，那里的人跟至尊主在质性上没有分别。要得到这些知识，须培养所有灵性品格。培养了灵性品格的人，无论世界被创造时，抑或被毁灭时，皆不受影响。

诗节 3：婆罗多之华胄呀！“大谛”谓之梵，为天地生生之始源。我播种子于其中，众生由是而繁衍。

要旨：这里是对世界形成的诠释：万物之化生皆缘于田与知田者，也即灵与物的和合。是至尊主使物质自然与生命个体的和合成为可能。“大谛”（*mahat-tattva*）为天地万物之根源；“大谛”涵摄自然之三极气性，有时又被称为梵。无上原人播种子于其中，由是孕生无量数宇宙。“大谛”，即物质大实体，在吠陀经典中被表述为梵，《蒙查羯奥义书》云：“无上原人把生命个体作为种子播入大梵”（*tasmād etad brahma nāma-rūpam annaṁ ca jāyate*）。二十四谛，即以土、水、火、风起始的全体物质能量，构成了物质自性，也即大梵（*Mahad brahma*）。如第七章所论，此外又另有高等自性——生命个体。由于至上人格神的旨意，高等自性与物质自性构合，众生由此受生于物质自然。

蝎子在米堆里产卵，有人于是便说，蝎子从米而生。但是，米并非生出蝎子的原因。实际上，那些卵乃雌蝎所产。同样，物质自然并非孕育生命个体的原因。种子是至上人格神播下的，生命个体只不过表面看来像是物质自然的产物。如是，根据过往之业，每一生命个体获得不同的，为物质自然所造的身体，受取种种苦乐。至尊主是世间一切众生受身示现的根源。

诗节 4：贡蒂之子呀！你要明白，族类繁多的生命之所以能在物质自然里受生，皆因有我这个播下种子的父亲。

要旨：此颂阐明，至上人格主神克利须那是一切有情的本初之父。生命个体是物质自性与灵明自性的和合。生命个体不单可见于地球，也存在于每一个星球上，甚至在梵天所居的最高星球上也有。生命无处不在。土里有，水里、火里都有。凡此表现，皆缘于大自然母亲，以及克利须那之播下种子。要之，物质世界为孕育众生之胎藏，根据过往之业，众生于创世之时，受身示现为各种形体。

诗节 5：物质自然涵摄三极气性：中和、强阳、浊阴。当永恒的生命跟物质自然交接，便为气性所拘限。

要旨：生命个体因为性属超越，本来跟物质自然并无干系。由于受到物质世界的拘限，遂为物质自然之三极气性所驱使。根据自然的不同气性，生命个体获得不同的身体，并依此气性而产生相应的活动。此即种种苦乐之根源。

诗节 6：无罪之人啊！中和气性光明能照，比其他气性要清净，能断除一切恶报。安住中和气性之人，为安乐和知识所拘限。

要旨：为物质自然所拘限的生命个体，其表现各色各样。有人快乐，有人活跃，有人死气沉沉。凡此种种心理表现，乃个体落入受拘限状态之根源。《薄伽梵歌》在这一部分里，阐释了生命个体如何受到不同的拘限。首先讲到了中和气性。在世间存养中和气性，结果使人比其他受拘限者更睿智。处中和气性的人不太受尘世烦恼的影响，会产生智慧高超的感觉。其代表性类型是理当安住中和气性的婆罗门。产生安乐之感的原因在于，处中和气性之人，在一定程度上断除了恶报。实际上，据吠陀典说，中和气性意味着更多的智慧和更深细的安乐之感。

麻烦在于，当生命个体安住中和气性，就会受到拘限，感觉自己智慧高超，胜人一筹。如此他就被拘限了。科学家、哲学家就是最好的例子：他们每个都为自己所拥有的知识而极度骄傲，而且，因为他们的生活条件一般都相当优越，所以产生一种安乐之感。这种在受拘限之生活下所感受到的深细之乐，使他们为物质自然的中和气性所羁缚。如是，他们陶醉于在中和气性下作为。只要他们对以此种姿态造作抱有兴趣，就得在物质气性里受取某种躯壳。是故，他们没有可能获得解脱，或升登灵性世界。这样的人，会一次一次地变成哲学家、科学家、诗人，然后，一次一次地为生死流转之苦所缠绕。但是，在物质幻力之下，他还以为这种生活很幸福。

诗节 7：贡蒂之子呀！强阳气性产生于无限的欲望和渴求。为此之故，躯体化的生命个体为果报活动所束缚。

要旨：强阳气性（*Raja-guṇā*）以男女之相悦为特征。男为女所悦，女为男所悦。此即名为强阳气性。当强阳气性变盛时，人就会产生对物质欲乐的渴求。他开始想要享受感官之乐。为了感官的满足，在强阳气性里的人渴望在社会上获得荣名，渴望有一个幸福的家庭：娇妻、美宅、贵子。这全是强阳气性的产物。一个人只要追逐这些东西，就必得拼命工作。因此，这里明确指出，他变得执着业果，为此受到这类业行的束缚。为了取悦妻儿、团体，保住地位，他不得不工作。所以，整个物质世界差不多都在强阳气性里面。根据强阳气性的标准，现代文明被认为是进步的。而从前，中和气性才算是高明的状态。如果处中和气性的人尚且不能得解脱，那处强阳气性的人就更不必提了。

诗节 8：婆罗多之华胄哟！须知浊阴气性生于无明，颠倒一切有情。它招致疯狂、怠惰、昏睡。

要旨：此颂中“*tu*”（但是）一词的特殊运用蕴含深意。它意指，浊阴气性（*Tama-guṇā*）是躯体化灵魂的一种异常气质。浊阴气性正好是中和气性（*Sattva-guṇā*）的反面。在中和气性里，人凭着培养知识，可以了解事物的真相，但浊阴气性恰恰相反。不但不能使人进升，反而让人退堕沉沦。吠陀典如是定义浊阴气性：“在无明之幻惑下，人无法如实理解事物”。譬如，每个人都看到自己的祖父死了，由此知道自己也难免一死；人生无常，他生下的子女有朝一日也会死去。因此，死亡是必然的。可是，人们仍疯狂地聚敛财富，日以继夜地拼命劳作，根本不理会永恒的灵魂。这就是疯狂。他们在疯狂中，极不情愿提高灵性觉悟。这类人相当懒惰。即使受到邀请，有机会参加能提高灵性觉悟的聚会，他们也不太感兴趣。他们甚至不像受强阳气性控制的人那么活跃。故而，陷溺于浊阴气性里的人，还有另外一个表现，他贪睡。六小时的睡眠已经足够，然而，住浊阴气性者一天至少要睡十至十二小时。此辈看上去老是颓唐沮丧，并且嗜睡贪杯。凡此皆是为浊阴气性所拘限者的表征。

诗节 9：婆罗多之华胄哟！中和气性拘人于安乐；强阳气性拘人于业行；而浊阴气性蔽覆灵明，使人颠倒迷狂。

要旨：住中和气性者满足于自己的工作或心智求索，就像一位哲学家、科学家、教育家会投入某个特殊的知识领域，并从中得到满足。住强阳气性者致力于果报活动，他会竭尽心力，占有尽可能多的财富，然后将财富用于行善。他会做诸如开办医院、捐助慈善机构之类的善事。凡此都是强阳性人的表征。浊阴气性蔽覆灵明。在浊阴气性下，无论做什么，都是既不利己，也不利人。

诗节 10：婆罗多之华胄哟！有时中和气性突出，打退强阳气性和浊阴气性；有时强阳气性增盛，打退中和气性和浊阴气性；还有些时候，浊阴气性掩盖了中和气性和强阳气性。如是，三极气性往来消长，推排争胜。

要旨：强阳气性增盛，中和、浊阴气性乃弱。中和气性得申，强阳、浊阴气性乃屈。浊阴气性弥漫，强阳、中和气性乃消。如此往来消长，争胜不断。因此，诚心想增进克利须那觉性的人，必须超越此三极气性。某种气性之突出，可以反映在为人处事、举止行动以及饮食作息等各个方面。凡此皆将于后面诸章中得到解说。虽然如此，若人有心，可以透过修炼，存养中和气性，从而打退浊阴、强阳气性。同样，也可以长养强阳气性，弱化中和、浊阴气性。或者，听任浊阴气性弥漫，掩盖中和、强阳气性。尽管有此物质自然之三极气性，但人若下定决心，就可以造福慧于中和气性，然后，透过超越中和气性，便能安住纯粹中和，也即“华胥天人”（*Vāsudeva*）之境，由此彻悟神明之道。透过人具体的活动表现，就可以了知他处于何种气性之下。

诗节 11：当一身诸门为灵明所照亮时，便能体会到中和气性的流行。

要旨：一身有九门：两眼、两耳、两鼻孔、口、生殖器、肛门。当中和之性照亮诸门，须知此人，已培养出中和气性。处中和气性，便能视所当视、闻所当闻、食所当食。人身内外，皆得洁净。安乐之相，显于诸门，此即中和之境。

诗节 12：婆罗多之华胄！当强阳气性增盛，贪著、功利、奋争之相，以及无法克制的欲念和渴求便会发露出来。

要旨：处强阳气性的人，永不满足于既得地位，他渴欲聚敛攀爬。他如果想营造住宅，就会竭尽心力，盖一栋华屋，好像他可以千秋万代地住下去。他养成了对感官之乐的强烈欲求。然而，感官之乐无有底止。他想永远守住家舍，延续感官享乐的生活。这是无休无止的。须知，上述迹象皆为强阳气性之表征。

诗节 13：当浊阴气性增盛，便出现疯狂、幻觉、怠惰、黑暗。

要旨：没有觉照，便无灵明。处浊阴气性的人不按律法行事，他想随心所欲，恣意妄为。即使有能力工作，他也全不努力。此谓幻觉。尽管知觉犹存，但其生命却死气沉沉。凡此皆为浊阴性人之表征。

诗节 14：若人死时，住中和气性，就能往生圣贤所居的无染天界。

要旨：中和性人往生高等星体，比如梵天珞伽或犍拿珞伽，在那里享受神仙般的福乐。*Amalan*（无染）一词尤有意味，它意指“无染于强阳、浊阴之气”。尘世间污秽充塞，然而，中和气性却是世间最清净之存有形式。不同族类之有情，居于不同种类之星球。在中和气性里死去的人，往生伟大圣者或奉献者所居的星球。

诗节 15：若人死时，住强阳气性，便投生于求取果报者中间；若人死时，住浊阴气性，便投生于畜生道。

要旨：有人抱持这样的念头，以为灵魂到达人形生命的层面，就绝不再退堕。这是不正确的。据此颂说来，若人长养浊阴气性，死后便会退堕至畜生道。人须从那里，经历演化之过程，复归人形生命。是故，认真对待人生的人，应当操存中和气性，亲近善知识，从而超越气性，安住克利须那觉性。此即人生之归趣，不然，无法保证人是否还能再获人身。

诗节 16：虔诚活动的结果是清净，处中和气性；在强阳气性中造作的活动，带来烦恼；在浊阴性中造作的活动，招致愚顽。

要旨：处中和气性之虔诚活动，其结果是清净。故此，除尽一切幻妄的圣者，长住安乐。然而，强阳气性里的行为，无非烦恼。一切追逐物质快乐的活动，注定失败。例如，有人想拥有一座摩天大厦，但大厦建成之前，种种烦恼不可避免。投资者为筹集巨资，挖空心思；建筑工人则像牛马一般，胼手胝足。在在皆是忧苦烦恼。如是，《薄伽梵歌》说，在强阳气性之驱使下所造作的任何活动，必生苦恼；或许会有一点点心理安慰——“我有这所房子、有这些钱。”然而，这不是真正的快乐。

至于浊阴气性，其表现者全无灵明。故此，凡所作为，当下即生苦恼，彼于将来，必投畜生。畜生道悲惨无比，虽然在幻力之迷惑下，畜生对此全无所知。宰杀可怜的动物亦由无明习性引起。宰杀动物的人不知道，将来，动物也会有适当的躯体来杀他们。这就是大自然的律法。人类社会里，杀人者必偿命。这是国法。由于无明，人们觉察不到另有一个完整的国度，为至尊主所宰控。众生皆为上帝之子，一只蚂蚁被杀，上帝都不能容忍。杀生者必须付出代价。是故，恣意杀生，以逞口舌之欲，乃最野蛮之无明。人类无须宰杀动物，因为上帝已经提供了那么多可口的东西。须知，恣意肉食的人，就是在浊阴气性里造作，其未来一片漆黑。在各种杀生行为里，宰杀母牛罪大恶极，因为母牛给我们牛奶，让我们得到各种快乐。宰杀母牛乃最野蛮的无知之举。《梨俱吠陀》（9.46.4）有言："饱饮牛乳，却起心杀牛，斯人无明，最为野蛮"（*gobhiḥ prīṇita-matsaram*）。《毗湿奴往世书》有祷词云：

namo brahmaṇya-devāya
go-brāhmaṇa-hitāya ca
jagad-dhitāya kṛṣṇāya
govindāya namo namaḥ

"我主！你是母牛、婆罗门的祝福者！你是全人类、全世界的祝福者！"

这段祷词特别提到对母牛和婆罗门的保护。婆罗门象征精神教化，而母牛象征最有价值的食物。婆罗门和母牛，这两种生物，必须给予一切保护——这才是文明的真正进步。现代社会，灵性知识被人弃置，宰杀母牛反受鼓励。故而，必须懂得，人类社会正朝错误的方向前进，其所作所为，无异自掘坟墓。指引民众来世变为畜生的文明，决定不是人类文明。当今的人类文明，无疑是在强阳、浊阴气性的野蛮驱迫之下。这是一个极端险恶的时代。所有的国家都应该积极推行最简易的法门——克利须那觉性，将人类拯救出最大的劫难。

诗节17：从中和气性，生发出真知；从强阳气性，生发出贪欲；从浊阴气性，生发出愚顽、疯狂和幻觉。

要旨：当前的文明与生命个体极不协调，为此，克利须那觉性应该得到弘扬。透过克利须那觉性，整个社会就能培养出中和气性。中和气性生发出来，就能如实看待事物。在浊阴气性里，人就像禽兽一般，不能够看清真相。譬如，在浊阴气性里，人们看不到，由于宰杀动物，他们来世有可能被他们所杀的动物杀死。因为没有受到真知的教化，人们变得不负责任。要遏制这种不负责任的行为，必须普施教化，培养大众的中和气性。一旦他们真正受到中和气性下的教化，就会醒觉，圆满认识到事物的真相。到那时，人民才有福乐。即使大多数人还无福无乐，若是人口中有小部分培养了克利须那觉性，安住中和气性，那么，整个世界就有了和平、繁荣的可能。否则，若全世界尽皆陷溺于强阳、浊阴气性，便不可能有和平、繁荣。处于强阳气性，人变得贪婪，无止境地追逐感官之乐。人们可以看到，即便他们有了足够的金钱，有了享受感官快乐的充分安排，内心却既无欢喜，也无平安。那是不可能的，因为他们陷溺在强阳气性里面。若真想快乐，金钱并不管用，必须透过修炼克利须那觉性，超拔至中和气性。在强阳气性里工作，不但心情郁闷，甚至技能和职业都令人极端烦恼。他们必须设想出很多计划、方案，才能赚取足够的金钱，维持自己的现状。这一切无非都是烦恼。在浊阴气性里，人变得疯狂。由于环境让他们苦恼，他们便借酒消愁，结果堕入更深的无明。他们的未来黑暗无比。

诗节 18：安住中和气性，渐升天界；处强阳气性，生息中土；处浊阴气性，堕入地狱。

要旨：对于三极气性下活动的结果，此颂有更明确的开示。有一个更高等的星系，由众多天堂星球构成，其民皆极高超灵秀。按照中和气性的涵养程度，生命个体可以转生于那个星系内的各类星球。最高的星球是萨提耶珞珈，或曰梵天珞珈，为宇宙第一人梵天所居。凡人几乎想象不到，梵天珞珈上的生活条件有多么奇妙。不过，生存的最高等状态——中和气性，却可以把我们带到那里去。

强阳气性驳杂不纯。它在中和、浊阴气性中间。人的气质不会总是纯一的，但即便纯为强阳性，也顶多是在世间做个国王或富翁。然而，由于驳杂不纯，便也可能会退堕。地球上的人，在强阳、浊阴气性里，不可能依靠机器强行登临高等星球。住强阳气性，来世有可能成为疯子。

最低劣的气质，也就是浊阴气性，令人厌憎。长养无明的结果，非常、非常凶险。这是物质自然中最低劣的气质。人类之下，有八百万种生命族类，诸如鸟兽、虫蛇、草木，等等。按照浊阴气性的长养程度，人被拖入这些令人厌憎的生活状态。*tāmasāḥ*（住浊阴气性者）一词很要紧。它意指那些一直停滞于浊阴气性而不向上攀升的人。他们的未来黑暗无比。

处于强阳和浊阴气性的人，有超转中和气性的机会，这个变化气质的体系谓之克利须那觉性。不利用这个机会的人，必定停滞于低等气性。

诗节 19：若有人洞察到，一切活动只是物质气性的运化，除此之外，别无其他作为者在作为，而至尊主则超越一切气性，他就证入了我的灵明自性。

要旨：只要向高明的灵魂学习，透过正确的解悟，便可以超越物质气性之一切活动。真正的灵性导师是克利须那，他正在向阿周那传授这门灵性的学问。同样，一个人应该向那些圆满安住克利须那觉性的人，学习三极气性变化之道。不然，生命就会被导入歧路。凭借正宗灵性导师的教导，生命个体可以认知自己的灵性地位、物质躯壳、诸感官，以及他如何陷入困境、如何受物质气性之驱迫。他在物质气性的手掌心里，无力自拔。然而，当他觉照到自己的真实处境，那么，他就能证入超越之境，获得灵性的生命。实际上，生命个体并非各种活动的作为者。他被迫活动，因为他居住在一具特殊的身体之内，而身体则受到物质自然某种特殊气性的驱迫。除非有灵性权威的帮助，否则他无法明白自己的真实处境。透过亲近正宗的灵性导师，他就可以觉照到自己的真实处境，有了这样的悟解，便能安住于圆满的克利须那觉性。一个在克利须那觉性里面的人，不会受制于物质气性之魔力。第七章已经明确指出，归命克利须那的人，能超脱于物质自然的活动。对于能够洞见事物真相的人，物质气性之作用逐渐消歇。

诗节 20：当躯体化生命能超越这些作用于躯体的物质气性时，就可以挣脱生、老、病、死诸苦，甚至当身受用到永生甘露。

要旨：此颂解说了，人如何能在圆满的克利须那觉性里面，安住超越之境，甚至即身便得成就。梵语“*dehī*”，意为“有身者”。尽管人还未离躯壳，但透过灵性觉明的转进，就能挣脱物质气性的作用。如此，即便还在躯壳里，此人也能享受到灵性生命的欢乐，离开躯壳后，他必定会往生灵性天宇。他甚至当身就能体证到灵性之妙乐。换言之，在克利须那觉性里面的奉爱服务是解脱于物质缠绕的表征，第十八章对此将有进一步的诠述。当人挣脱物质气性的作用后，就进入了奉爱服务。

诗节 21：阿周那问：我亲爱的主，凭什么迹象，可以知道一个人超越了三极气性？他的举止如何？他又怎样超越物质气性？

要旨：阿周那在此颂中所问的问题十分恰当。他想知道，一个已经超越物质气性的人，会有什么表现。他首先询问这等超然之人的表现。怎么知道此人已经超越了物质气性的作用？第二个问题是，这样的人怎样生活？举止如何？他持戒，还是不持戒？然后，阿周那又问，透过什么方法，能够证入超上自性。这相当要紧。除非知晓长住超越之境的圆顿法门，否则不可能有超然的表现。阿周那所提出的问题都相当切实，主将做出解答。

诗节 22/25：至上人格主神说：觉明、贪执、幻惑现前时不厌离，消退时不企慕；面对物质气性的屈伸作用，泰然自若，毫不动摇，始终保持中立、超然的态度，洞悉凡此皆为诸气性之运化；安住自我，苦乐等视；以平等心，视土石与黄金无有分别，乃至如不如意事，一皆等平；贞固坚稳，平等对待褒贬荣辱，乃至敌友；舍离一切物质活动——这样的人，据说已经超越物质气性。

要旨：阿周那提出了三个不同的问题，主逐一回答。在这几首偈颂里，克利须那首先指出，超然自处的人无嫉妒、无企慕。须知，当生命个体住形世间时，他是在三极气性的驱迫之下。一直到他真正摆脱躯壳后，才能挣脱物质气性的魔掌。然而，只要他还未离开躯壳，就应保持中立。他当践履奉爱服务，如此，自会忘记与物质身体的认同感。若人单单觉知物质身体，那么凡所作为，不会越出感官享乐的范围，可是，若将觉性转向克利须那，感官享乐便自动停歇。人不需要躯壳，也不必顺受躯壳的专制。物质气性作用于躯壳，但作为灵魂的自我，却独立于这些变化。他如何保持独立呢？他得既不欲享受躯壳，也无意舍离躯壳。如此超然安立的奉献者，自然自在无碍。他甚至不必为挣脱物质气性的作用而大费周张。

下一个问题涉及超然安立者的为人处世。处心凡俗的人，为躯壳所觉受的所谓荣辱所动，而超然安立者不为此等虚幻的荣辱所动。他在克利须那觉性里面践履，不计较他人的毁誉。有利于践履克利须那觉性的事物，他接受；否则，他不需要任何物质的东西，无论石头也好，金子也罢。他认为众生都是他的挚友，都在帮助他践履克利须那觉性，他也并不憎恨所谓的敌人。他有平等心，能平等看待一切，因为他了知，物质存有与他无干。社会、政治事件不会影响到他，他早已洞晓，世事纷纭变幻，终归无常。他不为己私而营谋。他可以为克利须那而无所不为，但不会为私己营谋。如此为人处世，乃成就真正的超然安立。

诗节 26：彻底投入奉爱服务，在任何情况下，皆无动摇，这样的人，当下超越物质气性，证入大梵之境。

要旨：此颂针对阿周那的第三个问题：证入超越之境的方法是什么？如前所论，世界在物质气性的驱迫下运化。人不应为物质气性的作用所干扰，不要把觉性投注到这类作用上，相反，应将觉性转向对克利须那的服务。对克利须那的服务被称为巴克提瑜伽，即念念为克利须那而作。这不但包括克利须那，也包括他不同的全权分身，比如罗摩、那罗延拿。他有无量数分身。为克利须那的任何一个身相或全权分身服务的人，皆已安立于超越之境。须知，克利须那的所有身相皆圆满超越，为真常、灵明、极乐。此类人格主神无不全知、全能，具足一切超然德性。因此，虽然物质气性极难克服，但若有人决心贞固，献身于服务克利须那或他的全权分身，就能轻而易举地调伏它们。第七章对此已有解说。归命克利须那，当下即可超越物质气性的作用。在克利须那觉性里面，或在奉爱服务里面，意味着获得跟克利须那的同体平等。主说，他的自性为真常、极乐、灵明，而生命个体是无上者的部分和微粒，犹如金砂之为金矿之部分。如是，就其灵性质地而言，生命个体在性分上跟克利须那一样美善，一如金砂之为黄金。但个体性之差异依旧保持不变，否则，就没有巴克提瑜伽可言了。巴克提瑜伽意味着有主在，有奉献者在，有主和奉献者之间的感应在。因此，个体性共存于至上人格神和个体之我，不然，巴克提瑜伽就失去了意义。如果个体不是跟主安立同一超越之境，就无法服务至尊主。要充当国君的心腹，必须具备资格。如是，这里的资格就是化而为梵，也即除净一切物质染污。吠陀典有言："化而为梵，乃得证入大梵"（*brahmaiva san brahmāpy eti*）。其意为，必须与梵性合一。生命个体不会因为证入大梵而丧失作为个体之灵所具有的永恒梵性。

诗节 27：大梵不朽、不灭、长存，其先天质地为无上妙喜，而我为大梵之所宅。

要旨：梵性不朽、不灭、长存、喜乐。梵是形而上觉悟的开端。胜我或曰超灵，居于中间，为形而上觉悟的第二个阶段，至上人格主神则为对绝对本体的终极觉悟。是故，超灵和非人格梵皆为无上者所涵摄。第七章论及，物质自然为至尊主低等能力之流布。至尊主以其高等自性之碎片，使低等的物质自性受孕，这就是物质自然里的灵性交感。受物质自然拘限的生命个体，一旦开始培养灵性知识，便将自身超拔出物质存有之境，逐渐证入大梵。证梵为自我觉悟的第一个阶段。在这个阶段，证梵者超越了物质境地；但还未成就真实圆满之梵觉。如果他愿意，他可以一直安住梵境，然后再逐渐进升至对超灵的觉悟，到最后，觉证至上人格神。吠陀经典里有很多这样的例子。鸠摩罗四子最初安立梵境，但后来他们逐渐进升至奉爱服务的层面。若未能超越梵的非人格性理念，那就还有退堕的危险。《薄伽梵往世书》指出，即便证入非人格梵境，若不再进一步，对无上者有所了解，则其人智慧，犹未圆明。是故，即使证入大梵，若不为主做奉爱服务，还是不能免于退转。《泰提黎耶奥义书》（2.7.1）有云："一旦觉解人格主神——快乐之源、克利须那，就会生起真实妙喜"（*raso vai saḥ, rasaṁ hy evāyaṁ labdhvānandī bhavati*）。至尊主具足六种功德，当奉献者亲近他的时候，便会有这六种功德的交流。国君的心腹所得到的享受差不多与国君相等。如是，真常之福、不朽之乐、永恒之生命，始终伴随着奉爱服务。故而，奉爱服务涵摄了对梵的觉悟，表现为永恒、不朽。践履奉爱服务的人，已经拥有了对梵的觉悟。

生命个体，虽然体性为梵，但却有支配物质世界的欲望，职此之故，他便退堕下来。就其命定地位而言，生命个体本来凌绝于物质气性之上，与物质自然的染触，使他为物质气性所缠绕。由于受物质气性熏染，他便有了主宰世界的欲望。透过在圆满的克利须那觉性里面践履奉爱服务，他当下即得安立超越之境，意图宰治物质自然的不法欲望也随之被拔除。因此，应该在奉献者的陪伴下，修持奉爱服务之法——从听闻、念诵、忆念起步的奉爱九法。透过亲近奉献者，以及灵性导师所施的影响，主宰欲逐渐被驱除，修行者得以贞定于超越性奉爱服务。本章从第二十二颂至最末一颂，阐述了这个方法。为主做奉爱服务相当简易：时时为主服务、吃供养过神像的祭余、闻供养过主莲花足的香花，参拜主示现过逍遥游戏的圣地、阅读有关主各种活动的典籍、不断持诵超然的音流：赫列 克利须那，赫列 克利须那，克利须那 克利须那，赫列 赫列；赫列 罗摩，赫列 罗摩，罗摩 罗摩，赫列 赫列（*Hare Kṛṣṇa, Hare Kṛṣṇa, Kṛṣṇa Kṛṣṇa, Hare Hare；Hare Rāma, Hare Rāma, Rāma Rāma, Hare Hare*）、在主和他的奉献者降显、隐迹的日子里断食。持守此法，便可以彻底舍离一切物质业行。能如是安立于梵光或诸梵理的人，其性与至上人格主神等同。

巴克提维丹塔阐释圣典《薄伽梵歌》第十四章"物质自然之三极气性"终。

第十五章　与无上者相应

诗节1：至上人格主神说：据说，有一棵菩提树，根向上，枝向下，叶就是吠陀颂歌。知此树者名吠陀。

要旨：在讨论过巴克提瑜伽的重要性之后，人们或许会问：“吠陀诸经又如何呢？”本章阐明，诵习吠陀的目的是觉解克利须那。是故，在克利须那觉性里面的人、践履奉爱服务的人，已经懂得了吠陀诸经。

这里把尘世之缠绕比作一棵菩提树。对于追逐果报活动的人，这棵菩提树无有尽头。他从这跟树枝，游荡到另一根树枝，然后下一根，再下一根。尘世之树无有尽头，执着此树者，解脱无望。用以教化的吠陀赞歌，被比作树叶。这棵树的根向上延伸，因为它们始于梵天所居之地，那是宇宙的最高星体。如果洞见到这棵坚不可摧的幻树，就能出离了。

出离之道，须当了解。前面各章已经论及各种出离物质缠绕的法门。一直到第十三章，我们得知，为至尊主做奉爱服务是最殊胜的法门。如是，奉爱服务的基本原则是：舍离物质活动，执持对主的超越性服务。本章开头，讨论了破除执着之道。物质存有之根向上蔓延。意指它发源于“大谛”（全部物质实体），从宇宙最高的星体开始。从那里，全部宇宙流衍出来，派生无数代表不同星系的枝杈。树上的果实，代表了生命个体所得的业果，即礼法、功利、欲乐、解脱。

我们没见过世上有根向上、枝向下的树，不过，这样的东西还是有的。在水边可以找到这样的树。我们可以看到，水边的树倒影于水中，枝向下，根向上。这样说来，尘世幻树不过是灵界真树的倒影。灵界的倒影映在欲念之上，正如树的倒影映于水面。欲念是造成万物浮现于物质光影之中的根源。意欲出离物质存有的人，必须透过析物究理，彻底认知这棵树。然后，他便可斩断跟这棵树的情缘。

这棵树，作为真树的倒影，是一件仿真的赝品。灵性世界无所不有。非人格主义者肯认，大梵为此幻树之根，据数论之说，由此灵根，化生自性（*prakrti*）、受用者（*purusa*），接着是三极气性（*guna*），然后有五大（*pañca-mahā-bhūta*）、十根（*Daśendriya*）、心，等等。如此，他们把全部物质世界分解为二十四谛。如果说大梵是一切现象的圆心，那么，物质世界是这个圆心的一百八十度显像，另外的一百八十度则构成了灵性世界。既然物质世界是颠倒的影像，那么，灵性世界一定有同样的分殊之相，但却显发于真际。自性为至尊主的外在能力，而受用者则是至尊主本人，《薄伽梵歌》对此皆有阐释。由于世间表象是物质的，所以无常。倒影是无常的，因为它有时可见，有时不可见。然而，倒影之所从出的源头，却是永恒的。真树的物质倒影必须被斩断。若说某人知吠陀，即假定他知道如何斩断对尘世的执着。洞明此道，才算真懂吠陀。执着吠陀仪轨的人，不过是为诱人的绿叶所惑，他并没有真正懂得吠陀的究竟。吠陀之究竟，诚如人格主神所亲自开示的，在于砍倒这棵倒影映显而成的幻树，进而登上灵界真树。

诗节 2：这棵树的枝干上下展布，受到物质气性之滋养。其细枝为感官对象。这棵树也有向下延伸的根，与人类社会的果报活动相纠结。

要旨：这里进一步解说对菩提树的描述。它的枝干向四面八方展布。其较低的部分，有生命个体之多样化呈现——人类、动物、马、牛、狗、猫，等等。这些是在枝干的较低部分，而在较高的部分，则有高等的生命形式：天神、乾达婆（*Gandharva*）以及其他许多高等的生命族类。犹如树得水而生，此物质幻树为物质气性所滋养。我们发现，由于缺水，某块地有时会寸草不生，而另一块地有时却绿茵满布；同样，哪种物质气性在量上相对较胜，哪种族类的生命就会相应出现。

此树的细枝被视为是感官对象。透过长养不同的物质气性，我们演化出不同的感官，透过感官，我们享受各色各样的感官对象。枝梢为感官，如眼、耳、鼻，等等，皆贪著针对不同感官对象的享受。细枝是色、声、触，等等，也即感官对象。别有蔓根，是为好恶，派生于种种苦乐。这些蔓根，向四面八方曼衍，长养出善、不善心。真正的根是从梵天珞珈伸下来的，其他的根则深扎于人类所生活的星球。人在高等星球享受完善果之后，便得返回地球，重新造业，用果报活动提升自己。人类所在的星球谓之业田。

诗节 3/4：此树之真形，世人无法察知。无人得知，此树终于何处、始于何处、根基又在何处。但是，人须下定决心，以不执为武器，砍倒此根深蒂固之幻树。然后，必须找到那个至则无返的地方，在那里归命至上人格主神——万物之所资始，无始以来，万物之所资生。

要旨：这里明示，此树之真形非世间之人所能察知。由于此树之根向上伸，所以真树繁衍于另一端。若人为此树之物质延展所缠绕，便无法看清此树究竟延伸到多远，也无法看到它的始端。然而，必须寻根追源。“我是我父亲的儿子，我父亲又是某某人的儿子，如是等等”。透过这般追溯，就会找到梵天，彼为胎藏海毗湿奴所生。最后，当人如此一直追溯到至上人格主神，考索工作就算到头了。透过亲近知晓至上人格主神的人，人当找到此树之根——至上人格神。然后，凭着这种悟解，逐渐舍离此真际之幻影，用觉明斩断幻缘，进而安住真树。

这里 *Asaṅga*（不执）一词十分要紧，因为对感官享受的贪执以及对物质自然的主宰欲，极为强烈。故而，必须透过讨论基于权威经典的灵性学问，学会不执，并且，应当从真正有知识的人那里听闻。在奉献者的陪伴下，进行这样的讨论，其结果是，人会找到至上人格主神。接下来要做的第一件事情是，向他臣服。这里讲到了至则无返之地。至上人格主神、克利须那，为万物之所从出的太古之根。要想获得至上人格主神的恩宠，只有先向他臣服，这是践履听闻、念诵等奉爱服务所带来的结果。他是天地生化的原因。主本人对此已有开示："我是天地万物之根"（*Ahaṁ sarvasya prabhavaḥ*）。是故，若想出离物质生活这棵壮硕的菩提树，必须向主臣服。一旦臣服克利须那，便自动出离气化流行。

诗节5：不为荣名、错觉、幻缘所污，觉悟真常，不贪爱欲，不执苦乐双昧，不受迷惑，了知如何皈依至尊主，这样的人，能够超转永恒的国度。

要旨：此颂对皈依之道的表述极为精到。皈依的第一个条件是，不可为骄慢所蔽惑。受拘限的灵魂骄慢自大，自认为是物质自然之主，要他向至上人格主神臣服，相当困难。人须透过培养真知，证知自己并非物质自然之主，至上人格主神才是主。一旦摆脱了由骄慢而生起的蔽惑，皈依的过程就开始了。那些常常渴慕世俗荣名的人，不可能臣服至上之人。骄慢源于幻觉，人来到世间，住时无多，便须离去，却居然生出妄念，自以为是全天下的主人。如是，他把一切都搞得颠倒错乱，自己也身陷烦恼。全世界都在这种错觉下运转。世人以为大地、地球属于人类社会，在自己是大地所有者的错觉下，纷纷划界分疆。吾人当走出这类错觉，不可误将人类群体当作天地的所有者。当人断除了这类错觉，便能舍离由家国之情而产生的幻缘。此等幻缘，使人为尘世所桎梏。过了这个阶段以后，人当涵养灵明，体悟何者为其所诚有，何者为其所实无。当人对事物有如实如理之觉解后，便能不执一切苦乐双昧。他已智慧圆满，能够皈依至上人格主神了。

诗节6：我的居所非由日月照明，也不用电气。到了那里的人，绝不会重返物质世界。

要旨：至上人格主神克利须那的居所，即名为克利须那珞珈或歌珞珈·温达文的灵性世界，在此有描述。灵性天宇无须日、月、火、电之光，因为那里的星辰无不自发光明。在这个宇宙里，只有一个自发光明的星球——太阳，但在灵性天宇下，一切星球皆自发光明。这些星球（称为无忧珞珈）所发的光明，汇成了名为"梵光"的煌煌灵天。实际上，光明源自克利须那所在的星球——歌珞珈·温达文。此煌煌灵天之一部分为“大谛”（*mahat-tattva*）即物质世界所覆盖。除这部分外，大部分的灵性天宇皆满布名为无忧珞珈的灵性星球，其中为首的是歌珞珈·温达文。

只要生命个体还在这黑暗的物质世界，他就受到拘限；然而，一旦他砍倒虚假、颠倒之物质幻树，到达灵性天宇，便获得了解脱。那时，他再也不必重返世间。在受拘限之生命中，生命个体自认为是物质世界的主人，但在解脱的状态里，他进入灵性的国度，成了至尊主的朋游。在那里，他享受着永恒的喜乐、永恒的生命，以及圆满的智慧。

吾人当为此讯息所吸引。他该渴望转生到那个永恒的世界，出离此物质幻树。过于执着此世的人，要想断除执着，相当困难。但他若信受克利须那觉性，便有了逐渐变得不执的机缘。人当亲近在克利须那觉性里面的奉献者，应该找到一个致力于弘扬克利须那觉性的社团，学习如何践履奉爱服务。如此，便能斩断对物质世界的执着。单凭披上僧袍，并不能摆脱尘世的诱惑。必须执着于为主做奉爱服务。诚如第十二章所论，奉爱服务是出离物质幻树的唯一道路。因此，应该郑重信受。第十四章论述了物质气性之流布对人的染污。唯有奉爱服务清净而超绝。

Paramam mama（我至高无上的）一词在这里很要紧。世上每一个角落其实都是至尊主的土地，不过，灵性世界至高无上（*paramam*），圆满具足六种功德。《羯陀奥义书》(2.2.15)也断言：“灵性世界无须日、月、群星之光”（*na tatra sūryo bhāti na candratārakam*），因为至尊主的内在能力照亮了整个灵性天穹。只有依靠皈依，才能登临此至高无上之地，除此别无他法。

诗节 7：在这个受到局限的世界里的众生，不过是我永恒的碎片部分。因了被拘限的生命，他们以包括心根在内的六种感官苦苦挣扎。

要旨：此颂道破了有情的位分。生命个体是至尊主的部分和微粒——他永远如此。他并不是在生命受拘限时体现出个体性，等到了解脱之境便跟至尊主合而为一。他永远呈现为碎片化的状态。此处明确开示：永恒如是（*sanātanaḥ*）。据吠陀之说，至尊主扩显为无量数分身，其中之主要者名为毗湿奴谛（*Viṣṇu-tattva*），次要者名为命我谛（*jiva-tattva*），亦即生命个体。换言之，毗湿奴谛为位格分身，而生命个体则是被隔截的分身。透过位格分身，他示现于各种身相，诸如罗摩、尼黎僧诃、毗湿奴，以及无忧珞珈上的所有主宰神祇。被隔截的分身，也即生命个体，永远是仆人。至上人格主神之位格分身，与主神之个体位格，永恒存在。同样，被隔截的分身——生命个体也有其位分。作为至尊主的部分和微粒，生命个体也具有神性之片断，独立性便是其中之一。每一生命个体，作为个体之灵，皆具人格化之个体性，以及表现微小的独立性。错用此独立性，他便成了受拘限的灵魂；正确运用此独立性，他便长住解脱之境。无论在哪一种境况下，其本性皆为永恒，一如至尊主之所是。在解脱之境，他远离物质局限，献身为主做超越性服务；而在受拘限之生命中，他为物质气性所驱迫，忘记了为主做超越性奉爱服务。结果是，他不得不奋力挣扎，以求存于世间。

生命个体，不仅人类、猫、狗，甚至世间更伟大的主宰者，诸如梵天、湿婆、毗湿奴，无不是至尊主的部分、微粒。他们皆为永恒，并非无常之表象。*karṣati*（挣扎）一词意味深长。受拘限的灵魂被捆绑起来，犹如铁镣缠身。他被我执捆绑，而心则是驱策他追逐物质的主因。当心住于中和气性，他的活动亦表现为中和；当心住于强阳气性，他的活动滋生烦恼；当心住于浊阴气性，他便沦落入低等的生命族类。此颂明白开示，受拘限的灵魂为包括心、根在内的物质躯壳所覆蔽，但是，一旦他得到解脱，这层物质覆盖当即消陨，而灵体则透过个体性灵能呈现出来。

据《中盲目天启经》（*Mādhyandināyana-śruti*）说，“当生命个体舍弃物质躯壳，进入灵性世界之际，其灵体乃得重生；凭借灵体，他便能面对面地见到至上人格主神”（*sa vā eṣa brahma-niṣṭha idaṁ śarīraṁ martyam atisṛjya brahmābhisampadya brahmaṇā paśyati brahmaṇā śṛṇoti brahmaṇaivedaṁ sarvam anubhavati*）。他和至上人格主神之间，甚至

还能面对面地听、说。如是，他便能够如实理解此无上之人格。吠陀圣传经有言：在灵性星球上，每个人的身体都长得像至上人格神，至于身体构造方面，作为部分和微粒的生命个体，跟毗湿奴的分身，无有差别（*vasanti yatra puruṣāḥ sarve vaikuṇṭha-mūrtayaḥ*）。换言之，凭借至上人格主神的恩典，生命个体当解脱之际，获得了一具灵性的身体。

mamaivāṁśaḥ（至尊主的碎片部分和微粒），这个词也有深刻的涵义。至尊主的碎片部分，不同于物质意义的破碎。透过第二章，我们已经明白，灵魂不可能被切成碎片。这里所谓的碎片部分，无法从物质层面来认知。它不像物理材料，切碎之后，可以再度粘合。这种观念在此并不适用，因为这里使用了 *sanātanaḥ*（永恒）这个词。此碎片部分，乃永恒者。第二章的开篇也指出，至尊主的碎片部分存在于每一个体之身中（*dehino 'smin yathā dehe*）。此碎片部分，一旦摆脱肉身的桎梏，便再获本来灵体，于灵天之无忧珞伽上，得享与至尊主相聚之乐。须知，生命个体，作为至尊主的部分和微粒，其性与至尊主为一，正如金子的部分和微粒，也一样是金子。

诗节 8：世间之生命个体，带着不同的业识，从一个躯壳转到另一个躯壳，犹如清风，所过摄味。

要旨：生命个体在此被表述为“自在主”（*īśvara*），也即他自己身体的主宰者。如果他愿意，他可以转投较高等的身体，也可以下生至较低等的族类。微小的独立性是存在的。如何转换躯壳，取决于他自己。临死时，他自己造作下的业识，将把他带到另一类躯壳里去。倘若他把自己的意识造作成猫狗一般，他必定转投猫狗之身。倘若他的意识安住神性，他便会转投天神之身。倘若他是在克利须那觉性里面，就会往生灵性世界内的克利须那珞伽，与克利须那相伴。人死灯灭，这种说法是错误的。个体之灵从一具躯壳转投另一具躯壳，其目前之身、目前之所作，为来身之预备。业力不同，人所得到的身体也有别；时光移易，他还不得不离开这个身体。这里指出，携带着今生业识的细身，长养出另一具来世的躯壳。此流转于躯壳之过程，以及当身之挣扎，名为 *karṣati*，即挣扎求存。

诗节 9：**如是，生命个体受取另一具粗身，得到关聚于心的某种类型的耳、舌、鼻和触觉。由此，他得以受用一系列特殊的感官对象。**

要旨：换句话说，假使生命个体在其觉性中羼入猫、狗之性，那么他在下一世，将得到猫狗之身，并以此为乐。觉性本净，犹如清水。然而，若以颜料混入水中，水即变色。同样，觉性清净，缘灵魂清净故。但因为受到物质气性熏染，觉性亦随之转变。真实之觉性，为克利须那觉性。当人在克利须那觉性里面，便是在纯一的生命之中。假如觉性里夹杂了某种类型的物质情识，他来生便会得到与之相应的躯壳。他不一定能再得人身，可能得到猫、狗、猪或者天神身，乃至其他众多之形体，因为天地之间，总共有八百四十万种生命族类。

诗节 10：**愚人不懂，生命个体何以能离开躯壳；他也不明白，在物质气性之驱迫下，他所受用者，为何种躯壳。但是，受过知识锤炼的慧眼，能洞察这一切。**

要旨：*jñāna-cakṣuṣaḥ*（慧眼）一词涵义深刻。没有知识，就不懂生命个体如何离开目前的躯壳，也无法明白，来世会受取何种躯壳，乃至为何生活在某种特殊类型之躯壳内。这需要大量领会自《薄伽梵歌》或听闻自正宗灵性导师的知识。受到训练，能洞察这一切的人，极为幸运。每一生命个体，都是在某种环境下，离开身体；在某种环境下，动息作为；在某种环境下，受物质气性驱迫，享受身体。如此，到头来，在感官享乐的幻觉下，他要为各种苦乐而烦恼。一直为贪淫、欲念所愚弄的人，丧失灵能，无法懂得躯壳之变化，以及他之住形于某一特殊躯壳。彼辈对此根本无法解会。然而，存养灵明之人，能够洞见，灵魂与躯壳有别，灵魂流转于各种躯壳，并以不同方式享受身体。有此等知识的人，能够明白，何以受拘限的生命个体会在物质存在中受苦。正因为如此，精通克利须那觉性的人，才竭尽全力向大众传布此等知识，他看到，受拘限之生命，烦恼无比。世间众生，当摆脱这样的生活，养成克利须那觉知，超拔自己，升登灵性世界。

诗节 11：精勤不懈的超验主义者，安住自我觉悟，能洞察一切。而未存养心性者、未达自觉者，虽或用力，仍无法看清真相。

要旨：在灵性自觉之途上，有很多超验主义者，但未达自觉者无法洞见身体内的变化。就此而言，*yoginaḥ* 一词颇有深意。当今有很多所谓的瑜伽士（*yogi*），也有很多所谓的瑜伽协会，然而，他们上对自我觉悟一窍不通。他们不过是热衷某种体操运动，如果能让身体健美，就已经十分满足了。除此之外，非其所知。他们被称为“未达自觉者”（*yatanto 'py akṛtātmānaḥ*）。尽管他们也下功夫修炼某种所谓的瑜伽体系，但达不到自我觉悟。这等人理解不了灵魂转体的过程。只有那些真正沉潜于瑜伽体系，觉悟了自我、天地、无上者的人，也就是那些在克利须那觉性里面践履纯粹奉爱服务的人，才能明白事理之原委。

诗节 12：驱散天地间黑暗的太阳光华，从我而来。月、火之明，也从我而来。

要旨：小智之人，不能明白事理之原委。但是，透过领会主在此所做的开示，就可以渐入知识之境了。人尽得见日、月、火、电。只要去体会，日、月、电、火之明，皆从至上人格主神而来。对于尘世间受拘限的灵魂来说，这样的宇宙观，是克利须那觉性的肇始，蕴含了极大的进步。生命个体本质上是至尊主的部分和微粒，至尊主在此示以端绪，指点他们如何重返故乡、回归主神。

从此颂我们得知，太阳照明了整个太阳系。有不同的宇宙和太阳系，其中又有不同的日、月、星辰。据《薄伽梵歌》（10.21）说，月为群星之一（*nakṣatrāṇām ahaṁ śaśī*）。阳光来自灵性天宇里至尊主所放射的灵性光华。随着太阳的升起，人类开始了一天的活动。生火做饭、点火开工，很多事情都是靠火做成的。因此，日出、月光、火，皆为众生所钟爱。没有它们，生灵活不下去。如是，人若能懂得，日、月、电、火之明，皆从至上人格神而来，那么，他的克利须那觉性就萌发了。月光滋养了一切植蔬。月光如此皎洁可爱，透过它，人们可以轻而易举地体会到，他们之能存活，全凭至上人格主神之恩典。没有主的恩典，就不会有太阳；没有主的恩典，就不会有月亮；没有主的恩典，就不会有火。没有太阳、月亮、火，没有人能存活。这些想法，能唤起受拘限灵魂的克利须那觉性。

诗节 13：我进入每一个星球，由于我的大能，众星皆循轨道而行。我化为月亮，以生命之液汁滋润一切植蔬。

要旨：须知，众星漂浮于太空，不过是凭着主的大能。主进入每一原子，每一星球，每一生灵。《梵天本集》也对此有论。据它说，至上人格主神的一个全权分身——超灵，进入星球、宇宙、生灵，乃至原子。由于他的进入，天地万物皆如如呈现。有灵魂在，活人才能浮游水面，一旦生命的火花离开，身体死去，便即下沉。当然，躯体腐烂时，也会像稻草或其他东西一样浮在水面，但人才死，其身即下沉于水。同样，众星漂浮太空，也是由于有人格主神之无上大能的透入。主的大能摄持着每一颗星球，犹如满把尘土，为掌所承。若有人手握一把尘土，则手中尘土，断不下坠，但他若将手中尘土，抛洒空中，尘土势必落地。同样，漂浮于太空之群星，实际皆承于天地身相之掌心。凭着主的大能和玄通，一切动、不动者无不各守其位。吠陀赞歌有云，是至上人格主神，使太阳发光、群星入轨。如果没有他，众星崩散，继而坏灭，犹如空中之尘。同样，是至上人格主神，让月亮滋溉一切植蔬。由于月光的作用，蔬菜变得美味可口。没有月光，蔬菜既不会生长，也不会鲜美多汁。世人之劳作、养生、饮食，皆赖至尊主之供应。不然，人类根本无法生存。*Rasātmakaḥ*（滋润）这个词，涵义甚深。在至尊主的安排下，透过月光的作用，一切都变得美味可口。

诗节 14：我是一切有情身中之胃火；我是生命之气，既出复入，消化四种食物。

要旨：据《阿育吠陀》（*ĀyurVeda*）可知，胃有胃火，消化一切入胃之食。若胃火不旺，便无饥饿之感；胃火正常，就会感到饥饿。有时，胃火不畅，便需要调理。总之，胃火是至上人格主神的代表。《大林间奥义书》（5.9.1）也肯认，至尊主或大梵，以胃火之形，安住于胃，消化一切食物（*ayam agnir vaiśvānaro yo 'yam antaḥ puruṣe yenedam annaṁ pacyate*）。因为是他在帮助消化一切食物，所以有情之于饮食，并非独立自为。除非至尊主帮助他消化，否则他无法饮食。故而，是至尊主在生产、消化食物。由于主的恩典，我们得以享受生命。此说亦可印证于《吠檀多经》（1.2.27），其言曰："主住于音、身、风，乃至胃中，其时表现为消化之力"（*Śabdādibhyo 'ntaḥ pratiṣṭhānāc ca*）。饮食可分四类：饮者、嚼者、舔者、吮者，而主是消化所有这些食物的消化力。

诗节 15：我安住众生心中；记忆、知识、遗忘皆从我而生。我以吠陀诸经而为人所知。其实，我乃吠檀多之撰者，我乃吠陀经之知者。

要旨：至尊主以胜我之位，安住众生心中。万物依他始作。生命个体遗忘了前世的一切，但他不得不按照至尊主的指令去活动，至尊主见证了他的所作所为，故此他得以根据旧业，再续业缘。至尊主给他必要的知识，给他记忆，又让他忘却前世。如是，主不但周流遍摄，且内在于一切有情心中。主赐予不同的业果。主之所以受崇拜，不仅因为他是非人格梵、至上人格主神、内在化的胜我，而且还因为他化显为吠陀诸经。吠陀典为世人指点迷津，让他们得以陶铸其生命，从而重返故乡，回归主神。吠陀典示人以至上人格主神之道，正是至上人格主神——克利须那，化身为毗耶娑天人，撰作了《吠檀多经》。毗耶娑天人在《薄伽梵往世书》里对《吠檀多经》所做的注疏，道出了《吠檀多经》之真义。至尊主圆满至善，为了救度受拘限的灵魂，他化为食物的生产者和消化者，化为众生活动的见证者，化为吠陀智慧的授与者，并且，作为至上人格主神——室利·克利须那，他成了《薄伽梵歌》的阐说者。他配得上众生的崇拜。是故，上帝圆满至善，上帝全体慈悲。

一旦生命个体离开现有之身，便生遗忘（*Antaḥ-praviṣṭaḥ śāstā janānām*）。但在至尊主的启发下，他又再度活动。虽然他遗忘了一切，但主给他才智，让他能重续前世之业缘。如是，不但有情之受取世间苦乐，皆缘于安住其心中的至尊主的指令，并且他还从至尊主那里，获得了觉解吠陀经的机缘。若有人诚心想理解吠陀知识，克利须那会给他必要的智慧。为什么至尊主要阐扬吠陀知识让人去理解？因为每一生命个体都需要独立地去觉解克利须那。吠陀典有云："一切吠陀经典，从吠陀四明，到《吠檀多经》《奥义书》《往世书》，无不颂扬至尊主之荣光"（*yo 'sau sarvair vedair gīyate*）。透过奉行吠陀仪轨，讲论吠陀义理，践履奉爱服务，主便能被证悟到。是故，《吠陀经》之究竟在觉解克利须那。《吠陀经》给我们指导，让我们能懂得克利须那以及觉悟之道。究竟归趣是至上人格主神。《吠檀多经》（1.1.4）有言可证：*tat tu samanvayāt*。达到圆成，可分三步：第一透过理解吠陀经典，体认自我与至上人格主神的关系；第二透过修持不同的法门，与他相感通；最后是达到终极目标——至上人格主神。关于《吠陀经》之宗旨，对《吠陀经》之理解与《吠陀经》之究竟，此颂皆做了明确的界说。

诗节 16：有情分两类，有瑕疵者和无瑕疵者。物质世界的每一生命个体皆有瑕疵，而在灵性世界，每一生命个体皆无瑕疵。

要旨：如前所论，主化身为毗耶娑天人，撰作了《吠檀多经》。主在此对《吠檀多经》的内容做了概述。他说，无量数之生命个体可分而为二——有瑕疵者和无瑕疵者。生命个体永恒地是与至上人格主神隔截的部分和微粒。当他们与物质世界染触，即谓之"命我"（*jīva-bhūta*），这里的梵文是：*kṣaraḥ sarvāṇi bhūtāni*，意指他们为有瑕疵者。然而，与至上人格主神同体合一的生命个体，乃无瑕疵者。同体合一并不表示他们没有个体性，而是表示全无乖违暌隔。他们皆契合创造之目的。当然，灵性世界并无创造其事，但正如《吠檀多经》所说，至上人格主神乃万事万物之根源，所以也可以用"创造"这个词对它加以解说。

据至上人格主神克利须那说，生命个体分而为二。吠陀诸经可印证此说，故而，此说确定无疑。以心、五根挣扎求存的生命个体，皆不能离乎此无常有变之身。只要生命个体受到拘限，他的身体便会由于接触物质而发生变化；物质是相续变化的，故而生命个体也看似有相续变化。然而，在灵性世界，身体并非由物质构成，所以并无变化。在物质世界，生命个体得经历六种变化：生、成、住、异、坏、灭。凡此皆为物质躯壳之变化。但是在灵性世界，身体不会变化，不会有生、老、病、死。在那里，生命皆一体永存。任何与物质染触的生命个体，上至梵天，下至蝼蚁，无不经历身体之变化，是故，彼等皆为有瑕疵者（*Kṣaraḥ sarvāṇi bhūtāni*）。而在灵性世界，生命皆一体解脱。

诗节 17：二者之外，还有最伟大的生命——超灵，也即不朽之主。他弥漫三界，摄持万物。

要旨：此颂之旨，《羯陀奥义书》（2.2.13）及《白净识奥义书》（6.13）皆有出色之表述。其中明确指出，在或受拘限、或已解脱之无量数生命个体之上，别有至上人格主神，亦即大我。《奥义书》有云：*nityo nityānāṁ cetanaś cetanānām*，其意为，于一切生命当中，无论其为受拘限者，抑或已解脱者，别有至上之生命，亦即至上人格主神，他长养万物，并根据不同的业力，赐一切生灵享乐之资。至上人格主神以超灵之位，安住一切有情心中。能觉解他的智者，才有资格获得圆满之宁静，他者无预。

诗节 18：我超越万有，凌驾于有瑕疵者和无瑕疵者之上，我最伟大，我是太一，受礼赞于世间与吠陀。

要旨：无人能凌越至上人格主神克利须那——无论是受拘限的灵魂还是已经解脱的灵魂。是故，他是最伟大者。这里讲得很清楚，众生和至上人格主神都是个体。区别在于，生命个体，无论其为受拘限者，还是已解脱者，皆无法在量上超越至上人格主神之玄通大能。认为至尊主和生命个体处于同一层级，或在各方面皆相等平，是不正确的。两者之间，永远有上下之别。*Uttama*（至高无上）一词涵义深刻。无人能凌越至上人格主神。

Loke（世间）一词也意指“于吠陀圣传经（*pauruṣa āgama*）内”，《尼楼珂提》词典有言可证：“吠陀之究竟阐扬于圣传经”（*lokyate vedārtho 'nena*）。

至尊主之内在化胜我体相，亦被表出于吠陀诸经。《唱赞奥义书》（8.12.3）有言：“出离躯壳之超灵，进入非人格性梵光；然后于身相中，保有其灵性位分。此无上者名为无上原人”（*tāvad eṣa samprasādo 'smāc charīrāt samutthāya paraṁ jyoti-rūpaṁ sampadya svena rūpeṇābhiniṣpadyate sa uttamaḥ puruṣaḥ*）。其意为，无上者流射出灵性之光，彼为最终极之光明。此无上者还有内在化之超灵体相。他化身为萨底耶婆提和钵罗萨腊之子毗耶娑天人，诠解了吠陀义理。

诗节 19：无论是谁，若知我乃至上人格主神，并对此笃信不疑，彼已遍知一切。婆罗多之华胄呀！他将彻底献身，为我做奉爱服务。

要旨：许多哲学思辨皆关涉生命个体与至高绝对本体之命定地位。现在，至上人格主神在此明确开示，不管是谁，若证知主克利须那为至上之人，其实已经遍知一切。尚未完美的知者，不过是在持续不断地测度绝对真理；然而，未曾浪掷光阴的完美知者，直下投入克利须那觉性，为至尊主做奉爱服务。通观整部《薄伽梵歌》，这个事实随处都受到强调。然而，还是有很多顽固的《薄伽梵歌》注释者，认为至高绝对本体与生命个体一体无别。

吠陀知识号称天启（*śruti*），素以口耳相授受。人当从权威之处，例如克利须那或其代表那里，领受吠陀知识。在这里，克利须那把一切都辨析得极为精当，应当从此源头处听闻。只是像猪一样支起耳朵是不够的，必须要能够理解。这也不是要人一味去搞学术思辨。人当恭顺聆听《薄伽梵歌》，认识到生命个体永远臣属于至上人格主神。据至上人格主神——室利·克利须那说，无论是谁，只要能明白这个道理，就懂得了吠陀之究竟；否则，无人能知吠陀之究竟。

“*Bhajati*”一词具有深意。在很多地方，梵语 *bhajati* 之使用，皆与服务至尊主有关。若有人在圆满的克利须那觉性里面，为至尊主做奉爱服务，须知此人，已然觉解一切吠陀知识。根据外士那瓦宗师承世系（*Vaiṣṇava paramparā*）的说法，若有人为克利须那做奉献服务，便无须修炼其他法门，以求觉悟绝对真理。他已然悟入，因为他在践履奉爱服务。他已经修完了所有入门之法。但是，如果有谁，历经千百世的思辨，依然无法悟到克利须那就是至上人格主神，不知道向他臣服，那么，他生生世世所做的一切思辨，皆不过是浪费光阴而已。

诗节 20：这是吠陀典最秘密的部分，无罪之人呀！我今尽已开示。理解它的人，必生智慧，其努力必达圆成。

要旨：主明确指出，前颂所论者为所有神启经典之实质。吾人当按至上人格主神之所开示，对此加以解悟。如是，便会生起智慧，证得形而上义理。也就是说，透过觉解至上人格主神之理，以及为他做超越性服务，每个人都能够清除物质气性之垢染。奉爱服务是一个灵性觉解的过程。有奉爱服务的地方，就没有物质垢染。奉爱服务与主本人一体不二，因为两者都是灵性的；奉爱服务生起于主的内在能力。主犹如太阳，无知犹如黑暗，太阳所到之处，必无黑暗。因此，无论何时，只要在正宗灵性导师的正确指导下，践履奉爱服务，就不会有无知。

每个人都必须信受克利须那觉性，践履奉爱服务，好让自己变得智慧、清净。一个人除非达到对克利须那的觉解，并且践履奉爱服务，否则，无论他在某些俗人眼里有多么睿智，他的智慧还是算不上圆满。

用 *anagha*（无罪之人）这个词来称呼阿周那，涵义很深。“无罪之人”，意指除非人摆脱一切恶报，否则很难理解克利须那。必须清除一切染垢、一切恶行，才能生起觉解。但是，奉爱服务极为纯净、有力，只要开始践履奉爱服务，便会自动臻达无罪之境。

亲近具足圆满克利须那觉性的纯粹奉献者、践履奉爱服务的同时，必须彻底根除某些习性。最重要的是，必须克服内心的弱点。第一个弱点是对物质自然的支配欲，它造成堕落，使人背离超越性奉爱服务。第二个弱点是，由于对物质自然的支配欲增盛，人就变得贪执物质以及对物质的占有。物质存在之难题，皆缘于此类内心之弱点。本章前五颂讲到如何消除内心的弱点，其余部分，从第六颂到结尾，讨论与无上者的相应（*purusottama-yoga*）。

巴克提维丹塔阐释圣典《薄伽梵歌》第十五章“与无上者相应”终。

第十六章　神性与魔性

诗节 1/3：至上人格主神说：无畏、清净、觉明、好施、自制、举祭、诵习吠陀、苦行、质直；不害、真实、无嗔、舍离、平静、无谤、慈仁、无贪、温雅、谦恭；贞固、雄强、安忍、弘毅、洁净、无妒、不贪荣名——凡此圣德，婆罗多之华胄呀！皆为禀赋神性之圣者所有。

要旨：第十五章起首，对尘世之树做了解说。其旁出的蔓根好比生命个体的活动，或凶或吉。第九章也阐述了何为天神（*devas*），何为修罗（*asuras*）。据吠陀仪轨，中和性的活动被认为有利于向解脱迈进，此类活动谓之 *Daivī prakṛti*，性属超越。安住超越性者，会在解脱之途上勇猛精进。而另一方面，那些行于强阳气性、浊阴气性的人，绝无解脱之可能，他们不是继续住世为人，就是沦为禽兽，甚或其他更低等的生命。在本章内，主将解说超越之性、邪魔之性，及其相应之德。他还会解说这些德性的长处和短处。

abhijātasya 一词，意指禀赋神性之圣者，涵义甚深。在神性氛围下生育子女，吠陀典谓之“胎印”（*Garbhādhāna-saṁskāra*）。倘若父母想要生下德性神圣的孩子，便须持守人类社会生活之十大律则。在《薄伽梵歌》里，我们也学到过，生育出优秀子女的性生活，就是克利须那。性生活并不受谴责，只要它能被运用于克利须那觉性。在克利须那觉性里面的人，至少不应该像猫、狗一样产子，而是应该有所准备，好让孩子出生后变为克利须那觉知。父母若心住克利须那觉性，孩子就会获

得这样的优势。

所谓种姓－行期法（*Varṇāśrama-dharma*），即将人类群体分为四社会阶层、四生命行期的社会体制，并不是根据出生来为社会分层。这种划分基于教养，目的在维护社会的和平、繁荣。此颂所论之德，性属超越，能让人增进灵性觉悟，获得解脱。

在种姓－行期法体制里，出世者，即处于生命之出世期的人，被认为是所有处于其他行期之人的首脑、上师。婆罗门是社会其他三大种姓，即刹帝利、毗舍、首陀罗的上师。然而，位居体制顶端的出世者，却是婆罗门的上师。作为出世者，首要的德性应该是无畏。因为出世者须在没有任何供养或保障的情况下保持独处，他只能仰赖至上人格主神的慈悲。倘若他有这样的想法："斩断情缘以后，谁来保护我？"，那他就不该进入生命之出世期。他必须完全相信，克利须那或说至上人格主神，以其内在化之超灵体相，长住有情心中，而且，超灵洞察一切，永远知晓人之所欲。如是，他必须坚信，作为超灵的克利须那，会照顾皈依他的灵魂。他该这样想："我永远不会孤独，即使我身处丛林里最黑暗的地方，克利须那照样陪伴着我，给我一切保护。"此信念名为*abhayam*，无畏。这种心境，对于在生命之出世期的人来说，是必须要有的。

然后，他得净化身心。在生命之出世期，有很多必须持守的戒律。其中最重要的是，出世者绝不允许与女人有任何亲密的关系。他甚至不能在幽僻之处跟女人交谈。主采坦尼亚是一位理想的出世者。当他在菩黎（*puri*）的时候，女奉献者甚至不能靠近他，向他顶礼。她们得离他老远跪拜。这并不表示对女性的仇视，而是加于出世者之身的限制，以便不让他们接近女色。人当持守某一特殊生命行期的戒律，以净化其存在。对于出世者，严禁亲近女色，以及为欲乐而聚敛钱财。理想的出世者是主采坦尼亚本人。从他的生平里，我们看到，他在女色方面是极为严格的。虽然他被认为是最开明的主神化身，接纳最堕落的灵魂，但就与女性的交往而言，他严格持守出世者的戒律。他的一个贴身朋游小诃黎陀娑（*Choṭa Haridāsa*），常与主采坦尼亚及主的其他密友相过往。

但不知怎地，这个小诃黎陀娑色迷迷地窥视一位年轻的女子。主采坦尼亚极为严厉，当即将他逐出了自己的共修团体。主采坦尼亚说："对于一位出世者，甚或任何渴望挣脱物质自然的魔掌，证入灵明自性，重返故乡、回归主神的人，思慕财色——不消说真的享受，仅仅以感官享乐之心看待它们，就已经罪大恶极，他最好在体验这些不法的欲望之前，自行了断。"这便是净化之道。

下一条是 *Jñāna-yoga-vyavasthiti*：致知穷理。出世生涯意味着向家居者，以及所有遗忘了真实生命的人，传布知识。出世者当沿门托钵，乞食为生，不过这并不意味着他是一个乞丐。谦卑也是安立超然者的德性之一，出于真纯的谦卑，出世者沿门托钵，并非纯为乞食，而是为了探视家居者，唤醒他们的克利须那觉性。若人真的修为精深，并且受命于灵性导师，就应该凭借逻辑和领悟，传布克利须那觉性，倘若功夫不到，就不应该进入生命之出世期。若有人学问未精，便承当生命之出世期，那他应该听闻于正宗的灵性导师，全心致力培养知识。一位出世者，或在生命之出世期的人，必须安住于无畏、清净（*Sattva-saṁśuddhi*）和觉明（*Jñāna-yoga*）。

其次为布施（*Danam*）。布施是对家居者而言的。家居者当以受人称道的方式赚钱谋生，并将其收入的一半，用于在全世界传布克利须那觉性。如是，家居者当捐助致力于这项使命的社团。布施应选择适当的受者。正如以后要讲到的，有不同种类的布施——中和气性里的、强阳气性里的、浊阴气性里的。中和气性里的布施，为经典所推崇，但强阳气性、浊阴气性里的布施，并未受到提倡，因为那不过是浪费钱财罢了。布施之赠与，应该只是为了在全世界传布克利须那觉性。这才是中和气性里的布施。

至于自制（*Dama*），不仅针对宗教性社会里的其他阶位，家居者尤当力行。家居者虽有妻室，但不可滥用感官，追逐淫乐。甚至在房事方面，家居者也受到限制，他只能为生育子女而行房。如果不想要孩子，就不该与妻子同房。现代社会以避孕或其他更令人厌憎的方式享受性生活，逃避生儿育女的责任。这并非超然之德，而是魔性之表现。任何人，即使是家居者，倘若想提升其灵性生命，必须控制性生活，若目的不是为了服务克利须那，就不该生儿育女。如果生下来的子女，今后能在克利须那觉性里面，那么不妨生育成百的子女，但如果没有这种能力，便不应一味耽溺于感官享乐。

祭祀（*Yajña*）是家居者须做的另一件事，因为祭祀需要大量的钱财。其他生命行期里的人，也即梵行者、林栖者、出世者，都没有钱，他们以求乞为生。因此，举行各种祭祀是居士的事情。他们应该按吠陀典所授，举行火供（*agni-hotra*），不过，这类祭祀耗费巨资，当今任何一位家居者都无法办到。专为这个时代所举荐的最殊胜的祭祀，名为广诵祭（*saṅkīrtana-yajña*）。此广诵之祭，即唱颂：赫列 克利须那，赫列 克利须那，克利须那 克利须那，赫列 赫列；赫列 罗摩，赫列 罗摩，罗摩 罗摩，赫列 赫列（*Hare Kṛṣṇa, Hare Kṛṣṇa, Kṛṣṇa Kṛṣṇa, Hare Hare*；*Hare Rāma, Hare Rāma, Rāma Rāma, Hare Hare*），乃是最殊胜、最节俭的祭祀，每个人都可以奉行并从中受益。如是，以上三条，即布施、自制和举祭，都是针对家居者的。

Svādhyāya，诵习吠陀，是针对梵行者的。梵行者不应与女人有任何关系，他们须独身守贞，专心诵习吠陀经典，培养灵性知识。这称为*Svādhyāya*。

Tapas，或苦行，尤其针对退隐生活。人不可终生家居，必须牢牢记住，生命有四行期——梵行期、家居期、林栖期、出世期。如是，家居期之后，便须退隐。若人寿满百，应该过二十五的梵行生活，二十五年的家居生活，二十五年的林栖生活，以及二十五年的出世生活。这是吠陀礼法的律则。从家居生活中退隐下来的人，必须践行身、口、意之苦行。此即*tapasya*。全体种姓－行期法社会就是为了苦行。没有苦行，无人能获解脱。那种认为人生无须苦行，单凭推度思辨，自然万事备办的理论，从未受到吠陀诸经和《薄伽梵歌》的举荐。这类理论是由那些想招揽更多信徒的冒牌灵性主义者炮制出来的。如果有约束，有戒律，人们就不会受到吸引。因此，那些以宗教之名招揽信徒的人，为了自充门面，并不约束其弟子的生活，更不约束自己的生活。但是，这种作略，没有被吠陀经

典认可。

讲到质直（*ārjavam*），作为婆罗门之德，此原则不但应为某一特殊生命行期所持守，所有社会成员，无论是梵行者、家居者、林栖者，还是出世者，皆应恪守不渝。人当真纯、直率。

Ahiṁsā（不害），意谓不去破坏任何有情的生命演进。切不可认为，既然身体被杀而灵魂不灭，那么，为感官之乐而屠杀动物，也无伤性命。当今之人，尽管有丰足的五谷、果蔬和牛奶，却嗜食生灵。其实根本没有必要杀生。这是对每个人的训令。若别无选择，也可以宰杀动物，但须于祭祀中先行供奉。无论如何，当人类有大量食物可供食用时，有志提升灵性觉悟的人，不应对动物施暴。真正的"不害"意指不去破坏任何有情的生命演进。透过流转于不同的动物族类，动物也在其生命之演化中不断进升。动物如果为人所杀，那它的演化就受到了破坏。如果某动物本应在某一特殊的躯壳里居停若干时日、若干年月，但却过早地被人杀死，那它还得重新回到这种生命形式，度完余下的日子，如此才能被提升至另一生命族类。是故，不应该仅仅为了满足一己的口腹之欲，让动物的生命演进受到破坏。此即谓之不害（*Ahiṁsā*）。

Satyam（真实），意指不应为人欲之私而歪曲天理。在吠陀经典里面，有些段落令人费解，应该向正宗的灵性导师学习其真实含义或旨趣。这才是理解吠陀之道。"天启"（*śruti*）意谓人当听闻于权威。不应出于人欲之私而妄加穿凿。世上有那么多曲解杜撰的《薄伽梵歌》注疏。注疏原文，每一个字的真义都应被透显出来，而这需要从正宗的灵性导师那里学习。

Akrodha，意为无嗔。即使受到挑衅，也要容忍，因为发怒则周身为染。嗔怒是强阳气性和贪淫的产物，故而，安住超越性者应该制怒。*Apaiśunam*，意为不要挑别人的毛病，或不必要地指正他人。当然，呼贼为贼，并不是挑毛病，但若把老实人说成是贼，对于修行精进的人来说，就是冒犯别人。*Hrī*，谦恭，人当恭敬谦逊，绝不能做出令人厌憎的行为。*Acāpalam*，贞固，意指遇事不可急躁或沮丧。做事情总会遇到失败，但即使如此，也不必丧气，而应坚忍不移地做下去。

此处所用的“*tejas*”（雄强）一词，是针对刹帝利说的。刹帝利当孔武有力，能够保护弱者。他们不该以非暴力招摇于世。如果需要武力，他们必须动手。但一个能折服对手的人，在某些情况下，也可能会表现出宽容。他或许会原谅一些微小的冒犯。

Saucam，意谓洁净，不单指身心，也包括为人处世。这一条尤其针对商人，他们不应涉足黑市交易。*Nāti-mānitā*，不慕荣名，适用于首陀罗（*śūdra*），即劳力者。根据吠陀训谕，劳力者被认为是四种姓之最下者。他们不该被无益的荣名冲昏头脑，而应安分守己。向较高的种姓致敬，以维护礼教，是首陀罗的本分。

以上所讲到的所有二十六种德，皆性属超越。根据各人不同的社会阶层和生命行期，这些德性应该得到培养。其宗旨在于，尽管物质环境令人苦恼，但如果各阶层人士都能修身，培养这些德性，那么就有可能逐渐超拔至超世觉悟的最高境界。

诗节 4：骄慢、自大、嗔恨、自负、苛刻、无知——凡此凶德，皆属魔性，婆罗多之华胄呀！

要旨：此颂描述了通向地狱的道路。魔性之人尽管并不持循理则，却想以宗教为夸饰，卖弄在灵性科学方面的进步。他们总是为受过某种教育或拥有大量财富而骄慢自大。他们想受人崇拜，博取尊显，尽管他们一点也不值得人敬重。一点琐事，就会惹得他们勃然大怒，出言不逊，以致斯文扫地。他们不知道何者当为、何者不当为。他们做事自以为是，全凭私欲，根本不认可任何权威。凡此魔性之质，皆禀赋于怀胎之始，随着身体的成长，这些凶德表露无遗。

诗节 5：超然之德带来解脱，而邪魔之质造成束缚。般度之子呀！不必担心，你天生禀赋圣德。

要旨：主克利须那鼓励阿周那，告诉他，他不曾禀赋邪魔之质。他之卷入战争，并非出于魔性，而是出于对利弊的衡量。他在考虑，像毗史摩、陀拏那样值得尊敬的人，是否该杀。可见，他并未在嗔恨、虚荣、刻厉之影响下作为。因此，他无有邪魔之质。对于刹帝利，向敌人放箭被认为是超然的，而临阵脱逃反而落入魔性。是故，阿周那没有理由哀痛。任何人，若持守其生命行期的戒律，已经安住超然。

诗节 6：帕尔特呀！世间有情，分为两类，一为天神，一为修罗。关于神性，我已详说。今且谛听，我说魔性。

要旨：阿周那天赋圣德，主克利须那已经向他做出保证。现在，克利须那要描述邪魔之途。世间有情，分为两类。禀赋神性者遵循一种礼制化的生活，也就是说，他们服从经教和权威。人当在权威性经典之启示下，践履职分。如此居心，谓之神性。不守经教礼法，自作主张，谓之魔性或修罗性。除了对经教礼法的服从，没有其他的分判标准。据吠陀典所载，神、魔皆为生主（*Prajāpati*）所生，唯一的区别在于，前者遵行吠陀经教，而后者则否。

诗节 7：魔性之人，不知何者当为，何者不当为。他们不洁净，举止无礼，而且不诚实。

要旨：在每个文明社会里，都有一套自古沿袭的经教礼制。雅利安人（*Aryans*）当中尤其如此，作为吠陀式文明的传承者以及最开化的文明人，他们把那些不守经教的人视同恶魔。因此，这里说到，恶魔不懂礼法，也无意遵行。他们大多对此一无所知，有的即使知道，也无意遵行。他们没有信仰，也不愿按吠陀经教践行。恶魔们表里皆不洁净。人当洗浴、漱口、剃须、更衣，细心保持身体之洁净。至于内心的洁净，人当时时忆念上帝之名，持诵：赫列 克利须那，赫列 克利须那，克利须那 克利须那，赫列 赫列；赫列 罗摩，赫列 罗摩，罗摩 罗摩，赫列 赫列（*Hare Kṛṣṇa, Hare Kṛṣṇa, Kṛṣṇa Kṛṣṇa, Hare Hare；Hare Rāma, Hare Rāma, Rāma Rāma, Hare Hare*）。恶魔们既不喜欢，也无意持守这些洁净身心的律条。

关于行为，有很多指导人类行为的戒条、律法，例如《摩奴法典》（*Manu-saṁhitā*），就是一部人类的律法书。时至今日，印度教徒仍然遵行《摩奴法典》，继承法以及其他法规皆源出这部法典。《摩奴法典》明示，不应给妇女自由。但这并不是说，应该像奴隶一样对待她们，而是说，对待她们要像孩童一样。不能给孩子自由，但这并不是说，要像奴隶一样对待孩子。当今的恶魔，对这些教诫视而不见，他们认为，应该给予妇女像男子一样多的自由。然而，这并不曾改善社会环境。实际上，妇女应在生命的每一阶段都得到保护。少幼时，她应受父亲保护；长成后，应受丈夫保护；年老则由长大成人的儿子保护。据《摩奴法典》，这是合乎礼义的社会行为。但现代教育却人为地设计出一套虚骄的女性生活观，结果，婚姻到如今几乎成了人类社会的幻想。当今，女性的道德状况也好不到哪里去。恶魔不采纳有益于社会的教诫，由于他们不吸取圣贤的经验和圣贤制定的礼法，他们所处的社会环境极为惨苦。

诗节 8：他们说，世界本不真实，没有根基，也没有上帝在主宰。世界不过从性欲而生；除了贪淫，再没有其他原因。

要旨：魔性之人断定，世界不过是幻象。无因果，无主宰，无目的：一切非真。他们说，天地万物缘起偶然。他们也不认为，世界为上帝所造，内含某种目的。他们有自己的理论：天地自然生成，没有理由相信，世界背后有一个上帝存在。对于他们，灵与物全无分别，他们也不承认有至上之灵。一切都仅仅是物质，整个宇宙不过是混沌一片。按照他们的说法，万法皆空，无论有什么表象生起，都是出于我们的无明业识。他们想当然地认为，一切殊象，皆为无明之示现。就像在梦里，我们创造出许多实际上并不存在的东西，一旦梦醒，我们就会发现，这一切无非是梦。但事实上，尽管恶魔们口口声声说浮生如梦，但他们却享受着这场梦，老道而圆滑。如是，他们不去追求觉明，反而在梦境中越陷越深。他们推断，犹如男女交媾则生子，天地万物之化生，无须灵魂。产生生命者，不过是物质之组合，根本与灵魂无关。就像很多生物是从汗水或死尸里涌生出来的，说不上有什么原因，全部有情世界皆不过出自物质现象之组合。因此，物质自然才是万物之根源，除此别无他因。他们不相信克利须那在《薄伽梵歌》里所说的话："天地在我的指令下运行（*mayādhyakṣeṇa prakṛtiḥ sūyate sa-carācaram*）”。换言之，恶魔们对世界的创造，并无圆备的知识，他们每个人都有自己的一套理论。照他们看来，对经典的各种诠释皆同样有效，因为他们不相信对经教的理解有一个绝对的标准。

诗节 9：魔性之人，迷失了自我，智慧尽丧，他们按照这类推断，从事无益、恐怖的活动，终致毁灭整个世界。

要旨：魔性之人所从事的活动，终将招致世界的毁灭。主在这里说，他们不太有智慧。对上帝一无所知的物质主义者，自以为文明进步。然而，照《薄伽梵歌》看来，他们无知愚钝，全无理性。他们企图最大限度地享受物质世界，故此不断发明创造，以图感官之乐。这类物质主义的发明，被认为是人类文明的进步，但结果是，人们变得愈来愈暴戾，愈来愈残忍，对动物残酷，对其他人也残酷。对于如何与人相处，他们全无主张。在他们当中，杀生之风盛行。这些人可谓世界之敌，因为他们最终将发明或创造出给世界带来劫难的东西。此颂间接预言了核武器的发明，如今，全世界都以拥有核武器为荣。战争随时会发生，这些原子武器将带来一场浩劫。这里指出，制造这类东西，不过是为了毁灭世界。由于不信神，这类武器才在人类社会中被发明出来，它们绝不会给世界带来和平与繁荣。

诗节 10：寄心于永无餍止的贪淫，骄慢、虚荣之念日盛，如是，魔性之人深陷假象，由于为无常所惑，他们公开大搞肮脏的勾当。

要旨：这里描述了魔性之心态。恶魔之于贪淫，永无餍足。他们对物质享乐的永无餍足的欲望，不断膨胀增盛。由于贪执无常之物，他们的内心总是充满忧虑，但他们仍在幻觉下，继续造作这类活动。他们没有智慧，根本不知道自己早已误入歧途。这类魔性之人执持无常，捏造出自己的上帝，然后编排赞歌，大肆宣唱。结果，他们越来越热衷两样东西——性享乐和聚敛钱财。*aśuci-vratāḥ* 一词，意谓“不洁的誓言”，在此处饶有深意。这类魔性之人只爱美酒、佳人、赌博、吃肉；这些便

是他们的 *aśuci*，不洁的习性。在骄慢和虚荣的诱使下，他们杜撰出某些不容于吠陀经教的所谓宗教原则。尽管这类魔性之人最足厌憎，但世人却凭借做作的手段，给他们脸上贴金。他们正滑向地狱，却还自以为高明万分。

诗节 11/12：他们相信，满足感官才是人类文明最基本的需要。如此，他们的忧虑，无穷无尽，至死不休。在无量数欲望的缠缚下，他们陷溺于贪嗔，为了满足感官，不惜以非法的手段攫取钱财。

要旨：魔性之人相信，感官享乐乃人生之究竟，他们到死都对此念念不忘。他们不相信死后有生命，也不相信，按照业（*karma*）或世间的造作，人得受取不同种类的躯壳。他们的人生大计无有尽头，他们所不断筹谋的，是一个又一个永远无法完成的计划。我们有这样的亲身经历：一个具有此类魔性心态的人，甚至在临死之际，犹请求医生，把他的寿命再延长四年，因为他的计划尚未完成。这类愚人不晓得，医生无法延长寿命，哪怕只是片刻。时辰一到，人的愿望就不算数了。超出命定的享乐时间哪怕一秒钟，大自然的律法都不会许可。

魔性之人，不信仰上帝或内在于自我的超灵，仅仅为了感官之乐，他们恶事做尽。他们根本不晓得，在他们的内心之中，别有一位见证之人。超灵注视着个体之灵的活动。恰如《奥义书》所说，两鸟共栖一树，一只在活动，品尝枝头的果实，或为之而欢喜，或为之而烦恼，而另一只在旁观。但魔性之人既没有吠陀知识，也没有任何信仰。因此，他觉得为了感官之乐，可以为所欲为，不必计较后果。

诗节 13/15：魔性之人思维：“我今天有了这么多财富，按照计划，我还会得到更多。现在，这么多都是我的了，将来还会不断增加，越来越多。他是我的敌手，我已经把他干掉了；其他的对头，也会被我杀绝。我是主子。我是享受者。我完美无缺，权势显赫，快乐无比。我最富有，身边都是显贵的亲友。没有人像我一样强大、快乐。我将举行祭祀，慷慨布施，那样，我就会欢欣悦乐。”如是，

这类人便为无明所惑。

诗节16：如是困于种种思虑，又受到假象之网的缠缚，他们变得极度贪著感官之乐，直至堕入地狱。

要旨：魔性之人想要敛钱的欲望，永无止境。那是无休无止的。他只想着目前手头有多少资产，如何再投资做大。缘此之故，他甚至不惜使用任何罪恶的手段，为了非法的利润而大搞黑市投机。他沉迷于自己已经拥有的一切，诸如地产、家庭、房子、存款，并不断做出计划，以求扩张。他相信自己的力量，他不晓得，他所获得的一切，皆缘于过去生中的善行。他得到机缘，积攒下这类东西，但对过去之因却一无所知。他还以为，他所有的财富都是自己努力的结果。魔性之人相信个人奋斗，不相信业报定律。根据业报定律，一个人出身高贵，或者变得富有，或者教养有素，或者相貌出众，皆过去生中善业所致。而魔性之人却认为，这一切全凭自己的运气，全为个人能力之所致。他们觉察不到，在各色人等及其相貌、教养的背后，是什么力量在做出安排。任何人若跟这样的魔性之人竞争，就会成为他的敌人。魔性之人，天下滔滔，且彼此为敌。这种敌意日渐加深——人与人之间、家与家之间，群与群之间，最后，国与国之间。故此，整个世界永远充满了持续不断的冲突、战争和敌意。

魔性之人，每一个都想损人利己。通常，魔性之人以为自己就是至高无上的神。传布魔道者告诉他的信徒："何必向外找神呢？你们自己就是神！你想做什么就去做。不要相信上帝。抛开上帝，上帝死了。"这些都是魔道。

魔性之人就算看见别人跟他们一样富有，一样有势力，甚或比他们更富有，更有势力，他们还是认为，没有人比上他们更富有，没有人比他们更有势力。至于超升天堂，他们不相信献祭之力。恶魔认为他们可以自己搞一套献祭之法，并制造出能让他们上达天界的机械。这类魔性之人的典型就是罗波那。他向人们吹嘘，他将架设通天之梯，让任何人都能登上任何天堂星宿，无须举行吠陀典所记载的祭祀。同样，现代的恶魔们力图凭借机械的手段，登上更高的星宿。这些都是受到迷惑的例证。结局是，他们在不知不觉中，堕入地狱。这里，梵语 *moha-jāla*（假象之网）含有深意。*Jala* 意思是“罗网”，犹如落网之鱼，他们无路可逃。

诗节 17：他们自命不凡，厚颜无耻，为荣华富贵所迷惑，他们有时举行献祭，也不过是虚文伪饰，绝不会遵照任何礼法、仪轨。

要旨：自命不凡、根本不理会任何权威或经典的魔性之人，有时也举行所谓的宗教或祭祀仪式。他们不相信权威，极端厚颜无耻。此皆缘于荣华富贵所造成的幻觉。有时，他们以传道者自居，迷误苍生，却居然成了知名的宗教改革家或上帝化身。他们装模作样地举行祭祀，或者崇拜天神，甚至炮制出自己的上帝。无知大众吹捧他们，奉他们为神，崇拜他们，认为他们精通宗教原则或灵性义理。他们披上僧袍，在这身打扮的掩盖下，胡作非为。事实上，针对出离尘世的人，有很多约束。然而，恶魔全不理会这些约束。他们认为，法从我立，并没有一个人人皆须遵循的普世之法。*avidhi-pūrvakam*，意指无视礼法、仪轨，在此被特别予以强调。凡此皆为无明幻妄所致。

诗节 18：受我慢、权势、骄傲、贪嗔的迷惑，恶魔变得嫉妒至上人格神，并亵渎真正的宗教；殊不知，至上人格神就居停于他们的身体和其他人的身体里。

要旨：魔性之人总是对抗上帝的无上地位，不愿相信经典。对经典以及至上人格神的存在，他都心怀嫉妒。其原因在于他所谓的荣名，以及金钱、权势之积聚。他不晓得，今生是来世的准备。由于不懂这点，他实际上既嫉妒自己，也嫉妒别人。他对自己的身体施暴，也对别人的身体施暴。他不在乎人格主神的至高监临，因为他毫无知识。出于对至上人格主神、经典的嫉妒，他张扬邪说，否认上帝的存在，拒斥经典的权威。他自认为独立不羁，行动有力。他想，既然自己在力量、权势、财富上无人能及，自然可以为所欲为，天下无人能挡。一旦出现敌手，可能挫败他感官活动的推进，他就会运用自己的权势，伺机干掉此人。

诗节 19：那些性好嫉妒、凶残顽劣之徒，那些人中之至贱者，我将一次又一次把他们抛入红尘苦海，让他们轮回于修罗魔种。

要旨：此颂明示，灵魂之被投入某具躯壳，首先取决于至高意志。魔性之人或许不乐意承认主的无上地位，或许还可以心血来潮，按自己的兴致行事，但他的来生却取决于至上人格主神的定夺，而不是他自己。《薄伽梵往世书》第三篇里说，身体死亡后，在高等权能的监控下，个体之灵被投入母胎，在那里得到某一特殊类型之躯壳。由此，我们在物质存在中，可以看到有那么多生命族类——禽、虫、人，等等。凡此无不出自高等权能之安排。绝非偶然。至于魔性之人，这里明确指出，他们将一次又一次被投入修罗恶胎，如是继续嫉妒成性，沦为至贱之材。这类魔种，总是贪淫好色、凶残暴戾、污秽不洁。丛林中的各色猎人，皆属魔种。

诗节 20：一次又一次转生于修罗魔种，贡蒂之子啊，这类人永远不能靠近我。渐渐地，他们势必堕入最令人厌憎的生存状态。

要旨：众所周知，上帝慈悲广被，但在这里，我们看到，上帝对魔性之人毫不留情。此颂明示，生生世世，魔性之人被投入魔胎，由于无法分有至尊主的恩泽，他们一步一步沉沦下去，最后获得像猫、狗、猪一样的身体。显然，这类恶魔在未来生命的任何阶段，都不会有机会得到上帝的恩慈。《吠陀经》也说，这类人逐渐沉沦，终将成为猪狗。或许会有人对此提出反驳：如果上帝对这类恶魔不慈悲，那就不该夸耀，说上帝慈悲广被。作为对这个问题的解答，《吠檀多经》有云，至尊主无所仇雠。把阿修罗或恶魔投入最低贱的生命状态，恰恰是他慈悲的另一面。有时，阿修罗会死于至尊主之手，但如此被杀对他们大有益处，因为在吠陀典籍里记载，任何人，若死于至尊主之手，必得解脱。历史上有很多阿修罗，诸如罗波那、刚萨、悉罗耶喀西菩，主以种种化身现世，就是为了除灭他们。如是，上帝之恩，泽及修罗，只要他们有幸，能被上帝亲手杀死。

诗节 21：地狱之门有三——淫、嗔、贪。凡有理性者，皆当舍离而无返，因为它们导致灵魂之退堕。

要旨：魔性生活之肇端，在此有述。先是人力图满足其淫欲，挫败之后，便会生起嗔、贪。有理性者，若不想沦为魔种，必须下功夫除去这三大恶敌，他们将戕害自我，使其永世不得解脱于物质之缠绕。

诗节 22：贡蒂之子呀！离此三门者，修道自益，如是渐达彼岸。

要旨：人生三大恶敌：淫、嗔、贪，当小心应付。离淫、嗔、贪越远，身心就越清净，接下来就能遵守吠陀典所定的戒律了。透过持循人生之律则，人便能逐渐超拔至灵性觉悟的层面。倘若非常幸运，透过如此修炼，上达克利须那觉性的境界，那么，成功就得到了保证。吠陀典论及因果报应之道，就是为了帮助人进入净化阶段。全部修法皆立足于对淫、嗔、贪的舍弃。透过以此道培养觉明，人就能被提升到自我觉悟的最高境界，此觉悟圆成于奉爱服务。在奉爱服务里面，受拘限灵魂之解脱获得了保证。故而，根据吠陀体制，乃有四社会阶层与四生命行期之施设，谓之种姓制和灵性行期制。针对不同的种姓或行期，有不同的戒律，若能持守，必将自动升入灵性觉悟之最高境界。彼时，解脱不在话下。

诗节 23：然而，置经教于不顾、行动随心所欲的人，无成就，无安乐，无法到达彼岸。

要旨：如前所论，*śāstra-vidhi*，或经典之教诫，是针对人类社会的不同种姓和灵性行期而施设的。人人都得持守这些律法和仪轨。如果不去持守它们，一任淫、嗔、贪横行而恣意妄为，那就永远也不可能让生命圆满。换言之，有人或许在理论上讲得头头是道，但若未曾将这些教诫实践于自己的人生，那他就是人中之至贱者。在人形生命中，生命个体理应醒觉，持守那些为将其生命提升至最高境界而施设的律则，如果他不加遵行，那就会让自己退堕。但即使有人持守戒律，践行道德，若最终不能到达觉解至尊主的阶段，那么他所有的知识，皆归坏漏。而且，即使他承认了上帝之存在，若未曾献身于奉爱服务，那他的努力，终究会付之东流。是故，人当逐渐超拔到克利须那觉性以及奉爱服务的层面，彼时，他才能到达最高的圆满之境，否则无此可能。

kāma-kārataḥ（在贪淫里恣意妄为）一词含意深刻。故意破坏戒条的人是在贪淫里行事。他知道这是被禁止的，却还是去做，此即谓之恣意妄为。他晓得这是应该做的，却不去做，所以说他随心所欲。这类人注定要受天谴。他们无法成就人生应有之圆满。人类生命尤其应用来洁净身心，不持守戒律的人，无法净化自我，也不能到达真实的福乐之境。

诗节 24：是故，人当依据经典之律则，明白何者当为，何者不当为。知道了这些戒律，就该身体力行，以此逐渐提升自己。

要旨：诚如第十五章所言，《吠陀经》的所有戒律，都是为了证知克利须那。若有人从《薄伽梵歌》里懂得了克利须那，并安住于克利须那觉性，那他已经达到了吠陀智慧的最高成就。主采坦尼亚·摩诃波菩（*Caitanya Mahāprabhu*）简化了这一修法，他仅仅要求人们持诵：赫列 克利须那，赫列 克利须那，克利须那 克利须那，赫列 赫列；赫列 罗摩，赫列 罗摩，罗摩 罗摩，赫列 赫列（*Hare Kṛṣṇa, Hare Kṛṣṇa, Kṛṣṇa Kṛṣṇa, Hare Hare*；*Hare Rāma, Hare Rāma, Rāma Rāma, Hare Hare*），同时，为主做奉爱服务，吃供养过神像的食物。直下践履所有这些奉爱活动的人，被认为已经诵习过了所有的吠陀经典。他已圆满证入究竟。当然，对于不在克利须那觉性里面，或未践履奉爱服务的普通常人，何者当为、何者不当为，还必须问决于吠陀经教。人当依教行事，不生异议。此之谓遵经守义。经典（*śāstra*）完全没有受拘限灵魂所表现出来的四大缺陷：不完美的感官，欺诈的习性，必定犯错，必定受迷惑。这四大缺陷，使受拘限之生命没有资格推阐戒律。是故，经典所阐扬之戒律，超越这些缺陷，被所有圣贤、阿阇黎（*ācārya*）以及莫罕德默一体信受，无有更改。

在印度，灵性宗派林立，一般来说，可归为两类：非人格主义者和人格主义者。但两派之人，无不按照吠陀律则，指导其生活。若不持守经典之律则，便无法提升自我至于圆满之境。因此，真正理解经典大义的人，可谓幸运之极。

背离觉解至上人格主神这一原则，是人类社会一切堕落的根源。这是对人类生命的最大冒犯。故此，摩耶（Māyā）——至上人格主神的物质能力，一直不断地以三重苦的形式，给我们烦恼。此物质能力由物质自然之三极气性构成。在觉解至尊主的道路被打通之前，吾人至少要提升自己至中和气性。若未曾超入中和气性，则仍将不得脱于浊阴与强阳，此二者正是魔性生命之根源。那些在浊阴、强阳气性里的人，讥嘲经典、圣贤，以及对至上人格神的正见。他们违背灵性导师的教导，无视经典律则。尽管听闻了奉爱服务的荣耀，却无动于衷。如是，他们便杜撰发明，自创超升之法。凡此弊病，皆通向魔性之生命状态。然而，若有人得到恰当的正宗灵性导师的指引，走向超升之路，悟入更高明的境界，那么，此人之生命，将得圆成。

巴克提维丹塔阐释圣典《薄伽梵歌》第十六章“神性与魔性”终。

第十七章　信仰的分类

诗节1：阿周那说：克利须那呀！若有人不守经教，崇拜自己想象出来的神，他的地位如何？他是在中和气性，在强阳气性，还是在浊阴气性之中？

要旨：第四章第三十九颂说，忠实于某一特殊崇拜类型的人，会逐渐进升至觉明之境，达到福慧的最高圆满阶段。第十六章的结论是，不持守经典律则的人为阿修罗，亦即恶魔；而诚心遵从经教的人则为提婆（*deva*），亦即天神。现在，若有人怀着信念，持守某些经教中未尝提到过的戒条，那么，他的地位如何呢？阿周那的这个疑问，将由克利须那来澄清。若有人选择一个凡夫，把他塑造为某种神灵，加信念于彼身，他的崇拜是处于中和气性，还是强阳气性，抑或浊阴气性？这类人能否达到生命的圆满境界呢？他们能否安住真知，升入最高超的圆满境界呢？未尝持守经典的戒律，但却信仰某种东西，崇拜神明与人，这样的人，其努力是否能有所成就呢？阿周那向克利须那提出了这些问题。

诗节2：至上人格主神说：按其所禀赋之物质气性，有身者的信仰可分三类——中和性的、强阳性的、浊阴性的。现在，你且谛听。

要旨：有些人知道经典的戒律，但由于懒惰和懈怠，放弃了对这些戒律的持守，他们是在物质气性的操纵下。根据前生在不同气性里的活动，他们获得了一种具有特殊材质的天性。生命个体与物质气性之交接，持续不停。由于生命个体受到物质气性之染触，按照他所交接的物质气性，便生发出种种不同的情识。然而，这种天性是可以转变的，只要人能亲近正宗的灵性导师，服从他的教导和经典的律条。渐渐地，人就能转化其质地，从浊阴变为中和，或者，从强阳变为中和。结论是，在某一特殊物质气性里的盲目信仰，无法让人超转圆满之境。人当凭借慧识，在正宗灵性导师的护持下，慎思明辨。如是，才能转化其质地，升入更高等的物质气性。

诗节 3：婆罗多之华胄呀！在不同的物质气性下生存，就会演化出某种特殊的信仰。根据其所秉承之气性，有情遂生特殊之信仰。

要旨：不管是谁，人人都有一种特殊的信仰。但根据他所禀赋的材质，他的信仰可以是中和性的、强阳性的或浊阴性的。如是，他便按照他的特殊信仰，专跟某一类人来往。诚如第十四章所论，真确的事实是，每一个体生命原本皆为至尊主的碎片化部分和微粒。故此，他们本来就超越所有物质气性。但是，当人忘记了自我与至上人格神的关系，在局限化的生命中，跟物质自然交接，由于物质自然之多样性，他便发展出自身的材质。随之而来的矫饰造作的信仰和存有，都不过是物质性的。吾人虽然受到某些熏习或人生观的支配，但原本却是超越的，为“无气性”（*nirguna*）者。是故，吾人当清除其所受之物质染垢，以便重建自我与至尊主的关系。克利须那觉性是唯一让人放心的归本之途。若人安住克利须那觉性，那这条路决定能让他升入圆满之境。若人不走这条自觉之路，必定受制于物质气性之作用。

śraddhā 一词在此颂中含有深意。*śraddhā*，“信”，原本生发于中和气性。吾人之信仰，或投射于天神，或投射于某个杜撰出来的上帝，或投射于情识之想象。据说，强烈的信仰会激发出中和性之活动。但是，在局限化之物质生命中，没有一种活动是完全被洁净化的。它们都是染杂的，并非处于纯粹中和性。纯粹中和性是超越的，在洁净化之中和状态里，人便能觉解至上人格神之真性。只要信仰尚未完全处于洁净化之中和状态，便容易受到物质气性之染污。染性曼衍，作用于人心。如是，根据心与某一特殊物质气性相交接而呈现之姿态，信仰乃得建立。

须知，若人心处中和气性，其信仰亦处中和气性；若人心处强阳气性，其信仰亦处强阳气性。若人心处闇黑与幻妄之状态，则其信仰，为之染污。如是，世上乃有不同类型之信仰。从不同类型之信仰，乃有不同类型之宗教。宗教信仰之真义蕴涵于纯粹中和气性，只是由于心遭染污，才有各种各样的宗教教义。如是，根据不同种类之信仰，乃有不同种类之崇拜。

诗节 4：处中和气性者崇拜天神；处强阳气性者崇拜恶魔；处浊阴气性者崇拜鬼魂和精灵。

要旨：在此颂中，至上人格主神按照人们外在的活动，描述了不同类型的崇拜者。根据经教，唯有至上人格主神才值得崇拜，但是，那些不太精通或笃信经教的人，基于其所处物质气性之特殊情态，崇拜不同的对象。处中和气性者通常崇拜天神。天神有各色各样，其中包括梵天、湿婆以及因陀罗、禅陀罗、太阳神，等等。处中和气性者，为某个特定的目的而崇拜某个特定的天神。同样，处强阳气性者崇拜恶魔。记得在第二次世界大战期间，有个加尔各答人，专门崇拜希特勒，因为多亏那场战争，他靠黑市交易发了大财。与此类似，处强阳、浊阴气性者一般选择一个强人，视为自己的偶像。他们认为可以把任何人当作上帝来崇拜，其效果并无不同。

这里讲到，处强阳气性者造出这类神明，加以崇拜，而处浊阴或闇黑气性者则崇拜死灵。有时，人们会在某个死人的墓地举行崇拜。性服务也被认为处于闇黑气性。印度一些偏僻的村落，还有人崇拜鬼魂。在印度，我们看到下等人有时前往森林，如果他们知道某棵树里住着鬼，就会崇拜那棵树，并以牺牲供养。这些五花八门的崇拜，其实并非上帝崇拜。上帝崇拜属于超然安住纯粹中和气性的人。《薄伽梵往世书》(4.3.23)有言：“当人安住纯粹中和气性时，便崇拜华胥天人”(*sattvaṁ viśuddhaṁ vasudeva-śabditam*)。其要在于，只有那些彻底除净物质气性之染污，并安住超越性的人，才能崇拜至上人格主神。

非人格主义者理应安住中和气性，崇拜五类神明。他们崇拜毗湿奴在世间的非人格之相，此相又被称为义理化毗湿奴。毗湿奴本为至上人格主神之分身，但是，由于非人格主义者究竟并不信仰至上人格主神，他们便想象毗湿奴之身不过是非人格梵的另一种相。同样，他们也想象梵天是表现于强阳气性中的非人格梵。有时，他们也提到应该受人崇拜的五类神明，但是，由于他们认为非人格梵才是真实之理，故而最终勾销了一切崇拜的对象。总之，透过亲近体现出超越之性的人，便能洁净各种物质习气。

诗节 5/6：出于骄慢、我执，修经典未尝推荐的苦行，又为贪淫驱迫，伤害身体之五行以及居停于身体内的胜我，这样的人，可谓恶魔。

要旨：有人自己杜撰出未尝见之于经教的苦行方式。例如，为某些不可告人的政治目的而绝食。经典之提倡断食，是为了灵性增益，而不是为了某种政治目标或群体诉求。照《薄伽梵歌》看来，修这类苦行的人，必属魔性。他们的行为悖逆经教，无益大众。实际上，彼等之造作，皆出于骄慢、我执、淫欲与对物质享乐的贪恋。这类行为，不但有碍身体五行之调和，而且干扰了居停于身体之内的至上人格神。这种为了某种政治目的而践行的不为经典许可的断食或苦行，必然扰乱人心。吠陀经典对此从未提及。魔性之人自认为能用这种手段强逼敌手或反对党听从他的想法，然而，有时这类绝食也会致人死亡。至上人格主神并不赞许这类行为，他说，凡做这些事的人皆为恶魔。这类把戏是对至上人格主神的侮辱，因为它们是悖逆吠陀经教的表现。*acetasaḥ*（具有变态之心智）一词在这里有很深的含义。心智正常的人必定服从经教。而那些心智变态的人不但漠视、违背经教，甚且自创一套苦行之法。人当牢记魔性之人的最后下场，就像前一章所说，主强迫他们投生于修罗魔种。如是，他们将生生世世按魔性原则生活，全不知自己与至上人格主神的关系。然而，倘若他们走运，能够得到引导他们走上吠陀智慧之路的灵性导师的指点，便能挣脱物质缠缚，最终抵达彼岸。

诗节7：根据物质气性，众生所吃的食物也别为三类。献祭、苦行、布施亦如是。我现在告诉你其间的分别，你且谛听。

要旨：根据所处物质气性之不同，饮食、献祭、布施的方式也各不相同。它们绝不会在同一层面上进行。对于哪些行为属于哪种物质气性，能够加以分辨的人，乃是真正的智者。那些认为各种献祭、饮食和布施皆无分别的人，没有分辨能力，很是愚蠢。有些传法者宣扬，任心而为，照样能成就圆满。但是，这类愚狂的指路人不遵经教行事。他们自创法门，贻误苍生。

诗节8/10：处中和气性者所喜欢的饮食使人延年益寿，带来力量、健康、快乐、满足；这类食物多汁富脂，有益身心，而且美味可口。处强阳气性者喜欢过苦、过酸、极咸、极辣、灼舌、焦干、苦涩的食物；这类食物带来苦恼、忧悲、病厄。处浊阴气性者喜欢久置失味、腐烂发霉的食物，甚至残羹剩饭、弃余不洁也是他们之所爱。

要旨：饮食之用，在于延寿、净心、强身。这是它唯一的用途。昔之圣贤，早已甄选出了最能强身、延寿的食物，诸如乳品、糖、米、麦、果蔬，等等。这类饮食极为处中和气性者所爱。其他食物，比如烤玉米和糖浆，虽然本身不太可口，可是若加上牛奶或其他食物，也能变得好吃。故而，它们也是中和性食物。所有这些食物，无不天生纯净。它们和那些酒肉之类的不洁之物截然不同。所谓富含油脂的食物，如第八颂所提及者，跟从杀生获取的动物脂肪无关。动物脂肪能从牛奶这种最奇妙的食物中摄取。牛奶、黄油、乳酪以及类似的乳制品能提供动物脂肪，同时又避免了杀生。仅仅由于人的残虐之心，才使这类屠杀得以继续。摄取人体必需脂肪的文明方式是食用牛奶。屠宰乃生番所为。蛋白质可以从豆、麦等富含蛋白质的食物中大量摄取。

强阳性的食物，过苦、过咸，过辣，或者放了太多红辣椒，会减少胃液，造成疾病，引发苦恼。浊阴性或闇性食物主要是指不新鲜的食物。任何煮好后超过三小时才吃的食物（除了供养过主的祭余），须知皆在闇性之中。这类食物腐败变质，发出异味，常常吸引那些在浊阴气性里面的人，但却为处中和气性者所厌憎。

只有首先供养过至尊主或被圣者尤其是灵性导师吃过的剩食，才能食用。否则，须知剩食是在闇性之中，会引起感染或疾病。虽然这类食物对身处闇性者来说十分可口，但处中和气性者却并不喜欢，甚至都不愿碰一下。最好的食物是供养过至上人格主神的祭余（*Prasādam*）。在《薄伽梵歌》里，至尊主说，他接受以爱心供养的用蔬菜、面粉和牛奶做成的饭肴（*Patraṁ puṣpaṁ phalaṁ toyam*）。当然，奉献和爱才是至尊主所看重的。不过，供食应以特定的方式烹制。任何依据经训烹煮的食物，只要供养过至上人格主神，都可以食用，即使它是很久以前烹制的，因为这样的食物是超然的。是故，若想让食物耐腐可餐，味美宜人，就应当先以之供养至上人格主神。

诗节 11：谈到祭祀，当作本分，由不求酬报的人按照经典指示而举行的祭祀，其性为中和。

要旨：一般来说，献祭皆有所求，但是，这里说，当无所求而行祭祀。应该视献祭为本分。比如，在寺庙或教堂里所举行的仪式，大抵出于谋取物质利益的动机，但这不是在中和气性里面。应当出于义务，不带任何功利之心，去参拜寺庙或教堂，到那里礼敬至上人格神，奉上鲜花和供品。人人都以为，仅仅为了崇拜上帝而去寺庙，毫无用处。但是，为求取经济利益而去拜神，并不曾为经教所推崇。到寺庙里去，应该只是为了拜神。这能置人于中和气性。服从经教，礼敬至上人格主神，这是每一个文明人的本分。

诗节 12：婆罗多之华胄呀，汝今当知，出于功利心或骄慢而举行的祭祀，是在强阳气性里面。

要旨：有时，举行祭祀和仪式，不过是为了超升天堂，或求取世间利益。这类祭祀和仪式，须知是在强阳气性里面。

诗节 13：任何祭祀，若无视经训，不施祭余，不唱赞歌，不酬祭司，又且全无信仰——是在浊阴气性里面。

要旨：在闇性或无明里面信仰，其实就是无信仰。有时，人们崇拜某些天神，不过是为了发财，一旦有了钱，便花天酒地，对经教置若罔闻。这种以虚礼相夸的宗教，不可谓之真纯。它们都在闇性之中，它们造就了魔性之心态，根本无益人类社会。

诗节 14：身体之苦行包括：崇拜至尊主、婆罗门、灵性导师，还有诸如父母一样的尊长，保持洁净、质朴、守贞、不害。

要旨：至尊主在此诠述了不同类型的苦行和净行。他首先解说凭借身体所行的苦行和净行。人当礼敬，或学着礼敬上帝、天神，德行圆满的婆罗门、灵性导师、诸如父母一类的尊长，以及任何精通吠陀知识的人。他们皆应受到恰当的尊敬。人当洁净其内外身心，并养成质朴坦诚的行为方式。凡经教未许可之事，一概不做。不纵情于婚外的性行为，因为经典只许可婚姻内的性行为。此谓守贞。凡此皆为身苦行。

诗节 15：言语的苦行包括：言语真实，有益悦耳，不致激怒他人，还有，经常性地诵习吠陀文典。

要旨：说话不应乱人心意。当然，老师为了教诲学生，可以直言不讳，但这个老师不该对不是他学生的人，说一些刺激性的话。这是与言语相关的苦行。另外，不要说废话。在灵性范围内的说话方式是，谈论经典有据之事。说话之时，当下就应引证灵性权威，以支持其所说。同时，这样的讲说应当十分悦耳。透过这样的讨论，不但让自身大受稗益，也能让人类社会得到提升。吠陀典籍汗牛充栋，人当尽心研习。此谓语苦行。

诗节 16：知足、质朴、庄重、玄默、摄心自制、洁净身心，此为意苦行。

要旨：意苦行就是让心意放下感官享乐。应该训练心意，让它时时想着饶益他人。对心意最好的训练，就是严肃认真地思考。不可偏离克利须那觉性，一定要避免感官享乐。洁净习性，即养成克利须那觉知。只有让心意放下感官享乐的念头，才能使它得到满足。越是想着感官享乐，心意就越不满足。当今之世，我们以层出不穷的花样，毫无必要地溺心于感官享乐，使得心意根本不可能知足宁静。最好的办法是把心意转移到吠陀典籍上来。像《往世书》《摩诃婆罗多》一类的吠陀典籍，满是令人心醉神迷的故事。世人若知善加利用，便能得到净化。不可口是心非，要想着大众的利益。玄默意指念念不离自我觉悟。从这个意义上讲，在克利须那觉性里面的人践行了圆满的玄默。摄心就是不让心意执着于感官享乐。待人接物应率直坦荡，这样才能洁净身心。凡此德行，成就意苦行。

诗节 17：不求功利、一心事主的人，以超越性信仰所践履之苦行，谓之中和性苦行。

诗节 18：出于骄慢，为求名闻利养而修的苦行，据说是在强阳气性里面。它既不稳定，也不持久。

要旨：有时，苦行之被修持，不过是为了煽惑大众，博取名闻利养。处强阳气性者唆使信徒崇拜自己，让这些人洗他的足，供以钱财。这种籍由苦行而来的做作矫伪，须知是在强阳气性里面。其结果是短暂的。它们或许能持续一段时间，但不会持久。

诗节 19：出于愚顽，怀着自残的动机，或为了残毁他人而修的苦行，据说是在浊阴气性里面。

要旨：恶魔修持愚蠢的苦行，历史上不乏其例，比如悉罗耶喀西菩，为了长生不老、绝灭天神，修炼峻刻的苦行。他为了达到这些目的而向梵天求祷，然而，他最终还是死于至上人格主神之手。为某些不可能实现的事情而修苦行，显然也是在浊阴气性里面。

诗节 20：在适当的时地，出于责任，施舍给应得的人，而且不期望回报，此谓中和性布施。

要旨：在吠陀典里，布施灵修之人受到推崇。而不加分辨的布施，却并未见载于经典。灵性之成就始终是一个考量的因素。因此，布施应当在月底或者有日食、月食的时候，于朝圣之地或寺庙中进行，而且应施给有德行的婆罗门、外士那瓦（奉献者）。行这类布施，不应希图任何回报。有时出于怜悯，也可以向穷人布施。但若此贫穷之人不配得到布施，那向他布施便无灵性之增益。也就是说，不加分辨的布施并未受到吠陀经典的提倡。

诗节 21：布施而期望回报，或怀求取果报之心，或怀吝啬之心，据说皆在强阳气性里面。

要旨：有时，布施是为了超升天堂；有时，布施带来烦恼和懊悔："我干吗要为此花那么多钱呢？"。有时，布施是应尊长的要求，不得已而为。凡此布施，须知皆为强阳气性之所驱使。

有很多慈善基金，向推行感官享乐的机构提供捐助。这类布施从未受到吠陀经典的倡导。只有处中和气性的布施，受到推荐。

诗节 22：在不净之地、不当之时，向不应得的人布施，或者布施时漫不经心，无礼不敬，都是在浊阴气性里面。

要旨：捐助酗酒嗜赌之人，在此并不受褒扬。这类捐助是在浊阴气性里面。如此布施毫无益处，反而是对罪人的鼓励。同样，向适当的人布施，但若布施时无礼不敬、漫不经心，也被认为是在浊阴气性里面。

诗节 23：从创世之初，唵、沓、萨这三个字就一直被用来象征至高绝对真理。在念诵吠陀赞歌以及为取悦无上者而举行献祭之时，婆罗门会使用这三个梵音。

要旨：前文阐明，苦行、献祭、布施以及饮食皆可分为三类：中和性、强阳性、浊阴性。但无论它们是属于第一等、第二等还是第三等，都是局限化的，受到物质气性的染污。仅当它们指向无上者——唵（*om*）、沓（*tat*）、萨（*sat*），亦即永恒者、至上人格神时，才成为灵性进升的手段。吠陀经教指出了这样一个对象。唵、沓、萨，这三个梵字专指绝对真理、至上人格神。在吠陀赞歌里面，“唵”这个字随处可见。

行事不遵经律的人，无法证入绝对真理。他只能得到无常之业果，而非生命之究竟。总之，布施、献祭、苦行之践行，必须是在中和气性里面。若在强阳或浊阴气性里面践行，其质地必下劣。唵、沓、萨三字之发用，多与至尊主之圣名相伴随，例如 *Oṁ tad viṣṇoḥ*。无论唱赞吠陀，还是持诵圣名，前面都会缀上“唵”。此乃吠陀经典之标识。这三个梵字皆取自吠陀赞歌。*Oṁ ity etad brahmaṇo nediṣṭhaṁ nāma*（《梨俱吠陀》），指示第一层宗趣；*tat tvam asi*（《唱赞奥义书》，6.8.7），指示第二层宗趣；*sad eva saumya*（《唱赞奥义书》，6.2.1），指示第三层宗趣。三者合一，乃成 *om tat sat*。往古之时，当第一个被创造的生灵——梵天举行祭祀时，便采用这三个梵字来表称至上人格主神。这个原则一直为师承世系所沿袭。是故，此颂意义重大。《薄伽梵歌》于此标举，吾人所做的一切，都应该是为了 *om tat sat*，也即至上人格主神。

行布施、献祭、苦行之际，诵此梵音，即是在克利须那觉性里面践履。克利须那觉性为超然活动之科学性实践，能让人重返故乡，回归主神。以这种超然的方式践履，绝不会浪掷心力。

诗节 24：是故，依止经律，行布施、献祭、苦行的超验主义者，为求证入无上，长诵“唵”音以为其发端。

要旨：*Oṁ tad viṣṇoḥ paramaṁ padam*（《梨俱吠陀》，1.22.20）。毗湿奴之莲花足为神爱之至高境界。替天行道，所作无不圆成。

诗节 25：无求业果，诵梵音“沓”，行祭祀、苦行、布施。这类超然活动的目的在于摆脱物质缠缚。

要旨：若欲超入灵性之境，就不可为功利而活动。活动的终极目的，应该是为了往生灵性之国，重返故乡，回归主神。

诗节 26/27：绝对真理是奉献性祭祀的对象，透过梵音“萨”而被指称。举祭者谓之“萨”，一切献祭、苦行、布施之践履，契合梵性，让至上之人欢喜，亦可谓之“萨”。

要旨：*Praśaste karmaṇi*，或“赋定职分”，这个词表明，吠陀典所厘定的众多活动，皆为洁净之道，贯穿了从受孕到命终的整个人生历程。采用这类净化之法，乃是为了有情的终极解脱。在所有这类活动里面，念诵 *om tat sat*，尤其受到推崇。*Sad-bhāve* 和 *Sādhu-bhāve*，指称超越之境。在克利须那觉性里面践履，谓之萨埵（*sattva*），对克利须那觉性之践履有圆满觉知的人，谓之萨度（*sadhu*）。《薄伽梵往世书》（3.25.25）指出，在奉献者的陪伴下，形而上义理变得显豁明了。不亲近善知识，就无法证得形而上义理（*satāṁ prasaṅgāt*）。行入门礼或授圣线时，须念 *om tat sat*。同样，各种献祭之举行，其对象皆为无上者——*om tat sat*。*Tad-arthīyam* 可引申为服务代表至尊主的一切事物，包括在神庙里做饭、帮忙，以及为传扬主的荣光而工作。这三个至高无上的词：*om tat sat*，如是被多方运用，以成就一切所作，圆满一切存有。

诗节 28：作为献祭、苦行、布施而做的一切，若非出于对无上者的信心，便不持久，帕尔特呀！彼为“非真”（asat），无论今生来世，于人皆无补益。

要旨：无论献祭、布施还是苦行，做任何事情，若非指向超越性对象，皆于人无补。是故，此颂指出，这类活动令人厌憎。凡一切所作，皆应于克利须那觉性中，为无上者而做。若没有这份信心，以及正确的指导，便不可能有任何成果。对无上者的信心，见告于所有吠陀经典。一切吠陀教示之究竟，乃是觉解克利须那。不遵从这一原则，任何人都不会成功。因此，最好的办法是，从一开始就在正宗灵性导师的指导下，行于克利须那觉性之中。这才是成就一切所作的途径。

在受拘限的状况下，世人热衷于崇拜天神、鬼魂，或者诸如俱维罗（*Kuvera*）之类的夜叉。中和气性胜于强阳、浊阴气性，但直下承当克利须那觉性的人，超绝所有物质气性。虽然也有一个循序渐进的过程，但透过亲近纯粹奉献者而直下承当克利须那觉性，乃是最胜之法。此为本章之所阐扬。要想以此法而得成就，必须先找到一位恰当的灵性导师，并在他的指导下接受磨练。如是，便会对无上者产生信心。随着时间的推移，待到这信心成熟，即谓之神爱。这份大爱是生命个体所追求的终极目标。因此，吾人当直下承当克利须那觉性。这就是本章所传递的消息。

巴克提维丹塔阐释圣典《薄伽梵歌》第十七章“信仰的分类”终。

第十八章　结论——舍离的圆满境界

诗节1：阿周那说：赫黎史基士呀！我想了解舍离和出世的意义。阎摄魔之屠者！

要旨：实际上，《薄伽梵歌》到第十七章就已经讲完了。第十八章是对前面讨论过的论题的一个补充性总结。在《薄伽梵歌》的每一章，主都强调，为至上人格主神做奉爱服务是生命的究竟归趣。这一点在第十八章中被作为最秘密的觉明之道进行了总结。《薄伽梵歌》头六章强调奉爱服务："在所有瑜伽士或超验主义者里面，念念思我者最为殊胜"（*yogināṁ api sarveṣāṁ*...）。中间六章阐说纯粹奉爱服务，其性质以及实践。最后六章讨论了知识、舍离、物质性活动、超越性活动，以及奉爱服务。结论是，一切活动之践行皆应与至尊主契合，彼为指称毗湿奴即无上者的梵音：唵（*om*）、沓（*tat*）、萨（*sat*）所代表。《薄伽梵歌》第三部分阐扬，生命之究竟是奉爱服务，除此无他。透过引述前辈阿阇黎的话、《梵天本集》和《吠檀多经》，这一点得到了确立。某些非人格主义者自认为对《吠檀多经》的义理有独占权，但事实上，《吠檀多经》旨在理解奉爱服务，因为主本人就是《吠檀多经》的作者、知者。第十五章于此有述。在每一部经典里，每一部吠陀作品里，奉爱服务都是究竟。《薄伽梵歌》对此做了解释。

如同《薄伽梵歌》第二章是全部主题的概述，第十八章呈现了所有开示的总结。本章指出，生命的目的就是舍离，达到跨越物质气性的超然境界。阿周那想搞清楚《薄伽梵歌》的两大主题：舍离（*tyāga*）和生命的出世期（*sannyāsa*）。故此，他追问这两个词的意义。

此颂用了两个饶有深意的词来称呼至尊主——赫黎史基士（*Hṛṣīkeśa*）和凯阇魔之屠者（*Keśi-niṣūdana*）。赫黎史基士即克利须那，一切感官之主，总能帮助我们达致心灵的定静。阿周那请求主做个总结，好让他能保持平和。不过，他还有些疑惑，而疑惑常被比作魔。因此，阿周那称克利须那为凯阇魔之屠者。凯阇是被主杀死的最难对付的魔王。现在，阿周那希望克利须那杀死疑惑之魔。

诗节 2：至上人格主神说：对基于物质欲望的业行的放弃，被伟大而有学问的人称为出世。对一切业果的放弃，即智者所谓舍离。

要旨：为求业果而造作的活动，必须放弃。这是《薄伽梵歌》的开示。但是，引发灵性知识的活动不应被放弃。下面的偈颂将对此做出阐明。吠陀典制定了许多献祭之法，以达到各种特殊的目的。有某些献祭，为之可得贵子，或往生天堂，然而，任何受物欲驱使的献祭皆应杜绝。当然，为了净化心灵或在灵性科学方面取得进步而举行的献祭，绝不应被放弃。

诗节 3：有些学识渊通者宣称，一切业行皆应放弃；然而，也有其他圣者认为，献祭、布施、苦行永不该放弃。

要旨：吠陀典里讲到的各种业行，往往成了聚讼的题材。例如，有人说祭祀时可以杀生，但也有人说，杀戮动物绝对可憎。尽管杀生献祭为吠陀典所推荐，但作为牺牲的动物并不算被杀。献祭将给动物以新的生命。在献祭中被杀的动物，有时得到新的动物生命，有时立即转投人身。不过，圣者们仍然对此抱持不同的意见。有些圣者说，杀戮动物应一概杜绝；有些则认为，若为了某种特殊的献祭，杀生是有益的。主现在要亲自澄清所有这些有关献祭的种种看法。

诗节 4：婆罗多之华胄呀！现在听我对舍离所下的论断。人中之虎呀，经典开示，舍离分为三种。

要旨：虽然对舍离的看法纷纭歧出，至上人格主神室利·克利须那在此提出了他的论断，这应当被视为是最究竟者。毕竟，吠陀诸经乃是主颁定的各种律法。这里，主亲自现身说法，他的话应当被认为是最究竟的论断。主说，舍离之道应该根据其践行时所处的物质气性加以考量。

诗节 5：献祭、布施、苦行等活动不应放弃，必须践行。实际上，献祭、布施、苦行甚至洁净伟大的灵魂。

要旨：瑜伽士应该为了人类社会的进步而践履。有很多净化之法，帮助人转进于灵性生命。例如，婚礼就是其中之一，谓之婚祭（*Vivāha-yajña*）。那么，处于生命之出世期的出世者（*Sannyāsī*），已经割断了家庭联系，是否应该提倡婚礼呢？主在这里说，任何用以增进人类福利的献祭皆不可放弃。婚祭的目的在于约束人心，使之平和定静，以图精神之演进。对大多数人而言，婚祭大有裨益，即使在生命之出世期的人也应鼓励婚祭。出世者绝不应亲近妇女，然而，这并不等于说，一个在较低生命行期的人，譬如一位年青的男子，不该通过婚祭娶妻。所有经典规定的祭祀都是为了让人臻达至尊主。是故，在较低的生命行期里，祭祀不应被放弃。同理，布施是为了心灵的净化。如果像前面所说的那样，向适当的人布施，能导人转进更高的灵性生命。

诗节 6：践行这一切活动时，不应带有执着心或对业果的渴求，应该把它们当做责任去践履。这就是我的最终看法。

要旨：虽然所有献祭皆能洁净人心，但吾人不应企图透过这类活动来求取业果。也就是说，所有目的在于增进物质生活的献祭，应一概舍弃，然而，洁净人的存在、进入于灵性层面的献祭，不该停止。《薄伽梵往世书》里也说，任何引人于为主做奉爱服务的活动，皆当奉行。这是宗教的最高准则。主的奉献者应该奉行任何有助于奉爱服务的工作、献祭或布施。

诗节 7：赋定职责绝不该舍弃。若有人出于幻惑，舍弃了自己的赋定职责，当知这种舍离是在浊阴气性里面。

要旨：追求物质满足的工作必须舍弃，而进入于灵性实践的活动则应提倡，例如，为至尊主烹煮食物，以之供养至尊主，然后受用祭余。据说，处于生命之出世期的人不该为自己烹煮食物。为自己做饭受到禁止，但为至尊主做饭却不受禁止。同样，出世者可以主持婚祭，帮助弟子在克利须那觉性上取得进步。若有人舍弃这些活动，当知他是在浊阴气性中行事。

诗节 8：因为害怕麻烦或身体之不适而舍弃赋定职责，这样的人据说是在强阳气性里面。这类行为绝不会引向舍离之升华。

要旨：在克利须那觉性里面的人不应该出于对果报活动的害怕而不去赚钱。如果能在克利须那觉性里面妙用通过工作赚到的金钱，或者如果清晨早起可以增进克利须那觉性，那就不该出于畏缩或害怕麻烦而不去做。这类舍离是在强阳气性里面。强阳性活动的结果总是令人痛苦。假若人以这种心态舍弃工作，绝不会得到舍离之果。

诗节 9：阿周那呀！当人仅仅出于义务履行其赋定职责，舍离一切物质染著和对业果的贪执，其所行之舍离据说是在中和气性里面。

要旨：必须抱持这种心态践履赋定职责。应当活动而不贪执业果；应当从习气之熏染中脱离出来。一位在工厂里作工的克利须那觉知者不会把心寄托于工厂的工作或工人。他仅仅为克利须那而作工。当他为了克利须那而舍弃业果时，他的活动就是超越性的。

诗节 10：安住中和气性的明智的舍离者，既不执着吉祥之业，也不厌弃不祥之业，他对业无所疑惑。

要旨：在克利须那觉性或中和气性里面的人，对给身体带来麻烦的人或事，全无厌憎之心。他在适当的地点和适当的时间工作，并不害怕履行职责将会带来的任何麻烦。须知，这样一位处于超越性之中的人，最为睿智，对活动无所疑惑。

诗节 11：躯体化的生命要想放弃一切业行，实在不可能。舍弃业果的人，才是真正的出世者。

要旨：《薄伽梵歌》里说，任何时候都不应放弃工作。是故，谁为克利须那而工作，不享受业果，把一切奉献给克利须那，谁就是真正的出世者。国际克利须那觉性协会里的很多会员，在各自的办公室、工厂或其他地方，辛勤工作，不管赚到多少都捐献给了协会。这等高超的灵魂，是真正的出世者，已然处于生命的出世期。关于如何舍离业果以及为何应舍离业果，这里做了明晰的概述。

诗节 12：对于未经出世者，三种业果：如意的、不如意的、如不如意混杂的——死后自然累积。然而，在生命之出世期的人不必承受这类令人或苦或乐的业果。

要旨：在克利须那觉性里面的人，凭着自我与克利须那的关系的知识行事，长得解脱自在。是故，他们死后，不必为业果而承担苦乐。

诗节 13：摩诃婆呵！根据吠檀多，一切活动之达成皆具备五因。你且谛听。

要旨：或许有人会提出这么一个问题，既然人所造作的任何活动必然会招致某些报应，那么在克利须那觉性里面的人怎么能不为业报而承受苦乐呢？主现今引述吠檀多哲学，表明这为什么是可能的。他说一切活动都有五因，要获得活动的成功，必须考虑这五种因。僧佉（*Sāṅkhya*）意谓知识之纲，而吠檀多更是为所有杰出的阿阇黎所接受的义理总纲。即便商羯罗（*Sāṅkara*）亦如是认可《吠檀多经》。是故，应该向这样的权威经典求教。

最终的控制权在超灵手中。正如《薄伽梵歌》所说：“我住于一切有情心中”（*sarvasya cāhaṁ hṛdi sanniviṣṭaḥ*）。他提醒众生，让他们记起过去的活动，如此驱使每一有情于某种业行之造作。在超灵指导下所践行的克利须那觉知的活动，无论在今生还是在来世，皆不会产生报应。

诗节 14：业田（躯体）、作为者、各种感官、种种不同的努力，最终是超灵——这些便是活动之五因。

要旨：“业田”（*Adhiṣṭhānam*）指的是躯体。躯体内的灵魂有所造作，从而招致业果，因此谓之“作为者”（*kartā*）。灵魂是知者也是作为者，此说见于吠陀之天启经：*Eṣa hi draṣṭā sraṣṭā*（《六问奥义书》，4.9）。《吠檀多经》亦有偈可证：*jño 'ta eva*（2.3.8）、*kartā śāstrārthavattvāt*（2.3.33）。行动的工具是感官，灵魂透过感官以各种方式行动。每一种行动都需要不同的努力。但人的一切作为皆取决于超灵的意志，他作为朋友安坐于有情心中。至尊主是至上之因。如是，在内心超灵的指导下，行于克利须那觉性里面的人，自然不受任何业行的羁缚。那些在圆满克利须那觉性里面的人，最终并不对自己的作为负责。一切皆取决于至高意志、超灵、至上人格主神。

诗节 15：人以身、语、意所造作的一切，无论对错，皆由此五因生发。

要旨：“对”和“错”这两个词在此颂里蕴含深意。正确的活动就是按照经典指示而进行的活动，而错误的活动就是背逆经教原则的活动。不过，无论什么活动，必具足此五因始得生发。

诗节 16：因此，以为自己是唯一的作为者，不识五因的人，无疑智慧未圆，无法洞见实相。

要旨：愚人不懂得，超灵作为他的朋友居于内心，指导着他的行动。尽管物质因是身体、作为者、努力和感官，但究竟因却是至上人格主神，因此，不但要看到物质因，还要看到至高的能动因。只有看不到无上者的人才会认为自己是“作为者”。

诗节 17：不为我执驱使，智慧未曾迷乱的人，虽杀而无杀。他也不受业行的缠缚。

要旨：主在此颂中告诉阿周那，不欲作战的想法是由我执产生的。阿周那以为自己是活动的作为者，但却没有考虑到既内在又外在的无上天命。假若人不知有超越之天命存在，那他为什么要作为呢？然而，人若了知活动的工具、作为作为者的自己，作为无上天命之所从出的至尊主，那么凡其所作，无不圆满。这样的人绝不会陷入幻妄。肆意造作、安排缘起于我执和不信上帝，也即克利须那觉性的缺失。受到超灵或至上人格主神的指导，在克利须那觉性里面践履的人，虽杀而无杀。他甚至杀而无报。士兵在长官的命令下杀人，并不会受到审判。但如果士兵出于私人的理由而杀人，那他一定会受到法庭的审判。

诗节 18：知、所知、知者是激发活动的三要素；感官、作为、作为者构成了活动的三成分。

要旨：日常活动依靠三种驱动力：知识、知识对象和知者。活动的工具、作为和作为者谓之活动三成分。任何人所做的任何活动都蕴涵这些因素。行动之前，必定存在某种驱动力，此谓灵感。实际行动之前所想到的任何解决办法，乃是活动的精微形式。然后，就是具体化的活动。首先，人要经历一连串的思考、感觉、判断的心理过程，此谓驱动力。经典或灵性导师的训示也能产生同样的驱动力。有灵感，有作为者，然后实际的活动就在以心为中枢的所有感官的协助下发生了。一种活动的所有成分之总和谓之业聚。

诗节 19：由于物质自然之三极气性，知识、作为、作为者，也分三类。我现在向你说明，你且谛听。

要旨：第十四章详尽地说明了物质自然之三极气性。据该章说，中和气性富启发性，强阳气性使人执着物质，浊阴气性助长怠惰昏沉。所有物质气性皆束缚人，绝非解脱之因。人即使在中和气性里也受到拘限。第十七章描述了不同种类的人在不同的物质气性里所奉行的不同种类的崇拜。在此颂中，克利须那意欲从三极气性出发，阐述不同种类的知识、作为者以及作为本身。

诗节 20：虽然芸芸众生被无量数躯体所隔阂，却能看到其中不可分割的同体灵性，当知这种知识属中和之性。

要旨：能在每一生命个体，无论其为天神、人、鸟兽、水生物、植物，洞见同体的灵魂，此人拥有中和性知识。在一切生命个体之中，有同体的灵魂存在。虽然按照其宿业，他们的躯体千差万别。正如第十七章所论，每一躯体所表现出的生命力乃是来自至尊主的高等自性。如是，洞见每一躯体里同一的高等自性，也即生命力，就是中和气性的见地。生命力不灭，虽然躯体会坏。自躯体观之，乃有差异。因为在局限化生命里，有许许多多物质存在形式，故此，生命力似乎被隔绝了。这种非人格性的知识，也是自我觉悟的一个方面。

诗节 21：在每个不同的躯体里，看到不同种类的生命个体，当知这种知识属于强阳之性。

要旨：物质躯体就是生命，躯体坏灭，知觉随之坏灭，这类观念谓之强阳性知识。根据这种知识，躯体之外，根本不存在呈现出觉性的灵魂；躯体之间各有不同，是因为发展了不同种类的意识。从这种知识出发，要么以为知觉是无常的；要么以为不存在个体灵魂，只有一个无所不在的妙明之心充塞天地，而躯体不过是无明的无常示现；要么认为，躯体之外再无特殊的细灵或超灵。须知，所有这类观点都是强阳气性的产物。

诗节 22：让人执着一种活动，以之为人生之全部，这样的知识，看不到事物的真相，琐屑支离，可谓在浊阴气性之中。

要旨：普通人所谓的“知识”，往往是在愚昧或浊阴气性里面，因为局限化的生命个体生来就在浊阴气性里面。未通过权威或经教培养知识的人，只有局限于身体的知识。这类人对其活动是否与经典的训示符合毫不在意。对他来说，金钱就是上帝，知识意味着如何满足躯壳的要求。此等知识与绝对真理毫不相干，倒是更像一般禽兽的知识：关于吃、睡、防卫和交配的知识。此等知识在这里被说成是闇黑气性的产物。也就是说，关乎超越躯壳的灵魂的知识，谓之中和性知识；凭借世俗逻辑和情识思量之力而杜撰出的理论或学说，乃是强阳气性的产物；仅仅与保持身体之安逸相关的知识，须知是在浊阴气性里面。

诗节 23：受到约束，践行时无所执着，无爱无憎，不求业果，这样的活动须知是在中和气性里面。

要旨：吠陀经典从社会阶层和生命行期出发，厘定了赋定职分。履行这些职分时须无所执着，不企求拥有什么，这样就不会生起好恶。在克利须那觉性里面，但求满足至尊主而非满足自己，这种活动谓之中和性活动。

诗节 24：然而，受我执驱使，为满足私欲而拼力奋争，这样的活动谓之强阳性活动。

诗节 25：在幻觉里面，无视经教，不顾将来业力的缠缚，不在乎对他人施暴或引起他人的痛苦，这样的活动谓之浊阴性活动。

要旨：每个人都必须向政府，或者向被称为阎罗使者（*Yamadūta*）的至尊主的代理人，交待自己的所作所为。不负责任的活动具有破坏性，因为它们毁坏了经教的律则。它们往往建立在暴力的基础上，给其他生命体带来苦恼。这类不负责任的活动是凭个人的血气心知而为的。此谓幻觉。所有这类幻业无不是浊阴气性之产物。

诗节 26：践履职分而无所染著于物质气性，不执假我，乾健贞固，不计成败，这样的作为者是在中和气性里面。

要旨：在克利须那觉性里面的人总是超绝于物质气性。对于委派给他的工作，他并不期望从中获利，因为他超越了我执和骄慢。不过，自始至终，他都满腔热忱。他不在乎承受烦恼；他总是热情洋溢。他不计较成败；平等对待苦乐。这样的作为者，是在中和气性里面。

诗节 27：执着业与业果，渴望享受业果，贪婪、嫉妒成性，龌龊不洁，为苦乐所左右；这样的作为者，是在强阳气性里面。

要旨：人之所以过分执着某种业或业果，是因为对物质观念、家庭或妻儿有过度的爱著。这类人对于更高远的生命境界毫无兴趣。他只想让此世在物质上变得尽可能的舒适。一般来说，这种人很贪婪，认为自己所得到的一切都是永久的，不会失去。这种人会嫉妒别人，随时准备为感官的满足而做下任何不义之举。故此，这种人龌龊不洁，也不在乎其所得是否来得清白。成功则得意洋洋，受挫则颓丧苦恼。这样的作为者，是在强阳气性里面。

诗节 28：常常做违背经教的事情，物质至上，冥顽诈伪，以凌辱他人为能事，又好吃懒做，颓废因循，这样的作为者，是在浊阴气性里面。

要旨：通过经典的教导，我们可以知道，什么样的事情该做，什么样的事情不该做。那些无视经教的人常常做不该做的事情，这类人一般都是物质主义者。彼等作为，皆随顺习气，而不是按照经典的教导。这样的作为者大抵粗鄙、狡诈，精于凌虐他人。他们非常懒惰，即使负有职责，也不好好去做，总是因循颓废。故而，他们看上去郁郁寡欢。他们办事拖拉，一个小时能做完的事情，他们要拖上几年。这样的作为者，是在浊阴气性里面。

诗节 29：现在，檀南遮耶呀！你且谛听，我要详细地告诉你，随顺物质自然之三极气性而产生的三种慧和三种念力。

要旨：主根据物质气性阐释了三种知、所知、知者。现在，他又以同样的方式解说慧和念力。

诗节 30：帕尔特呀，知道何者当为、何者不当为；何者当畏、何者不当畏；何者带来束缚、何者导致解脱，此慧在中和气性里面。

要旨：按照经典的指示而行事，谓之 *pravrtti*，即做值得做的事情。未被经典认可的事情，则不应该去做。不知道经训的人，受到因果业报的缠缚。据菩提而生明辨，此慧在中和气性里面。

诗节 31：分不清正法与邪法、当为与不当为；帕尔特呀！此慧在强阳气性里面。

诗节 32：以邪法为正法，以正法为邪法，受假象和黑暗的迷惑，永远朝错误的方向努力；帕尔特呀！此慧在浊阴气性里面。

诗节 33：帕尔特呀！百折不挠，通过不懈的瑜伽修炼而变得贞固，如是降伏了心、生命力和感官的活动，这样的念力，是在中和气性里面。

要旨：瑜伽是觉解无上之灵的法门。以念力安住于无上之灵，心、生命力和感官活动皆专注于无上者的人，乃行于克利须那觉性里面。这种念力，是在中和气性里面。*Avyabhicāriṇyā*（不间断地）一词意味深长，它表明在克利须那觉性里面践履的人永远不会被任何其他活动引入歧途。

诗节 34：贪执宗教活动带来的业果、经济发展以及感官享乐，阿周那呀！这种念力属强阳之性。

要旨：总是渴求宗教或经济活动所带来的业果、欲念仅止于感官享乐并以全付身心投入其中的人，乃是在强阳气性里面。

诗节 35：帕尔特呀！不能让人超越梦寐、忧惧、悲苦、幻妄的无明念力，乃是在浊阴气性里面。

要旨：不可由此推断，在中和气性里的人不会做梦。这里的“梦寐”

意指过度的睡眠。梦是经常有的事，无论在中和气性、强阳气性还是在浊阴气性里面，梦都是一种自然而然的现象。但那些嗜睡无度、无法摆脱从享受物质对象而来的骄慢、常常梦想着要主宰世界并且以全付身心投入其中的人，须知其念力是在浊阴气性里面。

诗节 36：婆罗多之华胄呀！现在听我讲三种乐，它们使受拘限的灵魂甘之如饴，有时甚至令其苦恼一扫而空。

要旨：受拘限的灵魂一次又一次地试图享受物质之乐。因此，他不过是在嚼已经嚼过的。但有时，在享乐之际，透过亲近伟大的灵魂，他得以解除物质桎梏。换言之，受拘限的灵魂总是沉溺在某种感官享乐里面，可是，一旦他透过有益的交往，明白这些都不过是同一件事情的重复而已，他真实的克利须那觉性会被唤醒，有时便能摆脱这种陈腐的快乐。

诗节 37：开始时好像毒药，但最后却好像甘露，唤醒人走向自觉之途；这种乐据说是在中和气性里面。

要旨：为了追求自我觉悟，必须持守许多戒律，以降伏心和感官，让心念专注于自我。所有这些修炼实践起来都很困难，苦如毒药，但是，如果成功地持守了戒律，最后臻达超越之境，便能饮到真正的甘露，享受永恒的生命。

诗节 38：从感官与感官对象的交接而来，开始时犹如甘露，最后却像毒药；这种乐据说属于强阳之性。

要旨：正当青春的男子一旦遇到女子，感官就会驱使他去看她，触摸她，跟她发生性关系。刚开始，这或许能让感官非常愉悦，但到末了，或者过了一段时间之后，就会变得像毒药一样。他们会分手、离婚、哀伤、忧郁，如是等等。这样的快乐往往是在强阳气性里面。从感官与感官对象之交接而产生的快乐，常常是苦恼之因，应该尽一切可能避开它们。

诗节 39：对自我觉悟茫无所知，自始至终不离迷幻，缘起于梦寐、怠惰、虚妄；这种乐据说属于浊阴之性。

要旨：一个从懒惰和昏睡中找快乐的人，必定受制于黑暗、愚昧的气性。不知道何者当为、何者不当为，这样的人也是在浊阴气性里面。对于在浊阴气性里面的人，一切无非幻妄。无论在开始，还是在末了，他都不会有快乐。对于在强阳气性里面的人，开头或许有些短暂的快乐，到终了时，却生起苦恼，但是，对于在浊阴气性里面的人，从头到尾都只有苦恼。

诗节 40：无论是在这里，还是在天堂的众神中间，都没有脱离物质气性而存在的生命。

要旨：主在这里概括了物质自然之三极气性对天地万物的普遍性影响。

诗节 41：婆罗门、刹帝利、毗舍、首陀罗，按其由物质气性而生成之德，被区分开来。

诗节 42：平静、自制、苦行、清净、安忍、真实、博学、睿智、虔诚——凡此皆为婆罗门所赖以作为之德。

诗节 43：英武、雄强、果决、多谋、勇猛、慷慨、有领导力——凡此皆为刹帝利之天性。

诗节 44：农耕、牧养母牛、经商——这些都是毗舍天然的活动；至于首陀罗，则须为别人劳作、服务。

诗节 45：依循各自的习性，人人都可以变得完美。现在听我告诉你如何去做。

诗节 46：至尊主乃众生之根源，他无所不在，通过崇拜他，世人能凭借践履职分而达到圆满。

要旨：正如第十五章所论，一切有情皆为至尊主的部分和微粒。如是，至尊主乃众生之根源。此说于《吠檀多经》有证：*janmādy asya yataḥ*。所以，至尊主是每一生命个体的生命之根。又据《薄伽梵歌》第七章所论，至尊主以其两种能力——内在能力和外在能力，弥纶天地。是故，吾人当崇拜至尊主及其能力。一般来说，外士那瓦奉献者崇拜至尊主及其内在能力。主的外在能力是其内在能力的折射。外在能力是一个背景，而至尊主分身为超灵，遍入万有。他乃是一切天神、人、兽之超灵，无处不在。故而，应该认识到，作为至尊主的部分和微粒，人负有为无上者服务的责任。人人都应当在圆满的克利须那觉性里面，践履奉爱服务。此为本颂之所举扬。

每个人都应该这样想：在感官之主赫黎史基士（*Hṛṣīkeśa*）的安排下，自己履行着某种特殊的职分。所以，应该用自己所从事的工作的结果，崇拜至上人格主神——室利·克利须那。若能在圆满的克利须那觉性里面，时时如此思维，那么，凭借主的恩典，就能洞察一切。这就是生命的圆成。主在《薄伽梵歌》（12.7）里说，至尊主亲自负起责任，解救这样的奉献者（*teṣām ahaṁ samuddhartā*）。此乃生命之最高圆满。无论人从事什么职业，只要以之服务至尊主，必会达到最高之圆满。

诗节 47：履行自己的职分，即使做得不够完美，也胜过完美地履行别人的职分。依照人的天性而被指定的责任，绝不受恶报的影响。

要旨：《薄伽梵歌》规定了人的职分。如前面偈颂所论述的，婆罗门、刹帝利、吠舍和首陀罗的职分乃是按其各自所处的特殊物质气性而被指定的。不要去模仿他人的职分。一个天性为首陀罗之业所吸引的人，不应该装模作样地以婆罗门自诩，虽然他也许出生在婆罗门的家庭里。如是，人当顺其天性而工作，如果是为了服务至尊主，那就没有什么工作是令人厌憎的。婆罗门的职分自然是在中和气性里面，但如果有人生来就不在中和气性，那他就不该去模仿婆罗门的职分。对一位刹帝利，或统治者来说，有许多令人厌恶的事情要做。刹帝利必须使用暴力杀死敌人，有时也会因为玩弄手腕而不得不说谎。政治事务伴随着这类暴力和奸诈。然而，刹帝利不应放弃自己的职分，试图履行婆罗门的职分。

吾人当为满足至尊主而行事。举例来说，阿周那是刹帝利。他正为是否跟敌方交战而犹豫不决。但是，如果打仗是为了至上人格主神克利须那，就不必害怕退堕。在生意场上，有时商人必须说尽假话才能赚得利润。如果他不这样做，就不会有赢利。有时一位商人会说“我的老主顾啊，我可没赚你的钱哪”。但人人都知道，不赚钱，商人就没法生存。所以，如果听到一个商人说他没在赚钱，就应该晓得，那不过是一个直白的谎言。但是，商人不该认为，由于自己从事了一份必须说假话的职业，因此应该舍弃它，转而追求婆罗门的职业。这是不受提倡的。无论一个人是刹帝利、毗舍还是首陀罗，都没有关系，只要他用自己的工作服务至上人格神就行。即便是主持各种祭祀的婆罗门，有时也必须宰杀动物，因为这类仪式有时需要动物作为牺牲。同样，若有尽分履职的刹帝利杀了一个敌人，其中并无罪孽可言。凡此皆在第三章有过详尽、清晰的阐释。人人都应为祭祀之主或毗湿奴、至上人格主神而工作。任何为个人感官享乐而做的事情都是束缚的根源。结论是：每个人都应随顺自身所属的特殊的物质气性而工作，他应该做出决定，只为服务至尊主的至高意愿而工作。

诗节 48：犹如烟之蔽火，每一个努力都被某种缺陷所笼罩。是故，贡蒂之子呀！人不该舍弃生于天性的职事，即使这份职事充满缺陷。

要旨：在受拘限的生命中，一切造作皆为物质气性所污染。即便是一位婆罗门，也不得不举行需要杀生的献祭。同样，无论一位刹帝利有多么虔诚，也必须杀敌。他无法逃避。无论怎样虔诚的商人，有时也必须隐瞒利润，好让生意能继续做下去，甚至有时还不得不做黑市买卖。这些都是不得不然的，无法逃避。同样，一位首陀罗，即使为坏主子服务，也必须执行主子的命令，尽管不应该这样做。虽然瑕疵多多，人还是应该继续履行其赋定职分，因为它们出乎人的天性。

这里举了一个很好的例子。火虽纯而有烟。不过，烟并没有让火变得不纯。即使火中有烟，火仍被认为是一切元素中最纯的。若有人宁愿舍刹帝利之业，转而行婆罗门之事，那也保证不了在婆罗门的职事中，就不会有令人不快的责任。如是，或许可以得出这样的结论：在物质世界里，没有人能完全免于物质自然的污染。火和烟的例子在这里用得十分恰当。冬季，人们从火中取出石子，有时烟会让眼睛或身体的其他部分不适，不过，虽然有干扰，还是必须使用火。同样，不应该因为有干扰，就舍弃与生俱来的职分。相反，应该下定决心，在克利须那觉性里面，用自己的工作为至尊主服务。这就是圆融之处。当某种特殊职事之践履是为了至尊主的满足时，包藏在这种职事里的所有缺陷便获得了净化。当工作的结果与奉爱服务结合而获得净化时，人就能圆满地洞见内在的真我，这就是自我觉悟。

诗节 49：自制、不执、无意物质享乐的人，透过修炼舍离，能够达到无作的最高圆满境界。

要旨：真正的舍离意味着时刻记住自己是至尊主的部分和微粒，并因此认为自己没有权利享受业果。由于人是至尊主的部分和微粒，故此，他工作的成果必须由至尊主来享受。这实际上就是克利须那觉性。在克利须那觉性里面践履的人，才是真正的出世者，即处于生命之出世位的人。凭着这种心态，人就会满足，因为他实际上是在为无上者而工作。如是，他不再执着任何物质的东西，除了为主服务而产生的妙乐之外，他已经不会从任何其他事物中求取快乐。出世者理应不受过去业报的牵缠，但一个在克利须那觉性里面的人，即使未曾进入所谓的出世期，也能自动达到这一圆满之境。这种心境谓之 *yogarudha*，即瑜伽的圆成境界。诚如第三章之所印证：*yas tv ātma-ratir eva syāt*，内心自足者于一切业报，皆无畏惧。

诗节 50：贡蒂之子呀！让我告诉你，得此成就者如何到达至高圆满之境，也即无上觉明之境——梵。

要旨：主向阿周那阐述了一个人如何仅仅透过为至上人格主神而履行自己的职分，就能到达至高圆满之境。仅仅为了满足至尊主而舍离业果，吾人就证入了无上梵境。这便是自我觉悟的法门。智慧之真正圆成即证得无染的克利须那觉性，这会在后面的偈颂里讲到。

诗节 51/53：以智慧净化自我，以念力降伏心，舍弃感官享乐的对象，无所执着，不生厌离；深隐于幽僻之地，少食，调伏身、语、意，长处神定，不执能舍；摒除我执、威矜、虚荣、爱欲、嗔恨、贪执、我所，宁静澹泊，这样的人决定超入自觉之境。

要旨：人受智慧净化后，就能安住于中和之性。如是，他便成了自心的主人公，得以长处神定。他不会执着感官享乐的对象；凡其所为，不染爱憎。如此超脱之人，自然愿意深居幽僻之地，他食不过所需，能控制身心的活动。他没有我执，因为他不把躯壳当成自我。他无意通过聚敛摄取把身子养得膘肥体壮。他没有躯体化的生命观，所以不会骄慢自大。他满足于主恩赐给他的任何东西，从不会因感官得不到满足而嗔怒。他也不会为获取感官对象而费尽心机。如是，当他彻底破除我执之后，就不会对任何物质事物产生执着，这就是梵觉之境，谓之 *brahma-bhūta*。当人摆脱了物质化的生命观，就会变得宁静澹泊，不为物扰。《薄伽梵歌》（2. 70）于此有述：

āpūryamāṇam acala-pratiṣṭhaṁ
samudram āpaḥ praviśanti yadvat
tadvat kāmā yaṁ praviśanti sarve
sa śāntim āpnoti na kāma-kāmī

“不为欲望滔滔不尽之流所扰，一如海洋纳百川之水，依然波平浪静，这样的人，才能达到安宁，而追求欲望满足者则不能。”

诗节 54：如此超然安立者，当下觉证至上梵，变得充满喜乐。这样的人无悔无求，平等对待一切有情。在这样的状态下，他达到了为我做纯粹奉爱服务的境界。

要旨：对于非人格主义者，证入梵觉之境，与绝对者融为一体，乃是最末一句。但对于人格主义者，或纯粹奉献者，百尺竿头，犹须更进一步，还要践履纯粹的奉爱服务。这意味着，献身于为至尊主做纯粹奉爱服务的人，已然立于梵觉之境，与绝对者圆融为一。未与无上者、绝对者融为一体，便不可能为他做出服务。从绝对的角度来看，服务者与被服务者之间没有差别；然而在更高的灵性意义上，二者仍然有异。

在物质化的生命观里面，当人为满足感官而造作时，就会有苦恼，而在绝对的世界里，当人投入纯粹的奉爱服务时，并无苦恼。在克利须那觉性里面的奉献者无所悔亦无所求。因为上帝是圆满的，献身为上帝服务的生命体，在克利须那觉性里面，也变得自足圆满了。他就像一条排尽了污泥浊水的河流。纯粹的奉献者除了克利须那以外什么都不想，自然总是开心快活。他对物质的得失无动于衷，因为他在奉爱服务中感到圆满自足。他没有任何物质享乐的欲望，因为他知道每一生命个体都是至尊主的部分和微粒，因而是永恒的仆人。他不会把尘世之中的某个人看得很高，又把另外某个人看得很低；高低都是无常的，奉献者与无常变现之物毫不相干。对他来说，瓦砾与黄金等价。这就是梵觉之境，纯粹奉献者很容易就能达到这个境界。在这种境界里，与至上梵泯合为一、破除自我个体性的欲念变得像地狱般可憎，超升天堂的想法成了海市蜃楼般的幻影，而感官则变得像被敲掉了毒牙的蛇。正如毒牙已断的毒蛇并不可怕，当感官自动得到控制，也不再可怕了。对于染上物质疾病的人，尘世苦不堪言，但对于奉献者，整个世界就像无忧珞珈一样美好。世间最显贵的人，在奉献者眼中，也并不比蝼蚁更重要。主采坦尼亚在这个时代传扬纯粹的奉爱服务，凭借他的恩慈，这样的境界不难企及。

诗节 55：只有透过奉爱服务，才能如实体认作为至上人格神的我。一旦凭着这种奉爱对我有了圆满觉知，就能进入上帝之国。

要旨：至上人格神克利须那及其全权部分无法透过心智思辨而得到理解，非奉献者也不能。任何人如果想要了解至上人格神，都必须在一位纯粹奉献者的指导下践履奉爱服务。否则，至上人格主神之理就永远隐而不显。正如《薄伽梵歌》（7．25）所说："他并不向每一个人显露"（*nāhaṁ prakāśaḥ sarvasya*）。光凭渊博的学识或情识推度，谁都不能理解上帝。只有真正在克利须那觉性里面，透过践履奉爱服务，才可能明白何为克利须那。大学学位帮不了忙。

精通克利须那之理的人，才有资格进入灵性王国——克利须那的居所。成为梵并不意味着丧失位格。彼处有奉爱服务，而只要有奉爱服务存在，就一定有上帝、奉献者以及奉爱服务之道。此理永不坏灭，即使在解脱之后也是如此。解脱关乎断除物质化的生命观；在灵性生命中，也有同样的多样性、同样的个体性，不过是在无染的克利须那觉性里面。不要误解"进入我"（*viśate*）一词，以为它支持一元论者梵、我一味的理论。不是的。*viśate* 意思是，人可以作为个体进入至尊主的居所，跟他交往，为他服务。绿鸟飞入绿林为的不是与林合一，而是要享受林中之果。非人格主义者通常举河水为喻，河水流入大海并与大海合为一体。这可能是非人格主义者的快乐之源，但人格主义者却像大海里的水生物一样，保有着个体性。如果深潜海底，可以发现海里有非常多的生灵。仅仅熟悉海面是不够的，还必须对生活在大洋深处的水生物有全面的认识。

凭着他所做的纯粹奉爱服务，奉献者能如理地觉解至尊主的超上本质和权能。犹如第十一章所说的，只有凭借奉爱服务才能让人有所领悟。这里所说的也是一样；透过奉爱服务，吾人得以觉解至上人格神，进入他的王国。

断除了物质观念，到达梵觉之境以后，奉爱服务便从听闻主的讯息开始起步了。当人听闻至尊主之际，梵觉之境自动达成，物质污染——对感官享乐的贪爱，随之消失。当贪淫从奉献者心中消失，奉献者变得更加爱著为主做服务，而凭借这种爱著心，他摆脱了物质污染。在这样的生命状态中，对至尊主的觉解成为可能。这也是《薄伽梵往世书》的说法。解脱之后，巴克提之道，也即超越性服务，继续延展。《吠檀多经》（4.1.12）也证实了这个说法：*ā-prāyaṇāt tatrāpi hi dṛṣṭam*，其意为解脱之后，奉爱服务之道依然流行不息。在《薄伽梵往世书》里，真正的奉爱性解脱被定义为生命个体在其本来面目或命定地位中的复归。关于命定地位已有诠释：每一生命个体都是至尊主的部分和微粒。因此，他的命定地位就是服务。这服务在解脱之后也永不止息。真正的解脱即挣脱对生命所抱持的妄念。

诗节 56：我的纯粹奉献者，即使从事各种活动，在我的护佑之下，也能依靠我的恩典，抵达永恒不灭的故乡。

要旨：梵语 *mad-vyapāśrayaḥ*，意谓在至尊主的护佑下。为了清除物质污染，一位纯粹奉献者在至尊主或他的代表灵性导师的指导下践履。纯粹奉献者不受时间的限制。他时时刻刻，二六时中，百分之百地在至尊主的指导下从事各种活动。对于一位像这样献身于克利须那觉性的奉献者，主非常、非常地仁慈。尽管困难重重，他最终必将被送往超然的故乡——克利须那珞珈（*Krishnaloka*）。他的进入绝对有保障，绝对没有悬疑。在那至高无上的居所，没有变易，一切都是真常、不灭、灵明具足。

诗节 57：在一切作为中，依靠我，永远在我的护佑下行事。在这样的奉爱服务里，圆满觉知我。

要旨：当人在克利须那觉性里面践行时，不是作为世界的主人。要像仆人一样，完全在至尊主的指示下行事。仆人没有个人的独立性。他只是在主人的吩咐下干活。一个为无上之主干活的仆人，不受得失的影响。他只是忠实地按照主的命令履行自己的职责。现在，也许有人会争辩说，阿周那是在克利须那的亲自指挥下行事的，要是克利须那不在，那又该如何呢？如果按照克利须那在本书中的开示，并且在克利须那的代表的指导下行事，那么结果将是一样的。此颂中 *mat-parah*（在我的护佑下）一词很要紧。它表明，除了在克利须那觉性里为满足克利须那而作为外，生命别无其他目的。当人在如此践行时，应该只想着克利须那："我是被克利须那指定，来行使这份职责的。"以这样的方式作为之际，自然就得想着克利须那。这就是圆满的克利须那觉性。然而，应该注意，干了些自以为是的事情以后，不应该把结果供奉给至尊主。这类职事不属于在克利须那觉性里面的奉爱服务。应当按照克利须那的指令行事。这一点极为重要。克利须那的指令来自师承世系里的正宗灵性导师。因此，灵性导师的指令应当被奉为生命的首要职责。倘若人得到了一位正宗的灵性导师，并在他的指导下践行，那么，此人在克利须那觉性里达到生命的圆满便万无一失了。

诗节 58：觉知到我，由于我的恩典，你将跨越受拘限生命之一切障碍。然而，你若不以这样的觉性践履，而是凭着我执行事，不听从我，必定会迷失方向。

要旨：一个在圆满的克利须那觉性里面的人，不必为履行生存之责而忧心忡忡。愚夫无法理解这种跳出一切烦恼的大自在。对于在克利须那觉性里践行的人，主克利须那成了他最亲密的朋友。克利须那始终记挂着他的朋友的安适，他会把自己交给他的朋友，这位朋友为了取悦他，一天二十四小时都在以奉爱之心工作着。是故，不应被从躯体化的生命观而来的我执冲昏头脑。不要虚妄地认为自己独立于物质自然的律法之外，可以为所欲为。吾人已然活在严格的物质律法之下。然而，一旦在克利须那觉性里面践履，便能得到解脱，跳出一切物质迷幻。应当格外小心，一个不在克利须那觉性里践行的人，必然会在生死苦海的物质漩涡中迷失自我。受拘限的灵魂，没有一个真正知道，何者当为，何者不当为；但在克利须那觉性里践行的人，可以率性而为，因为他所做的一切都是克利须那从内心启示，并由灵性导师认可的。

诗节 59：如果你不照我的指令行动，不肯作战，那么，你将被导入歧途。你的天性注定了，你不得不作战。

要旨：阿周那是一位武士，生来就有刹帝利的天性。故此，他天生的职分就是战斗。但由于我执作祟，他担心，若杀死他的老师、祖父和亲朋好友，会招致恶报，实际上，他是把自己看成了一切行为的主人，就仿佛是他在引发这些行为的好、坏结果。他忘了至上人格主神就在现场，正指挥他作战。此即受拘限灵魂之健忘症。至上人格主神指示什么是好的、什么是坏的，吾人只须在克利须那觉性里面践履，以求达到生命之圆满。没有人能弄清楚自身的命运，一如至尊主之所能，是故，最好的做法就是听取至尊主的指示，然后行动。无论是谁，都不应该忽视至上人格主神的指令，或者他的代表灵性导师的指令。应当毫不迟疑地执行至上人格主神的命令——这将使人在任何境况下都平安无事。

诗节 60：为假象所惑，你现在拒绝照我的指示行动。然而，贡蒂之子呀，由于受到天性的驱策，你还是会做同样的事情。

要旨：如果人拒绝在至尊主的指示下行动，那么，他就会被迫按他所禀赋的气性行事。人人都活在物质气性之某种特殊组合的魔力之下，并顺着那样的思路行事。但是，任何自愿在至尊主的指令下行动的人，无比光荣。

诗节 61：阿周那呀！至尊主住在每个人的心中，指引众生周游四方，而众生则好像坐在一架由物质能量制成的机器上面。

要旨：阿周那不是至高无上的知者，对于战还是不战的决定，受到他有限的判断力的限制。主克利须那已然开示，个体并不是一切的一切。至上人格神，也即克利须那本人，作为内在化的超灵，坐在有情的心中，指引着他们。变换躯壳后，生命个体遗忘了自己过去的所作所为，然而，超灵作为过去、现在、未来的知晓者，仍然是他一切作为的见证者。是故，生命个体的一切作为都受到超灵的指引。生命个体得到了他所应得的，并为物质躯壳所负载，这物质躯壳是在超灵的指示下，由物质能量创造出来的。生命个体一旦被投入某一特殊的躯壳，就不得不随顺身体的境况而作为。坐在高速摩托车上的人，要比坐在慢速汽车上的人跑得快，虽然生命个体，或说司机，或许是同一个人。同样，在至尊灵魂的指令下，物质自然为某一特殊类型的生命体套上某一特殊类型的躯壳，好让他按照前世的欲望继续造作。生命个体不是独立的。千万不要以为自己独立于至上人格神而存在。个体永远在主的掌握之中。是故，人的命分就是臣服，这是下一节偈颂的开示。

诗节 62：婆罗多之华胄啊！彻底皈依他。凭着他的恩典，你将获得超然的宁静，往生至高无上的不朽故乡。

要旨：是故，生命个体应该皈依居停于每一个人心中的至上人格主神，这将消除他们物质存在的种种苦恼。透过这样的皈依，人不仅能消除今生的一切苦恼，而且最终将臻达至尊主。吠陀经典（《梨俱吠陀》1.22.20）将灵性世界描述为：*tad viṣṇoḥ paramaṁ padam*。因为一切创造都是上帝之国，所以一切物质存有实际也是灵性的，不过，*paramam padam* 特指永恒之乡——灵性世界或无忧珞珈。

《薄伽梵歌》第十五章说：“主安坐于每个人心中”（*sarvasya cāhaṁ hṛdi sanniviṣṭaḥ*）。所以，让人皈依内心的超灵，即意味着皈依至上人格主神——克利须那。克利须那已经被阿周那奉为无上者。在第十章里，克利须那被奉为 *paraṁ brahma paraṁ dhāma*。阿周那奉克利须那为至上人格主神、众生至高无上的止息地，不仅是出于他个人的体验，而且还因为有那罗陀、阿悉多、提婆罗和毗耶娑等伟大权威的印证。

诗节 63：至此，我已向你开示了最秘密的灵知。加以深思，然后做你想做的。

要旨：主已经向阿周那阐释了梵觉之理。在梵觉境界里的人，长有妙乐充盈，他从不悲伤，也无所欲求。这是由于有了秘密的知识。克利须那还开示了超灵之理。这也是梵理，即关于梵的义理，但更为高超。

此颂之“做你想做的”（*yathecchasi tathā kuru*），表明上帝并不

干预生命个体微小的独立性。在《薄伽梵歌》里，主从各方面阐明了，人如何能够改善其生存状态。给阿周那的最好的建议，就是皈依居于内心的超灵。依靠正确的判断力，吾人应该同意按照超灵的指令行事。这将有助于吾人时时安住克利须那觉性，那是人生最完美的境界。阿周那是在至上人格主神的直接命令下作战。对至上人格主神的皈依符合生命个体的最高利益。这不是为了无上者的利益。皈依之前，人可以尽自己智慧之所能，自由地思索这个道理。这是接受至上人格主神的教诲的最佳路径。这样的教诲也可以来自克利须那的真正代表——灵性导师。

诗节 64：由于你是我非常亲密的朋友，我要告诉你最秘密的灵知，为了你自己的利益，你要好好聆听。

要旨：主已经传授给了阿周那秘密的知识（梵理），以及更为秘密的知识（内在化超灵之理），现在他要传授最秘密的那部分知识：皈依至上人格神。在第九章结尾，主说：“只要永远想着我。”（*man-manāḥ*）。这里重复同样的开示，为的是强调《薄伽梵歌》之教的精义。此精义非一般人所能理解，只有跟克利须那确实很亲密的纯粹奉献者才能够理解。这是所有吠陀典籍里最重要的开示。克利须那就此所说的一切，乃是知识中最本质的部分，不仅阿周那要奉行，所有的生命个体都要奉行。

诗节 65：时时想着我，成为我的奉献者，崇拜我，向我顶礼。如是你肯定能到我这里。我向你保证这一点，因为你是我十分珍爱的朋友。

要旨：最秘密的那部分知识是，人应成为克利须那的纯粹奉献者，时时想着他，为他而作。切莫做一个职业化的观想者。当营造人生，使自己有机会时时想着克利须那。吾人当长使其日常之作为，皆不离克利须那。他应该安排自己的生活，好让自己能一天二十四小时都情不自禁地想起克利须那。而主的许诺是，任何在这样纯粹的克利须那觉性里面的人，必将返回克利须那的居所，在那里面对面地与克利须那进行交流。这最秘密部分的知识之所以被传授给阿周那，是因为他是克利须那亲密的朋友。每一个踵武阿周那的人，都能成为克利须那所珍爱的朋友，获得跟阿周那一样的成就。

此处强调，应当将心念专注于克利须那——那双手持笛的形相，一个面容娇美、头插孔雀羽毛的蓝皮肤男孩。《梵天本集》以及其他典籍里都能找到对克利须那的描绘。应该把心念固著在克利须那的本来身相上面。甚至不必将注意力转向主的其他身相。至尊主有诸如毗湿奴、那罗延拿、罗摩、筏罗诃等多重身相，但奉献者应注心于现身在阿周那面前的克利须那。心念对克利须那的身体的凝注，构成了最秘密的那部分知识，它之被揭示给阿周那，乃是因为他是克利须那最亲密的朋友。

诗节 66：舍弃各式各样的宗教，只要归命于我，我会把你从恶报里拯救出来，不要害怕。

要旨：主已经阐述了各种各样的义理和法门——至上梵之理、超灵之理、社会生活之不同阶层和行期的知识、生命之出世期的知识、不执之理、调御身心、观想，等等。他还用许多方式阐述了不同种类的宗教。现在，在对《薄伽梵歌》的总结中，主说，阿周那应该放弃所有已经向他解说过的法门，只是归命于克利须那。如此归命将把他从所有的恶报里解救出来，因为主亲自许诺要保护他。

第八章里讲过，只有清除了一切恶报的人才会崇拜主克利须那。如此有人也许会认为，若未曾清除一切罪恶报应，便无法奉行归命法门。针对这样的疑问，这里讲到，人即使还没有清除所有恶报，单凭归命于室利·克利须那，恶报自动就会被清除。无须费尽周折，以自求解脱于恶报。应当毫不犹豫地接受克利须那为众生至高无上的救主。满怀信心和爱，归命于他。

《诃黎巴克提庄严论》(*Hari-bhakti-vilasa*, 11.676)论及归命之道：

ānukūlyasya saṅkalpaḥ
prātikūlyasya varjanam
rakṣiṣyatīti viśvāso

goptṛtve varaṇaṁ tathā

ātma-nikṣepa-kārpaṇye

ṣaḍ-vidhā śaraṇāgatiḥ

根据奉爱之道，吾人只应接受最终导向为主做奉爱服务的宗教原则。吾人或许按照自身在社会阶层中的地位，履行一种特殊的职分，但如果透过履行职分未能到达克利须那觉性之境，那么，所有的作为全属枉然。任何不会导向克利须那觉性之圆满境界的事情，应一概回避。吾人当确信，在任何境况下，克利须那都一定会救他于困厄。对于如何维持生计，实在无须想得太多。克利须那自会看顾。应当总想着自己是卑弱无助的，应当把克利须那看成是取得人生进步的唯一基石。一旦认真地在圆满的克利须那觉性里面践履奉爱服务，所有的物质污垢就会立即被清除。有各种宗教的法门，以及培养知识或瑜伽冥想之类的洁净之道，但归命于克利须那的人，不必践行这许多法门。简简单单归命于克利须那，能让人节省许多不必要浪费的时间。如此当下即可取得一切进步，断除一切恶报。

应当为克利须那的妙相所倾倒。他之所以名叫克利须那，是因为他绝对迷人。为克利须那妙美、全能的形象所倾倒的人，是幸运的。超验主义者有多种，有的执着非人格梵之相，有的被超灵之相吸引，但被至上人格主神的人格特征吸引的人，尤其是被作为至上人格主神的克利须那本人吸引的人，才是最完美的超验主义者。换言之，在圆满的克利须那觉性里为克利须那做奉爱服务是最秘密的那部分知识，是整部《薄伽梵歌》的精蕴。业瑜伽士、哲人、通玄者及奉献者皆谓之超验主义者，但纯粹奉献者最出色。这里所用的词 *mā śucaḥ*，“不要害怕，不要犹豫，不要担心”，含意极深。对于舍弃一切宗教形式，仅仅归命于克利须那，吾人或许会感到惶惑无措，但这种担心是多余的。

诗节 67：绝不要向不修苦行、不虔敬、不践履奉爱服务的人解说此天地秘义，也不要向嫉妒我的人解说。

要旨：对那些没有按宗教法门修过苦行的人、从未在克利须那觉性里尝试过奉爱服务的人、没有侍奉过纯粹奉献者的人、特别是那些把克利须那只看成一个历史人物，或嫉妒克利须那之伟大的人，不可传授这最秘密部分的知识。然而，我们有时看到，甚至那些嫉妒克利须那，以做作的方式崇拜克利须那的邪恶之徒，也会以另一种不同的方式解说《薄伽梵歌》，并以此为业，牟取钱财。不过，任何希望真正理解克利须那的人，必须拒绝这类对《薄伽梵歌》的诠释。实际上，对于那些以感官满足为乐的人来说，《薄伽梵歌》的宗旨是不可解会的。并且，即使有人不以感官满足为乐，严格持守吠陀典所定的戒律，如果他不是奉献者，仍无法理解克利须那。甚至那些把自己装扮成克利须那的奉献者，却未在克利须那觉性里面践履的人，也不能理解克利须那。有很多人嫉妒克利须那，因为他在《薄伽梵歌》里说，他就是无上者，无物凌驾于他之上或与他等平。有很多嫉妒克利须那的人。对这类人，不可授以《薄伽梵歌》，他们不会理解的。没有信仰的人是不可能理解克利须那和《薄伽梵歌》的。未曾从纯粹奉献者的权威教导那里去理解克利须那的人，切莫对《薄伽梵歌》妄下评论。

诗节 68：向奉献者解说这无上秘密的人，保证能达到纯粹的奉爱服务，最终回到我的身边。

要旨：一般来说，《薄伽梵歌》只能在奉献者中间讨论，因为非奉献者既不能理解克利须那，也不能理解《薄伽梵歌》。那些不接受克利须那的本来面目和《薄伽梵歌》原义的人，不应对《薄伽梵歌》妄下注疏，进而成为冒犯者。应该向准备接受克利须那为至上人格神的人解说《薄伽梵歌》。它是仅仅为奉献者，而不是为哲学思辨家们开设的论题。任何忠实地、按其原义呈现《薄伽梵歌》的人，都将在奉爱服务中取得进步，达到纯粹奉爱的生命境界。其结果是，他必将重返故乡、回归主神。

诗节 69：世间再无其他仆人比他更让我珍爱，将来也不会有谁比他更让我珍爱。

诗节 70：我宣布，谁若研思这神圣的对话，就是以心智崇拜我。

诗节 71：谁若毫无嫉妒，满怀信心地认真聆听，就能断除恶报，到达虔诚者所居住的吉祥星宿。

要旨：在本章第六十六颂里，主明令禁止向嫉妒他的人讲说《薄伽梵歌》。换言之，《薄伽梵歌》是专为奉献者讲的。不过，有时也发生这样的情况：主的奉献者公开授课，听课的学生并不全是奉献者。这些人为什么要公开讲课呢？这里解释说，虽然并非人人都是奉献者，但仍有很多人并不嫉妒克利须那。他们对作为至上人格神的他有信心。如果这些人从一位真正的奉献者那里听闻，当下就能挣脱恶报，之后，往生虔诚者所居住的星宿。因此，仅仅透过听闻《薄伽梵歌》，即使一个不想成为纯粹奉献者的人，也能获得善行之果。如是，主的纯粹奉献者把机会给每一个人，使他们清除一切恶报，成为主的奉献者。

一般来说，那些洗清了恶报的人、那些正直的人，很容易信受克利须那觉性。这里的*puṇya-karmaṇām*一词含意甚深。它指盛大祭祀的举行，就像吠陀典中提到的马祭（*Aśvamedha-yajña*）。那些践行奉爱服务但不纯粹的正直之人，可以往生北极帝星，或曰杜华珞珈（*Dhruvaloka*），其地为杜华大帝（*Dhruva Maharaja*）所居。杜华大帝是主的伟大奉献者，他拥有一个特别的星宿，名为北极星。

诗节 72：帕尔特呀，你是不是用心听进去了？檀南遮耶呀，你内心的无明和幻惑现在已一扫而空了吗？

要旨：主做了阿周那的灵性导师。故而有责任问阿周那是否从正确的角度解悟了整部《薄伽梵歌》。假如还没有，主准备再解说其中任何一个观点，或者，假如有必要，再重讲一遍《薄伽梵歌》。事实上，任何一个人，若从正宗的灵性导师，譬如克利须那或他的代表那里听闻《薄伽梵歌》，就会发觉内心的所有无明皆被一扫而空。《薄伽梵歌》并非一部出自诗人或小说家手笔的泛泛之作，它是由至上人格主神讲述的。

任何人若有幸从克利须那或他的可靠的灵性代表那里，听闻到这些教诲，必定会成为解脱之人，走出无明。

诗节 73：阿周那说：我亲爱的克利须那，永不犯错的人啊！妄念已离我而去。由于你的恩慈，我的记忆已然恢复。我现在意志坚定，毫无疑虑，准备遵照你的指令行动。

要旨：由阿周那所代表的生命个体，其命定地位就是必须遵照至尊主的指令行动。他应该克己自制。室利·采坦尼亚·摩诃波菩说，生命个体的真实地位乃是至尊主永恒的仆人。由于遗忘了这一原则，生命个体便为物质自然所拘限，但是，透过服务至尊主，他转变成上帝的解脱了的仆人。生命个体的命定地位就是做仆人，不是为幻象服务，就是为至尊主服务。他若是服务至尊主，便在正常状态里；但若是宁愿侍奉虚幻的外在能力，那就必将陷入桎梏。在幻觉里面，生命个体投身于尘世间的服务。他们被贪淫和欲念所捆绑，却依然认为自己是世界的主人。此谓之摩耶（Māyā）。当人获得解脱后，他的幻觉就消失了，他自愿向无上者臣服，并遵照无上者的意愿行事。摩耶用来捕捉生命个体的最后一个圈套，就是让生命个体认为他自己就是上帝。如是生命个体认为自己不再是受拘限的灵魂，而是上帝。他竟愚蠢到这样的地步，不会想想，如果自己是上帝，那怎么会陷入迷惑呢？这点他不考虑。这便是幻力的最后圈套。实际上，要挣脱幻力，得觉解克利须那——至上人格主神，并且同意按照他的指令行事。

此颂中 *moha* 一词极要紧，意指知识的反面。事实上，真实的知识使人懂得，每一生命个体都是主永恒的仆人。但生命个体却不这样想，他不认为自己是仆人，相反，他认为自己是物质世界的主人，因为他想支配物质自然。这便是生命个体的幻觉。靠主的恩典，或纯粹奉献者的仁慈，这种幻觉可以被克服。当幻觉消解后，人自会同意在克利须那觉性里面践履。

克利须那觉性即按克利须那的指令行事。受拘限的灵魂，为外在物质能力所迷惑，不晓得至尊主是灵明充满、拥有一切的主人。无论他想给什么，都能赐给他的奉献者；他是每个人的朋友，但他对奉献者尤其友善。他是物质自然和一切生命个体的主宰者。他也是无穷无尽的时间的主宰者，具足一切功德和能力。至上人格主神甚至还可以把自己交给奉献者。不认识他的人，无不在幻力的魅惑之下；他们不会成为奉献者，倒愿意做摩耶的奴隶。阿周那，从至上人格主神那里听了《薄伽梵歌》之后，一切幻觉全部扫清。他能懂得，克利须那不仅是他的朋友，而且还是至上人格主神。他准确地理解了克利须那，研思《薄伽梵歌》就是为了准确地理解克利须那。当人有了圆满的知识，自然就会向克利须那臣服。当阿周那明白，减少无益人口的增长乃是克利须那的计划，便同意按克利须那的意愿去战斗。他再次拿起了武器——他的弓箭，准备在至上人格主神的指令下作战。

诗节 74：桑遮耶说：如是我闻，两位伟大的灵魂——克利须那和帕尔特之间的对话。其中的讯息实在神妙，听得我身毛为竖。

要旨：《薄伽梵歌》起首，狄多罗史德罗向他的近侍桑遮耶询问："俱卢之野发生了什么事？"凭着他的灵性导师毗耶娑的恩慈，全部场景都出现在桑遮耶的心中。于是他便解说了在战场上展开的这场讨论。这番对话极其神妙，因为在这两个伟大灵魂之间进行的这场重要的对话是空前绝后的。它之所以神妙，是因为至上人格主神亲自向生命个体——主的伟大奉献者阿周那，讲说他本身和他的能力。如果我们追随它的足迹，去了解克利须那，那么我们的人生就会快乐、成功。桑遮耶觉悟了这一点，当他开始明白的时候，便把这番对话转述给了狄多罗史德罗。现在，可以下结论：哪里有克利须那和阿周那，哪里就会有胜利。

诗节 75：由于我的恩师毗耶娑的仁慈，当克利须那与阿周那对话时，我直接从一切通玄者的主人——克利须那的口中，听到了这些最秘密的开示。

要旨：毗耶娑是桑遮耶的灵性导师，桑遮耶承认，是毗耶娑的恩慈，才使他能理解至上人格主神。这意味着人必须通过灵性导师的中介，而不是径直地去理解克利须那。灵性导师是透明的媒介，虽然个人的灵性体验仍是直接的。此即师承世系玄奥之所在。倘若灵性导师是正宗的，那么，人就能像阿周那所做的一样，直接听闻《薄伽梵歌》了。世上有许许多多的通玄者和瑜伽士，但克利须那是所有瑜伽体系的大师。克利须那的教导明载于《薄伽梵歌》——归命克利须那。依此践行的人乃是顶级的瑜伽士。第六章的最后一颂于此有证：*Yogīnām api sarveṣām*。

那罗陀是克利须那的嫡传弟子、毗耶娑的灵性导师。毗耶娑跟阿周那一样纯正，因为他也源出师承世系。而桑遮耶又是毗耶娑的嫡传弟子。故此，凭着毗耶娑的恩慈，桑遮耶的感官得到了净化，能直接看见和听见克利须那。能直接听见克利须那的人，就能解悟这门秘密之学。如果人不进入师承世系，便无法听见克利须那；因而他的知识总是不圆满，至少就《薄伽梵歌》的理解而言。

在《薄伽梵歌》里，所有的瑜伽体系——业瑜伽、智瑜伽和巴克提瑜伽都得到了解说。克利须那是所有这些秘法的大师。不过，应该明白，就像阿周那有幸能直接了解克利须那一样，凭着毗耶娑的恩慈，桑遮耶也能直接听见克利须那。实际上，直接听自克利须那，与通过像毗耶娑那样的正宗灵性导师的中介直接听见克利须那，两者之间毫无区别。灵性导师也是毗耶娑天人的代表。是故，按照吠陀体系，在灵性导师的出生日，弟子们要举行名为“毗耶娑供养礼”（*Vyāsa-pūjā*）的庆典。

诗节 76：王啊！我再三回忆克利须那和阿周那这番既奇妙又神圣的对话，每一刻都感觉到欢喜震颤。

要旨：对《薄伽梵歌》的理解是如此超妙，以致任何人只要精通阿周那和克利须那之间所交流的论题，便会变得正直公义，而且他永远不会忘记这番对话。此即灵性生命之超然境界。换句话说，从正确的来源，直接自克利须那那里，听闻《薄伽梵歌》的人，达到了圆满的克利须那觉性。存养克利须那觉性的结果是，人受到不断深入的启明，享受着令人激动不已的生命，不只是某时某刻，而是每时每刻。

诗节 77：王啊！当我想起主克利须那的神妙形体时，我就愈觉惊奇，喜乐莫名。

要旨：看起来，凭着毗耶娑的恩慈，桑遮耶也能看见克利须那向阿周那所示现的天地身相，当然，据说主克利须那以前从未示现过这个身相。它只在阿周那面前出现过。不过，当它在阿周那面前出现时，有些伟大的奉献者也得以目睹克利须那的这个天地身相，毗耶娑就是其中之一。他是主最伟大的奉献者之一，被认为是克利须那的一个化身。毗耶娑向他的弟子桑遮耶揭示了这一切，桑遮耶因此记住了这个神妙的形体，再三欢喜赞叹。

诗节 78：哪里有一切通玄者的主人克利须那，哪里有英勇无敌的弓箭手阿周那，哪里就必定有财富、胜利、美德和超凡的力量。这就是我的看法。

要旨：《薄伽梵歌》从狄多罗史德罗的询问开始。在毗史摩、陀拏、喀尔纳等伟大武士的协助下，他对自己儿子们的胜利满怀希望。他希望胜利会属于他这一边。但桑遮耶在描述了战场的情形后，对这位国王说道："您盼望着胜利，但我的看法是，哪方有克利须那和阿周那，哪方就好运当头。"他直截了当地断言，狄多罗史德罗不必指望他这一边会取得胜利。胜利必定属于阿周那一方，因为克利须那站在那边。克利须那之同意降身为阿周那的御者，是另一种功德的显示。克利须那具足一切功德，而不执自在便是其中之一。这类不执的例子不胜枚举，因为克利须那也是舍离之主。

争斗实际发生在杜瑜檀那和尤帝士提尔之间。阿周那是代长兄尤帝士提尔而战。因为克利须那和阿周那都站在尤帝士提尔这一边，所以他已然胜券在握。这场战争将决定统治世界的大权落于谁手，而桑遮耶预言，权力将转移到尤帝士提尔手中。这里也预言了，尤帝士提尔在取得胜利后，将越来越兴旺，因为他不仅正直虔诚，而且严守德行，一生中从未说谎。

有许多见识浅薄的人，把《薄伽梵歌》看成了两个朋友在战场上对一些问题的讨论。但若是这样，此书就不可能成为经典。还有人提出抗议，认为克利须那在怂恿阿周那去打一场不道德的战争，但事实清楚地表明，《薄伽梵歌》乃是道德领域最崇高的教导。此道德领域最崇高的教导见于第九章第三十颂："心住于我，成为我的奉献者"（*man-manā bhava mad-bhaktaḥ*）。人必须成为克利须那的奉献者，一切宗教的精蕴便是归命克利须那（*sarva-dharmān parityajya mām ekaṁ śaraṇaṁ vraja*）。《薄伽梵歌》的开示构成了道德和宗教的无上法门。所有其他的法门或者起净化作用，或者指向这个法门，但《薄伽梵歌》的究竟教义乃是一切道德、宗教的最末一句："归命克利须那。"这是第十八章的定论。

从《薄伽梵歌》里我们懂得，通过哲学思辨和冥想净思来觉悟自我固然不失为一种法门，但彻底归命克利须那才是最高的圆满。此乃《薄伽梵歌》教义之精髓。按照社会生活之行期和不同的宗教仪轨持守戒律，或许也是一条秘密的觉明之途。不过，尽管宗教仪轨是秘密的，但冥想和致知穷理更为秘密。又且，在圆满的克利须那觉性里面，通过奉爱服务归命克利须那，才是最秘密的开示。此为第十八章精蕴之所在。

《薄伽梵歌》的另一个特色在于，指出实际真谛为至上人格主神克利须那。绝对真理从三层体相而得体证——非人格梵、内在化超灵，以及作为其究竟的至上人格主神克利须那。关于绝对真理的圆满知识即关于克利须那的圆满知识。倘若觉解了克利须那，那么其他所有各门各类的知识就都成了这种觉解的部分和支脉。克利须那是超越性的，因为他始终安住于他永恒的内在能力之中。生命个体流生自他的能量，被分为两大类：永恒受拘限者、永恒解脱者。这样的生命个体不计其数，被认为是克利须那的固有部分。物质能量表现为二十四谛。天地万物缘起于永恒的时间，为外在能力所创生、消解。世界的表象时隐时显，周而复始。

《薄伽梵歌》讨论了五大主题：至上人格主神、物质自然、生命个体、永恒的时间、业。凡此皆不能脱离至上人格主神克利须那而独存。绝对真理的所有定义——非人格梵、内在化超灵或任何其他的超越性定义，皆在解悟至上人格主神的范围之内而得成立。虽然至上人格主神、生命个体、物质自然、时间表面上看起来各有分殊，其实无物与无上者有异。可是，无上者与万物又截然不同。主采坦尼亚的哲学属于“不可思议即一即异论”。这个哲学体系构成了有关绝对真理的圆满知识。

生命个体原本纯然属灵。他们就像是至尊灵魂的原子态微粒。如是主克利须那或许可以被比为太阳，而生命个体则是阳光。由于生命个体是克利须那的边际能力，故此他们既有与物质能力、也有与灵性能力接触的趋向。也就是说，生命个体处在主的两种能力之间。此外，因为他们属于主的高等能力，所以也有极微的独立性。透过独立性的正当运用，他们就会臣服于克利须那的直接指令之下。如是，他们就在妙喜能量中复归到了正常的状态。

巴克提维丹塔阐释圣典《薄伽梵歌》第十八章“结论——舍离的圆满境界”终。

词汇表

acarya	阿阇黎，老师，导师
Acyuta	克利须那的名号之一，意为绝对无误者
adhikara	合格、有资格
Adhoksaja	克利须那和毗湿奴的名号之一，意为“超越感官知觉之上”
Adityas	阿底提（*Aditi*）所生的十二位天神，及其后裔
advaita	不二
Advaita Vedanta	持不二论的吠檀多学派，其著名的代表人物是商羯罗（*Sankara*）
ahankara	我慢，假我，认为“我是作为者”，自我意识，乃第八种元素
Airavata	霭罗筏陀，天帝因陀罗所骑乘的四牙白象
ajnana	无明，无知
akasa	空，以太，第五种元素
ananda	阿难陀，妙喜，梵的三种品质之一
anitya	无常，有限，短暂
apauruseya	天启的知识；指天启经（*Sruti*）或吠陀经（*Veda*）
Arjuna	阿周那，般度和贡蒂的儿子，为天帝因陀罗所生，般图筏（*pandava*）五兄弟中的第三位，般图筏军队的统帅，他直接从克利须那处听闻了《薄伽梵歌》

Aryan	雅利安，文明人，优雅而高贵的吠陀文化的遵从者
Asita	阿悉多，可能是一位瑜伽师，圣人提婆罗（*Devala*）的父亲
Asrama	行期，法的两个方面之一，规定了个人的灵性生活阶段，包括梵行（*brahmacarya*）、居士（*grhastha*）、林栖（*vanaprastha*）和出世（*sannyasa*）
Astanga yoga	阿斯汤伽瑜伽，八支瑜伽体系
astika	符合天启经或吠陀经的传统，比如正统的六派哲学（*Sad darsanas*）
asuras	阿修罗，魔众，诸神的对手；其居处低于地球，一直欲图称霸宇宙，受到浊阴气性的影响
Asvattha	阿湿婆他，又名毕波罗树（*pippala*），拉丁名*ficus religiosa*，即佛教所谓菩提树。
Asvatthaman	阿史华闼摩，陀拏之子
Asvins	双阿室毗尼，天界神医，让年迈的圣者Cyavana返老还童；做了最小的般图筏——那拘罗（*Nakula*）和萨贺提婆（*Sahadeva*）的父亲
atman	阿特曼，具有觉知的永恒自我，真我，灵魂
avatara	化身，至尊者以人形或非人形降显于世间
avidya	无明，无知，愚昧
avyakta	创世之前处于原始状态的无分别自性（*prakrti*）
bandha	为生死轮回所束缚
Bhagavad Gita	薄伽梵歌，意为“至尊者的神圣诗篇”
Bhagavan	薄伽梵，世尊，至尊者
bhakta	巴克陀，奉献者
bhakti	巴克提，奉爱
bhakti-yoga	巴克提瑜伽，导向解脱的路径，其中奉献性实践成了瑜伽修炼
Bhrgu	布黎古，梵天之子，一位伟大的圣人，他曾受诸圣者派遣，

	前去探查三大主神——梵天（*Brahma*）、毗湿奴（*Visnu*）、湿婆（*Siva*），谁最伟大。结果他发现毗湿奴最伟大
Bhima	毗摩，也称为毗摩舍纳，般度和贡蒂之子，风神做了他的父亲
Bhisma	毗史摩，商闼努和亘伽（恒河女神）之子，一位伟大的武士，俱卢王室的老祖父
Bhurisravas	布尔斯华勒，娑摩达多之子
Brahma	梵天，吠陀天神，宇宙的创造者，其星宿在宇宙的顶巅
Brahma jnana	梵理，有关梵的知识
Brahmacari	守贞的弟子，在古鲁（*Guru*）指导下学习，修炼各种苦行
Brahmasutra	《梵经》，也被称为《吠檀多经》（*Vedanta Sutra*）。与《薄伽梵歌》《奥义书》一起，为吠檀多传统的三大本经之一。由550个短偈组成，总结了奥义诸书的内容
brahmin	（梵文：*brahmana*）婆罗门，祭司和知识阶层，四种姓的最高层
Brhaspati	蒲历贺斯钵底，一位仙圣，是诸神的祭司；有一次因陀罗出于骄慢忽视了他，他当即隐去，任由因陀罗被魔王巴利所统领的魔众所击败
brhatsama	蒲历赫娑摩，唱颂娑摩吠陀本集
buddhi	菩提，智，自性（*prakrti*，即物质自然）的24种元素之一
cakra	法轮，克利须那和毗湿奴当作兵器使用
candala	禅陀罗，低于首陀罗的贱民
Cekitana	车奎丹那，一位毗湿尼族的武士
cit	知识，觉明，梵的三种品质之一
Citraratha	吉多罗阿陀，歌仙之王；歌仙取乳于地球时，变身为牛犊
daityas	魔众，底提（*diti*）诸子
darshana	一种对真理的洞见，六种正统哲学流派之一

deha	身体
Devala	提婆罗，证梵者，曾诅咒睺睺（*Huhu*）变成鳄鱼
Dharma	达摩，正义之神；做了尤帝士提尔的父亲
dharma	代表宗教、法律、秩序、责任、公义和道德的普世性原则；透过把人类社会按照种姓和行期归类，支撑了世界
Dharmaraja	尤帝士提尔的一个名号，意为“法王”
Dhrstadyumna	特里士多摩那，图鲁波陀之子，从祭火降生
Dhrtarastra	狄多罗史德罗，般度之兄，瞎眼的国王，过于软弱无法制止其贪心无道的儿子杜瑜檀那
Draupadi	图鲁波提，图鲁波陀之女，特里士多摩那之妹，般图筏五兄弟之妻
Drona	陀拏，皇室武术教头，授兵法于般度氏和俱卢氏两家
Drupada	图鲁波陀，图鲁波提和特里士多摩那之父
dvija	再生者，指称三高等种姓的术语，通过入门（*upanayana*）仪式而被认为获得了第二次出生
ethical ladder	各种等级的行为所构成的阶梯，从被实用主义推动的行为模式一直延伸到被灵性所推动的行为；这个阶梯是《薄伽梵歌》之结构的核心
gandarvas	歌仙，优伶仙，禀赋绝顶美色的仙灵
Ganges	梵文：*Ganga*，亘伽，被带到地球上的圣河，现在从喜马拉雅山而下流经印度；也以 *Jahnavi* 之名为人所知
Garuda	伽鲁达，大鹏金翅鸟，毗湿奴所乘坐的鹰，迦叶波（*Kashyapa*）和毗纳多（*Vinata*）的儿子
gayatri	伽耶特黎，一种诗歌韵律
gunas	诸气性，三德，自性（*prakrti*）或物质自然的三种精微品质，即 *sattva* 或中和，*rajas* 或强阳，*tamas* 或浊阴
Hanuman	哈努曼，神猴，罗摩的仆人，出现在阿周那的战旗上。
Hierarchical reality	层级化实在，一个哲学概念；根据这个概念，实在

被划分为多层，故此不是统一的，而是分隔的。

Indra 因陀罗，天界神王，雨神，身具千眼

itihasa 史乘，意为“曾经如此”，指称历史的传统术语，代指两部伟大的史诗——《摩诃婆罗多》和《罗摩衍那》

japa 迦帕，低诵赞祷以献祭；通过反复持诵一个指向本尊的曼陀罗（*mantra*，咒语）而进行的个人化冥思

Jayadratha 遮耶图罗陀，辛度（*sindhu*）之王，狄多罗史德罗的女婿

jiva 个体灵魂，阿特曼

jnana 知识，义理，尤其指灵性知识

jnana yoga 智瑜伽，智慧瑜伽，导向解脱的一条路径，其间对经典的智力探究和哲学思索成了一种瑜伽修炼

Kali yuga 卡利纪，按照往世书的方式（*puranic*）计算，当今是纷争的年代，正法衰落，人类之美德也一样

kalpa 劫，梵天的一日

Kamadhenu 妙如意，如意母牛；圣者 *Jamadagni* 的母牛，能产出无限量的牛乳

Kapila 伽皮罗，毗湿奴的一个化身，喀达摩和提婆瑚蒂所生，他阐发了数论知识（*Sankhya*，僧佉）

karma 业，业行，业报，行为及其对来生的种种影响

karma indriyas 五作根，五种行动器官：手、脚、口、生殖器、肛门

karma yoga 业瑜伽，导向解脱的一条路径，其间按照正法践履成了一种瑜伽修炼

Karna 喀尔纳；在跟般度结婚前，贡蒂和太阳神生下的儿子；他被遗弃，为一对卑贱的夫妇所收养，故而失去了王室地位；他是阿周那的主要对手，尽管阿周那从不知道他们俩是兄弟

Krpa 俱卢氏的老师

Krishna 克利须那，《薄伽梵歌》的阐演者，降显世间扶持正法

的至尊主，阿周那的朋友和表兄，在俱卢大战中，做了阿周那的战车御者

Ksatriya 刹帝利，构成贵族和王室的武士和统治阶级

Kunti 贡蒂，般度的妻子，尤帝士提尔、毗摩和阿周那的母亲

Kuntibhoja 琨缇波遮，贡蒂的养父

Kuvera 俱维罗，财神、冥界之王，类似希腊的普 *Pluto*，夜叉之主、湿婆之弟

Lila 神圣的游戏，不带任何实用动机的灵性的活动方式

Mahabharata 摩诃婆罗多，伟大的梵文史诗，描述了俱卢王族的故事，《薄伽梵歌》为其中一部分

makara 一种海怪，不同的译者有不同的译法，比如鳄鱼、鲨鱼、海中怪兽

manas 心，末那

Manu 摩奴，梵天之子，人类之父；编撰了被称为《摩奴法论》（*Manu Smrti*）的《法经》（*Dharma sastra*）

Margasirsa 正月，吠陀历法的第一个月，在2-3月间

Marici 摩利支，梵天之子，与那罗陀一起生于创世之初，伽叶波（*Kashyapa*）的父亲；指导了因陀罗的马祭，通过诅咒惩罚了魔鬼般的君王韦拿（*Vena*）

Maruts 诸摩鲁陀，49个天神，为伽叶波和底提的儿子；因陀罗之弟

maya 摩耶，幻

Meru 迷卢，即须弥山，位于世界中央的巨大神山，在太阳和地球之间的某处

moksha 解脱于生死轮回

Nakula 和 *Sahadeva* 那拘罗和萨贺提婆，般度之子，其妻玛德利（*Madri*）所生；天界神医双阿室毗尼做了他们的父亲

Narada 那罗陀，梵天之子，其父传给他被称为“薄伽梵法”（*Bhagavata Dharma*）的智慧，他又传给了他的弟子毗

耶娑；弹奏着他的*vina*（一种乐器）颂扬至尊主，漫游于宇宙之间；《那罗陀奉爱经》（*Narada bhakti sutra*）的编撰者

nastika 外道，不符合天启经或吠陀典的传统，比如佛教和耆那教

nirguna 无气性，不存在属性

nirvana 涅槃，寂灭，入灭

niskama karma 无欲业行，无所求而为，《薄伽梵歌》的核心教导

panca bhutas 五大：地、水、火、风、空

Pandava brothers 般图筏兄弟，般度氏，般度之子，《摩诃婆罗多》的男主人公，他们是：尤帝斯提尔、毗摩、阿周那、那拘罗、萨贺提婆

Pandu 般度，为圣者毗耶娑所生，狄多罗史德罗最小的弟弟，般图筏五兄弟之父，帝国的合法国君；由于受到诅咒，他不能生育孩子，因此，他的妻子，贡蒂和玛德利，呼召了五个不同的天神以生育子嗣

papa 罪孽、恶业

paramartha 至上的，绝对的实在

parampara 师承世系，不断承续的师徒之链

Prahlada 巴腊陀，魔王悉蓝耶喀西菩（*Hiranyakasipu*）之子；尽管出生于魔族，他却是毗湿奴最伟大的奉献者之一，以至于毗湿奴亲自以狮－人化身降显，拯救他于魔王之手

prakrti 自性，物质自然，由三极气性构成

pralaya 宇宙性毁灭

pramana 证量，获得有效知识的方法

prasada 神恩

prasthanatraya 吠檀多传统的三大根本经：《薄伽梵歌》《梵经》《奥义书》

punya 善业

Purojit 琨缇波遮的另一个名字

purusa	补鲁莎，神我，原人，至尊者
purusarthas	人生的四大目标：法（*dharma*）、利（*artha*）、欲乐（*kama*）、解脱（*moksha*）
Rajas	罗遮，强阳气性，三极气性之一，代表激情、欲望、贪执业果、过度操劳
rakshasas	罗刹，邪灵
Rama	罗摩，毗湿奴的化身，史诗《罗摩衍那》的主人公，把他圣洁的妻子悉多从魔王罗波那手中救了出来
Ramayana	罗摩衍那，伟大的梵文史诗，描述了罗摩的故事
Rudras	诸楼多罗，11 位天神，崇拜他们可以获得力量
Sadhyas	诸萨帝耶，达摩和萨帝耶的 12 个儿子
saguna	有气性，具有属性，
samadhi	三摩地，瑜伽修炼的巅峰，灵性觉悟的内守状态
Sama Veda	娑摩吠陀，四吠陀中最具音乐性的一部
Sanjaya	桑遮耶，向狄多罗史德罗描述战场情况的秘书
Sankhya	僧佉，数论，六派正统吠陀哲学传统之一，对自性和神我进行了区分
sannyasa	出世期，行期制的第四个也是最后一个阶位
sannyasi	出世僧，处于行期制的第四个也是最后一个阶位的人，出家的独身者，一般也是四处游方的苦行僧
sastra	经典，传统的具有权威性的教导
Sattva	萨埵，中和气性，三极气性之一，代表纯净、安和、良善、觉明
Satyaki	萨底亚基，著名的雅度族武士，克利须那的朋友
Siva	大神；与梵天、毗湿奴一起，为宇宙三大主神之一；湿婆教派认为他是至上者；他司掌浊阴气性，因此被赋予在劫终时毁灭宇宙的任务；他是一个苦行者，居于凯拉什山
Siddhas	悉檀部众，具有各种神通玄力的仙人

Skanda　塞健陀，湿婆之子，战神

smrti　所记汇，圣传经；由人类撰作的经文，比如史诗和往世书

Son of Subhadra　须跋陀罗之子，阿比曼羽（*Abimanyu*）；阿周那和须跋陀罗的儿子

Sons of Draupadi　图鲁波提之子，般图筏五兄弟各自所生的一个儿子

Soteriology　有关救赎的教义

sruti　所闻汇，天启经，非由人类所启示的经文，诸如吠陀典和奥义书

Subhadra　须跋陀罗，克利须那之妹，阿周那之妻，阿比曼羽之母

Sudra　首陀罗，由农人、仆役、工匠组成的服务阶级

sutra　输多罗，短小精炼的警句或格言，传递知识

svarga　天堂、伊甸园

tamas　答摩，浊阴气性，三极气性之一，代表黑暗、愚昧、幻妄、怠惰

Ucchaishrava　乌蝉舒华，由神魔搅拌乳海而诞生的一匹天马

upanayana　入门仪式

Upanisads　奥义书，阐发梵我合一的吠陀哲学文本

Uttamauja　乌檀摩遮，般察罗（*pancala*）的王子，伟大的武士

vaikuntha　无忧珞珈，毗湿奴的居所，不朽、灵性、纯净，超越三极气性的影响

vaishnava　外士那瓦，毗湿奴的奉献者

vaishya　毗舍，商贸、耕殖阶级

vanaprastha　林栖者，行期制的第三个阶位，住在森林的苦修者

varna　种姓，阶级体系，类别；指四大社会阶层：婆罗门、刹帝利、毗舍、首陀罗

varnashrama dharma　种姓－行期法，按照个人特别的种姓和行期而被赋定的职分，基本的吠陀社会结构

Varuna　筏楼拿，海神，居于大海之中，阿修罗之王

Vasudeva　华胥提婆，华胥天人，即克利须那，《薄伽梵歌》的讲

说者，筏殊提婆和提婆吉的儿子

Vasus 诸婆薮，八位天神，达摩和筏苏之子；受到诅咒降生于地球，但很快又可以返回天界；其中七位当即返回，而第八位却在地球上活了完整的一生，他就是毗史摩，俱卢王朝的老祖父，作为俱卢氏的统帅，他参与了俱卢之野的大战

Vedanta 吠檀多，“知识的究竟”，从《薄伽梵歌》《梵经》《奥义书》引申出来的正统哲学流派

Vikarna 维喀尔纳，狄多罗史德罗的儿子之一

Virata 维罗闼，给予流放中的般图筏兄弟庇护的一位国君

Visnu 毗湿奴，大神，其居所被称为无忧珞珈，远在宇宙之外；在《薄伽梵歌》里他被认为跟克利须那一体无二；无论何时何地，正法衰落，邪法盛行，他便以化身降显；被外士那瓦宗奉为至尊者

Vrsni 毗湿尼，克利须那降诞其中的王朝

Vyasa 毗耶娑，《摩诃婆罗多》的撰作者，是他将吠陀经分而为四

vyavahara 经验性实在

yajna 祭祀，特指吠陀祭祀

Yakshas 夜叉，魔族的一支，湿婆的追随者，以俱维罗为首

Yama 阎摩，阎罗，死神，居于宇宙之较低区域；在人死后，按照其业行，施以惩罚

yoga 瑜伽，正统六派之一，提供了一条指向三昧之境的修炼之途

yoga-sutra 瑜伽经，传统上归于钵颠阇利（*Patanjali*）名下的一部经典，阐述了八支瑜伽体系

Yudhamanyu 尤坦曼羽，一位般察罗的王子

Yudhisthira 尤帝士提尔，般图筏兄弟里最年长的一位，也是他们的

领袖

yugas 纪，宇宙年轮，有萨提耶（*satya*）、特利陀（*treta*）、多筏钵罗（*dvapala*）和卡利（*kali*）

Yuyudhana 庾庾檀那，萨底亚基的别名

作者小传

A.C. 巴克提维丹塔·斯瓦米·帕布帕德于 1896 在印度加尔各答显现于世。

1922 年，他在加尔各答首次与他的灵性导师巴克提希丹塔·萨拉斯瓦提·哥斯瓦米会面。巴克提希丹塔·萨拉斯瓦提·哥斯瓦米是一位杰出的宗教学者，而且创办了 64 所高迪亚修院（韦达机构）。巴克提希丹塔·萨拉斯瓦提很喜欢这个受过教育的年轻人，并且说服他献身于传播韦达知识。他成了巴克提希丹塔·萨拉斯瓦提的学生。11 年后（1933 年）他在阿拉哈巴接受巴克提希丹塔·萨拉斯瓦提的启迪，正式成为他的门徒。

他们第一次会面时，巴克提希丹塔·萨拉斯瓦提要求帕布帕德用英语传播韦达知识。在随后的日子里，帕布帕德写了一部《薄伽梵歌》的释论，而且在 1944 年，独立创办了一份英语的双周刊杂志《回归神首》，他独自编辑，打出原稿，校样，甚至还逐本派发。为维持杂志的出版，他艰苦奋斗。杂志自创办以后，从未停刊过。现在，这份杂志在西方，继续由他的门徒以超过 30 种语言出版。

印度高迪亚外士那瓦协会对帕布帕德的哲学造诣及奉爱精神推崇备至，于 1947 年授予其巴克提维丹塔（奉爱终极韦达）的称号。1950 年，帕布帕德到圣地温达文旅行，并留在那里，在历史古迹、中世纪庙宇——茹阿达·达摩达尔庙居住，生活清贫。他专心读书，用毕生精力写作。他翻译及注释长达一万八千诗节的《圣典博伽瓦谭》（《宇宙古史·薄伽梵之部》）并且将之编成多册，使之成为一本不朽的巨著。

1965年9月，在出版了三册《圣典博伽瓦谭》之后，帕布帕德来到美国，要完成灵性导师赋予他的使命。接着，他创作了超过60册的翻译、注解、综合研究作品，都成为关于印度哲学和宗教的经典著作。

1965年，帕布帕德乘货轮到达纽约市，当时他几乎身无分文。一年之后，他发起了赫列·克利须那运动。1968年，帕布帕德开始创办韦达农场。韦达农场办的非常成功，很快就遍布世界各地，给人们提供了“简朴的生活，崇高的思想”的完美生活典范。

1972年，帕布帕德在德克萨斯的达拉斯创办学校，将韦达初、中等教育介绍至西方。自此以后，在他监督之下，他的门徒在整个美国和世界各地，建立儿童学校，主要的教育中心则在印度的温达文。

帕布帕德也推动了几所规模宏大的国际文化中心在印度的建立。在西孟加拉圣地玛亚普的中心，这里被计划打造成一座灵性城市。这是一个雄心勃勃的计划，建造工程还需若干年才能完成。在印度的温达文，有壮丽的克利须那·巴拉茹阿玛庙宇及国际宾馆。在孟买，则有一所重要的文化和教育中心。他还计划在印度次大陆十多个地方建造其他中心。

然而，帕布帕德最重要的贡献还是他的著作。这些书籍极具权威，深刻又清晰，深得学术界的认可，而且在许多大学课程中被指定为标准教材，已被翻译超过50种文字。成立于1972年的巴克提维丹塔书籍信托基金会，就是专门出版帕布帕德著作的机构，在印度的宗教和哲学领域，它已成为世界最大的出版机构之一。

虽然日渐年迈，帕布帕德在12年中环游了世界14次，走遍了六大洲不断讲学，在行程如此紧凑的情况下，他仍能继续撰写大量的著作。在韦达哲学、宗教、文学和文化方面，他的著作已成为一个名副其实的图书馆。

编者说明

古印度是人类文明的发源地之一，古印度文明以其丰富、玄奥和神奇的特点深深吸引着世人，是现存古老伟大的文明之一，而奠定这一文明的文学基础便是这部具有普世价值的经典——《薄伽梵歌》。《薄伽梵歌》是世界著名梵文史诗《摩诃婆罗多》中的哲理章节，是世上最古老的瑜伽典籍，不仅在印度家喻户晓，在其他东方国家及西方国家也有深远影响。

作为一部流传千年的经典，《薄伽梵歌》综合继承了当时世界上最先进的智慧文化：一方面是传统吠陀文化的内容，一方面是佛教中般若智慧的内涵要义，另外还吸收了中国黄老智慧思想的自然道德观，如《道德经》中人天相应的整体观，与中国文明有着很深的渊源。《薄伽梵歌》历代有不同的译本和注释，在中国也已多次出版，社会反响热烈。本书《〈薄伽梵歌〉如是说》为印度梵文大学者圣恩 A. C·巴克提维丹塔·斯瓦米·帕布帕德所著，由中国著名梵学研究学者徐达斯翻译为中文，如实向读者传达了该作品的实质和精髓。

中国和印度均为世界文明古国，在几千年的历史进程中，两大文明交相辉映，共同谱写了世界文明史上的绚丽篇章。古有高僧法显、玄奘西行求法，鸠摩罗什、达摩等负笈东来，后有泰戈尔访华，谱写了中印交流的最美佳话，而当前，随着“一带一路”的建设，增强两国的相互了解、相互欣赏、相互信任，加强人文交流，能更好地推动两国的交流合作。出版本书旨在积极响应国家“一带一路”倡议，通过对印度传统经典的翻译出版，为国内学者、《薄伽梵歌》爱好者以及印度研究人员提供更加丰富多样的材料，促进中印文化的理解与交流。

《薄伽梵歌》虽有较高的哲学高度，但由于其所作时间久远及中印文化的差异，书中有些内容不可避免地带有当时的宗教性和社会性特点，与中国现当代主流文化和思想有偏差。这些内容仅作为学术性研究参考，不代表我方立场，我方也不对其中内容作任何评判和推荐。

编者

2020 年 2 月 10 日